風よあらしよ

村山由佳

集英社

風よ あらしよ

目次

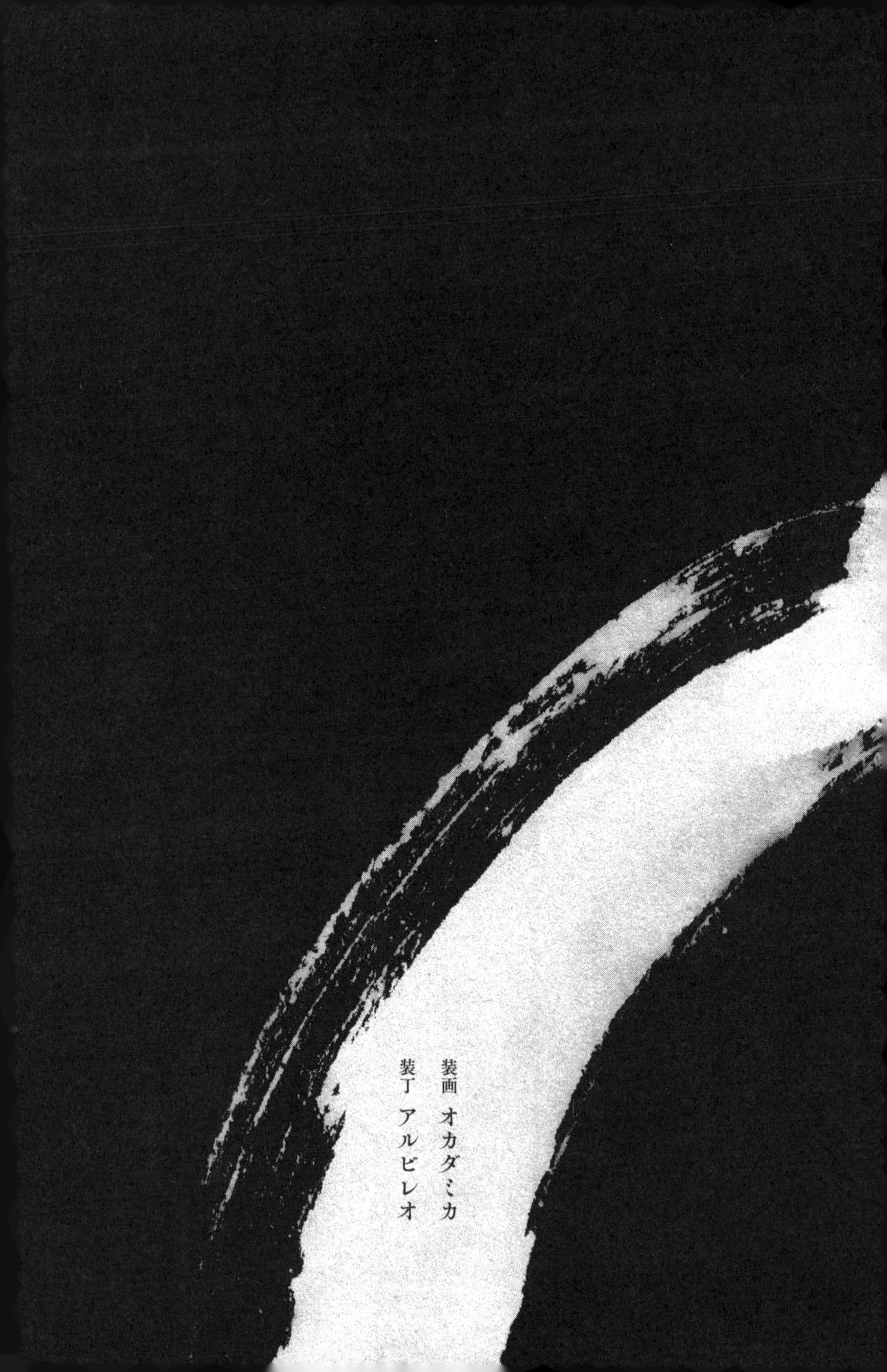

装画　オカダミカ
装丁　アルビレオ

風よ　あらしよ

空が。

青い。

これほど青い空を、見たことがない。


その青が、なぜか、小さくて丸い。望遠鏡の筒を逆さから覗いたかのようだ。

自分ひとりが一条のスポットライトを浴びているようで、周囲は真っ暗だ。深いふかい穴の底にいるらしい。

腕も、脚も、胴体までも頼りなくて、ぐにゃぐにゃする。痛みは感じない。痛みどころか、何も感じない。――なにも。


誰か。わたしはここにいる。

呼ぼうとして、気づいた。

声が。

出ない。

序章　天地無情

あらしが遠くに居座っていた。

その日、東京の街をゆく人々はしばしば突風に煽《あお》られては足もとをふらつかせた。今日から九月、台風は能登半島のあたりに停滞しているらしい。その影響で夜明けから雨粒まじりの南風が吹き、十時頃に雨があがってからも関東全域に強い風が吹き荒れていた。

強烈な陽射しが地面を炙《あぶ》る。熱をたっぷりとはらんだ風が、開け放った庭先から台所まで吹き込んで羽釜の下の炎を揺らす。

この調子では炊き上がりがむらになってしまうだろうが、かまうものか、食べられれば御の字だ。酢の物にするきゅうりをざくざくと刻む手を止め、野枝《のえ》は庭を見やった。

濡れた手をかざし、眩暈《めまい》をこらえる。照りつける陽射しに、庭木や塀などの輪郭が白っぽく飛んでいる。豆腐を買いにちょっとそこまで出ただけでも、道の真ん中で蚯蚓《みみず》のように干からびそうになったほどだ。道行く人は誰もが可能な限りの薄着をし、日傘をさすか、頭にカンカン帽をのせるなどしていた。

軒先に干した子どもらの着物や下着が、風に激しくひるがえる。長女の魔子《まこ》こそ数えで七歳になったものの、その下には年子が三人、一番下など先月生まれたばかりだ。おしめ一枚でも無駄に飛ばされてしまっては悔しい。

「俺も何か手伝おうか」

折良くひょいと顔を覗かせた良人《おっと》に、野枝は遠慮なく言った。

「じゃあ、洗濯ものを取り込んでたたんで下さいな」

「よしきた」

二つ返事で出て行った大杉《おおすぎ》が、日ざらしの縁側を裸足で踏むなり「あちちち」と飛び上がる。野枝は噴きだしながら俎板《まないた》に向き直った。

大杉との間の初めての男児ネストルを出産したのが八月九日。この淀橋町柏木の家へ引っ越してきたのはそのたった数日前だから、住んでまだひと月とたっていない。近所に暮らす新聞記者の安成《やすなり》二郎が骨折って探してくれた二階家は高台にあって、鉄道の新宿駅もほど近く、暮らすには便のよいところだった。今は郷里の福岡から叔母のモトと親戚の娘の雪子が手伝いに来ているが、それでも寝起きに困ることはなかった。

大杉ともども、住むところ住むところ官憲に追われては家移りをくり返してきたおかげで、家財道具と呼べるものなど多くない。移ろうと思えばその日にでもまた動くことができる。

ただ、この三年間というもの毎年身ごもっては出産をくり返したせいか、野枝の肉体はこれまでになく疲れていた。三十路までもうわずか、さすがに身体が変わってきたのを感じる。何よりも頑健こそが取り柄であったのに、情けない。

こめかみに伝う汗を、割烹着の袖口でぞんざいに拭う。以前『婦人之友』に載っていたのを真似て、自らミシンで縫ったものだ。こうまで暑い日は洋装のほうが楽にも思えるが、衿《えり》の合わせをぐいとはだけるだけで赤ん坊に乳をやることのできる浴衣や着物の簡便さは捨てがたい。

子らは、むろん愛しい。が、野枝にとって子を育てるとは、炊事や洗濯といった家事とべつだん変わらなかった。暮らしてゆく以上、どうしてもしなくてはならない家事。産み落とした以上、乳をやらなくては育たない子ども。

背後の障子の陰で、ともに幼いエマとルイズが声をたてて笑うのが聞こえる。洗濯ものをたたみ終わった大杉が、モト叔母と一緒にあやしてくれているのだろう。今は二階で寝かせている乳飲み子のネストルでさえ、彼に任せておけば何の心配もない。同棲をするようになったのは七年前だが、熱く激しい恋にひたすら溺れていたあの頃はまさか、彼がこれほど子煩悩な男になろうなどとは想像もしていなかった。

周囲もそうだったのだろうか。

先月、引っ越しの挨拶にと同番地の内田魯庵《ろあん》宅へ出向いた時のことだ。太った身体を揺らしながら奥から現れた魯庵は、魔子の手を引いて玄関先に立つ大杉の姿を見たとたん丸眼鏡の奥で小さな目を瞠《みは》り、いささか間の抜けた調子で言った。

〈なんと。いいお父さんになったものだねえ〉

およそ著名な文筆家とも思われぬ、ただただ率直に口からこぼれただけといった感想に、まず野枝が噴きだし、みんなして大笑いをした。久しぶりの再会だった。

誘われるまま上がりこみ、茶や菓子を馳走になった。

〈いやあ、こっ、この子がね、長女の魔子です〉

嬉しそうに目尻を下げ、大杉はすっかり親ばかの顔をして言った。話す時にたびたび吃《ども》るのは幼少期からのことらしい。

〈世間が、ぼ、僕や野枝のことをあんまり遠慮なく悪魔、悪魔と呼んでくれるものでね。ああそうですか、悪魔の子ならば魔子でしょう、というわけでそう名付けたんですよ。いやはや、我が子というものがこうまで可愛いものとは知りませんでした。目に入れても痛くないとは、こ、このことですなあ〉

　魯庵は、何ともいえない面持ちで彼を眺めていた。

　まさかあの大杉栄《さかえ》が、とさぞかし奇異に映ったのだろう。幸徳秋水《こうとくしゅうすい》亡き後、この国の社会主義運動家をとりまとめる危険人物と目され、幾たびも拘留されて新聞沙汰になり、外を歩けば必ず尾行の刑事が張りつく――そんな彼が、ちいさな娘たちを膝にのせてあやし、いちいち細君に笑いかけているとは、と。

〈いやはや、大杉くんにも驚かされたが……なあ、野枝くん。そうしていると、あんたもまるきり普通のお母さんだね。どこから見たって、あのエマ・ゴールドマンなぞに私淑する危険な女アナキストには見えないよ〉

　子どもらの食べこぼす菓子屑を拾っている野枝にまでそんなことを言った。

　これほどの知識人である魯庵にさえ、無政府主義者は物騒な異分子と映るのか。黙っている野枝に代わって、大杉が笑いながら引き取った。

〈そうそう、そのエマ・ゴールドマンね。二番目に生まれた娘は、まさに彼女から名前をもらってエマと名付けたんですよ。事情があって、僕の妹のところへ養女に出してしまったんだが〉

〈そうか。きみたちも苦労をしたんだなあ〉

〈いやいや、養女に出したのは妹に子ができなかったからです。苦労のほうは、た、たいしたことはありません。主義主張を言いながらこんな贅沢なところに住もうっていうんですから、申し訳ないくらいですよ。で、エマがいなくなっちまったもんだから、その下に生まれてきた三女にもまた同じ名

前を付けましてね〉

〈なんだって？〉

〈そちらのエマはいま、福岡のほうの野枝の郷に預けていまして、じきに連れて来てもらうことになっています〉

〈いったい全部で何人こしらえたんだね〉

〈まだ五人ですよ。魔子と、養女に出したエマでしょう、それからもう一人のエマと……この小さいルイズは、ご推察と思いますが、ルイズ・ミッシェルから名前をもらいましてね。か、数えで二歳になりました。それから、〉

〈なあ、大杉くん〉たまりかねたように魯庵が遮る。〈こう言っては失礼かもしれないが、そんなに奇天烈《きてれつ》な名前ばかり付けて、よくもまあ役所が認めてくれたものだね。何も言われなかったのかね〉

〈ああ、それは大丈夫です〉大杉はあっけらかんと言った。〈そもそも届けていませんからね〉

〈は？〉

怪訝《けげん》な面持ちの魯庵を見て、苦笑いする。

〈こ、戸籍には届け出ていないんですよ。この子らの誰ひとり〉

〈なんと！　いったいどうして〉

〈どうして、と訊かれましても、夫婦の籍だって入れてませんしねえ〉

話にならぬと思ったか、魯庵は野枝に向き直った。

〈何を考えているんだね、きみたちは。珍奇な名前だけならまだしも、戸籍のことはちゃんとしてやらにゃいかんだろう。この男がどんないいかげんなことを言おうと、あんたは真面目に子どものことを考えてやんなさいよ、母親なんだから〉

ほとんど詰め寄らんばかりだった。

野枝は、ちらりと大杉を見やった。口髭《くちひげ》の陰の唇は神妙そうに引き結ばれているが、目もとは笑んでいる。

魯庵に目を戻し、野枝ははっきりと言った。

〈いやなんですよ。ずるいのは〉

〈ずるい？　ずるいとはどういうことかね〉

〈だってそうでしょう。お上《かみ》に逆らって、政府なぞ要らない、害悪の温床だと言いながら、そんな時だけ体制の庇護をあてにするなんておかしいじゃありませんか。戸籍に届け出るというのはつまりそういうことですから〉

〈いや……いや、しかしだね〉

言葉に詰まってしまった魯庵を見て、大杉はいつもの癖で、イッヒヒ、と息を引くように笑った。

〈ま、そんなわけでしてね〉なだめるように言う。〈次なる一人ももうじきに、彼女のでっかいお腹から飛び出てくるはずですよ。さて、今度もまた女の子かな。僕はどっちだってかまわないんだが〉

おどけたような口調で言うと、大杉はぎょろぎょろした眼を野枝へ向けてきた。

悪戯《いたずら》を企てる子どものような、黒々ときらめくまなざし。ひときわ強い印象を放つその眼が、人前でもかまわず真っ直ぐ自分に注がれる時のうれしさ。いまだに、心臓が鳴き声をたてて軋《きし》む心地がする。

前夫・辻潤《つじじゅん》との間に二人、大杉との間にはすでに五人の子をなした。にもかかわらず自分は、母親である前に、妻である前に、まず女であるのだ、と野枝は思う。悪いこととは感じない。それはすなわち、女である前にまずひとりの人間である、というのと同じだ。

恋人同士の間にかつては確かにあった激しい恋慕の情が、やがて落ち着いてしまうことはままある。飽いたり、醒めたり、時に幻滅を覚えることも。しかし、同じ志を胸に抱く者としての尊敬が消えずにあり、そこへ友情という燃料をくべ続けることさえできれば、恋愛は別のかたちで存続してゆく。いま大杉と自分との間にあるものはそういうものだ。

「そういえば魔子のやつ、まだ帰ってこないね」

物思いを破られ、野枝はふり向いた。

障子の陰から、大杉が畳に手をついてこちらを覗いている。

「あら……」柱のボンボン時計を見やった。「ほんとうだ」

もう五分ほどで正午になる。お昼時にはきっと帰っていらっしゃいと、あれほど言っておいたのに。

「また魯庵さんとこへ行っとると？」

奥から訊いたのはモトだ。

「今日は、安成さんのとこへ遊びに行くって言ってたけど」

「やれやれ。みんなして寄ってたかって、あの子を甘やかすんだからなあ」

大杉が、口髭の下に溜まる汗を浴衣の肩口で拭う。そんなふうに嘆く彼こそが、いちばん長女に甘い。

近所の誰彼から誘われれば、魔子はどこにでも「いいわ、いくわ」などと生意気な返事をして泊まりに行く。あの物怖《ものお》じのなさは幼い頃から様々な人の手に預けられていたせいなのかどうか、自分もある意味そのようにして育ったのにずいぶん違うものだと、野枝は常から娘を羨ましく思っていた。

少女の頃、親戚の家に出されたりまた戻されたりした記憶の中には、大人たちへの気兼ねや、その家の子と差を付けられることの悔しさや、苦労もせずに欲しいものを得られる境遇への嫉妬といったものばかりが色濃くわだかまっている。もしも自分が魔子のように周囲から愛ばかりを注がれて育ったならば、いや、周囲の愛情をもっと屈託なく受けとめることができていたならば、この人生も今とは変わっていたのだろうか。

部屋がふっと薄暗くなる。庭に面したカーテンが、舟の帆のように風をはらんで閉まりかけている。大杉が畳の上を縁側へとにじり寄ると、白い蚊絣《かがすり》の浴衣の裾が割れ、逞しい太ももが覗いた。日に灼《や》けた手をのばし、カーテンの裾をつかんで勢いよく引き開ける。

前の住まいからはずして持ってきたその植物柄のカーテンといい、卓袱台《ちゃぶだい》にかけてあるレース編みのテーブルクロスといい、大杉は柄に似合わず家の中が女性らしい繊細な雰囲気のもので調《ととの》えられている様子を好む。思えば昔から細やかに気のつく男で、今でも野枝の髪型や着物などをよく褒めるし、時には自ら下駄や反物を選んで買ってきてくれることもある。

先だってフランスから持ち帰った土産も、洋服、バッグ、帽子に髪飾り、どれも洒落たものばかりだった。パリにいる間のほとんどを獄中で過ごしていたくせに、いったいいつの間に買い求めたのだろう。

「腹が減ったなあ」

カーテンを束ねて柱に結わえながら、情けない顔でこちらをふり返る。

「わかりましたってば、もう、じきに炊けますよ」

「じゃあ、魔子ちゃんは私が迎えに行ってきますけん」

雪子がルイズをおぶって裏口から下駄をつっかけ、野枝が再び流しに向き直ろうとした時だ。

かかとを木槌で連打されるような感触があった。床から伝わってくる。怪訝に思って見おろしたとたん、どん、と衝きあげられ、続いて、ゆうらりと揺れた。

「……じっ、地震か！」

大杉が立ちあがろうとして足を取られる。

握っていた包丁を、野枝は慌てて流しに放りだした。外からルイズの泣き声が聞こえ、つられてエマも泣きだす。こちらへとんできた大杉が、よろけながら竈《かまど》の火に水をかけ、すぐに身を翻《ひるがえ》してエマのもとへ戻る。

野枝は手をのばし、柱と障子につかまり、宙を泳ぐようにかろうじてそばまでゆくと、最後の数歩はたたらを踏むようにして、幼子の上に伏せている大杉の背後から覆いかぶさった。

ゆっさゆっさ、みっしみっしと、家全体が軋んで揺れる。四方の柱と壁がまるで雑巾を絞るようにねじれ、今にも梁《はり》が抜けて天井が落ちてきそうだ。これほど強い揺れは、生まれてこのかた経験したことがない。ネストルの寝ている二階へ上がろうにも這ってゆく余裕すらない。

一度おさまりかけたようにみえ、その間にモトにエマを抱かせて裏手のいちじく畑へ逃れるように言ったが、次に襲ってきた揺れはさらに大きかった。悲鳴がもれる。塗り壁に亀裂が入り、ぱらぱらと落ちる。わずかに身体を起こした大杉が、片手で野枝を抱きかかえながら廊下へと這い出ようとする。階段はその奥、裏口の側だ。

縦に、横に、揺れる。床が波打つかのようだ。子どもの頃によく泳いだ今宿《いまじゅく》の海が思い出される。大きな波のかたまりが海底からわき上がり、身体を持ち上げては下ろす、だがここは大地の上であるはずだ。

またわずかに弱まった隙に、裏から雪子がとびこんできて二階へ駆け上がった。若い。あっという間にネストルを抱きかかえて下りてくる。

「ありがとう、ユッ子ちゃん！」

みつく。

「お二人も早く！」

立ちあがろうとしたとたん、三たび激しい揺れが来た。階段がはずれて崩れる。思わず良人にしがみつく。

おそろしく長く感じられた。永遠に終わらないように思えた。もう駄目だと何度も思った。

それでも、揺れは少しずつ、少しずつ、小さくなっていった。みし、みし、という軋みも間遠《まどお》になってゆく。

野枝も大杉もそろそろと起き上がり、互いの顔を覗きこんで無事を確かめた。

「魔子は……」

と、大杉が呻《うめ》く。

「きっと無事よ。安成さんの家はここより頑丈だもの」

すぐにも見に行ってやりたいが、まだゆっくりと揺れていて立ちあがれない。それとも揺れているのは自分だろうか。船酔いしたかのようだ。

あたりを見回すと、壁は剝がれ、ガラスにひびが入り、箪笥《たんす》や戸棚の上のものは倒れたり、崩れ落ちて粉々に割れたりしていた。この程度で済んだのが奇跡だった。ついさっきまで頭上で振り子のようにぶらぶら暴れていた電灯の笠も、今はほぼ落ち着いている。

大杉は立ちあがると、尻《しり》っ端《ぱしょ》折りで出てゆき、やがて魔子を連れて戻ってきた。

「無事だったのね、よかった！」

長女を抱きしめ、笑ったつもりが泣き声になった。

しばらくたってから、おそるおそる外へ出てみた。モトも雪子も、子どもたちも皆、怪我はなかった。ルイズを抱きかかえ、魔子の手を引く大杉の後から、野枝もネストルの乳母車を押して従う。

往来のひとところに近所の人々が集まっていた。魯庵が大杉に気づき、こちらへ手をあげてよこす。

「えらい地震だったね。きみの家は無事かね」

「ええ、か、壁と階段は落ちましたがね」大杉が答える。「お宅はどうでした」

「うちも、まあたいしたことはなかった。棚から本が残らず飛び出してきたのには驚いたがね」

知る者も知らぬ者も皆、互いの無事を喜び合った。かたまっていた女たちが、幼子らと乳母車に乗せられた赤子を気遣ってくれる。

「あらまあ可愛らしいねえ、どの子も顔立ちがはっきりして。お父さんとお母さん、どっちに似たってそうなるよねえ」

まだ数えで四歳にもならないエマの頬は、埃《ほこり》と涙でまだらになっていた。昨年の十一月から野枝の故郷の今宿に預けていたのを、久しぶりに家族のもとへ戻されたとたんにこの災難に遭ったのだ。

わざわざ東京まで連れてきてくれたのは野枝の叔父にあたる代準介《だいじゅんすけ》で、妻キチの姉モトらとともに十日間ほどこの家で過ごし、数日前にこちらを発ったばかりだった。途中大阪に寄り、おそらく昨日のうちには博多へ帰り着いているはずだ。運が良かったとしか言いようがない。

「しかしびっくりしましたね。今にも二階の下敷きになるかと肝が冷えましたよ」

大杉が言うと、魯庵は懐《ふところ》からいつものパイプを取り出した。ようやく人心地ついたものらしい。

「下町のほうはもっと酷かろうなあ」悲愴な面持ちで言う。「だいぶ激しく燃えているようだよ」

「そうですか。まあ、この風ではね」

「安政の地震ほどじゃなかろうが、二十七年のよりは確かに大きかった。この調子ではまず、当分のあいだ何もかもめちゃくちゃだな」

「僕としては、毎日のように出版社から原稿をせっつかれて困ってたとこでしてね。また前借りをしてしまったもので、と、取り立てがきついのなんのって。これで催促の手が少しは緩むなら、いっそ地震に感謝しなくちゃあ」

例によってイッヒヒ、と呑気に笑っている良人の袖を、野枝は乱暴に引いた。失言に気づいた大杉が、おっと失敬、と真顔になる。冗談ごとではない。集まっている人々の親兄弟や知り合いが、下町のほうに暮らしていないとも限らないのだ。

同じ東京でも地域によって被害の差は大きかったようで、実際の状況がだんだんとわかってきたのは翌日からだった。

野枝たちの住むあたりはおおむね事なきを得たものの、案の定、住宅の密集した浅草や上野などの下町は酷い有様だった。地震の揺れによる直接の被害よりも、その後の火事と延焼が相次ぎ、炎に追われて逃げ惑う人々、逃げ遅れて生きながら焼かれてゆく人々が入り混じり、まさしく阿鼻叫喚《あびきょうかん》の地獄絵図だったという。ちょうど昼餉時《ひるげどき》とあって多くの家から火が出た上に、折からの強風にあおられて瞬く間に燃え広がったのだ。

大杉の家には、友人たち二家族が身を寄せることとなった。上野近くの鶯谷《うぐいすだに》で焼け出された翻訳家・袋一平《ふくろいっぺい》の家族と、同じく有楽町で焼け出された仕立屋の服部浜次《はっとりはまじ》夫婦だ。暑い時季でまだしも良かったのかもしれない。布団が足りなくとも、板の間に雑魚寝をすればどうにかなる。

「はじめは高をくくっていたんですよ」と、袋一平は言った。「地震にびっくりして外へ飛び出した連中も、どうせすぐ家に帰れるだろうからって。屋根の向こうの遠くにちらちら見える火を、みんな呑気に日傘なんぞ差して見物していたくらいでね」

「そんなばかな。どうしてさっさと逃げなかったんです？」

驚いて野枝が訊くと、袋は首を横に振った。

「あんな遠くの火事がまさかこっちまで来るとは誰も思わなかったんですよ。押し合いへし合いしながら、紙みたいによく燃えやがるなあ、なんて言って眺めていたら、後ろのほうからいきなり皮膚が焼けただれるかってほどの熱風が吹きつけてきて……ふり返ったら、もうすぐそこまで別の火の手が迫ってやがった。ああそうだ、ご婦人がた。丸髷《まるまげ》はもうよしたほうがいいですよ」

わけを問えば、あっというまに燃えるからとの答えだった。

「鬢《びん》付《つ》け油のせいでね、火の粉が落ちてきただけですぐ燃えあがる。頭に火がついてみなさいよ、誰だってびっくりして走りだすでしょ。そうすると、風を受けるもんでよけいにぼうぼう燃える。みるみる着物にも燃え移って、倒れてもがき苦しんでねえ。だけど、可哀想でもどうすることもできなかった。こっちだって逃げるだけで必死だもの」

つむじ風、いや竜巻と呼ぶべき凄まじい風の渦が首府のあちこちに起こり、荷物どころか人や自転車や大八車までもが巻きあげられて遠くまで飛ばされた。中には二里も離れた千葉のほうまで飛ばされていった人もいるという。命などあろうはずもない。

家々ばかりでなく、往来の電柱も次々に燃えあがりながら倒れた。

「信じられますか。あの〈十二階〉が、八階からぽっきり折れたんですよ」

浅草にそびえ立つ煉瓦造りの「凌雲閣《りょううんかく》」、通称〈十二階〉。あんなにも頑丈なハイカラ建築までが無残に破壊されたというのか。

茫然とする野枝や大杉たちを前に、袋一平は苦笑いを浮かべた。

「何せ今じゃ、我が家のあったあたりから浅草寺が見えますからね」

一帯が焦土と化し、視界を遮るもののなくなったその彼方に、本来見えるはずのない浅草寺の大屋根がそびえているのがおそろしく異様な光景なのだと彼は言った。家を失った何千何万という人々が、その浅草寺の境内や、上野公園などの広場に集まり、わずかな炊き出しで食いつないでいるという。

いっぽう、同志でもある服部浜次たちが焼け出された有楽町界隈も似たような有様だったらしい。丸の内では警視庁が焼け、帝国劇場も焼けた。爆風で建物のガラスは割れて飛び散り、かろうじて焼け残った壁もほとんどは崩れた。あたりは死体で埋め尽くされ、逃げるには折り重なって倒れた死体の上を、

「ごめんなさい、ごめんなさい、と謝りながら踏んで歩くしかなかったですよ」

服部の妻は、思いだしては肩を揺らして泣いた。


「富士山が大噴火したそうですよ」

近所で顔を合わせた老婆にそう言われたときは、信じてしまいそうになった。

流言が巷《ちまた》に広まり始めていた。大杉と野枝の家に出入りする同志たちまでが、何やら不穏なことを口々に噂し合うようになった。

大津波がやってくる。

伊豆大島が水没した。

皇居が炎上した。

山本権兵衛《ごんのひょうえ》首相が暗殺された……。

それらの中でももっとももまことしやかに囁《ささや》かれているのが、「朝鮮人が攻めてくる」というものだった。数百人、いや千人、いや三千人が大挙して暴動を起こし、強盗、強姦をくり返し、井戸を見れば次々に毒を投げ入れている。おまけに彼らの後ろには、この機に乗じて何ごとか起こさんとする社

会主義者たちがいて糸を引いている、というのだ。

「馬鹿ばかしい！」

誰かがその話を持ち出すたび、野枝は地団駄を踏んで怒った。見てもいないことを賢《さか》しらに語る人の顔を見るだけで、むかっ腹が立って言い返さずにいられなかった。

「いったいどこにそんな暇があるっていうんです。日本人だけが地震に遭ったんじゃあるまいし、朝鮮人だって今は自分の命ひとつ守って生き延びるので必死じゃないですか。だいたい、井戸に毒なんか入れたらたちまち自分らだって困るでしょうが。ちょっと考えりゃわかりそうなもんだ」

しかし噂は広まるばかりだった。何しろ政府までもがそれを信じてか、「不逞鮮人《ふていせんじん》ヲ警戒セヨ」との通達を下したのだ。またたくまに自警団が地域ごとに組織された。

その暴虐ぶりを、野枝は、様子を見てきた大杉や同志たちから聞かされた。ゲートルを巻き地下足《じか》袋《た》を履《は》き、竹槍や鍬《くわ》や鉈《なた》などの武器を手にした男たちが、往来をゆく者をいちいち呼び止めては、

〈歴代天皇陛下の名前を言え〉

〈十五円五十銭、と発音してみろ〉

などと詰問し、受け答えにわずかでも怪しいところがあれば寄ってたかって殴る蹴るの暴行を加え、逃げれば追いかけ、抵抗すれば問答無用で殺しているという。

戦争でもないのに、人が人を殺すのか。誰かの父であり夫であり息子である普通の人々が、同じく誰かの父や夫や息子である人々を、その手で嬲《なぶ》り殺しているというのか。

自警団ばかりではない、政府や軍ですら何が流言蜚語《りゅうげんひご》であり何が正確な情報かを把握していない。電信や電話などの通信手段は壊滅し、新聞社のほとんどは社屋が焼けるなどして機能を停止しているせいだ。猜疑《さいぎ》が猜疑を生み、不安はさらに不安を煽り、いよいよ収拾がつかなくなってゆく。

野枝は、家を片付ける合間に子どもたちに乳を含ませ、とにもかくにも手に入るものを煮炊きして食べさせた。たとえ何があっても、誰からどんな目にあわされても、この子たちだけは守り抜かなければ。

地震から三日目——燃え続けた街は、もはや燃えるものがなくなるに至って、ようやく渋々ながら鎮火した。

政府は、朝鮮人を保護する政策を遅ればせに打ち出した。通常の手続きを踏まぬ緊急の戒厳令に軍が動き、五万もの兵が首府に集結した。

目的は治安の維持や救護のためだというのに、銃剣をたずさえた彼らが街にあふれる様は、一般市民からはむしろ朝鮮人暴動の噂を裏付けるものに思われたようだ。自警団などによる殺戮《さつりく》はそののちも数日にわたって止まなかった。

野枝は、たまらずに手紙を書きしたためた。今宿の実家へ一通、そして博多にいる叔父の代準介宛てにも一通。父親の亀吉《かめきち》には簡単に家族の無事を伝えるにとどめたが、叔父には具体的な頼みごとがあった。

おそらく東京はこれから未曾有《みぞう》の食糧難に襲われる。米を、とりいそぎ五俵ばかり送ってもらわなくてはならない。

が、この手紙さえ無事に届くかどうか……。

夕暮れの風が吹くと、近くの家々の台所から煮炊きものや魚を焼く匂いが漂ってくる。外の世界の惨劇など夢ではないかと思われるような時間が、この柏木の界隈には流れていた。

しかし、ある晩、玄関先に現れた魯庵は言った。

「きみらもいよいよ身辺に気をつけたほうがいい」

外の暗がりのどこかには、大杉につけられた尾行巡査が今も潜んでいるに違いない。そちらを窺うように声を低めて続ける。

「軍も警察も、えらく殺気立っているようだ。さっき安成くんの同僚の記者に会って聞いたんだが、朝鮮人ばかりでなく、きみたち反体制の運動家がこれまで以上に目の敵《かたき》にされていると」

「どうせまた、例のお題目でしょう？」と、大杉は苦笑した。「〈無政府主義は、け、建国のおおもとを揺るがす国家反逆思想である！〉とか何とか」

「いや、それだけじゃない。おのれの失敗は棚に上げて、きみたち反体制の運動家に責任をおっかぶせようとしているんだと」

「責任？　いったい何の責任です？」

「地震以来の何もかもだよ。数多《あまた》の流言蜚語しかり、朝鮮人にまつわる騒動しかり、すべてはアナキストらがこの混乱に乗じて暴動を計画している証拠だと……そんな噂が流れていたのは知っているだろう？　あれが、今もまことしやかに囁かれ続けているんだ」

「なんてくだらない人たち」

野枝は思わずつぶやいた。

夜目にも青ざめた魯庵が、大杉から、隣に立つ野枝へと目を移す。

「ああ。しかし彼らは権力を持っている。甘く見ちゃいけないよ」

「そうですけど……そりゃ私たちだって、いっそ革命を起こして政府をひっくり返してやりたいのはやまやまですけど、」

「シーッ。おいおい、頼むよ」

「だからって、今これだけの人々が焼け出されて苦しんでるってのに、そんな非常時に便乗して何かしでかすほど、こちとら零落《おちぶ》れちゃいませんよ」

まったくだな、その通りだよ、と大杉が頷く。

魯庵は、話の通じなさに焦《じ》れたように苛々《いらいら》と足踏みをした。

「いいから真面目に聞いてくれ。上のほうには、そうは思わない連中のほうが多いんだ。きみら運動家の影響力、というか、とくに大杉栄の影響力は大き過ぎるんだよ。なあ大杉くん、ほんとにわかっているのか？　今のきみはお上にとって、大きくなり過ぎた目の上のたんこぶなんだぞ」

「わかってますよ。げんにこうしておとなしくしてるじゃないですか。他にどうしろと」

「だから身辺に気をつけてくれと言ってるんだ。いつ誰が怒りにまかせて、あるいは功を焦って、極端な行動に走らないとも限らんのだ。軍部には、噂を鵜呑みにして息巻く輩《やから》までいるらしいぞ。〈大杉の野郎め、今すぐ引きずり出して撃ち殺してやる！〉とね」

良人の隣に立って聞く野枝の胸に、その言葉は改めて鋭く突き刺さった。

今に始まったことではないはずだ。これまでも大杉が何度となく捕まって投獄されるたび、今度こそ二度と会えないのではと思った。そのつど自らを奮い立たせ、いざという時の覚悟まで決めて行動を共にしてきたつもりでいる。それが今になってどうして急に、いよいよ新たな危機が背後に迫ってきたように感じるのだろう。

地震以来、大杉は、昨日も今日も変わらずに友人たちの安否を気遣い、見舞いがてらあちこち訪ねまわっている。困っている者がいればとりあえずうちに来いと言うつもりなのだろう。地域の夜警にもステッキを片手に自ら進んで参加し、どこへも行かない日は着流し姿で乳母車など押しながらふらふらと散歩している。そんな良人を誇らしく思いながらも、野枝の胸の裡《うち》にはどうしても、消せない不安が揺れる。

「きみらの仲間も引っぱられたんだろう？」

魯庵が早口に言う。

「ええ。予防検束の名目ではありますがね」

すでに東京市内の運動家たちが次々に身柄を拘束されていた。この八日には大杉らの主宰する「労働運動社」のメンバーも全員が駒込署に連れていかれ、本来ならば一晩で解放されなくてはならないはずが、病身の一人を除いて今なお留置されている。

これまでとは何かが違う。包囲の網を、肌にひしひしと感じる。

と、ふいに大杉が笑った。野枝が思わずその横顔を見上げると、彼は人を食ったような面持ちで言った。

「やれやれ、馬鹿ばかしい。偉そうなことを言いながら、あいつら俺たちが怖いんだ。相も変わらぬ折り紙付きの馬鹿ばっかりだな」

懐手に腕を組んで、大杉は魯庵を見おろした。

「ありがとう、先生。そうやって心配して下さる気持ちはほんとうにありがたいし、こ、子どもたちのことがあるから僕もできるだけ気をつけますがね。それでも、やられる時はやられるんだ。怖がってたって仕方がない」

同意を求めるように、隣に立つ野枝を見おろす。

野枝は、迷いを振り切るように頷いた。

自分の身ひとつのことであればいくらだって覚悟できるのに、大杉が捕らえられ暴行を受ける様を想像すると動悸がして、みぞおちが硬くこわばる。

が――口には出すまい。

〈かかしゃん、うちは……うちらはね。どうせ、畳の上では死なれんとよ〉

郷里の今宿へ帰ってそう伝えた時の、父母の顔を思いだす。亀吉もムメも身を揉むようにして思い直せと言うものだから、私たちの考えはあなたがたには言ってもわからない、三十になったら考えるからそれまでは自由にさせてほしい、と答えた。

〈うちら、悪かこつはひとつもしとらんもん〉

両親の涙に引きずられそうになった。権力と闘う以上に、そうした自身の弱さと闘うのは生半《なまなか》なことではない。

しかし、大杉と肩を並べて歩くからには、ありきたりの幸福に酔ってなどいられない。彼との関係は、世間にありがちな夫婦という以前に対等の同志でなければならない。家庭というかたちの共同生活を送ってはいても、互いに自立した別々の人間でなくてはならないのだ。

平凡で家庭的な幸せに執着し、それを守るためだからと権力に媚びれば、自分たちが今まで追い求め続けてきたほんものの幸福は手の届かないところへ去ってしまう。魂を売り渡すくらいなら死んだほうがましだ。

先の見えない自分たちの運命など、気に病んでいる場合ではない。

いま考えなくてはならないことは他に山ほどある。

震災から半月たった九月十六日の朝――。野枝は、子どもたちを雪子らに任せ、大杉と二人で淀橋町柏木の家を出た。ずっと音信不通のため心配していた大杉の弟・勇《いさむ》から、昨日ようやく無事を報せる便りが届いたのだ。

彼らの住んでいた横浜は、震源地が神奈川ということもあって壊滅状態だそうだ。勇の家も完全に倒壊し、今は鶴見の同僚宅に身を寄せているという。

このところ勇は、病身の末妹あやめの助けになればと幼い一人息子を預かっていたのだが、よそ様の家では肩身も狭かろうし、せめて子どもだけでも東京へ連れ帰ってやってはどうだろうと大杉は言い、野枝も賛成した。この上、四人の子どもが五人になろうがたいして変わりはない。とりあえず何かしら食わせておけば子は育つ。

よい天気だった。目の覚めるほど青い空が頭上に広がっていた。

それだけに、焼けて崩れ落ちた街の姿はますます無残だった。いたるところに転がっていたという黒焦げの遺体などはすでに片付けられていたが、風はまだどこか焦げ臭く、気のせいか、時折かすかな腐臭も混じるようだ。

大杉も野枝も、この日は洋装で出かけてきた。鶴見まで徒歩と電車で日帰りしなくてはならず、しかも復路は子連れとなるなら少しでも身軽なほうがいい。

大杉の着ている白いスーツは、この七月にパリから強制送還されて神戸港に着いた時と同じだった。中折れ帽を目深にかぶった姿は堂に入ったもので、一見すると西洋人のようだ。

野枝はといえばやはり、船を出迎えた時に着ていた白のワンピースに麦わら帽をかぶり、手にはオペラバッグを持っていた。よりによってこんな時に、周囲から浮くことくらい百も承知だが、ふだんの服や着物はみな、着の身着のまま焼け出されてきた知人らに分け与えてしまい、まともな外出着といえばそれ一着しかなかったのだ。いっそ開き直るような気持ちで、道行く人々の視線を受けとめる。

昼過ぎに鶴見に着き、弟家族の無事を確かめて喜び合った。命があっただけで幸運と思わなくては罰が当たる。

そうして午後にはもう、子どもの手を引いて淀橋町柏木の自宅へとって返した。数えで七歳になる宗一《むねかず》は着るものが何もなく、間に合わせに女の子用の浴衣を着せられていた。

「と、東京の家に帰ったら、魔子がいるからね」

帰りの電車で大杉は、少年を元気づけようと思ってか明るく声を張って言った。

「覚えていないかな、おまえたちはまだ小さかったから。しばらく一緒に暮らしたことがあるんだよ。魔子は、おまえにとっては、同い年のいとこだな。なに、大丈夫、こ、このおばさんはミシンを踏むのも上手だから、着物だろうが洋服だろうがすぐに立派なのを作ってくれるさ」

ようやく淀橋町に帰り着いた時には、すでに夕方五時半を回っていた。

とはいえ九月、陽はまだ落ちない。駅からの道、もうすぐそこは家というところで、野枝は、待っている子どもたちに果物を買おうと八百屋に寄った。

斜めに夕陽の射す店先に、梨が出ていた。見るからにみずみずしい大きな梨だ。井戸で冷やしたならさぞ旨《うま》かろう。

「これを二つ、下さい」

すると横から大杉が、

「けちけちしないで、三つ四つ買うといい。みんなも喜ぶだろう」

鷹揚《おうよう》に言い、上着の懐から札入れを取り出した。

八百屋の主人が目尻を下げ、梨を四つ袋に入れると、ついでに店先から林檎を一つ取って宗一に渡してくれた。

「ほら、これはお嬢ちゃんにあげよう」

呼ばれて不服そうな宗一が、それでも小さな声で「ありがとう」と受け取った、その時だ。

道の向こうから黒い車が一台、するすると近づいてくるのが見えた。目の前で停まった車から降りてきたのは黒襟をつけた憲兵だった。三人、と見るや、向こうの電信柱の陰からあと二人現れた。その中で一人だけ丸眼鏡をかけ、つるんとした顔に口髭をたくわえた小柄な男が寄ってきて、

「大杉栄と、伊藤野枝だな」

低く問いただす。確認ですらない。ただの手続きといった口調に、大杉が身構え、背筋を反らす。

「まさしくそうだが、何か用かね」

「ご同行願いたい」

「なぜ」

小男が、すうっと目を細めた。

「来ればわかる」

――ああ。とうとう。

野枝は、胸の動悸をこらえながら相手を睨《にら》み返した。

――とうとう、この時が来てしまった。

眩暈がするのは、眩しすぎる夕陽のせいだ。奥歯を嚙みしめ、踏みこたえる。

憲兵の一人に肘を摑まれ、思わずふりほどいて一歩下がると、宗一にぶつかった。

埃っぽい地面に、真っ赤な林檎が転がってゆく。

第一章　野心

暗くなる頃から、雪が降り始めた。

その夜、ムメはたったひとりで赤子を産み落とそうとしていた。良人・亀吉との間の三人目の子どもだった。

亀吉はいま日清戦争に出征中だが、出産の際に不在なのはこれが初めてではない。美男で通っている亀吉には、女の影が絶えたことがなかった。鼻筋がすっと通り、眉と目の間が狭く深く、睫毛《まつげ》が濃いせいで目の周りの線がくっきりと黒い、いかにも南国的な顔立ち。伊藤家に特有のそんな風貌を、この土地の人たちは、商売の屋号にかけて〈万屋《よろずや》顔《がお》〉と呼んでいる。

いくら顔が良くても、暮らしの役には立たない。芸術家肌といえば聞こえはいいが、実体はただの生活の失敗者に過ぎない。家にいたところでどうせ邪魔になるだけなのだから、いっそいないほうがせいせいする。そう思ってみても、寒さはなおひどくなるばかりだ。

せめて産婆だけでももっと早く呼んでおくのだった。先ほど息子たちに言い含めて、働きに出ている姑を呼びにやらせたが、小さい子どものことだ。この暗がりの中、ばあちゃんを探し当てられるかどうか。

福岡市から西へ三里ほどの糸島《いとしま》郡今宿村は、六、七十の家が集まる集落だ。どの家も同じくらい貧しい。徳川幕府の頃は宿場町として栄えていたが、鉄道の開通ですっかり取り残され、昔の繁昌《はんじょう》のあとなどもうどこにもない。玄界灘に面しているのに漁村ですらなく、産業と呼べるものはせいぜい〈今宿瓦〉を焼く工場だけ。北九州の一帯は石炭産業が興って潤っているというのに、この村はまるで置き忘れられた荷物のようだ。

ランタンの灯ひとつの家の中は薄暗く、外は静まりかえっている。波音が聞こえないことを思うと、雪はまっすぐ縦に落ちているのだろう。とうに破水した股の間が凍りそうに冷たい。疲れ切ったムメは、うつらうつらと目を閉じた。このまま眠りに落ちて、二度と目が覚めなければいいのに。

ふたたび、陣痛が来た。煎餅布団の上で身をよじり、敷布の端を噛んで痛みをこらえる。頭が出かけているのがわかった。懸命にいきむ。身体が裂けるほどの痛みに声がもれたが、どうせ誰にも聞こえはしない。思いきり叫ぶ。

何度かそれをくり返していると、ある瞬間、ずるんと大きなものが通ってゆき、いっぺんに楽になった。三度目ともなるとこんなものか……。

ほどなく、下のほうで産声があがる。なんと野放図な声だろう。これまでで一番大きい。また男か、とがっかりする。

脚の間でうごめく生きものを、頭をもたげて見る気力さえ起こらない。男の子ならすでに二人いる。暮らし向きはとうてい楽でないのだし、死のうが生きようがかまわないという気持ちだった。

くたびれた。――もう、何もかもどうでもいい。

と、がたがたと音がして板戸が開いた。

「どげんねムメ、しっかりしんしゃ……。ありゃ、もう産みおうたと？」

姑のサトの声だ。

目を開けて、ムメはのろのろと頭をもたげた。息を切らしながらも孫たちより先に草履を脱ぎ捨てて上がってきたサトが、冷たく濡れそぼった赤子が泣きわめくのを無造作に抱きあげたかと思うと、突然、おお、と声をあげた。

「おなごばい！」

そのへんの襤褸《ぼろ》で手際よくくるみ、ランタンの灯を大きくしてから枕もとまで見せに来る。羊水と薄い血にまみれた赤ん坊の股間はつるりとして、何も付いていない。

ムメは、ようやく微笑んだ。

「おなご、ばい」

掠《かす》れ声でくり返す。姑と二人、顔を見合わせて笑い合った。

「亀吉は、征《い》く前になんか言いよったね。名前んこっとか」

なんも、と首を横に振るムメを見下ろし、サトは口の端を曲げて笑った。

「どうせそげなこっちゃろうね。さあて、どげんしようかねえ」

訊かれても、ムメには答えられなかった。自分には一字の読み書きもできない。書けるのはただひとつ、自分の名前だけだ。姑のサトは教養があって、『女大学』をすらすらと講じるほどであるだけに、常から肩身が狭かった。ただ身を粉にして働くことだけが自分にできることと思い定めてきたが、姑はどう思っているのだろう。

赤ん坊が泣く。隣近所どころか海の向こうの能古島《のこのしま》まで届きそうな声とともに、ぎゅっと握りしめた拳が意志の塊のようだ。

「そうや」サトが思いついたように言った。「ひいばあさんの名前ばもろたらよかたい」

目を上げたムメに、頷いてよこす。

「亀吉のばあさんじゃ。名前は〈ノエ〉いいんしゃったとよ、響きの美しか名前やなかな？　偉か人やったとよー、この伊藤の家がいっちゃん良かった時代を生き抜いた人ばい」

抱きかかえている赤ん坊は、まだ目も開いておらず、鼻もぺちゃんこだ。しかし、揺らしてあやしながら覗き込んだサトは満足げにひとりごちた。

「こん子もきっと、きれいか〈万屋顔〉ごとなるばい」

長々と笛を吹くような鳴き声が降ってくる。

ムメは頭上を見あげた。砂と同じ色をした空の高みに、トンビが一羽、円を描いて舞っている。

「ひとつヒヨドリ、ふたつフクロウ、みっつミミズク、よっつヨナキドリ、いつつイシタタキ……」

どんなに声を張りあげて歌っても、子守歌はおぶった子の耳にまで届かない。唇からこぼれるやいなや海からの寒風に奪われ、散りぢりにちぎれ飛ぶ。

「ここのつコウノトリ、とーおトンビのはねひろげ、ぴーひょろひょろ、ぴーひょろひょろ……」

息が続かなくなったムメは、ぴーひょろひょろ、と口の中でくり返しながら背中の赤子を揺すり上げた。

あの雪の降る夜から、はや一年。年が明ければ、ノエは数えで二歳になる。女の子のくせに長男や次男と比べても骨の太い、頑健な赤ん坊だった。歩く喋るはまだ先のようだが、秀でた額と濃い眉の下の双眸《そうぼう》は黒々として、きかぬ気性をはっきりと顕《あらわ》している。こうしている今もしきりにむずかっていた。晴天の日に砂浜を散歩してやればはしゃいだ声を空に放って笑うのだが、今日の空は雲が重く垂れ込め、風もひときわ冷たい。

「しゅまんねえ、寒かねえ。母ちゃんが歌ばうとうてやるけん、ねんねん、ねんねんしょ」

再び、声を張って歌う。

「トンビがカラスに銭《ぜん》かって、もどそうてちゃぴーひょろ、もどそうてちゃぴーひょろ」

赤子が不服そうな泣き声をあげる。

構わず、おんぶ紐を締め直して腹の前できつく結ぶと、ムメは灰色の海を睨んだ。白いしぶきを立て、泡立つ波が荒々しく寄せてくる。その波に向かって、思いきり駆け出した。

背中の赤ん坊がゆさゆさ揺れるのを押さえながら目をこらし、渚に打ち寄せられる海藻を目がけて走り、波の引き際に持っていかれる前に腰をかがめて、それこそトンビのようにさっと拾う。もう一つ拾おうとかがんだ拍子に赤ん坊の重心が移動し、前へつんのめる。濡れた砂に足首まで埋まってよろけ、危うく転びそうになるのをどうにか持ちこたえ、再び寄せてくる大きな波から逃げる。乾いた安全な場所まで逃げおおせた時には、ノエは拳を握りしめてそっくり返り、大声で泣きわめいていた。

「よしよし、しゅまんかったねえ。さあさ、さあさ、ねんねんしょ」

乱れた息を整え、ぴーひょろひょろ、ぴーひょろひょろ、と揺すっては歌い聞かせながら、拾った海藻にこびりついている砂を払う。茹でて刻んで食えば、その時だけでも腹はふくれる。またこれかと息子たちには泣かれるだろうが、例によって亀吉が金を持って出たまま何日も帰ってこない以上、ぎりぎりまで切り詰めなければとても暮らしていけない。

〈勝気なおなご〉と、ことさらに言われるのが不服だった。なよなよと泣いていて子どもらを食わせられるならば遠慮なくそうしている。

しかし戦地から戻った良人は相も変わらず、およそ生活能力のない男のままだった。旧家の育ちが災いしたのか、商売が左前になっても現実など目に映らないかのように夢ばかり食って生きている。

家業の「万屋」は、亀吉の祖父・儀八の時代にはたいそう繁昌していたらしい。根っからの九州男児であった儀八は趣味人でもあり、自ら荒海に乗り出し年貢米や様々な物産品を運ぶほか土地や船などを持ち、松原に茶室も設けていたという。

しかし明治に入って世の中が大きく変わってゆくにつれ、商売は傾きはじめた。儀八が八十前で没した後、息子の与平が跡を継ぎ、さらにその六年後に亀吉が家督を相続したことで万屋は決定的に没落したのだ。

いや、食い詰めた、と言ったほうがふさわしい。何しろ亀吉の相続とほぼ時を同じくして、その妹ら三人は口減らしのために戸籍から出され、それぞれ熊本や三池の分家などにやられたほどだ。口さがない人々は、母親のサトを指して「娘三人を食ってしまった」などと言った。

いずれにせよ、ムメが嫁に来た時、万屋にはかつての栄華の残り香さえもなかった。

もともと貧しい農民の出であるし、糸島女の意地もある。身を粉にして働くのは苦にならぬものの、ことここに至ってもろくに働こうとしない良人の放蕩《ほうとう》ばかりは、ムメにとっては未知の苦労だった。

芸の才能豊かな亀吉は、花を生け、人形を作り、料理もする。三味線も踊りも玄人はだし、村の祭りでは自らすすんで娘たちに踊りを振り付け、それがまた好評で、近隣の村からも招かれるほどだ。

悪い人間ではない。息子たちに対しては厳しくとも娘のノエには甘く、目に一丁字《いってぃじ》もないムメにも、酒を飲んで興が乗れば様々な話を聞かせてくれる。夜の床ではひときわ優しくなった。その手管をいったいどこで覚えてきたかを思えば業腹《ごうはら》だが、薄っぺらな布団の中で温《ぬく》みを分け合えばつい、なし崩しに許してしまう。それが口惜しい。

亀吉の感受性や多芸多才はおそらく、母親譲りだろう。サトもまた、三味線などの音曲に加えて俳句や書にも優れており、巻紙を片手にさらさらと筆で手紙をしたためるような女だ。それでいて、学のない自分にも分け隔てなく接してくれる姑のことが、ムメは好きだった。あの雪の夜、駆けつけたサトが赤ん坊を抱き上げて「おなごばい」と見せてくれた時に、何か一種特別なつながりが生まれた気がする。このごろは時折、女同士の正直な気持ちを分け合うことがあった。

「うちは、誰もよそへはやりとうなかったばってん……むごかことした」

三人の娘たちのことを思い出すたび、姑はいまだに悔やむ。初めての女孫であるノエをことさらに可愛がるのも、その後悔があるせいかもしれない。

「すまんなあ、ムメ。あんたには申し訳なか。亀吉があん通りのぼんくらやけん、あんたに苦労ばかけて。何も言いよらんばってん、あんたも心ん中では血ん涙ば流しとるっちゃろう」

そんなふうに言ってもらえるだけで救われた。良人が働かないばかりか女遊びで帰ってこないという現実は変わらなくとも、姑が理解してくれているだけで苦労がわずかでも軽くなる思いがした。

塩田やよその農家の手間仕事を手伝うか、堤防工事の日雇いなどに出ては日銭を稼ぐ。戻れば煮炊きの用意をし、腹を空かせた子どもらに食べさせる。自分には身体を動かして働くことしかできぬのだから仕方がない。誰が音《ね》を上げたりするものか。

「トンビがカラスに銭かって、もどそうてちゃぴーひょろ、もどそうてちゃ……」

無意識に口ずさみながら、空を舞うトンビから足もとへと目を戻す。

（こげな苦しか坂は、うちでなければ越えられん。いまうちは、他ん人の越えきれん坂を越えようとよ）

背中のノエは、いつのまにか泣き止んで寝入っている。片手につかんだ海藻の茎がぬめぬめと糸を引く。

ムメは、家に向かって歩き出した。借りられるものなら、自分こそカラスに銭を借りたかった。

＊

痩せた小さな母の背中にくくりつけられ、激しく揺さぶられながら波しぶきを浴びたのを覚えている。眠いのに寝入ることもできず、気に入らなくて大声で泣きわめくと、優しいというよりは疲れきった調子でなだめられた。子守歌にはいつも、ぴーひょろのトンビが登場した。今宿の浜に、あの小《こ》狡《ずる》い盗賊のような鳥はつきものだった。

母親がそうして黙々と立ち働く姿を、ノエは、幼い頃から毎日のように目にして育った。上には二人の兄がいるが、どちらもあまり頼みにならない。寝る時以外いっさい休むことをしない母の背中を眺めながら、二つ下に生まれた妹ツタの守《もり》をするのはまもなくノエの仕事となっていった。

数えで五つになった年の、春だったか。ある昼下がり、母ムメと祖母のサトは、炉端で話し込むうち、亀吉を悪しざまに言いだした。

その日、亀吉はめずらしく瓦工場へ働きに出ていた。留守をよいことに女二人の悪口は留まるところを知らず、そばで聞いていたノエは途中から心臓が硬くこわばるような嫌な心地がし、とうとういたたまれなくなって家を飛び出した。

〈甲斐性なしの極道〉

村の人々から、父親がそう呼ばれているのは知っている。難しい言葉はよくわからないが、良い意味でないことだけは理解できる。どうしてそんな扱いを受けるのだろう。あんなに優しくて面白い、皆から慕《した》われるととしゃんなのに。

煙草の匂いのする父の胸に甘えるのが、ノエは好きだった。ただ穏やかなだけではない、時折覗かせる寂しげな表情が、子ども心に気がかりでほうっておけなかった。多くの言葉を交わさなくとも、父との間には何か共通のものが行き交っている気がする。父のほうでも自分にだけ見せてくれる顔があって、そのことが嬉しく誇らしい。それなのに、母親も祖母も、村人たちの悪口から父をかばうどころか一緒になって悪く言う。めっぽう腹が立ったノエは、陽の落ちかけた田舎道を独り、口を真一文字に結んでずんずん歩いた。

歩くうちに、怒りはしかし、だんだんと収まってきた。どれくらいで工場に辿り着けるものかわからず、知らない風景に囲まれて不安がつのってくる。道は、本当にこれで合っているのだろうか。と、後ろから荷馬車を引いて追いついてきた男に声をかけられた。見覚えのある男だ。祖母と話しているのを見たことがある。こんなところで何をしているのかと訊かれ、ノエは、弱みを見せまいと意地になって答えた。

「ととしゃんのこうじょうに、いきよると」

父親の名を告げると、その人は苦笑いして荷馬車の後ろに乗せてくれた。

じつのところ亀吉は、瓦職人としても腕を買われており、とくに細工の細かい鬼瓦づくりにおいては〈名人〉とさえ呼ばれていた。ただしひどい斑気《むらき》で、気が向かなければ仕事に行かず、給金すら自分で取りに行ったことがない。代わりに出向くのはたいてい妻であるムメの仕事で、それらの事情もまた村じゅうの知るところだった。

「父ちゃんの給金ば取りにくるとか?」

と男が訊く。

意味のわからないノエが答えずにいると、男はまた少し笑い、あとは黙々と荷馬車を引いた。

瓦工場の内部の薄暗がりと、積み上げられた粘土の山を覚えている。湿った土の匂いと、奥で煙管《キセル》をふかす男たちの浮かない顔も。

夕まぐれ、亀吉におぶわれて帰る途中で、ノエはくたびれて寝入ってしまった。家に着いた時、祖母と母の半狂乱の声がきれぎれに聞こえたが、眠くて目を開けられなかった。どうやら心配をかけたらしい。いいきみだ、と思った。

話し声にはっと目を覚ました時にはすでに夜で、家族の夕食は終わっていた。寝かされた布団のそばで、祖母と母が話していた。

「こん子は油断ならんけん」

まだ寝ているものと思ってか、ひそひそと声を潜めている。

「陰口ばたたく時は、まちっと気をつけんばいかんね。なんもわかっとらんようで、全部わかっとる。末恐ろしか子ばい」

そうした祖母の物言いにどこか面白がるような響きが混じっているのを、幼いノエの耳は敏感に聞き取っていた。


尋常小学校に入学したのは、明治三十四年（一九〇一年）の四月のことだ。

家は困窮を極めていたが、その前年に尋常小学校の授業料が全国的に無償となることが決まったのは大きかった。月五十銭ほどもした授業料が必要なくなったのだ。女に教育など要らぬという考えも根強くあったから、それまでのままだったならノエが学校に通うことはあり得なかったろう。

同じ頃、亀吉はついに生家を人手に渡し、一家は海べりの借家へ移っていた。

ムメは貧しい中からやり繰りして、手織木綿の筒袖の着物を用意してくれた。祖母の若い頃の着物をほどいて縫い直したもので、成長してもそのつど伸ばして着られるよう、肩上げや腰上げを充分に縫い込んである。小さいノエの身体には布の重なりがごわごわとして重たかったが、家から二十分ばかりの道のりを意気揚々と通った。毎朝、祖母に髪をおさげかお煙草盆と呼ばれる形に結ってもらうのが嬉しかった。

小脇に石盤と読本をかかえ、背中には風呂敷に包んだ行李型《こうりがた》の弁当箱を斜めにしばりつけて、兄の後について歩く。その道すがら、

「やーい！　かーいしょなしのー、ごくどーもーん」

大人たちの口ぶりを真似て、気の弱い兄の背をわざと押すなどしていじめる子があれば、ノエは必ずかわりに飛びかかっていって仕返しをした。かばうというよりもただ腹が立った。兄が甘く見られると自分が馬鹿にされたも同然に思え、とうていそのままにはしておけなかった。

「かいしょなしは、おまえんこつばい！　ばかちん！　ぬけさく！」

村はずれに建つ今宿尋常小学校は、堂々たる横板張りの木造校舎だ。学校の勉強は愉《たの》しい。算術より修身より体操より、ノエは国語の読み書きがいちばん好きになった。

けれど、せっかく字を覚えても、家には読むものなどろくにない。学校から借りてきた本を読んでいる最中に、母親から薪《まき》を運べ、飯を炊け、と次々に言いつけられては集中できない。

その日も、部屋の掃除をするように言われて仕方なくはたきをかけていると、外に誰かの訪《おとな》う声がした。母親が出ていって話しているのが聞こえる。耳をそばだてながら、ノエは懐に入れていた本をそろりと出して読み始めた。

すぐに夢中になった。習い覚えたばかりの仮名の向こう側に、途方もなく広い世界が広がっている。見たことのない町の風景や会ったこともない人の考えが、まるですぐ目の前のことのように伝わってきて、体温のじわりと上がる心地がする。

「こん子な、また！」

大声に飛びあがってふり向くと、母親が土間に仁王立ちになっていた。開いた戸口から射し込む強い西日が憤怒《ふんぬ》の炎のようだ。

「ちっと目ば離せばこしょこしょと！　なんね、そん恨めしか顔は！」

読むなとは言っていない、するべきことをしてから読めと言っているのだ、そう叱る母親の声に、ノエはしかし、かすかな混ざりものの匂いを嗅ぎ取った。母は、字が読めない。昔からそのことを恥ずかしく思っていて、だからよけいに自分を叱るのだ。

「そん顔は、いっちょん反省しとらんやろ？」

反省なんかするわけがない。自分は本が読みたいのだ。後でではなくて、今読みたいのだ。学校から借りてきたものだからまたすぐに返さなくてはならないし、返せば次の本が借りられる。家の手伝いなど、どうせ無駄に遊んでいるツタにさせればいいではないか。

母親に手首をつかまれ引きずられながら、言うべきことは全部言ってやった。聞いてもらえなかった。罰として押し入れにほうり込まれ、閉じ込められたノエは、あまりの理不尽さに泣きわめいた。

「何がいかんかったとね！　うち、悪かこつ、ひとつもしとらんもん！　ひとつもしとらんもん！」

力まかせに中から襖《ふすま》をこじ開けようとしてもまた、ぴしゃんと閉められる。力では、毎日のように人足仕事をしている母に敵わない。

「『もうよか』っち言うまでそこにおればよか。勝手に出たら晩飯は抜きばい」

悔し涙がぼろぼろこぼれた。意地になって膝を抱え込む。もう、いい。そんなに言うなら二度とここから出てやるものか。

襖のわずかな隙間から、外の強い西日がかろうじて射し込み、むき出しになった膝小僧とノエの指先を闇に浮きあがらせる。身じろぎをした拍子に、その光が壁を照らした。

思わず声が漏れた。涙を拭い、かすむ目をこらせば、壁一面に大小の文字が躍っている。新聞だ。前の住人だろう、湿気取りか補修のためか、隅から隅までびっしりと古新聞が貼りつけてある。縦に、横に、逆さに……だめだ、暗くてよく見えない。

脈打つ心臓をなだめ、しばらく息を潜めていた後に、ノエは、そろりと細く襖を開けて様子を窺った。どうやら母親は家の裏手へ薪を取りに行ったようだ。

思いきって素早く這い出すと、お膳の上にあった蠟燭《ろうそく》と燐寸《マッチ》をひっつかんで、再び押し入れに飛び込んだ。襖を閉め、火を灯す。燐の燃える匂いと、蠟の溶ける匂いがさらに脈を疾《はし》らせる。

壁を照らし、難しい漢字は飛ばして、知っている仮名を拾い読みした。意味のわからないところもたくさんあるが、構わない。ただただ、字が読めることが愉しくてならない。

どれくらいたっただろうか。やがて、いきなり襖が開いた。あまりに静かなので、泣き寝入りしたと思われたらしい。

懲らしめがまったく懲らしめになっていないのを知ると、母親は疲れた顔でため息をついた。もっとひどく叱られるかと思ったが、何も言われなかった。


通学の行き帰りに通る田んぼの畦道《あぜみち》は、季節ごとの驚きと輝きに満ちている。早春、水を入れる前には肥料代わりのレンゲの花が一面に咲き、それを土に鋤《す》きこんだあと水が張られると、太陽が眩しくその面に映る。足の下に踏みしめる畦は緑の草に覆われてぐんと柔らかくなり、タンポポやナズナが咲き、たくさんの蝶が舞う。

田植えが終わる頃には蛙の大合唱がわき起こり、友だちと話す声すらかき消されるほどになる。ノンちゃん、というのがノエのあだ名だった。そう呼ばれるたび、耳もとで蜜蜂が飛ぶようなこそばゆさがあった。

青々と伸びた稲がやがて頭《こうべ》を垂れて色づくと、赤とんぼが乱れ飛ぶ空の下、秋祭りの太鼓や笛の練習が聞こえてくる。校庭の木々は鮮やかに染まり、散り、そうするともうすぐに、シベリアからの冷たい北風が海を渡って吹きつけてくる。季節がひとめぐりしたのだ。

妹のツタと一緒に赤いケットにくるまり、ノエは風に向かって、あるいは風に背中を押されて歩いた。寒いのは嫌いだが、吹き荒れる風の中を歩くのはわくわくする。

ともすれば二歩、三歩と押し戻されるほどの向かい風に身体を前のめりにもたせかけ、見えない壁をかきわけるようにして歩いていると、まるで自分が何者にも屈しない無敵の力を手に入れたようで、意味もなく雄叫びをあげたくなる。

その日の風は特に強く、ノエは誘惑に耐えきれなくなり、

「うおおおおお！」

鬨《とき》の声をあげるかのように叫んだ。びっくりしたツタが、

「ノンちゃん、どげんしたと！」

下から顔を覗き込んでくる。ケットを妹に押しつけて風の中に走り出る。

「吹けえええ！　もっと吹けえええええ！」

胸のつかえが飛び出していったようにすかっとする。さらにもう一度大声で叫ぶと、お腹の奥のほうから笑いが込みあげてきた。

「なあ、やめてんしゃい！」ツタが袖を引っぱって止める。「頭のおかしかっち思われるけん」言われれば言われるほど、高笑いは止まらなくなった。

家まで帰り着いた時には、ろくに動けないほど腹が空いていた。母親はいない。日雇いか手伝いに出ていて、また暗くなるまで帰って来られないのだろう。

ノエは立ち上がり、台所の戸棚をあさった。しまってあったお櫃《ひつ》の中に冷や飯が入っていた。胃袋が動いて、ぐう、と鳴る。我慢できない。塩の壺から軽くひとつかみ握って振りかける。

「何ばしようと、ノンちゃん」ツタが後ろからおろおろと言った。「それ、今晩のごはんばい？」

「ばってん、ひもじかもん」

しゃもじですくい、砲弾のような握り飯を作る。ツタにも一つ握ってやる。ためらう妹に見せつけるようにかぶりつくと、塩の辛さよりもむしろ甘みが強く感じられた。ああ、旨い。堪《こた》えられない。

「ほれ、あんたも食べんしゃい」

ツタが、ようやくおずおずと一口かじった。同じように風の中を帰ってきたのだ、空腹にきまっている。

さっさと食べ終えたノエは、妹がてのひらについた飯粒を名残惜しそうに舐め取っているのを尻目に、もう一つ握ろうとした。とたんにツタがまた半泣きの顔になる。

「なあ、やめんしゃいって」

「なしてよ」

「かかしゃんのぶんも取っとかんといかんばい」

「そげんこつ言うても、うち、まだ腹いっぱいになっとらんもん。しょんなかろうが」

「しょんなか、って……」

そう、しょうがないではないか。腹が減るのは生きてゆくための本能だ。食わねば生きてゆけぬ、だから食える時に食う、誰に遠慮することがある。しゃもじを握りしめ、お櫃の底をこそげながら、ノエには妹がどうしてそんなに疚《やま》しそうな顔をするのかまるでわからなかった。

お櫃の中身と同じく、伊藤家の貧しさはその頃には底をついていた。父・亀吉はねんごろになった女と出奔《しゅっぽん》し、噂では満州に渡ったなどという話もあるほどで、帰ってくるかどうかもわからない。長男の吉次郎も、次男の由兵衛も家を出て、今宿村の借家にはサトとムメ、ノエとツタの四人が残っているだけだった。

ムメがどれだけ休まず働いたところで、女の身で家族四人を養うには限界がある。ひとのぶんまで飯を食ったせいではなかろうが、とうとうノエは、口減らしのために養女に出されることとなった。筑後川の河口にほど近い大川町榎津《えのきづ》に、亀吉のすぐ下の妹マツの嫁ぎ先がある。マツには子がなかったのでノエを、という話だった。

「うちはやりとうなかばってん、ばあちゃんが、マツがかわいそかってやけん」

母ムメはそう言ったが、何の慰めにもならない。もらわれていった先で叔母マツがあれやこれやと優しくしてくれるのも、かえって気持ちがささくれる。

どうして自分が出されなくてはならなかったのか、とノエは思った。言わなかったが深く傷ついていた。べつにツタだってよかったはずではないか。ツタのようには素直に手伝いもせず、大食らいで本ばかり読んでいたからか。だったら上等だ。もっと読んでやる。

母親に比べると、叔母にはいくらかこちらに遠慮があるのか、それほど口うるさく手伝いをしろなどと言わない。それをいいことに、ノエは転入した榎津尋常小学校に通いながら、暇さえあれば本に没頭した。

そのまま何も起こらなければ、いつかはそこでの暮らしにも馴染めたのかもしれない。だが、叔父――マツの夫の存在が、そうさせてはくれなかった。

博打《ばくち》打ちというだけでろくでもないのに、叔父は、酒が入ると完全に人が変わった。博打にも酒にも弱いくせに、どちらも我慢がきかない。

負けが込んですってんてんになるたび腹立ちまぎれに飲んだくれ、土足で畳に上がり込んで簞笥を引っかきまわす。女房がどこかに金を隠していないか、質に入れられる着物などはないか、引き出しごと抜いてはひっくり返し、中身を畳の上にまき散らす。

空になった引き出しが飛んできてノエの小さな身体に当たるのを見たマツが、

「な、なんばしよっと！」

逆上して飛びかかっていき、夫を止めようとする。

「やめんしゃいって、もう、何もなかち言うとろうが、わからんとか！」

唸《うな》り声を上げながら叔父がマツを振り飛ばし、足蹴にし、殴りつけ、火鉢がひっくり返り、そのへんの座布団や煙草盆などが宙を舞い、障子が破れ、戸が外れる——それが、日常茶飯事だった。

恐怖のあまり、ノエは部屋の隅でちぢこまって泣いた。最初の一、二度、叔母を庇《かば》おうと、

「やめてくれんね！」

しがみついたとたんに投げ飛ばされ、力任せに殴られてからは、もう身体がすくんで動けなくなった。今宿の浜に襲いかかるあらしより、家の中のあらしのほうがはるかに恐ろしい。父親も、村の皆からろくでなしだの甲斐性なしだのと言われていたが、酔って暴れることはなかった。女子どもを殴ることもなかったのだ。

マツとしては、自分だけならまだしも、子どもにまで躊躇《ちゅうちょ》なく拳を振るう男を見るに至って腹が決まったらしい。それから一年たたずに離婚をし、ノエは再び実家へ戻されることとなった。

吹き荒れる暴力のあらしから解放され安堵したのは確かだが、家族に対する気持ちは前と同じでは

なくなっていた。自分の居場所など、この世のどこにもない。いつまたどこへやられるともしれないと思うと、身体からも心からも完全に力が抜けることがない。母や祖母に対する不信感はもとより、貧し過ぎる家そのものへの警戒心にも似た気持ちが消せなくなっていた。

ノエは、家から一里ほど離れた隣村の周船寺《すせんじ》高等小学校に進学した。心の支えは以前にも増して本だけになった。書物の中の人物は、自分を裏切ったりしない。

教師たちの口からは、日露戦争にまつわる恐ろしげな言葉も出ていたが、ノエにとっては遠い話だった。むしろ書物を通して知る世界のほうが身近に感じられ、いま身を置いている小さな村がこの世の全てではないのだと思うたび、慰められると同時に腹の底に滾《たぎ》るものがあった。

いつか、と唱える。——いつか、必ず。

それでも心がもやもやと曇ったり、何ともわからない寂しさを抱えておけなくなったりした時は、海に入って思うさま泳いだ。もともと泳ぎは得意だったものの、毎日学校まで片道小一時間もかけて歩いて通っているせいもあってしぜんと身体が鍛えられたのか、この頃にはもう、女だてらに博多までの遠泳に加わるほど体力が付いていた。

家の木戸を出れば、目の前はすぐに砂浜だ。寒い季節は重苦しい灰色に感じられるが、春から秋口、天気のよい日はなおのこと、今津湾の真っ白な砂浜とどこまでも碧い海とがまばゆく目を射る。

おとなしい海ではない。湾とは名ばかり、玄界灘の荒波がまともに打ち寄せる。右手に妙見岬《みようけんみさき》、左手に毘沙門山《びしやもんやま》、東と西に豊かな松林が延び、見事な枝振りの大樹が並び立つ。緩やかに湾曲した平らかな砂浜のかたちは翼を大きく広げた鳳《おおとり》のようにも見えるため、地の者は〈鳳 渚《おおとりのなぎさ》〉と呼んでいた。

正面には、牛がうずくまったような姿の能古島、その向こうに志賀島《しかのしま》。さらに彼方の水平線はかすみ、空と区別がつかない。入道雲のわき上がるあたりが海の果てかと見当をつけるしかない。松林の木陰で着物を脱ぐと、ノエは人けのない砂浜を脱兎《だっと》のごとく横切ってそのまま海へ走り込んだ。水の冷たさに心臓がぎゅっと縮まるのさえ我慢すれば、すぐに無限の解放感に包まれる。

海の中にそびえる高い櫓《やぐら》によじ登り、てっぺんから飛び込むのもお気に入りだ。はるか下に海面を見おろすときは腰が引けても、死ぬ気で飛び込んでしまえば最高の気分を味わえる。足を踏み出す間際から海面まで落ちてゆく間の数秒間、脚の間の奥のほうがきわきわと縮こまる感覚がたまらない。そんな時、男子は「金玉の縮むごたぁ！」などと言ってげらげら笑い合うが、何も付いていない女の自分が同じような感覚を覚え、しかも笑うより泣きたい気持ちになるのが不思議だった。

櫓によじ登っては飛び込むのをくり返していると、身体の中にわだかまっていた嫌なものがだんだんと洗い流され、気持ちがすっきりと透明に磨かれてゆく。いよいよそれに飽きてしまうと、ノエは抜き手を切って沖へ沖へと泳ぎ出た。

水面に顔を出し、立ち泳ぎをしながら伸びあがるようにして浜のほうを眺める。海辺に建つ家々は小さくかすんでほとんど見えず、わずかに松林の梢《こずえ》の緑が、盛り上がる波の向こうで揺れるばかりだ。いまの自分は誰からも見えない。何ものにも縛られていない。この肌を水や陽射しから隔てるものとてない。仰向けに浮かび、手足を投げ出して、初めて全身の力を抜くと、思わず安堵のため息が漏れる。

ゆったりと大きくうねる波に背中から持ち上げられては、また下ろされる。そうして揺さぶられながら、蒼が澄みわたりすぎて黒く見えるほどの空を見上げ、最近ほんのりふくらみ始めた胸や、無防備な首筋や腋などを水の触手が優しく撫でまわすに任せていると、心臓ではない、けれど心臓と同じくらい熱く脈打つ箇所が脚の間にあって、そこがぎゅっとなるのを感じた。うずうずとして落ち着かない感覚だった。

学校の友だちは、海底にひそむ何ものかに引きずり込まれそうで怖い、と言う。男子でさえそうだ。だから独りでは泳がない、と。

ノエは、そんなものを怖《おそ》れた例《ため》しはなかった。むしろ自分の身体の底にひそむ未知の生きもののほうがずっと怖ろしく感じられ、同時に、その先を知りたくてならなかった。

やがて岸に戻り、水から上がると、裸で材木の上に寝転んで陽にあたる。あるいは枝ぶりのちょうどよい松の木によじ登り、太い枝の上に鳥のようにとまって髪が乾くまで待った。家では「おなごの泳ぐんはいかん」ときつく言われていたためだ。

冷えてこわばっていた身体が、熱い砂の上を渡ってきた風にゆっくりと温められ、だんだんとほどけてゆく。裸の尻に、堅い松の樹皮が食い込んで跡がつくのも小気味よかった。


ずっと抱いていた警戒心は、的はずれではなかったらしい。高等小学校の三年生を終えた春、ノエはまたしても里子に出されることとなった。

今度は、亀吉の末の妹である叔母キチの嫁ぎ先だ。キチは、長崎の実業家・代準介の後妻として縁づいていた。亀吉とは幼馴染みの代が、病死した先妻の喪が明けるとともに娶《めと》ったのだ。

二年たってもキチには子が生まれず、先妻の遺した千代子《ちよこ》を立派に育てながら家を守っていたが、実家の困窮を気に病むあまり、とうとう自分から夫の代にノエの扶養を願い出たものらしい。代もまた、溺愛する一人娘を寂しくさせておくに忍びず、二歳下のノエを引き取ることに同意したのだった。

「いやたい。うちは、もうどっこも行かん。いやたい」

いくら言ったところで現実は変わらない。それを知りつつ抵抗するノエを、祖母のサトは自分の前に座らせ、とっくりと言い聞かせた。

「こげな良か話はなかとよ。あん家は銭持ちやけん、食べるもんに苦労はせん。あんたんごと気のきつかおなごは、いっそんこつ良う知らん人から厳しゅう教育ばされるとがよか」

代準介は当時、日露戦争下の好景気の波に乗り、三菱造船所に材木を納入する一方で鉄くずを関西で売りさばく事業に成功し、莫大な利益を得ていた。さらにまた、遊園地の設計を頼まれれば引き受け、游泳協会の役員を務めるかと思えば飛行機観覧の計画に加わるなど、多方面で才を発揮するほか、政治にも明るかった。

自らも教育に理解のあったサトとしては、孫のためにまたとない申し出と思われたし、ノエにも何度もそう言って聞かせた。今宿の田舎に比べて長崎は大都会のはずだ。好きな本も、代家ならば飽きるほど読めるだろうと。

そこまで言われても、ノエの心中は晴れなかった。大川町のマツのもとでの記憶が蘇る。もうあんな思いはいやだ。今度の行き先がいくら裕福で、子どもの頃から親しんだ叔母がいようと、所詮は他家だ。とても手放しで喜ぶ気持ちになれない。

（こん先、どげんことがあっても、うちは、自分の子どもば人にやるようなことはせん。どげん苦しゅうても、それだけはせん）

自分が口減らしの対象でしかなく、おまけに意思など無視してたらい回しにされていることが屈辱でならなかった。たまたま生まれ落ちた家によって、人の運命はこれほどまでに変わる。この世は、そもそものはじめから不平等にできているのだ。自分に可愛げがないのも、負けん気が強すぎるのも知っている。年よりませた性格が、大人に憎まれがちなのもわかっている。だがそれも、

（しょんなかろうが）

意に反して大川町へ養女に出され、また勝手に戻された時、悟ったのだ。大人の言うことに信をおき服従するなど馬鹿のすることだと。彼らに気に入られるよう、自らを曲げてまでへつらうのはまっぴらだった。

明治四十一年、数えで十四歳の春に、ノエは代準介の家から長崎市内の西山女児高等小学校へ通うようになった。

幸い、授業に付いていけないといったことはなかった。学校の気風や生徒たちの表情が、何やらあっけらかんと明るく、今宿とはまったく違っているのが新鮮だった。

それ以上に驚いたのが、代家の暮らしぶりだ。想像など軽く超えていた。いわゆる金持ちの生活というものを、ノエはせいぜい子ども向けの物語の中でしか知らなかったのだ。

血の繋がらない従姉となった千代子は二つ年上で、学年は一年違いだった。穏やかで優しい気性の少女は、生まれ落ちた瞬間から使用人たちに傅《かしず》かれてちやほやと育てられ、自分の境遇がどれほど恵まれているかについてなど一度として考えたことがないように見えた。

「おいのもんやったら、なぁーんでん貸してやるけんね。本でん、教科書でん、なぁーんでん」

一言一言に蝶々がとまりそうなほどおっとりと言われ、ノエは苛立った。

(のんびりしとったらよか。今に勉強で追い抜いちゃる)

何でも貸してくれると本人が言うのだから、遠慮なく借りた。部屋にあった本は片端から読み、櫛を使って髪型をまねた。所作や話し方もまねようと試みたが、それだけは気性に合わなかった。

一方、叔母キチは、今宿の実家に帰省してくる時とは違った厳しさでノエに接した。

「どんだけ甘やかされて来よったん」

家事や裁縫などの躾《しつけ》がなっていないと見るや、女の務めと称して無理やりにさせられた。やりたくないと言っても聞いてくれず、おまけに、なさぬ仲の娘のことは〈お千代さん〉と呼ぶくせに、ノエのことは呼び捨てにする。これまでもそう呼ばれてきたにせよ、差をつけられると面白くない。

並んで縫いものをしている千代子の手つきは、相変わらずおっとりとして優しい。糸の目も揃って美しく、キチはそれを、

「ほれ、見てんね」

と、いちいちノエに見せようとする。

負けるものかと思うのに、どう頑張っても運針の跡が曲がり、針先は言うことを聞かず、布を貫いて指ばかり突き刺す。ええい、もうやめだ、おなごの務めが何だというのだ。こんなことはやりたい人間がやればいいのであって、書物を読み、勉学にいそしむほうがはるかに世の中の役に立つだろうに。

「ああ、もう。すぐにふくれて泣くんはやめり」

キチに叱られるとますます腹が煮え、ノエは声をたてずに泣いた。ぼろぼろとこぼれる涙を叔母があきれたように見ているのが業腹でまた泣けた。

悔しい。やるせない。今宿では誰よりも祖母が力量を認めてくれて、時に厳しくはあっても可愛がってくれた。亀吉が出奔してからは特に、祖母が一家の家長であったから、いま思えばあの家におけるノエの地位はかなり高かったのだ。それが、ここでは違う。千代子は〈お千代さん〉で、自分はただのノエだ。使用人と変わらない。くそう。こんちきしょう。

自分がかわいそうでならなかった。こんな思いをさせられるほど、何か悪いことでもしただろうか。夜は布団の中で声を殺して泣き、どれだけまぶたを腫らしたか知れない。

それでもなお——ノエにとって、浴びるように活字に親しむことのできる生活は、すべてを引き換えにしても余りある魅力を持っていた。ある意味、祖母の言う通りだった。長崎はおよそ想像し得なかったほどの大都会で、千代子とともに連れられて街に出れば、こうこうと明かりの灯る書店の棚にはおびただしい数の本が並んでいる。『女学世界』や『女子文壇』といった少女雑誌に、読者の投稿を促す文句が躍っているのを目にして、ノエは胸を高鳴らせた。信じられない。作家でもないのに、書いた文章が活字になるというのか。想像するだけで武者震いがして肌が粟立つ。雑誌の頁が、異世界につながる魔法の扉のように思われた。

書店ばかりではない。そもそも代家の書斎にも、膨大な書籍が置かれていた。天涯孤独となった十三の頃から、代自身が貸本屋をしていたためらしい。自分と同じ年頃にはもうそんな商売を始め、二十歳で村の収入役まで務めていたと知ると、ノエの叔父を見る目は変わった。

ふだんの代は、九州と四国を忙しく飛び回っていてめったと家にいないが、たまに帰ってくれば、交流のある文化人や言論人、実業家や軍人といった人々が出入りし、家の居間は社交界のサロンのようになる。世間話の延長のように天下国家が語られ、世界情勢が話し合われ、そうかと思えば茶の湯や室町文化、造船や海運についてと、話題が縦横無尽に広がってゆく。目つきの険しい論客もいれば、どうやって食べているのかわからない高等遊民もいる。今宿にいたなら一生かけても出会わない人々、耳にすることのない話題ばかりだ。

ノエは彼らの一挙手一投足を、その黒い瞳を強く光らせて見つめていた。用もないのに居間の戸口でぐずぐずしたり、そんな時ばかり率先して茶を運ぶなどする姪を、代準介はとくだん邪魔にもせず、好きにさせておいてくれた。

語られている一部分を聞くだけでは意味がわからなくとも、いやそれだからこそ、好奇心はいやが上にも刺激される。知らない言葉は辞書を引いて調べるか、それでもわからなければ叔父に訊く。そのようにして田舎出の少女は、日本と世界とそれぞれの国に暮らす人々とに照準を定めて思考をめぐらす術を覚え、世の中のことをもっと知りたいと願うようになっていった。

妥協、ということについて、ノエは生まれて初めて考えた。

手の届くところにすぐ活字があるこの境遇を、みすみす手放したくはない。そのためには生活にまつわる反発や嫉妬などといった感情はとりあえず呑みこんでおくのが得策かもしれない。何が何でも手に入れたいものが目の前にある以上、それと天秤にかけて、我慢できることは我慢をし、差し出せるものは差し出すということ。叔父がしている商売とどこも変わらない。

へつらうのとは違う、これは取引だ。

半年あまりたった頃、代一家は突然、長崎から東京の根岸へ引っ越すことになった。事業成功の波に乗り、三菱造船の仕事は支配人に任せて、首府東京に新しくセルロイド加工の会社を興すことになったのだ。

キチにさえ何の相談もなかった。知らされた時にはすでに上京の段取りや借りる家まで決まっており、娘の千代子は上野高等女学校に入れる、ノエは今宿に戻す、と言い渡されただけだった。

「もう、こりごりたい。大人なんか、いつでん自分の都合ばっかりやなかと」

今宿に帰されるなり、ノエは吐き捨てるように言った。

その頃にはどこからともなく家に戻ってきていた父の亀吉が、

「ほんなこつ、すまんかった」と頭を下げる。「俺に甲斐性がなかばっかりに、お前に苦労ばかけて」

何も言えなくなった。いや、言うのをやめた。あれが辛かった、これが悔しかった、と一つひとつ話せば話すほど、腹の中で黒々と煮詰まっている怒りがいいかげんに薄まってしまうのがいやだ。いっそこの黒い塊を、石炭を備蓄するように溜めておいて、いつか思いきり燃やしてやる。正しく仕返しをしてやるのだ。

かつて通った周船寺高等小学校に、最高学年である四年生への転入というかたちでもう一度入り直したのは十一月という半端な時期だった。転校に次ぐ転校のつど、周囲に馴染むだけでも一苦労だったが、こうして生まれ育った土地から通う学校生活はそれなりに心安いものではあった。

授業中、ノエは机の陰に本を隠し、袴《はかま》の上にそろりと広げて読みふけった。国語も修身も、地理も、皆の理解に進度を合わせた授業などだるくてとても付き合っていられない。同級生たちがあまりにも無邪気で人を疑わない子どもであるのを、ノエは苛立ちながらもどこか微笑ましく眺めていた。

別の本を読んでいても、教師に指されれば立ちあがってすらすらと答えてみせる。答えに詰まるのを期待していた教師が、一瞬悔しそうな顔をするのが面白い。

「いったい何ば読んどったとか」

腹立ちまぎれに訊かれ、ノエは堂々と表紙を披露した。木下尚江の『良人《りようじん》の自白』。『毎日新聞』に連載されて評判の高かった男女の愛憎小説だ。主人公の弁護士・白井俊三は、相思相愛の女性と引き裂かれて意に染まぬ結婚をするのだが、やがてその苦悩から身を持ち崩し、複数の女性たちと関わってゆく。

「そげなもん、子どもの読むもんやなかと」

いきり立つ教師に、ノエは言い返した。

「もう子どもやなかですもん。この前、先生の言いよんしゃったやろ?『十四にもなったら、おなごも立派な大人たい。いいかげんお前もおなごらしゅうせんばいかん』って。そっちん都合で言うことば変えんといてくださいね」

級友たちが笑いだし、やんやの喝采をする。

ノエは静かに腰を下ろし、本を机の中にしまうと、まっすぐに黒板を見た。そうすれば、教師がそれ以上は叱れないことをよくわかっていた。

長崎で通っていた学校の教師たちはもっとゆるやかだったように思う。生徒に過度な干渉をせず、よほど本分を踏みはずさない限りは好きにさせてくれていた。そんな気風の中にほんの半年ばかりでも身を置いたノエには、ただ細かいばかりの田舎の学校の規則が無意味としか思われなかった。用があれば校長室や職員室にもずかずかと出入りをし、思ったことを臆さずそのまま口にする。その快活さや勝気さを面白がり、可愛がってくれる教師も多かった。

が、逆の感想を抱く者もいた。

「おなごんくせに、慎みんなかね」

佐々木という図画の女性教師は、ノエを、控えめに言っても目の敵にしていた。ふだんから学校の規則をやかましく言う人で、遅刻や居眠りなどだらしないことには非常に厳しく、生徒が何か忘れ物をすると針一本に至るまで氏名とともに監督日記に書き留めて罰を与える。むろん、ノエは何度も標的にされた。

きちんとしなくてはいけないという認識はノエにもあるのだ。ただ、一度にたくさんのことに注意を向けるのがとても苦手なのだった。一つのことに集中するのは得意なのに、そうすると他のことが何も見えなくなり、忘れてはいけないことを忘れてしまう。遅刻も落とし物も忘れ物もめずらしいことではなく、そのつど佐々木先生に呼び出され罰を与えられても、結局のところ何の効き目もないのだった。

叱られてくさくさする時など、ノエは学校の帰りに足をのばし、半里ばかり離れた波多江《はたえ》というところへ遊びに寄るようになった。かつて今の学校に通っていたころ担任だった長谷川という男性教師が、今では波多江の小学校長になっており、週に一度か二度はそこを訪ねて、テニスをしたりオルガンを弾いたりするのがノエにとっていちばんの気晴らしだった。

周船寺の学校ではテニスの道具もオルガンも教師たちしか手を触れることが許されていないが、波多江では自由に遊ぶことができる。帰りが多少遅くなっても家族が心配するようなことはない。同じ学校に、近所に住む川村先生という年輩の女性教師がいて、必ずノエを送って一緒に帰ってきてくれたからだ。

長谷川先生も川村先生も、ノエを認め、可愛がってくれていた。学校を離れたところで自由に議論を戦わせ、様々なことを教えてもらったり、見えなかったものに目を向けるよう導いてもらったりするのは胸躍る経験だった。勉学とはまた違う刺激がそこにはあった。

刺激は、正直なところ、学びだけではない。夜、布団の中で目をつぶると、ノエはまぶたの裏に長谷川先生の顔を思い浮かべた。

(先生はちぃーと、『良人の自白』の白井俊三に似とらっしゃる気がする)

主人公の若き弁護士が女性たちにしたであろうことと重ねて想像すると、小さな疼《うず》きとおののきが身体の中で暴れた。かつて独りぼっちで沖に出て波間に浮かんでいた時の、あの何とも言えないうずうずとした感覚が思い出された。

比較的温暖な土地柄とはいえ、福岡県の冬は北風がきつく、容赦なく体温を奪ってゆく。

それだけに、年が明けて月が変わり、いよいよ二月も終わりに近づけば、陽射しに春が感じられて心境まで明るく転じる。台風がひっきりなしに通ってゆくこともない、一年で最も平穏な季節かもしれない。

その日、ノエはいつものように、学校帰りに波多江へ足をのばしてテニスに興じていた。この学校に出入りするようになってから知り合った教師たちも、ノエの独立心とはねっ返りぶりを面白がり、時には遊びに加わることもあった。

晴れていたはずの空模様が怪しくなったのは陽が傾きかけた時分のことだ。弾む球がやけに風に流されると思っていると、みるみる雲が暗く垂れ込め、大粒の雨が落ちてきて、慌てて屋内に駆け込むやいなや季節はずれの大あらしになった。二間《にけん》先も見えない横殴りの雨と、まっすぐに歩けないほどの風が、やむかやむかと思って待っているのにまるでやまない。あたりはとっぷりと暗くなってくる。

「こりゃ、あきらめるしかなかねえ……」

家に報せる方法はないが、何しろこの天気だ。誰と一緒であるかも知っているのだから、無用な心配はするまい。

学校の宿直室に泊まるという長谷川先生とは別に、ノエと川村先生とは、近くの家で厄介になることにした。旅館のような大きな家で、布団はこざっぱりと気持ちが良かった。

翌日、直接学校へ向かうと、いちばんに佐々木先生のところへ断りに行った。

「先生、昨夜は他へ泊まりましたけん、図画の用意をしてくることができませんでした」

佐々木先生は、何やら意地の悪い笑顔を向けてきた。

「ごまかしたって、だまされませんよ。本当は忘れてきたとでしょう」

「いいえ、本当に泊まったとです」

「そんならなぜ昨日、前もって用意をしておかなかったの」

「昨日は泊まるつもりじゃなかったけん」

あの激しいあらしのせいで、仕方なく波多江に泊まったのだと告げると、佐々木先生の形相が変わった。

「波多江っち、また長谷川先生のところへ行ったとね。あの先生と一緒に泊まったん？」

「違います、長谷川先生は学校に泊まんしゃって、うちは川村先生と」

無言で眉をつり上げた佐々木先生は、おそろしく冷たい一瞥《いちべつ》をノエに浴びせると背を向けた。

ちゃんと正直に報告をしたのに、なんと無礼な態度だろう。教師であれば生徒に何を言ってもいいのか。

激しい憤《いきどお》りを覚えたものの、図画の道具がない事情についてはきちんと断ったというだけで安心したノエは、それきりそのことをけろりと忘れていた。まさか放課後になって、校長にまで叱責されることになろうとは予想もしていなかった。

「校長先生の御前《ごぜん》にいらっしゃい」

青い顔をした担任の女教師にそう促され、ノエは、そうした。いったい何を言われるのかと思うと身体じゅうの血が反抗に沸き立ち、怒りにわくわくした。

「あなたの泊まったのは、お料理旅館だそうですね」

口髭をたくわえた校長は、ノエを仁王立ちで見おろした。

「そうでしたか。うちは川村先生と一緒に泊まっただけですけん、そえんこといっちょん知りません」

とたんに怒鳴りつけられた。

「何ですか、その口のきき方は！」

　血の気が引き、指の先まで冷たくなる。悪いことなど何もしていないのに、とノエは思った。昨日から今日までの行いをどれだけ細かくさらってみても、過ちの欠片《かけら》さえ見つけられない。あらしが来て、帰れなくなったから仕方なく女の先生と一緒に旅館に泊めてもらった。朝、学校へ来て、何一つ包み隠さずありのままを話した。それなのに、

「あなたは大人を敬うということを知らんとですか」校長はねちねちと文句を並べた。「両親の許しも受けずによそへ泊まるなど、大変悪いことです。第一、そげな遠いところに学校の帰りに遊びに行くというのが間違いでしょう」

「ばってん先生、いつでも行くとです。そしていつでも川村先生と一緒に帰るとです。家の者は知っちょりますし、何も心配なんか」

「黙りんしゃい。あなたはまったく慎みを知らない。私がまだ話しているうちから口答えをするとはどういう考えですか。いくら学科ができようと何だろうと、慎みのない女は、人に物を言う資格はありません。女はもっと女らしくするものです。心がけのいい人なら、あんなところに遊びに出かけるはずもなかろうし、そうすればこげな間違いは起こらんかった。そもそも、家の手伝いもせんで遊んでばかりいる性根もよくない。どんだけ悪いことをしたか、あなたにはまだわかっとらんとですか！謝りんしゃい！」

　気弱な担任がすすり泣きを始める横で、ノエは袴の足を開いて立ち、校長を睨み上げた。全身がどくんどくんと脈打ち、決して泣くものかと思うと目尻が切れて血がしぶきそうだ。

「……謝りません！」

　とうとう、ノエは叫んだ。

「何ですと？」

「何がいかんかったとですか！　うちは、悪いこつばしとらん！　ひとつもしとらんもん！」

叫んで、身を翻した。

廊下を駆け抜け、教室に飛び込む。今になって涙が鉄砲水のように噴きだして止まらない。自分の机から荷物をすべてさらえて包み、そのまま後ろもふり返らずに家までの一里を歩いて帰る。昨夜のあらしでぐちゃぐちゃにぬかるんだ道は、低い下駄ではまともに歩けず、袴の裾が泥で汚れ、何度も転びそうになった。

帰り着いてみれば、誰も昨夜のことなど心配していなかった。むしろ、今日の帰りの遅いことに気を揉んでいた。あのあらしでは昨夜はとうてい帰れまいと、誰もが思うだろう。それが普通だし、それだけのことだったはずだ。いったい何が悪かったと言うのか。何を謝れと。

ノエは、明るいランプの下にいる父親の前に立ち、汚れた袴も脱がずに、教師たちの理不尽な態度や叱責についてあらいざらいぶちまけた。

「あげな学校、明日から行かん！」

震える声で宣言するノエをじっと見て、父親は、返事らしいことは何も言わなかった。

後になって、担任が家まで謝りに来た。それもあり、卒業までもうさほど残されていないこともあって結局数日後にはまた通うことになったのだったが、学校は、もはやノエにとって少しも眩しい場所ではなくなっていた。

波多江からは長谷川先生がわざわざ出向き、学校に事情をきちんと話してくれた。にもかかわらず、校長も、また図画の佐々木先生も、ノエにはいっさい謝ることがなかった。それどころか佐々木先生はそのとき、長谷川先生に愛想笑いを向けながらこう宣《のたま》ったそうだ。

「私はノエさんを信じとりましたが、担任の先生がねえ。あなたとノエさんの仲を勘ぐりんしゃって、二人で泊まったたち言いふらしよったとです。私はもうやめときんしゃいと言うたとに、校長先生んとこまで話ば持ち込んで、勝手におおごとにして。かわいそうに」

後でそれを聞かされたノエは、あいた口が塞がらなかった。それほどまでに悪意のある粘着質の嘘が、この世にあるということが信じられなかった。

大人は、汚い。自分を守るばかりか、わざわざ他人を貶《おとし》めるためにも嘘をつく。女はこうあるべき、子どもはこうあるべき、そうやって自分たちの理屈で決めつけては弱い者を力で従わせようとする。教師の権力をかさに着て、生徒に怒鳴ったり、刃向かうなとおどしたり、そのくせ都合が悪くなると責任を押しつけて逃げようとするのだ。

この悔しさは忘れない、とノエは思った。絶対にあいつらを許さない。

腹に溜めておく石炭がまた増えた。


八年間に幾度となく転校を重ね、二度までも他家で暮らす苦労を強《し》いられる中で、心からの友などできようはずもない。信頼できる教師も周船寺にはいなかった。

その年の三月、卒業写真の撮影の日——直立不動で写真機を見つめる生徒たちの中に交じって、ノエはただ独り、横を向いて突っ立っていた。

こんなところにとどまりたくない。もっと勉強がしたい。視野を広げ、世界のなりたちや仕組みについて学び、すぐれた文章を書いて人の心を動かしてみたい。向学心なら、誰にも負けない自信があるし、成績だって立派なもののはずだ。

それなのに、どうして自分は女学校へ進むことができないのか。たいした成績もおさめなかったぼんくらたちが、呑気に進学しているというのに。

――なしてなん。

その理由は、もちろんノエにもはっきりとわかっていた。貧しいからだ。娘にこれ以上の教育を受けさせるだけの金が、伊藤の家には財布を逆さに振ってもないからだ。どう足搔《あが》いたところで、これればかりは変えようがない。

高等小学校を出たノエはいったん熊本の通信伝習生養成所に入り、ここを卒業したのち、家の近くの谷郵便局の事務員として働き始めた。ほんのいくばくかでも家計を助けるための苦しい選択だった。毎日、育った家からすぐの建物まで、海風に吹きさらされながら歩いて通う。悔しくてたまらなかった。ああ、いやだ。このまま一生を終わるなんてまっぴらだ。今宿の海を左に見たり右に見たりしながら一生を使い果たすなんて耐えられない。

休みの日、ノエはよく、三池にいる叔母モトの家を訪ねた。モトにはキミという娘がおり、従妹の彼女と並んで裏山の八幡神社の草むらに寝転んでは将来の夢を語り合った。

「『女学世界』にまた、うちの歌が載ったとよ」

ノエが言うと、キミは目を輝かせた。

「ノンちゃんは将来、女流作家にでもなると?」

そうなったならどんなにいいだろう。祈るように思いながら、胃が真っ黒に焼けつくほどの焦燥があった。

もう一度都会へ出たい。代の家にいた頃のように様々な本を読んで、知見を広げたい。今宿にいてはどうしてもそれがかなわない。なんとつまらない人生だろう。

そんな折だった。東京で事業をしていた叔父夫婦と娘の千代子が、夏休みに今宿へ遊びにやってきた。相変わらずおっとりとした千代子は、鶯谷にある上野高等女学校の三年生になっていた。

同じように尋常小学校と高等小学校の八年間を修了したというのに、この差はどうだ。片や、全部合わせても六、七十戸しかない寂れた村の郵便局員。それに比べて千代子はといえば、人口二百万を超える大都会の東京市で、のほほんと女学校に通っている。それほど勉強が好きそうにも見えないのに、猫に小判とはこのことではないか。

いくら嫉妬してみたところで、やはり金銭的な事情ばかりはいかんともしがたい。憧れと絶望とが激しく胸に荒れくるう夏だった。

悔しか。

ああ、こんちきしょう、歯痒《はがい》か。

絶対、このままで終わらん。絶対に……！

やがて健康そうに日に灼けて帰ってゆく叔父一家を見送るノエの裡には、鋭い光を放つ確かな野心が生まれていた。

第二章　突破口

夏の終わりの風が吹いている。東京は根岸の朝だ。

開け放った窓辺にカーテンが揺れる。書斎のソファに座った代準介が、インクの匂いも真新しい新聞にあらかた目を通し終える頃、妻のキチが冷たい麦茶を運んできた。

「ここへ置いてよかですか」

「ああ、うん」

そちらを見ずに言うと、キチは、畳に据えられた応接テーブルの上にコトリと盆ごと置き、ため息まじりに言った。

「また送ってきよたとですよ」

目を上げる。夏らしい竹細工の盆の上に、麦茶のグラスと並んで一通の封書が置かれていた。ずいぶんと分厚い。ほんの数日前に届いたものよりもさらに分厚い。

「これで、もう四通目やっとか」

家にいる時ばかりは、夫婦ともにおのずと郷里の言葉が出る。

「いいえ」キチは首を横にふって答えた。「五通目ですたい」

代は新聞を畳み、封書を手に取った。持ち重りがした。

東京市下谷《したや》区下根岸八一番地
代　準介　様

水茎の跡も鮮やかな文字は、一字一字がしっかりとした構えで、封筒からはみ出しそうなほど大きい。裏を返すと、これまた大きく〈伊藤ノエ〉と署名がある。

「いくら郵便局勤めやからというて、こげんも気安く手紙ば送ってこらしても困りますばいねえ。中身もどうせ、こん前やそん前となんぼも変わらんとでしょう」

妻には答えず、黙って封を開けながら、代は郷里の今宿村に暮らす姪を思った。この夏、ひとり娘の千代子を連れて帰省した際に会ったのがほぼ一年ぶりの再会だったが、あれからまだひと月とたたぬのに、こうして三日にあげず手紙が送られてくる。

長崎の家で預かっていた頃のノエは、言っては何だが野育ちのけもののようだった。きつい眼をしていた。きついだけでなく奥底から燃えさかるような力を秘めた眼が、まだ幼さの残る顔と体つきの上にあって、そのちぐはぐな印象が本人のあずかり知らないところで妙な色気を醸し出していた。

しかし、この夏に再会したノエにはもっと驚かされた。二歳年上の千代子のほうが妹のように見えるほどなのだ。日に灼けた浅黒い肌、彫りの深いいわゆる〈万屋顔〉はそのままだが、みすぼらしい着物の上からでも体つきがぐんとまろやかになったのが見て取れて、ふとした拍子にうなじのあたりから荒削りな、しかしはっきりとした色香が立ちのぼることがあった。たったの一年ほどでこうも変わるものかと思った。

食うにも困るほど貧しい家に育ち、里子に出されてはまた戻され、高等小学校こそ優秀な成績で出たものの先へは進めず、今は家からすぐの郵便局に勤めてわずかな給料を得ている――そこへ、かつて机を並べて勉強した従姉の千代子がきれいなべべ着てやってきたわけだ。ノエにしてみれば、屈辱以外の何ものでもなかったろう。

今の境遇に彼女が満足していないことは、炯々《けいけい》と光を放つ双眸からも明らかだった。千代子から華やかな東京の生活について聞かされる間も、顔で笑いながら心は開いていない。呑気でおぼこな従姉の横顔に、時折、焦げつきそうな嫉妬の一瞥を投げる。羨みながらも自分を下には置きたくないのか、そのまなざしはむしろ千代子を見下げていた。金持ちの家に生まれた幸運をわかっていない愚かな女への、嘲笑と憐れみとに満ちていた。

我が娘を侮《あなど》るノエの視線を、代はしかし面白く思った。いつのまにやら佇《たたず》まいや仕草の端々に女が匂うようになって、それでいて物騒な目もとだけは変わらず、今なお気性の荒い野生動物のようなのだ。しかもその目は、理知の光までも宿しつつある。

三つに折り畳まれた便箋をひろげ、目を走らせた。癖はあるが良い字を書く、とまた思った。

――私は、叔父上と叔母上に受けたご恩を片時も忘れたことがありません。お二人を実の父、実の母とも思っております。千代子姉もまた実の姉と思い、心より慕っております。

挑むようにまっすぐこちらへ向けられるノエのまなざしを思い起こし、代は苦笑した。似合わぬことを書いてよこすのは、魂胆があるからだ。

――私はもっと自分の力を試してみたいのです。もっともっと勉強をして、叔父上のように広い世界が見てみたいのです。できれば学問で身を立てたいと思っています。一生を今宿の田舎で終わるかもしれませんが、その前にせめて東京をしっかりこの目で見、沢山の人から話を聞きたいと思っています。そのためでしたらどのような努力もいたします。


「どうせ、前とおんなじことをくり返しちょるだけでしょう？」

妻の言葉に顔を上げる。麦茶をのせた盆を置いてそのまま畳に正座をしていたキチは、どこか疲れた面持ちで言った。

「なんやろう、あん子は、ひとんことばーっかり当てにしよって。ちょっとやそっと勉強ができたところで、誰もが進みたい道へ進めるわけやなかとにねえ」

血の繋がった姪だけに、キチの評価は厳しい。代の見る限り、いささか厳しすぎるほどだ。前回はキチ自らが実家の窮状を見かね、口減らしのためにノエを引き取ってもらえないかと代に頼んだのだったが、身内がこれ以上の迷惑をかけることを気に病んでいるのだろう、このところ次から次へと送られてくる手紙にはまったくいい顔をしない。

便箋に目を戻す。


――今宿で私がこうしております間にも、千代子姉はどんどん勉強をし、見聞を深めていることでしょう。それを思うにつけ、いても立ってもいられなくなります。

どうして人は、生まれ落ちた境遇によってこのように差がついてしまうのでしょうか。私が何か悪いことをしたのでしたら、耐えがたい苦しみにも耐えなければなりませんが、私は何一つとして人に責められるようなことなどしていないのです。それなのにどうして、こんなに辛い思いを我慢しなくてはいけないのでしょうか。

もっと勉強をしたい。そのためのお金と時間がもし私に与えられたなら、誰より良い成績を収め、結果を残す自信だってありますのに、私には端《はな》からそれが許されていません。

世の中が不公平にできていることは知っています。そんな世の中はいつか変えてゆかなくてはなりませんけれども、今の私にはまだ何の力もありません。ですから、叔父上、叔母上にお願いするより他ないのです。

一人前になったら必ず孝行をさせて頂きます。どうぞ私を学校へやって下さい。ご恩は必ずやお返しいたします。命に替えてもお約束しますから、どうか後生です。後生ですから学校へやって下さい。


これまでの手紙よりもなお一層、熱と力のこもった文章だった。哀願と呼ぶのがふさわしいほど口調は悲壮であるのに、不思議と卑屈さが感じられないのはやはり、文面の向こうにあの強靭《きょうじん》なまなざしを思い浮かべるからかもしれない。

「まっこと、すまんことです」

と、キチが手をついて頭を下げる。

「いや、お前が謝ることではなかと」代は言った。「なかなか面白かよ。おなごのわりに、見所のある子ばい」

しかしキチは、きっぱりと首を横に振った。

「あん子は、ええかげんに自分の分際っちゅうもんをわきまえんといかんとですよ。お千代さんと並んで勉強さしてもろうたんが忘れられんとやろうけど、自分までえろうなったような気でおったら大きな間違いたい。もう、子どもやなかとです。勘違いも思い上がりもたいがいにせんと」

立秋をとうに過ぎ、もうじき処暑を迎えるというのに、夕刻の陽射しはいまだ強く、庭木の葉も下草もしおたれている。

使用人が水やりを怠けているわけではない。陽がもう少し翳《かげ》るのを待たねば、せっかく撒いた水が熱せられ、かえって根が傷んで枯れてしまう。たとえ庭木一本でも、太く大きく育てるにはそれなりの心配りが要る。

縁先にあぐらをかいていた代の耳もとに、金属音に似た羽音をたてて蚊が寄ってくる。手にした団扇《うちわ》で払いのけながら、さて、どうしたものか、と思う。庭木ではない。ノエのことだ。

今朝ほど、また手紙が届いた。書いてあることの趣旨は同じだが、七通目にして、前よりもさらに分厚い代物だった。

その熱意には確かに、動かされるものがある。できれば協力もしてやりたいと思う。

今もこの家には、会社の職人以外にも苦学生を受け容れており、代はできる限りのことをして彼らを学校に通わせてやっていた。自分自身が若い頃、もっと勉強したかったところを断念しただけに、学ぶ意欲のある学生にはつい肩入れしたくなる。同じように考えてのことか、今の時代、若者の育英に力を注ぐ実業家は少なくない。

だが、あくまでも男の場合だ。女の身で、しかも今宿の田舎にいるのであれば、高等小学校を卒業しただけで上等ではないか。とはいえノエは、その今宿をこそ飛び出し、東京に来たがっている。あれだけの向学心と野心を備えた若者は男でもめずらしい。

代は、人を見る目には自信があった。まっすぐ伸ばしてやればノエはきっとひとかどの人物になるだろう。惜しい。女でさえなかったなら、手を貸すことを迷いはしなかったのに。

塀のそばの日陰を、赤毛の犬が横切ってゆく。代がチチと呼び、手招きをすると、馴染みの犬は相好《そうごう》を崩してそばへ寄ってきた。

長崎で営んでいた三菱造船の仕事を支配人に任せ、東京でセルロイド加工の会社を興すべく根岸に越してきた当初から、この犬は、一家が夕餉《ゆうげ》を囲む時間になるといつもふらりと現れた。キチは毛が飛ぶなどと言って嫌がったが、犬好きの代が呼ぶと最初から人なつこく尾を振ってほとほとと寄ってきた。

立派な革の首輪をしていたので、

〈この犬はどちらの犬ですか〉

紙片に書いて結びつけたところ、一旦姿を消した後に、新たな紙片をつけて現れた。

〈村上の犬です。御贔屓《ごひいき》に願います〉

家主に訊くと、隣の家に住む村上浪六《なみろく》のことだと言う。あの時は驚いた。数々の任侠《にんきょう》歴史ものを書いて人気を博している小説家が、すぐ隣に住んでいるというのだ。

後に聞かされた話だが、先方もまた会う前からこちらに興味と好意を持っていたらしい。初めて挨拶を交わした時、村上は、弓なりの太い眉をますます吊り上げ、分厚い唇におかしそうな笑いを浮かべて言った。

「そりゃあそうでしょう。庭先の物置も借りたいからって、わざわざ自分から家主に五円の値上げを申し出たというじゃないですか。向こうが只でいいって言っているのに、家賃の値上げを受けぬならこの家を出て行くとか何とか。こりゃたいした変わり者だと面白く思いましてね」

犬を介して意気投合して以来、村上とは急速に打ち解けていった。向こうが三つばかり年上だが、互いに隔たりは感じなかった。しばしば酒を酌み交わし、様々な議論を愉しむ。隣家の書生ら六、七人が村上も交えて相撲に興じているのを知ってからは、こちらの職人たちとともに押しかけ、交流相撲と称して毎日のように取っ組み合うようにもなった。

住む家は選べても、隣は選べない。慣れない東京暮らし、気の置けぬ隣人の存在は何より有り難い。

「よしよし、お前も暑いか」

はっはっと舌を出して喘《あえ》ぐ赤犬に、代は低く話しかけた。

「さあて、どうしたものかなあ」

心の裡がそのまま言葉になる。犬が、首をかしげる。

「いっぺん相談してみるか。お前の御主人に」

犬は、ゆさゆさと尾を振りながら笑った。

藺草《いぐさ》の丸座布団を蹴って立ちあがると、代は書斎へ行き、分厚い手紙を封筒から抜いて懐に入れた。

差出人が自分の姪であることが先に知れれば、相手は率直な意見を言いにくくなるだろう。遠慮や気遣いとは無縁のところで、まずは忌憚のない感想を聞いてみたい。職業柄、先方は昼でもたいがい在宅しているはずだ。カンカン帽をひょいと頭に載せ、下駄を履き、門をくぐって右隣の家の戸を叩いた。

と、庭のほうから誰かが応える。女の声だ。灯籠や蹲踞《つくばい》をまわり、飛び石を踏んで覗いてみれば、日陰になった濡れ縁に先客がいた。

男仕立ての絣の着物、無造作に放りだした素足には男物の下駄、これまた男のように短く刈った小さな頭を振り向け、

「あら。代さん、いらっしゃい」

自分の家のように言う。

五代藍子《ごだいあいこ》――西郷隆盛や大久保利通と並び称される維新の立役者、五代友厚《ともあつ》の次女だ。朝に夕に、大きな白い犬を二頭連れて散歩しているかと思えば、こうしてしょっちゅう村上や代の家を訪ねてきてはひとしきり世間話など楽しみ、気が済むと帰る。年は、三十を超えたあたりだろうか。気風《きっぷ》のいい女で、親譲りの美形だが、男を相手に無駄な笑いを浮かべているところを見たことがない。

〈わたくしは殿方に興味がないの。この身は一生、亡き父から受け継いだ仕事に捧げるつもりでいますから〉

そう宣言し、言葉どおり独身を貫いている。

二十代の頃から朝鮮に渡って鉱山を探していたという藍子が、このたび帰国し根岸に移り住んだのは、伊藤博文統監から突如として退韓命令を受けたためだった。近年の日本に対する朝鮮の風当たりは、代らが考えていた以上に強くなっているらしい。

「浪六先生は、原稿取りの編集者と話してらっしゃるみたい。どうぞ、こちらへ来てお座んなさいよ」

張りのある声で促され、代は同じ縁側に少し間をあけて腰を下ろした。年下の女に気後れするなど、若い頃をふり返っても覚えのないことだ。

代の後ろからくっついて帰ってきた村上家の犬が、嬉しげに藍子のそばへ寄る。

「うちの犬の匂いがするんでしょう」

荒っぽく耳の後ろを掻いてやる白い指を横目で見ながら、そうだ、ちょうどいい、と代は思った。ノエの手紙を、後でこの人にも見てもらおう。女だてらに男装をし、男も怯《ひる》む炭鉱に足を踏み入れ、しかし男とはまったく異なる思考回路を持った女性。奇人にして女丈夫。そんな彼女なら、自分の迷いにもすっぱりと決着を付けてくれるかもしれない。

編集者を見送った村上がようやくやって来た。代の相談をざっと聞くと、とにかく読んでみようと言って手を差し出した。三つ折りの手紙を広げるなり言った。

「ほう。こりゃあまた、いい字を書くなあ。年は、いくつだって？」

「数えで十五です」

「どういう関係なの？」

「ええ、まあ、知人のところの」

「なるほど、じつにしっかりした文章だな。うちの書生にも、ここまでの文章を書く者がいるかどうか」

「本当ですか」

「嘘は言わないよ。懇願の中にも矜持《きょうじ》がある。これはなかなか書けるもんじゃない。技術以前の、性根の問題かもしれないな」

「どれ。わたくしにも見せてよ」

と横から藍子が手を出すのへ、村上は読みかけの手紙を渡してやった。

「あらあら、なんとまあ。出だしからもう、一生懸命を通り越して必死の形相じゃないの。代さん、どうして助けてやらないのよ」

答えに詰まる代を見て、村上が言った。

「なんなら、うちで面倒を見てもいいよ」

「は？」

「この子なら、成績だって立派なものなんだろう？　十五やそこらでこんな文章を書いてのける学生ならむしろ大歓迎だ。俺がかわりに面倒を見てやろうじゃないか」

「いや、いやいやいや、それには及びません」代は慌てて言った。「ご相談に上がったのは、はたして本当にその子に見所があるかどうかを判じて頂きたかったからです」

「そうか。だったら決まりだな。あんたが面倒見てやんなさいよ。見所については、俺が太鼓判を押すから」

「わたくしも同感だわ」

と藍子が言う。手紙を元通りに畳んで、代に返してよこす。

「文章については、わたくしにはわからない。浪六先生がいいとおっしゃるなら確かでしょう。ただ、わたくしはね、この子の書く字がとても好き。勇ましくて、雄々しくて、頼みごとをしているのになぜだか居丈高で、世間をちょっと舐めている感じがして……」

それははたして褒め言葉なのかどうかと眉を寄せている代を面白そうに眺めながら、藍子は続けた。

「ほら、よく、字には性格が表れるって言うでしょう？　こういう字を書く人はきっと、一筋縄ではいかない人生を歩むわよ。代さん、見てみたくはないの？　この子の、その先を」

自宅に戻ってからも、藍子の言葉は、まるで銅鑼《どら》の音のように頭蓋《ずがい》の真ん中で響き続けた。

〈見てみたくはないの？　この子の、その先を〉

先を――。

ノエ自身は、行く先にいったい何が待っていると思っているのだろう。文章から滲《にじ》み出す闇雲な希望と野心。これまでの彼女の生い立ちを考えるに、あの揺るぎない自己肯定が何に由来するものかがさっぱりわからない。

代は、同じ年頃だった時分のことを思い起こした。十三歳にして貸本屋を始めたあの当時、胸にあったのはそれこそ、踏み出す足もとさえ見ようとしない蛮勇、それ一つきりだった気がする。どれほど辛酸をなめようと希望は捨てなかった。根拠のない自信に満ち満ちていた。そもそも、自信を持つのに根拠など要るものだろうか。己を恃《たの》む心は、人に与えられて育つものではない。生まれながらにして備わっているか、いないかのどちらかだ。

二年前、四十を迎えた年に、長年の念願を叶えた。同じ一族の出でありながらこの世の誰よりも崇拝していた玄洋社の総帥《そうすい》・頭山満《とうやまみつる》に面会を請い、薫陶を受けたのだ。

あの時、頭山は五十三歳。西郷隆盛の生き方を追い、「身は質素に、功名を求めず、道理にかなう」を信条に、西郷亡き後は板垣退助を師と仰ぎつつ、心ある者を導いていた。

当人は愛国主義者とか右翼の大物などと言われもするが、己を捨てて人のために尽くす者であれば思想が右でも左でも援助を惜しまない。その姿勢と懐の深さに、代は、会ってのちますます痺《しび》れた。人生の指針とするに足る、大きな巨《おお》きな漢《おとこ》。遠い親戚にあたるゆえ、幼い頃は一族の集まりでしばしば顔を合わせていたが、まずは自身も漢として成功をおさめぬことには合わせる顔がないと思い詰め、いよいよ満を持しての邂逅《かいこう》だったのだ。

代が、今は長崎におり、三菱造船所の御用達として木材の納入などを主な商いとしていることを話すと、頭山は、髭に覆われた口もとをほころばせた。

〈素晴らしい。いや、素晴らしいことだよ。陸に砲台、海に軍艦があろうとも、ほんとうの備えは、代くん。国民の実業の力にこそあると思わんかね〉

言われて、身体が震えた。銭稼ぎと遊興ばかりの生き方を、あれほど恥じたことはなかった。

人生は無常、しかし、やるだけやらずして諦めるのも性に合わぬ。頭山や、その右腕と言われる宮崎滔天《とうてん》らのそばにいて、自分もまた日本のために、日本を良くするために、できる限りの手助けをしたい――代が、妻にも相談せずに東京移住を決めた理由は、じつはそこにあった。

後悔などしていない。むしろ爽快感しかない。この年になってなお、腹の底から衝き上げる熱い思いに動かされ、正しいと信じるもののために行動することはできるのだ。

人の情熱は、杉の大木のようなものだ。天を指して伸びようとする新梢《しんしょう》を、訳知り顔の理屈で抑え込むなど愚の極み。無理やり押さえつければ必ずや年輪にひずみが生じ、木材として使えなくなる。健全に伸びてゆけば国を護る船にもなれたはずのものが、せいぜい箸か串か爪楊枝。いや、若木ならすぐに枯れるか醜く曲がってしまうかもしれない。そうなれば、あとはもう伐《き》り倒されるしかなくなる。

心は決まった。

翌朝、枕元に切子ガラスの水差しを運んできたキチに向かって、代は言った。

「ノエを上野高女に通わせちゃろうと思う」

「なんですと?」

キチは気の触れた人間を見るような目つきで代の顔を覗き込んだ。

「まーた、こんお人は、そげなこと勝手に決めんさって。なんぼなんでも上野高女は無茶ですたい。あげな気のきつかおなごを、どげんしておとなしゅうさせるとですか。あんたさんにもお千代さんにも、恥ばかかすことになるんが関の山ですばい。ノエのことは私も可哀想やとは思うとりますばってんが、とても賛成できんとですよ」

妻の懸念はわからぬでもなかった。

代は言った。

「しょんなかろうが。これから伸びようっちゅう木を、根元から伐るがごたあ真似はできんばい」

＊

勤めている郵便局の同僚から、自分宛ての封書を受け取った時、ノエの心臓は今にも転がり出しそうなほど暴れた。こちらからは何通も書き送ったが、叔父から返事が来るのはこれが初めてだ。

震える手で封を切り、手紙を広げる。見覚えのある角張った字。間違いなく叔父の字だ。生真面目な楷書で読みやすく書かれているはずなのに、やたらと気が急き、全身が脈打ち、目は文字の上をつるつると滑る。

「どげんしたと？」手紙を渡してくれた同僚が心配そうに訊く。「誰か亡くなりんさったとか？」

気遣いが鬱陶《うっとう》しい。それどころではない。

何度も読み直し、書かれてある趣旨をようやく理解し、さらにくり返し読んでもそれが自分の早とちりでないことに得心がいくと――ノエは、立ちあがった。

「ノンちゃん？」

外へと走り出る。松林の向こうに、すでに秋の色をした海が広がっている。その海へ、叫んだ。くしゃくしゃに握りしめた手紙を胸に押しあて、吹きつける海風に向かって、何度も、何度も、雄叫びをあげる。そうでもしないと、全身が痛むほど激しくこみ上げる歓喜を抱えておけなかった。

あとからわかったことには、両隣に住む作家の村上浪六も五代藍子もそれぞれ、代が見せた手紙の主をてっきり男だと思い込んでいたそうだ。

代は終《しま》いまで読めば自ずとわかると思っていたのだが、あまりに長い手紙だったので、村上は最初の数枚を読んだところで藍子に横取りされ、そして気の短い藍子に至っては端から文字の構えしか見ていなかった。

「私がおなごやと、そん時わかっておいでやったら、お二人のお考えは違っとりましたやろうか」

初対面の挨拶の折、ノエが思いきってそう訊くと、村上と藍子は顔を見合わせ、おかしそうに笑いだした。

「わたくしなら、なおさら面白がって代さんをけしかけたわね」

と藍子が言い、村上が、たぶん俺もそうだったろうな、と頷く。

「いつかそのうち、わたくしたち女も殿方と同じことができるようになる時代が巡ってくるわよ。きっとね。東京ってところは、好きなことを好きなだけできるかわりに誘惑も多いから、本当にやりたいことがあるなら気を引き締めておやんなさいよ」

はい、と殊勝に頷くノエに、村上も言った。

「きみの文章ね、あれはなかなかいい。ただ巧いだけの文章だったらいくらもあるが、人の心を動かす力のある文章というのは、望んだからといって誰にでも書けるものじゃない。きみはこの先、どんなことがあろうと書き続けなさい。いいね」

二人の言葉の、何がそんなにも響いたものかわからない。喉の奥がきゅっと絞られ、鼻の奥が痺れ、ノエは、ただ頷くしかなかった。言葉を発すれば涙も一緒にこぼれそうになる。

幼い頃から口減らしのためあちらこちらへやられ、その都度、違った風習や異なる考え方にさらされてきた。どの家にもどの人にもそれぞれ別の常識があり、許されることと許されないことがあった。あちらでは正しくともこちらでは間違い。何を信じていいのかわからなくなり、それを過ぎると、信じられるものなどこの世にはないのだと思えてきた。

しかし今、初めて会ったこの二人が自分へ向けてくれる言葉には、何一つとして嘘がない気がするのだ。習俗から離れたところ、借り物ではないこの人たちだけの言葉で、まっすぐに励まそうとしてくれている。

浅い息を吐き、懸命に気を落ち着けてから、

「ありがとうございます」

ノエは言った。

隣で代が、じっとこちらを見ているのがわかった。

来年の春までは自宅で勉強しながらゆっくり見聞を広め、東京の暮らしに慣れた頃合いで上野高等女学校の三年に入ればいい。代叔父は、いつになく優しい顔でそう言った。

冗談ではなかった。一学年違いの従姉に負けたくない。初めて長崎の代の家に預けられた時からもうずっと、千代子への羨望や嫉妬を抑えつけてきた。胸の内側の柔らかな粘膜が掻きむしられるかのように辛かった。

もっと本を読みたい、もっと勉強をしたい、それなのにお金がないだけで前途は閉ざされる。これほど焦がれても絶望的に手に入れられないものを、千代子はただ金持ちの家に生まれただけで当たり前のように手にして、しかもそのことに無自覚なのだ。

羨望と嫉妬は、しばしば裏返って憎しみと区別がつかなくなった。この世にそういう感情があることにさえ気づかない千代子の、持って生まれた善良さが、なおさらノエの苛立ちを煽る。代の家で世話になることについてはもちろん恩義を感じているが、学問においては平等のはずだ。すぐにでも千代子に追いつき追い越して、叔父や叔母の鼻を明かしてやりたい。

とはいえさすがに言えなかった。千代子と張り合いたいから飛び級をしてでも同じ学年に入りたい、などと。

「ご負担をおかけしとうなかとです」

ノエは、叔父たち夫婦の前で、しゃんと背筋を伸ばして言ってのけた。

「少しでも早《はよ》う卒業ばして、ご恩をお返ししたかとです。今から一生懸命に勉強ばしますけん、四年生の試験ば受けさせて下さい」

「何をばかいことを言うちょるか」と、叔父は笑った。「まったく要らん心配たい。お前一人を女学校へ通わせたくらいのことで、うちの経済は揺らいだりせんけん、安心してよか」

キチ叔母も横から言った。

「あんたは昔っから、せっかちでいかん。誰に似たとやろうねえ。もちっと腰を据えて、何ごともゆっくり落ち着いて考えんといかんばい。勉強しに来よったんじゃけん、しゃんとせないかんばってん、無理せんちゃよかろう」

——無理。

言われて、なおさら火がついた。

「いいえ。そんでは私の気ばすまんとですから、どうぞ甘やかさんといて下さい。とにかく私は、千代ちゃんとおんなじ四年生に入るっちゃけん。もう決めたとです」

どれだけ説得しても頑として耳を貸さないノエに、とうとう代が腹を立て、声を荒らげた。

「そこまで言うなら、好きにすればよか」

への字の口をなおのことへの字にした叔父は、座布団を踏んで立ち上がるとノエを見おろした。

「ばってん、試験に落っちゃけたら、そん足で今宿へ帰れ。それが条件ばい。さあ、どげんする」

さしものノエも、一瞬ひるんだ。

四年生の編入試験に落第したなら三年に、というわけにはいかない。落ちればどこにも入れぬまま一年を棒に振ることになるわけで、叔父とて只飯食らいの姪をぶらぶらさせておくつもりはあるまい。負け犬は郷里に戻されて当然だ。

「よかですよ。約束しましょう」

半ばやけっぱちで言い返した。こうなったら退路を断って自分を追い込むしかない。

「よう見とって下さい。必ず合格してみせますけん」

戦いはその日から始まった。

編入試験まで二カ月余りしかない。高等小学校での成績はほとんど甲だったものの、女学校の科目には英語がある。英語など、ＡＢＣすらよく知らない。算術の加減乗除は得意だが、数学は学んだことがない。

女学校の一年から三年までの教科書を千代子に借り、貪《むさぼ》るように読んだ。英語と数学は、悔しいけれども千代子に頼んで先生になってもらった。

「遠慮なんかせんでよかよぅ、なぁーんでん訊いて。うちも、お浚《さら》いになるもん」

人の好い千代子は喜んで付き合ってくれた。

見たこともないアルファベットの読み方、書き方、大文字と小文字。単語と熟語、初歩の英文法、現在形や過去形や疑問形、日本語とはまるで違う語順からなる文章の構造。

数学は因数分解を習い、定理を覚え、代数の問題を解いては答え合わせをした。キチが心配して覗きにくるのも無視して、二日徹夜をしては三日目にようやく眠り、また二日徹夜をするといった毎日だった。

そうして翌年の三月。上野高等女学校四年生の編入試験を受けたノエは、みごと合格した。成績は一番。努力より集中力より、意地による勝利だった。

合格通知を手にするなり高熱を出して寝込んでしまったノエを前に、代は、にこりともせずに言った。

「まったくお前は……。おなごにしちょくのは惜しかよ」

ノエは、額に載せられた温《ぬる》い手ぬぐいの下から、にっ、と不敵に笑い返してみせた。

眼下に鉄道のレールがゆるやかな曲線を描いて延びている。鶯谷の丘、新坂《しんざか》とも鶯坂とも呼ばれる坂道からは、辺り一帯が広く大きく見渡せる。川の流れのように白く光るレールの向こう側には、同じく朝陽を浴びて輝く家々の瓦。たくさんの煙突から立ちのぼる細い煙も、薄紅色にけぶる桜の花《はな》霞《がすみ》も、すべてが淡くかすんで見える。

丘の上に女学校の校舎のてっぺんが見え始めると、袴姿のノエはいつも、並んで歩いている千代子を置いて駆けだした。

海老茶の袴も、縞《しま》の着物も千代子のお下がりだが、見てくれなどどうでもいい。足を踏み出すごとに、一つに束ねた髪が背中で重たく跳ねる。父親譲りの分量の多い黒髪は、まとめるだけでもひと苦労なのだ。いったい他の女生徒たちは、ふっくらと桃割れに結った髪を整えるのに毎朝どれだけの時間を無駄にしているのだろう。

風呂敷で包んだ教科書を小脇に抱え、息を弾ませて走る。足袋が滑って草履が脱げそうになり、足の指で鼻緒をぎゅっと締め付ける。編上げ靴が切実に欲しい。

周りの女生徒たちが奇異な目でこちらを見るのを、ノエは心の裡で見下し、嗤《わら》ってやった。

（のんびり眺めとんのも今だけたい。あんたたちみぃんな、うちが追い抜いてみせちゃるけん）

息が切れ、足が前に出なくなって止まると、身体が火照《ほて》ってざくざくと脈打つ。肩を弾ませながら見上げる校舎は、陽を受けて凜と美しかった。

ほんの数年前に創立された若い学校だけに、上野高等女学校はよそと違って「良妻賢母」をうたわず、かわりに「自由教育」を標榜している。

一、教育は自治を方針とし各自責任を以《もつ》て行動せしむること。
一、華を去って実に就き虚栄空名を離れて実学を積ましむること。

男子校ならともかく女子の学び舎でありながら〈自治〉〈各自責任〉〈実学〉といった言葉を校是に掲げているのは、東京でもおそらくここだけだろう。ひとつの学級は三十人ほど、商家や問屋、町工場の経営者の娘たちが多い。教科はほぼ文部省の方針通りで、英語、数学、国語、漢文、倫理、作法、家事、ほかに「観察」と称して美術館や衛生試験所、浄水場や貧民街の見学に行くこともあった。

女だからという理由で行動を制限されずに済む環境は、ノエにとってはまさしく夢のようだった。好きな本をようやく好きなだけ読める。帰りに少しくらい寄り道をしたからといって、慎みがないだのとやかく言われることもない。

学校が終わるとノエは毎日のように、上野高女からほど近い帝国図書館へ通い、手当たり次第に本を手に取っては読みふけった。煉瓦造りの西洋風の建物はどっしりと壮厳で、窓には白いカーテンがなびき、読書に疲れた目をふと上げれば広々とした上野公園が一望の下に見渡せる。

読みかけの本にそっと鼻を近づけると、古い書物からは黴《かび》と埃と湿気の入り混じった懐かしい匂い、新しい書物からはまだ濡れているようなインクの匂いがする。自分は今、日本一大きな図書館にいるのだ。ここにある本はすべて、いつでも手に取れるという意味において私の本だ。そう思うと幸福感に息が詰まり、気の遠くなる心地がした。

書物だけではない。ノエは、叔父の取っている新聞を、夜には心置きなく自室へ持って行き、端から端まで読んだ。二階の六畳がノエにあてがわれ、襖一枚隔てた隣の八畳に千代子が寝起きしている。欄間《らんま》から漏れる隣室の灯りが消えても、ノエは新聞を読み終えるまで寝なかった。

初めのうちは一つの点にしか思えなかった事件が、毎日続けて読むうちに点と点を結ぶ線として繋がってゆき、しまいにはまるで物語のような大きなうねりが見えてくる。

たとえば去年、東京へ移ってくるために郵便局を辞める間際のことだ。ハルビンの駅で、伊藤博文元韓国統監が狙撃されて亡くなったのを知った。郵便局長の声が上ずっていたのを覚えている。自分と同じ苗字を持つ偉い人が、日本と朝鮮との間のことで恨みを買って暗殺された。なんて気の毒な。撃った側の人はいったい何を考えてそんな馬鹿なことをしたのかしら。当時はせいぜいその程度にしか思わなかった。

耳で覚えていた〈アンジューコン〉が〈安重根〉であることを知り、さらに、彼が狙撃に至る経緯、韓国との感情の行き違いなどについて知識を得たのは、こうして新聞を読むようになってからだ。殺された伊藤博文は、この家のすぐ隣に住んでいる五代藍子の父親とも深い関係がある。この国の歴史は、自分とは遠いよそごとなどでなく、生身の人間の幸不幸とこんなにも密接に繋がっている。気づいたとたん、夜が明けたかのように周りの景色が見え始めた。

ただ濫読《らんどく》するばかりでなく、ノエは自分でも文章を書き始めた。千代子が誘ってくれて、校内新聞『謙愛タイムス』の編集に携わるようになったのだ。部員は六名ほどいるが、最も書く力があるのはノエだった。週に一度ガリ版で刷った新聞を、下級生がちりんちりんとベルを鳴らしながら校内に配り、校舎のあちこちに貼り出す。

　生徒たちがみな頭を寄せ合ってノエの書いた文章を食い入るように読んでいる、それを後ろから腕組みして眺めるのは良い気分だった。

〈きみはこの先、どんなことがあろうと書き続けなさい〉

　五代藍子とは反対隣に住む村上浪六があの時、自分のどこを見込んでそう言ってくれたかはいまだにわからないが、もしも才能の片鱗《へんりん》程度でも備わっているというのなら、その芽を枯らしてなるものか。

『謙愛タイムス』に、ノエは意識して様々な記事を載せた。面白かった本の一節を抜き出して紹介したり、自由な題材で随筆を書いたり、叔父の新聞から話題を拾ったりもした。一度、六月だったか、社会主義者の幸徳秋水らが企てたといわれる天皇の暗殺計画について詳しく書こうとした時はさすがに指導教諭に止められたが、そういったことは稀《まれ》だった。編集はおおむね生徒に任されており、校風そのままに自由だった。

　ノエの文章は教員室でも評判になった。

　それこそ今日の作文の時間には、

「伊藤、お前は書かなくていい」

　担任の国語教師・西原和治からそう言われて課題を免除されたほどだ。教室がざわついた。

「ノンちゃんは、せっかくそんなに優秀なんだから、身なりのことだってもう少し構ったらいいのよ」

　その晩、千代子は言った。家に帰るとすぐに袴や着物を脱ぐから、勉強する時は二人とも浴衣姿だ。

横座りで鉛筆を握り、帳面に顔を伏せる従姉を、ノエは横目で見やった。丸みを帯びた色白な頰と細い目が、百人一首のかるたに描かれた女官のようだ。

三年、四年と級長を務めている千代子も勉強はできるほうだが、書くことにおいてはノエの足もとにも及ばない。それをまるで気にせず嫉妬もしないのが千代子の美質であると知りながら、ノエは苛々した。競争というものは、相手の側が躍起になってくれないと面白みが半減するのだ。

「ね、そうすればみんなも悪く言ったりしないのに。この間、私の櫛をあげたじゃないの。あれで毎晩寝る前と朝起きた時に髪を梳《と》かして、たれてくる後れ毛はちゃんとピンで留めなさいな。ぼさぼさのまんまじゃ、またでたらめな噂を立てられるわよ」

――伊藤さんは、頭に虱《しらみ》がわいている。

そう言われたことがある。あるいはまた、半紙や鉛筆やパンを買うために級友にちょっと借りたお金をしばらく返せなかっただけで、わざと踏み倒したように言われたこともある。キチは、小遣いをあまりくれなかった。

同級生から好かれていないのは知っている。どうだっていい。そんなことより、こののんびり屋の従姉がもうすっかり東京言葉を使いこなし、家の中でまで無意識に話していることのほうが腹立たしい。

「ふん。屁でもないわ」

ノエは言った。束ねた髪の中に指をつっこんで、がしがしと掻く。汗で痒い。

「お風呂は面倒くさくても入ってるし、髪だって時々洗《あろ》うとる……洗ってる。あんなのはどうせ、私に勉強で負けた子がやっかんで、腹いせに言いふらしてるだけでしょう。知ったことやなか……ないわ」

九州の田舎から出てきた野暮ったい自分は、あの学校では異分子だ。受け容れてもらいたければ、中でも勢力を持つ連中にへつらって、にこにこへらへらしているのが一番、それもよくわかっている。まっぴら御免だった。死ぬほどの思いをして上野高女に入ったのは勉強をするためであって、仲良しこよしの友だちを作るためではない。いま欲しいのは、手応えのある競争相手、さもなくば自分をもっと高みへと教え導いてくれる先達だけだった。

翌春、ノエは五年生に上がった。

級長が、千代子からついにノエに替わった。

この日をどれほど待ち望んだことだろう。従姉の相も変わらぬ呑気さ、座を奪われたことなど意にも介していない様子に焦れながらも、ノエはやはり嬉しく、晴れがましかった。報告すると、キチ叔母は眉根にいささか迷惑そうな皺《しわ》を寄せただけで何も言わなかったが、叔父は、「そうか、おめでとう」と言ってくれた。認めてくれたのだと思った。

一つ大きな山を乗り越えたからといって、気をゆるめるわけにはいかない。全体の成績こそ一番でも、教科によっては千代子にかなわないものがある。

最悪なのが英語だ。去年、徹夜の付け焼き刃で勉強し、編入試験には受かったものの、ほとんど独学に近いノエの英語は今に至ってもかなりひどいものだった。四年生の間、懸命に勉強したつもりなのに成績が上がらない。学ぶ対象との距離がこれほど遠く感じられ、しかも学んでも学んでもそれが縮まらないことなど初めてだ。数学や国語、漢文などとはどんどんわかり合えてゆく快感があるのに、英語ばかりはいつまでも気難しい他人の顔をしてそっぽを向く。歯痒くてならない。

「はい、それじゃ始めましょう」

教壇の上の、ひょろりとした新任教師が言う。五年生になってから、これが最初の英語の授業だった。

ああ、気が重い、とうんざりしながら、机の中から教科書を取り出す。

と、くすくす、とさざ波のように広がる笑い声にノエは目を上げた。黒板のほうを向き、白墨《はくぼく》で自分の名前を書き付けている新任教師の後頭部に、ぴょこんと派手な寝癖がついているのだった。

全校生徒の出席する入学式で校長先生から紹介された時、へらりと椅子から立ち上がり、挨拶をして、へらりと腰を下ろしたのを覚えている。あの時は一応、質素なりにきちんとした紋付袴だったが、翌日からは黒い木綿繻子《しゅす》のおかしなガウンを羽織り、ふちが波打ったような中折れ帽をかぶって学校にやって来た。誰が言ったか、たちまち付いたあだ名は〈西洋乞食〉。言い得て妙だ。

白墨がカツ、カツ、と音を立てる。そうだ、〈辻〉だ。辻、潤。入学式の時も、挨拶の声だけは朗々とよく通った。

辻が黒板からこちらへ向き直り、皆に呼びかける。

「皆さん、これからどうぞよろしくお願いします」

縦に細長い、辣韮《らっきょう》を逆さにしたような顔に、小さな目と下がり眉。こうして正面から見ると耳ばかりが目立つ。

「さあ教科書を開いて下さい」

でも、この声は好きだ。鼓膜を豊かに震わせながら染みこんできて、耳の奥を愉しくさせる。ノエは新しい教科書の表紙をめくり、親指の付け根でぐいと押して折り目を付けた。

「いや、その前に……」

再び目を上げると、辻がいきなり、するすると奇妙な言葉を話し始めた。

皆がざわめく。言葉のリズムからするとどうやら詩のようだ。もしかしてこれが、英語、なのか。意味も何もわからないのに、一連一連の終わりごとによく似た音の響きがくり返されて、音楽のように心地よい。年寄りの校長先生の話す、壊れた荷馬車みたいな英語とは全然違う。流れるようで、包み込まれるようで、まろやかな発音と抑揚にうっとりと聴き惚れてしまう。

やがて暗誦《あんしょう》を終え、ひと呼吸おくと、辻は言った。

「今のは、エドガー・アラン・ポオの書いた最後の詩です。若くして亡くなった妻を悼んで書かれたと言われています。詳しい内容はまたいずれ教えますが、こうやって、ただ聴いているだけでも美しいでしょう。優れた詩というのはそういうものです」

自然にわき起こる拍手に、辻は、はにかむような苦笑いで応えた。

ノエも、夢中で手を叩いた。その音がひときわ大きく響いたせいだろうか、辻がこちらを見る。

視線がかち合った。

ノエの目をまっすぐに見つめながら、辻は言った。

「では、教科書の一頁目。きみから読んでみましょうか」

第三章　初恋

ことあるごとに脱線し、脇道へ迷い込む。それが自分の授業の悪しき癖であるのはよくわかっている。辻潤にとって、これまでの二十七年にわたる半生そのものも同じようなものだった。

ただ、授業に関して言えば、その脱線が魅力でもあるらしい。三月まで浅草の精華《せいか》高等小学校で教えていた間など、生徒が飽きてきたと見るや尺八でぽっぽっぽと「鳩」を吹き、オルガンを弾いて歌わせ、気分転換をさせてはまた授業に集中させていた。集中するどころかそのまま収拾がつかなくなることもしばしばだったが、生徒には好かれていたし、教師としてもそう出来は悪くなかったと思っている。

ここ上野高等女学校に英語教師として勤めだしてからも、基本的な方針を変える必要は感じていなかった。若い女ばかり集めた学校など、高等小学校と比べたってたいした違いはない。どちらも子猿の集まりだ。

五年生の教室の戸をがらりと開ける。とたんに、甘ったるい鬢付け油の匂いを吸い込んでしまい、慌てて口で息をする。もとは印刷工場だったという校舎全体にこの匂いが漂っているのだが、狭い密閉空間ではなおさら濃くなる。空気に色がついているようだ。

ほとんどの女生徒が急いで着席する中、窓際にまだ数名がかたまっているのへ向けて、

「そこ、早く席に着いて」

声を張ると、皆が嬌声《きようせい》をあげながら散り、ようやくめいめいの机に落ち着いた。意味のない笑いや、意地の悪い揶揄《からかい》にもだんだん慣れてきた。そう、しょせん猿だと思えば腹も立たない。

教壇に上がる。視線が高くなると、窓の外の桜がなおいっそう美しく見渡せる。英語の教科書や名簿をいったん教卓に置き、辻は、白墨を握って黒板に大きく書き付けた。

花の雲　鐘は上野か浅草か

「この句を知っている人」

三十人ほどの中から、さっと何人かの手が挙がる。

今しがた最後に席に着いた生徒を指名した。中山嘉津恵《かつえ》、浅草にある町工場の、工場主の娘だ。起立した彼女が、

「松尾芭蕉の句です」

はきはきと答える声にかぶせて、先生、と別の生徒から声が飛ぶ。

「今日から国語の先生になったんですか？」

教室が沸く。

「あら、それを言うならしょっちゅう音楽の先生にもなるわよ」

「詩人にも」

「ルンペンにだって」

「ひどいわ、せめて吟遊詩人って言っておあげなさいよ」

それらの騒ぎを、微笑と視線でやんわりと鎮め、辻は重ねて嘉津恵に訊いた。

「どういう情景を詠《よ》んだものかわかりますか」

「ええと、はい。花曇りの日に、どこからか鐘の音が聞こえてくるのを、これは上野のお寺の鐘か、それとも浅草の鐘か、いったいどちらなのだろうと……」

ふん、と誰かが鼻を鳴らした。

嘉津恵が、きっ、とそちらを睨む。

聞こえよがしに嗤ってみせたのは、教卓のすぐ正面の席に座っている生徒──伊藤ノエだった。

「どうかしましたか、伊藤さん」

やんわり訊いてやると、ノエは顎《あご》をつんと上げ、座ったきりで言った。

「あら、笑ったりしてごめんなさい。〈花の雲〉を、嘉津恵さんが花曇りのことだなんて言うからおかしくて、つい」

またか、と辻はげんなりした。五年生、いや学校全体を見渡しても、この生徒は抜きん出て扱いづらい。編入試験は一番だったと聞くし、今年から級長を務めているくらいだから頭の良さは図抜けているはずなのに、出来る科目とそうでないものの差が激しい。さらに言えば、出来る科目についてはやたらと周囲を見下す傾向がある。

とくに、嘉津恵との間にはいささかの確執があるらしい。ちゃきちゃきの下町娘である嘉津恵やそのお取り巻きからすると、昨年編入した野暮な田舎出のノエなどはあきらかに異端分子なのだろう。弾き出されておとなしく引き下がる性格ではなさそうなのが、なおさら面倒を呼ぶ。

つい昨日も、辻の目の前で軽いひと悶着《もんちやく》があったばかりだった。ちょうどノエが教員室にいる時、

その日の当番だった嘉津恵が日直簿を返しに来たのだが、

〈あら、何読んでるの〉

ノエは、級友が小脇に抱えていた本をすっと抜き取ってぱらぱらめくり、それが小杉天外の『魔風《まかぜ》恋風《こいかぜ》』であるのを知ると鼻先で嗤って返しながら言った。

〈こんなの読んだら早いわね〉

さあっと頰を紅潮させた嘉津恵が、何も言い返さずにノエを睨むだけ睨んで出ていったのが意外だった。腹には据えかねるが、読むと書くとに関してはとうてい敵わないという思いがあるようだ。あとでノエたちの担任の西原が苦笑いしていた。

〈中山嘉津恵だけじゃない。あれでみんな、伊藤ノエには一目置いているんだよ〉

だったら、と辻は思う。ほんの形だけでももう少しおとなしくふるまったらどうなのか。たしかに芭蕉の句に対する嘉津恵の解釈の一部は誤りだろうが、それにしたって物事には言いようというものがある。

「きみには、別の意見があるの？」

仕方なく訊いてやると、ノエがようやく立ちあがった。

いつものことだが後ろで無造作にくくった髪はぼさぼさ、着物の衿は垢《あか》じみて、袴のひだ山も脂光りしている。すっきりと身ぎれいな嘉津恵に比べると、同じ学校に通う生徒とは思えないほどだ。

嘉津恵を見やり、それから首をねじって教室全体を見渡したうえで、ノエは黒板に向き直った。

「〈花の雲〉というのは、芭蕉が満開の桜を雲に喩《たと》えた言葉です」

容赦なく、きっぱりと言い切る。

「見上げる桜が、空さえも見えないくらいどこまでも続いていて、雲にも見まごうほどだという意味です。花曇りの空だなんて辛気くさい解釈をするよりもずっと、お花見の季節の明るくて喜ばしい気持ちが読み取れますでしょう」

まっすぐに通る、張りのある声だ。

「うん。まあ、ここはそう解釈するのが妥当だろうね。花曇りと読むのも悪くはないけれども、桜が、霞か雲かと咲き誇っているところを想像すると美しいじゃないか」

丸く収めようとして言ったのだが、

「それだけじゃありません」

ノエは言いつのった。

「え」

「〈鐘は上野か浅草か〉の部分です。中山さんの言ったように、〈鐘が鳴るのを聞いた芭蕉が、これは上野と浅草どちらのものだろうかと考えている〉というのがまあ通りいっぺんの解釈ではありましょうけど、私は別の解釈もできるんじゃないかと思っています」

授業の枕に俳句など持ち出したのが失敗だったかなと思いながら、辻は、

「ほう。どんなふうに？」

突っ立ったままの嘉津恵を目顔で座らせた。不服そうな様子で腰を下ろす級友を、ノエが勝ち誇ったように横目で眺めやりながら続ける。

「芭蕉がこの句を詠んだのは、深川にある芭蕉庵で句作に励んでいた頃です。つまり、時の鐘が一刻ごとに鳴らされるのを毎日欠かさず聞いて暮らしていたわけです。考えてもみて下さい。今の時代の私たちよりも頻繁に鐘の音を聞いていたんですよ。その芭蕉に、上野の寛永寺の鐘と、浅草寺の鐘の区別がつかなかったはずはありません。上野の鐘のほうが少し音が低くて、浅草のほうはぽっかり明

るく響きますから」

耳の敏《さと》い子だ、と辻は思った。幼い頃から音曲に親しんできた自分もそこは似ているからよくわかる。確かに、二つの梵鐘《ぼんしよう》は音程や音質が異なる。そしてもちろん、どちらも江戸の頃から変わっていない。

「そうだね。芭蕉には聞き分けられていたかもしれない。だとしたら？」

「だとしたら……」ノエは息を吸い込んだ。「彼がこの句を詠んだ時、鐘は、もしかして鳴っていなかったかもしれません」

驚いた。非常に有名な句だが、そんな解釈は聞いたことがない。どういう意味だ。教室もざわめく。

「鳴って、いない？」

「ええ」

黒い目を瞠って、ノエは辻を鋭く見つめた。喧嘩でも吹っかけているのかと思うほど強い視線だ。

「芭蕉が、たとえば文机《ふづくえ》に向かって書きものをしていて、ふと顔をあげたとします。おなかがすいたのかもしれません。いわゆる腹時計ですね」

生徒たちからくすくすと笑いが起こる。ふだんはノエの話し言葉に残る独特の訛《なま》りや抑揚を笑うのだが、今は違う。いつしか皆が彼女を注視し、次の一言を待ち構えている。

「あるいは、庵《いおり》を出て、隅田川沿いあたりをそぞろ歩いていたかもしれません。いずれにしても芭蕉の視線の先にあるのは桜です。淡いばら色の雲を思わせるような桜が、まんまんと咲き誇っています。腹具合から言って、もうそろそろ昼時の鐘が鳴る頃合いじゃあるまいか。さて今回はどちらの寺の鐘が先に鳴りだすか。満開の桜を見上げながら耳をそばだてて、さあ鳴るか、まだ鳴らぬかと待ち構えるところへいよいよ……」

ノエが、余韻を意図するように口をつぐむ。

いつしか引き込まれ聞き入っていた自分に気づき、辻ははっとなって身じろぎした。

脳裏に、花霞にけぶる江戸の景色がひろがっている。長らく争いもなく、最も平和だった時代。まさしく春風駘蕩《しゅんぷうたいとう》、春爛漫の町並み。隅田川を越えて芭蕉庵まで届く鐘の音の響きにのんびりと耳を傾けている様子を思い描くのが定石《じょうせき》だが、ノエの述べた解釈なら、そこに糸を一本ぴんと張ったような緊張が生まれる。鐘の鳴るのを今か今かと待ち構える、決定的瞬間のわずかに前の情景。

「なるほど。面白い解釈だね」

辻は言った。内心、舌を巻く思いだった。ノエの瞳を初めて見つめ返す。

「もちろん、実際のところがどうだったかは芭蕉先生に訊いてみなくてはわからないわけだけれども、こういった俳句にせよ短歌にせよ、また古今東西の詩にせよ、味わい方は基本的に自由です。今のきみの意見は、正統とは言えないかもしれないが、斬新だし、たいへん説得力がありました。うん、素晴らしかった」

ぱらぱらと拍手が起こり、たちまち広がった。堂々たるノエの弁は、級友たちにも同じ江戸の景色を見せたものらしい。

そこにないものを見る目、聞こえていない音を聞き取る耳、そしてそれらを他者にも伝わるように活写する言葉。そういえば校内新聞に寄せる彼女の文章を教員室で西原がわざわざ見せてくれた時も、未熟ながら際立って個性的であることに驚いたのだった。見くびってはいけない。この衿垢娘はなかなかたいしたものを持っている。

ノエが、得意げに小鼻をぴくぴくさせながら腰を下ろす。

もしや嘉津恵がしょげているのではと見やると、彼女のほうはすっかりあきらめ顔で、さっさと英語の帳面を広げていた。勝ち気なわりにさばけた性格らしい。

「さあ、それでは今日の授業に入りましょうか」

黒板に書き付けた句を消し、辻は教科書に手をのばした。

たちまち、ノエの眉間《みけん》に憂鬱そうな縦皺が寄った。出来る出来ないで言うならば、まさしく英語こそは彼女がいちばん苦手な科目なのだった。


幼い頃から辻には、何かを我慢させられた記憶がひとつもない。

祖父の四郎三《しろうざ》は明治維新まで浅草蔵前で札差《ふださし》をしていたため、暮らし向きはまだ大変に贅沢で、女中が常時四、五人ほどもおり、文字通りお坊ちゃまの辻は乳母日傘《おんばひがさ》で育った。母親の美津《みつ》に言わせれば、食べものの好き嫌いが激しく、しょっちゅう熱を出してはひきつけを起こす神経質な子どもだったようだ。

美津は、会津藩の江戸詰勘定方であった田口重義の娘で、のちに四郎三の養女に入った。三味線や長唄に長けており、生粋の江戸育ち、とっくに成人した息子にもいまだに言いたいことをずけずけと言う。性格はともかく音曲の才能は、この母から辻に受け継がれたに違いなかった。

物心ついてからの記憶をたどれば、いつも音と色がある。母のつま弾く三味線の音色ばかりではない。浅草というところは土地柄、じつに種々雑多な音に満ち、派手な色彩に溢れていた。

両親や女中らと仲見世を歩けば、さまざまな見物《みもの》聞き物につい足が止まる。目を引く絵看板、大太刀《おおたち》をすらりと抜いて男が語るガマの油売りの口上や、年端もいかない少女の曲芸、老婆の描く五色の砂絵、覗きからくりや猿回し、それにどれほど目を見ひらいていても種と仕掛けのわからない手妻《てづま》など、大道芸を彩る音曲は仰々しく、聴いているだけで胸が騒いだ。

あるいはまた、神楽囃子《かぐらばやし》。神社の縁日に演じられるお神楽の中でも、幼い辻は、道化役の〈馬鹿〉が気に入っていた。〈馬鹿〉の出来次第で、お神楽の面白さが倍増し、逆に半減もする。どこの神社の〈馬鹿〉がいちばん巧いか、いっぱしに見比べたりしていた。

強烈な記憶がある。幼稚園に通っていたから五、六歳頃のことだったろうか。母方の曾祖母に連れられて行った浅草の自性院《じしょういん》ご開帳の折に、極彩色で描かれた恐ろしい掛軸を見た。曾祖母が、これは地獄と極楽、人間が死んでから行く場所を描いたものだと教えてくれた。以来しばらく、とくに地獄のことが頭から離れなくなった。縁日でも〈地獄極楽〉の見世物を選んで見物し、死後の世界やこの世ならぬもののことばかり考えていた。

浅草界隈から少し離れるだけで、住まいのあった蔵前のあたりはぐっと静かになる。それこそ上野と浅草の鐘がどちらもよく聞こえてくるし、日曜日には神田駿河台にあるニコライ堂の鐘の音もがらんがらんと長く鳴り響く。

そんな中で辻はひとり、『西遊記』の世界にのめりこんだ。あの日、曾祖母の隣で食い入るように見入った〈地獄極楽〉の掛軸と、三蔵法師や孫悟空の繰り広げる冒険世界とは地続きだった。

おそらく生来の性分は、ただの夢見がちなロマンチストだったのだろう。いささか感受性が強く、残酷でおどろおどろしいものに惹かれもしたが、子どもなら一度は興味を持って不思議のない世界だ。そのまま育っていれば、『西遊記』がボオドレエルになり、ホフマンになり、ポオになるくらいで済んでいたかもしれない。

それが、家庭の経済がみるみる傾くに従って、理不尽な思いを山ほど味わわされるようになり、精神的に早熟な可愛げのない性格へと育ってしまった。

『徒然草《つれづれぐさ》』との出会いも大きい。中学を中退した後の、十三、四の頃のことだ。習い覚えた尺八に耽《たん》溺《でき》するあまり成績が落ちたのと、家の経済状態の悪化が合わさっての中退で、金はないが暇だけは売るほどあった。無常観は知らず知らずのうちに骨の髄まで染みつき、ほぼ時を同じくして内村鑑三《かんぞう》の著作からキリスト教へと気持ちが傾いてゆく中で、『徒然草』はやがて老荘になり、伝道の書になり、シュティルナーになっていった。

あまりにくり返し丹念に読みこんだせいで、『西遊記』も『徒然草』も、今ではもうさほど面白いと思わない。それでもやはり、自身を作りあげた愛読書はと訊かれればその二つになるのだろう。辻にとって、ロマンチストであることの象徴が前者であるとするならば、後者はそれ以外のすべての気質の象徴と言えた。

はっきり言って生まれてこの方、何かになりたい、などと考えたことがない。せめて得意な尺八で身を立てられればと思ったが、師である荒木古童《こどう》に、これからの時代そんなもので食っていけるかと諫《いさ》められてしまった。もとより身体は丈夫なほうでなかったし、貧相な肉体を今さら鍛えるなど無駄なこと、書物に親しむか、趣味で音曲を嗜《たしな》むなどしていたほうがはるかに幸せだ。およそ労働が嫌いという一点において、自分にかなう人間はいまい。働かずに好きなことをして、風の吹くまま気の向くまま一生を旅の空のように過ごしたい、それが基本的な気分と言っていい。何ものにも束縛されず、自分以外の何ものにも従わぬ高等遊民でありたかった。

現実は厳しい。致命的なまでに商才のなかった父親がとうとう精神を病み、自ら井戸に飛び込んで亡くなってしまったのが去年。今、母親と妹の生活はすべて辻の両肩にのしかかっている。

十代も前半から世の中はあまり愉快なところではないと知らされ、学校も勉学も、自修以外はさほど好きでなかった。そんな自分が今、ほとんど独学に近い英語を武器にしてえらそうに教鞭《きょうべん》を執《と》っているのがちゃんちゃらおかしい。

月給は前の職場である高等小学校よりいくらか上がったが、それでも三十円から四十円ほど。それなのに、母・美津の金遣いは荒い。かつての祖父の蓄財が底をつき、伊勢屋の馬鹿蔵とまで呼ばれた大きな蔵や家屋敷がすべて人手に渡ってから二十年が経つというのに、美津はいまだに〈宵越しの金は持たぬ〉を地でゆく散財をするのだ。できるならば働きたくない息子が、ようやく稼いできた金の中から渡す生活費を、ちょっとよそ見をしている間に遣いきってしまう。

せめて自分にいくばくかの貯金があったなら——あるいは好いた女との将来だって考えられるかもしれないのに。

吉原の酒屋の娘キンとの、あまりにも淡い恋情のやりとりを思い、辻は唇に薄笑いを浮かべた。中途まで上野高女に通っていたキンは、おそらく両親から大切に育てられたのだろう、気立ての明るい、よく笑う娘だった。泉鏡花を愛読する彼女とは互いに好意を確かめ合い、熱く湿り気のある文まで交わしているが、そのじつ手も握っていない。肉体を伴う恋愛経験の少なさが辻を臆病にさせていた。何より、事が成就した後で現実的に何ができるかと考えると、どうでもその先へ進もうという気持ちが起こらないのだった。

これもまた、自分の悪しき癖だ。目の前の愉しみに身を委ねるより、結果を、それも必ず悪いほうへと予想して早々に諦めてしまう。考えばかりで行動が伴わぬ。

脳裏に浮かぶキンの面差しが揺らいで、ふと、別の顔と入れ替わる。肌は浅黒く、眉が太く濃く、顔のすべての部品がぎゅっと真ん中へ寄ったような面立ちは好ましくも何ともないのに、どうしてだか最近は折々に、例の田舎出の衿垢娘のことを思い浮かべてしまう。あの、黒々と光る眼の強さ。

生徒として模範的というわけではなかった。ノエには、学校で教えるようなことなどはどこかで軽蔑している気配があって、ことに女の教師たちから評判がよろしくない。身だしなみについては非常にだらしなく、不潔と言っても過言ではない。それなのに、妙に男を惹きつけるものがある。

授業の間、ノエは、こちらを見つめて視線をそらさない。桜がすっかり散り終わった頃からは登下校の道でもばったり出くわすことが多くなったが、他の生徒たちに交じって並んで歩く時なども、彼女はまるで怖じずに辻の目を見上げてくる。

何度となくその視線を受け止めるうち、辻には、なんだか彼女のことがうつくしく思えてきた。キンのような行儀良く整った美とは異なる、思いつめた野生動物のうつくしさだ。しかもそれは突出した文学的才能によって裏打ちされている。そのアンバランスさから目が離せない。

伊藤ノエが裡に秘めている強さの、せめて半分でもこの身に備わっていれば、と辻は思った。自分などしょせん、臆病者の負け犬に過ぎない。

＊

高等女学校に通う生徒の多くにとって、卒業とはすなわち結婚を意味している。実家がよほど裕福で女子大まで進むことのできる者は別だが、十七、八にもなれば他家へ嫁ぐのが当たり前、たいていの縁談は親が決め、当人同士が挙式の場で初めて顔を合わせることもめずらしくない。中には、在学中に婚約や入籍まで済ませる者もいるほどだ。

ノエが自身の縁談について聞かされたのは、五年生の夏休み、七月の終わりに故郷の今宿へ帰省した時だった。

自分にもいつかはと予想していなかったわけではないが、あまりにも急な話に、ノエは憤慨した。上野高女の卒業式が来年の春、ということは、八カ月ののちにはもう他家に入れというのか。冗談ではない。

「結婚やら、しとうなかとですよ。そげなつまらんことのためにわざわざ女学校さ行かしてもろうたとは思うとらんとです」

猛然と抗議するノエを前に、

「まあまあ、ぶすくれた顔ばしちょらんと、とりあえず話ば聞きんない」

叔父の代準介は苦笑いをして言った。いつになく、声におもねるような響きがあった。

伊藤家の囲炉裏端に、代と、父親の亀吉がそろっていた。男二人に茶を淹れた母親と祖母は、ひとことも口を差し挟まずに隅のほうで繕いものをしている。

「東京なんぞに長《なご》う居《お》っても、ええことは何もなかやろう」呑気に煙管を吹かしながら、代が続ける。「千代子にも縁談ば用意したばってん、ひとり娘ば嫁にやるわけにはいかんけん。婿ば取ることに決めたとよ」

代が若い頃勤めていた九州鉄道の社員で、今宿村出身の柴田某《なにがし》とかいう男を養子に迎えることがもう決まったという。

ノエは、唇をかみしめた。千代子はどうせ黙って受け容れたのだろう。本心では嫁ぎたくなくても、あのおとなしい従姉が親の言うことに逆らったりするわけがない。

自分はまっぴら御免だった。あれほど沢山の手紙を書いて叔父に上京を認めてもらい、死ぬ気で勉強して上野高女に編入したというのに、何が結婚だ。卒業後は新聞社にでも就職して婦人記者として働き、ゆくゆくは女流作家にもなるつもりでいるのだから、無駄な回り道をしている暇はこれっぽっちもない。

相手が誰であろうと問題ではなかった。嫌なものは嫌だ。百歩、いや千歩譲って、よほど姿のいい人品卑しからぬ殿方であれば少しは考えてやらなくもないが、その場合でもすぐには嫌だ。話を聞けというなら聞いてやる、言うだけ言ってみるがいい。さあ、相手は誰だ。誰だというのだ。

逆巻く反抗心のあまり目を潤ませて睨みつけるノエを前に、叔父は、今度はまったく表情を変えることなく相手の名を告げた。

「末松んとこの福太郎たい」

ノエは眩暈を覚えた。子どもの頃に何度か会った福太郎の、お蚕《かいこ》さまのようにもっさりとした顔が頭に浮かんだ。

末松家は隣村周船寺の豪農だ。ちょうど今、移民先のアメリカから息子の嫁探しに帰国しているという。当主の鹿吉は、代や亀吉とも幼馴染みの間柄で、代に至っては昔、金銭的窮地に陥った末松一族をその大胆な機転でもって救ったとかいう経緯があるらしい。それだけに、千代子もノエも、またノエの妹のツタなども、幼い頃から末松家とはいくらかの行き来があった。

そういえば福太郎の顔を最後に見たのは、一家が日本を離れる直前だったろうか。目顔で挨拶を交わしてのすれ違いざま、なまっちろい顔に浮きあがる髭剃り跡の青黒さを見て、ああ気色悪いと思ったのを覚えている。よりによってあんな、栄養失調の青首大根のような男のもとへ嫁に行くなど、まったくもって願い下げだ。

しかし、叔父も言いだしたらきかなかった。

「向こうん家は、大乗り気ばい。今さら無かった話にはできんとよ」

その横から父親までが、皺の増えた顔を弱り切ったようにゆがめてノエを説き伏せにかかる。

「お前は何かと金持ちを小馬鹿にしよっとが、そもそも、うちに金がなかけん、こんだけ叔父さんの世話になっとるんやなかか。金があるっちゅうことはそれだけでありがたかこつばい」

「亀吉の言う通りたい。福太郎は気の優しか立派な男やし、こげなええ話はめったになか。おまけに向こうは、『息子の嫁には英語の素養ん欲しか』と、こう言うちょる。ノエ、お前は、年頃の娘なら誰でもよかち言うところへ嫁に行くわけやなかよ。能力を買われて求められとると」

それでも嫌か、と重ねて訊いた叔父は、答えを待たずに言った。

「この際、お前も、アメリカっちゅう国をその目で見てきたらよか。それも人生経験じゃろう」

――アメリカを、この目で。

初めて、心が少し動いた。

「お前のことやけん、あげな馬鹿でかい国ば見てしもうたら、東京なんぞでは食い足りんようになるとやろう。そん時はそん時じゃ。福太郎やら鹿吉やらと良う相談ばして、二つの国ば股にかけた仕事でん何でんすりゃあよかよ」

叔父が、本気でそんなことを信じていないのは明らかだった。と同時に、さすがはこちらの性格をよく見抜いていると思わされもした。

(――福太郎は嫌だ)

ノエは、膝の上で拳を握りしめた。

(でも、結婚すればアメリカへ行ける……)

脳裏にふと、東京にいる若い英語教師の顔が思い浮かぶ。そういえばあちらも福太郎を縦に伸ばしたようなうらなりのひょろひょろだが、なぜか嫌ではない。

授業のとき、芭蕉の句のことでまっすぐに褒めてくれたのが嬉しかった。姿に似合わずよく響く声が英語の詩を暗誦するのを、もっとたくさん聞いていたかった。それで学校の行き帰りにもできるだけ時間を合わせ、最近では共通の話題がずいぶん増えていたのに――まさか、会えない夏休みの間にこんな重大事が勝手に決められようとしているとは。

休み明けに辻に会い、縁談について話したなら何と言われるだろう。こんなにもお粗末な英語の素養とやらを買われてのことだと知ったら、さすがに笑われるのではないだろうか。英語への苦手意識が薄れつつあるのは、一にも二にも辻のおかげだ。校長などとは比べものにならないほど上手な教え方で、こんがらがっていた結び目のありかを即座に見つけ、丁寧に解きほぐしてくれた。

辻先生、と呟いてみる。心臓が、何か物狂おしい影のようなものに締めつけられる。親とはぐれた雛鳥《ひなどり》のようなこの心許なさ、慕わしさは何なのだろうとノエは訝《いぶか》った。

卒業まではまだ八カ月あると高をくくっていたが、甘かった。善は急げと思ったか、それともノエの性格の難を聞き知っての判断か、末松家は性急なほど前向きだった。

代叔父は、まだ学業が中途であるので正式な祝言《しゅうげん》は卒業を待って行いたいと申し入れてくれたようだが、先方は、それならこの夏の帰省中にせめて仮祝言を挙げ、できれば入籍もと言ってきた。そのかわり、すでに末松家の嫁である以上、九月以降の学費や東京での生活費については負担すると言う。

それは困る、と代は断った。姪は何しろまだ学生の身分であり、嫁としての役割を果たしようもない。卒業まではこちらで扶養するからと丁重に辞退したのだが、末松側もなかなか強情に筋を通そうとする。押し問答の果てに、仮祝言ののちは学費だけを婚家が持つという折衷《せっちゅう》案でようやくまとまったのが盆前のこと。すべては、ノエに何の相談もなくやり取りされた話だった。

足をすくわれた心地がした。叔父には、返しきれないほどの恩義がある。ふだんは穏やかだが怒らせれば怖いことも知っている。幅広い人脈をもとに、常人には窺い知れぬほど大きな目でもって物事を考える人だということも、「おなごにしちょくのは惜しかよ」と言いつつこちらに一目置いてくれていることも。そんな叔父を、ノエ自身、深く畏れながら慕ってきたつもりだった。

それなのに、いや、それだからこそなおさら、腹が煮えた。

「どこの世界に、娘に悪い縁談ば持ってくる親がいるものか」

などと言うがお為《ため》ごかしにきまっているし、ついでにさりげなく恩まで売りつけるあたり、老猾《ろうかい》としか言いようがない。アメリカ行きという餌をちらつかせ、こちらの好奇心や向学心を人質にとって言うことを聞かせようとする。これからは婚家に学費を負担してもらうなどと、それでは人身売買と変わらないではないか。

〈まったく要らん心配たい。お前一人を女学校へ通わせたくらいのことで、うちの経済は揺らいだりせんけん、安心してよか〉

ああ言ってくれたのも嘘か。自分は叔父にとってそこまでお荷物だったのか。そもそも、縁談のことを素知らぬ顔で黙っておき、帰省するやいなや父と結託して話を進めたのが気に入らない。そのうえ仮祝言だなんて、いったいどこまで勝手なのだ。女だからと馬鹿にするにもほどがある……。

憤りは激しかった。それ以上に、ノエは深く傷ついていた。

それでもなお、この結婚を不承不承《ふしょうぶしょう》ながら受け容れることにしたのはひとえに、アメリカという未知の世界への興味を抑えがたかったからだ。西洋には、〈レディー・ファースト〉という言葉があるという。教えてくれたのは、そう、辻だ。あちらの国では、日本と違って、女が男の付属物のように扱われることはないのかもしれない。

いよいよ福太郎に我慢できなければ、アメリカへ渡ってから家を飛び出してしまえばいいのだとノエは思った。後のことはきっと、どうとでもなる。

部屋の中、日が当たらない一角に、大きな姿見と椅子が据えられている。控えの間にとあてがわれた八畳は、襖を隔てて隣の六畳と続いており、その周りの縁側は立派な庭に面している。八月二十二日、残暑もひときわ厳しいこの日、末松家の奥座敷では仮祝言の準備が進んでいた。

ノエのごわごわと量の多い髪を島田に高く結い上げるのに、髪結いはかなり苦労していたが、浅黒い肌におしろいをはたいて紅をさすと、彫りの深い顔の造作が引き立ち、見違えるほど美しい花嫁となった。絽縮緬《ろちりめん》の白無垢はむろん末松家が用意したものだ。豪奢《ごうしや》な金糸銀糸の刺繡が吉祥《きつしよう》の文様を彩っている。

鏡の前に座ったノエはしかし、

「ああもう、いやだ」

付き添っている妹に当たり散らしていた。

「やっぱりいやだ、あげな男。見ただけで虫唾《むしず》が走る」

「しーっ。聞こえたらどげんすっと」ツタが慌ててたしなめる。「ここまで来たらもう、あきらめるしかなかでしょうよ」

悟ったような物言いが気に食わない。ツタも、今日ばかりはそれなりの晴れ着に身を包んでいるが、それもまた福太郎の母親が気を回して貸してくれたものだ。ますます金で買われたようで何もかもが腹立たしい。

「ふん。そげなこつ言うなら、うちのかわりにツタちゃんがお嫁に行けばよか」

言い返すと、ツタはあきれた顔で鏡越しに目を合わせてきた。

「ノンちゃんは、ちぃとも変わらんねえ。自分ことばーっかり考えて、家んことも親んこともなーんも考えよらん」

ノエは、じろりと睨み返してやった。

郵便局を辞めた自分が東京へ移った後、この優しい心根の妹がかわりに女中奉公に出て、給金の一円五十銭のうち一円を母親に渡していることは知っている。姉として忸怩《じくじ》たるものも、無いわけではない。だが、今それを言うか。

「考えんのがいかんとね。親が勝手に貧乏しちょるだけばい。うちに責任はなかと」

「ノンちゃん」

「あんたも、お人好しばええかげんにしとかんと損ばすっとよ」

鏡の中のツタが憤慨した面持ちで何か言いかけ、けれど黙る。姉の花嫁衣装を見て、今日のところは気持ちを引っ込めることにしたようだ。

ノエは、椅子から立ち上がった。

「あ、どこ行くと？」ツタが腰を浮かす。「お便所？」

だったら何なのだ。介助でもしてくれるのか。

「外の空気ば吸うだけばい」

言い捨てて踵《きびす》を返そうとする足もとに、打ち掛けの裾がぞろぞろとまとわりつく。ああいやだ、鬱陶しい。着物も帯も、頭も重い。針山よろしく簪《かんざし》や櫛笄《くしこうがい》の類いがたくさん挿してあるせいで、視線をわずかに振り向けるだけで首がぐらぐらする。

わざと男のように裾を左右に蹴散らしながら歩いてやると、

「ノンちゃん！　もう」

開け放った縁側で寛いでいた猫が慌てて逃げ、植え込みに隠れた。

ノエは縁先へ出て、庭の松の梢を仰いだ。そろそろ両家の親族や来賓たちが奥座敷にそろう頃だろう。いくら嫌でももう逃げられない。少なくとも、今日のところは。

視界の隅、両親と叔父が迎えに入ってきたのがわかった。

ノエは、知らぬ顔で空を見上げながら、流行りの歌を口ずさんでみせた。

「駕籠《かご》で行くのはお軽じゃないか、わたしゃ売られて行くわいな……」

行合《ゆきあい》の空に、トンビが高く舞っていた。


三味の音色や笑い声が、庭先の虫のすだきと混じり合ってこちらまで届く。母屋に残っている客らの間で祝宴はまだ続いているのだ。

周囲に気遣われ冷やかされながら、若い二人が離れへと引き取ったのが一時間ばかり前。打ち掛けを脱ぎ捨てただけでも畳から足裏が浮きそうなほど身が軽くなったものだが、湯を使わせてもらうとようやくさっぱりした。鬢付け油を洗い流すのが一苦労だった。

仮祝言とは、仮の契約のことでもなければ祝言の真似事でもない。皆の前できちんと三三九度の杯を交わしたからには、夫婦ふたり、初夜を済ませることとなる。

先に浴びた福太郎は、すでに寝間にいるようだ。気が進まぬのに変わりはないが、この期に及んで子どもじみた駄々をこねていても仕方がない。ノエは、用意されていた浴衣をまとうと、水気を適当に拭った髪を背中に垂らし、裸足ですたすたと寝間への廊下をたどった。

なんと呼びかけてよいものか一瞬考え込み、結局、声をかけずに引き戸をからりと開ける。

「あ、びっくりした」

慌てて起き上がった福太郎は、布団に腹ばいになって本を読んでいたらしい。相変わらず、髭剃り跡が青黒い。とはいえ仮祝言とそれに続く宴の間、ちらちらと横顔が目に入るうちに、ノエの側の生理的嫌悪感はわずかずつだが薄まりつつあった。

人は何ごとにも慣れる。初夜というものも、どうせ避けられぬものなら、いやいや身を委ねるだけ損だろう。結婚そのものには不服だが、正直なところ、行為には興味がある。これまで男女の恋愛小説をどれだけ読んでも描かれていなかった肝腎《かんじん》の場面の秘密が、今まさに明かされようとしているのだ。

ノエは、布団を踏みしだき、良人となる人の前にしゃがんだ。たじろぐ福太郎をしげしげと見やりながら横座りになる。

「お……お風呂は、どうでしたか」

「いいお湯でした」

「そう」

二言で話題に詰まったようで、福太郎は読んでいた本を引き寄せ、うつむいてぱらぱらとめくった。見れば、英語の原書だ。ノエの中で、何かが動いた。

「これ……」

「え」

「これを、読めるとですか」

「ああ、うん。そりゃ、読めるとですけど」

「辞書なしで?」

「……なしで」

ノエは、福太郎を初めてまじまじと見た。髭剃り跡は、まだ少し気持ち悪いが、仕方がない。誰にも欠点はある。

「なに。どうかしましたか」

彼のほうにも遠慮があるのだろう、ずいぶん硬くなっているようだ。ノエは、思わず笑った。

「うちに敬語ば遣うとは、おかしかよ」

言われて気づいたのか、福太郎もじわじわと頰をゆるめる。

「そうです……そう、か」

「そうじゃなかね？」

「うん」

彼の肩や首のあたりから、みるみる力が抜けてゆくのがわかる。顔立ちは昔とそう変わっていない。今にも桑の葉をもそもそ食べ出しそうだ。

と、

「ノエさんは、僕なんかでよかったとかね」福太郎が、はにかむような苦笑いを浮かべて言った。「親父やおふくろたちが、なんやろう、調子ん乗ってあれもこれもと勝手な条件ばつけよったたんやなかと？　気ぃ悪うさしたやろうと思う。すまんかった」

ノエは面食らった。

想像していたのと、何だか違う。全然違っている。目もとも、声も優しい。手が大きく、指が長いところも悪くない。

もしかして代叔父は、ほんとうにこの男を見込んだからこそ自分のために選んでくれたのだろうか。アメリカでこの先も事業を広げてゆく彼は、言うなれば人生の成功者だ。日本の古くさい習俗の中で、息が詰まりそうになっている姪を見るに見かね、もっと大きな世界へ連れ出してくれる男を探してくれたということなのだろうか。

福太郎の手が、おずおずと伸びてくる。ノエの指先をそっと握る。

ああ、いよいよだ。肝腎の場面の秘密が、今――。

「大丈夫、心配なかよ」

さすがに緊張を隠せずにいるノエに、福太郎は優しく言った。

「僕は、もうずっとこっちにおる。アメリカには二度と戻らんことに決めたけん」

第四章　見えない檻

すぐそこの杉の木で、蜩《ひぐらし》が鳴いている。

暮れかけた勝手口から土間へと、キチは、野菜を盛った重たい籠を運び入れた。井戸端で洗ったばかりの太い大根や芋が、西日を受けて輝いている。痛む背中をそらし、腰を拳で叩く。

東京・根岸、代準介宅の敷地は広い。母屋は二階建てで、立派な前庭と中庭、後庭があり、後庭の奥には物置がある。

以前は信州松本藩主だった戸田子爵が住んでいたというこの家を月々三十円で借り受け、離れの土間と板間で代が新しくセルロイド加工の会社を始めたのは明治四十一年（一九〇八年）の暮れ、はや三年ほど前のことだ。その分野では日本でもかなり早い起業だったこともあり、業績は今のところ悪くないらしい。それも、良人や職人たちの様子を見て推し量るしかない。女である自分には難しい商売のことはよくわからないし、代も話そうとしない。

枡で米を量り、羽釜に入れて流しへ運ぶ。先ほど井戸から汲み上げて瓶《かめ》に満たした水は、爪の中が痛むほど冷たい。柄杓《ひしゃく》で羽釜に移しては、力を入れて米を研ぎ、濁った水を替えてはまた研ぐ。外の蹲踞によく似た石の流しが、濡れたところから色を濃く変えてゆく。

手首すれすれに水加減をし、重たい木の蓋をのせた羽釜を土間の竈へと運ぶ。膝をつき、灰をかぶせて取っておいた種火の上に新聞紙や小枝をのせると、すぐに燃えだした。そっと具合良く薪を組み上げ、太いものに燃え移ったところまで見届けて立ちあがる。

最近、立ち座りの際にいちいち膝が軋んで痛む。若い時分にはなかったことだ。顔をしかめながら流しに戻る。大根の葉は放射状に広がって茂り、細く鋭い棘がちくちくと指を刺す。これを細かく刻み、炙った油揚げと一緒に胡麻油でさっと炒めたものが代の好物だった。

代は最近、東京と長崎を行き来しており、月の半分ほど家を空けている。商売はもちろんだが、頭山満翁《おう》が率いる玄洋社の用事もあるに違いなく、さらにはあちこちで苦学生や不良少年や俳優志望やら相撲取り志望やら、頼まれれば端から引き受けては然るべき先へ紹介し、その育英に力を貸しているらしい。いずれもそれぞれに気の張ることだろう。久しぶりに家で過ごせる晩くらい、旨い刺身を郷里の醬油で食べさせてやりたい。

良人とともに上京してきたキチが戸惑ったことのひとつは、こちらの醬油がやたらと塩辛いことだった。九州の醬油は、甘い。こっくりと濃い甘じょっぱさで素材によくからみ、野菜や魚を煮るにもそれひとつで味付けが済む。昔から砂糖の貿易が盛んだったからなのか、それとも暑い気候の中で身体に力を蓄える必要があったのか、いずれにせよ毎日の料理にあの醬油がなくては始まらない。せんだって郷里に帰った時も、キチはわざわざ一斗樽で買い求めて東京へ送らせた。ノエの仮祝言の後のことだ。

贅を尽くした婚儀だった。これまで仕事の関係でいくつもの婚礼に出席してきた代やキチでさえ唸るほどだった。糸島郡一帯でもとくに羽振りのよい豪農として知られる末松家としては、面子《メンツ》も見栄もあったのだろう、親族ばかりか近隣の有力者までが大勢招かれ、夜が更けるまで料理や酒がふるまわれた。

　ノエのために用意された花嫁衣装もまた上等なもので、どうせ色黒な姪には似合わないだろう、田舎芝居の女形《おやま》が仮装したように見えるのではないかと心配していたのに、いざそれを身にまとったノエの立ち姿は堂々としており、着物の迫力に負けていなかった。およそ花嫁らしくなく顎を上げ、傲然《ごうぜん》とあたりを睥睨《へいげい》するのは頂けないが、身内の欲目を差し引いてなお美しかった。真白な綿帽子の下で、黒々とした眼が追いつめられた猫のように鋭く光っていた。

　この根岸の家の二階で、ノエが夜を日に継いで編入試験のための勉強をしていたのがまるで昨日のことのように思える。ほんの二年前とはいえ、あの頃は今よりもずっと子どもも子どももしていた。

「……むごかことたい」

　思わず、本音がこぼれる。おなごは皆そうだ。心も身体も成熟しきらぬうちに、背中から無理やり追い立てられるようにして大人であることを要求される。

　それでもノエなどは幸せなほうだ。嫁ぐ先があれだけ金持ちであれば生活の心配は要らないのだし、あの福太郎なら女に暴力を振るうこともなかろう。それなのにいったい何が不満なのだ、贅沢な。

　キチは、再び土間へ降りてしゃがみ、竈の火加減を見た。燃えて崩れかけている薪を元の位置に戻すと、火の勢いが強まり、羽釜の中でぐつぐつと米の躍る音が響き始める。

　外では変わらずに、くけけけけけけけけ……と鵯が鳴いている。

「わがままばーっかり言うて、あん子は……」

　火ばさみを扱う手つきが荒くなる。

　仮祝言の翌日の午後、今宿の実家に親族が集まり、茶を啜《すす》りながら昨日の疲れを癒やしていた時のことだ。戸口の外で何やら物音がしたと思えば、ノエがずんずんと入ってきて、あたりまえのように囲炉裏端に座った。

亀吉とムメ、祖母のサト、そして代やキチや千代子らが誰一人として状況をつかめずに呆気にとられる中、ようやく、妹のツタが言った。

「ノンちゃん、あんた……こげなとこで何しとると？」

するとノエは、一同を睨みまわして言い放った。

「見た通りばい。帰ってきたとよ」

いくら仮祝言とはいえ、昨日の今日でこれでは勝手が過ぎる。婿の福太郎がよくもまあ許したものだと思えば、

「ふん、あげな男……」ノエは、憎々しげに顔をゆがめ、言い捨てた。「根性なしの大嘘つきたい」

「嘘つき？」

「ああ、そうたい。『ボクはもうずっとこっちにおるー、二度とアメリカへは戻らんことに決めたー』て言いよった。男のくせに、志半ばで撤退するとは情けなかか。そげな話ば聞いとらんし約束が違うやろう、それとも初めからうちを騙《だま》すつもりやったとか。もう、腹が煮えて煮えて……」

膝で地団駄を踏みそうな勢いで怒り狂った後、ノエは、また顎をつんと上げ、どこか得意そうに鼻の穴をふくらませて言った。

「とにかく金輪際、あげな男は願い下げばい。ゆうべだって指一本触らせたりせんかった」

それきり、誰が何と言って聞かせようが叱りつけようが頑として婚家へ戻ろうとせず、なんとその日のうちに一人だけ東京へ舞い戻ってしまったのだ。

キチと千代子も慌てて荷物をまとめ、追いかけるようにして帰ってきたのだが、汽車の中では二人して、なんとまあおとなしい婿さんだろうと半ば呆れて言い合ったものだ。気性の激しいノエには、福太郎のそんなところも苛立たしく歯痒かったのかもしれない。

くけけけけけけ……。鯛が鳴く。

先方との取り決めで正式な祝言は卒業後となってはいるものの、ああして方々へお披露目まで済ませたのだから、もはやなかったことにはできない。ノエもそこはわかっているはずで、だからこそ帰京してからというものろくに口をきかず、キチや千代子には八つ当たりをくり返していた。扱いに困っていると、上野高女の佐藤政次郎教頭が、しばらく自分のところに寄宿させてはどうかと申し出てくれて、今はなだめ役の千代子ともども厄介になっている。

叱ったところでかえって頑なになるばかりだろうから今はほうっておけ、というのが代の考えだ。ノエも馬鹿ではないのだから、いくら拗《す》ねていても卒業までには気持ちも落ち着いて納得するだろう、と言う。

キチには疑わしかった。あのどこまでもきかん気のごついおなごが、自分で納得のいかないことを黙って呑み込むものだろうか。

代ですら、ノエの性根をほんとうには知らない。幼馴染みの亀吉の娘、と思って見るからだ。たしかに、「万屋」の伊藤の血を引く男は、器用な半面あまり堪え性がないが、女は違う。長らく家長だったサトがいい例だ。それに、ノエやツタは母ムメの血も受け継いでいる。伊藤家のどん底時代をたった独りで支えたムメの芯の強さが、ノエの場合、忍耐ではなくわがままという形をとるから見過ごしてしまいがちだが、彼女が本気で意思を通そうとしたなら、誰もそれを挫《くじ》くことなどできないのではないか。

我知らず、キチはゆっくりと首を横に振っていた。

なさぬ仲の千代子のほうが、ずっと育てやすい。代の娘にしてはいささかおっとりし過ぎているところもあるものの、そこが可愛げにもなっている。苦労を知らずに暮らしていける環境にあるのなら、女は少し鈍いくらいがちょうどいい。

くけけけ。

鯛が黙り込む。

見れば勝手口の外に赤毛の犬が来て、じっとこちらを眺めていた。隣の村上浪六のところの犬だ。代が可愛がるものだから、こうして調子に乗る。しっ、と追いやると、首をすくめてすたすたと去ってゆく。

犬は、嫌いだ。臭いし毛が舞う。村上とは反対隣の家、五代藍子のところでも大きな犬を二頭飼っていて、時折、風に乗って白い毛がふわふわとこちらの庭に入り込んでくる。

〈キチさんは、見ていると、ノエちゃんにばっかりずいぶん厳しく当たるんだわね。千代ちゃんには遠慮があるのかしら〉

まさしく遠慮のない口調でそう言われたことがある。髪を散切りにしたおとこおんなが何を言うか、と腹立たしかった。どれだけ偉い人の娘か知らないが、いやむろん知ってはいるが、こちらの家のことなど何もわかっていないくせによけいな口を出さないでもらいたい。

竈の火が、少し強すぎる。キチは、薪を崩して加減した。

ノエが上野高等女学校へ通っているについては、ノエ自身の闇雲な努力の結果だ。代が認め、彼女は堂々と応えた。

が、そもそも三年以上前、長崎の家で彼女を預かってやって欲しいと、最初に代に頼んだのはこの自分なのだ。今宿の実家の窮状を見かねての、要するに口減らしのためだったけれど、後添えの身でそれを言いだすのはほんとうに心苦しかった。

千代子に対してきつく当たらないのは、叱る必要がないだけだ。比べてノエは、何から何まで世話になっている身でどうしてそんな、と、こちらが呆気にとられるほど自分勝手なふるまいをして憚《はばか》ることがない。彼女が代に向かって生意気な口をたたくたび、キチの胃はきりきり痛む。おなごの身で、どうしたらあのように傍若無人でいられるのか。どんなふうに生まれついたら、あんな燃える火の玉みたいな眼をして殿方を睨み、まるで対等であるかのような口をきいて自分の考えを主張することができるのか。

とうてい理解できないのに、どこか眩しいような、羨ましいような気がして、自分の姪に憧れにも似た気持ちをつい抱きかけては思い直す。他人であればほうってもおけるだろうが、身内はそうはいかない。ああいった気性のおなごは厳し過ぎるくらいの躾をしないとどこまでも野放図に育って、いつか取り返しの付かないことになる。

あんな子でも嫁に行けば少しは落ち着くのだろうか、とキチは訝った。

末松の家からは、入籍を急ぎたいとせっつかれている。縁談が調ってからというものノエの学費は末松家が負担しているだけに、あまり木で鼻を括ったような返事もしにくいのだが、それにしても仮祝言の翌日にあんな仕打ちを受けたというのに福太郎は怒りもしなかったのか。なんでもアメリカでは、男子たるもの婦人を尊ぶべしと教育されるようだが、これだけ面子を潰されてなお怒らないとなると、もはや男子ですらないように感じられる。ノエでなくとも物足りなかろう。

ふうっと長く大きなため息をつくと、炎がゆれた。細めの薪を手に取り、くべようかどうしようかと思案した時だ。

くけけ。

と、また鯛の声が止んだ。しつこい犬だ。

キチが顔を上げるのと、勝手口を人影がふさぐのは同時だった。縞の着物に海老茶の袴、結い上げずに後ろでまとめただけの髪が肩先でもつれている。

「どげんしたと」

「……本」

ふてくされた様子で板間へ上がったノエは、脱いだ編上げ靴を教材の風呂敷包みとともに小脇に抱えて水屋へ直行すると中ほどの引き戸を開け、しまってあった残りものの握り飯を一つ躊躇なくつかみ取った。戸を閉めるには手の数が足りなかったとみえる。開けっぱなしのまま廊下の奥へ消え、ややあってから、たん、たん、と階段を荒っぽく上がってゆく足音が聞こえてきた。

キチは、竈に目を戻し、黙って薪をくべた。薄暗くなってきた土間に、薪が爆《は》ぜて火の粉が散る。

また蜩が鳴き始めた。

＊

夏の帰省中、勝手に縁談を進められたばかりか仮祝言まで挙げさせられたことを、ノエは、同じクラスの誰にも話さなかった。ともに教頭宅で起き伏ししている千代子にも固く口止めをした。

「絶対、学校の誰にも言わんでな」

「なんで？」

「なんでんでん。口ば裂けても言わんでな」

事実を知る人間は、少なければ少ないほどいい。今ならまだ逃れる方法はあるはずだ。あの男との間にはまだ何も起こっていないのだから、本当の意味で〈結婚〉したことにはならない。

どうしてよりによってこの自分が愛のない結婚などをしなくてはならないのか、ノエにはまったく理解も我慢もできなかった。両親や叔父や叔母は口を揃えて、お前も一度は首を縦にふったはずではないかと言うが、もとより断れないように仕向けられ、仕方なく受け容れた縁談だ。福太郎と夫婦になることでアメリカへ行けるならと、自分で自分を無理やり説き伏せたに過ぎなかったし、かの地へ渡ってから隙を見て逃げだそうとまで夢想していた。それなのに、渡米さえもふいになった今、なんだってあんな男にこの身を投げ出す必要がある？　男女というものは、たとえば憧れの若山牧水の詩にうたわれているように、もっと純粋で情熱的なパッションをもって結び合わされるべきものではないのか。

考えれば考えるほど、怒りのあまり身体が瘧《おこり》にかかったように震え、歯ががちがち鳴った。福太郎のことをほんの一瞬でも、そんなに悪くもないかもしれない、などと思った自分を許せなかった。辞書なしで英語が読めて話せるくらいが何だというのだ。青黒い髭剃り跡を思い浮かべるたび、ぞわぞわと肌が粟立つ。

しかし同時に、同級生たちに対して、これまでにない優越感も覚えるのだった。例の、小説をいくら読んでも書かれていない〈肝腎の場面の秘密〉こそ解けなかったが、もうあと一歩で男と同衾《どうきん》するところだったのだ。しかも、拒みきったのは自分の意思だ。実際には福太郎は、こちらの怒りに気圧《けお》されて手を出すどころではなかったようだが、たとえあのとき強引にのしかかられていたとしても、決してやすやすと意のままにはさせなかっただろう。必要とあらば、舌を嚙んででも……。そんなふうに妄想を逞しくしていると酒に酔ったような心持ちになり、いまだ恋に恋しているだけの友人らがひどく幼く思われた。

恥辱と怒りの中で終わった仮祝言のあと、根岸の家に独り戻る道すがらもノエが誰よりも会いたかった相手は英語教師だった。

夏休みが明けて始業式が終わったら、いちばんに辻先生のところへ行こう。この身に起こった出来事を洗いざらい聞いてもらうのだ。何と言われるだろう。かつては『平民新聞』をこっそり愛読していたらしいし、いつも皆にロマンチックな恋の詩を教えてくれたりもする先生のことだから、お金のために売られてゆくような哀しい女の身の上を聞いたら一緒になって憤慨して下さるに違いない。もしかしたら自ら救いの手を差し伸べようとしてくれるかもしれない。万一——そう、万が一にもそのようなことになった場合、自分の側こそ、受け容れる覚悟があるだろうか……。

ほろ苦くも甘やかな妄想をめぐらせるたび、何かむず痒いような熱が腹の下の方にひろがり、徐々に凝《こご》ってゆくのを感じた。この感覚には覚えがある。軀《からだ》の内側の潮位が上がってゆき、うずうずとした焦燥に押し上げられ、両の膝頭をこすりあわせたくなる感覚。福太郎との間ではもちろん気配さえ兆すことのなかったものだ。

しきりに寝返りを打ち、隣の布団で寝ている千代子に気づかれないよう、ノエはそっと息を乱した。波を鎮め、凪《なぎ》を取り戻す方法は、拙《つたな》いながらにもう知っていた。誰に教わったわけでもなく、気がつけば探り当てていた。

辻が、こちらを憎からず思っているのはわかっている。自惚《うぬぼ》れではないと思う。放課後の音楽室で彼がピアノやオルガンを弾き、幾人かの女生徒がそれに聴き入ったり一緒に歌を歌ったりするのは習慣のようになっているが、何かの拍子に二人きりになった時など、互いの間に心が通い合ったと感じられる瞬間がこれまで幾度もあった。学校の帰りに話が尽きず、辻が根岸の家まで送ってきてくれて、代叔父やキチ叔母と挨拶を交わしたこともある。その彼を逆に送って外へ出た時、会話の隙間にふと言葉より雄弁な沈黙が入り込み、どちらも口をひらくのが惜しくなって黙って見つめ合った——あの時の彼のまなざしに何の意味もなかったとは思えない。

そしてとうとう、始業式の日が来た。午前中で終わった式の帰りに、ノエは辻を待ち伏せした。ずっと考えていた通りにそうしたはずなのに、どうしたの、と優しく問われたとたん、言葉より先に涙が溢れた。

邪魔の入らないところで少しゆっくり話がしたいと頼むと、辻は言った。

「じゃあ、送って行こうか」

ノエは慌ててかぶりを振った。代家でも、教頭先生のお宅でも話せない。辻を見上げる瞳に、気持ちがこもってしまう。彼もそれを感じ取ったのか、一旦視線をそらすと、短い思案の末に言った。

「だったら、僕の家に来るかい。母も妹もいるし、狭くて汚いところだけど、それでもよかったら」

上野桜木町の女学校から辻の家のある上駒込までは、歩くとゆうに一時間以上かかる。疲れやしないかと辻はしきりに気にしてくれたが、ノエは幸せだった。今この時が、これまで生きてきた中でいちばん幸せかもしれないと思った。いつまでも泣いたり、しおしおとうなだれたりしていては、行き交う人の詮索の目が辻に向く。迷惑をかけまいと、無理に顔を上げて歩いた。

ようやく辿り着き、家への路地を入る時、近くの寺から時ならぬ鐘の音が聞こえてきた。芭蕉の句を思い浮かべたのは、辻も同じだったらしい。ノエをふり返り、少し笑った。

母親の美津は、玄人めいた婀娜《あだ》っぽさを備えた綺麗なひとだった。息子が若い女生徒を連れて帰ったことに驚きながらも、書物で散らかった奥の三畳に通し、熱いお茶と一緒に茶色い饅頭を出してくれた。素朴だが旨い饅頭で、しっとり香ばしい皮とともに甘い餡が口の中でほどけると、硬く強ばっていた気持ちまでほぐれてまた泣けてきた。

八月の間に仮祝言も済んだと聞かされた辻は、さすがに狼狽《ろうばい》を見せた。その様子に、ノエは意を強くして言いつのった。

「叔父さんは、代家に恩ある私がこの縁談を断れないだろうと踏んで、無理やり押しつけたんです。末松が学費を出すなんて言うから、お金に目がくらんで私を売ったんだわ。これまでの損を取り返すみたいに。これじゃ人身売買も同じです」

おそらくそうでないことはノエ自身もわかっていたが、自分を可哀想に思う気持ちは止まらず、言葉は次々に口からこぼれた。全部が嘘ではないのに、言えば言うほど、舞台の上で新派悲劇のヒロインを演じているような心持ちになってゆく。

「今さら断れるわけがない、そんなことをすれば郷里の両親がどんなに肩身の狭い思いをするか……って、そんなことばかり言って私を追い込んで。でも、いやです私。あんな芋虫みたいな顔の男のものになるのは絶対にいや」

「そうは言ってもきみ、祝言だってもう……」

「いいえ」

辻の言葉を遮り、きっぱりと首を横に振ってみせた。

「あんなんは、まわりを安心させるための真似事です。だってうち、指一本、触らせせんかったもん」

つい、お国言葉がこぼれる。

「え、どういうこと?」

「どういうこともこういうことも、いま言うた通りです。うち、ひと晩じゅう眠らんと、夜が明けたらすぐに逃げてきたんやけん。あげな男、一歩も寄せ付けんかった」

辻が、呆気にとられた顔をしている。

「しかし、まさか……」

「嘘やって言いなさると？」

「いや、嘘だとは言わないが、しかしよくもまあ旦那さんがそれを許してくれたね」

「旦那さんなんかじゃありません。あげん昼行灯《ひるあんどん》がごと薄ぼんやりしとる男、こっちから願い下げばい」

声が震える。激しい感情が喉までせり上がり、飲み下そうとすると、げっぷのような呻き声がもれた。

「まあ、うん。話はわかったから、とにかく気を落ち着けて」

「私、卒業までにどこかへ行方をくらまそうと思ってます」

「こらこら」

「おとなしく納得したふりをしておいて、隙を見て逃げ出します。外国行きの船にでもこしょっと乗り込んでどこか遠くへ行ってしまえば、叔父さんたちには探せやしない。あとで先生にだけ、手紙を書いて居所を報せますから」

「いや、わかったから、うん、早まっちゃ駄目だ。卒業まではあと半年もあるんだし、何か方法を考えよう。ね」

なだめる辻の物言いは分別くさく、とりあえずこの場を丸く収めようという困惑に満ちている。期待していたものとは程遠い。自分は、ここでもお荷物なのか。

ノエは、しゃくりあげて泣いた。初めて本当に好きになった男がどうにも煮え切らないのが悔しく、保身の透けて見えるのが哀しい。それ以上に自分が情けなくてならなかった。叔父や両親の思惑が本当はどうであるにせよ、いやなものはいやなのだ。それなのに、まともな反抗の手段が何もない。

キチ叔母などは、最初はいやでもそのうち平気になる、などと慰めにもならないことを言うが、女に生まれてきたというだけで、男たちから犬の子のように扱われ、気まぐれによそへやられ、楯突けば首根っこを押さえ込まれる、そんな馬鹿げた話があっていいものか。どうして他の女たちはこんな理不尽を受け容れて我慢できるのだろう。それとも皆が言うように、自分がただわがままなだけなのか。

やがて、ノエの泣き声がいくらかおさまった頃になって、襖が開いた。美津が、辻を促して言った。

「あんまり遅くなったら、おうちの方が心配しなさるよ。潤さん、お嬢さんを家まで送っていっておあげな」

帰れ、ということだと、ノエは理解した。

恨めしくとも、好きな男の母親を睨みつけるわけにはいかない。涙を拭き、薄い座布団から下り、精いっぱい居ずまいを正して頭を下げる。

「お騒がせをいたしまして申し訳ございません。ありがとう、存じました」

両手をついて畳に顔を伏せながら、世の中のすべてから見放された心持ちがした。

晩夏の暑さが去り、秋の声を聞く頃には、クラスの皆も日々の授業どころか試験勉強さえそっちのけで、間近に迫る卒業後の身の振り方ばかり気にかけるようになってきた。すでに嫁ぎ先の決まっている者は言葉少なだが、そうでない少女たちは、それぞれに思い描く将来の夢を口にし合っては目をきらめかせ、休み時間の教室は内緒話めいたさざめきに満たされる。

ふだんから目立つ中山嘉津恵やその取り巻きたちは、さすがに言うことも華やかだった。

「貿易商の旦那様、なんて素敵よね。舶来品がすぐ手に入りそうだもの」

一人が言えば、別の少女が身を乗り出し、

「私は外交官の夫人になりたいわ。ヨーロッパの国々をあちこちまわって、社交界の花になるの」

するとと嘉津恵が、すかさず横から混ぜっ返す。

「あなたは壁の花がいいところじゃないかしら」

話の輪の中にいたノエも、千代子も、思わず一緒になって笑った。

編入してきてからしばらくは苦手で敬遠していた嘉津恵らのグループとも、今では適度な距離感というものがつかめて、それなりにうまくやっている。打ち解けるまではいかなくても、互いに一目置き合うといったところだろうか。

学校劇『ヴェニスの商人』のアントニオ役を、その押し出しのいい体格でもって嘉津恵が演じきった時、なかなか悪くないと思ったノエが本人に感想を伝えたのが先だったかもしれない。嘉津恵もまた、学内の文化祭で土井晩翠《ばんすい》の詩を朗読したノエのところへわざわざやって来て、素晴らしかった、生徒ばかりか先生や来賓の人たちまで夢心地で聴き入っていたわよ、とねぎらってくれた。

ようやく皆の笑いがおさまると、混ぜっ返された少女が、自身も苦笑まじりに言った。

「もう、失礼ねえ。そう言う嘉津恵さんは卒業したらどうするおつもりなの？」

「私？　私は……」

嘉津恵がめずらしく口ごもるのを、ノエは意外な気持ちで見ていた。ふと、勘が働いた。もしかすると彼女にも、砂糖菓子のような夢を語る気になれない事情があるのだろうか。

視線が合う。しまった、と思うより早く、

「それよりノエさんはどうかしら」嘉津恵が言った。「皆さん、聞きたくない？」

わっと輪の空気が盛りあがり、全員の視線がこちらに注がれる。事情を知る千代子が気まずそうに俯《うつむ》くそばで、ノエは、胸深くまで息を吸い込んだ。

「私は……卒業したら九州へ帰らなくてはなりませんから、しばらくあなた方とはお別れね」

「しばらくって？」

誰かが無邪気に訊く。

「ほんのしばらくよ。必ずまた東京へ戻ってきますもの」

「戻ってきたら何をなさるつもり？」

「さあ。記者になるか、作家になるか、いずれにしても良人になる殿方の職業を恃みにしたりはしないわ」

「あら、勇ましいこと」

と嘉津恵に茶々を入れられ、ノエはむきになった。

「どうせ私は、人並みの生き方をしませんから、いずれは皆さんと新聞紙上でお目にかかることになるでしょうね。そうでなくて、もし九州にいるようになったら……」

「なったら？」

「そうね。玄界灘で海賊の女王になって、板子《いたご》一枚下は地獄、といった生き方をするかもしれないわよ」

皆、ああまた大言壮語が始まったとでも思っているのだろうが、ノエは真剣だった。うじうじと煮え切らない男に嫁ぎ、死ぬまでの人生を習俗と世間体に縛られるのはまっぴらだ。それくらいなら、卒業までの間に隙を見てどこかへ姿をくらまし、泥水を啜ってでも自由に生きてやる。自分のことを自分で決める生き方がそこにしかないのなら、ほんとうに海賊にでもなってやる。

笑いさざめきながらすぐに次の話題へ移ってゆく級友たちに囲まれ、ノエは、ちらりと嘉津恵を見やった。彼女だけが、笑わずにこちらを見ていた。

卒業まで半年もある、と辻は言ったが、その後の時間はまるで流砂のようで、佐藤教頭宅で世話になるうちにあっというまに年が明け、二月が来て、庭ではすでに梅が咲き始めていた。

こちらに意思などというものは端からないかのように、末松家との話は勝手に進んでゆく。先方からさんざんせっつかれるうち、せめて卒業後にと言っていた叔父も折れて、とうとう入籍まで済まされてしまった。

たった一つだけ残されていた出口に、がらがらがしゃんと重たい鉄格子が下ろされたようだった。

――仮祝言を挙げただけで、福太郎などまだ本当の良人ではない。

――このまま逃げてしまえば全部を無かったことにできる。

懸命にそう思い込もうとしていたのに、最後の希望まで奪われたのだ。

昨年の十一月二十一日のことだ。

〈人は誰も、いつまでも子どもでいるわけにはいかんのだよ〉

教頭の言葉に、ノエは頷けなかった。子どもでいたいのではなく、自由でいたいだけだ。

このうえはやはり行方をくらませるしかない。故郷に帰って末松の家に縛られてしまったら、もう滅多なことでは逃げられなくなる。都会とは比べものにならないほど、田舎では人の目がしつこくまとわりつき、こちらの一挙手一投足を見張る。自分以外は全員スパイだと思うくらいで間違いはない。

そんな怖ろしいことになる前に、卒業式が済んだら九州におとなしく帰ると見せかけて、途中でひとり汽車を降り、知らない街にまぎれてしまおう。大阪、広島、それとも別の汽車に乗って福島、青森、日本全国どこだっていい。女海賊になるのはさすがに難しくとも、しばらくのあいだ下働きをしてでも潜伏し、いつかこっそり東京へ舞い戻ってやる。そうして、それまでの数奇な半生について書き綴り、新聞や小説誌に発表するのだ。

眠れぬ夜、ノエは文机の引き出しから一冊の雑誌をそっと取り出しては眺めた。

貸してくれたのは辻だ。相変わらず男としての行動に出るつもりはないようだが、気にかけてくれているのは伝わってくる。上駒込の家へ押しかけて苦しい胸の裡を洗いざらい吐露したあの日から、ほんの数日後だったろうか。

「興味があったら読んでごらん」

そう言って、辻はこれを手渡してくれたのだった。

黄色の表紙の中央に、どこかエジプトの壁画を思わせるドレス姿の女性の立像が描かれている。長い髪を一つに編んだ女性は横顔で、少し顎を上げて視線を投げ、遠くを見つめている。

その絵の右側に、黒地に白抜きで、「青」。左側に、同じく、「鞜」。表紙をめくると本扉、さらにめくれば、右頁の最初に四角な漢字が連なっている。

〈青鞜《せいとう》第一巻第一号内容〉

興味があったら、どころの騒ぎではなかった。手渡されたこの創刊号を何気なくめくり、それが何について書かれた雑誌であるか——いや、誰が何をしようと考えて創り出された雑誌であるかを悟るなり、ノエは、衝撃に言葉を失っていた。

巻頭にはなんと、あの与謝野晶子が「そぞろごと」と題する詩を寄せている。全体が十二連からなる、長く熱い詩だ。

山の動く日来《きた》る。

ノエは胸の高鳴りをこらえきれず、立ちあがって部屋を歩き回りながら一言一句を目で追った。

人よ、ああ、唯これを信ぜよ。
すべて眠りし女《おなご》今ぞ目覚めて動くなる。

その詩の後にはさらに、発起人による勇ましい文章が続く。

元始、女性は実に太陽であった。真正の人であった。

十六頁にもわたるその長い文章を書き綴ったのは、〈らいてう〉という聞き慣れない名前の女性だった。なんと、この立派な雑誌そのものが女性だけの手によって書かれ、編集され、印刷されて世に出たのだ。

かつては太陽であった女性が、今は自分からは輝くことのできない月となっている。家に縛られ、親や夫の保護のもと自由を奪われている女性たちを、真に独立させること——そのためにこそ『青鞜』は初声《うぶごえ》を上げたのだと、らいてうは堂々たる筆致で綴っていた。

自由。——自由！

気がつくと、部屋の隅にへたり込んだノエの目からはぼろぼろと熱い涙が噴きこぼれていた。キチ叔母からは泣き虫だと言われ、自覚もあったが、その涙は今まで経験したどれとも違う、感情よりも理性を水源とする涙だった。雑誌を持つ手ばかりでなく、軀ごと、震えた。

以来、辻が許してくれたのをよいことにずっと借りたままになっている。毎月一日に出る月刊誌だが、この創刊号には格別の思い入れがあった。

一冊二十五銭、けして安くはないが、それだけの値打ちがある。かじかむ指先を火鉢で炙り、そっと頁をめくる。叔父の所蔵している高価な本でさえ、これほどまでに丁寧に扱ったためしはなかった。収録されている文章はすでにどれもこれも精読し、覚えるほど読み込んでいる。森鷗外夫人や国木田独歩夫人、それに、たしか去年の初めに新聞の懸賞小説で選ばれてデビューしたばかりの田村俊子……。

「ノエさんならきっと興味を持つとは思ったが、そこまでとはなあ」

辻は苦笑気味に言った。聞けば、彼がこの雑誌のことを初めて目にしたのは九月の初めに出た新聞広告だったそうだ。『太陽』『中央公論』といった総合誌と並んで、〈唯一の女流文芸雑誌〉と銘打たれた『青鞜』があった。

「〈ブルー・ストッキング〉って知っているかい」

「いいえ」

「十八世紀のロンドン社交界に、モンタギュー夫人という人物がいてね。女性中心の知的なサロンを催していた彼女らが、正装としての黒絹の靴下じゃなく、青い普段着の靴下を、自分たち婦人グループの象徴として用いるようになったんだ。女性の知性と教養のシンボルとでもいうのかな。そういう女性の活動をいかにも愚かしいことだと揶揄《やゆ》する連中が、わざと侮蔑的に呼んだりもしたようだがね。〈あの女はブルー・ストッキングだから〉なんていう具合に」

「西欧にも、女が下に見られていた時代があったんですか」

「そりゃそうだ。今だってさほど変わらないよ」

当たり前のことのように辻は言った。

「『青鞜』という題名は、おそらくその〈ブルー・ストッキング〉を踏まえてつけたんだろう。前に

〈紺足袋党〉なんて訳しているのを見かけたことがあるけど、それに比べたら上出来だよ。こんな挑発的な雑誌を出したらきっと世間から酷評される、そのことを百も承知で先回りしてつけた名前だと思う。たいしたセンスじゃないか」

嬉しそうに笑っている辻を、ノエは不思議な思いで見た。もともとフェミニストではあるが、それにしても男性の身でずいぶんこの雑誌に肩入れするものだ。

「このらいてうさんって、どういうひとなんですか」

と訊くと、辻は物言いたげに眉尻を下げた。細長い顔が、全体に垂れ下がるように弛緩《しかん》する。ふだん、好きな音楽や小説や芝居などについて話す時と同じ表情だった。

「森田草平の『煤煙《ばいえん》』を読んでみるといいよ。少し早いかもしれないが、きみなら理解できるだろう」

ノエは、とりあえず出ている一巻と二巻を借りて読んだ。何でもかんでも吸収したい気持ちになっていた。

妻子ある男が惚れた〈朋子〉という若い女はインテリだが、折々に奇矯なふるまいの目立つ謎めいた女性として描かれている。男は、愛しているとは決して口にしない彼女に心を引きずりまわされ疲弊してゆく。

読み終えたノエに、辻は、らいてうの本名が〈平塚明《ひらつかはる》〉であることを教えた。〈朋〉ではなく〈明〉――『煤煙』は森田草平の側から描かれた告白的な私小説であり、家庭のある小説家と女子大まで卒業した未婚女性との情死未遂事件は、ほんの四年ばかり前に世間を大きく騒がせた醜聞であったのだ。

普通に考えれば、そんな恥ずかしい事件を起こした娘など外へも出られるはずがない。遠い田舎の親戚のもとへでもやられ、息を潜めるようにして一生を送るのが関の山だろう。

それなのに、この平塚明、いや、らいてうというひとは、自分を不当に貶めようとする世間に向かって傲然と顔を上げ、同じく踏みつけにされている女性のために、すべての女性の尊厳のために、こんな立派な雑誌を世に送り出してみせた。

それに比べて自分はどうだ。二十七歳と十八歳という差はありこそすれ、情けなくはないか。この雑誌を読んだ女性たちの多くがいよいよ目覚め、立ちあがって行動しようというこの時に、自分の運命を人の手に委ねて何もできずにいるなんてあまりに不甲斐なくはないか。

辻に教えられるまま、ノエはさらに福田英子《ひでこ》の『妾《わらわ》の半生涯《はんせいがい》』を読み、木下尚江の『火の柱』を読み、そしてイプセン作・島村抱月《ほうげつ》訳の『人形の家』を読んでノラを知った。

（ああ……ああ！）

内臓を絞られるような悔しさに身悶《みもだ》えし、ノエはますます出奔の計画を本気で考えるようになった。

卒業式は三月二十六日。その日が、一日また一日と近づいてくる。いざ式が済んで、翌日かまた翌々日になるか、とにかく皆に見送られて汽車に乗るまでは、要らぬ疑心を抱かれないようおとなしくしていなくてはならない。やり過ぎては駄目だ。本意ではないけれどもここまで来てはもう仕方がない、と嫌々あきらめたふりをして、皆を欺くのだ——。


「いやはや、驚いたな」

目の前で長いため息をつく辻を、その午後、ノエは情けない思いで見おろしていた。

「人生、何が起こるかわからないとは言うが、それにしてもなあ」

これまで放課後にはいつもそうしていたように、二人は音楽室で話していた。厳粛かつ華やかに執ではなかった。

り行われた式への感動も、とうとう高等女学校を卒業したことへの感慨もほとんどない。それどころ

「どうすればいいと思いますか、先生？」

　思いきって水を向けると、辻はオルガンの鍵盤を見つめたまま言った。

「正直に僕の考えを言えば、とにかくきみは一旦、あきらめて故郷へ帰るしかないと思うよ。だって、しょうがない。事情が変わったんだから」

　その新たな事情は、一通の電報という形でもたらされた。一昨日、三月二十四日のことだ。代の実父・佐七が亡くなったという報せだった。

　叔父は取るものも取りあえず長崎へ戻り、卒業式を翌々日に控えた千代子とノエはこのまま教頭宅に残って、式が済み次第、キチとともに急いで帰る手はずとなった。千代子などは祖父に可愛がってもらった記憶があるのだろう、目を泣きはらしていたが、ノエは泣くことすらできずにいた。身体が溶けてしまいそうでどこにも力が入らなかった。

　自分はもしや、呪われているのだろうか。計画のすべては東京からひとりきりで婚家へ向かうことを前提としていたのに、叔母と千代子にべったりと張りつかれていたのでは途中で逃げるわけにもいかない。恨めしいのは代の父親だ。よりによってこんな時に死ななくたっていいではないか。

　すぐにでも辻と話がしたかったが、部屋を出て玄関へ向かおうとしただけで、

〈どこへ行くんだね？〉

　佐藤教頭に呼び止められた。

　べつに、と答えると、教頭はじっとノエを見て言った。

〈大事な時だからね。家でおとなしくしていなさい〉

何か勘づいているのかもしれない。鼻も口も塞がれるような息苦しさを覚え、ノエは身を翻して再び二階へ駆け上がり、それきり今朝までほとんど部屋にこもっていた。

「辻先生」

「うん？」

「汽車は、明日の午後一時過ぎなんです」

「そう」

オルガンの椅子に座り、こちらとは目も合わせない辻を見おろしていると、なんだこんなやつ、というような反発がせり上がってくる。

「見送りになんか、来ないで下さいね。みんなに何かと思われますから」

「ああ。行かないでおくよ」

そんな返事が聞きたいのではない。自分が何をどうしたいのかわからない。駄目だ。また泣きそうだ。

身体に力を入れて涙を懸命にこらえていると、ふいに辻が目を上げた。互いの視線が強く絡む。

「明日の朝」

「え」

「朝早く、出かけてくることはできる？」

心臓が位置を変えた気がした。

「どこへですか」

「竹の台陳列館で、青木繁の遺作展があるんだ。知ってるかな、ロマン派の……ほら、去年若くして亡くなった」

「もちろん知っています」

同じ福岡県出身の天才画家だ。知らないわけがない。

「有名な『わだつみのいろこの宮』も展示されるらしいんだ。観に行く時間はある？」

「先生と一緒にですか」

「うん。よかったら」

「行きます。行きたい」

ノエは、オルガンに覆い被さらんばかりに身を乗り出した。

「汽車に間に合うかな」

「午前中だったら大丈夫。きっと行きますから、どうか駄目だなんて言わないで」

辻は、その日初めて笑った。

「誘っているのは僕だよ」

その晩、帰省のために最小限の荷物を整え、残りは後から送ってもらうように荷造りしてから寝床に横になると、隣の布団の千代子がこちらに寝返りを打った。

「ねえ、ノンちゃん」

「ん？」

「東京も、これが最後ね。いろいろ、ありがとうね」

「何が」

「だから、いろいろ。ノンちゃんが来てくれたから、毎日楽しかった」

「……そう」

自分の返事が、まるで昼間の辻のそれのようだ。あのとき彼は、今の自分のような困惑や鬱陶しさがない。
を我慢していたのだろうか。いや、ほんとうに鬱陶しかったら、明日会おうなどと誘ってくれるはず

「お互い、お嫁に行っても時々会おうね」

「そうね」

「もちろん、旦那さまたちが許してくれたらだけど……末松の福太郎さんも、うちの勝三郎さんも優しいから、きっと承知してくれるわよ」

「……うん」

何ごとにも鈍い従姉が、そのあとすぐにすうすうと寝入ってくれたことにほっとして、ノエもまた無理に目をつぶった。嫁入りのために故郷へ帰るその日に、別の男と、それも好いた男と密会をする。高鳴る心臓の音が耳についてなかなか寝付けなかった。

ふっと眠りに落ちたのは朝方だったろうか。おかげで少し寝過ごしてしまったが、まだ間に合う。大急ぎで身仕度をし、昨夜のうちに用意しておいた風呂敷包みを抱える。

「あれ、ノンちゃん、どこ行くと?」

寝ぼけまなこの従姉は郷里の言葉に戻っている。

「ちっと、そこまで散歩。汽車の時間までには絶対、駅に行くけん。心配せんとって」

そう告げると、足音を忍ばせて階下に下り、教頭らの見ていない隙をついて飛びだした。

いつもの袴姿で、編上げ靴を履いてきてよかった。全力で走って走って電車に飛び乗る。今ごろになって、まさか二人きりではなくて誰かも一緒に誘ったのでは、などという疑念が湧いてくる。

上野で降りると、先に停留場に来ていた辻は、ひとりだった。いつも学校に着てくる紺色の絣の着物だが、今日は鹿の子の兵児帯《へこおび》ではなく、おそらく一張羅だろう博多献上の角帯を締めている。こち

らに気づいた彼が、見たことのない顔で少し笑うのを見た時、そうだ、昨日で卒業したのだったと初めて実感が湧いた。

会場まで、公園の中を歩いてゆく。朝もまだ早いせいか人影はまばらで、二人の足音ばかりが大きく響く。

絵を観ている間じゅう、どちらもほとんど口をきかなかった。誘ったのは僕だと言ってくれたはずの辻は、なぜかよそよそしく、ノエが隣に立つとまるで避けるかのように離れて次の絵のほうへ行ってしまう。

どうして、とノエは思った。こんな寂しい思いをさせられるとわかっていたら、きっと来なかった。

――いや、違う。それでもやっぱり来た。もうこれきり逢えないひとだ。今この瞬間のことを、自分は絶対に生涯忘れまい。夭逝《ようせい》した天才画家の筆の跡も、会場の湿った土間の匂いも、窓から射す光の束を細かな塵《ちり》が出たり入ったりしているこの光景も。

だんだん人が多くなってきたのを見て、

「出ようか」

辻が短く言い、先に立って外へ出た。来た時よりは温もった木立の中を、怒っているような足取りでずんずん歩いてゆく。

ノエは、追いかける気力をなくした。木陰に立ち止まり、俯いて、編上げ靴の先を見つめる。千代子のお古を、さらに二年にわたって履き続けたので革はずいぶん傷んでいるが、その傷がむしろ愛おしい。

学校への坂道を、毎日この靴で駆けあがった。校舎が見えてきても、もっと先まで駆けてゆける気がした。でも結局、その先に自由などなかった。今日で終わりだ。もう、どこへも行けない。

息を吐き、顔を上げようとした時だ。ノエは驚いて、思わず短い悲鳴をもらした。辻が、にこりともせずにずんずんと引き返してくる。

遅れたことを咎《とが》められるのかと思うよりも早く、目の前が一面、絣の紺色で覆われた。

第五章　出奔

たった今、とうとう汽車が出ていってしまった。真っ黒な煙を大量に吐き、悲鳴のような汽笛の音をあとに残して。

中山嘉津恵は、級友たちと顔を見合わせた。

せっかく皆でこうして見送りに来たというのに、肝腎の本人がまだ現れない。集まった上野高等女学校の先生たちも、どうすればよいものかと戸惑いを隠せずにいるようだ。

先ほどから心配と苛立ちのあまり立ったり座ったりしている代夫人の横に、同じく級友でもある千代子が心細そうに寄り添っている。

そっとそばへ行き、嘉津恵は声をかけた。

「来なかったわね」

千代子がふり向き、みるみる半泣きの顔になる。

「嘉津恵さん……ごめんなさいね。せっかく来て下さったのに」

「いったいどうしたのかしら、ノエさんたら」

「わからないの。今朝早く、荷物を抱えて飛びだしていったっきり」

「どこへ？」

「さあ。『そこまで散歩』って」

「なんでそん時、はっきり訊かんかったとね」

横から、夫人が身を揉むようにして言う。

「だって、『汽車の時間までには絶対、駅に行く』て言うたけん」

驚いた。千代子の口からお国訛りを聞くのはこれが初めてだ。家族の間ではしばしば話されているのかもしれない。

ああ、そうか――と、嘉津恵は夫人の顔を盗み見た。ノエが千代子の家から女学校に通っていたのは、この人がノエの叔母だからだと聞いたことがある。なるほど、眉が濃く彫りの深い顔だちはどこか似ている。

千代子が再び、嘉津恵にすがるような目を向けてくる。

「どうしたらいいと思う？　このまま来なかったりしたら」

「さあねえ」

こちらに訊かれても困る。

「もしかして、何か危ないことに巻き込まれていたらどうしよう」

それはないのではないかという気がした。来ないとしたら、それはおそらく本人の意思だ。

「……逃げたのかもね」

呟きは、ざわめきに紛れた。千代子が耳を寄せてくる。

「え、なんて？」

「何でもない」

嘉津恵は息を吸い込み、駅の雑踏を見渡した。

さっき出ていった蒸気機関車の煙の匂いが、まだ漂っている。見送りに来ていた人々も徐々に潮が引くように減ってゆく。夜まで待たなければ、次の汽車は出ない。

ふと、二年前のことが頭に浮かんだ。上野高等女学校の四年生に編入してきた頃の伊藤ノエは、絵に描いたような山出しの田舎娘だったが、向上心や克己心といったら並みではなかった。野心、と言い換えたほうがふさわしいかもしれない。何があろうと自分の居場所を明け渡したりするものかとばかりに目をぎらつかせ、授業の間じゅう食い入るように教師を見つめて鉛筆を握りしめていた。

生まれてこのかた何かに不自由したことのない嘉津恵にとっては、受け容れがたい異分子だった。おおかた似たような境遇で育ってきた級友たちにとっても同じだったろう。クラスに気の荒いけだものの子が一匹紛れ込んでいるかのようで、ちっとも落ち着かない。嘉津恵は、自ら率いる仲良し七人組と一緒に、率先して排除にかかった。

思い出すのは、「紋付き事件」だ。学校で折節《おりふし》に行われるあらたまった式には、皆、黒木綿の紋付きを着て出席する。絶対の決まりではないけれどもほとんどの生徒がそうしている。しかし、十一月三日に行われた天長節の式典では、クラスでノエだけが普段と同じ着物と袴だった。従姉の千代子はもちろん黒紋付きを着ている。代家が貧乏なはずはないのにどうしてノエさんだけ、と皆が不思議に思う中、当の本人は青ざめた顔でつんと顎を上げたまま、誰とも目を合わせようとしなかった。

ふだんから殊勝な相手ならば同情の対象になっていただろうが、もちろんノエはそれに当てはまらない。嘉津恵たちの次なる興味は、元旦の式典に向けられた。

はたしてノエは、黒紋付きを着て颯爽《さつそう》とやってきた。ところが式の間、後ろの列に立った嘉津恵がよく見ると、背中や袖の紋はまだ染められておらず、白抜きの丸のままなのだった。昔は武家しか家紋を持っていなかったというし、今でも持てない貧しい庶民がいることは知っているが、目にしたのは初めてだ。それともただ、家紋はあるけれども染めさせるお金がなかっただけだろうか。そもそもお金のある人なら、こんな具合に紋のところだけ白抜きしてあるような反物は買わない。白生地を買って染屋へ持っていき、紋とともに染めさせるはずだ。

まるで闇夜に満月が三つ昇ったようなノエの背中を眺めながら、嘉津恵は友人たちと肘でつつき合って笑った。

「万緑叢中《ばんりょくそうちゅう》の紅一点じゃなくて、白三点ね」

陰口に、ノエがふり向く。下から睨み上げるようなその視線に、大柄な嘉津恵も思わずたじろいだ。

間違いをさとったのは、帰宅して母親にその一件を話した時のことだ。

母親によると、白抜きの丸紋は「石持《こくも》ち」と呼ばれ、もともとは武士が縁起をかついで用いた紋であるというのだった。白地に黒い丸が「黒餅」、黒地に白い丸が「白餅」。それぞれが、石高の多いことを意味する「石持ち」や「城持ち」に通ずるとして、遊び心で身につけられた。後には黒地に白の丸だけが残り、やがて紋を持たない庶民の家の者が便宜的に用いるようにもなったが、本来は縁起物であり、必ずしも染めるお金がないから白抜きというわけではない。

「もっと勉強をなさい」と、母親は苦い顔で言った。「だいたい、そんなことで友だちを笑うなんて情けないことですよ」

情けないとまでは思わなかったが、自分の無知が恥ずかしく、嘉津恵は友人たちにその話はしなかった。ノエにも謝らなかった。

すると、次なる式典、二月十一日の紀元節に、ノエは二本線のくっきり入った紋付きを着て現れたのだ。「丸に二つ引き」の紋は足利氏などで有名だが、ほんとうに家系がそうなのか、それともただ彼女の父親が次男坊だったのかはわからない。

いずれにせよ、元旦の式と同じくすぐ後ろに立っていた嘉津恵の目に、それが素人の手で描かれたものであるのは明らかだった。案外、家系も何も関係なく、いちばん描きやすかったのがその文様だっただけかもしれない。

誰からも隠れるようにしてかがみ込み、墨を含ませた筆を握って、目をこらし息を殺しながら丸に二本線を描き入れるノエの姿が浮かぶと、さすがの嘉津恵にももう何も言えなかった。前回同様くすくす笑い合う友人たちを逆にたしなめ、けげんな顔をされたのを覚えている。

あの頃は不思議だった。いくらノエが代家の居候であるにせよ、姉妹のようにして同じ学校に通っている千代子だけがきちんとした紋付きを着て、片やそんな具合だったのはどうしてなのか。

しかし今こうして、ノエのほうの身内である夫人を眺めていると、その理由が少し理解できる気がするのだった。代家の後妻に入り、なさぬ仲の千代子を大事に育てながら、自分の姪であるノエを引き取って学校へ通わせてもらう——もうそれだけで、あの叔母さんとしては婚家での肩身が狭かったのだろう。その空気はノエにも伝わったはずだし、そうとなれば劣等感に小さくなるよりもむしろ、それをはね返そうとするほうへ気持ちが動いたに違いない。彼女はそういう質《たち》だと、今では嘉津恵にもよくわかる。

ノエは、まだ現れない。同じく見送りに来た担任の西原先生も、教頭の佐藤先生も、頭を寄せ合って何やら相談している。

嘉津恵は停車場の向こうを見晴るかした。早春の陽射しあふれる広場に、人の数は多いが、それらしい少女の姿は見えない。

ほんとうにどこかへ逐電してしまったのだとしたら、ノエの勇気が羨ましい。自分もほどなく嫁入りが決まるだろう。浅草で細紐テープの工場を営む父親は、知り合いの銀行家に嫁がせるかそれとも裕福な得意先の旧家へ嫁にやるかと思案しているらしい。いずれにせよ、こちらには選択権どころか発言権もない。

皆、そうだ。自分たち女はみんな、親や、夫になる人の所有物として扱われる。そういうものだと思いこんでいたから、これまで、不満はありこそすれ、おかしいと感じたことはなかった。

今は、違う。当たり前だと思えない。

何ごとにも簡単には屈しないノエの、あの燃えるようなまなざしを思い浮かべた時、

「あっ」

と誰かが叫んだ。

声のほうを見やると、千代子が子どものようにぴょんぴょん跳ねながら広場のほうを指さしていた。

来た。風呂敷包みを矢絣の胸に抱え、一つに束ねた髪を左右に揺らしながら、息を切らせて駆けてくる。

「ノエ、あんたいったい……」叔母さんが身を震わせて叱りつける。「どこで何ばしょったと！　皆さんに心配ばかけて、見んしゃい、汽車なあとっくに出てしもうたやなかか！」

「ごめんなさい」

「謝って済むことと済まんことがあるとよ！　次ん汽車は、晩までなかとばい。どげんすっと、ええ？　旦那様は向こうで待っとらっしゃるとに、いったいどげんするつもりやったとね」

「ごめんなさい」

口で謝りはするが、ノエは頭を下げない。額に噴きだす汗が陽を受けて光り、後れ毛はこめかみに貼りついている。嘉津恵の目には、ノエが急に大人びたように思われた。昨日の卒業式で会ったばかりなのに、まるで別人のようだ。

思いきってそばへ寄り、言葉をかける。

「すみません、おばさま」

夫人と千代子、ノエの視線が、嘉津恵に注がれた。

「晩の汽車を待って、乗って行かれるのですか」

「ええ、まあ、そういうことになりましょうねえ」

「そうですか。残念ですが私たち友人は皆、晩にはお見送りに参れませんので、こちらでお暇《いとま》いたしますね」

「まあ、まあ、申し訳ありませんねえ。本当にご迷惑をおかけして」

深々と頭を下げられる。いいえ、と嘉津恵はかぶりを振った。

「こうして最後にお目にかかれただけで嬉しゅうございました。ねえ、ノエさん」

返事も待たず、ノエの袖を引っぱるようにして柱の陰まで移動する。

二年間、机を並べて学んだ級友は、なぜか心ここにあらずといった様子だ。着物の衿は相変わらず垢じみているが、そこからすっと伸びた首筋が妙にまぶしい。思わず目を奪われ、何を言おうとしていたのかわからなくなって、嘉津恵は、かわりに頭に浮かんだことを言った。

「なるんでしょ、女海賊に」

「え」

ノエがぼんやりと顔を上げる。今やっと嘉津恵が目に入ったかのようだ。

「いいじゃない、おなんなさいよ」かまわず続ける。「海賊にでも山賊にでも、なるといいわよ。あなたはそうやって、この先も思うとおりわがままになさるのがいいのよ。ね、そうしてよ」

じっと見上げてくるノエの頬は薔薇色に上気し、瞳は熱に浮かされた人のように妖しく光っている。

綺麗だ。

「ねえ、ノエさん。いろいろあったけれど、愉しかったわね。向こうへ帰られても、お身体にだけは気をつけてね」

こちらの思いが曲がらずに伝わったのか、ノエの頰がわずかに緩んだ。と同時に、これまでの緊張が解けたのだろう、黒々とした双眸に水っぽい膜が薄く張りつめてゆく。慌てたように嘉津恵から目をそらすと、

「ありがとう」彼女は言った。「私もこの二年間、けっこう愉しかったわ」

やっと、いつものノエだった。

「嘉津恵さんも、どうかお元気で」

「あら、任しといてよ。私はきっと、どこかお金持ちのお家へお嫁に行くでしょうから、遊んで暮らしながら楽しみに待たせて頂くわ。いつか新聞の紙面に、あなたの名前が大きく載るのをね」

あえて揶揄《からか》うように言ってみせると、ノエは、嘉津恵を見て、初めて笑った。

笑ったのだろうと思う。目尻には光るものが溜まり、頰は歪んで、泣き顔と区別がつかなかった。

*

緋色に咲き誇っていたはずの石楠花《しゃくなげ》が、気がつけば、縁先の日だまりで汚く萎《しお》れている。花弁も雄しべも溶けたようになって濃い色の葉に貼りつき、気まぐれに寄ってきた蜂さえすぐに見捨ててよそへ飛び去ってゆく。

ノエは、目をそむけた。

沓脱石《くつぬぎいし》にそろえてあった下駄をつっかけて庭を横切り、門柱に寄りかかる。道の向かいに建つ小学校からは、子どもらの唱歌を歌う声がてんでばらばらに聞こえてくる。

校舎の脇を通ってのびる道の両側には、名残の菜の花が風に揺れ、ゆるやかにうねる道が思いのほか強い春の陽射しに照らされて白々と輝くのを見ていると、そのあてどなさ、果てのなさが自らの身の上に重なった。奥歯をきつくきつく噛みしめ、鼻の奥のしびれを懸命にやり過ごしながら、丘を登る道が空の中へ消える一点に目をこらす。目のくらむような眩しさは、暗闇も同じだった。

頭上で雲雀《ひばり》が鳴いている。ふらふらと縁側へ戻って腰掛ける。

ここは、尋常小学校時代からの友人の借りている家だ。主は、すぐ向かいの小学校に勤めていた。身を寄せてから一週間になるが、日曜以外の日中はノエ独りで留守番している。

もう四、五年会っていなかったのに突然訪ねてきたノエを、彼女は驚きながらも喜んで迎えてくれた。

「いつまででん、おってくれてかまわんよ。どげな事情があってのことかわからんばってん、なぁんも無理せんでよか。話せる時に話してくれたらそれでよかけん、ね」

事情。

世話をかけているのだからきちんと打ち明けなければと思いながら、まだ一度も話せていない。いったいどう話せばいいというのだろう。東京からほとんど無理やり郷里に連れ帰られ、親や叔父たちの思惑どおり嫁入りさせられた先の家を、たったの九日目に着の身着のまま飛びだしてきた——要するにそれだけの話なのだが、どうしてそんなことになったかについて、気持ちを表せる言葉が見つからない。

東京を離れてから数えれば、今日でほぼ二十日。その間の日々がまるで一瞬のように感じられる。

人の死に際には一生のすべての記憶が走馬灯のように脳裏を巡るというが、それに似ているかもしれない。今の自分も生きるか死ぬかの瀬戸際にいる。これからどうすればいいのか、生き延びる道などどこにあるのかを思うと、いっそすべてを終わらせてしまう以外に何も手立てが残されていないような心持ちになってくる。

あの晩、新橋から汽車にさえ乗らなければ……あの時点で何もかもを振り捨てて逃げてしまえば、今の困窮はなかっただろうに。

ノエは下駄の先を見つめ、きつく目を閉じた。

わざと遅れていこうなどとは思っていなかったのだ。上野の森から新橋駅までは懸命に急いだし、間に合うとばかり思っていた。しかし、着いてみると予定の汽車は少し前に出てしまった後で、叔母のきつい叱責はもちろん、見送りの教師や級友たちから注がれる非難と詮索のまなざしは肌に突き刺さるように思われた。

どこかの時点から、時間の流れがぎゅっと圧縮され、勝手に早回しになったとしか思えなかった。心当たりは一つしかない。

眼前を覆い隠した古い絣の紺色。はっと息を吸い込んだ拍子に流れ込んできた男くさい匂い。細くて骨張っている腕の意外な力。そして——初めての接吻《せっぷん》。

あんなに苦しいものだとは知らなかった。小説などで読む限り、ただうっとりと気持ちよくなる行為と理解していたのに、実際はぬめぬめとした軟体動物に口を塞がれたようで、正直に言えば気色が悪かった。長く息を止めていたせいで酸素が欠乏し、危うく気を失いかけた。辻が支えてくれなかったら膝から崩れ落ちていただろう。大丈夫かと訊かれ、ノエは激しく首を横に振った。

〈爪が……〉

〈え？〉

〈爪の中が、痛い。指の先までずきずきします〉

辻は牡牛のように低く呻き、なおさらきつく抱きしめてきた。

互いの唇を結び合わせるという行為そのものは気持ちよくも何ともないのに、好きな男から有無を言わさず求められ、受け容れている自分を思うとたちまち、苦しくも甘やかな陶酔に満たされてゆく。高等女学校の最後の一年間を通していちばんの理解者でいてくれた先生が、ほんの昨日までは教え子の一人だった自分の軀を荒々しく抱きすくめ、もっと先のことまで欲しがって身悶えしている。その特殊な状況が何よりノエを陶然とさせ、屈折した満足へと誘った。この世で唯一のもののように求められることが嬉しく、歓喜に背骨が痺れた。

もしも辻との間にあれほど熱い抱擁《ほうよう》がなかったら、おそらく自分は末松家を飛び出したりしなかったはずだ、とノエは思う。もともと嫌だった。好きでもない男、それどころか自分より低級としか思えない男にこの身をまかせるなど、虫唾が走るほど嫌で、嫌で、嫌で嫌で嫌で嫌で嫌でたまらなかったけれども、他に心を捧げる相手が誰もいなかったなら涙を呑んで運命を受け容れていたかもしれない。いつかは忍従の日々にも慣れ、もはや嫌と思う心さえ動かなくなっていたかもしれない。

八日の間に、三度。苦行を越えて拷問のようだった。穏やかなばかりに見えた福太郎もやはり若い牡ではあって、新妻の拒絶をそう何日も許してくれるものではなかった。乱暴に組み伏せられ、怒りに猛ったものを半ば無理やり押し込まれた時は、軀が二つに裂けるかと思った。

九日目の朝、気がつけばふらりと家を出ていた。もう戻るつもりはなかったが、持ち合わせが足りない。福岡にいる友人や三池のモト叔母の家を訪ねてはみたものの、金の無心を言い出しかねているうちに家出してきたことが知れてしまいそうになった。慌てて取り繕って逃れてきた先が、この大牟《おお》田《む》の友人の家というわけだ。手紙を出して頼れば応じてくれそうな相手は二人しかいない。その算段をする間に見つけ出されて連れ帰られるのを避けなくてはと思うと、ここしか思いつかなかった。

しかし、一週間たつのにどこからも返事が来ない。上野高女の担任だった西原先生からも、それに辻からも、いっこうになしのつぶてだ。

あの日の抱擁と接吻は、辻にとっては気の迷いだったのだろうか。二度と会えるかどうかもわからない別れに際して一時的に気分が盛りあがっただけの、ほんの戯《たわむ》れに過ぎなかったのだとしたら、自分の出した必死の手紙などは噴飯ものだったろう。先回りして気を揉んだところで仕方ないと思いながらも、悔しさと憤りに歯がみしたくなる。

もう、どうなったっていい。捕まってあの家へ連れ戻されることさえ回避できれば、どこまで身を堕としたっていい。

ぎゅっと固くつぶった眼裏《まなうら》に、辻から貸してもらった『青鞜』の表紙が浮かぶ。

〈山の動く日来る。……すべて眠りし女今ぞ目覚めて動くなる〉

生きたい。

ノエは、身を震わせた。

いつ死んだっていい、だからこそ、燃えるように激しく生きたい。どうせ親兄弟すら棄ててきた身の上だ。いっそ堕ちられるだけどん底まで堕ちていい。全身真っ黒に汚れ、命がけでその日その日を生きてゆくだけの炭鉱夫のように、悲痛な、むき出しの、ぎりぎりの生き方をしてみたい。

そんな具合に、まるで下手くそなオペラ歌手の歌うソプラノよろしく、きぃんと甲高く張りつめた調子で心が鳴る瞬間もあるにはあるのだが、すぐにまた一転、どんよりと気持ちが腐り、自分の行く末などもうどこまでも真っ暗で、どれだけ身を粉にして働いてみたところでたいしたことなどできるわけがないといった悲観的な気分に押しつぶされてしまう。神経がひりひりとむき出しになっている。心と身体を鎧《よろ》う防具をどこかで落としてきてしまったかのようだ。きっとそれも上野の森だ、と思ってみる。自分はあの朝、公園の木陰で抱きしめられて死んだのだ。

「もし！」

男の声に、ぎょっとなって目を開けた。門のところに郵便夫が立っている。心臓が背中から飛び出しそうになった。

「伊藤ノエ、ちゅう人はこちらにおるかね」

「はい！　うちです！」

まろぶように走って行き、自分宛ての封書を三通受け取る。一通は西原先生、一通は辻からで、さらにもう一通、ねずみ色の封筒に入った郵便局からのものがあった。急いで家に上がり、障子の陰に正座をする。震える手で開けてみると、電報為替だった。西原が当座の金を用立てて送ってくれたのだ。

胸に押し当て、身体を折るようにして、ノエはすすり泣いた。のしかかっていた重しが取りのけられ、ようやく息を吸うことができた。これでどうにか道が開ける。とりあえず東京へ行ける。

続けて、西原からの封書を開けた。

――御地からの手紙を見て電報を打った。意味が通じたかどうかと思って今も案じている。金に困るのならどこからでも打電してください、少々の事は間に合わせますから。弱い心は敵である。しっかりしていらっしゃい。事情はなお悉《くわ》しく聞かねばわからないがとにかく自分の真の満足を得んがために自信を貫徹することが即ち当人の生命である。生命を失ってはそれこそ人形である。信じて進むところにその人の世界が開ける。
いかなる場合にもレールの上などに立つべからず決して自棄すべからず
心強かれ　取り急いでこれだけ。

ただの一生徒に、こんなにまで親身になって心を注いで下さるか、ここまで強く未来を信じて下さるかと思うと、涙とともに武者震いがこみ上げてきた。
悲観などしている場合ではなかった。この恩に報いるためには、勉強して、勉強して、どんなにつらくとも自分の道を切り開いて進まなくてはいけない。こんなところでぐずぐずしてなどいられない。
ノエは、最後に辻からの手紙を手に取った。ことさら丁寧に、愛おしむようにして封を開け、何枚も重ねて分厚く折り畳まれた便箋をひらくと、達筆とはお世辞にも言えない筆の跡がこぼれる。ほのかに胸が高鳴ってゆく。

――オイ、どうした。

手紙は勇ましく始まっていた。
――もうかれこれ十二時頃だと思う。明日から仕事が始まるのだから「早くねなさい」と相変らずお母さんがおっしゃってくださるのだが、こっちは相変らずの親不孝なのだから「え」とか何とかなま返事をしてまだグズグズ起きている。

ノエは、一度だけ訪れた上駒込の辻の家を思い起こした。狭い部屋の片隅、おびただしい本に埋もれた文机に、ひょろりと細長い身体をかがめてこれを書き綴っている男の姿を想像すると、それだけで指先まで温もる。

一字一句、舌の上で舐めては転がすかのようにして読んでゆく。

——血肉の親子兄弟——それがなんだ。夫婦朋友それがなんだ、たいていはみな恐ろしく離れた世界に住んでいるじゃないか、皆恐ろしい孤独に生きているじゃないか。しかしたまたまやや同じような色合の世界に住んでいる人達が会って、そうしてできるだけお互いの住んでいる世界を理解しようと務めてかなり親しい間柄を結んでいくことがある。それは実に僥倖《ぎようこう》といってもいいくらいだ。もっとも理解という意味にはいろいろある。二人が全然相互に理解するというようなことはまああまあないことだと思う。またできもしないだろう。ただ比較的の意にすぎない。

もしやこれは私たち二人のことを示唆しているのだろうか、とノエは思った。そうであってほしい。辻が、自分たちの間に起こったあの出来事、そしてこの一年間にわたり互いの間にやり取りしてきた情を、ほんとうに僥倖ととらえてくれるのなら、そんな嬉しいことはない。

——俺は筆をとるとすぐこんな理屈っぽいことをしゃべってしまうがこれも性分だから仕方ない許してもらおう。俺は汝を買い被っているかもしれないがかなり信用している。汝はあるいは俺にとって恐ろしい敵であるかもしれない。だが俺は汝のごとき敵を持つことを少しも悔いない。俺は汝を憎むほどに愛したいと思っている。甘ったるい関係などは全然造りたくないと思っている。俺は汝と痛切な相愛の生活を送ってみたいと思っている。もちろんあらゆる習俗から切り離された――否習俗をふみにじった上に建てられた生活を送ってみたいと思っている。汝にそこまでの覚悟があるかどうか。そうしてお互いの「自己」を発揮するために思い切って努力してみたい。もし不幸にして俺が弱く汝の発展を妨げるようならお前はいつでも俺を棄ててどこへでも行くがいい。

そこまで読み進んだ時、ノエは、自分の口から、まるであの朝の辻と同じような低い呻き声がもれるのを聞いた。息が乱れ、手の震えが止まらない。障子越しの春の陽射しはうららかなのに、全身に鳥肌が立っている。

いったい何という手紙を書いてよこすのだ。酔っぱらったように朗々と歌いあげる文章を、軽薄とは思わない。かえって嬉しい。恋という病に冒されているのは自分だけではないらしいと、初めて信じられる。

さらに読み進むと、辻は、幾日かにわたって手紙を書き継いでいたようだ。オイどうした、から始まったのが四月八日のもの。続いて、他愛ない日常の様子が書かれた十三日付の便箋があり、そうしてさらに十四日に書かれたものを目にして、ノエは息を呑んだ。

なんということか、末松家から上野高等女学校宛てに、「ノエニゲタ、ホゴタノム」との電報が届いたというのだ。

――電報がきたのは十日だと思う。俺はとうとうやったなと思った。しかし同時に不安の念の起きるのをどうすることもできなかった。俺は落ち付いた調子で多分東京へやってくるつもりなのでしょうといった。校長は即座に「東京へ来たらいっさいかまわないことに手筈をきめようじゃあありませんか」といかにも校長らしい口吻を洩らした。佐藤先生は「知らん顔をしていようじゃありませんか」と俺にはよく意味の分らないことをいった。西原先生は「とにかく出たら保護はしてやらねばなりますまい」といった。

ありありと情景が浮かぶ。対して辻はといえば、「僕は自由行動をとります」と言いきったという。「僕の家へでもたよって来たとすれば僕は自分一個の判断で措置をするつもりです」、そうきっぱり断言したと書いている。

本当だろうか。手紙の中でだけ勇ましいふりをしているのでなく、ほんとうに校長たちの前でそれだけの啖呵《たんか》を切ったのだとしたら、いよいよ、彼のこちらに対する思いは真実ということになるのではないか。

――みんなにはそれがどんなふうに聞えたか俺は解らない。女の先生達はただ呆れたというようような調子でしきりに驚いていた。俺はこうまで人間の思想は違うものかとむしろ滑稽に感じたくらいだった。

辻の書いてよこした一言一句にあまりにも強く目をこらしすぎ、眼窩《がんか》の奥がぎりぎりと痛む。

末松家からの電報……。それだけでも背中から追い立てられる心持ちがするのに、続きを読むと、福太郎は自身の名で学校に葉書まで送りつけていた。「私妻ノエ」という書き出しで始まるその葉書には、たぶん上京したであろうから居場所が分かったらすぐに報せてほしい、父と警官同道の上で引き取りに行くからとあり、さらに付け加えて「妻は姦通《かんつう》した形跡がある」とまで書かれていた。

姦通？

わき上がってきた震えは、先ほどまでのものとは違っていた。あまりにも激烈な怒りによる戦慄《わなな》きだった。

警官同道の上で引き取りに？　所有物扱いも甚しい。女を一個の人間とも思わず、あのように容赦なく無遠慮に蹂躙《じゅうりん》しておいて、何が私妻だ、何が姦通だ。目尻に悔し涙が溜まる。

高ぶる気持ちを無理やり落ち着けて、手紙の先へと目を走らせる。


――問題はとにかく汝がはやく上京することだ。どうかして一時金を都合して上京した上でなくってはどうすることもできない。俺は少なくとも男だ。汝一人くらいをどうにもすることができないような意気地なしではないと思っている。そうしてもし汝の父なり警官なりもしくは夫と称する人が上京したら、逃げかくれしないで堂々と話をつけるのだ。……イザとなれば俺は自分の立場を放棄してもさしつかえない。俺はあくまで汝の味方になって習俗打破の仕事を続けようと思う、汝もその覚悟でもう少し強くならなければ駄目だ。とにかく上京したらさっそく俺の所にやってこい。


卒業式の日までは、なんと頼りないことかと思っていた。焦れったくてたまらなかった。しかし、あんなに優柔不断に見えた辻が、今、ひとりの男としてこんなにも堂々たる言葉を投げかけてくれている。ありがたい。嬉しい。そして、誇らしい。

文字が霞んでよく見えないと思うより先に、はたり、と便箋に雫《しずく》が落ち、万年筆の文字がにじんだ。慌てて着物の袖で拭い、ついでに目も拭う。

出奔して以来ずっと着たきりの木綿の袷《あわせ》は、末松の家が仕立てたものだ。それまで普段に着ていた縞と矢絣の着物は、汚いと言われて脱ぎ、それきり置いてきてしまったが、汚れていようがかまわない、あのどちらかを着て出てくればよかったとノエは思った。

まだ身体に馴染んでいない木綿はごわごわして鬱陶しい。それ以前に、末松家の施しを受けているようでむかっ腹が立つ。脱いでしまうわけにもいかないからなおさらだ。

――そんなに心細がるなよ、

綴られた丸っこい字の向こうに彼の顔が浮かんで、ノエは微笑した。遠めがねでこちらのことを覗いているのかと思った。

――今に落ち付いたら詳しく出奔の情調でも味わうがいい。俺は近頃汝のために思いがけない刺《し》戟《げき》を受けて毎日元気よく暮らしている。ずいぶん単調平凡な生活だからなあ。

上京したらあらいざらい真実のことを告白しろ、その上で俺は汝に対する態度をいっそう明白にするつもりだ。俺は遊んでいる心持ちをもちたくないと思っている。

なにしろ離れていたのじゃ通じないからな、出て来るにもよほど用心しないと途中でつかまるぞ、もっと書きたいのだけれど余裕がないからやめる。

幾日にもわたって書き継がれた長いながい手紙は、十五日の夜に書かれたその一枚を最後に終わっていた。

最初の「オイ、どうした」に戻り、分厚い便箋をざっくりそろえ直して三つ折りに畳んだところで、糸が切れたようにノエの力は尽きた。両手がだらりと膝の上に落ち、手紙も封筒も畳の上に散る。

それきり、しばらく放心して、縁側の日だまりと柱や軒の作る陰影をぼんやり眺めていた。

春の風がそよぎ、部屋の中にもふわりと吹き込んでくる。

西原の送ってくれた金のおかげで、もういつでも上京は叶う。それこそ今日にだって福岡へ出て、汽車を待つことはできる。そう、できるのだ。今から向かいの小学校を覗いて声をかければ、友も止めはしないだろう。それなのに、どうして自分は立ちあがろうとしないのか。

いろいろの入り混じった混乱が、ノエの背骨に力を入らなくさせていた。上京する途中で末松家からの追っ手に見つかるなどという危険性については、これまで頭に浮かんだこともなかった。辻に言われて初めて考え、そうすると急に怖ろしくなる。

今この時も彼らは手を尽くして、あちこちに手配の手紙を書き送っているのではないか。もやもやとした煙のような不安に背中から呑み込まれそうだ。

怖い。

寒い。

ノエは思わず這いずるように日向にまろび出て、温もった縁側から空を見上げた。

柔らかな青空に、刷毛《はけ》ではいたような薄い雲が浮かび、ゆっくりと風に流されて移動してゆく。ぴぴぴぴぴ、ちちちちち、と鳥のさえずりが降ってくる。目をこらすと、点ほどに小さな揚げ雲雀が、雲の際《きわ》を上下していた。

すがりついた軒の柱を、きつく握りしめる。

捕らわれてなるものか。何ものにも縛られてたまるものか。末松家から「結婚した」と思われ

「妻」と称されるのが、くらくらと眩暈のするほど悔しい。たしかに入籍はした、何度か無理やり抱かれもした、しかしどちらも自分の意思ではなかったし、後者に至っては手籠めに等しかった。温かな抱擁もなければ熱い接吻もない、ただ残酷なだけの一方的な行為に過ぎなかったのだ。

あんなものを「結婚」とは断じて認めない。他の誰が何と言おうとも、この私が認めない。動物を売り買いするかのように女を杜撰《ずさん》に扱っておきながら、いざ逃げられればたちまち姦通扱いとは笑わせる。あの何の能もない間抜けた面をした福太郎が、仰々しく「私妻」などと書いている様子を思うと、憎らしさよりも滑稽さのほうがまさって、自覚のない本人のかわりに恥ずかしさで身をよじりたくなってくる。

福太郎に対する罪悪感など塵ほどもありはしなかった。むしろ、辻という大切な男がありながら福太郎に身体を明け渡してしまったことのほうに申し訳なさを覚える。離れてから半月あまりしかたっていないのに、こんなにも辻が恋しい。その半月が一瞬のうちに過ぎたように思えるのは、沢山の出来事がいっぺんに起こり状況がめまぐるしく変わったせいであって、辻とのことだけはひどく遠く、その遠さにまた不安を煽られる。

どんなに長い手紙、どれだけ熱烈な言葉をもらおうとも、足りない。辻の言うとおりだ。上京し、顔を見た上でなくては何を確かめることもできない。

話せというなら、行って本当のことを洗いざらい話してやる、とノエは思った。上野の森での抱擁からのち自分の身に起こったことをみんな打ち明けたなら、辻はどうするだろう。悋気《りんき》に燃えて、あの時よりもさらに強い力でこの軀を抱くだろうか。

何度目かの身震いが起こった。柱にむしゃぶりつき、かき抱きたいような慄《おのの》きがこみ上げてくる。それを抑えて立ちあがり、ひんやりとした畳の部屋に戻ると、ノエは、鏡台の前に座った。埃よけに掛けられた小花模様の布をはね上げる。

自分の顔を見るなど、何日ぶりだろう。鏡の奥の暗がりから、黒々と光る眼が二つ、挑むようにこちらを見つめている。

後ろで束ねていた髪をほどきながら勝手に開けた鏡台の引き出しには、ピンや髪留めなどが几帳面に整理されていた。その中から、美しい飴色に変わった柘植《つげ》の櫛を手に取る。

すっかりもつれて鳥の巣のようになってしまった髪を、乱暴に梳《す》く。引き攣《つ》れても、ちぎれても、かまわず梳く。

早ければ明日には、辻と逢えるだろうか。

第六章　窮鳥

〈可哀想じゃないか。置いておやりよ〉

たしかに言った。まさかそのせいで自分たち家族の生活が根こそぎ揺らぐことになろうとは、辻美津は微塵《みじん》も想像していなかった。

あれは四月の半ば過ぎ、まんまんと咲き誇っていた庭先の染井吉野がいよいよ散り始めた矢先のことだ。朝餉《あさげ》の仕度をととのえた美津が、最後に味噌を溶きながら娘の恒《つね》を呼びつけ、まだ寝床にいる兄を起こしてくるよう言いつけた時、

「ごめんください」

と訪う細い声がした。

鍋を恒に任せ、矢鱈縞《やたらじま》の袷の衿もとを直しながら外を覗いてみると、玄関右手の庭先、ちょうど桜の花びらの散りかかるあたりに、若い娘が立ち尽くして不安げにあたりを見回していた。門ではなく、枝折《しお》り戸《ど》を開けて入ってきたらしい。

木綿の着物や帯などは質素ながら悪い品物ではなさそうだが、雑にまとめて結いあげた髪が乱れ、後れ毛がこぼれているせいでひどくみすぼらしく見える。どこの誰だろうと訝りながら、

「何かご用？」

声をかけると、娘はこちらへ顔をふり向けた。

美津ははっとなった。浅黒い肌、彫りの深い目鼻立ち、何より瞳の放つ光の強さに、はっきりと思い出す。昨年のいつ頃だったか潤が一度だけ連れて帰ってきた上野高女の教え子だ。いや、元教え子と言うべきか。あの時点で五年生だったのだからもう卒業したはずだ。そう、ほんのひと月足らず前に。

「おはようございます。こんなに朝早くから申し訳ございません」

娘が膝につくほど深々と頭を下げたので、美津は少しばかり心を和らげた。

「ええと、あなたはたしか……」

「はい、伊藤ノエと申します、昨年の秋口にこちらへお邪魔いたしました、その節は大変ご迷惑をおかけいたしました」

言葉は丁寧だが、せかせかと早口だ。

「じつは、夜汽車でまいりまして今しがた新橋に着いたばかりなのです、朝早くからご迷惑とは思ったのですけれど他に行くところもなくて……」

こんなに落ち着きのない娘だったろうか。まるで、鷹にでも追われて命からがら逃げ込んできた小鳥のようだ。

「潤を訪ねてきたのかい？」

「はい」

「あいにくまだ寝てるようだけど」

「……そうですか。すみませんが、お目覚めになるまで、こちらでしばらく待たせて頂いてはいけないでしょうか」

よほど急いで来たのか、額やこめかみに汗の粒がふつふつと浮いている。切羽詰まった口調と、すがりつくようなまなざし。何かよほどのことがあったのか――そういえばあの時も、縁談を無理強いされていると言って泣いていた。

美津は、ため息を一つついた。

「それじゃあ、まあとりあえず中にお入りよ」

仕方がない。弱い者に頼られるとかばいたくなるのは、これはもう性分だ。

「夜汽車はどちらから？」

「福岡からです」

答えながら、ノエがおとなしくこちらへ来る。

「あれまあ、ずうっと揺られ通しじゃそりゃあ疲れたろう。お腹はどう？　もう何か食べたかい」

「いいえ、ゆうべから何も」

「なんてこった」

と、その時だ。がたぴしと、濡れ縁に面した引き戸の開く音がして、寝間着姿の潤が顔を覗かせた。

ノエを見るなり顔がぱっと輝く。

「おう、着いたか」

「はい、来ました。やっと来ました！」

驚いた。息子は、ノエが上京してくるのを知っていたのか。どうして、いつのまに――それより何より二人はいったいどこまでの仲なのだろう。

「無事で良かった。心配していたのだ。いま着替えてそっちへ行くから、茶でも飲んで待っていろ」

がたがたぴしりと引き戸が閉まる。

目の前に立つ娘の衿足は濃い産毛に覆われ、なんとはなし薄汚れている。髪も幾日洗っていないのか、べたっとくっついて重たい。あと一歩近づけば脂の匂いがしそうだ。

しかしそのうなじから小さな耳の後ろのあたりが潤に声をかけられただけで薔薇色に染まっているのを見ると、美津は何とも言えない心持ちになった。遠い昔のことで忘れていたが、自分にもこんな時代はあったのだ。

狭い家の中から、慌ただしげな身仕度の気配がする。目に浮かぶようだ。脱ぎ捨てた寝間着ごと布団を丸め、襖を開けてほうり込み……。

「おいで」

声をかけると、ノエがふり返った。髪の上に桜の花びらが一枚、紙くずのようにのっている。いっぺんに気が緩んだのか、幼子のような目をしてこちらを見上げてくる。

ついほだされてしまう自分に半ば呆れながら、美津は言った。

「何があったかは知らないけど、『腹が減っちゃあ戦はできぬ』ってね。まずは朝ごはんにしようじゃないか。しっかり食べて、あの子との話が済んだらひとっきり休んで。そのあとは、湯屋へ行くよ」

「……え?」

「え、じゃないよ。お風呂だよ、お風呂。あたしが耳の後ろまできっちり洗ってやる」

聞けば、東京までの旅費は元担任の教師がわざわざ都合してくれたという。そうでなければノエは、身を寄せていた友人の家から動くに動けず、早々に婚家か実家のどちらかに見つかって連れ戻されていたかもしれない。それだけの窮状にあっても、想いを寄せる潤に対してはあからさまに金を無心できなかったノエの気持ちが、美津にはいじらしく思われた。

嫁ぎ先の末松家からは姦通の疑いまでかけられているらしい。実際がどうであれ、先方に対しては申し開きのしようがない。まだ情は通じていませんと言い張ったところで証明する手立てはないのだ。

そうした話の間も、ノエはひたぶるに潤を見つめている。長旅に疲れ、意気消沈しているには違いないのだが、それでいて何一つあきらめていない。小柄でこりこりと引き締まった全身から、生きる意思と、絶対に誰にも邪魔させるものかという決意があふれている。この思い詰めたまなざしに、息子は抗えず心を奪われてしまったのだろうと美津は思った。

「話は大体わかったよ。ねえ、潤。可哀想じゃないか。いろいろとけりがつくまで、しばらくはここに置いておやりよ」

美津がそう言うと、ノエは古畳に手をつき、黙って頭を下げた。

「そのことなんだがね、母さん。西原先生とも相談したんだが、とりあえずは彼女の身柄を、教頭の佐藤先生のところに預けようと思うんだ」

ノエの目が跳ねるように動いて、潤を見る。非難がましい目だ。

「いや、置いてやりたいんだよ」潤は慌てて彼女に向き直った。「俺だって、きみをそばに置いて守ってやりたいのはやまやまなんだが、何しろ今は微妙な時期だろう？　この段階で俺ときみとが一つ家に暮らしていてはあらぬ誤解を招くばかりだ。ちゃんとけりがつくまでの間は、誰に対しても胸を張れるよう、別々に暮らしたほうがいいと思う。せっかく東京へ逃れてこられたというのに、ここで話がこじれてしまっては元も子もないじゃないか」

嚙んで含めるような物言いは、男と女というより、いまだ教師と教え子のそれだ。気持ちはどうあれ肉体の上では、二人の間にまだたいした進展はないのだろう。

「な、ノエさん。きみも佐藤先生なら安心だろう。ついこの間までお世話になっていたことだし」

「さあて、それはどうだろうねえ」と、横から意見してみる。「教頭先生ともあろうお方が、この期に及んでそんな厄介ごとを引き受けて下さるかどうか。御身《おんみ》のほうが可愛くなっちまうんじゃないかねえ」

潤は、いや大丈夫、と請け合った。

「実にものの解ったお人なんだ。こんな理不尽な話を聞けば一緒になって憤慨して、力を貸して下さるはずだよ。常日頃から生徒らに対しても、習俗打破を堂々と主張しておいでだもの」

「シューゾ……何だって？」

「だからつまり、人は誰でも自由に生きるべきだ、っていうことさ。旧《ふる》いしきたりなんか必要とあらば打ち破れ、って」

「でも……」と、ノエも口を挟む。「辻先生だって、この前のお便りに書いて下さっていたじゃありませんか。私の行方とか上京について、佐藤先生が知らん顔をしていようとおっしゃった、って」

郷里の訛りなのだろう、彼女は話に夢中になると〈先生〉を〈しぇんしぇい〉と発音する。真剣な話をしているのに、春の柔らかな空気の中で、そこだけが妙になまめいて聞こえる。

「や、確かにそうだったんだがね」潤はしかつめらしく言った。「後からふり返るに、佐藤先生が本気だったはずはないよ。校長の手前、あの時はああ言うしかなかっただけだろう。大丈夫、きみは安心していなさい。明日にでも俺と西原先生とで相談に出かけてみるから。きっと悪いようにはならないよ」

ふたを開けてみれば、当たっていたのは美津の読みとノエの疑念のほうだった。この時にはすでに、末松家ばかりかノエの叔父である代準介からも捜索願が出されており、学校側としては巻き込まれることを何より恐れたのだろう。佐藤教頭の態度は硬かった。

「一時の感情に流されて、人の倫《みち》にはずれることをしてはいけないよ辻君。ここは道理をわきまえて、さっさとノエ君を九州の御主人にお返ししたまえ。だいたい、教職にありながら人妻である教え子を誘惑するとは何たる破廉恥《はれんち》な」

そんなことまで言われて、潤は愕然としたらしい。自分を上野高女に受け容れてくれた恩師である教頭から、掌を返したように仁義にもとる卑怯者と決めつける物言いをされたのだ。おぼこな教え子を誘惑して関係を持ち、嫁ぎ先からの家出を唆《そそのか》しておいて、あまつさえ学校まで巻き込もうとするとは言語道断、と。

さらには、その佐藤の口から報告が行ったのか、学校では校長が渋い顔で待ち構えていた。

「いったい何ということをしてくれたんだ。末松氏からはもう再三、妻を返さなければ訴えるとまで言ってきているのだぞ。どう考えても理は向こうにある。我が校としてもとうてい見過ごしにはできん。いいかね、辻君。きみが誰と恋愛しようが姦通しようが勝手だが、あくまで勝手を貫くと言うのなら我が校を辞めてからにしてもらいたい」

校長にしてみれば、まだ年若い教師のこと、そこまで言えば考え直すと思っての叱咤《しった》であったのかもしれない。

が、腹に据えかねた潤はその場で、

「お説はよくわかりました。お望み通り、今日限り辞めさせて頂きましょう」

啖呵を切ると、教員室に残っていた荷物をまとめてさっさと帰ってきてしまったのだった。後から西原が家に来て、腹立ちはわかるが早まったことをするな、校長に謝って学校に戻れとさんざん説得したが、頑として聞き入れなかった。

美津は驚かなかった。かっとなると感情を抑えられない性質は、明らかにこの母譲りだろうと思うと怒ることもできない。

何しろ後先が考えられぬ。思ったままが口から出るし、金はあればあるだけ遣ってしまうか、なくてもそう深刻にならない。娘の恒だけはそこそこ人並みに育ってくれたようだが、息子の潤は自分に似て、いちいち深刻ぶるわりには、ものごとをあまり大げさに受け止めることのできぬ質なのだ。

彼とておそらく、売り言葉に買い言葉で職を辞したことについて、後悔がなくはないはずだ。ノエという野暮ったい小娘、南国育ちのあの利かん気な泣き虫娘への恋慕も、今はまださほど強いものとは思えない。ふところに飛び込んできた窮鳥を助けてやらねば、という俠気《おとこぎ》に自ら酔っぱらっているだけで、全体重をかけて寄りかかってくるようなノエの激情に流されているというのがほんとうのところだろう。

が、しかし、だからどうした。こちらから折れて校長や教頭に詫びを入れるには、どうしても意地が邪魔をするのだ。自分を曲げるのが嫌なのだ。美津にはそれが手に取るようにわかるのだった。

初めのうちこそ自棄《やけ》にもなるものの、そのうちに〈どうとでもなれ〉が〈なるようになる〉へ、さらには〈何とかなる〉へと変化してゆく。切迫感は日に日に薄れ、どのような状況にも慣れてゆく。慣れることが、できる。

得といえば得な性分なのかもしれなかった。美津自身、実父は会津藩の勘定方、後には使用人を大勢かかえる札差の家の養女となって贅沢の限りを尽くしてきたというのに、その没落を目の当たりにしながら今はこんなに貧しい生活にも甘んじている。ふつうの神経を持った女であれば、とっくに首をくくっていたっておかしくない。おまけに頼みの綱の息子ときたら、たかが小娘一人のために意地を張って仕事を放りだしてきた。月々三、四十円ほどの彼の稼ぎがあってこそ母子三人の暮らしがぎりぎり保たれていたのに、いったいこれからどうやって食べていけば――しかもあんな、よく食べそうな居候まで増えてしまって。

（窮鳥を助けるも何も、むしろ助けてもらいたいのはこっちじゃないか）

そう思うと、美津は、ふしぎと清々《すがすが》しいような気持ちで、うっかり笑い出してしまいそうになった。

隣家から間に合わせに借りてきた客用の布団も、そんなに長くは必要あるまい。今は女三人が枕を並べて寝ているが、潤の使っている三畳の書斎でノエが寝起きするようになるのもどうせ時間の問題だろう。若い男女が暇を持て余せば、することは一つに決まっている。

＊

夢からいつ覚めたともわからなかった。気がつけば目は開いていて、鴨居や長押《なげし》についた傷を見るともなく見上げているのだった。

ノエは、布団をかぶり直した。衿もとから二人ぶんの温みと匂いが上がってくる。

障子越しにもすでに陽の高いのがうかがえる。本ばかりに埋もれた狭い部屋はぽっかりと白くて温かい。日なたに置かれた繭《まゆ》の中にいるようだ。身じろぎすると、腹がぐうと鳴った。朝餉はとっくに済んでしまったろう。最近では美津も恒もわざわざ起こしには来ない。

空が明るむ頃まで飽かずにこの軀をむさぼっていた男は今、隣で深い寝息をたてている。細長い横顔の輪郭が、遠くの山の稜線のようだ。

手をのばしても届かないような、知らない人がそこに寝ているような心許なさに、ノエはうつぶせになって上半身を起こし、男の顔に触ってみた。

額から鼻梁《びりょう》にかけて、人差し指でなぞってゆく。鼻柱と上唇との間の窪みに、指の腹がぴたりとはまる。下唇のふくらみと皺。先すぼまりの顎。こうして間近に見ると意外なほど睫毛が長く、白い肌はきめ細かい。

自分と逆だったら良かったのに、と思う。隅から隅まで筋肉質の、指を押し返すほどの弾力を持つ浅黒いこの肌を、辻はどう思っているのだろう。男が好むのは、つきたての餅のように白くどこまでも指がめり込んでゆく柔肌ではないのか。

いきなり辻が、かっと目を見ひらいた。

思わず飛びあがり、

「びっ……くりした。いやだ、おどかさないで下さい」

寝間着の胸をおさえて怯えているノエを見ると、辻はおかしそうに笑いだした。

「ひとの顔を勝手に撫でまわした罰だ」

骨っぽい腕が伸びてくる。抱き寄せられ、男の重たい軀の下に組み敷かれて、ノエはたちまち恍惚《こうこつ》となった。こんな罰ならいくらでも甘んじて受ける。

辻と関係を持つ前までは、背中のすぐ後ろに不安のかたまりが暗雲のように追いすがってきていたのに、今はその同じ背中を幸福のかたまりに急きたてられている心地がする。それはそれで怖い。追いつかれたとたん、何もかも霞となって消えてしまいそうで。

「何を考えてる」

「何も」

「嘘だ」

覗き込んできた辻が唇を結び合わせ、舌を絡める。

こりりと舌先を噛まれ、ノエは小さく呻いた。下唇を、それこそ餅を食《は》むように歯の間にはさんで引っぱられる。同時に寝間着の衿合わせから乾いた手が忍び込んできて、乳房の重みを確かめている。

「どうせ俺以外の男のことを考えていたんだろう」

「いいえ」

「お前の夫も、こんなことをしたのか」

「いいえ、いいえ。良人なんていません」

「末松の福太郎はどうした」

「あんな人、良人やなかですもん」

とたんに乳首をぎゅっと抓《つね》られ、ノエは息を呑んで腰を浮かせた。

「じゃあ、なんで抱かれた？」

ささやく辻の指先に力がこめられてゆく。茱萸《ぐみ》の実を摘み取ってつぶすかのようだ。

「だって、無理やり」

「そうかな。お前だってまんざらでもなかったんじゃないのか」

「ひどい。先生、どうしてそんなひどいこと……」

「そうでなければどうして三度も身体を許したりした。え、言ってみろ」

これが初めてではない。辻が学校を辞め、ついに男女の関係にもつれ込んでからというもの、何度も何度もくり返されてきた問答だ。大牟田の友人のところに届いたあの手紙にもあった通り、辻は、ノエにあらゆることを喋らせた。とくに閨《ねや》では容赦がなかった。ひととおり打ち明けた後でもまた幾度もしつこく同じことを訊き、答えが前より詳しいものでなければ許してくれない。

どうしてそんなひどい仕打ちを、と初めのうちは辛いばかりだったが、やがてノエは覚《さと》っていった。

辻がいくら情念の炎に焼かれ、嫉妬に狂っているかのように見えても、すべてをまともに受け取ってはいけない。ノエの初めての男となった福太郎への嫉妬、それ自体はたしかに本物であろうけれど、辻はわざとそれに薪をくべ、火力を強めてこちらにぶつけている。自分はそれを消し止めようとするのではなく、一緒になって炎を育て、操らなくてはならないのだ。なぜならこれは一種の倒錯した〈ごっこ遊び〉であり即興のお芝居なのだから。

「さあ、言え。どうして何度も抱かれたんだ」

「ですから、乱暴されたのです」

「違うな。本当は、福太郎のやつに情が移ったんだ。三度どころか、もっともっとくり返し抱かれたんだ。俺が今こうしてるみたいに」

「いいえ、いいえ違います。信じて先生、……先生！」

涙をいっぱいに溜めて首にすがりついてゆくと、辻はどこか情けない唸り声をもらしてノエをかき抱き、互いの寝間着の腰紐をもどかしげに解いた。紐が、指が、もつれて手間取る。

障子越しの光は眩しい。逃げ場のない明るさが恥ずかしい。浅黒い肌の色にふさわしく、自分は髪もその他の毛も多いのだ。猛々しいほどに逆巻く下生えを手で覆って隠そうとするのに、辻がそうさせてくれない。枕の両側で手首をそれぞれ押さえつけられたノエは、けれど最後には自ら脚を広げ、腰を浮かせて男を迎え入れていた。

この半月ほどですっかり軀が変わったのを感じる。もともとがみっちり中身の詰まった体型で、叔母のキチからはよく〈鳩胸の出っ尻《ちり》〉などとからかわれていたが、今では美津や恒に伴われて湯屋へ行くたび自分でも驚く。乳房は熟れた水蜜桃のように張りつめて量感を増し、腰回りには脂がのって、肩先も手も脚もことごとく丸みを帯びてきたのがわかる。男にたっぷり可愛がられると、女の軀はこうも変わるのか。

　白い湯気の立つ中、美津と恒は、互いのうなじに石鹸を塗っては産毛を剃り合う。初めて湯屋に連れていかれたあの日のことだ。剃った毛を最後に手ぬぐいで拭き取り、手桶の湯をかけて洗い流すと、美津はノエを手招きして自分の前に座らせた。

　生まれてこのかた、ただの一度も、身体に剃刀をあてたことなどなかった。緊張のあまり硬くなっていると美津は笑って、頬や首筋、衿足から背中にかけての産毛を手早く丁寧に剃ってくれた。くすぐったさに身をよじりながらもあまりに心地よく、あまりに幸せで、今ここで死んでしまっても後悔はないと思った。シャボンの甘い香りに包まれ、すっぱりと喉を掻き切られ、清潔な熱い湯の中に赤い血をたくさん流してゆるゆると死んでゆくのがいい。

　風呂上がり、洗い髪を恒に結い上げてもらいながら鏡を覗くと、肌の色が一段明るくなったようで嬉しく、それからは恒とうなじを剃り合うのが習慣になっていった。

　一方で、産毛という名の薄衣《うすぎぬ》を取り払った若い肌は、辻の愛撫をいちだんと敏感に受け止めた。辻はすぐさまそれに気づき、ひときわ感じやすい背中を執拗に責めてはノエを泣かせた。どれだけ探究しても足りない。分け入れば分け入るほど、その先にはまたしても新しい驚きと悦《よろこ》びが立ち現れる。柔らかで湿り気のある万華鏡に呑みこまれてゆくかのようだ。

　こんなのは初めてだ、と辻は何度も言った。恋愛のことだけを言っているのではないようだった。

　十九で初めて教鞭を執ってから十年。当初九円だった月給こそ四、五倍にはなったものの、代わりにどれほどの忍耐を強いられてきたことか。青春らしい青春もなければ、恋愛らしい恋愛もしてこなかった。ただ家のために働き、ケチケチと節約をし、上司のやり方や考えが間違っていると思った時にも自分の意見は呑みこんで――。

そんなふうにして生きてきた辻にとっては、掛け値なしに〈初めて〉の日々なのだろう。自分は今ほんとうに生きていると、俺は何ものからも自由だと、細胞の全部が歓喜の声をあげる。その爆発的な喜びと解放感は、じかに肌を触れあっているノエにも伝染した。ノエとても、押さえつけられ従わされて生きてきたことでは同じなのだ。

数え年二十九の元教師と、十八の元教え子——夜も昼もない、美津がうるさく言わぬのをいいことに、ふたりは三畳の書斎にひたすら籠もりきりで、互いの軀を貪り、溺れた。

「いいか、覚えておけよ」深々と繋がりながら、辻はノエの耳もとに囁いた。「お前は、他の誰とも違う特別な女なんだ。まだ開花してはいないけれどそうなんだ。俺にはわかる」

「ほん、とに……」

「うん?」

「本当に、そう思ってくれているのですか」

「もちろんだとも。大丈夫、俺がちゃんと手を貸して導いてやる」

「ああ、先生」

「そうだよ、ノエ。俺はお前の先生で、お前は俺のたった一人の教え子なんだ。これから何を読んで何を学べばいいか、必要なことは全部教えてやるし、道をつけてやる。お前は高みを目指すんだ。俺の背中を踏み台にしていいから」

「そんなこと」

「いや、いいんだそれで。今でこそ俺のほうが上にいるが、お前はいつかもっと先へ行く。きっと行ける。俺にはわかる」

「……先生?」

「そのかわり俺は、何もかもすべてをつぎ込んでやるよ。いいか、ノエ、そんなことができるのはこの俺だけなんだぞ。お前の中に眠っている才能を目覚めさせ、引っ張り出して育ててやる。そうしていつか近い将来、あの与謝野晶子や平塚らいてうなんぞ目じゃないくらいの、すごい女にしてやるからな」

東京を引き払って長崎に戻っていた叔父・代準介と叔母のキチがわざわざ上京してきたのは、青葉の色も濃くなる五月のことだ。来るとはあらかじめ手紙で知らされていたので、ノエは辻に言い、家を空けていてもらった。美津はといえばはなから自分は無関係とばかりに澄ました顔で、茶だけ出すと恒を連れてどこかへ出かけていった。箪笥や卓袱台などの所帯道具で狭い六畳間に、叔父夫婦とノエだけが向かい合っていた。

「馬鹿な考えはたいがいにして、戻ってきんしゃい」キチは、叱りつけるような強い口調で言った。「福太郎しゃんな優しかお人ばい。お前が帰ってくるんやったら、すべてば水に流して、喜んで迎えようて言うてくだしゃっとやけん」

ノエは、呆れた。この口で言うのも何だが、逃げた新妻からこれだけの恥をかかされてなお、戻れば元どおり迎え入れようという神経がわからない。男としての意地も沽券もないのかと思うと嫌悪が衝き上げてきて、ぶるっと鳥肌が立った。〈優しかお人〉とはどこの誰のことだ。力でもってこの軀をねじ伏せたくせに。二度と顔も見たくない。あと一度でも触れられれば殺してしまうかもしれない。

「無理ばい」きっぱりと言った。「絶対に帰らん」

「ノエ！　あんたって子は……」

「あんなあ、よかか」隣から叔父も説得にかかる。「いくら世話になった先生んお宅とはいえ、いつまでん居候しちょっては迷惑やろう。勉強以外は何一つできんお前が、東京で働いて独りで生きていくちゅうこつはそれこそ無理たい。頭んよかお前んこったい、本当はわかっとぅはずやろう。ここは冷静になって、末松の家に帰りんしゃい」

「嫌ばい、あげん男。虫唾が走る」

「これ、何ちゅうこつを。お前んためば思うて言いよぅったい」

「ばってん嫌ばい！　嫌やって言うたら嫌ばい！」

口から憤怒の炎を噴き出す勢いで抵抗しているつもりなのに、

「まあまあ、そう言いんしゃんな」

百戦錬磨の叔父にはまるで通じない。仕方なさそうな苦笑いを浮かべて言うのだった。

「初めは嫌や嫌やて思うとったたっちゃ、男と女、馴染んでいきゃ、そのうち気がついた頃にはお互いば大事に思い合えるごともなっていく。それが夫婦ちゅうもんばい」

そうたい、と横から叔母が引き取る。

「お前が家出ばしてから、もうひと月以上もたつやろう。こうして親切に置いてくだしゃっとる辻先生も、今ごろは、お前んゴタゴタからそろそろ解放しゃれたかて思うとうしゃるに違いなかかんやけん。人様ん好意に甘え過ぎて、厚かましゅうなってはいけんばい」

したり顔で言う叔母と、腕組みをして頷いている叔父の顔を、ノエは、上目遣いに睨《ね》めつけた。

「……ちがう」

「え、何が違うん」

「何もわかっとらんくせに勝手なこつ言わんでくれんな。ゴタゴタしとぅんのはうちのせいやなかし、どげんゴタゴタしたっちゃ、先生はうちから解放しゃれたかだなんて絶対に思うとらっしゃらん。だってうちらは……」

　さすがにそれ以上は言えず、口をつぐむ。髪の根元まで血が上る。

　察したのは、キチのほうが先だった。

「ノエ、あんた……ましゃかて思うとったばってん、やっぱり……」

　なんだ、そうか、とノエは思った。叔母は一応、辻との男女の仲を疑ってはいたのか。

　叔父のほうはどう考えていたのかわからない。少なくとも、先ほどまで見せていた余裕の苦笑いが今は消え、正真正銘、苦虫を嚙みつぶした顔になっている。

「どうせ麻疹《はしか》みたいなもんたい」短いため息をついて、代叔父は言い捨てた。「しばらくたったら、また迎えに来るけんな。そん時まで、頭ばよう冷やしとけ」


　俺が導いてやる、任せておけばいいとは言ってくれたが、辻は、現実的な暮らしの助けにはならなかった。

　彼が職を失ってからというもの、この家の定収入はいっさい途絶えている。どうやら少しずつロンブロオゾオの『天才論』の翻訳を進めてはいるようだが、すぐに金になるわけではないし、いつ完成するかもわからない。家計は困窮し、美津が着物を一枚二枚、本を一冊二冊と風呂敷に包んで出かけてゆくこともよくあった。質屋へ行くのだとわかっていながら、辻は見て見ぬふりを決め込んで腰を上げようとしなかった。

「いいんだ、ノエ、お前は気にしなくていいんだよ。お前の一件なんか、俺が教師を辞めたことのただのきっかけに過ぎないんだから。これでも人生の苦労は子どもの頃からかなりやってきているんでね、どのみちつくづく嫌気が差していたんだ。だいたい、この年でもう先の年功加俸《ねんこうかほう》だの何だの計算してはケチケチ暮らしてるなんて、どうかしてたと思わないか。俺は、十年働きづめに働いて、すっかり干からびかけていたんだ。今やっと、恵みの雨を浴びて息を吹き返しているところなんだ。もうしばらくの間は好きなようにさせてもらったって罰は当たらんだろう」

そんなことを言っては日がな一日ぐずぐずしたまま、ノエの軀に手をのばすか、寝床のまわりで本を読んだり書きものをしたりしている。

これまでさんざん鬱屈を抱えてきた辻の気持ちはわからなくもないが、ノエは肩身が狭かった。いくら気にしなくていいと言われようと、自分が末松の家を飛び出して頼ってきたりしなければ、辻は今も上野高女の英語教師を続けていたに違いないのだ。

窮乏は人の心を荒《すさ》ませる。初めのうち娘がもう一人できたかのように可愛がってくれていた美津も、最近ではしばしばノエにきつく当たることがあった。きれいなひとが怖い顔をすると、本当に怖い。気に入っていた着物を質草にされてしまった恒もそれは同じで、辻家の空気はすっかりぎすぎすしたものに変わっていた。

出ていこうかと何度か考えた。ぜんぶ自分のせいだと思うと、美津や恒に何を言われても口答えできず、胸に澱《おり》が溜まってゆくようで辛い。しかし、軀も心もすでに辻の愛を受けることに貪欲になっており、今さら離れて生きてゆけるとはとうてい思えない。

どうすればいい。働きに出ようか。代叔父には無理だと言われたが、雇ってくれるところがあるなら事務でも子守でも、それどころか女給だってかまわない。一度は堕ちるところまで堕ちていいと思い定めた身だ、生きてゆくためなら何だってする。

ノエがそうして、米の飯を遠慮するほど小さくなって過ごしていたある日の午後、

「ああそうだ、ノエ」

寝床に腹ばいになって新聞を読んでいた辻が、急に思いついたように言った。

「手紙を書いてみたらいいよ」

その時、ノエは開け放った縁側で身体を丸め、足の爪を切っていた。

「手紙って、誰にですか」

顔も上げずに訊き返した時、脳裏に浮かんでいたのは代叔父の顔だった。あるいは末松福太郎か。辻が言うのは、どちらかに手紙をしたため、何とか正式に籍を抜いて自由にしてもらえるように頼めという意味だろう。

「無駄にきまってますよ。話の通じる相手じゃありません」

「誰がだい」

「だから、叔父さんたちですよ」

「俺が書けという相手は、平塚明だよ」

思わず、手が滑って深爪をしてしまった。

「痛《っ》ぅッ……」

わずかだが血が滲み出してくる。きりきりじんじんと痛む親指をぎゅっと手で握り込みながら、

「……今、何て？」ノエは辻を見た。「それってあの、らいてうさんのことですか」

「他に誰がいる」

おもむろに起き上がった辻は、読んでいた新聞を半分に折ってノエのほうに向け、色褪せた畳の上を滑らせてよこした。記事ではないようだ。目をこらすと、雑誌『青鞜』の広告だった。

「前々から、いつか女流作家か記者になって、雑誌や新聞に寄稿したいと言っていたろう？　お前の文章はなかなか読ませるから、まずは、らいてうに手紙を書き送ってみたらどうだ。さすがに『青

轄』に何か載せてもらえるようになるのはまだまだ先だろうが、今からつながりを持っておいて損はないしな」

話の途中からすでに、心臓が激しく暴れだしていた。落ちつこうと努めながら、ノエは辻の顔を注意深く探った。

冗談を言っている様子はない。どうやら彼は、本気で勧めてくれているのだ。この国初めての女性による女性のための雑誌を立ちあげた平塚らいてうに宛てて、思いの丈を書くように、と。

「手紙作戦はお手のものだろう？」

と、辻は笑った。ノエがかつて叔父に書き送ったおびただしい数の手紙のことを言っているのだった。

そうだ。あの手紙攻勢を思い立たなければ、上野高女に入る機会は得られず、辻とも出逢えていなかった。運命を切り開こうと思うなら、自分から行動を起こさなくてはならない。胸の高鳴りに合わせて、親指の深爪がずきずきと疼いた。

その晩から、辻の文机はノエが占領することとなった。何を書こう。書き損じの原稿用紙をもらい、裏面を使って文面を考える。

出身は九州福岡、海に面した小さな村であること。幼少期から本を読むのが好きで、もっともっと勉強したい一心で叔父を説得したこと。必死に努力してたくさんのことを学んだのに、無理やり押しつけられた縁談を断ることすらできない。どうして女ばかりがこんな我慢を強いられるのか。一人の人間として自由に学びたい、とことんまで命を燃やして生きたいだけなのに、なぜ凝り固まった習俗や、男性たちが作った勝手な決まりごとによって力で押さえつけられなくてはいけないのか。それがどうしても納得できない。血管の中を血潮の代わりに怒りが流れているような心地がする……。

　書き付けては読み直し、くどいところを削り、必要な説明を加えてゆく。辻に読んでもらってはまたさらなる推敲を重ねた文を、二日後、ノエはいよいよ便箋に清書した。真新しい便箋とペン先は、辻がまた何かの本を質に入れる代わりに買ってきてくれた。

　しかし、一旦手紙を出してしまうと、かえって我慢がきかない。返信を待つ心許なさに耐えきれなくなったノエは、数日後、思いあまって、本郷曙町《あけぼのちょう》のらいてう宅へ押しかけた。

　いやな顔も見せず出迎えてくれたらいてうは、ひと目で上等の仕立てとわかる、濃紫《こむらさき》の地に白いよろけ縞の銘仙《めいせん》を着ていた。想像していた以上に顔立ちの美しい、柔らかな物腰の女性だった。

　考えてみれば自分は、ほんとうに育ちの良い聡明な大人の女性というものを今初めて目の当たりにするのだとノエは思った。こんなに優しい、それこそ虫も殺さぬ顔をしたひとが、かつて妻子ある男性との醜聞で世間を騒がせたなどとは信じられない。その一方で、らいてうが何かの拍子に覗かせる表情に、ぞっとするほどの怜悧《れいり》さを感じ取りもするのだった。

　うつむいていた顔を上げる時、らいてうは、まず視線だけを上げ、それから遅れて顎を上げる癖がある。伏せていた睫毛が大きく閃《ひらめ》き、蒼く透き通るような白目の際立つ双眸が、きゅっと対象を射る。その瞬間にふと覗く洗練された冷たさに、話すうちノエは強く惹きつけられていった。らいてう独特のこの佇まいは、火の玉のような性質の自分が一生かかっても身にまとうことのできないものだと思うと、何やら唸り声をあげたいような焦燥に駆られる。

「あなたの手紙を読んで、私たちみんな感じ入ったわ」

　ほんの少しだけ掠れたような落ちついた声で、らいてうは言った。

「女性が因襲や習俗に立ち向かうとはこういうことをいうのだと、改めて強く思わされたの。これまであなたは、たったひとりで闘ってきたかもしれない。でも、これからは違うわ。あなたは身を以て、過去の因習や社会制度の重圧から自由になるの。そうしてみせることで、あなたと同じような境遇にある女たちに勇気を与えてゆくのよ。女だけが我慢を強いられるような社会は、きっといつか終わらせましょう。そのためには、男たちはもちろんだけれど、まずは押さえつけられることを当たり前だと思い込んでいる女たち自身の考えから変えてゆかなければ」

ノエは、手紙に書いた内容も含め、かつての恩師の家に身を寄せていること、それが原因でその人が教師の職を解かれ、たちまち家の財政が困窮してしまったことなど、今現在の自身の境遇や問題をほぼ、包み隠さず打ち明けた。ほぼ、と言うのは、辻との仲についてだけはさすがに話せなかったからだ。

的確に差し挟まれるらいてうの相槌や励ましを受けとめながら、これまでずっと誰にも解ってもらえなかったことを、口角に泡を溜めて喋りたいだけ喋る。そのうちふいに、すこん、と栓が抜けたかのように心が軽くなったのを感じた。幾重にも自分を縛ってきた鎖を渾身の力で断ち切ったかのような解放感、何に由来するともわからない蛮勇。それらが一緒くたに腹の奥底からせり上がってきて、ノエはじっとしていられず、まるで自由を求める奴隷スパルタカスのように雄々しく立ちあがった。

「とにもかくにも私、このままではいられません。ちゃんと籍を抜いてもらわない限り、この苦しみがずっと続くんだわ。もう明日にでも帰省して、先方と話をつけてきます。戻ったらまた訪ねてまいりますから」

唐突に立ちあがった客を驚いたように見上げていたらいてうも、すぐに微笑んで腰を上げる。

「いいわ。思いきり闘っていらっしゃい。無事に戻ったならその時は、私たちの『青鞜』に何かお書きになってみるといいわよ」

「ほ……本当ですか！」

感激のあまり、ノエは飛び上がり、そして涙ぐんだ。帰ってきたなら改めてらいてうに頼み込んで、まずはお茶汲みや事務員として働かせてもらえないかと秘かに目論んではいたのだ。それがなんと、最初から——。

「あなたなら書けるわよ。それだけの力があるもの。どう、やってみたくはない？」

「それは、もちろん、ええ！」

「長旅の間や、心が弱った時、そのことを考えたら元気が湧くんじゃないかしら」

「ええ、ええ！　元気どころか、勇気百倍ですとも！」

らいてうは笑った。

玄関口まで見送られて外へ出ると、近くの寺の鐘がごぉんと響いた。ずいぶん長く話してしまったとみえ、軒の向こうに熟柿《じゆくし》の色をした夕焼け空が広がっている。

「では、気をつけて」

言いかけたらいてうが、ああ、とノエを呼び止めた。

「私は、筆名を〈らいてう〉としました。あなたはどうなさるのかしら。本名でもいいけれど、何なら考えておくといいわ」

筆名ならば、いつかの時のためにと心に決めていた名前がすでにある。

ノエが答えようとした時、また鐘が鳴った。向かいの屋根から鴉《からす》が飛び立ち、かまびすしく鳴き騒ぐ。

静まるのを待って、言った。

「読みはそのままで、漢字を当てようと思っています」

「漢字を」

ノエはうなずき、背筋をしゃんと伸ばした。

「野の枝――と書いて、伊藤野枝」

第七章　山、動く

その鳥を、我が目で見たことはまだない。高い高い山の上に棲んでいるのだという。

〈霧が出て雷が鳴るみてえな、まぁず天気の悪ぅい時に見かけるだから雷鳥っていうだよ〉

そんな話を、平塚明が聞かされたのは、今からもう四年も前。あの馬鹿げた心中未遂事件がさんざん世間で騒がれた後、信州松本の養鯉所に身を寄せていた間のことだ。

雷鳥の雄は縄張りを主張するのに大声で鳴くが、雌は、小さな優しい声で鳴く。クックックッ、……クッ、ククッ。くぐもった温かな声で鳴いては、あたりに散らばった雛たちを翼の下に呼び集める。

親近感を覚えた。活発だった姉と違って、生まれつき大きな声が出せない質の自分の姿を重ねた。

夏の間、砂岩《さがん》の色に合わせて褐色だった雷鳥の羽毛は、秋口に白とのまだら模様に変わり、山が雪に覆われる頃には眩しいほどの純白となる。冬の雷鳥はめったに飛ばないそうだ。体力を温存するため、冷たい雪の上をゆっくり歩き、自ら掘った雪洞《ゆきあな》に潜り込んで身体を休めるという。

そう聞いて、明は思い出さずにいられなかった。明治四十一年（一九〇八年）三月二十一日。男と二人、心中を完遂するつもりで那須塩原の峠を目指した、あの雪山の夜をだ。

準備として、まずは蔵前の鉄砲屋でピストルを買おうとしたのだった。が、弾までは売れないと言われ、明は一旦家へ戻った。実弾の込めてある父親のピストルを持ち出すつもりだった。旅立つからには跡を濁さずにゆきたい。頼まれていた速記の反訳を仕上げ、郵便で送る手配をし、それからいつものように帯を低く締めて濃緑色の袴を穿き、書き置きをしたためた。

〈わが生涯の体系を貫徹す、われは我がCauseによって斃《たお》れしなり、他人の犯すところにあらず〉

誰に唆されたわけでもない、あくまで自分の意志でゆくのだという宣言だった。家を出る時、ふところには結局、父のピストルではなく母の懐剣を忍ばせていた。

道は寒々として明るかった。月光に濡れながら、男が待ち合わせ場所と決めた田端の「筑波園」なる茶店まで急ぎ足で歩いた。駒込の天祖神社の境内を抜け、動坂を下り、向かい側の暗い道を田端の高台へと上がる。そこから崖の上の筑波園までは人通りの絶えた木立の道が続く。身も心も軽やかなのが自分でも意外なほどで、それでも緊張はしていたのだろう、落葉した大きな欅《けやき》の枝影がくっきりと足もとに落ち、美しくも繊細な網目模様を作っている様子が常になく胸に迫った。

先に来て一杯飲んでいた男と、田端から汽車に乗り、那須塩原を目指す。二日がかりの旅の末に老舗旅館「満寿家《ますや》」に落ち着き、朝になるとそっと宿を出て、温泉町のはずれで人力車を降りた。

ちょうど春の彼岸だったが、塩原から日光へ通じる尾頭《おがしらとうげ》峠はまだまだ雪深い。男はよく肥えており、そのせいか膝までの雪にひどく難儀し、一歩ごとに滑っては手をつくうちにやがて座り込んでしまった。

「だめだ、もう動けない」

うずくまり、ポケットから出した瓶からウイスキーをあおる男を、明は情けない気持ちで見おろした。彼一人が汗だくのよれよれなのが滑稽でならなかった。

「動けないって、こんなところでどうするつもりですか」

「そのうち凍えて死ぬんじゃないか。もう、何もかもどうだっていい」

駄々っ子か。こんなのは心中とは言えない、ただの行き倒れだ。その手をつかみ、引っ張り上げようとしたものの――あの瞬間の気持ちは今もよく覚えている――ふと、それこそどうでもよくなって、やめた。重たい荷物をほうりだしたような清々しい気分になった。

峠を目指すことにした。ぐずぐずしていては日が暮れてしまう。こんなところまでわざわざやってきた以上、自分ひとりでも目的を完遂するしかない。男のことなどもう眼中になく、さあ早く雪の山頂を極めようと思うと、これから死ぬというのに不思議と身体中に力がみなぎり、一歩一歩が弾んだ。禅寺へ修行に通うのに一里二里と毎日歩き続けてきたことで、知らぬ間に脚が鍛えられていたようだ。

置いて行かれるのが怖いのか、結局は男もついてくる。ぜいぜいと喘ぐのがずいぶん後ろのほうで聞こえるのを、何度も立ち止まって待ってやった。

とうとう陽が沈み月が昇る中をあちこち踏み迷い、やがて男がどうにも動けなくなると、明は、木の根もとの雪を素手で大きく掘って、彼を呼んだ。愛情からではなくただ寒さから、寄り添って座る。あんなに冷たかったはずの雪が、ほっこりと温かく感じられた。吹きつける風が遮られるだけでこんなにも楽になるものかと感心したが、このまま眠るように死ぬのでは、ここまで登って来た甲斐がない。

明が母の簞笥からわざわざ持ち出してきた大事な懐剣を、男はその少し前、「もう殺すのはやめた！」と自棄になって叫び、勝手に谷底へ投げ捨ててしまっていた。どうせ、最初から殺す気も死ぬ気もなかったのだ。わかってはいたが、せめてもう少しくらいはぎりぎりの煩悶《はんもん》を見せてもらいたかった。覚悟もなければ行動もしない男など、いったい何の価値があるだろう。

こんな男と肉体の関係を持たなくてつくづく正解だった。もし軀を重ねた後であったなら、失望以上に、暗く湿った憎しみを抱いてしまっていたかもしれない。せっかく自らの命と真っ向から対峙しようという夜に、要らぬ不純物を持ち込みたくはない。

起こしても起こしても、すぐにうとうとと寝入ってしまう男が凍死しないよう抱きかかえながらも、そのとき明の全身を満たしていたのは有頂天と言っていいほどの幸福感だった。常ならぬ昂揚に頭がおかしくなっていたのか、そそり立つ氷の伽藍《がらん》のただなかにたった独りで座っている心地がしたものだ。

満月の明かりに近くの山々が蒼白く浮かび上がり、その輝きときたら、蛍の光と水晶のかけらを合わせて一緒くたに撒き散らしたかのようだった。明は、男の存在をつくづく邪魔に思いながら、一晩じゅう彼方の稜線に目をこらしていた。

温泉宿の主人が、二人客の不在に気づいて駐在に報せたらしい。早朝、峠へ向かう足跡を追ってきた捜索隊に発見された時、男は明に手を引かれ、蒼白い顔ですすり泣いていた。

たったそれだけの、未遂に終わった道行きだ。

それがあれほど新聞雑誌に書き立てられ衆目を集めたのは、〈男〉があの夏目漱石の門下生であり、帝大を出た文学士であり、妻帯者であったからだろう。しかもその不倫の相手である明は女子大まで卒業した若い女で、高級官僚の娘。世間の餌食には、なるほどもってこいだ。

〈男〉の名は、森田草平。本名を森田米松《よねまつ》という。明が初めて書いた短編小説「愛の末日」を、ずいぶんと褒めてくれた人物だった。

出会いは、前の年の初夏の頃、女性が文学を学ぶための勉強会でのことだ。

日本女子大学校に在学中、明は禅の存在を知り、日暮里にある禅道場に通い始めていた。修行を重ねながら勉学ももっと続けたくなり、卒業後は二松学舎《にしようがくしや》、女子英学塾で漢文や英語を学び、さらには飯田町の教会付属の成美女子英語学校に通った。会計検査院の官僚である父には反対されたが、女子大に進む時と同様、母がとりなしてくれたようだ。もしかすると父ももう、娘の強情ぶりに半ば匙《さじ》を投げていたのかもしれない。

ほどなく、その成美の英語教師であった生田長江《いくたちようこう》らが、女流文学者を育てる目的のもとに学内で「閨秀文学会《けいしゆうぶんがくかい》」を始めた。二カ月ほどで立ち消えになってしまったものの、そこでは幾人もの文学者が、手弁当で講師を務めた。中には与謝野晶子もいた。

生田と親しい与謝野鉄幹をその内縁の妻から奪い取り、『みだれ髪』で一世を風靡《ふうび》した晶子はこの時、まだ三十になるやならず。子どもを四人抱えて貧乏のどん底にあった頃で、着古した着物は皺だらけ、無造作に結い上げた髷の間から結わえた黒い打紐が垂れ下がって覗いているような有様だったが、それでも彼女は熱心に、明たち聴講生を相手に『源氏物語』の講義や短歌の添削などをしてくれた。

その他の講師に島崎藤村、戸川秋骨《しゆうこつ》、馬場孤蝶《こちよう》、平田禿木《とくぼく》、上田敏《びん》……そして、森田草平がいた。主宰者である生田長江が、いかにも人慣れていて万事に鋭い人物であったのに対し、草平はやや暗い感じのするはにかみ屋で、明から見るとあちこち隙だらけだった。頭は大きく、太った身体をもてあますかのように動きがもっさりしている。話も上手ではないし、気分でものを言うところがあり、こちらが何か言っても本当に伝わる前にひとり合点してしまうことが多かった。

そんな男に、なぜわずかでも惹かれたかわからない。無骨で不器用なところを、野性的で一途であるかのように勘違いしてしまったのかもしれない。

いや、やはりそれ以上に褒め言葉にやられたのだろうと、今になって明は思う。未熟なりに心血注いで書きあげた小説や、まだ秘められているかもしれない才能を褒めてもらうのは、自分の容姿や持ちものを褒められるのとは比較にならないほどの喜びだった。

一月の終わりに文学批評の体《てい》で書かれた恋文をもらい、返事を書いてからほどなく、明と草平は初めて二人きりで会った。朝九時に水道橋で落ち合い、中野あたりを散策し、九段の富士見軒で夕食をとり、夜の上野公園を歩いた。

が、そのあとがいけなかった。やがて草平は、並んで座っていたベンチから立ちあがると地面に膝をつき、まるで中世の騎士が貴婦人に忠誠を誓うような仕草で、明の穿いていた濃緑色の袴にうやうやしく口づけたのだ。

感動するどころか、明はむしろ幻滅した。芝居がかったわざとらしいやりかたがこちらを小馬鹿にしているかのようで、かっとなった明は袴を手で払いながら立ちあがった。

「いったいぜんたい何なのですかそれは！　先生、本気でやって下さい、嘘や真似事はいやです、もっとちゃんと本気になって！」

そうして自分から身体をぶつけるように飛びかかり、抱きついた。

いま思い返しても、うんざりするほど恥ずかしい。顔から火が出るとはこのことだ。あの時の自分こそ、いったいぜんたい何がしたかったのだろう。

どうやらその情熱的に過ぎる行動のせいで、草平に処女かどうかを疑われたものらしい。別の日に、待合へ連れて行かれた。

「ここは、生田がよく来るところでね」くだらないことを草平は言った。「生田は、あれは偽善者ですよ」

明はまた、どんどん胸の裡が冷えてゆくのを感じた。

火鉢が一つきり置かれた寒々しい座敷で、布団に横たわった彼が「ここにいらっしゃい」などと呼ぶ。物慣れた風だ。郷里は岐阜だがすでに妻子も上京し、しかも下宿先の踊りの師匠とも出来ているという噂だった。自分よりはるかに年若い頭でっかちの娘など、簡単にあしらえると思っている様子が窺えた。

「ほら、こっちへいらっしゃいよ。男と女、二人きりなんだから」

明はしかし、まったくそんな気分になれなかった。

「私は女じゃありません」

草平が怪訝な顔をした。

「じゃあ何なの。男だっていうのかい」

「いいえ。男でもありません。何かそれ以前のものです」

頭まで冷えきって、つい禅問答的な答えが飛びだしてしまう。

「好きだねえ、きみ、そういうの」鼻で嗤うと、草平は言った。「だいたいね、きみは観念的すぎるんだ。恋愛や性欲のない人生なんかどこにもないんですよ。それじゃ生きてたって無のようなものじゃないですか」

「ええ、無で結構」

さすがに草平もしらけたようだった。

てっきり愛想を尽かされただろうと思ったのに、その日を境に相手はかえってやけっぱちのように熱くなっていった。

〈われは執拗に君を愛す。日夜に君を想い、君を慕う〉

そんなことを書きつけた手紙を、何度も送ってよこす。

〈君は若くして死ぬ人なり〉

——若くして死ぬ人。その言葉は、初めて明の胸に響いた。

恋愛と呼ぶことすら躊躇《ためら》われるほどの、それこそ観念ばかりが先に立つ関係だったと思う。心中を思い立ったのも決して、身も世もなく愛し合い、思い詰めた末のことではない。近松の世界などとは程遠い。

それでも草平は、確かに約束したのではなかったか。ダヌンツィオの『死の勝利』に描かれた男女になぞらえて、

〈あなたのことなら殺せると思う。殺すよりほか、あなたを愛する道がない。あなたはきっと死ぬ瞬間がいちばん美しいのだから、その瞬間を俺こそが見届けなくてはならない〉

そんなふうなことを言った。だから明も、受けて立ったのだ。

〈そうですか。やるという気なら、行くところまで行ってみるばかりでしょう〉

殺したいと言うのなら、殺されてみようと本気で思った。草平への愛はさほどでもないが、死が生と地続きのものか、それとも死はあくまでも独立した死であるのか、見極めてみたいという思いに偽りはなかった。

それなのに——いざとなるとあの為体《ていたらく》だ。心中未遂と呼ぶことさえ憚られる。あまりにも馬鹿ばかしく、情けなく、涙さえ出なかった。

『東京朝日新聞』は、見出しにこう書き立てた。

〈紳士淑女の情死未遂　情夫は文学士、小説家　情婦は女子大学卒業生〉

『万朝報《よろずちょうほう》』はこうだ。

〈いやはや呆れかえった禅学令嬢というべし〉

〈蜜の如く甘き恋学の研究中なりしこそおぞましき限り〉

さらに『時事新報』に至っては、あろうことか悄然たる父の談話まで掲載する始末だった。

一方、憔悴《しょうすい》し萎れきった草平は、師である漱石の門を叩いた。漱石はいつもの穏やかさで弟子を受け容れたようだが、苦言も忘れなかった。

〈君らのやっていたことは、恋愛ではない。知的闘争だ。結局、遊びに過ぎない〉

そう言いながらも、半月にわたって草平を自宅に匿《かくま》った。『東京朝日新聞』の小説記者である漱石の家にいるのが、世間の追及をかわすのに最も効果的ではあったろう。

おかげで、もっぱら叩かれたのは明のほうだ。新聞にでかでかと顔写真を載せられ、一歩も外を歩けなくなった。

どうして女ばかりが非難されるのか。覚悟していたようでも予想を超える攻撃に、明はやはり傷つき、動揺もした。日本女子大学校の同窓会から除名される程度のことは、もともと愛着のない母校であったからどうということはない。だが、事件直後、母親と一緒に塩原まで迎えに来てくれた生田長江に、

〈あなたはご損をなさいましたね〉

そう言われたのは心外だった。損得を考えたなら、はなから心中などしない。

生田はさらに、明の両親に向けても、漱石と相談して草平からじゅうぶんに謝罪をさせましょう、その上で時期を見て妻子とはけりを付けさせ、平塚家にご令嬢との結婚を申し込ませましょう、などと言った。

腹が立つより何より、あきれるしかなかった。あんな実のない、底の知れた男と誰が結婚などして

やるものか。男たちのなんという愚かしさよ。冗談も休み休み言うがいい。

そんな中、漱石は、弟子をしきりに焚きつけていたようだ。職も解かれ、社会的信用をなくしてしまった以上、この先を生きてゆくには小説でも書くしかなかろう。今回の事件をモデルにして私小説を書いてみてはどうだろう。起死回生の策はもはやそれしかない。どうせそんなふうにでも説得したのだろう。そして草平は、師の案に乗った。

それを伝え聞いたのは松本から帰京してまもなくだったろうか。その時、母親がしてくれたことを思うと、明は今でも泣けてくる。

かつて、といっても明の幼い頃だからそれほど昔の話ではないのだが、母親の光沢《つや》は、束髪で前髪をちぢれさせ、洋装をしていた。山の手風の家の居間にはストーブが燃え、父親が外遊から持ち帰ったフランス人形が飾られて、時にオルゴールの調べが流れたりもした。しかし官僚である父親は、国家のその時その時のイデオロギーに忠実に従う人だ。やがて時代が復古主義、国粋化へと傾くと、家でもわかりやすく洋間が畳敷きに変わり、母親は洋装をやめさせられ、また丸髷を結って帯を締めるようになった。

その慎ましくも美しい着物姿で、光沢は、娘の一大事にどうしたか。手土産を抱えて早稲田の夏目宅を訪ね、漱石と草平を前に、どうか執筆を思いとどまって欲しいと手をついて頼み込んだのだ。後生でございます、そのような内容の小説が世に出れば醜聞の上塗り、娘の将来は完全に潰されてしまいます、と。

漱石の対応は木で鼻を括ったようだった。

〈ごもっともな次第だがね〉黒々とした口髭を撫でながら言ったそうだ。〈この男はいま、書くよりほかに生きる道がないのですよ〉

明の生きる道については微塵の同情もないようだった。

やがて草平が書いた小説は、これもまた漱石の差し金か、『東京朝日新聞』に連載されることとなった。翌年一月から五月半ばまで連載された「煤煙」がそれだ。

駄作だった。およそ男に都合のいいことばかりが書き連ねられ、あれもこれも綺麗事になってしまっていて、お互いだけが知るはずの痛みも苦しみも、葛藤も落胆も野心も打算も、山ほどの言葉を費やしながら何ひとつ深められてはいない。

企画そのものを焚きつけたはずの漱石もまた、そうとう失望したらしい。入れ替わりに六月末から始まった自身の連載「それから」の中で、登場人物の口を借りて、「煤煙」の主人公らにはあまり納得も共感もできないので近頃は読んでいない、などと批評させているほどだ。それもどうなのかとは思いながら、明は漱石に初めてわずかながらの好感を抱いた。


家柄、気立て、容貌――この三つに恵まれていれば、女学校の卒業を待たずに縁談が決まることも多い。卒業までなかなか縁談の決まらないのを〈卒業面《づら》〉といい、容貌などに恵まれず一生教師でもして暮らしていこうという人のことは〈師範面〉などといったものだ。

自分には、まともなかたちでの結婚はもうできないだろうと明は思った。女性に許された最高教育機関である日本女子大学校こそ出たものの、この後もなお勉学を続けるには留学する以外になく、それは父親が許さない。かといって女が職を得る道もほとんどない。

八方塞がりの中、ふらりとやってきた生田長江から、女性ばかりの文学雑誌発刊の誘いがあった時は、だからたいして乗り気にはなれなかった。このうえはお遍路でもしながら独りで生きてゆく覚悟を決めていた。

しかし生田は、何度も通ってきて明を口説いた。

「もったいないですよ。あなたには才能があるんだ。天性の麗質といったものがあるし、リーダーシップもある。情緒的なところもありながら、それに流されない理知を持っている。こういうことには向いていると思いますよ」

が、どうにも気が進まない。自分自身が女であるというのに、女の仲間ばかりに囲まれるということが嬉しくない感じがする。

これまで男性の先輩文学者たちと丁々発止の議論をしながら学んできた明には、女性だけの集団というだけで物足りなさがあった。自己というものを持たず、内面を見つめずに外側だけを飾り立て、つまらない生活のことごとにこだわって、お世辞と嘘ばかり口にする……それが、多くの女という生きものだ。幾人集まって雑誌を作ってみたところで、しょせんお嬢さんのままごとの域を出ないのではないのか。

はっきりそう言ってやったのに、生田はあきらめなかった。

――これだけの部数を刷れば、だいたい幾らかかります。

――お友達を集めて、ぜひおやりなさい。

――費用なら、たぶんお母様が出して下さると思うんだがなあ。

勧め方が具体的になっていったのは、母親の光沢が話せばわかる人物であることを当て込んでいたのかもしれない。塩原まで森田草平と明を迎えにいった行き帰り、光沢とはたくさん話したようだ。

生田の誘いに興味を示したのは、明より、姉の友人・保持研《やすもちよし》のほうが先だった。

「ぜひとも一緒にやりましょうよ」

平塚家に居候していた研は、肺を病んで三年にわたって療養していた身であり、ちょうど自分にも出来る仕事を探していただけにすっかりその気になってしまった。

　結局、生田が当てにしたとおり、光沢が娘の結婚費用として蓄えておいたものを切り崩してくれた。

「お父さまは承知なさるまいけれど」

　苦笑気味にそう言いながらも、創刊号の印刷費用ほか諸経費にと、百円をぽんと出してくれたのだ。いよいよ明も後には退けなくなった。

　発起人には五人が名を連ねた。明、保持研、研の同級生であった中野初と木内錠《てい》。また、明の小学校時代の同級生の妹、物集和《もずめかず》。

　初めは明の発案で雑誌名を『黒耀』とすることも考えたのだが、これまた生田の助言により、『青鞜』と決まった。ロンドンのモンタギュー夫人のサロンから生まれた言葉「ブルー・ストッキング」が元になっている。学識と知見を持つ女性が、男と比肩して物を言うのを揶揄する時に「あれはブルー・ストッキングだから」という表現をするのだが、それを自ら逆手に取ったかたちだった。

　有名文学者の妻たちのもとを訪ねては賛助員として寄稿を依頼し、表紙のデザインは、女子大学校の家政学部で明の一級下だった長沼智恵が、卒業後も結婚せずに絵の勉強を続けていると知って頼むこととなった。

　やがて智恵が届けにきた絵は、編んだ髪を長く垂らした女性の立ち姿を描いたものだった。エキゾチックな趣で、ひと目見れば忘れられない印象を残す。

「素敵」

　明が思わず声をあげると、

「先にことわっておくけど、私のオリジナルではないの」

智恵は、えらの張った丸顔にはにかみ笑いを浮かべながら言った。

「最近たまたま、七年前のセントルイス万博の図録を見せてもらう機会があってね。その表紙の絵は、ヨーゼフ・エンゲルハルトっていうオーストリアの画家が作った寄木細工の図案を模したものなのよ。綺麗でしょう」

西欧の絵を模写して使用するについては、広く一般に行われていることで何も問題はない。明がとても気に入ったと告げると、智恵は満足げな笑みを浮かべて帰っていった。

準備は着々と進んでいった。多くの男性作家の中に、それまでは個々の存在として孤立状態でいた女流作家たちが続々と『青鞜』に集まってくるのを見て、さしもの明も俄然、心が燃えてきた。

勢いに乗って、かの与謝野晶子のもとへ協力を頼みにいったのは六月の初めだったか。出てきた晶子は気の早いことに、秋草模様の派手な浴衣を着ていた。はやりの大前髪を崩れるにまかせたような姿は、個性的というより異様に見えた。

発刊の趣旨をひととおり聞き終えると、晶子は仏頂面のまま言った。

「女は、駄目だね」

生田主宰の勉強会では世話になった相手だ。反発と憤慨を抑え、

「どうしてですか」

と問うた明だったが、晶子は視線も合わせずにくり返した。

「女は駄目だ。男に及ばない」

てっきり断られたと思い、悔しさを胸に帰ってきたのに、ふた月もたった八月初め、晶子から編集部宛てに長いながい詩が届いた。

山の動く日来る。
かく云えども人われを信ぜじ。
山は姑《しばら》く眠りしのみ。
その昔に於て
山は皆火に燃えて動きしものを。
されど、そは信ぜずともよし。
人よ、ああ、唯これを信ぜよ。
すべて眠りし女今ぞ目覚めて動くなる。

一人称にてのみ物書かばや。
われは女ぞ。
一人称にてのみ物書かばや。
われは。われは。

「そぞろごと」と題するその詩を読み進みながら、明は途中から、興奮による震えと涙を堪えていた。

――一人称にてのみ物書かばや。われは女ぞ。

集団に隠れ、数をたのんで物を言うのではなく、つねに「私は」と一人称を用い、自身の責任において発言するのだ。そう強く呼びかける言葉の中に、晶子の考える女としての誇りがごうごうと燃えさかり、唸りをあげているかのようだった。皆の意見が一致して、この詩は創刊号の巻頭から九頁にわたって全文掲載されることとなった。

そしてまた、「青鞜社概則」として、十二の条文を掲載することも決めた。とくに第一条に掲げた一文はこうだ。

〈本社は女流文学の発達を計り、各自天賦の特性を発揮せしめ、他日女流の天才を生まん事を目的とす〉

いつの日か、この雑誌から、優れた女流作家を輩出することができたなら――。

編集作業は、駒込林町にある物集和の自宅で行われていた。物集邸はまるで林のような広大な敷地にあり、他の家族はどこで何をしているのか、ふだんは顔を合わせることさえない。内玄関から続く長い廊下の突きあたりに和の部屋があり、毎日のようにそこに集まった。和の兄であり、作家のような編集者のような自由人であった物集高量《たかかず》が、

「未経験のお嬢さんばかりで雑誌を出すのだから、まあ三号も続けば偉いものじゃないかね」

そんな軽口を言いながらもずいぶん手伝ってくれた。

印刷費用の見積もりを取ると、紙代を合わせて百十円。広告は博報堂に任せるとして、出費はしめて百九十六円四十銭かかるという。

「一大事業だな」

と高量は笑ったが、もちろん笑い事ではない。明は、何度も背筋を震えが這いのぼるのを堪えた。武者震いだと思おうとした。

いよいよ「創刊の辞」を書かなければならなかった。じっとしていても汗ばむほど蒸し暑い日が続いていた。

八月下旬のその夜、明は自室の雨戸をすべて開け放ち、しばらく静かに目を閉じて座っていたのちに机に向かった。何が何でも明日の朝までに書きあげて渡すのだ。何を書くべきかについては、すで

に胸の内側で発酵している。脇目もふらず、休みもせず、憑《つ》かれたように一気呵成《いっきかせい》に書きあげて、やっと目をあげると空がわずかに明るみ始めていた。

〈元始、女性は実に太陽であった。真正の人であった〉

に始まる、気がつけばおそろしく長大なものになってしまった文章を読み返しても、どこも削る気持ちになれなかった。

署名をしようとして、明は手を止めた。

図らずも別のことで有名になってしまった「平塚明」の名を、ここで使いたくはない。これから誕生するまっさらな雑誌に、よけいな色を付けてしまいたくない。

ほんとうは、世間が言うような汚い思い出ではなかったのに、と思いながら、あの雪の塩原の幻想的な山々を思い浮かべる。ひと晩じゅう、白い息を吐きながらただただ目を瞠っているうちに、身体の中のすべてが根こそぎ吸い上げられ、奪われ、別のものと入れ替えられた気がした。宗教的とも言えるほどの凄まじい体験だった。

その間、男はただ眠りこけていただけだ。そうしていまだにぐずぐずと、ねぶるように来し方を反《はん》芻《すう》してばかりいる。あんなつまらないものしか書けないのはそのせいだ。

けれど自分は違う。あの夜、一度死んで、また生まれたのだ。月光の中でただ独り、新しく生まれ直したのだ。

ふと、一羽の鳥の姿が脳裏に浮かんできた。松本にいた時に聞き知った、高い山の頂近くに棲む鳥だ。地味な褐色から眩《まばゆ》いほどの純白に換羽したその鳥もきっと、一面の雪原の上で月光を浴び、薄青く神々しく輝くのだろう。小さな雪洞を掘り、ふっくらとした羽毛の下に雛鳥たちを呼び集めては温め、外敵から守りながらひそやかな眠りにつくのだろう。

優しさの中にたくましさを備えたその鳥の名前に、力を借りたいと思った。

〈雷鳥〉

少し、硬いだろうか。

〈らいてう〉

そうだ、これでいい。

この柔らかな印象の名前こそが、これからを戦う自分の鎧兜《よろいかぶと》となる。


明治四十四年九月一日付で千部を刷った『青鞜』創刊号、すなわち第一巻第一号は、全国にはけて大いに話題となった。

反響の内容は男女で両極端だった。女性の読者からは共感や激励の手紙が殺到したが、男性あるいは新聞などの視線は冷ややかで、所詮は世間を知らないお嬢さんの手慰みと揶揄する論調が大半を占めた。時には平塚家に直接押しかけてきて、石を投げ込む者まででいた。

父親は怒ったが、明は意にも介さなかった。批判であれ警告であれ、話題になったが勝ちだ。動揺する社員にもそう伝えた。

「山が動けば、そりゃあ騒ぎにもなって当たり前だわ。いいのよ、予想通りよ」

翌年一月の新年号すなわち第二巻第一号は、前年に松井須磨子主演で上演された舞台『人形の家』を附録で特集して婦人問題を扱い、これもまた大いに賛否両論を呼んだ。いよいよ手応えを実感した。

二月に第二巻第二号、三月に第二巻第三号と、部数はだんだんと増えていった。原稿を取りまとめては世に送り出してゆく間、息を切らしてひたすら走り続けていた気がする。作業にいくらか慣れ、ようやっとひと息ついたある日、鼻先をふっと甘い花の香りがかすめて、見ると春が来ていた。創刊の辞を書いたあの夏の蒸し暑い夜から八カ月あまり、ひと息に季節を飛び越していた。

〈三号も続けば偉いものじゃないかね〉

という、物集高量の言葉を思い出す。

よかった、とりあえず「三号雑誌」と呼ばれることだけは免れた――そう安堵した矢先だ。四月に出した第二巻第四号が、当局から発禁処分を受けた。掲載された荒木郁《いく》の小説作品「手紙」が、姦通を扱っているというのが理由だった。

皆の間に動揺が走る中、編集発行人、つまり雑誌『青鞜』の代表として名前の載っている中野初が、いやな顔もせず落ちついた態度で当局の呼び出しに応じてくれたのはありがたかった。岡山藩士であった父親が長く出版に携わっていたため、初もまたそういったことに慣れていたらしい。

しかしこれがきっかけで、それまで編集作業をしていた物集和の屋敷を追い出されることとなってしまった。保守的な物集の家では、創刊号からの世間の騒ぎがそもそも受け容れがたかったようだ。和は、しきりに残念がりながらも『青鞜』を去って行った。

とにもかくにも引っ越し先が必要だ。あちこち探した末に明は、本郷区駒込蓬莱町《ほうらいちょう》、万年山勝林寺《まんねんざんしょうりんじ》に小さな部屋を借りた。

「気兼ねがなくなって、かえって良かったじゃないですか」

一月から社員に加わった二十歳の尾竹紅吉《べによし》が、少年のような口ぶりであっけらかんと言った。

桜の季節が終わるとたちまち緑は濃くなり、古刹《こさつ》の石段の脇に植わった紫陽花《あじさい》が粟粒のようなつぼみを用意し始めた。

開け放った縁側から玄関へと風が抜けてゆく。部屋の中に、保持研のそろばんの音が響く。六畳間の机の上には、この日も全国の読者から届いた手紙が山と積まれている。より分けていた明は、中でも群を抜いて分厚い一通に目を留めた。

重さに合わせ、切手が何枚も貼ってある。ペンで書かれた宛名の一字一字が男らしく勇ましく、じつにのびのびと勢いのある達筆だが、これまでの経験上、男性読者からの手紙は脅迫的な内容であることも多い。いささか身構えながら裏を返し、差出人を見て驚いた。

伊藤ノエ。

住所は、九州福岡、糸島郡今宿村、とある。

女の名前だが、どう見ても男の文字としか思えない。引き込まれるように封を開け、読み始めた。

「どう。何かいいの来てた?」

机の向こう側から聞こえる研の声が、遠い。返事もせずに最後まで読み切ってから、明は大きな息を吐き、ようやく足を崩した。いつのまにか正座して読んでいたのだった。

「ちょっと凄いわよ、これ」

「どれ」

「この子、春に女学校を卒業したばかりだそうだけど……あなたも読んでみて」

と手紙を渡す。

研が読む間、明は縁先から寺を囲む森を見やった。光はすでに夏の気配を感じさせ、影は黒々と濃い。茂るだけ茂った緑の梢から、小鳥たちのかしましい声が降ってくる。

胸のほうへずり上がってきた帯をぐいと押し下げると、挿し入れた親指が汗に湿る。袷の着物ではもう暑い。こんな日はいっそ、海風にでもあたりたい。

以前訪れた茅ヶ崎の海を思い浮かべ、明は、ノエの手紙の中にあった「海賊」の文字に思いを馳せた。女学校の終わり頃というから去年か一昨年の話だろうが、少女は級友たちに向かって「女海賊になる」と啖呵を切ったらしいのだ。

不思議な符合に、思わず笑みがこぼれた。明もまた、女学校時代に倭寇《わこう》について習った時、友人たちと「海賊組」を作って様々な想像をめぐらせたものだった。学校など不自由だと思っていたが、大人の世界に比べればずっと自由だったかもしれない。羽目を外しても、多少は大目に見てもらえた。

明より長いことかかって読み終えた研が、同じように大きなため息をついた。薄地の木綿の裾が割れるのもかまわず横座りになり、柱に寄りかかる。

「なかなかたいしたもんだわね」

「でしょう」

「まだ十七、八だってことを考えたら、ずいぶんしっかりした文章よ」

「そうね。ひとり合点の思い上がったところはあるけど、訴えは切実だし、この生一本の真面目さがいいじゃないの」

「これ、今は東京にいるってこと？」

「ええ、上駒込ですって。けっこう近いのね」

「どうするの？」

明は、研が返してよこした手紙に再び目を落とした。

何度見ても素晴らしい字だ。気性の激しさ、奔放さがそのまま文字のかたちをとったかのような。そして、この文章。

「……他日、女流の天才を生まん事を目的とす」

「え、何て？」

研が訊き返す。

明は短く微笑んだ。

「このままにはしておけないし、しておくには惜しいって言ったの」


伊藤ノエが明の自宅を訪れたのは、それからほんの数日後の午後のことだ。明からの返信を待つより先に、居ても立ってもいられず飛んできた様子だった。

子守さんかと思うほど小柄で幼い、けれど見るからに勝ち気な眉をした少女の姿に、明は戸惑い、同時に感動を覚えた。

あんなに勇ましい男文字で、あんなに堂々と自身の窮状を訴えてよこした相手が、いっぽうでは脆《もろ》く砕け散りそうな玻璃《はり》の瞳を持ち、細く光る蜘蛛の糸に手をのばすかのように自分に助けを求めている。教養だの訓練だのといった人工的なものの影は、そこには見えなかった。ただ素朴で荒削りで、無邪気で野性的で、なんだか垢抜けないのだが不思議な美しさがある。いたいけな幼子のようでもあるのに、ある瞬間どきりとするほど艶めいて見えたりもする。

これほど才能に溢れる子が、半ば力ずくで男に従わされ心を潰されてゆくなど、許されてはならないことだと明は思った。よくある強制結婚だろうけれど、彼女の抱えている自我は、無理やり押さえつけるにはあまりに猛々しい。どうして夫となる男はそのことに気づかないのだろう。夫だけではない、周囲の大人たちもだ。

女学校時代の恩師のもとに身を寄せているとのことだが、理解ある同性にきっちり話を聞いてもらうのは初めてだったのだろう。ノエは時おり声を詰まらせながらも、手紙にもあった身の上話、とくに郷里の婚家や出身女学校に対する怒りの念に加え、自分がこの先やりたいこと、なりたいものといった将来の展望についてもいじらしい自負とともに語った。

「とにもかくにも私、このままではいられません」

ありったけの想いを、口が渇くほどの勢いで話し尽くすと、ノエは立ちあがって言った。

「ちゃんと籍を抜いてもらわない限り、この苦しみがずっと続くんだわ。もう明日にでも帰省して、先方と話をつけてきます。戻ったらまた訪ねてまいりますから」

あの『青鞜』のらいてうが、自分のために時間を割いてくれた。あまつさえ、帰京の暁《あかつき》には何か書いてみればいいと言ってくれた。その誇らしさが、みるみるノエの新しい背骨になってゆくのを、明は肌で感じた。

何度も何度もふり返ってはお辞儀をくり返しながら、少女が暮れかけた道を帰ってゆく。ほんとうにノエがまた帰ってきたなら、二人で小さな「海賊組」を結成しよう。すっかり小さくなった少女が、またしてもこちらへお辞儀をしてよこす。明は手を挙げ、大きく振った。

＊

一九一二年、七月三十日。明治天皇崩御の日、ノエが故郷・今宿にひとり帰っている間に、元号が改まった。

いきなり今日から変わると言われても、手紙の結びなどにはつい、明治……と書きそうになる。とはいえそれから一カ月以上たち、ようやく再び東京に戻ってくる頃にはさすがに、ノエの耳にも目にも〈大正〉なる新元号が馴染みつつあった。元年は五カ月しかなく、年が明ければ大正二年になるというのも奇妙で新鮮だった。

帰ってこられたのはひとえに、〈らいてう〉こと平塚明のおかげだ。

勇ましく郷里に戻って、両親や叔父の代準介らを説得しようと考えたノエだったが、理解を得るどころかかえって厳しく監視される羽目になった。末松福太郎はこの期に及んでまだしつこく嫁に戻ってくるよう言っているそうで、その男としての惰弱さを思うとますます鳥肌が立った。絶対に嫌だ、あんな男のものになるくらいなら死んでやる、と何度も訴えた。

しかし敵も然《さ》る者、まるで埒《らち》があかない。もともと不如意な所持金は、滞在が長くなるにつれて減ってゆき、帰りの旅費がまかなえなくなってゆく。どうにもこうにも八方塞がりだ。

思い詰めたノエは、らいてうに手紙を書き、訴えた。親たちの説得をあきらめて帰ろうにも旅費がないので困っている、後生ですから援助をして下さいと、包み隠さず書いた。

のちに辻潤のもとに無事戻ってから聞かされたことだが、あのときらいてうは、自分が勝手にそこまで出しゃばってよいものかどうか相当思い悩んだようだ。ノエが最初に書き送った例の分厚い手紙から後、すぐ近くとはいえ転居していた辻の家を二日がかりで探しあて、どうすべきかを彼に相談したらしい。その話の中で、辻本人もまた働いておらず、したがって金を送ってやりたくとも無いのだと聞かされたらいてうは、笑いだした。それがちっとも嫌な笑いではないのが不思議だったと辻は言った。

〈わかりました。とにかくノエさんを東京へ呼び戻してやりましょう。何もかもそれからだわ。旅費のことは私が何とかします〉

辻の腕の中でノエは、彼がらいてうのことを好もしそうに語るのを、溢れるほどの感謝と尊敬と、そしてかすかな嫉妬とともに聞いた。

東の磯の離れ岩、
その褐色の岩の背に、
今日もとまったケエツブロウよ、
何故にお前はそのように
かなしい声してお泣きやる。

「東の渚」と題したノエの詩はそう始まる。
この夏、いつ東京に帰れるとも知れなかった間、ノエは郷里の海を睨むように見つめながら、我が身に降りかかる運命に悔し涙を流した。ちくしょう、福太郎など呪われてしまえ。代叔父もキチ叔母もひどい目に遭えばいいんだ。ちくしょう、ちくしょう。
いっそこの海に飛び込んで死んでしまいたい、と願う心をわずかでも託すことができたのは、渚の岩の上に翼をたたんでぽつんと佇むカンムリカイツブリだけだった。

お前のつれは何処へ去た
お前の寝床はどこにある——
もう日が暮れるよ——御覧、
あの——あの沖のうすもやを、
何時までお前は其処にいる。
岩と岩との間の瀬戸の、
あの渦をまく恐ろしい、

その海の面をケエツブロウよ、
いつまでお前はながめてる
あれ――あのたよりなげな泣き声――
海の声まであのように
はやくかえれとしかっているに
何時まで其処にいやる気か
何がかなしいケエツブロウよ、
もう日が暮れる――あれ波が――

私の可愛いいケエツブロウよ、
お前が去らぬで私もゆかぬ
お前の心は私の心
私もやはり泣いている、
お前と一しょに此処にいる。

ねえケエツブロウやいっその事に
死んでおしまい！　その岩の上で――
お前が死ねば私も死ぬよ
どうせ死ぬならケエツブロウよ
かなしお前とあの渦巻へ――

ノエ自身、巧く書けたなどとは欠片ほども思っていない。巧いだの下手だの、はなからそんな企みをもって書いた詩ではないのだ。それなのに、どうしてらいてうがこれを気に入ってくれたかわからなかった。

「たしかにね、きれいな詩ではないし下手くそと言えば下手くそだけれど……私は好き」

らいてうは言った。彼女が小さな掠れ声で「わたくし」と発音するのを聞くたび、ノエはうっとりとした。

「よろしいのよ。技巧的に美しい詩など、勉強すれば誰にでも書けるわ。あなたのこの詩は、拙くて笑ってしまうようなのに、なぜか心に残るの。やむにやまれぬ思いが素直に表れているからね、きっと」

大正元年十一月一日付で発行された『青鞜』第二巻第十一号に、「東の渚」はそのまま掲載された。詩の末尾には「東の磯の渚にて、一〇、三、」という創作年月と、〈＊ケエツブロウ＝海鳥の名。（方言ならん）〉との短い注釈が入れられた。

伊藤野枝、事実上のデビュー作である。

第八章　動揺

冬の空の青は、硬い。あまりに澄んでいて純度が高く、叩けばかーんかーんと音がしそうだ。
肩で風を切って往来を歩きながら、尾竹紅吉《こうきち》は頭上を仰ぎ、いっぱいに息を吸い込んだ。肺の中が凍る。かまわず、声を張りあげて歌いだす。

ゴールド眼鏡のハイカラは
都の西の目白台
女子大学の女学生

道行く人々が驚いてふり返る。久留米絣に袴姿という男装の、それも抜きんでて背の高い若い女が、これまたずば抜けて美しいソプラノで流行り歌なぞ歌っているのだから目立たぬわけがない。
都の西の目白台にあるのは、日本女子大学校だ。紅吉にとってはいまだに誰とも比べようのない唯一人の女性、平塚らいてうの出身校でもある。

片手にバイロン　ゲーテの詩

口には唱える自然主義
早稲田の稲穂がサーラサラ
魔風恋風そよそよと

すれ違いざまにやんやの喝采を送ってくれる人もいれば、遠くから指さして笑う子どもも、中にはあからさまに眉を寄せる者もいる。紅吉は、目もくれずに歩き続けた。万年山勝林寺にある編集室には、今日も皆が集まっているはずだ。

大きな図体や男の子のような顔立ちに似合わず、紅吉は可愛らしい赤色が好きで、筆名はそこから来ている。『青鞜』に関わりだした当初は〈べによし〉と読ませていたが、周囲が〈こうきち〉と呼び出すと、そちらのほうが気に入ってすぐに改めた。

青葉がくれの上野山
音楽学校の女学生

上野山の音楽学校とくれば、こちらは東京音楽学校にきまっている。自分もちょっと行ってみたかった、と紅吉は思う。まだ大阪の実家にいた頃——つまりただの尾竹一枝《かずえ》であった頃から、両親や叔父に言われるまま絵を学ぶのは嫌でたまらず、せめて声楽の道に進みたかった。音楽教師から勧められ、周囲も歌がうまいの声が綺麗のと褒めてくれたものだから、なるほど好きな歌なら自分にも続けられるかと思い、一度は交渉してもみたのだ。しかし父には頭から怒鳴りつけられ、いつも物わかりの良い母親にまで「あんな馬のいななきみたいなもん、あんまりやないですか」と泣かれてさんざんな思いを味わった。

とにかく何をおいても大阪を出たかったから、言われるままに東京の叔父の家に身を寄せ、女子美術学校に進んだのだったが、案の定というべきか三カ月しか続かなかった。勝手に退学したことで親たちをすっかり怒らせてしまい、今は毎日、まるで女中のように叔父の家でこき使われている。

ちなみに父は日本画家の尾竹越堂《えつどう》、その弟である叔父は竹坡《ちくは》、末弟も国観《こっかん》といって、画壇では尾竹三兄弟と呼ばれている。蛙の子は蛙、画家の子は画家に、と厳しく言われて育ってきたが、毎日のように絵筆を持たされ練習させられる間じゅう、紅吉の身の内には反発の火が燃えていた。どれだけ怒られようがかまうものか、絵の道には進まない。絵描きなんぞ、ろくなもんじゃない。

凝り固まっていたその思いを、しかし横合いから柔らかに突き崩してくれたのがらいてうだった。創刊以来『青鞜』の表紙画を描いていた長沼智恵が、画家であり彫刻家である高村光太郎との恋のためか直前で描けないと断ってきた時、らいてうは紅吉に、代わりに描くように言ってくれたのだ。思いきって引き受けたその仕事を、褒められた時の晴れがましさといったらなかった。周囲の人たちも認めてくれて、生まれて初めて自分の画才を誇らしく思うことができた。

(それやのにあのひとは――)

奥歯をきつく噛みしめたせいで、歌が続かなくなる。

そう、それなのにあのひとは、ある時いきなり、どこの馬の骨とも知れない男に表紙画を依頼した。創刊一周年の記念号となる大切な表紙だったというのに、同人の誰に諮《はか》ることもせず、ただ自分だけの思いつきで、破廉恥な情に流されて。

紅吉は、鼻から大きな息をついた。真一文字に結んでいた口をようやく尖らせ、やけっぱちの口笛で「ハイカラ節」の続きを吹きながら、なお足を速め、男のように大股に歩く。不満ばかり並べても仕方がない。こうして上京が叶っただけでも良しとしなくては、と自分に言い聞かせる。そうでなければ「青鞜社」とも、そこで働く仲間たちとも一生出会うことはなかったのだから。

その意味では、秋口から入ってきた伊藤野枝もまた、同じような境遇にあった。彼女もやはり、勉学や文学を愛するあまり無理に無理を重ねて上京し、結果、『青鞜』とらいてうに出会ったのだ。

（いや――いや、違う。野枝さんは、うちなんかとは格が違う）

紅吉は、いささか僻《ひが》んだような気持ちで思った。

絵を描く紅吉の目に、野枝の持って生まれた容姿はまぶしく美しく映った。物問いたげな瞳が濡れたように輝き、睫毛は長く、頬の色はいつももぎたての林檎を思わせる艶やかさで、何より背が低く小さいのが可愛らしい。着物の裾を少女のように短く着てくるくると立ち働き、貧乏のどん底にあっても愚痴らしいことは言わない。

そもそも血の滲むような努力をして女学校に通い、素晴らしい達筆でらいてうに手紙を書き送り、文章の実力を認められた上で青鞜社に入ってきたのが野枝だ。自分なんかとはまったくもってわけが違う。

初めに『青鞜』の創刊を知った頃、紅吉はおよそ世間知らずだった。編集のイロハどころか社会の常識すらわからず、書店に定期購読を申し込んだというだけで勝手に舞い上がり、らいてうに宛てて、今から思うと意味さえろくに通じないような手紙を何通も書き送った。

〈私は来月からいよいよ『青鞜』の読まれる、一人の女の仲間になりました。私はこれで入社が出来たのですか？　本を毎月とったのが入社したといえるのですか？〉

無邪気、いや、無知でしかない。あんな手紙、らいてうや同人たちにどれほど笑われたことだろうと思うと、いまだに身が竦《すく》むほど恥ずかしい。げんに社内ではすっかり有名になって、手紙が届くたび「ほら、また大阪のへんな人よ」と言われていたという。

それでもいざ入社すると、物怖じをしない紅吉はすぐさま馴染み、編集部に出入りする人々の誰からも可愛がられる存在となっていった。最初に紅吉を『青鞜』に誘った一つ下の友人・小林哥津《かつ》とは、ともに画家と版画家の娘という立場の近さからさらに親しくなり、哥津よりもう一つ下の野枝とも、こちらはまったく違う境遇にあるのにすぐさま意気投合した。

小柄で色黒で、ぷりぷりと引き締まった身体をした野枝は、年齢のとおり三人の中ではいちばん子どもに見えたが、実際にはなんと、入籍までした夫のもとを出奔し、十も年上の男と同棲しているという。その相手というのがまた、上野高等女学校に通っていた時の恩師であり、野枝との恋愛を貫くために学校を辞めたというではないか。

まるごと小説に出てきそうなロマンスに、紅吉はすっかり興奮した。自分とどこかしら似通った情熱が、自分とはまた違ったかたちで野枝の中に息づいているのが嬉しく思われ、年に似合わず肚《はら》の据わった彼女のことをぐんぐんと好きになった。

うら若き娘が三人、集まればそれだけで何もかも可笑《おか》しい。笑い転げた紅吉が友人たちの背中をばーんと叩くと、二人とも痛い痛いと大げさに身をよじり、それが可笑しくてまた笑いの連鎖が起きる。

「遊んでばかりでは作業が進まないじゃないの。せめて邪魔をしないで、静かにしててちょうだい」

それでなくとも頭痛持ちのらいてうから、しょっちゅう小言を食らう始末だった。

紅吉にとって、らいてうは女神以外の何ものでもなかった。哥津や野枝は誰もが認める秀才だけれど、それに比べたら何の役にも立たない半端者の自分を、あのひとは鷹揚な心で青鞜社へ迎えてくれた。初めのうちは面白がり、やんちゃな妹のように可愛がり、そしてやがては、それ以上の親密な意味合いでもって愛し、受け容れてくれた。それ以上の——つまりどこまでも純度の高い恋情で。紅吉にとっては初めての真剣な恋だった。
最初のうちは、ただただ幸せなばかりだった。ふわふわと有頂天で、愛するひとの顔を見、声を聴くたび、心臓がまるで檸檬《れもん》の絞り汁をかけられたようにきゅっと縮む。そのつど、抑えておけない想いが皮膚を内側から突き破る勢いで迸《ほとばし》り出る。
二人が一体になれないことが理不尽に思えるほどの固い抱擁や、唇に血の滲むような激しい接吻、まどろみの合間にさえ繰り返される優しい愛撫を思い出すにつけ、自らの恋情に濡れて溺れて息ができなくなった。森田草平の『煤煙』に描かれているエピソードをなぞり、互いの腕を傷つけて血を流し、らいてうと自分のそれと混ぜ合わせることで契りを交わそうとまでした。
明治四十五年（一九一二年）の初夏の頃、紅吉は『青鞜』六月号に文章を寄せた。

その年上の女を忘れる事ができない、DOREIになっても、いけにえとなっても、只、抱擁と接吻のみ消ゆることなく与えられたなら、満足して、満足して私は行こう。

「或る夜と、或る朝」と題する情熱と混乱と決意とに満ちたその文に対し、らいてうはらいてうで、二カ月後の八月号に「円窓より」という赤裸々な文章を寄せて応えた。

紅吉を自分の世界の中なるものにしようとした私の抱擁と接吻がいかに烈《はげ》しかったか、私は知らぬ。知らぬ。けれどああ迄忽《たちまち》に紅吉の心のすべてが燃え上ろうとは、火になろうとは。

雨戸の隙から、朝の光が幽《かす》かに差込で来ると、紅吉は両手で顔をかたく蔽《おお》って久しく動かなかった。

まるで恋文のやり取りだった。読者は大いにざわめいた。女性同士の同性愛的関係は昨今の流行であったものの、決して広く認められているわけではない。が、二人とも、どれだけ世間の批判を浴びようといっさいの痛痒《つうよう》を感じなかった。

駒込曙町の平塚家へは何度も通った。大きな円い窓の嵌《は》め込まれた奥の和室がらいてうの書斎だ。「円窓より」とはその部屋のことをいっている。

文机の前に佇むひとの、蒼白く愁いを帯びた横顔。頭が痛む時、らいてうは辛そうにうつむいてこめかみに指をあてており、紅吉にはその姿がじつに魅力的に思われて、見るたび陶然となった。いっぽうで、どうしても好きになれないものもある。人をからかって弄ぶような目をして口角をきゅっと持ち上げる時、恋人はひどく残忍な顔つきになる。そういう表情が、近頃はとみに増えてきた気がするのだ。思い浮かべると紅吉は、から風が胸の内側に吹く心地がした。以前はこんなふうではなかった。らいてうのことを想えばすぐに身体が熱く火照ったはずなのに。

(あのひとが壊してしまいはったんや)

きっかけとなったのは、この夏、紅吉が肺を病んで茅ヶ崎の「南湖院《なんこいん》」に入院していた間の出来事だった。

社員の保持研がこの病院で働いていたので安心ではあったのだが、何しろ結核といえば死病のひとつだ。らいてうは、紅吉をとうてい独りにはしておけないと、八月の半ばに南湖院からほど近い漁師宅の一室を借り、そこで樋口一葉論の執筆に取りかかることにした。

自分への愛情のため、肺病すら厭《いと》わず近くへ来てくれたのが紅吉には嬉しくてたまらず、食事と診察と夜寝る間以外は毎日、病院を出て、らいてうの部屋に入り浸っていた。早く治して東京へ帰りたいと願うあまり、めずらしく食べものの好き嫌いも言わずに苦い薬や注射を我慢して受けてきたおかげで、病状はすでに快方に向かっていた。このぶんなら秋には全快して退院できるかもしれないと話すと、らいてうは涙を流して喜んだ。

そんな折、新たに『青鞜』の版元となった「東雲堂《しののめどう》」の若主人・西村陽吉が、打ち合わせのために茅ヶ崎までらいてうを訪ねてきた。そもそも紅吉が橋渡しをした縁だ。叔父・竹坡の弟子の一人と、有名な出版社を営む西村とが同じ文芸誌の同人として関わっていることがわかり、紅吉が間に入って取り持つかたちで『青鞜』と東雲堂との付き合いが始まった。自分もせめて何か役に立ちたいと願っていた紅吉にとっては嬉しい出来事だった。

次なる九月号は創刊一周年の記念号とあって、西村も張りきって茅ヶ崎を訪れたに違いない。この日たまたま停車場で出会ったという、藤沢の実家に帰省中の青年を南湖院まで伴ってきたについては、べつだん何ということもない軽い気持ちからだったはずだ。

「ちょっと面白い女たちがいるよ」

そんな誘いに乗ってついてきた青年は、奇しくも画家で、奥村博《ひろし》と名乗った。らいてうより五つほど年若に見える、女のような顔をした男だった。

病院の殺風景な応接室のテーブルを間に挟み、らいてう、保持研、そして西村と奥村とが向かい合ったあの時のことはとうてい忘れられない。らいてうのことならば何もかも手に取るようにわかってしまう自分の勘の鋭さを、紅吉は呪った。奥村を前にしたらいてうが、ほとんど一目惚れのようにして恋の淵に堕ちてゆくのを、すぐそばで、おそろしい焦燥感と共にただ眺めているしかなかった。

こんな空豆みたいな顔をした男の、いったいどこがいいというのか。いや、容貌や風体がどうであれ、そもそもどうしてそのような残酷なことが起こり得るのか、紅吉にはわけがわからなかった。あれほど情熱的に身体中をつかって自分を愛し、「紅吉、紅吉、私の少年」と呼んで可愛がってくれる恋人がまるで、それはそれ、これはこれ、といった態度で、まだよく知りもしない男に目を輝かせている。悪夢のようだ。

それなのに、紅吉は、自分でも馬鹿げているとしか思えないことをした。らいてうには内緒で、走り書きのような手紙を送って告げたのだ。

〈らいてうはぜひあなたが来るようにと、そして泊りがけです。待っています。いらっしゃいまし〉

どうせ起こること、どうせ終わることであるならば、その瞬間まで長く待てば待つほど辛くなる。もう一瞬たりとも耐えられない。だったらいっそ、自分の手でその時を引き寄せてしまったほうがまだましだ。

それでも、もしかして奥村がその気でやって来たとしても、らいてうのほうが自分への愛を理由に拒んでくれるかもしれない——そんな一縷《いちる》の望みも捨てられなかった。

たしか三度目の来訪だったろうか。皆で川遊びなどしていて最終列車を逃した奥村は、病院の敷地内の小屋にひとり泊まってゆくことになった。ふだんは研が使っているのだが、その夜だけ明け渡して床を延べてやったのだ。

夜半になり、激しい雷鳴が襲ってきた。病室の寝台に横たわって稲妻が壁を照らし出すのを眺めていると、紅吉の脳裏にはいやな想像ばかりがふくらんでいった。とてもじっとしておれず、それがどれほど愚かな取り越し苦労であるかを実際に確かめるまでは眠れないとさとって、とうとう病院を抜け出した。轟《とどろ》く雷に首を竦めながら小屋まで駆けてゆき、様子をうかがってみたのだが、中からは人の気配がしない。思いきって開けてみれば、布団はぴっしりと敷かれたままで、人の寝たような跡はまったくなかった。手を差し入れて触ってみても、敷布には人肌の温みどころか皺のひとつさえ残っていない。あたりを見回し、奥村の荷物がないのを見て取った紅吉は、怒りと絶望のあまり叫び声をあげて布団に突っ伏した。

ああ、やはり、らいてうが連れていったに違いない。二人があの浜辺の家で今ごろ何をしているか想像するだけで気がへんになる。

が、いかんせんこの雷の中、病院の敷地を出てしまえばもう真っ暗で何も見えない。どうすることもできずに、夜が明けるのをじりじりと待ち、朝の五時前にようやくらいてうが部屋を借りている家を訪ねていった。

紅吉の顔を見るなり、家主である漁師のお内儀《かみ》は狼狽を露わにした。

ふり返ると、浜での散歩から二人が戻ってくるところだった。一緒に一枚の毛布にくるまり、一夜を分け合った者同士にしかあり得ない親しみにもつれあって笑い声をあげながら。

命より大切であった紅吉の宝は、そうして粉々に砕け散った。

それきり、三カ月あまりが経つ。

さいわい肺病は軽く済み、秋には退院も叶ったが、その後もさんざん暴れてやった。死ぬ、と叫び、殺す、と騒いだ。狂言のつもりなどなかった。荒れに荒れた気持ちは紅吉自身にも制御できないほどの乱高下をくり返し、らいてうばかりでなく周囲までも困らせた。

度を過ぎた剣幕に、奥村が恐れをなしたのだろう。らいてうが言うには、彼のほうから別れの手紙をよこしたという。

頼んで見せてもらったが、単なる手紙ではなかった。寓話の形を借りた、美文調のしゃらくさい文面だった。筋立てはざっとこんなふうだ。池の中で二羽の水鳥たちが仲睦まじく遊んでいたところへ、若い燕《つばめ》が飛んできて池の水を濁し、ずいぶんな騒ぎとなった。若い燕としてはまったく本意ではないので、このうえは池の平和のために飛び去って行こうと決めましたとさ――。

紅吉は、手紙の文面が本当に奥村の考えたものかどうかを疑った。あの女々しくも気の利かない昼行灯が、こんな小利口な、一周まわってひどく馬鹿げて見える手紙を長々と書いてよこすとは信じがたい。何度読み返しても、やはり第三者の知恵が働いているというのが紅吉の勘で、その点に関してはらいてうも同じ意見だった。奥村が以前、文学青年の友人と親しくしていると話していたから、おそらくはその某が賢しらぶって代わりに考えたことではないか、と。

いずれにせよ、らいてうは男を引き留めたりなどしなかった。あっさりとした皮肉な返事を出しただけで、ひと夏の恋は終わりを告げた。

だがしかし、世間はほうっておかない。何しろ、あの平塚らいてうである。『煤煙』の醜聞で一躍名を馳せ、今は〈新しい女〉を標榜して話題の平塚女史の恋である。言い換えれば、新しがる女のはしたない恋、というわけで、奥村博との恋愛の顚末《てんまつ》もまた、大いに尾ひれのついた形で喧伝《けんでん》され、今や巷では「燕」という言葉が「若い恋人」の意味で面白がって遣われているほどだった。

後に、こうなった経緯を洗いざらい打ち明けた紅吉に向かって、野枝は呆れた顔で言った。

「どうしてあんたは、ほんとうの気持ちと反対のことばっかりするの」

言われても仕方がない。世間に奥村の手紙の内容までも詳《つまび》らかに言いふらした犯人は誰かといえば、これまた紅吉自身だったのだ。わだかまる思いを黙っていられる性分ではなく、誰彼かまわず話しては同情の言葉を求めたせいで、あっというまに「燕」が流行り言葉にまでなってしまった。

「どうかしてるわよ。あんた、らいてうさんに好かれたいの、嫌われたいの？」

「あたりまえのこと訊かんといて」

取り繕うこともできず、手放しで泣きじゃくりながら、紅吉は言い返した。

「せやけど、どないかしてるのはあのひとのほうやもん。このごろはまるで手当たり次第やないの」

野枝が押し黙る。

おぼこな哥津が東雲堂の西村に想いを寄せているのを知りながら、らいてうは彼に近づいてちょっかいを出し、すっかり自分の方を向かせてしまった。根が淡泊で何ごとにも低体温の哥津は、ご縁がなかったのよ、と早々にあきらめたようだが、いったいこんな酷い仕打ちがあるだろうか。同じ女として以前に、仲間として、裏切りも甚だしい。どうあっても許せない。

「そうね……」野枝は、しんみりと言った。「私も、あれについてはいくらなんでもらいてうさんが酷いんじゃないかと思ったわ」

これまでなら必ずらいてうの肩を持っていた野枝までが、今は心からそう感じているらしい。

「でもね、紅吉。らいてうさんは急に変わったわけじゃないわよ。あのひとは元から、ああいう性のひとなんだと思う。ふだんは博愛主義だけど、恋人にだけはそうじゃなくて、燃え上がる時もひと息なら醒めるのもあっという間。何が言いたいかっていうとね、何もあんただけに冷たいわけじゃないのよ、ってこと。何の慰めにもなんないかもしれないけど」

紅吉は、黙ってうつむいていた。今さら冷たくするくらいなら、いっそその手で殺して欲しかった。


往来の角を曲がれば、勝林寺の冬枯れの森が見えてくる。

（あかんあかん）

紅吉は顎を上げた。こんな沈んだ顔で入っていったら、皆が嫌な思いをする。

自分はもう、社員ではない。最近起こったもろもろの騒ぎの責任を取り、前号をもって『青鞜』からは身を退いたのだ。時々はこうして編集室に出入りさせてもらうけれども、前のように甘えてばかりではいけない。けじめをつけなければ。

鬱々と重たい気持ちを後ろへふり払うように、袴の裾をひっつかみ、一段飛ばしで石段を駆けのぼる。吐く息が、湿った煙のように顔にかかる。

女大学読むよりも　恋愛小説面白く……

大声で「欣舞節《きんぶぶし》」の替え歌を歌いながら、寺の境内を抜けていって編集室に飛び込むと、とたんにどっと笑いが起こった。野枝が手を叩く。

「ほーら、やっぱり紅吉だった」

「え、やっぱりって？」

「まだ遠くにいるうちから、あなたが来るってすぐにわかったわよ」と、哥津までが笑い転げる。

「綺麗なソプラノがどんどん近づいてくるんですもの。息なんか切らして、急いで走って来たの？」

「うん、今日はすごく寒いからね。鼻毛まで凍っちまうかと思ったよ」

江戸っ子の口調を真似て勇ましく言いながらふと目をあげた拍子に、奥の部屋から静かに微笑んでこちらを眺めているらいてうと視線がかち合う。紅吉は慌てて顔を背けた。

ああ、苦しい。――苦しい。どうしてそんなに分別くさい顔をするのだ。あれほど烈しく求め合ったはずなのに、なぜ今はそうも冷静でいられるのだ。こちらの側の、身の置きどころすらないほどの焦燥や苦しみに比べると、何もかも悟ったふうな落ち着きぶりが腹立たしい。冷静というより冷淡なのだ、あのひとは。

らいてうが今もまだ自分を可愛がってくれているのはわかる。けれどもそれは、もはやあの頃とは何もかも違ってしまっている。燕は飛び去ったものの、お互いの間にかつて確かに存在していたものは見る影もなく傷つき壊れてしまって、もうどんなに努力をしたところで取り戻せない。

（まだこないに好きやのに）

そのへんのものを片端から壁に投げつけて暴れたくなる。大声でわめきたくなる。そんなことはできやしないから、わめくかわりに歌でも歌うしかないというのに、誰もこの胸の裡をほんとうには解ってくれない。そう、野枝でさえも。

すべての元凶となった若い燕の蒼白い顔を思い浮かべ、紅吉は、下唇の内側を強く噛んだ。思っていた通りだ。絵描きなんぞ、ろくなもんじゃない。

＊

らいてうの扶《たす》けによって野枝が郷里の今宿からようやく戻って来られたのは九月も終わる頃で、その時には奥村某はすでに退場していた。が、紅吉や、あるいは〈おばさん〉こと保持研からどれだけ話を聞かされても、野枝は、その若い画家にまったく男を感じなかった。〈牡〉の匂いがしない、と思った。

しかし、らいてうにとってはどうやらそこが好いのだった。

「あのひと、全体のうちの五分は子どもだったわね」

何かの折に編集室で野枝と二人きりになった時、らいてうは問わず語りに言った。

「五分もですか」

「ええ」

「じゃあ、あとの五分は何です」

「そうねえ。まあだいたい、三分が女で二分が男ってところかしら」

「そんなんで、いやじゃなかったのですか」

野枝があきれて思わず言うと、

「わかってないのね。そういうとこが可愛くていいんじゃないの」

らいてうは含み笑いをするのだった。

この人はいつも、下の者を愛するのだと野枝は思った。年上の者や、教え導いてくれるような相手は愛さない。自身のほうが上に立ち、優しくして愛玩したいのだ。

紅吉のことをまるで大きな犬ころをかまうように可愛がったのも、半分くらいは恋であったろうが、もう半分は面倒見の良さのなせるわざで、姉が弟にかける愛情と似たり寄ったりだったのだろう。相手がどんなに駄々をこね我儘《わがまま》を言おうと、目を細めるか聞き流すだけで、本気で叱ったりはしない。愛の鞭で相手を伸ばそうとか生かそうなどとは考えず、そこに存在する魂をそのままの形で受け容れられるうちは愛し、できなくなれば手放し、去る者は追わない。それが、この人の愛し方なのだ。

優しいところがあるのはほんとうで、自分も彼女の情の厚さにずっと救われてきたわけだが、〈冷淡だ！〉との紅吉の憤慨もおそらく間違ってはいないのだった。らいてうの側に自覚があるものかどうか、その時その時で自身が執着している相手だけが特別であり、それ以外に対しては一様に博愛主義的な態度を取るものだから、心変わりされた者にとって落差は残酷だ。とくに、いまだ恋の火を完全には消せずにいる紅吉にしてみれば、らいてうから向けられる微温の笑みなどはほとんど拷問に違いない。可哀想でたまらなかった。

紅吉の無邪気さは、たしかに危うい。彼女が口を滑らせたり、実際より面白おかしく脚色して書いたのがもとで、『青鞜』に集う女たち全員が世間から理不尽な批判を浴びるということが、野枝が加わる直前にも続けざまにあった。

ひとつは、「五色の酒事件」。らいてうや『青鞜』のために何でもしたい紅吉は、日本橋小網町にあるレストラン兼バー「鴻の巣」へと広告を頼みに立ち寄った。浮ついた気持ちなど少しもなく、まったくもって真面目な態度で行ったのだが、店の主人は若い彼女を前に張りきったのか、「いいものを見せてあげよう」と虹のようなカクテルを作って見せてくれた。

比重の違いで混ざり合わずに五層をなすカクテルは、絵を学んでいた彼女の目にどんなにか美しく映ったことだろう。その時の感動を、彼女は持ち前の無邪気な筆ですぐに書いてしまった。

ただし、真面目なことを真面目に書いたのでは満足できぬのが紅吉だ。

> らいてう氏の左手でしている恋の対象に就ては大分色々な面白い疑問を蒔いたらしい。或る秘密探偵の話によると、素晴らしい美少年だそうだ。其美少年は鴻の巣で五色のお酒を飲んで今夜も又氏の円窓を訪れたとか。

むろんただの冗談であり、素晴らしい美少年とは自身のことをふざけて書いてみせたのだったが、これがまた新聞雑誌の格好の餌食となった。うら若い女がバーで酒を飲むなどけしからんといった世間のうるさい声に加えて、〈新しい女〉たちは日ごと夜ごと乱れた狂宴を繰り広げているかのように誤解され、らいてうの家の庭には罵《ば》詈《り》雑言《ぞうごん》とともにまたしても石が投げ込まれ、脅迫状が送りつけられる始末だった。

さらにふたつめが、その後すぐの「吉原登楼事件」だ。紅吉の叔父・竹坡はわりあいに進歩的な人で、常日頃かららいてうにも『青鞜』にも好意的だった。女の問題を研究しようとの志を持つのであれば、いま実際に底辺にいる女たちのことを見知っておく必要があるのではないか、そう言われた紅吉は、なるほどと思ってらいてうに話し、ちょうど連絡のついた同人の中野初と三人、社会見学とばかりに出かけていった。吉原で最も格式の高い「大文字楼」に上がり、酒や寿司を飲み食いしながら花魁《おいらん》の話を聴いて、一晩泊まって帰る。すべては竹坡が善意からお膳立てしてくれたことだ。

感激屋でお人好しの紅吉はこの時、ある花魁が高等女学校を出たにもかかわらずこのような境遇にあることに驚き、それから後も手紙のやり取りをするようになったのだったが、ある日、父・越堂のもとに出入りしていた知り合いの新聞記者に向かって何の気なしにそのことを話してしまった。たちまちのうちに〈女文士の吉原遊び〉は世間に喧伝され、『青鞜』への風当たりはますます強くなったというわけだった。

野枝は、聞けば聞くほど、紅吉のために悔しかった。

彼女に悪気など、かけらもありはしない。いつだって善意のもとに、また他人の善意を信じて、まっすぐに行動するのみだ。その言葉尻をつかまえては悪いほうへ悪いほうへと意味づけをする世間の根性こそ曲がっているのに……。

が、意外なことに吉原登楼を最も激しく叱責したのは、身内である保持研だったそうだ。

〈いったいいつから『青鞜』は、男の真似をして得意がる不良娘の集まりに堕落してしまったの？　そりゃあ、向こうは客商売ですもの、誰が来たって嫌とは言えないでしょう。けれどああいった境遇にいる人たちが、同じ女性から、それも賢ぶった若い女たちからぞろぞろと物見遊山で見物に来られて、どんな思いを味わうものかわからない？　それとも、想像もしなかったわけ？〉

〈それは……〉

らいてうまでが顔色をなくしたらしい。

〈そうね、ごめんなさい。そこまでは考えが及ばなかったわ〉

〈無神経ですよ、あなたたちは。ええ、ほんとに無神経だわ。文章を書いて社会を変えていこうとする者にとって、自分と違った境遇の人への想像力が働かないっていうのは、もう、もう、最悪のことよ。恥ずかしいと思いなさいな〉

研の言うのが正しい、と野枝も思った。

紅吉が肺を悪くして茅ヶ崎へ行ったのはその後のことで、二カ月間という入院の間に、彼女は生まれて初めて自分というものについて客観的に考えを巡らせたようだ。もちろんそこには恋人の心変わりといった辛い出来事も影を落としていただろう。これまでの自分がどれだけ幼稚であり、悪い意味で正直過ぎたか、そして何より自身に対して不真面目であったかについて、紅吉は十月号の巻末に切々と書き記している。そうして、すでに『青鞜』を離れることを考えていた彼女とちょうど入れ替わるかのように、次の号には野枝のケエツブロウの詩が初めて載ったというわけだった。

詩といえば、同じ頃、なんと田村俊子が紅吉に宛てて詩を贈ってくれている。野枝を正式に新入社員として迎える歓迎会のあと、紅吉はらいてうに伴われて俊子のもとを訪ね、初対面だというのに図々しくおねだりをして姉様人形を一つせしめたらしい。二日ばかり後になって、俊子からの封書が編集室に届いた。

開けて初めて読んだ時、紅吉はふふふふと声を立てて笑いだし、

「この詩はいけませんね、いけませんよ」

そんなことを言ってずいぶん嬉しそうだった。

「どれどれ、見せてよ」
横から覗いた野枝は、読み進むうちになぜだかわからない、涙がこぼれそうになった。

「逢ったあと」

紅吉、
おまいはあかんぼ――だよ。
この――の長さは
おまいの丈の高さと、
おんなじ長さ、さ。

紅吉、
おまいの顔色はわるいね。
まるで、すがれた蓮の葉のようだ。
Rのために腕を切ったとき、
それでもまっかな、
赤い血がでたの、紅吉。

紅吉、
おまいのからだは大きいね。

Rと二人逢ったとき、
どっちがどっちを抱き締めるの。

そうして続いてゆく詩の最後はこんなふうに結ばれていた。

紅吉、
でも、おまいは可愛い。
おまいの態のうちに、
うぶな、かわいいところがあるのだよ。
重ねた両手をあめのようにねじって、
大きな顔をうつむけて、
はにかみ笑いをした時さ。

たった一度会っただけで紅吉の本質を捉まえ、その無垢な情熱や、生真面目さや、特有の可愛げを見事に言葉にしてくれた田村俊子は、やはり只者ではない。頼んでもいないのに大先輩からこんな素晴らしい詩を贈ってもらえて、紅吉はどれほど救われたことだろう。
しきりに照れながらも晴れがましそうにしていた彼女を思い起こすたび、俊子を拝みたい気持ちになってくる。この大きな赤ん坊のように手のかかる友人を、野枝はいつのまにか、面倒くさくも愛おしく思うようになっていたのだった。

初めて『青鞜』に載った野枝の詩「東の渚」の評判は、あまりにもさんざんだった。以後、野枝はらいてうに頼まれても決して詩を書かなかった。

そのかわり、随想や創作といった長めの原稿は次々に書いた。うまく書けたものもあれば、自分の目にさえ駄作と映るものもあった。

文筆という仕事は恐ろしい。技巧的に優れた文章が書けるだけではまるで駄目で、何か一つでも読む人の胸を打つくだりがなければならない。そのためには、書く者にとって〈これだけは紛う方なき真実〉と胸を張れる実感が、作品の中に溶け出すかたちで描出されねばならないのだ。ペン先を買うのにも困るほどの窮乏の中で、野枝はますます書くことの難しさにのめり込んでいった。

辻はといえば、少しも働く様子がない。季節がひとめぐりして一年が経っても、職を探そうという気概そのものが感じられない。

彼が教師の職を失った原因は自分が作ったという負い目から、これまで野枝は何も言えずにいた。郷里の末松福太郎との間のことは、ついに姪の説得をあきらめた代準介叔父が話をつけてくれたおかげでようやく正式に離婚することができたのだが、決着がつくまでの間はいつ姦通罪に問われてもおかしくなかったのだ。恩ある辻に、無理は言えなかった。

しかし、あまりに貧しい生活が続くと、辻の母親の美津も妹の恒もますます苛立ちを隠さなくなってくる。江戸っ子らしく気風のいい女性で、だからこそ懐に逃げ込んできた野枝を匿ってもくれたのだったが、家のことをろくにしないで机にばかり向かっている〈嫁〉は、腹が減ればよけいに憎らしく見えるのだろう。厭味《いやみ》の数が露骨に増えた。

情けなかった。辻だってわかっているくせに、どうして見ぬ振りをするのだろう。女だから我慢を強いられるのはおかしいと思うのと同じように、男だから働くべきだとも思っていない。が、どうしても生活のために金が必要で、しかも身体が健康であるならば、男女の別なく働くのが当たり前ではないか。

昼の日中から寝そべって本を読み、いつ出版されるともしれない翻訳に耽溺している男を見おろしていると、だんだんと愛情が薄れていくようで怖くなる。互いへと向かう想いが本当に枯渇してしまったなら、自分はいったいどこへ行き、何をすればいいというのか。女学生だったあの頃から辻に教え導かれるのを当たり前としてきたせいで、彼との間においては常に受け身になってしまう。

身ごもったのは、そんな矢先のことだ。初めての子どもだった。

嬉しいはずなのに、諸手を挙げて喜べない。大人四人が食べていくのもかつかつなのだ。言いようのない不安を抱えながら、野枝は懸命に『青鞜』の原稿を書き、そのかたわら、人の紹介で翻訳なども請け負った。気を回したらいいてうが、辻の翻訳したものを野枝の名前で掲載してくれたりなどもした。


季節はやがて夏へと移ろうとしていた。

六月半ば、野枝はよく知らない相手から手紙を受け取った。差出人の名前を見てうっすらと、たしか文学同人誌の『フューザン』で見たことがある、と思い出す。

木村荘太《そうた》というその男の手紙には、『青鞜』に載ったあなたの作品はすべて読んでいる、まだ一度も会ったことのないあなたのことをいろいろに想像している、どうかして一度お目にかかりたい、といったようなことが書かれていた。

――あなたは僕に、あなたをすっかりお示しくださろうとなさいますか。

いきなりぐいと距離を詰めてくるような、いまひとつ目的のつかめない手紙を、野枝は、迷った末に辻に見せた。彼には隠し事をするまいという思いともう一つ、少しくらいは嫉妬させてやりたい気持ちがあったようにも思う。ほら、私だってまだまだたいしたものでしょう、といった具合にだ。

辻は、野枝が予想していたよりもずっと熱心に手紙を読んだ後で言った。

「返事を書かなきゃいけないね」

「どうして？　こんなの、ほうっておいたっていいでしょう」

「いや、いけない。これだけ真剣に書いてきた手紙を、無下にしていいものじゃないよ」

野枝は、内心にふつふつと愉しさが湧き上がってくるのを抑え、顔では嫌々といったふうを装って、会ってもよいという意味の返事を書いた。

が、いざそうなってみると辻もやはり気になるとみえ、それについて何度かつまらない冗談を言った。あまり気分のよいものではなかった。無下にしていいものじゃない、と言ったのは辻のくせに、人の真情を笑いものにするのはどうなのか。

そして木村荘太は、これもまた野枝が想像していたより何倍も前のめりだった。

自分があなたに会うのは必然的な運命だ、などと勝手に決めつけた手紙を、自作が掲載された雑誌とともに送ってきたかと思えば、実際に待ち合わせた築地の印刷所で顔を見てからはなおのこと熱くなり、毎日、猛烈なラヴレターが辻宅に届く。一気に結婚などという言葉まで書き送ってきた。

結婚。

同棲している男がいる事実も、あまつさえ妊娠中であることも、どうしてだか言い出せないままになっていた野枝は、多い時には朝夕二通も届けられる木村の手紙に、だんだんとおそろしいような気持ちになっていった。相手の情熱がおそろしい以上に、いつしか心に動揺を覚え始めている自分がおそろしい。

――あなたにお会いした事を幸福と思っています。幸福に面して、それに背こうとする人間があるでしょうか。……

私はあなたを愛します、愛します、愛します。その愛に自己が生きます、世界が生きます。

そんな言葉を浴びせかけられると、こちらにまで熱が移ってくる。辻の目を気にして隠そうとすればするほど、気持ちがざわざわと波立ち、浮き足立って、原稿も手につかない。

これはもう、木村に真実を包み隠さず打ち明けるしかないと思い定め、野枝は今さらのように、自分の生い立ちから最初の結婚、出奔から現在までのことを手紙に逐一書き記した。ペンを置いたその時、またしても郵便夫の訪う声がして、新たな木村の手紙が届けられた。

崖っぷちに追いつめられてゆくかのようだ。混乱した野枝は、手紙などすべてをそのままほうりだして家を飛びだした。ひとりになって頭を冷やしたかった。

わかっているのだ。自分には辻との生活を捨てられるはずがない。わかっているのに、よく知りもしない男の言葉が、身八つ口のあたりからするりと心臓へ滑り込む。自分がもうずっとどれだけ寂しかったかを、野枝はようやく知る思いだった。

やっと落ち着いて戻ってみると、辻が、木村と野枝の手紙を全部読み改めているところだった。

ふり返った辻の目を見た時、終わった、と思った。膝から力が抜け、ふらふらとくずおれる。

「どうして、俺のことを木村に言わなかった」こめかみをひくひくと痙攣《けいれん》させながら、辻は言った。

「いったいどんなつもりで隠そうとしていたんだ」

「違うの、隠したのではなくて、言えなかっただけなんです」

「どこも違わない。言わなかったのは何か期待があったからだろう」

「違います、違うんです」

膝に取りすがり、激しく首を振って号泣する。違うのだ、違うのだ、でももしかするとそのとおりなのだ。

そのうちに、辻は少し溜飲《りゅういん》を下げたらしい。とめどなく流れる女の涙を心からの詫びと受け取ったようだ。

しかし野枝は、辻への申し訳なさに泣いているのではなかった。溢れる涙に引きずり出されるかのように、この一年の間の悲しみがどんどんと膨れあがり、抑えきれずに湧き出してくるだけだった。生活の苦しさに気を取られ、泣くことすらももうずいぶん長く忘れてしまっていたのだ。

怒った顔のままの辻は、しかし鼻の穴を満足げにふくらませて野枝を組み伏せ、抱いた。お腹の子が、という言葉を呑みこんで、野枝も精いっぱいそれに応えた。

翌朝、抱き合ってまどろんでいる二人のもとに、木村からの手紙が届いた。もう何通目かさえわからなかった。

読め、と言われたので読んだ。布団の上に正座して読み進むさまを、そばでじっと見ていた辻は、やがて自分も起き上がり、あぐらをかいて言った。

「おまえの心が動いているのなら、静かに別れよう。そのほうがいいだろう」

野枝は、全身の強ばる思いがした。手も、足も、胴体も首も、かちんこちんに硬直してゆく。手紙をうち捨て、

「いやです、それはいや！」

辻にむしゃぶりついてゆく。泣いて、泣いて、自分が何を叫んでいるのかもわからなくなり気を失ったようになって、ようやく我に返ると、辻が抱きかかえてなだめてくれているのが耳に届いた。

ふだんから口数の多くない辻だが、文章を書き付けると平均以上に饒舌《じょうぜつ》になる。自分でもそれがわかっているのか、彼は文机から原稿用紙を取り出した。

思いを書きなぐっては、野枝のほうへ滑らせてよこす。これまでの木村の手紙、その文面にいちいち引っかき回される自分の心がどれだけ苦痛だったか。よその男からのちょっかいに乗っかって、苦しみでさえ嬉しがっている野枝を見ている間、どんなに腹立たしく情けなかったか。

じっとそれを読んだ野枝もまた、辻の書いた続きへ、叩きつけるように真情を書き付ける。

同じ部屋にいながら、二人は無言で奇妙な文通を延々と重ね、やがてぐったりと疲れ果てて横になると、また溺れる者のように求め合って眠りに落ちた。

らいてう様。

私は今、あなたのお留守の間に起こったある事件について、出来得る限り素直に、何の装飾も加えず、偽らず欺かずに、正直にその事件及びその間の私の心の動揺を語って見たいと思います。

らいてうに宛てた手紙という体裁で始まる小説「動揺」は、その年の『青鞜』八月号に載った。その中に、野枝は、辻以外の男との間に起こった出来事の顚末を克明に書き記した。わずか七日間の恋愛。それに伴う期待と失望。観念や自己愛の滑稽さ。

同時に木村荘太もまた、自分の側からの作品「牽引」を雑誌に発表した。

その後の十一月号で、らいてうは、「『動揺』に現われたる野枝さん」と題してこの一件を取り上げた。たとえプラトニックなものであれ、木村と恋愛をしている間じゅう野枝が自分の妊娠について一度も自覚していないのは異常である、とらいてうは厳しく評した。それは彼女の中に、男の愛と力のもとに蔽われて生きようとする旧態依然とした女の名残があるからではないか、というのがらいてうの見解だった。

結果としてではあるにせよ、この騒動を通じて野枝は、薄れかけていた辻への想いを再び確かめることとなった。いっぽうで木村に揺さぶられたほんのいっときの恋心のほうは、喉元過ぎてみれば何やら乾いた印象のものでしかなくなっていた。

そもそも、辻ほどの教養ある男に慣れ、それが基準となってしまっている野枝にとって、一介の文学青年ごときがいくらそっくりかえってみせたところで物足りなくて当然だったのだ。あけすけな真情はともかくとしても、木村が大真面目に手紙に書いてよこした観念論ときたら、思い返しても噴飯ものだった。ようやく会った時でさえ、もしもその場で強引に抱き締めてくれていたならまた別の展開が待っていたかもしれないのに、生身の女を前にしながら、「僕は自分の愛の手を人類に対して差し伸べたいと思っています」だの、「自分自身のライフを絶えず充実させてですね」だのと宣うばかりの男には、うら寂しいような滑稽さと虚しさしか感じず、醒めてゆく一方だった。

木村が見ていたのは、最初から最後まで、野枝という個人ではなかった。彼の愛は自己愛でしかない。本人は女を愛しているつもりでいて、そういう自分を愛しているに過ぎなかった。

「野枝さん、あなたねえ」らいてうは言った。「自分を認めてくれる男に対して、すぐに好意を持ってしまうのは危険なことよ。お気をつけなさい」

「でも、らいてうさんだって人のこと言えやしないじゃありませんか」

暗に「煤煙事件」のことを持ち出して言い返すと、苦笑が返ってきた。

「だから言ってるの。私だからこその忠告よ。でも野枝さん、これは正直に言うけど、『動揺』はなかなか良かったわね。木村さんの『牽引』なんかより断然良かった」

らいてうがそこまで真剣に作品を褒めてくれるのは初めてのことだったかもしれない。

我が身に起こった出来事をじっくりふり返るだけの時間もない中で、一心不乱に書きながら野枝が心がけたのは、心の奥底から汚泥のようなものを掬《すく》い上げる際にも自分自身を客観視し、できるだけ自己弁護をしないということだった。どうしても説明が必要な場面ほど、あえて淡々とした描写を重ねるようにした。

あの樋口一葉でさえ、文学だけでは食べていくことができなかった。しかし自分は、大先輩の田村俊子のように、いずれ筆一本で生活を支えられる職業作家になりたい。そのためにはきっと、私小説、心境小説を避けて通ってはならないのだ。初めてそんなことを思った。

巷には、自分に都合の悪いことを知りたがらない人々があふれている。『青鞜』が生身の女性の本音を発信しようとすると、それだけで世間の風当たりがおそろしくきつくなる。これまでもずっとそうだった。

尋常小学校に通った子どもの頃が思い出される。妹のツタと帰る田舎道、耳がちぎれ飛ぶほど冷たい強風に逆らって歩いた。向かい風に頭から突っ込み、見えない壁にもたれかかるようにして足を進めながら、こみ上げてくるわけのわからない感情を抑えきれずに大声を張りあげた。

野枝は夢想した。いつか自分がもっと偉くなって、一筆頼まれるような機会が巡ってきたなら、きっとこんな言葉を書き付けよう。

吹けよ　あれよ
　風よ　あらしよ

強い風こそが好きだ。逆風であればもっといい。吹けば吹くだけ凧は高く上がり、トンビは悠々と舞うだろう。

その年、大正二年九月二十日——祝いどころか用意らしい用意もしてやれない困窮の中で、野枝は長男・一《まこと》を産み落とす。

第九章　眼の男

開け放った縁側から、なまぬるい春の風が入ってくる。昼間から万年床に腹ばいになり、書物を読む。

怠けているのではない。訳し終えた作品について、念には念を入れて裏を取っているのだ。外国語で書かれた本を一冊翻訳しようと思えば、そのために何十冊という本を読み込む必要が生じる。用いられた比喩ひとつ取っても、何が下敷きとなっているかを調べなければ正確には訳せない。

「野枝！」声を張りあげる。「おい野枝、一を何とかしろ！」

返事はない。

辻は、頁に目を落としたまま舌打ちをした。

泣くのが赤ん坊の仕事、と頭ではわかっているが、特別な集中を必要とするさなかに延々と泣きわめかれてはこちらの神経がもたない。せっかくまとまりかけた思考がばらばらになり、脳内の中空で霧消する。

たまらず、再び呼ばわる。

「いないのか、おい」

誰も答えない。襖の向こうで泣き声がひときわ大きくなるばかりだ。

煎餅布団に手をついて起き上がった。勢いよく開け放とうとした襖が中途でつかえて開かない。このところの陽気と湿気で、敷居が歪んだらしい。

目を落とした。書斎を出てすぐの足もと、板の間の薄い座布団に寝かされた赤ん坊は、しきりに手足をばたつかせ泣きわめいている。九月に生まれてようやく九カ月あまり、おしめが濡れたか腹が減ったか、いったい野枝は何をしているのだ。

苛立ちながら考える。赤ん坊をあやして不満のもとを取り除いてやるのと、このまま泣き声に耳を塞いで書物に没頭するのと、どちらの労力が少ないか。試しに人差し指を両耳に突っ込んでみる。泣き声の威力がかなり弱まることがわかった。

がたつく襖のへりをつかみ、苦労して閉めかけた時だ。

「あら潤さん、起きてたのかい」

母親の美津が外から入ってきた。今は別々に住んでいるのだが、畳んだ風呂敷だけを手にしているところを見ると、冬の袷を質に入れてきた帰りかもしれない。辻は、見ぬふりで目をそらした。

「とっくの昔に起きてますよ。仕事が忙しいと言ってるでしょう」

聞こえたのかどうか、美津は赤ん坊のかたわらに膝をつくと慣れた手つきで抱き上げ、おしめの中へ指をさし入れて顔をしかめた。

「ああ、ああ、これじゃあ泣くのも道理だよ」

言いながら、美津はくたびれた木綿の着物にたすきを掛け、一の濡れたおしめをはずした。軽く拭ってやってから、かわりの晒布《さらし》をあてがう。

「潤さん、あんたもどうせ家にいるんだから、もうちょっと面倒みてやったらどうなんだい。自分の子どもだろう」

簡単に言わないでもらいたい。産み月の前後、野枝の郷里の今宿へ行っていた間は、産湯《うぶゆ》であれ汚れたおしめの洗濯であれ、文句を言わずに請け負ったのだ。家にいる時ぐらい自由にさせてほしい。

「子どもの面倒は本来、母親がみるものでしょう。野枝はどうしたんです」

「知らないよ。雑誌の集まりか何かじゃないかい」

「またか」

「こないだ会った時だって、何もかも一人でやらなきゃいけないから大変なんだとか言って、ずいぶん張りきって飛んでったさ。理解のある旦那さんでありがたいってね」

ようやくむずかるのをやめた赤ん坊を再び座布団に寝かせると、美津は渋い顔で辻を睨みあげてよこした。

「そりゃまあ言いたいこともないじゃないけど、しょうがないよ。あの嫁が頑張って稼いでこなきゃ、あたしたちみんな、おまんま食い上げなんだからさ」

言わずもがなのことを、なぜわざわざ口にしないといられないのか。女ときたら皆こうだ。辻は答えず、がたつく襖をつかんで力任せに閉めた。だいたい野枝も野枝だ。もう少しくらい、男を慎ましく支えようという気持ちになれないものか。

わかっている。外へ出て働かない自分がいけないのだ。しかし、そもそも教師の職を失った原因は野枝だし、母親にも言った通り、こう見えてぶらぶら遊んでいるわけではない。ようやく訳し終えたロンブロオゾオの『天才論』が、どこかから無事に出版されれば相応の金が入ってくる、今はその準備期間なのだ。

そんなこともわからずに、女たちは足もとのことばかり気に病む。やれ金がない、やれ質に入れるものがない、やれ米がないと。米がなければ芋をかじっておけばよい。人間、そう簡単に飢えて死にはしない。

それが証拠に、野枝を見るがいい。潑剌《はつらつ》としている。らいてうが若い燕に夢中で『青鞜』をほったらかしだとか、そのぶんの苦労がすべて自分に回ってくるとか、口では嘆いてみせるものの、当人が今どれだけ充実を覚えているかは傍目《はため》にもわかる。

いやな気分が胸にせり上がってきた。

もう一年ほども前になるが、木村荘太との一件はつくづくくだらない茶番だった。忙しさのあまり身の回りのことは隙だらけとなった野枝が、インテリぶった浅薄な男につけ込まれただけの話だ。

〈おまえの心が動いているのなら、静かに別れよう〉

あの時は本気で言った。高等女学校の教師と生徒としてだけでなく、恋も口づけも性愛のイロハもすべて自分が野枝を導くかたちで教えてきたというのに、この期に及んで他の男が割り込んでくるなどあってはならないことだ。棄てられる前にこちらから棄てねばならないと思い詰めた。

別れたくないと泣いて詫びた野枝を、一度きりだと言い含めて許してはみたが、こうして彼女が外へ出かけてゆくたび、辻の胸には疑心暗鬼が黒々と立ちこめる。動揺したのはこちらのほうだ。

こんなはずではなかった。新しく赴任した上野高女で初めて野枝を見た時は、何と野暮ったい田舎者かと驚いた。好意を持たれているのを感じた時も、こんな衿垢娘は願い下げだと思った。何やらずるずると巻き込まれて教師を辞める羽目になったが、その時でさえ気分的には彼女に押され気味で、大乗り気というわけではなかった。熱い恋文を書きながら覚えた昂揚もじつのところ言葉遊びの愉しさで、本心ではできることなら誰かに押しつけて責任を逃れたかった。

それが、どうだ。季節がちょうど二巡りした今、相も変わらず垢抜けないあの小娘にすっかり翻弄され、激烈に嫉妬させられている。

実際、最近の野枝はぐんぐん力をつけてきた。知識や思索の面ではまだ浅いけれども、抜きんでた筆力と闇雲な行動力が他の欠点を補っている。とくに彼女の文章については、『青鞜』をあまり快く思っていない新聞記者までが褒めるほどだ。

（この俺が育てたのだ）

荒々しく腰を下ろし、文机に肘をついた。両手をきつく組み合わせた拳の上に額をのせ、目をつぶる。

俺の背中を踏み台にしろとまで言ったくらいだ、年若い妻の成長ぶりは眩しく誇らしい。その反面、すぐにも追い抜かれそうで苦しい。仕事だからといちいち家に置いていかれる一も可哀想だが、ああして誰かしら面倒をみてくれる乳飲み子と違って、むしろ夫の自分こそ辛い。

木村荘太とはプラトニックなまま完全に終わった、そのことに疑いはないけれども、第二、第三の木村がまたいつ現れてもおかしくない。隠れて逢おうと思えばいくらだって可能だ。今こうしている間にも野枝は誰かに誘惑され、印刷所の物陰か、誰もいない編集室か、あるいはどこかの待合に上がるなどして乳繰り合っているかもしれない。絶対にないとは言いきれない。

あの女は、男にだらしがないというのとは違って、へんに無防備なのだ。警戒心の塊のように見えて誰のこともすぐ信用してしまう。そのくせ、飼い慣らそうとすると噛みつく。そんじょそこらの男の手には余るのだ。

烏賊《いか》の醬油煮のようにぷりぷりと張りつめた浅黒い肌を思い浮かべる。その軀が、顔のない男に荒々しく組み敷かれ、きつく柔く歯を立てられて悦びに痙攣している光景を想像すると、辻は、下腹のあたりが不穏に凝ってくるのを感じた。

（育てたのは俺だ）

やり場のない嫉妬を黒々と煮詰めてゆくさなかにふと香り立つ、このえも言われぬ退廃的な気分はどうだ。コキュの心持ちは、寝取られる立場になってみなければ味わえない。

文机から顔を上げる。積み上がった本の谷間、万年床にもとどおり横たわり、辻は自分の枕と隣り合った野枝の枕に鼻先を埋めた。甘ったるく脂くさい、この匂い。たまらず、煎餅布団に下腹をこすりつける。

ロンブロオゾオが遠のいてゆく。襖の向こう、乳飲み子がまた泣き始めた。

＊

従姉の千代子が長男泰介を産んだのは、元号が大正と改まった年の十二月のことだ。代準介はすでに長崎を引きあげ、「西新炭鉱《にしじん》」の相談役として今宿に戻っていた。

野枝自身はその時まだ身ごもっていることに気づいていなかったが、千代子の第一子が男児と聞かされた瞬間、絶対に自分も一人目は男児を産むのだと決めていた。少女の頃から当たり前のように多くを持ち、その恵まれた境遇にも気づかないほどおっとりとしていた従姉。勉強も何もかもすべてにおいて意識し続けてきた従姉を相手に、女としてはなお負けたくなかった。

翌年の九月に一を産み落とし、しばらく今宿の実家に滞在している間じゅう、辻に甘え、甘やかされる様子を周囲に見せつけたのも同じ理由からだ。元教師らしく物腰柔らかに知性を漂わせる辻は、野枝にとって村じゅうに見せびらかしたい自慢の〈夫〉だった。

それだけに、代夫婦に引き合わせた時の、叔父の冷淡な態度には不満が残った。もともと優男《やさおとこ》を嫌う質であるのは知っている。辻に対してはそれに加えて、教師が教え子と懇《ねんご》ろに、というふしだらな経緯も許せないのだろう。

　気に入らないなら気に入らないでいい、と思った。姦通罪で訴えると言い募る末松家に平謝りをして、遣わせた金を倍返しにすることで事態を収束させてくれたのは叔父だ。恩義はもちろん感じている。だが野枝は、恨めしい気分を捨てきれなかった。そういう羽目になったのも、そもそも両親と叔父夫婦が結託して無理やり結婚を急がせたからではないか。

「なして籍ば入れんの」

　母ムメと叔母のキチは、辻のいないところで野枝に詰め寄った。

「あんたが福太郎しゃんとこにあげん不義理ばしたしぇいで、お父しゃんらにどがしこ恥ずかしか思いばさせたかわかっとぉと？」

「そうたい。ムメしゃんなんか、娘ば育て損なったと皆に言われて泣いとったばい」

　何を言われても、野枝はまるで気にならなかった。口さがない村人などほうっておけばいい。世間がいったい何をしてくれる。こちらの人生に責任を取ってくれるのか。一の口に乳を含ませてくれるとでもいうのか。

　辻は毎日、海辺の家の前にたらいを出してはかがみ込み、一のおしめを洗った。その姿を見るうちには、母も叔母もうるさいことは言わなくなった。父親の亀吉はといえば、娘と〈夫〉が聞き慣れない東京の言葉でやり取りするのをどこか気遣わしげに見守るばかりだった。

　産後の野枝にとっての試練はむしろ、東京の家に帰ってから始まった。義母の美津は、基本的には物わかりのよい江戸っ子気質《かたぎ》の女だが、こと嫁の本分、母の役割といった部分においては旧態依然とした習俗に囚われており、女が、それも子を持つ女が外で働くことについて理解があるとはとうてい言いがたかった。

一方で、『青鞜』は危機に瀕していた。らいてうは、ひょんなことから再会した奥村博との再びの恋に、まるでやけになったかのようにのめり込み、雑誌編集への意欲など失ってしまったかに見える。創刊当時に熱い想いを抱いて集まった同人たちは分裂し、櫛の歯が欠けるように一人また一人と去っていった。中には、尾竹紅吉が純文芸雑誌と銘打って創刊した『番紅花《さふらん》』へと流れた者もいた。大正三年（一九一四年）三月一日付で発行された創刊号には、森鷗外が本名の林太郎の名で随筆を寄稿している。

名を聞いて人を知らぬと云うことが随分ある。人ばかりではない。すべての物にある。

「サフラン」と題された短い文章はそんな出だしに始まり、長らく実物を目にする機会のなかった植物がようやく花咲くところや、その生命力の確かさなどが描写されたのち、こう結ばれる。

これはサフランと云う草と私との歴史である。これを読んだら、いかに私のサフランに就いて知っていることが貧弱だか分かるだろう。併《しか》しどれ程疎遠な物にも、たまたま行摩《ゆきずり》の袖が触れるように、サフランと私の間にも接触点がないことはない。物語のモラルは只それだけである。
宇宙の間で、これまでサフランはサフランの生存をしていた。私は私の生存をしていた。これからも、サフランはサフランの生存をして行くであろう。私は私の生存をして行くであろう。

新創刊の『番紅花』と、それを立ち上げた紅吉——双方の旅立ちと行く末を祝福する鷗外の温かな気持ちは、野枝の胸に深く沁みた。女性たち自らによる、女性が人として認められるための運動を、背後から見守り応援してやろうとする男性はまだまだ少ない。

紅吉には、なるほどたしかに物事を深く考えるより先に突っ走り過ぎるところがあったかもしれない。だがそれは、らいてうと『青鞜』のために何かしたいと思うが故の行動であって、どれもこれもがたまたま裏目に出てしまっただけのことなのだ。仲間の皆に迷惑をかけた責任を感じて、自ら編集部を離れていったあの大きい赤ん坊のような友人が、野枝は今も可哀想でならなかった。

（紅吉の情熱が、今度こそはまっすぐ結実しますように）

祈りながらも、しかしうかうかしてはいられない。『番紅花』は『青鞜』にとって、読者を食い合うライバルになる。

文字通り奔走する毎日だった。出かける前には茶碗に乳を搾り、渋い顔で留守番に来てくれる美津か恒に託す。家にいれば、大事な原稿を書かねばならぬ時に限って一が泣きわめく。おしめを替えても泣きやまず、乳を含ませようとすれば顔を背けてそっくり返る。辻はといえば耳栓でもしているのか、我関せずを決め込んでいるようだ。

疲れが、野枝の若い身体にも溜まりつつあった。

産む前に想像していたより、子は百倍も可愛い。不用意な妊娠に気づいた時の不安からすると、いま手の中にある赤子の重たさや大きさはどこまでも確かで、具体的で、こちらを安心させてくれる。

黒々とした瞳、彫りの深い顔立ちは伊藤家の血筋だろうか。理知的な鼻筋は辻のほうかもしれない。ただ息をしてお腹を空かせるだけの状態から、だんだんと人の子らしい反応を見せるようになり、丸っこい身体もまためざましく育ってゆくのを眺めていると、何とも言葉にできない原始的な愛情が衝きあげてくる。この柔らかく乳臭いちいさな生きものを守るためならばどんなことでもしようという闇雲な衝動が、実際には疲れ果てているはずの野枝の手足をかろうじて動かしている。

長男が生まれたことで、貧しさに煤《すす》けていた辻家はまるで雨戸を開け放ったように明るくなった。皆で一緒に食卓を囲む際などは赤ん坊がそれぞれの膝の上を順に抱かれてぐるりと回る。どれほど安堵したか知れない。野枝としては、自分が転がり込んできたせいで家族全員の運命を変えてしまったことに罪悪感を覚えていただけに、これでようやく辻家の一員として受け容れられたような気がした。

しかしまた同時に、新たな悩みも生じてきた。子どもの頃、本ばかり読んでいて妹の面倒などろくに見ようとしなかった野枝には、子育てなどほとんど未知の領域なのだ。義母が何か言えばその通りにするしかなく、たまに多少知っているつもりのやり方を持ち出してもことごとく否定され、工夫によって無駄を省こうとすれば怠惰だと責められる。子どもにかける手間暇を惜しむなど、とんだ面倒くさがりだと言われてしまう。

いくら子が可愛くとも、自分の時間のすべてを強奪されてしまうわけにはいかない。こうしている間にも同人の仲間や他誌のライバルたちは勉強をし、読み、書き続けているのだ。せめて読書の時間だけでもひねり出したい。語学の力も磨きたい。けれど子守に来る美津は、嫁が赤ん坊を寝かしつける合間や授乳の時間、あるいは煮炊きの間にかろうじて本を広げるのを見るたび、まるで道楽に耽《ふけ》っているのを見つけたかのように険しい顔で咎めた。

「あたしなんか、子どもを育てていた頃は自分のごはんを食べる間だって落ちついて座ったことはなかったよ」

口癖のように言った。

「本なんか読んでる暇に、他にいくらだってできることがあるだろう」

そう言われてしまえば、実際またその通りなのだった。汚れたおしめを洗い、干してあるのを取り込んで畳み、薪を運び、拭き掃除をし、鍋底の焦げつきを磨き……。

——ああ、自由になりたい。

野枝は焦れた。子どもなど産まなければよかったとは思わないが、仲間と比べて最も無知で無能で至らない自分が、家の中に縛られて何にも集中できずにいるのは悔しくてたまらない。情けない。不甲斐ない。

とうとう野枝は、一を『青鞜』の編集部におぶって連れてゆくことにした。女手だけはあるのだし、連れていってしまえば何とかなるだろう。

何があろうと、ひと月に一度は雑誌を出さなくてはならない。眦《まなじり》を決して原稿に向かう間、そう何度もおしめを替えている暇はない。洗っている暇などもっとない。

ぐずっている赤子の小便が、やがて畳へと染み出す。ぐっしょり濡れたおしめを絞り、それで畳を適当に拭く。大きいほうだけなら庭に放り捨ててやった。縁側でばさばさと振って汚物を落とし、再び子どもの股ぐらにあてがう野枝を見かねてか、いつも〈おばさん〉こと保持研あたりがぶつぶつ文句を言いながら庭を掃除してくれた。臭くてたまらなかっただけかもしれない。

頭痛持ちのらいてうは赤ん坊の泣き声に閉口していたようだが、野枝の頑張りに頼る部分は大きかった。そろばんをはじき広告を集め印刷所へと走る、その労力がどれほどのものかは知っている。

「あなただけだわ、野枝さん。『青鞜』のためにここまで一生懸命になってくれるのは」

昼下がり、あれから二度引っ越した先の巣鴨の事務所で、らいてうは机に頬杖をついて言った。よほど倦《う》んでいるのか、感謝を口にしながらもすでにどこか他人事のような物言いだった。

奥村博と同棲を始めて数カ月たつが、世間ばかりか同人たちからの風当たりも強い。賛助員までが次々に抜けて、らいてうはこのところ精神的にも肉体的にも参ってしまっていた。

「あなた、子どもを抱えてまでよくやれるわね」

煙管の先で、物憂げに煙草盆を引き寄せる。奥村の前ではなるべく吸わないようにしているらしい。

「私にはもう、毎日の家事をどうにかこなすだけで精いっぱいよ。実家にいた頃は、本を開けばすぐ内容に入り込むことができたのに、今じゃ洗濯をして、掃除をして、朝昼晩とおさんどんをして……。一日がすっかり細切れなんですもの、まとまった原稿なんか書けやしないわ。私にはとても無理」

わたくしには、とくり返す言葉がうつろに響く。

「だったら……」と、思わず野枝は言った。「らいてうさん、うちの近くに越してみえたらいいじゃありませんか。ごはんの仕度くらい、一人二人増えたって手間は変わりゃしません。食費さえ少し助けて頂けたら、私が何かしら買ってきて作りますから、うちで一緒に食べましょうよ」

せっかくの才能をあんなつまらない男のためにすり減らすなど見ていられない、との本音は呑みこんでおいた。

このころ、辻家の隣には小説家の野上弥生子《やえこ》が住んでいた。『青鞜』にも寄稿している弥生子と野枝は、年こそ十も違ったが互いに気が合い、よく垣根越しに長々と立ち話をした。近所の噂話から、読んだばかりの本の話題、姑の愚痴や子育ての悩みに至るまで、野枝は何でも打ち明けて相談に乗ってもらった。生い立ちも性格もまるきり違うのに、こんなにも心を許せるのが不思議だった。

らいてうと奥村に近くへ越してくるよう勧めたことを話すと、弥生子は、ふっくらとした丸顔をやや曇らせた。

「そう。それは、良い申し出をしてさしあげたわね。でも、あんまり親身になっても、いずれあなたがつまらない思いをするだけかもしれなくってよ」

らいてうの選んだ恋愛に関して、弥生子があまり良い感想を持っていないことはそれで知れた。

「確かに、ええ……。早く、らいてうさんが目を覚ましてくれるといいんだけど」

声を落とす野枝に、弥生子も倣う。

「あなたもそう思っていたのね」

「そりゃそうですとも。あんなウラナリのへっぽこ画家」

ぷ、と弥生子が噴きだした。

「さんざんな言いようだこと。……ね、それよりあなたのお仕事のこと聞かせて下さらない？　この間出たでしょう、エマの本。私もせっかく読ませて頂いたけど、素晴らしかったわ。読者の反応はどうなの？」

野枝は、垣根越しに弥生子に微笑みかけた。

「あなたのソニヤほどじゃないですけれど、熱い感想は寄せられてますよ。届くべき人には届くものなんですのね」

昨年から弥生子は、『ソニヤ・コヴァレフスキイの自伝』を翻訳し、『青鞜』に連載していた。ソフィア、愛称をソニヤ。女性でありながら大学教授の地位を得たのは、ロシア帝国では初、ヨーロッパを併せても彼女が三人目だ。

いっぽう野枝は、アメリカのアナキストにしてフェミニストであるエマ・ゴールドマンに急激に傾倒していた。辻の助けを借りてエマの評論を訳したのがきっかけだが、続けてヒポリット・ハヴェルの記した彼女の小伝などを読めば読むほど、胸が高鳴り身体が火照って、居ても立ってもいられなくなるのを感じた。こんな感激は、『青鞜』創刊号を初めて手にしたあの時と同じかそれ以上かもしれないとまで思い詰め、とうとう、それら婦人問題に関するいくつかの評論を一冊にまとめ、『婦人解放の悲劇』として刊行する運びとなったのだった。まだ肌寒い春先のことだ。

エマ・ゴールドマンは一八六九年、帝政ロシアのユダヤ人家庭に生まれている。政情が不安定な中、経済的な事情で学校へは行けず十代前半から働くこととなった彼女は、やがて移民としてアメリカへ渡り、そこで出会ったアナキストのグループに刺激を受けて、二十歳になる頃には各地で堂々たる演説を行うようになる。

迫害と弾圧、貧困、入獄に国外追放。虐げられ、泥を啜ってもなお諦めず、労働者たちの先駆けとなる生き方を貫いてきたエマの半生は、野枝の心に刺さった。赤ん坊を背負って家と編集部とを行き来するだけの生活に焦りを覚えていたところへ、燃えさかる松明《たいまつ》のような役割を果たした。

何しろエマは、遠い過去の人ではない。まだ四十代半ば、今この時もアメリカにいて活動を続けているのだ。ほんの四年前、アナキスト幸徳秋水らが冤罪で処刑されたあの大逆事件の折には激怒し、ニューヨークで抗議集会を開いたばかりか、駐米全権大使の内田康哉《こうさい》や首相の桂太郎宛てに抗議文まで送りつけている。

——行動の人だ。

野枝は、興奮に鳥肌を立てた。

人の値打ちは、行動で決まる。どんなに高い理想を掲げても、ただ思索をこねくりまわしているだけで世の中は変わらない。本当に世間を動かしたいと思うなら、自らが行動を起こさなくては駄目なのだ。どんなに無力であっても、躊躇っていては駄目なのだ。

辻との子どもを産み、籍こそ入れていないが嫁として家を守ろうとするうちにいつしか抑えつけられていた持ち前の野性が、久しぶりに脈動を始めた気がした。

「私ね、やっと会えた気がするの」

垣根越しに弥生子と話したその夜、野枝は、辻に言った。

「会えた？　誰に」

「らいてうさんにとってのエレン・ケイに匹敵する人物に」

辻は、言わんとするところを即座に理解したらしい。なるほどな、と頷いて言った。

「おまえにエマは合ってるよ。平塚さんにはエレンが合ってるようにね」

打てば響くとはこのことだ。スウェーデンの教育学者にして女性運動家であるエレン・ケイ。彼女へのらいてうの傾倒ぶりには、辻もまた思うところがあったのだろう。

「俺も、ちょうど考えていたんだ。おまえもそろそろ、自分の背骨や血肉になるような思想を探しあてるべき頃合いじゃないかってね」

野枝は、笑った。

「いつからそんなことを？」

「さあ、どうだったかな。平塚さんでいくと、あの人は何だかんだ言ってもお嬢様だろう？　実際エレンの説く教育論そのものは悪くないし、〈教育の最大の秘訣は教育しないことにある〉というあの考えには俺もほぼ賛成だけれどね。でも、ほら、エレン自身が名門の出で、何の苦労もなく教養を身につけてきたような人だから。そのあたりも含めて、平塚さんの貴族趣味みたいなところにぴったり嵌まったんじゃないかな、とは思うね」

「そう、そうなのよ」野枝は、深く頷いて言った。「エレンの言うところの女性解放って、同じ男女平等論を説いてもやっぱり、女は女らしく穏やかにふるまうべきといった論調でしょう？　らいてうさんもいつもそんなふうに言うけれど」

辻が、意地の悪い笑みを浮かべてよこす。

「おまえには、ちょっとおとなしすぎるか」

「ええ、じれったい。その点エマ・ゴールドマンは違うわ」

「骨の髄まで労働者だからな。どうせ、学校に行けなかったあたりにもシンパシィを覚えてるんだろう」

「だって、〈女に学問は必要ない〉と言われて働くしかなかったなんて……」

野枝は、視線を庭へ投げた。開け放った縁側から、湿気をたっぷり含んだ夜風が吹きこんでくる。

「私だって、あの頃は密航してでもアメリカかどこかへ渡りたかった。逃げることがかなわないなら死んだほうがましだと思ってたわ」

「こらこら」と、辻が苦笑いでたしなめる。「そんなこと言うもんじゃないよ」

「つながってるのね」

「え？」

「遠く離れた外国の人とも、想いはつながってるのよ。言葉が違っても、思想はこうしてつながることができるんだわ。それって凄いことだと思わない？」

こみあげる興奮のあまりじっと座っておれずに、野枝は辻のそばへにじり寄ると首っ玉に抱きついた。

「わかった、わかったから落ちついて」

「だって、嬉しいの」

「何が」

「こんなことをちゃんと話せるのは、あなただけなんだもの。何のよけいな説明もなしに、私の言いたいことをわかってくれる。そんな人、他にいない」

男の首にぶら下がり、野枝は、痩せた鎖骨の窪みに鼻先を押し当てた。

梅雨入り前の蒸し暑い夜、首筋ににじむ汗の中に甘く饐《す》えた匂いがする。晩酌の際の酒量がこのところ少し増えたようなのが気にかかるが、ふだん辻をほったらかしてばかりいるだけに強くたしなめられずにいる。

あなただけ。

他にいない。

その言葉に、辻は何も応えようとしない。調子のいい戯言《ざれごと》として聞き流されたか、それとも応じないことに意味があるのかはわからない。ただ、今この瞬間、辻もまた木村荘太の顔を思い浮かべているような気がした。

「ねえ」

ささやくように、野枝は言った。

ややあって辻が、なに、と訊き返す。

「あなたはこの先、何をやって働く気でいるの？　何か、しようと思うことはもう決まっている？」

辻はまたしばらく黙っていたのちに、長いため息をついた。

「さあなあ。その、何をしようかということが、本当にまだ決まらないんだ。何を始めるにしたって最初からの出直しだろう。何がいいんだかわからない。俺にはとても文学なんぞは望みがないし、そうだ、音楽をやるかな。といっても、それもなかなか飯の種にはならんだろうしなあ」

こちらは思いきって訊いたのだから、真面目に答えてほしい。身体を離して見上げると、辻は、真顔だった。

「本当を言えば、俺は尺八でも吹いて独りで放浪したいんだよ。何しろ、そんなことを考えてもいいはずの大事な時代には、すでに食うことだけで必死だったからなあ。今になって考えると馬鹿ばかしくて仕方ないよ。ま、少し考えさせてくれ」

「少しって……」

すでに二年ほども無職のままではないか。とうに翻訳を終えたロンブロオゾオの『天才論』が、二転三転、いまだに出版されないのは辻のせいではないが、その間、一家の生活はずっと野枝だけの肩にのしかかっている。

（このひとは……）

茫然としながら、野枝は悟った。このひとは、生きるためには何かしらの代償を払わなくてはいけないという大前提を受け容れる気が、ないのだ。これっぽかりも。

「さ、どいてくれないか」

辻が、野枝をそっと押しのけて文机に向かい、これ見よがしに辞書か何かを開く。

何であれ、次の仕事をしてくれるつもりならありがたい。邪魔をしないようにと、立ちあがって襖に手を伸ばそうとすると、

「ああ、野枝」

呼ばれて、はい、とふり返る。

辻は顔も上げずに言った。

「おまえも、一が寝ている間くらい何か勉強したらどうなんだ。お隣とのんびりお喋りばかりしていたんじゃ、みんなに置いていかれるぞ」

梅雨に入って間もない六月、らいてうと奥村は近くに引っ越してきた。

野枝は張りきって料理にいそしんだ。昼と夜、元気のないらいてうに少しでも多く食べさせようと、肉から野菜からとにかく何でも一緒に入れて、炒めるか、シチューのように煮たものをごはんの上にたっぷりかけて出してやった。人数分の茶碗はないから、あるだけの皿を総動員だ。

「ねえ、この家に俎板ってものはないの？」

らいてうがたまりかねた様子で訊いたのは一カ月ほどたった日のことだった。

まさか、と野枝は笑った。

「ないはずないじゃありませんか。ただ、真っ黒に黴びてしまって。もうしばらく前から辻に、鉋《かんな》で削ってほしいって頼んでるんですけど」

なかなかやってくれないので、とりあえず庭に出して雨ざらしにしている。ひと夏かけて干せば日光消毒されて黴も消えるかもしれない。いま代わりに使っているのは鏡の裏側だ。とくだん不便はない。鏡を見たい時には壁に戻せばよい。

「じゃあ、お鍋はどうしたの」

らいてうが重ねて訊く。

「これじゃいけませんか」

野枝は、金だらいを見やった。昨夜もそれで鶏肉と葱のすきやきをしたのだった。まともな鍋は質に入れてしまったが、これまた別に困らない。金だらいなら、鍋に使わない時は本来の用途に使える。

らいてうはふと、洗ってずらりと干してあるおしめを見やり、恐ろしい形相になった。

「もういいわ、野枝さん。お気持ちはとっても嬉しかったけれど、これからは私たちの食事は用意しなくて結構です」

「あら、遠慮なさらなくても」

「いいえ。ほんとうを言うと奥村は食べものの好き嫌いが多いし、ご迷惑をかけたらいけないから」

それきり、らいてうと奥村はおもに外食をするようになり、一緒に食事を摂ることはなくなった。

野枝にはわからなかった。辻にも時々、「おまえは衛生観念がない」などと叱られるけれども、子どもの頃から今よりはるかに不衛生な生活をしてきて、一度も腹を壊したことがない。だから、らいてうにあんな引き攣った顔を向けられても、傷ついたりはしなかった。ただ、月々十円ほどにせよ、食費を入れてもらえなくなったことだけが残念に思われた。


やがて梅雨が明けた。一家は小石川竹早町へ転居し、また美津と恒の五人で一緒に暮らすようになった。

一にとっては初めての夏、野枝にとっても母になって初めての夏だ。あまりの暑さに一はぐったりとして、やわらかく煮た粥をすりつぶして口もとへ持っていってやってもろくに食べようとしない。小さな背中やお腹にはびっしりと汗疹《あせも》が出た。毎朝毎夕、行水をつかわせては天花粉《てんかふん》をはたき続けたが、痒みに苛立つ赤ん坊は夜中にも目を覚ましては泣く。女たちばかりか、何もしない辻までもが睡眠不足でふらふらになっていった。

出たり引っ込んだりをくり返していた一の汗疹がようやく治まりかけた頃には、夏もまたそろそろ終わりにさしかかっていた。

頭の上で、南部鉄の風鈴が澄んだ音をたてる。誰ともわからない前の住人が残していったものだと、辻が言っていた。

一を抱きかかえ、縁先で乳を含ませる。手にした団扇でゆっくり扇ぐ風が、それなりに涼しく感じられるのも久しぶりのことだ。もうずっと、かき混ぜる空気さえ熱風のようだったのだから。

長く暑い夏に新生活の疲れが重なったせいか、らいてうもまたすっかり体調を崩し、『青鞜』はどうやら九月号を作れそうになかった。創刊以来初めての欠号だった。

三号続けば上等。お嬢さんたちの手慰み。そんなふうに言われた雑誌を、ここまで続けてこられただけでも……。そう思いかけ、野枝は激しくかぶりを振った。

後ろ向きの考えでどうするのだ。エマ・ゴールドマンなら決してあきらめたりしないだろう。追いつめられた今こそ、弱っているらいてうをしっかり支えなくてはならない。紅吉の創った『番紅花』も苦戦しているという噂だが、こちらが先に倒れるわけにはいかない。必ずや態勢を立て直すのだ。

ちゅくちゅくと、赤子が一心に乳を吸いたてる。九月の二十日がくれば、生まれて丸一年。前歯が上も下も生えてきて、時々きつく嚙まれると涙が出るほど痛いのだが、食欲も戻って粥だけでは満足できないらしく、いまだに乳を欲しがる。

機嫌がいい時の息子はとくに可愛い。野枝が目を細め、間近に顔を覗き込んでいた時だ。

「ごめんください」

訪う声がした。

あれは、渡辺政太郎《まさたろう》の声だ。

「はあい」

慌てて浴衣の前をかき合わせ、一を抱いたまま立ちあがる。

玄関へ出てみると、思った通り、ひょろりと痩せた渡辺が立っていた。

社会運動家の渡辺は、辻よりずっと年上だが、気が合うらしくこの家にもしょっちゅう出入りしている。一銭床屋をしながらのまさしく赤貧洗《せきひん》うがごとき暮らしぶりだが、敬虔なキリスト者であり子ども好きでもあって、来るたび一を膝に載せてあやしてくれる。

ふだんは優しく穏やかでも自身が納得できないことにはとことん厳しい、というのが野枝の渡辺に対する印象だった。弱い者や同志などには誠心誠意尽くすけれども、権力の横暴や不正義について口にする時は容赦がない。

「いや、いきなり伺ったりしてすみませんね。お忙しかったのではないですか」

渡辺は折り目正しく言った。仮にも床屋のくせに髪も髭もぼうぼうに伸び、着物はよれよれ、およそ子どもに懐かれるような風体ではないはずなのだが、一はもう抱っこしてもらう気満々で四肢をばたつかせている。

「いいえそんな、ちっとも。辻はちょっと出かけてしまっていますけど、上がって待ってて下さったら……」

笑顔で手を差し伸べる渡辺に、息子を手渡そうとした野枝は、戸口の陰でゆらりと揺れた人影にぎょっとなった。

黒っぽい着流し、大きな体軀《たいく》。連れがいたのか。

と、横合いからその男が手をのばしてきて、一をひょいと抱き取った。

「あ、」

慌てて一歩前へ出たところで、野枝は相手の顔を間近に見上げることとなった。

押し寄せてくる男臭さに怯む。彫りが深く、髪も髭も濃い。最も際立つのは、眼だ。黒曜石のように光るその眼を和ませて野枝を見おろすと、男は言った。

「やあ、ほんとうに野枝さんだ。やっと会えました」

身体ばかりでなく声も大きい。年は辻と同じくらいだろうか。ぎょろりとした眼や太い眉は恐ろしげなのに、抱かれた一は男の顔を見上げてきょとんとしている。

「あの、失礼ですけど……」

「この男はね、大杉栄といいます」

渡辺が紹介する。野枝は、驚いてぽかんと口を開け、目を瞠った。

「あなたが？　あの大杉さんですって？」

「ええ。渡辺さんと話していたら、あなたたちごっ、ご、ご夫婦とは昵懇《じっこん》だというから、た、頼み込んで連れてきてもらったんですよ」

どうやら吃音《きつおん》があるらしい、と気づいた瞬間、続く言葉に度肝を抜かれた。

「あなたとは、ど、どうしても一度お目にかかりたかったものでね」

「え、私にですか？　辻にではなくて？」

「もちろん、あなたにですとも」

イッヒヒ、と息を引くような笑い声だ。にわかには信じがたい思いで、野枝は玄関先に立つ男を改めて見上げた。

大杉栄――といえば、幸徳秋水の弟分であり、秋水亡き今となってはこの国で五本、いや三本の指に入る活動家と言っていいはずだ。腕っぷしの強さに任せて警官とやりあったり、暴動を煽ったりなどしては何度も引っぱられ、しかし投獄されるたび新たに一つの言語を習得して出てくるというので有名だった。

もっと、険しい雰囲気の男だとばかり思っていた。暴れ者という噂だったし、彼と荒畑寒村《あらはたかんそん》が主宰する社会主義の文芸雑誌『近代思想』を読んでも、大杉の文章は図抜けて巧く、物事の本質を見きわめる視点から論旨の組み立てまで何もかもが切れ味鋭い。

それなのに、どうだろう。人見知りが激しいはずの一が泣きもしないで、それどころか大杉が仁王像のような目玉をぎょろぎょろ動かしてあやすものだから声をたてて笑ってさえいる。

「あのう、私……」

声がかすれて喉に絡むのを咳払いで落ち着けてから、野枝は続けた。

「今さらですけど、大杉さんには御礼を言わなくてはいけなかったんですの」

「僕に？　何のことかな」

「この春に、『近代思想』で、エマ・ゴールドマンのあの本をずいぶん褒めて下さったでしょう？」

すると大杉は、ぱっと笑みを浮かべた。喜色満面という表現がこれほど嵌まる笑顔も珍しい。なんだか、釣られて可笑しくなってくる。

「よかった、お目にとまっていましたか。僕のほうこそ、あの翻訳とあなたの序文があまりに素晴らしかったものだから、ど、どうしてもじかにお会いしてみたかったんですよ」

「ええと、それで辻くんは、いつごろ戻られるのかな？」

横から渡辺政太郎が言葉を挟む。

そうだ、この人もいたのだった。野枝は慌てて二人を招き入れた。

「どうぞお上がりになって下さい。辻もきっとそんなに遅くはならないはずですから」

奥にいた美津にお茶の用意を頼み、座布団を並べる。客が二人や三人訪れることなど珍しくもないのに、大杉がいるだけで家の中がひどく狭く感じられる。自分の着くたびれた浴衣から今まさに浮き出しているであろう身体の線が、急に恥ずかしいものとして意識されてきた。

野枝の訳したエマ・ゴールドマンの『婦人解放の悲劇』について、大杉が『近代思想』五月号に書いてくれた評はこんな具合だった。嬉しさのあまりくり返し読んだから、すでにほとんど暗記してしまっている。

　こう云っては甚だ失礼かも知れんが、あの若さでしかも女と云う永い間無知に育てられたものの間に生れて、あれ程の明晰な文章と思想とを持ち得たことは、実に敬服に堪えない。これは僕よりも年長の他の男が等しくらいてう氏にむかっても云い得たことであろうが、しかしらいてう氏の思想は、ぼんやりした或所で既に固定した観がある。僕はらいてう氏の将来よりも、寧《むし》ろ野枝氏の将来の上によほど嘱目《しょくもく》すべきものがあるように思う。


　――らいてうよりも、上。

　そう言われたも同じことだ。

　有頂天になる自らを、いやいやこんなのは絶対お世辞にきまっている、と戒める一方で、大杉ほどの人物が自分にお世辞を言って何の得になるのかという疑問がわいてくる。

「知っていましたか、野枝さん」渡辺が、穏やかな口ぶりで言った。「もともとエマについては、大杉くん自身が興味を持って訳そうとしていたんです」

「え」

「ああ、やっぱりご存じなかった。でもね、この人、ちょうどそれくらいの頃にベルクソンの思想にはまってしまいましてね。ちゃんと勉強しようと思うと時間が取れなくて、同志の荒畑くんに、お前やらないかと持ちかけたんです。しかしその荒畑くんも、どこからか『青鞜』にいる若い女の人が訳したがっているという噂を耳にして、それならと自分は退くことにした。せっかく女性の運動家が書いたものなんだから、訳すのもやっぱり女性のほうがいいだろうってね」

　まったく知らなかった。野枝が見やると、大杉は黙ってニッと笑ってよこした。刊行された『婦人解放の悲劇』を彼がいち早く読んで書評を書いてくれたのも、それだけ思い入れが強かったということかもしれない。

「いやはや、それにしても、あの女学生みたいだった人がなあ……」

相変わらず黒目をきらきら輝かせながら大杉が言う。懐かしむような口ぶりに、野枝は首をかしげた。

「前にお会いしていましたかしら?」

「いや、会ったとは言えないな。一方的に見たんですよ。ほら、去年の二月半ばだったかな、かっ、神田の青年会館で」

あっと思った。昨年の二月号に告知を打ち、初めての試みとして行った「青鞜社講演会」で、野枝はらいてうから言われて壇上に上がり、千人にものぼる聴衆の前で演説をしたのだ。

司会は保持研、本命は生田長江や岩野泡鳴《ほうめい》といった錚々《そうそう》たる人たちであって、自分はただ前座を務めるに過ぎなかったが、それでも緊張した。大の男も怯えるほどの思想弾圧のご時世だ。途中で警察が踏みこんでくる可能性も大いにある。

原稿は前もって辻に見てもらい、何度も推敲し、読む練習もした。要約すれば、女が無自覚なのは男が長らく押さえつけてきたせいであるから、女が目覚めるためにはまず男にそのことを自覚してほしい、といったものだった。

出色とは言えないまでもそれほど悪い出来ではなかったはずなのに、翌朝の『東京朝日新聞』には、揶揄のための揶揄としか思えない記事が載った。

〈伊藤野枝という十七、八の娘さんがお若いにしては紅い顔もせず、「日本の女には孤独ということがわからなかったように思われます」といった調子でこの頃の感想というものを述べたが、内容はい

かにも女らしい空零貧弱なもので、コンナのがいわゆる新しい女かと思うとまことに情無い感じがした〉

怒りと悔しさのあまり、辻の前で地団駄を踏んで泣いた。辻は慰めてくれたし、ここ数年の成長ぶりを喜んでさえくれたが、その程度では気がおさまらなかった。自分が至らないせいで世間における『青鞜』の評価をまた一段貶めてしまったと思うと、憤ろしさに身体の中を竜巻が吹き荒れるようだった。

あのとき、会場に大杉の妻・堀保子《やすこ》が来ていたのは知っている。彼女は『青鞜』に寄稿もしているから何の不思議もないが、そうか、大杉も一緒だったのか――。

「お恥ずかしいばかりですわ」

「いや、なかなか立派なもんでしたよ。ねえ、渡辺さん」

同意を求められた渡辺も、にこやかに「うん」と頷く。

「ほらね。僕の周りでも、あなたを褒めている連中がいっぱいいたんだ。新聞なんかには、かっ、勝手に言わせておけばいいんです。どうせはなから真面目に取り合うきっ、き、気なんかありゃしない」

吃音は、とくにカ行で始まる言葉で顕著になるようだ。その直前になると大杉は、口をもごもごと尖らせ、大きな眼をぱちくりさせる。聴衆を前にした大事な演説の時にも、こんなふうなのだろうか。あれだけ小気味よい文章をすらすらと書いてのける人間が、いざ喋る段になるとこんなに吃るというのが、野枝には意外に思われた。いや、むしろそれだからこそ、書くものがあのように迸り出るような激しさに満たされるのかもしれない。

「あなたがあんまり若くてしっかりしているのが物珍しくて、きっ、記者もただ、か、からかってみたくなっただけでしょう」

野枝は、微笑んだ。

「辻も、同じことを言っていましたわ」

「そういえば辻くんは遅いね」

思い出したように渡辺が言い、庭のほうへ身体を傾けて陽の高さを窺う。

「すみません、もうじきに帰ってくると思うんですけれど。あともうちょっとだけ待ってやって下さいませんか。あのひとも常日頃から、大杉さんにはとてもお目にかかりたがっていましたし」

「そうですか、じゃあもう少し」

大杉が浮かしかけた腰を再び落ち着けるのを見て、野枝はほっとした。渡辺にはいつでも会えるが、この男はもう来ないかもしれない。帰ってほしくなかった。

「今さっきの話ですけど、ごっ、御主人は何て？」

大杉が話題を戻す。

「え？」

「新聞の評についてです。僕と同じことを言ってたって」

ああ、と野枝は頷いた。

「私が、それこそ女学生みたいに頼りなく見えたから面白おかしく書きたてただけだろう、真に受けて気に病むことはないって慰めてくれました」

「やっぱりな、か、考えることは同じですよ」

イッヒヒ、と大杉は笑った。

「だけど、あれからまだたったの一年半ほどなのに、女の人ってのはあっというまに、かっ、変わっちまうもんだなあ。もうすっかりお母さんだ」

野枝は、目を伏せた。

一は、先ほどからずっと渡辺の膝の上にいる。いま自分がひどく無防備に感じられるのは、子を抱いていないせいだ。そうに違いない。

あの講演会の頃にはお腹の中にいた子が、生まれ落ちてまもなく一年。人生はなんと早く過ぎていってしまうことだろう。一日、一日、おろそかにしていいはずがない。

背筋を伸ばして座り直し、野枝は大杉を見つめた。

「改めまして……ほんとうによくいらして下さいました。書評で取り上げて下さったからというのではなくて、それよりずいぶん久しく前から、お目にかかりたい、お目にかかりたいと思っていましたの」

「それは嬉しい。僕もです」

まっすぐに投げかけた言葉を、まっすぐに返される。耳もとで蜜蜂が飛ぶようなくすぐったい気持ちになり、野枝はつい冗談めかして言った。

「でもまあ、ずいぶんお丈夫そうなんでびっくりしましたわ。病気をなさってだいぶ弱ってらっしゃるようにも伺っていましたし、それにほら、堺利彦《としひこ》さんが大杉さんのことを〈白皙《はくせき》長身〉なんて書いてらっしゃったものですから。背はきっとお高いんだろうと思っていましたけど、もっとこう、痩せ細った蒼白い感じの、病人病人した方とばかり……」

途中から大杉は天井を向いて笑いだした。

「すっかり当てがはずれましたね。こっ、こんな真っ黒けの、が、頑丈な男じゃ」

「ええ、ほんとうに」

あぐらをかいた渡辺の膝の上で、一までがきゃっきゃっと笑い声をたてた時だ。

玄関で物音がして、ほどなく辻が部屋に入ってきた。渡辺の姿を見て和みかけた顔が、大杉に気づいたとたん引き締まる。ひと目で誰だかわかったらしい。

野枝は、良人の表情の変化を興味深く見上げながら、お帰りなさい、といつもよりも丁寧に言った。

「あなた、大杉さんよ。あなたがお帰りになるまで待っていて下さったの」

一瞬——いや、もっと長い。ゆっくり五つ数えるほどの間、立っている男と座っている男との間で、視線の圧が押し合った。

向かいに座る男の、それでなくともぎょろりとした眼が、上目遣いになるとますます威力を増すのを、野枝は魅入られたように見つめた。引きずり込まれそうだ。こんな眼をした男はいまだかつて見たことがない。

視線をそらしたのは辻のほうが先だったはずだ。しかし大杉は、ほぼ同時にぱっと目を伏せると、頭を深く下げた。

「お留守の間に、お邪魔してすみません。大杉栄と申します」

カ行がないので吃らなかった。

第十章　義憤

自分ではない自分が、いつもぴたりとそばにくっついている気がしていた。物心ついた頃からずっとだ。

そいつは、吃る。言いたいことをすんなりとは言わせない。とくにカ行で始まる言葉や、しばしば夕行もなのだが、その直前になると声が詰まって出なくなるか、さもなくば啄木鳥《きつつき》のように音を連打してしまう。頭の中の考えはさっさと先へゆこうとするのに足がもつれて追いつけない。

生来せっかちな大杉栄にとってはことさらもどかしく、悔しくてならなかった。吃る寸前で意味合いの似た別の言葉に言い換えることも試したが、それを続けていると本当に言いたかったことは常に伝えられないまま終わり、身体の奥に燻《くすぶ》るものが残るのだ。

遺伝なのかどうか、父方の伯父たち二人も、また父親も少し吃った。ことに父親はずいぶん心配し、新聞などで〈吃音矯正〉といった薬や本の広告を目にすると端から買っては息子に与えたが、効き目はまったくなかった。

「この子はッ！　また吃る！」

母親の豊《とよ》は、大杉が目を白黒させながら口をもごもごと蠢《うごめ》かすのを見ると、もとから大きな声をなお荒らげ、苛立って耳をつかんだり頬をつねったりした。

「どうしてさっさと話さないのよ、愚図《ぐず》!」

横っ面を張られるのもしょっちゅうだった。話さないのではなく話せないのだ、と言い返そうとしても、それがまた滞って母親を苛立たせる。

豊は、美しい女だった。

「栄が私に似ているですって? そうかしらね。でも私、こんなにいやな鼻じゃないわ」

よくそんなことを言って、幼い大杉の鼻をつねった。彼女の鼻はまっすぐに通っていたが、息子のそれは低くて大きく、少し曲がっていた。

実際、大杉の顔立ちそのものは、父の東《あずま》よりも母のほうに似ていたようだ。性質もそうかもしれない。真面目一辺倒で融通の利かない東と違って、豊はもともとかなりのお転婆娘で、丸亀連隊の大隊長をしていた姉の夫・山田保永が出勤するのに、待たせてある馬に乗っては邸宅の門内を走らせて遊んでいたという。その山田大隊長が取り持った縁で、近衛の少尉だった東のもとに嫁したというわけだった。

気性の激しい豊は、しばしば息子を箒《ほうき》で打った。

「栄。箒を持っておいで」

大声は、閻魔《えんま》様のそれに等しかった。また悪戯のどれかが知れたに違いないと思うと観念するほかはなく、そのたびに台所から竹の柄の箒を取ってきて母親のところへ持って行った。

「ほんとにこの子は馬鹿なんですよ。打たれることがわかっていながら、こうしてちゃんと持って来るんですもの」

客が来ているとよけいに、豊はわざわざそんなことを言って聞かせ、そばに立つ息子を抱き寄せて憐れむように頭を撫でてみせた。

「早く逃げればいいのに、その箒をふりあげてもぼんやり突っ立っているでしょう。なお癪《しゃく》にさわって、打たないわけにはいかなくなるじゃありませんか。こう大きくなっちゃ、手で打つんではこっちの手が痛いばかしですからね」

客はたいてい同情の視線をよこしたが、大杉は内心、得意だった。〈馬鹿なんですよ〉という言葉に、わずかなりとも我が子を誇る響きが含まれているのを聞き逃さなかった。

吃音の多くは、成長とともに少しずつ治ってゆくと言われている。大杉のそれは治らなかった。丸亀から東京へ、新潟から名古屋へ、と移り住む日々の中でも治らなかった。

中学校を中退して入った名古屋の陸軍地方幼年学校時代のことを思い出すと、いまだに身体が強ばり、猛然と腹が立ってくる。あの頃、上級生たちはもとより士官や下士官までもがみんな敵だった。吃るのをからかわれ、争うと制裁を受けて、すぐに外出止めなどのいじめにあったのだ。

いまだに忘れもしない。北川という大尉がいて、どういうわけかこちらを目の敵にしていた。吃るくせに弁が立ち、おまけに腕っ節も強いのが気に食わなかったのかもしれない。行き合えば、一間《いっけん》も手前で立ち止まり敬礼をしているのに、じろじろと睨みつけてよこしては、やれ指先の位置がいけない、掌の向け方がどうのとケチを付け、服装などのあら探しをしては罰を与える。特にカ行で吃るのを知っていて、わざわざ皆の前で詰問されたこともあった。

「大杉！　今日の月は、上弦か下弦か」

下弦であることは知っていたが、うまく出てこない。おまけに「か」のその下に、もうひとつ「げ」が続くのだ。

軍人らしく即答するには仕方ない。

「上弦でありません！」

苦し紛れに言い換えた。

「では、何だと言うんだ？」

「上弦でありません！」

「だからそれは何だ？」

「上弦でありません！」

「貴様、ふざけているのか」

「いいえ、ふざけておりません！」

「上弦か下弦かと訊いている」

「上弦でありません！」

「わかった。明日は外出止めだ」

言い捨てて、北川大尉は皆が直立不動の姿勢を取っている間をさっさと立ち去った。どれだけ睨んでも足りない背中だった。

人というものはしかし、一筋縄ではいかない。やがて三年生となった大杉が、とあるいざこざから同期生に刃物で刺されたばかりか幼年学校を退校させられた、その後のことだ。一年上の田中という男がやはり喧嘩で退校処分となり、大杉の下宿に転がり込んできた。田中は伊勢の生まれだったため、その父親は同郷の北川大尉を訪ねて今後の相談をした。すると、こう言われたそうだ。

「大杉と一緒にいるんですか。それならちっとも心配は要りませんよ」

いったい北川が何を考えてそんなことを言ったものかはわからない。人は一面的なものではないと言ってしまえばそれまでだが、いまだに不思議に思う。

ただ、そういった二面性は大杉自身にもあって、豪放磊落《ごうほうらいらく》だの人を人とも思っていないだのと言われるわりに、じつはひどく内気で恥ずかしがりのところがある。子どもの頃からそうだった。少しのことですぐ赤くなるし、人見知りでもじもじしてしまう。

そんなことも手伝って、大杉は幼年学校を退校させられる前から、自分の適性に疑いを覚え始めていた。このさきの軍人生活に耐えうるかどうか。規律の厳しさなどより、そもそも尊敬も親愛も感じられない連中を上官として、彼らに服従してゆくことなどできるだろうか。それは服従ではなく盲従に過ぎぬのではないか。

自由への憧れは、厳禁されていた読書に耽溺すればするほど高まった。いま思えば他愛のない本ばかりだ。当時は新進の文学士による古文もどき、漢文もどきの文章が流行りだった。

ほとんどは忘れてしまったが、塩井雨江《うこう》という学者のような詩人のような人物の書いた文章の一片だけ、くっきり覚えている。

〈人の花散る景色面白や〉

心の中に眠っていた、幼稚だが奔放なロマンティシズムとでもいったものがその言葉に反応したのだろう。大杉は学友たちに向かって、

「君らは軍人になって戦争に出たまえ。その時には僕は従軍記者になって行こう。そして戦地でまた会おう」

そんな具合にうそぶいたりした。新聞記者にぜひともなりたかったわけではなく、ただ何となく文学をやりたいという気分があった。そうしてせっかく戦争にでもなったなら、それこそ〈人の花散る景色面白や〉といったような筆をふるってみたい……。

文学者にこそならなかったが、当時の想像は今、当たらずといえども遠からずといったところだろうか。大杉が盟友・荒畑寒村とともに主宰する『近代思想』は、ほんとうのことを遠慮なく書き過ぎ

るがゆえにしばしば発禁処分をくらうけれども、それもこれも結局は、あの頃憧れた自由を手に入れんがための行動だ。エスペラント語の学校を作ったについてもそうで、外国語ならばなぜか吃らないという個人的事情はさておき、熱意の中心にはやはり、あらゆる束縛や境界から世界を解き放ちたいとの思いがある。

母の思い出の残る新潟にも、父が暮らしていた静岡にも、ほとんど帰らなかった。名を挙げて故郷に錦を飾ることに興味がなかった。名前など、単なる記号に過ぎない。

〈人の花散る景色面白や〉

どこの誰に生まれたかはどうでもいい。人間の値打ちは、どのように生きるか――それ以上に、どのように死ぬかで決まるのだ。

あれは昨年の二月半ばだったか。「青鞜社」が主催した第一回公開講演会で、大杉は初めてその女を見た。

開会は昼過ぎだった。ひときわ寒い日で、神田青年会館の中も冷え込んでいたが、聴衆が続々と集まるうちに窓が曇るほどの熱気となっていった。

講演のプログラムには、生田長江、岩野泡鳴、馬場孤蝶といった文壇の大家たちが名を連ねていた。泡鳴とは正月の一日が初対面というまだ浅い仲だったが、その後『近代思想』の集会に顔を出してくれて、そこでかなり意気投合した。

ちなみに、馬場孤蝶に続いて名前の載っている女権運動家の岩野清《きよ》は、泡鳴の新しい細君だ。奥様然として小紋縮緬の着物に繻珍《しゅちん》の丸帯、大きい髷を聳立《しょうりつ》させているのが人混みの向こうにちらりと見える。泡鳴はその前年、ようやく正式に前の細君と別れて清子と一緒になったのだが、そこに至るまでにも芸者に入れあげたり、愛人との心中に失敗したり、親の下宿屋を引き継いだかと思えば樺太での蟹缶製造業がうまくいかなかったりと、生真面目な顔に似合わずなかなかに忙しい男だった。その忙しい人生を逐一小説にして、それで飯が食えるとは羨ましい限りだ。

あたりを見回せば、聴衆のうちには石川三四郎など知った顔も見える。主催者側は男性ばかりが多く来ることを懸念して、「男子の方は必ず婦人を同伴せらるる事」と告知していたが、見たところ女性は全体の三割程度にとどまっていた。

開会を待つ彼女らの顔はいかにものんびりとしている。呑気なものだ。前年暮れに西園寺内閣を倒して発足したばかりの第三次桂内閣は堂々と「思想弾圧政策」を掲げ、この講演会だって警察がいつ踏みこんでくるかわからないというのに。

十日あまり前に、大杉は秋田へ行って、獄内の同志・坂本清馬《せいま》と崎久保《さきくぼ》誓一《せいいち》に会ってきたばかりだった。彼らのひどく痩せた顔を思う。大杉が兄とも慕っていた幸徳秋水ら二十四名が、明治天皇の暗殺を企てたなどというでっちあげの罪で死刑判決を受けたのは、まだ二年前のことだ。坂本清馬たちは特赦により極刑を免れたものの、無期囚として秋田監獄へ送られた。

面会所の金網ごしに、清馬はまずこちらに最敬礼をし、続いて立ち会っている役人らに向かっても最敬礼をした。それから大杉に向かって弱々しい声で、社会学の本は無用であるから、仏教や文学関係の本が欲しいと言った。あれほど気性の激しかった男の蒼白くかさついた顔を見ているうち、涙が出そうになった。自分とて、あの大逆事件の起こったまさにその時にたまたま別の刑で収監されていなかったら、幸徳らとともに死刑となっていたか、良くて清馬や誓一と同じ運命を辿っていたはずなのだ。

物思いを破るように壇上から声が響く。いつのまにやら演壇に、小太りの女性が上がっていた。中年に見えるが声は若い。保持研と名乗った彼女はまず開会の挨拶をし、自分が本日の司会を務めると言った。

続いて名前を呼ばれた女が、

「ハイ！」

大きな声で返事をして立ちあがる。大杉は何気なくそちらを見やり、目を疑った。『青鞜』はなんと、女学生に喋らせるのか。

千人もの聴衆はもとより、取材に押しかけた記者たちまでがひしめく会場の中、いちばんに壇上へ上がってゆく彼女の背中はぴりぴりと張りつめていた。奥に掲げられた垂れ幕に向かってお辞儀をし、こちらへ向き直る。

いやはや、なんとまあ可愛らしい前座であることか。小柄でよく日に灼け、目鼻だちは異国の少女を思わせるほどくっきりとしている。これだけ大勢の人々を前に話すとはまたずいぶんな度胸だ。

司会者はさて、何と紹介していたか。ガリ版刷りのプログラムに目を落とすと、そこに彼女の名前があった。——伊藤野枝。どこの誰だ。

「あの子ね、わりあいに最近『青鞜』に加わったんですよ。お国は九州のほうだとか」

隣に腰掛けた妻の保子が、大杉のほうに身体を傾けて耳打ちをした。

「ほう、あの若さで『青鞜』にね」

「若いといっても、もう数えで十九と聞きましたけれどね」

「それだってかなり若いよ」

十九といえば、大杉よりもちょうど十歳下だ。保子から見れば十六、七も下ということになる。

「よっぽど優秀なんだろうな」

「さあ、それはどうでしょうかしら」

保子の言葉つきに苛立ちと揶揄が混じる。

「三つほど前の号に彼女の詩が初めて載ったんですけれど、ちょっと可哀想なくらいお粗末でしたわね。あれは、載せると決めた平塚さんがいけなかったと思うわ。落ち度と言ってもいいくらい」

「そんなに言うほど酷い出来だったのかね」

「ええもう、海鳥がどうしたこうしたと、まるで子どもだましの代物でね。あんなものを大まじめに載せていたら『青鞜』が軽く見られるばかりだし、私たちももうこれきり寄稿なんかしたくなくなることよ、って平塚さんには意見しておいたんですけれど。いったいあの子、今日は何を喋るつもりかしら」

眉をひそめて壇上を見あげる妻の横顔を、大杉は興味深く眺めやった。何がそんなに気に入らないのか、ああも若い娘に対する批評にしてはいささか辛辣に過ぎる気がする。女というのはわからない。この催しのように一致団結することもあれば、かえって女同士だからこそ反発し合うこともあるようだ。いや、それは男も同じか。

壇上の準備が整ったと見え、ざわついていた会場が凪の止むように静かになっていった。全員の視線が注がれる中、野枝は手にした原稿を広げた。

――じつのところ、講演会よりも前に発行された『青鞜』二月号に、彼女はその日の原稿と似通った内容の文章を載せている。それももちろん読みはしたが、今こうしてふり返る時、なお大杉の胸に新鮮に残っているのは野枝の肉声だ。

お辞儀をし、背筋を伸ばした野枝は、ひとつ息を大きく吸ってから声を張った。

「……『この頃の感想』！」

会場全体から、苦笑めいたさざめきが起こった。大杉も思わず噴きだしてしまった。題名からしてまさに女学生の作文だ。いま少しひねってみせても罰は当たるまい。

しかし野枝は、怖じずに続けた。

「私は――ついこの間まで、〈自己〉というものについて真面目に考えることがどうしても出来ませんでした。自己というものに対して、常に不忠実であり、また無責任極まることをして平気でいられました。それもつまり、自意識というものが欠けていたからです」

駄目だこりゃ、と隣を見やる。保子もまた、げんなりとした目配せを返してよこす。褒めてもいいのは声だけだ。元気でよく通る、明るい声をしている。

「当時、私の周りには、私の教育者と称する厳格な人たちが、絶えず私に向かって何やかやと試みていました。私はいつもその厳格な声に萎縮して、さまざまに矛盾したその人たちの声をも、いちいちもっともだと思って受け容れておりました。そして、いっさい考えることなく言われたとおり強いられるままに動きましたので、私の行動には一貫したものがありませんでした」

何度も音読して練習したのだろう、口調に淀みはない。読みながらずっとにこにこしているのは、肚が据わっているのか、それとも逆に緊張のため顔の筋肉が強ばってしまっているせいか。

「自意識のないものは、一生そうして人の意識で動いていなくてはなりません。そして、いちばん損をするのです」

と、野枝はそこで一旦言葉を切った。会場をぐるりと見渡し、人々がそれぞれに浮かべている冷笑を引っ込める頃合いまでしっかりと待つ。

「ですから……私はまず、教育される側の自覚に先だって、教育者の位置に立った人々から先に自覚をしてほしいと思うのです」

さらにひと呼吸おいて、続ける。

「女の自覚というのも、それとおんなじです。私は、女が無自覚なのもじつのところ、長い間の男による無意識な圧制が、女をそうさせてしまっているのだと思うのです。おさえこまれた女の自覚を、揺さぶり動かすのは重要なことですが、それに先だって、まずは男子から自覚してほしい。しかるのちに女の自覚が起こってくるのが、極めて自然ではあるまいかと思うのです。自覚のある男は、極めて少数です。いわゆる新しい男をもって任ずる若い人たちの間にさえ、女の自覚が苦々しいことだと思われたり、迷惑がられたりしている間は、まだ駄目です。私たちは、女の自覚を促すと同時に、より以上の力をもって、男の自覚をこそ迫りたい」

隣の保子はやれやれとあきれ返ったふうに首を振っている。聴いているのも恥ずかしいから早く演壇を降りてくれと言わんばかりだ。

だが大杉は、いつしか耳をそばだてていた。女学生女学生したあの姿を目で見てしまうから、人は彼女の話までも軽んずる。しかし先入観を取り払って、よく聴け。彼女が語る言葉そのものには一理も二理もあるではないか。

「とにかく、今現在の状態では、すべての女が男の意志のままに動いているというのが事実です。ある意味において、〈本当の女〉なんて全然いないと言ってもよいでしょう。しかし考えてもみて下さい。男だって、手応えも何もない玩具のような相手には、いいかげんに飽きが来そうなものだと思います」

大杉は、顔を上げた。一瞬、まっすぐに目と目が結ばれた気がした。が、錯覚だったようだ。野枝は、再び原稿に視線を落とすと声の調子を変えた。

「ところで――このごろ私はどこに行っても訊かれます。『青鞜社の方は結婚しないのですか』とか、

『新しい女は独身主義なのですか』とか……。私はそういうことを訊かれるたびに、激しい憤りを覚えずにはいられません。そして、そういう問いを発する人を大声で笑ってやりたくなります。いったい世間の人は、結婚ということについてどんな考えを持っているのでしょう。私には、結婚というものが馬鹿ばかしいことに思えて仕方がないのです」

隣の保子が身じろぎをする。大杉は、胸の前でゆっくりと腕を組んだ。

「覚醒した男女の恋は、目的や要求を含みません。夫だの妻だのという型にははめられない、あくまで自由な愛です。異なった自己を守り、異なった各自の生活を営みつつ、ある一面によって接触し、共同生活を営むのです。そうして相互に人としての権威を保ち、また尊敬を払うのです」

妻がため息をつくのを、大杉は片方の耳で聞いた。ずいぶん深いため息だった。

じつは、保子とは籍を入れていない。苗字も別姓のままだ。そのことについて書かれた随筆が、つい前月発行の『青鞜』の附録に、彼女の名で載っている。

附録の題名は「新らしい女、其他婦人問題に就て」だが、それに載った保子の文章の題は、「私は古い女です」というものだ。女が男と一緒になったなら通常は思想や感情とともにその姓も男に捧げるのが掟であるのに、なにぶん男がそれを受け容れてくれませんので、私は男の言うなりにもとの堀保子のままでいます、などと縷々《るる》述べられている。

種を明かせば、その随筆は大杉自身が妻のふりをして書いたものだった。昨今流行りの〈新しい女〉とやらを否定するわけではないし、むしろ大いに応援してやりたいとさえ思っているのだが、平塚らいてうに代表される女たちの頭でっかちぶりが可笑しくもあって、ちょっとからかってみたくなったのだ。

しかし驚いた。伊藤野枝自身が『青鞜』の社員である以上、あの随筆にはすでに目を通したはずだが、保子との間では男の自分が半ば強引に主張するかたちで選んだ夫婦のあり方を、まさかあのように幼げな女の口から堂々と肯定されようとは思いもよらなかった。何やら相聞歌《そうもんか》を返されているかのような心地になって、わくわくしてくる。我ながらいい気なものだ。

「私は、女たちが自分を知ろうとしないのが哀しいのです。なぜ、自分が怖いんだろう」

野枝の講演は続いている。

「今までの女は皆、意気地なしです。苦痛の内容を知らない臆病者です。怠け者です。つまらない目の前ばかりの安逸《あんいつ》や幸福を得たいがために、自己をすべて失った木偶《でく》ばかりです。そして、それらの女を教育する者もまた、同じ女なのです。私は女学校で教育を受けましたが、先生方は皆さん一様に、『幸福に暮らすには、置かれた境遇に満足するのがいちばん得策だ』と教えて下さいました。『自分の内心から起こるさまざまな要求は、ことごとく退けるべし』と教えてくれました。学科の勉強では、社会に立つために必要な知識を授けて下さるくせに、家庭に入っては世の中のことなど知るには及ばぬ、と教えられます。なんという矛盾した教え方でしょう。私は、そういう無知な……と言うのをあえて憚りませんが、そういう無知な教育者のせいで手足をもがれた、もしくはもがれてゆく、すべての女たちのために深く悲しみます」

きっぱり言い終わると、野枝は口をまっすぐに結び、原稿を折りたたんだ。

どうやらそれでおしまいのようだった。ようやく緊張が解けたのか、みるみる紅潮した顔でぺこりとお辞儀をして、すもものような紅いほっぺたのまま壇から降りてゆく。背が小さいので、降りてしまうともう人波に紛れて見えなくなった。伸びあがって見てみたい気持ちを、大杉はじっと我慢した。

続いて壇に上がった生田長江の演説はなかなか痛快であったが、次の岩野泡鳴のは今ひとつの出来だった。閃きに満ちた、といえば聞こえはいいが、単なる思いつきを屁理屈で固めたようにも聞こえ、おまけに途中で、自称〈メシヤ仏陀〉の宮崎虎之助が演壇へ駆け上がり、「君はたびたび細君をとりかえるそうだな！」などと怒鳴り立ててつかみかかるという騒ぎがあった。

それを生田が宥《なだ》めておさめ、間にピアノ演奏なぞがあり、馬場孤蝶の皮肉を織り交ぜた演説の後に、岩野清も喋った。内容はあったもののひどく長く、平塚らいてうの閉会の辞を最後に散会となる頃には、すっかり日が暮れ、街に電灯が輝いていた。

この講演会についての感想を、大杉は『近代思想』の三月号に書いた。生田、岩野、馬場の講演は寸評したが、野枝のことには触れずにおいた。

彼女についてまとまった文章を書いたのは、それから一年あまりが経った今年の五月号でのことだ。春先に、伊藤野枝訳で出たエマ・ゴールドマンの『婦人解放の悲劇』が良くできていたので、感じたままに〈近来の良書〉と褒め、もう少し踏みこんで正直な思いまで記した。平塚らいてうと引き比べて、〈寧ろ野枝氏の将来の上によほど嘱目すべきものがあるように思う〉と書いたのだ。

らいてうの人となりについて、大杉はほとんど知らない。ただ、彼女の生活や思想のおおもとになっているのが、若い時分から親しんだ禅の教えであることは知っていた。おそらく、らいてうが今のように婦人問題と関わり、多少は社会革命といったようなことを意識しながらも結局のところ独り自らを高めて自己革命にとどまっているのは、物事に強くこだわらず自分自身を空しくすることを是とする禅の影響ではあるまいか。そして伊藤野枝は、らいてうの影響を大きく受けて『青鞜』に関わるようになったにもかかわらず、その思想の先見性において、らいてうよりもずっと遠くまで歩いて行こうとしているように思えるのだ。

昨年のあの講演会の後で知って驚かされたのだが、なんと彼女は女学校時代の教師と同棲しており、九月には長男が生まれたという。演壇の上ではきはきと喋っていたあの時、すでに彼女の腹には子が宿っていたのだ。

　加えてあちこちから噂を聞かされるうち、大杉は、野枝についてほぼ大方の事情を知るようになった。

　激しい恋であったのだろうと想像する。そうでなければ、郷里での結婚をなかったことにしてまで男と同棲したり子を孕《はら》んだりはするまい。いやそれ以前に、あれだけの言葉を持つ頭脳明晰な女が、なまじっかな男との恋愛に身を投じたりするわけがない。

「わからんぞ」

　と、仲間たちは笑った。

「女というものはじつに愚かだからな。それも小利口な女ほど、つまらん男をつかんで苦労する」

　同志の堺利彦が大杉の家に遊びに来た時も、とりとめのない雑談を交わしているうちに評判だった『青鞜』の話題になり、そこから伊藤野枝の名前が出た。大杉が『婦人解放の悲劇』の出来映えを褒めると、

「きみはずいぶんあの若い娘さんのことを買っているんだな」

　面白がるような顔で堺が言った。

「そりゃそうでしょう。いよいよ本物が出てきたんだから」

「まあたしかに、文章はじつにたいしたもんだよ。十九、二十歳の女が書く文章じゃないな。男にもあんなのは少ない」

「もっとも、翻訳はかなり、ご、御亭主が手伝っているというふうに聞きますけれどね。しかしそれでも、た、たいしたものですよ。まあ、あの御亭主のもとでじっとしていられなくなるのも時間の問

題でしょう。かかか、か、賭けたっていい」

熱がこもると口が回らなくなるのはどうしようもなかった。

時間の問題、と思ったのにはわけがある。同じころ、野枝自らが『婦人解放の悲劇』にからめて『青鞜』に寄せた文章が、男の大杉が読んでも切実なものだったのだ。

エマ・ゴールドマンの言葉に導かれ、彼女は、〈『恋愛』は女子の唯一の道徳〉であり、〈いわゆる『結婚』は恋愛とはまったくその性質を異にしたものだということ〉をはっきりと自覚した。さらに、〈私のぶつかった問題はまた現今わが国の社会に生存する幾多の若き姉妹たちの問題〉であり、〈これは是非とも覚醒した自分等から実行し始めなければならない〉とも書いた。

しかしこれがなかなか簡単なことではない。恋愛と結婚の矛盾を深く考え始めるとどうしても、その根底に横たわる性の問題をはじめ、経済や倫理、その他さまざまの社会問題に目を向けざるを得なくなる。自分と連れ合いのTは〈出来るだけ自己に忠実に〉あることを努力しており、自分たちの生活の中から〈あらゆる虚偽を追い出し、自由にして自然な生き生きした生活を営もうと努めている〉。けれども、そうしていると不都合も生じる。自己に忠実でいながら周囲との間にできるだけ波風を立てまいとすると、社会との交渉を避けるしかなくなってゆくのだ。

それに続く野枝の独白めいた文章を、大杉はくり返し読んだ。


自分等のようにわがままでじきムキになって腹を立てたり、癪に障ったり、苦しがったり、落胆したり、するものにはとても今の社会に妥協して、あきらめて easy-going な太平楽をいって生きてはゆけない。全然没交渉な生活をするか、進んで血を流すまで戦って行くかどっちかだ。しかし自分等は軽はずみに飛び出して犬死はしたくない。で、イヤイヤながら我慢してまず今の処なるべく没交渉の方に近い生き方をしている。しかし自分等は自分等のように考えているものが勿論自分等ばかりではないと考える時、そこに非常な希望と慰謝とが与えられる。日本における最初の真実の革命の曙光がもはや遠からず地平の上に現われると信じている——否既に現われている。微かではあるが確かに現われている。自分等は決して落胆や絶望をしてはならない。

読めば読むほど、深く胸を打たれた。とくに、〈日本における最初の真実の革命の曙光が……〉との箇所では、こちらの胸をまっすぐに指さされている心地がした。

たとえばこれが、多少は年を取って世間を知った人間の書いたことならば、評価は逆だったかもしれない。理屈ばかりこねて行動の伴わない怠惰ぶりを、ただごまかそうとしているふうにしか読めなかったろう。

しかし、野枝は若い。子を産んだとはいえ二十歳そこそこの小娘だ。そのあまりにも真正直な小娘の中に、大杉は生まれて初めて、唯一の女の同志を見出す思いがした。

そうしてその印象は、夏の終わり、ようやっと渡辺政太郎に仲立ちしてもらって小石川竹早町の家で野枝と対面した時、ますます深まったのだった。

「ほんとうによくいらして下さいました。ずいぶん久しく前から、お目にかかりたい、お目にかかりたいと思っていましたの」

渡辺と大杉を家に上げると、野枝はにこにこしながら親しみ深い声で言った。始終にこにこするのはどうやら彼女の癖であり、その人間性から発せられるものであるらしかった。

大杉は、野枝が『近代思想』を毎号読み、社会主義についても思った以上に多くを勉強しているのに驚きと喜びを覚えた。何でもないことを話しているのに、その声はいちいち、胸の深くに届いて美しく響いた。話すたび、笑うたびに、白くて綺麗な歯並びが覗く。眉は濃く、目は大きくはないが栗鼠《りす》のようにくりくりとしていて、めまぐるしく変わる表情はどれだけ見ていても飽きなかった。

幾度も洗われ着古されて薄くなった浴衣が、若い母親の肉体にくったりと貼りついている。最初のうち、抱きかかえて無造作に乳を含ませていた赤ん坊が途中から渡辺の膝の上に移ると、彼女は改めて、いま会ったかのように大杉を正面から見つめた。

先ほど渡辺の訪う声に応えて玄関に出てきた彼女を見た時は、つい、あの〈女学生〉がたったの一年半でずいぶん所帯じみたものだ、と少しがっかりしたのだったが、よく見ればそんなことはなかった。髪はほつれ、生活の疲れが感じられはするものの、眼の光はあくまで強い。強いのに澄んでいる。

子を産んだばかりの女は、およそ子を産んだばかりの女にしか醸し出すことのかなわない聖性とでもいうべき空気をまとっているものだ。乳房の重みのためかおそろしくほっそりとした首筋の神々しさ、立ちのぼる清冽《せいれつ》な色気ときたらどうだろう。夏だのに荒れてかさつく指先が時折、やけに無造作に衿元をかき合わせる。あの汗の粒の浮いた胸もとに鼻を埋めてみたい、そうして乳くさい匂いを嗅ぎたい──罰当たりだがそう思わずにいられなかった。妻の保子との間に子はなくとも赤ん坊を抱く女くらい幾度も見てきたというのに、こんな不埒《ふらち》なことを考えるのは初めてだった。

野枝の文章の中に「T」と書かれていた夫・辻潤が帰ってきたのは、渡辺と三人で小一時間ばかり話した後のことだ。

急に、全部つまらなくなった。相手が決して馬鹿でないことはわかるのだが、野枝と話していた時にはまばたきのたびに得られた輝きや喜びが、辻に対してはほんの少しも感じられないのだった。

帰り道、大杉はたまらずに言った。

「あの亭主じゃ、だ、駄目だな」

「いやいや、まあそう決めつけなさんな。あれでなかなか頭の良い男なのだ」

ふだんから辻と親交のある渡辺は苦笑いしてたしなめたが、大杉の考えは変わらなかった。

「あんなのは、少々英語ができるってだけの愚図ですよ。なんで伊藤野枝ほどの女があんな男と一緒にいるのかわかりませんね」

格が違いすぎると思った。


雑誌を出しては発禁をくらい、出しては発禁をくらい、その合間に街頭で演説をしては警察と追いかけっこなどしているうちに、あっという間に月日は流れてゆく。

せっかく雑誌や新聞を編集しても、意地の悪いことに当局は、こちらが刷るまで待ってから差し押さえに来る。と、紙代、印刷代がまるごと無駄になる。このままではとても立ちゆかない。出せば出すほど苦しくなるばかりだ。

いったい何がいけない。奴隷のような境遇に甘んじている労働者たちに覚醒を促し、解放のために運動を推し進め、真の幸福について論じる。それらが、政府の支配からの脱却、すなわち無政府主義によってこそもたらされると訴える自分たちの運動は、なるほどお上にとっては業腹かもしれないが、だからといってなぜこうまで暴力的な弾圧を受けなくてはならぬのだ。人間に思想の自由はないのか。

野枝とは、最初に竹早町の家を訪ねていった夏の日から後も、何度か顔を合わせていた。会う時にはたいてい辻が同席しており、そうすると交わされる会話は他人行儀なものにならざるを得なかったが、それでも彼女は自ら申し出て、大杉が十月の半ばに『近代思想』のかわりとして立ち上げた『平民新聞』を当局の目から隠す手伝いをしてくれた。そればかりではない。創刊から三号続けての発禁による経済的窮状を見かねて、自分のところから紙を寄付してもいいとまで言ってくれたのだ。どうせ『青鞜』のほうでも紙は毎月買うのだし、それっぽっちのことなら何でもありませんから、と。どんなにありがたかったか知れない。

不条理には力の限り敵対してやる、と大杉は拳を固めた。自宅で開いた「サンジカリズム研究会」においても、この程度の弾圧にへこたれてなるものかと大いに咆《ほ》えた。サンジカリズム――訳せば、〈革命的労働組合主義〉となるだろうか。こういった勉強会をもっと盛んに開いて労働者たちの中に独立心を育てたいと願いながら、やはり何をするにも先立つものは必要となる。

追いつめられた大杉が、いよいよくさりきっていた時だ。

十一月号の『青鞜』に、その文章は載った。巻末の「編集室より」に野枝自らが、大杉らの運動についての所感を書いてのけたのだ。

大杉荒畑両氏の平民新聞が出るか出ないうちに発売禁止になりました。あの十頁の紙にどれだけの尊いものが費やされてあるかを思いますと涙せずにはいられません、両氏の強いあの意気組みと尊い熱情に私は人しれず尊敬の念を捧げていた一人で御座います。

世のあらゆる新聞雑誌が『平民新聞』の発禁について口をつぐみ、存在さえ黙殺しようとしている中、女性の身で堂々とこのような同情と共感を寄せてくれる――大杉は、何よりもそんな野枝の心意気に痺れる思いがした。

ちょうど彼女は、平塚らいてうが恋人とどこやらへ静養に行くにあたって、かわりに『青鞜』の編集を預かったばかりであるはずだ。それでなくとも微妙な時期に、官憲が目を光らせている連中をかばうかのような文章を書くなど、いったいどれほどの勇気と覚悟が要ったことだろう。

さらに彼女は、その翌月の『青鞜』十二月号にもこう書いた。


私はまだソシヤリストでもないしアナアキストでもない。けれどもそれ等に対して興味はもっている。同情も持っている。……私は彼等の横暴を憤るよりも日本におけるソシヤリストの団結の貧弱さを想う。あの大杉、荒畑両氏のあれだけの仕事に、何等の積極的な助力を与えることも出来ないあの人たちの同志諸氏の意気地なさをおもう。……更に私達婦人としての立場からそれ等の主義者の夫人たちがもっと良人に同化せられることを望む。夫人は同志の結合が良人達の団結をどの位助けるものかということを考えられるならばもう少し広い心持ちになられてほしい。私が今迄直接間接に聞き知った夫人達の行為はあるいは態度はあまりにはがゆいものであった。


もう何度目ともわからぬ戒めを、大杉は自身の胸に呟いた。

(――駄目だ。ならぬ)

声に出さない限り、タ行もカ行も吃ることはない。

(彼女に、恋をしてはならぬ)

それは、初めて訪ねてゆく前から決めていたことだったはずだ。野枝に対する感激や親密な気持ちが増してゆくたび、ますます強く深く決めていたことだったはずだ。野枝に会い、どれだけその小さな顔や耳に快い声を愛おしく思ってもなお、いよいよきつく自分を抑えてきた言葉だったはずだ。

独り身ならばまだしも、彼女には夫がある。大杉自身、何度か話すうちに辻潤のことは初めの頃より見直していたし、今となってはいくばくかの友情に近いものも感じ始めている。野枝はその男の細君なのだ。

そして大杉にも妻がいる。籍こそ入れていないが、これまで幾度にもわたって大杉が投獄されるたび、不平不満などひと言も口にせず支えてくれた優しい女だ。

昨春、堺利彦に野枝の話をした時のことを思い出す。あの日、茶を出した保子はいつもそうしているように二人の男の間に座り、とくに口を挟むことなく耳を傾けていた。彼女は、堺の死別した妻の妹だ。気安い仲だけに堺は、大杉が野枝を褒めるのを聞くと、言わずもがなの軽口を叩いた。

〈やあ、危ない、危ないぞ保子。この男には気をつけたほうがいい〉

〈馬鹿なことを〉

大杉は笑って取り合わなかったが、ふだんなら男の戯言など軽く聞き流す保子が、あの時はふいに目を強く光らせた。

〈あなたがた、へんなこと言うもんじゃありませんよ。あちらのご夫婦だって、ずいぶんと深い恋愛の末に結ばれたそうですし、そうそう易々と別れたりするものですか〉

〈いやいやわからんよ、男と女のことは〉と、堺が食い下がる。〈あのおとなしげな御亭主だって、今に弊履《へいり》のように棄てられる運命かもしれない〉

大杉は思わず失笑した。

今は亡き幸徳秋水が、ロシアで〈革命の祖母〉と呼ばれているブレシコフスカヤの伝記を訳したことがあり、ブレシコフスカヤが夫を棄てて革命運動に走ったというのを「彼女は弊履のごとく夫を棄てた」と書いた。もはや使いものにならぬ履きもの。以来、「弊履のように」というのが、仲間うちだけに通じる流行り言葉となっていたのだ。

〈いいかね保子、ほんとにこの男は女に甘いからね。大いに気をつけないと〉

堺はまだしつこくそんなことを言い、天井を向いて呵々大笑《かかたいしょう》した。

あの日の妻の、尖ったガラスのように光る目を覚えている。

だが彼女も、そしてむろん堺も、いや仲間たち全員が、男女の恋愛における大杉の主義主張をよく知っているはずだった。すなわち、〈自由恋愛〉——愛さえあるならば男も女も何人の相手と交渉を持ってもいい、互いに束縛し合わない、という考えだ。

大杉自身は大まじめに主張しているのだが、相手が受け容れてくれなければ仕方がない。保子とは、もうかれこれ八年にわたって穏やかな一対一の夫婦生活が続いている。大杉がたまに軽く遊んでもいちいち目くじらを立てる女ではないし、夫婦仲は至って円満と言ってよかった。

熱烈な恋など、保子へのそれを最後にずいぶん長くご無沙汰だ。もう死ぬまで二度とめぐってこないかもしれないが、べつに困らない——。

いまふり返れば、あの時点では高をくくっていたのだった。いよいよ覚醒しつつある野枝が、辻潤から離れるのは時間の問題だろうという予感はあったものの、そこに自分が積極的に関わるつもりはなかった。野枝への興味と親愛の情は、お互いにお互いの思想に共鳴し、人となりや才能といったものに感激し合っているという意味においてあくまで男女間の友情であろうと思っていた。

それが恋へと変貌してゆく可能性を、まるきり想像しなかったわけではない。が、下手をすればすべてを失う。得がたい異性の友人としての彼女も、まだ未熟だが異性の同志となるかもしれない彼女も、どちらもいっぺんに失ってしまう。両方を手に入れられる道が一つだけあるにはあるが、あえて冒険をするほどの勇気はなかった。

世の中がそう甘くないことは身をもって知っている。そもそも、自分にはもっと他にしなくてはならないことがある。山ほどある。

（――そうだ。この先何があろうとも、断じて彼女に恋をしてはならぬ）

大杉は、決意を再び心にくり返した。

今、野枝に対して抱いているこれは、違う。あくまで純粋な感謝だ。そして感動だ。恋などでは、ない。

＊

亀裂は、大正四年（一九一五年）一月の終わりにもたらされた。

きっかけとなったのは足尾銅山の鉱毒事件だった。辻家に親しく出入りしていた渡辺政太郎・八代《やよ》夫妻によって、野枝は初めてそのあらましを知らされたのだ。

いざ詳しく聞いてみれば、事件の発端そのものはずいぶんと昔、野枝が生まれるより前から進行していたことだった。

明治の二十年代にはもうすでに、利根川の支流、渡良瀬川《わたらせがわ》の流域は足尾銅山から流れ出る有害物質によってひどく汚染されていた。草木は枯れ、魚は死に絶え、毎年のように川が氾濫するたび被害が広がってゆく。作物は育たず、まれに育っても食べることはできない。その洪水も、もとはといえば鉱山付近の樹木が、乱伐や、あるいは鉱毒によって枯れ果てたことによって起こるものだった。栃木、群馬、埼玉、茨城、千葉の五県と東京府にわたる、合わせて五万町もの田畑が洪水のせいで毒水に浸かり毒土と化して、およそ三十万にのぼる農民が路頭に迷ったという。

中でももっとも深刻な被害を受けたのが、栃木県の最南端、渡良瀬川流域の谷中村《やなかむら》だ。村民たちは、旧名主であった田中正造代議士の指導のもと一致団結して闘争を続けたが、当時の農商務大臣の次男が当の鉱山主の養子に入っていたことなども手伝って問題は膠着《こうちゃく》し、いよいよ田中翁が天皇陛下に直訴するという事態となった。

その後も洪水は毎年起こる。川が溢れるたび、鉱毒の問題は蒸し返される。

対処に困った政府はとうとう、村を水の底に沈めることにした。有害物質をその貯水池に沈殿させるために、村民たちに立ち退きを命じ、明治四十年にはそれに応じなかった家々の強制破壊を始める。

本来ならばまず村民に別の住まいを用意しておいてから家を壊すのが筋であろうに、政府のやり方はあまりにも一方的だった。悲憤に燃えた村民が、そちらがその気ならどうでも動かぬと頑張ると、政府はこれまた強硬手段をとった。堤防工事の名のもとに、わざと堤防を壊し洪水を起こすなどして、ますます土地を汚染させたのだ。

渡辺夫妻が辻の家でその話をしたのは、ちょうど最後の最後まで頑張っていた村民たちの一人が上京してきて、今の村の姿を見ておいてほしいと訴えているからだった。事態を止めることはもうできない。せめて政府の横暴を世に知らせるために、死にゆく村の姿を目に焼き付けてもらいたい、そうして一人でも多くの人に真実を伝えてもらいたいということらしい。

「……なんてひどい」

夫妻から一通りの話を聞くと、野枝はあまりの衝撃に泣きだしてしまった。これほどのことを、自分はどうして今まで知らずにいられたのだろう。

「世間の人たちはいったい、何をしているんですか。そんな横暴な話をなぜ捨てておくんです」

「その通りなんだが、この事件そのものはもう三十年もの昔から燻っていたことですからねえ」

渡辺は、妻と顔を見合わせながらため息をついた。

「初めのうちこそ皆、問題意識を持って一緒に闘ったり見守ったりしていたんですよ。田中正造翁の直訴の時なんか大ニュースだった。けれども、さすがに今となっては、ああそんなこともあったな、まだやってたのか、ぐらいにしか思わない人がほとんどでしょう。実際問題として、ここまで来たら何をどう変えることもできやしません。最後まで残った村民たちだってそのことはわかっていて、ただ、退き際を決めかねてるんです」

この春の雪解けを待って、村は水底に沈む。運命はもはや変えられない。

状況は理解できたものの、野枝はどうしても許せなかった。いったい人の心を何だと考えているのだ。いくら住めない土地だからって、物事にはやりようというものがある。汚染されているのは政府の役人どものほうだ。

「ああ、悔しい」

渡辺夫妻が帰っていった後も、野枝の義憤はおさまらなかった。怒りがやや落ちついてからは、今度は物寂しさに襲われて気持ちが落ち込んだ。

「ねえ、本当にもう手のだしようはないのかしら。私たちにできることは何かないのかしら」

波立つ思いを、同じ部屋で机に向かっている辻にぶつけてみる。

昨年の暮れ、彼が長らく翻訳を続けていたロンブロオゾオの『天才論』がついに出版された。おかげでこの正月は久しぶりに、というより二人が同棲をするようになってから初めて、金銭的に潤い、義母の美津や義妹の恒も見たことのないような明るい顔をしていた。ペン先すらも買えなかった時であればともかく、今なら、困っている人のために何かしらの行動を起こせるのではないか。

しかし辻は、不機嫌そうな顔を野枝へ振り向けると、突き放すように言った。

「まだそんなことを考えていたのか。いくら考えたって、今さらどうにもなるもんか」

「そんなのは私だってわかってます。だけど、それでも考えずにはいられないから考えてるんじゃありませんか」

不機嫌な気分が、たちまちこちらにも伝染する。腹が立つと言葉つきが他人行儀になるのは野枝の癖だ。

「お前だって、人のことよりもっと考えなきゃならないことがうんとあるだろう」

「それはそうですけれど」

「同情なんか誰にだってできる。お前のそれは、ただの幼稚なセンチメンタリズムだよ」

言い捨てられ、野枝は言葉を失った。この瞬間、辻が、ふいにとてつもなく冷たい男のように思われた。

彼の個人主義はよく知っている。だが、自分にとって長年尊敬の対象だったその考え方が、今はなぜかただ利己的なものにしか思われなかった。

「人のことだからって、余計な考え事だとは限らないでしょう」

いつになく低い声が出た。

「みんな同じ、生きる権利を持って生まれた人間なんですから。人が受けて困るような不公平は、いつか自分にだって降りかかってくるんですよ」

「そうさ。だがな、野枝。今の世の中で、満足に生活してる人間なんかどれだけいると思う。皆それぞれ自分の生活に苦しんでるっていうのに、それに加えて他人のことまで気にしていた日にはきりがないじゃないか」

「でも、だって、可哀想じゃありませんか」懸命に食い下がる。「さっきの話を聞いて、あなたは何も感じなかったんですか」

「そりゃあ、世間にはずいぶんと可哀想な目にあってる奴らもいるさ。それこそ谷中村の連中のようにね。しかしそういう奴らは要するに、意気地がないからそんな目にあうんだよ。そう思っておけば間違いない」

「……今、何て？」

「意気地がないから馬鹿を見る、と言ったんだ。だってそうだろう、自分をしっかり持ってさえいれば、理不尽なことなんぞさっさと拒めばそれで済むんだから。世の中正しいことばかりとはいかないが、だったらなおさら、誰もがそれぞれに事態をちゃんと把握して、しかるべき行動を起こせばいいんだ。谷中村の人たちだって、わずかばかりの人数で頑張ったところでどうにもならないってことはわかりきってたはずだろう。わざわざ望んで今の深みにはまりに行ったようなものじゃないか」

野枝は、自分の膝に目を落とした。一の食べこぼしで、前身頃にはいくつもの染みがついている。その染みの上で、拳を握りしめる。

「あなたは、ご自分が利口だからそう言えるんでしょうけど、そういう理屈が解る人ばかりじゃないんですよ」

「ああ、そうさ。世渡り上手な連中は、とっくに買収に応じて村を出ている」

「そうでしょうね。そうして、何も知らない人こそが苦しむんです。いちばん正直な人ほど、いちばん最後まで苦しむようになっているんです。それを思うと、私は可哀想で仕方ないんです。ただそれだけですよ」

「可哀想だとは、俺も思うさ。物事がわかっていない馬鹿はほんとうに可哀想だ。自分で生きてゆくことのできない、人に頼るしかない馬鹿。俺はそんな人間に同情する気にはとてもなれないね」

野枝は、黙り込んだ。辻の言葉が頭の中にあふれて、自分の言葉が出てこない。

違う、と言いたい。あなたは何か大きく間違っていると言ってやりたい。それなのに、どこがどう間違っているのかうまく言えない。もどかしい。

　辻が、なおも続ける。

「なあ野枝。明日になったら、もう一度考えてごらん。今は渡辺さんたちの話に興奮して、冷静な判断ができなくなっているんだよ。言ってみればおセンチになってるだけさ。一晩眠って明るいところで考えたらきっと、今そうやって俺に腹を立てていることさえ馬鹿ばかしく思えるはずだから」

「……ひどいのね」

「いや、ひどくない。だいたい、子どもの面倒さえろくに見られない、そんな垢じみた着物を毎日着て平気でいるようなお前が、今さら急に足尾鉱毒事件だって？」

　辻は、鼻と口からふっと息を吐いて嗤った。

「まずは、自分の身の回りのことをきちんとやったらどうだ」


　その夜は、眠れなかった。床に入ってからも頭が冴え冴えとして、とうとう柱時計が三時を打つ頃まで、暗がりに目を見ひらいて物思いの底に沈んでいた。

　さまざまな考えの断片が頭の中に浮かびあがってきては消える。辻に言い返してやりたかったのに言えずにいた言葉も、今ごろようやく形になり、そうすると悔しさが募って心臓が激しく脈を打った。何より、哀しくてたまらない。すぐ隣で軽いいびきをかいている良人が、この世でいちばん遠い他人のように思われてくる。

　障子の外が明るんでから、ようやく浅く眠ったようだ。一を義母に預けて印刷所へ出かける合間にも、ふと気づけば昨夜のことを考えているのだった。

　誰かにこのことを話したいと思ったが、かつてのように隣に野上弥生子が住んでいるわけではないし、こんな時いつも頼りにしていたらいてうもいない。恋人の奥村博とともに御宿《おんじゅく》へ行ってしまった。そうでなくとも、昨年の十一月、野枝の側から半ば強引に申し出て『青鞜』の発行権を譲り受けてからは、互いの間になんとなくぎくしゃくした空気が漂っている。

相談できる相手が誰も思いつかなかった。誰に話したところで、辻と同じように鼻で嗤われるのが落ちのように思われた。

いや――一人だけ、いる。今のこのやり場のない怒りと哀しみを、もしかすると理解してくれるかもしれない人物が。

その相手からは折しも、絵はがきが届いたばかりだった。ポーランドに生まれドイツで活躍した革命家、ローザ・ルクセンブルクの写真入り絵はがきだ。

野枝は、それへの礼状という体裁で手紙を書くことにした。辻のいる家ではとうてい書けなかったから、印刷所の片隅で一気呵成に書いた。

――このあいだは失礼致しました。それから絵はがきをありがとうございました。大変いい写真でございますね。おとなしい顔をしていますのね。すっかり気に入ってしまいました。

当たり障りのない挨拶の言葉を書き綴りながら、こんなことを書きたいのではない、と奥歯を嚙みしめる。

――今までもそれから今もあなた方の主張には十分の興味を持って見ていますけれど、それがだんだん興味だけではなくなって行くのを覚えます。

いよいよ本題に入ると、ペン先に我知らず力がこもり、便箋の凹みが深くなる。野枝は、一心不乱に書き続けた。渡辺政太郎夫妻から、初めて谷中村の現状について話を聞いたこと。あまりにも感情を揺り動かされ、どうにも収まりがつかないというのに、良人の辻は、未熟な自分のそうした態度をひそかに嗤っているらしく思われること。

――私はやはり本当に冷静に自分ひとりのことだけをじっとして守っていられないのを感じます。私はやはり私の同感した周囲の中に動く自分を見出して行く性だと思います。その点から辻は私とはずっと違っています。この方向に二人が勝手に歩いて行ったらきっと相容れなくなるだろうと思います。私は私のそうした性をじっと見つめながら、どういうふうにそれが発展してゆくかと思っています。あなた方のほうへ歩いてゆこうと努力してはいませんけど、ひとりでにゆかねばならなくなるときを期待しています。

少し迷って、付け加えた。

――無遠慮なことを書きました。お許し下さい。

そのあとも、書物のことや、つまらない言い訳など、あれやこれやと長く書き綴り、最後にはよけいな文章まで添えてしまった。

――そのうちに一度お邪魔にあがりますが、あなたも何卒、こんどは奥様とご一緒にいらして下さい。奥様にはまだお目にかかりませんけれど何卒よろしく。

相手はこれを、どんな顔で読むだろう。もしかするとこちらの本心など、とっくに見透かされているのかもしれない。いつのまにか自分の気持ちが、相手のすぐそばにまで寄り添っていることを思い知らされる。

辻とは、一つ屋根の下で三年、すでに日常の会話さえ途絶えがちになっている。もともと口が達者でない辻が、今さら女房を褒めるわけがないこともよくわかっている。それをつまらないと思うのは贅沢だ。男にちやほやされて大切なことを見失うのは、木村荘太の時の失敗でもう沢山だ。

何度も胸の裡でそう思うのに、心の底からそう思っているのに、野枝はどうしてもひとつの顔を思い浮かべずにいられなかった。

ぎょろぎょろとした黒曜石の瞳。大きくて少しだけ曲がった鼻と、頑丈そうな顎、たくましい首。あの、すぐに吃る男が自分へと向ける闇雲な賞賛を、もっともっと聞きたい。うわべだけの甘い囁きとは違う。彼の口にする言葉は野枝を、今のその先に繋がる世界へと導き、押し出す力をもっている。彼自身が、野枝にとっては強い潮の流れであり、帆をふくらませる風なのだ。

手紙の最後に署名をしようとして、野枝は手を止め、意を決して書き加えた。

――なお、『青鞜』二月号を送りますときには新聞を少し入れてやろうと思います。三、四十部お送り下さいませんか。お代は月末にお払いいたします。

毎号の『青鞜』定期購読者への封筒に、彼の『平民新聞』も同封して送ろう。街角で配っては捕まり、没収されては発禁処分に遭うのだ。せめてこんなことが協力になるならいくらでもしよう。

むろん、危険ではある。当局に知られれば、『青鞜』にまで火の粉が降りかかる。それにもし、自分のこのような心の動きを良人の辻が覚ったならどういった行動に出るだろう。少しは荒れるだろうか。それとも例によってすっかり醒めた様子で、静かに別れよう、とでも言うだろうか。

野枝にはもう、何の迷いもなかった。大杉のために、否、大杉が信じるもののために自らも危険を冒してみせることこそが、彼のような男を喜ばせるいちばんの供物《くもつ》であるとわかっていた。

第十一章　裏切り

子どものような男――。

良人・大杉栄と出会った日に堀保子が抱いた印象は、それから十年ほどが経とうとしている今でも変わっていない。

子どもだから、ひたすら甘える。

甘え方を知らぬから、がむしゃらに求める。

初めの時、ほとんど手籠めと変わらぬほどの強引さで自分を奪った男を、保子はなぜか、憎いと思えなかった。少し前まで獄中にいた彼の痩せた軀を、姉のような寛容さで抱きとめている自分が不可思議でならなかった。

眼がぎょろりとして満面に精悍《せいかん》さのあふれる大杉は、気性もまた強く激しい男だ。万事にはっきりとした答えを求める。心にもないお追従《ついしょう》を口にするところなど見たことがない。どれほど年上の相手であれ、意見が違えばぶつかることを躊躇わず、言《げん》のほころびを追及して叩きのめしてしまわねば済まない。そのぶん敵は多くなるけれども、一方で慕う者もまた大勢いるのは、彼の持つ天衣無縫な性質と、弱き者への並々ならぬ優しさのためだった。

初めて会った当時――というのは明治三十九年（一九〇六年）の三月初めのことだが、保子は婚家から出戻ったばかりで、亡き姉の夫である堺利彦の家に厄介になっていた。麴町元園町のその家には、先に荒畑寒村も居候していた。

保子が前年まで五年ほど連れ添った小林助市は、堺の友人であり、彼の主宰する『家庭雑誌』の共同経営者でもある。もともと保子もそこで編集や執筆をしていたのだが、結婚話は自分の意思ではなかった。義兄である堺の勧めや周辺の事情からどうにも断りきれなくなり、とにもかくにも嫁いでみたというのに近い。破綻したのも当然だったかもしれない。

その堺宅に、ある日やって来てしばらく泊まり込むことになったのが二十二歳の大杉だった。堺が新たに発刊する雑誌『社会主義研究』の手伝いという名目だ。

社会主義運動に身を投じて間もない青年にとっては、雑誌作りやビラ配り、デモなどのすべてが刺激的であったろう。大杉のハイカラ、略して〈オオハイ〉などとあだ名されるほど洒落者の彼が、玄関の引き戸を開け、油で撫でつけた頭をひょいとかがめて部屋に入ってくるたび、剣呑《けんのん》な眼がぎょろりと光る。そのくせ、こちらと視線が合えば目もとに陽が射したように表情が和む。まるで、乱暴者だが情のある弟を持ったかのようで、ほどなく保子は無意識のうちにも大杉の帰りを待つようになっていった。

折しも、東京の三つの電車会社が、運賃を三銭から一気に五銭へ値上げするとの計画が発表された矢先だった。幸徳秋水や堺利彦らによって結党されたばかりの日本社会党は、即座に反対運動を起こし、山路愛山《あいざん》の国家社会党、市民派の田川大吉郎などと共同で、日比谷公園での市民大会を計画した。

三月十一日、当日は小雨がそぼ降るあいにくの天気だったが、千人もの群衆が「電車値上反対」の幟《のぼり》や赤旗をかかげて集まった。反対決議が採択されたあと、堺の呼びかけに応えてデモ行進に参加した百数十名の先頭には、山口孤剣《こけん》や深尾韶《しよう》、西川光二郎といった面々とともに大杉も立ち、有楽町の東京市街鉄道会社を皮切りに各新聞社前へと押し寄せ、その様子は当然ながら翌日の見出しに大きく取り上げられた。

問題はしかし、この後だ。十一日の首尾に勢いづいた堺らは、続く十五日にも同じく日比谷公園で第二回の市民大会を開いたのだが、同じように決議の後で公園から出ていったデモ隊は、今度は行進だけで済まなかった。興奮した群衆が電車会社の窓ガラスに石を投げる。そこへ線路工事をしていた労働者なども合流して暴徒と化し、騎馬警官にはツルハシで対抗。夕刻、日比谷や外濠で七台ほどの電車が焼き討ちに遭うに至って、とうとう軍によって鎮圧されたのだ。

この「電車事件」で、社会党の主要党員十名が〈兇徒聚《きようとしゆう》集罪容疑《しゆうざい》〉により拘引された。その中には大杉もいた。皆は群衆が投石などを始めた時は煽るどころか止めさえしたのだが、当局は聞く耳を持たなかった。逮捕の翌日に警視庁へ送られ、さらにその翌日収監されるまでの二日半の間、食事はいっさい与えられなかったというからひどい話だ。社会主義者というだけで、人として最低限の権利すら保証され得ない。

保子は、獄中の大杉に葉書を送ったり、着物や本や弁当などを差し入れてやった。素直に〈堀保子〉と書くのは気が引けたのと、同時に気の利かない感じもしたものだから、〈堀ナツメ〉の名で差し入れた。可愛がっている飼い猫の名前だった。

六月二十一日、大杉は、七月の判決を待たずに保釈となって出てきた。入獄から三カ月でだいぶん痩せ、それでなくとも大きな眼がなおのことぎょろぎょろしていた。

保釈金の百円を父・東から借りて支払った彼は、再び保子のいる堺宅に寄宿するしかなかった。堺の娘・真柄《まがら》や後妻の為子、もとからいる荒畑寒村、そこへ大杉のすぐ後から拘留百日で出てきた深尾韶が加わると、それはそれは賑やかな日々となった。

大杉は、今のうちにと吃音矯正の「楽石社《らくせきしゃ》」に通い始めた。

「演説会や市民大会で、堺さんや、た、たたた田川さんらが堂々と話すのを見ていて、思ったんです。なんとかして俺も、こ、こここの癖を直したい」

アジビラなどの原稿を家で作成する傍ら、大きなギョロ眼を白黒させながら、

「かっ、亀が、か、カチカチ山で、かっかっ駆けっこをして、かかか脚気《かっけ》にかかって、かか、かっ葛根湯を飲んで……」

一生懸命にカ行の発音練習をする彼を、保子は微笑ましく見守った。


深尾韶からの好意に保子が気づいたのはそれから間もなくだ。静岡出身、駿府城内の旗本屋敷の生まれだという深尾は、保子より一つ年下で、社会運動家というよりはむしろ教育者といった雰囲気の男だった。物言いは穏やか、女性に対しても常に労りと理解がある。

「いいんじゃないか。この際、深尾と一緒になるというのも」

堺がそう言った時、保子は、前の縁談の時ほどいやな気持ちはしなかった。このままいつまでも義兄の厄介になり続けるわけにはいかない。出戻りの自分には過ぎた縁ではないのか。

七月も半ばにさしかかり、じっとしているだけで汗ばむほどの暑さが続いていた。

「どこか涼しいところへ行こうじゃありませんか」

そう誘ったのは深尾で、提案された行く先は富士登山だった。ついでに郷里の実家にでも連れて行こうというのかもしれない。案の定、向こうで彼の妹も合流するというので、保子は承知した。ふだんの深尾にしてはずいぶん努力した感のある強引さが、この時は好もしく思われた。

旅の仕度をととのえていた晩のことだ。堺は奥の間にいたが、深尾は何かを買いに出て留守だった。

「か、か、亀が、かか、カチカチ山で……」

保子の背後、部屋の隅から大杉の呟きが聞こえてくる。

「か、かか駆けっこをしてかっかっかっ……。く、くそう」

相変わらず微笑ましくはあるけれども、何かこう、努力の方向がもったいない気がしてならない。

保子はふり返り、思いきって言ってみた。

「かまやしないじゃないですか。無理に直さなくたって」

すると大杉は、手にしていた教材から顔を上げてこちらを見た。

「いや、駄目なんですよ。俺は、こ、こう見えて気が小さいもので……人前でひどく吃って笑われたりしようものなら、もういけない。真っ赤になってその先を喋れなくなってしまうんです」

もごもごと訴えて、うつむく。その耳の縁がすでに赤い。

「こ、こんなふうじゃ、いくら演説をしたって、聴衆があきれて、き、聴いてくれないでしょう」

「いいえ。そんなことあるもんですか」

保子はきっぱりと言った。いつもは威勢のいい〈弟〉がしょんぼりしているのが可哀想でならなかった。

「むしろ、逆だと思うわ。大杉さんみたいな人が立て板に水で滔々《とうとう》と喋ったりしたら、かえって胡散《うさん》臭《くさ》く思われるんじゃないかしら」

「ど、どうしてです。胡散臭いとは心外だな」

「だってあなた、お顔立ちが派手だし、女性に好かれなさるでしょ」

大杉が、う、と黙ってまたしょげる。それはもう、しょげるしかなかろう。そもそも三月の初めに彼がこの家に泊まり込むようになったのは、堺の手伝いと同時にもう一つ別の事情があった。それまで世話になっていた下宿の女将と懇ろになってしまい、手を切るのに苦労していたのだ。二十も年上の女将が大杉との関係に執着するのを、間に入って、いいかげん分別をわきまえるようにと言い聞かせてやったのは他ならぬ保子だった。頭の上がろうはずがない。

「ね、そんなふうに黙って座っていたって、女のほうがほうっておかない。そういう殿方は、あんまり雄弁じゃ駄目なんですよ。つっかえながら喋るくらいでちょうどいいんです。そのほうがみんな安心して耳を傾けてくれますよ」

保子は、懸命に言ってやった。

「だいたい、誰の演説よりか、大杉さんの言葉は強いものを持っているんですから」

と、大杉がおもむろに顔を上げた。

「……っ、強い？」

「ええ」

「……ほんとうに？」

「嘘なんか言うもんですか」

「だ、誰の演説よりも？」

「ええそうよ」

「堺さんよりも？」

保子の心臓が、びくんと魚のように跳ねた。当の堺は奥の間にいる。このやり取りが聞こえていないとは限らない。

迷ったものの、大杉の眼に負けた。保子は声を低めて答えた。

「ええ。お義兄《にい》さんよりも、ずっと」

それからひと月あまりたった八月下旬には、大杉と結婚をしていた。二十四日だった気がするが定かに覚えてはいない。何しろ籍は入れず、名前も別々のままだった。

てっきり深尾韶と一緒になるものだと思い込んでいた周囲は驚きを隠さなかったが、何を訊かれても、保子にはうまく答えられなかった。この成り行きにいちばん驚愕していたのは保子自身だったからだ。

あの富士登山の後、実家に滞在する深尾兄妹より先に、保子一人が堺宅へ戻ったのが八月十六日。同じころ名古屋では演説会が開かれていたから、そちらへ出向いている大杉はまだ留守であろうとばかり思っていたのに、帰ってみると家にいた。前日に切り上げてきたとかで彼も一人きりだった。

いつも以上に眼をぎょろつかせながら、大杉は保子に詰め寄った。

「深尾さんとはもう、男と女になったのか。おい、なったのか」

これまでは常に守っていたはずの敬語など、どこかへ飛んでいた。

「そんなはずがないでしょう。二人きりになんて一度もなってやしませんよ」

憤慨して言い返すと、大杉はたちまち泣きだしそうな顔になった。

「よかった。思いきって、か、帰ってきてよかった。こ、こ、これであなたを俺のものにできる」

まさかそのために、と訊き返すより先に、保子の身体はたやすく組み敷かれていた。

それでもすぐに結婚を承知したわけではない。大杉は電車事件でまだ保釈中の身だが、同志たちの間では将来を嘱望《しよくぼう》されており、何より保子より六つも年下だ。例の下宿屋の女将を見てもわかるように年上が好みというだけだろう、自分のような下ぶくれの不細工な女に手を出したのもただそれだけのことに過ぎぬのだ、だから本気にしてはいけない、うっかり承諾でもしたら恥をかくのは自分のほうだ……。

頑なに結婚を拒み続ける保子の前で、大杉はこともあろうに自分の着ている浴衣の裾に火をつけた。そうして保子が悲鳴をあげながら消そうと慌てふためくところへなおも迫った。

「どっ、どうだ！」

「どうだと言われても！」

「こ、これでも俺と、けっ、けっ、結婚しないつもりか！」

いくらなんでも無茶苦茶だ。そんな無茶に対抗する術など持ち合わせていない。

女に生まれて、一人の男からここまで強く求められたなら、それだけでもう上等の人生ではないか。大杉が大の子ども好きであるのを知っているだけに、保子は、今度こそ子どもを産んで彼の腕に抱かせてやりたいなどと思い、思ってしまったらもう駄目だった。

結婚を機に、二人は牛込の市ヶ谷田町に引っ越した。その頃の大杉には定収入というものがなかったので、以前から堺のもとで『家庭雑誌』の編集をしていた保子の収入でさしあたりの生活を支えつつ、その傍ら、大杉がフランス語とエスペラント語の教授を始めることとなった。

半年を待たずに経済が逼迫《ひっぱく》してきた。雑誌の売れ行きは右肩下がり、大杉の語学教授もまたさっぱりふるわない。毎月の終わりには必ず夫婦二人して鞄を提げて出かけるので、近所の人からよく訊かれた。

「またどちらかへご旅行ですか」

大杉が適当な行き先を答えると、

「まあ、いつもお仲がよろしくて」

後から二人で大笑いすることも一度ではなかった。旅行どころか、提げた鞄の中身はすべて質草だったからだ。翌年の二月にはいちばん大切にしていたオルガンまでも売らなくてはならなくなり、二人は市ヶ谷田町を引き払って淀橋町柏木に引っ越した。

この頃から、大杉は頻々《ひんぴん》と入獄するようになった。五月には『平民新聞』と『光』に書いた二つの論文のために合計五カ月半の禁固を申し渡され、秋になってようやく出獄してきた。安心していると、明けて一月には本郷の「屋上演説事件」で堺をはじめ、大杉など六人が入獄となった。ようよう出てきたかと思えばまたまた六月に「赤旗事件」が起こり、今度は堺、山川均《ひとし》、荒畑といった面々がそれぞれ一年、二年を超える入牢《じゅろう》を申しつけられ、中でも大杉一人が二年半という長い刑を受けた。

今さら口にしたくはないが、女一人残されてどれだけ苦労したか知れない。堺が後妻に迎えた為子《ためこ》などは、幼児を抱えながらも女髪結いをして夫の留守を守る逞しさを見せたが、生来病弱な保子には無理がある。

一旦は手放した『家庭雑誌』の編集権を取り戻してもう一度軌道に乗せようと、手の届く限りの借金もしてみたものの、保子が大杉の妻であることは知れており、その筋からの迫害は執拗だった。出しても、出しても、発行禁止、また禁止。とうとう二年間の長期停止まで命じられてしまった。

そんな夏のさなかのことだ。

大杉が、千葉の獄中から手紙をよこした。

――ことしは急に激しい暑さになったので、社会では病人死人はなはだ多いよし。ことに弱いからだの足下《そつか》および病を抱く諸友人の身の上、心痛に堪えない。

まだ市ヶ谷にいた時、一日、堺と相語る機会を得て、数人の友人の名を挙げて、再び相見る時のなからんことを恐れた。はたして坂口は死んだ。そして今また、横田が死になんなんとしている。死にゆく同志のことを気にかけながら、良人がいま何を思い何を憂えているか想像すると、保子は背後から追い立てられるような不安に駆られ、じっとしていられなくなった。大杉栄という男には、死の影が似合いすぎる。

しかし彼はまた、同じ手紙の中にこんな呑気なことも書いてきた。

——八月といえば例の月だ。足下と僕とが初めて霊肉の交りを遂げた思い出多い月だ。足下のいわゆる「冷静なる」僕といえどもまた感慨深からざるを得ない。数うれば早や三年、しかもその最初の夏は巣鴨、二度目の夏は市ヶ谷、そして三度目の夏はここ千葉というように、いつも離れ離れになっていて、まだ一度もこの月のその日を相抱いて祝ったことがない。胸にあふれる感慨を語り合ったことすらない。

そしてこの悲惨な生活は、ただちに足下の容貌に現れて、年のほかに色あせ顔しわみ行くのを見る。しかし、これがはたして僕らにとってなげくべき不幸事であろうか。

ずいぶんひどいことを言う、と、はじめ保子は思った。女に対して、しかもそもそもが年上の妻に向かってわざわざ、容貌色あせしわみ行くとは何ごとか。

けれど大杉は続けて、愛誦の詩を保子に贈ってくれていた。「婦人に寄す」と題されたポーランドの詩人クラシンスキイによるその詩に目を走らせ、とくに後半の段をもう一度心落ち着けて読んだ時、保子はようやく大杉が何を言わんとしているか理解できた気がした。

世のあらゆる悲哀を嘗《な》めて、
息の喘ぎ、病苦、あふるる涙、
その聖なる神性によりて後光を放ち、
蒼白のおもて永遠に輝く。

かくして君が大理石の額の上に、
悲哀の生涯の、
力の冠が織り出された時、
その時！　ああ君は美だ、理想だ！

あの男は、若さによる未熟な美など求めていないのだ。いや、そんなものを美だと認めていないのだ。むしろ、人生における艱難辛苦《かんなんしんく》が女の顔に刻んでゆく跡、それこそを尊び、崇め、賛美しようというのだ。

せつなさと誇らしさの入り混じった鈍色《にびいろ》の喜びとでもいうようなものに包まれ、しばらくぼんやりとした後で、保子はふと苦笑してしまった。

本人にはおそらく何の自覚もない。にもかかわらず女をこういう気分にさせるところまで含めて、あのひとはほんとうに、油断がならない。

——雑誌の禁止は困ったことになったものだね。しかしこれもお上の御方針とあれば致し方がない。かくして生活の方法を奪われたことであれば、まず何よりも生活をできるだけ縮めることが必要だろう。家もたたんでしまうがいい。そして室借《へやがり》生活をやるがいい。何か新しい計画もあるようだが、これはよく守田や兄などにも相談してみるがいい。社会の事情の少しも分らん僕には、なんともお指図はできないが、要するに仕事の品のよしあしさえ選ばなければ、何かすることはあろうと思う。日に十一、二時間ずつ額にあぶらして下駄の鼻緒の芯を造って、そして月に七、八銭ずつの賞与金というのを貰っている人間の女房だ。何をしたって分不相応ということがあるものか。

せっかく持ってきたバイブルをあまりにすげなく突返してはなはだ済まなかった。実はイタリア語ので三度も読んであきあきしたのだ。もっとも、もし旧約の方があるのなら喜んで見る。しかし、これもあの文法を読んでしまってからのことだから急ぐには及ばぬ。それと同時に自然、辞書の必要も生ずるのだが、露和の小さなのがあると思う。お困りの際だろうが、何とかして買ってくれ。

『帝国文学』は許可になった。本年末にいろいろ読み終えた本の郵送をする。

やがて二人出る。村木はそうでもないようだが、百瀬は大ぶ痩せた。一度ぐらい大いに御馳走してやってくれ。

何度も読み返した後で、保子は手紙をきっちりと畳んで文箱に収めた。

一犯一語――などと言って、大杉は人を食った顔で笑う。英語、フランス語はもとからだが、初めて入獄した際のエスペラント語に始まり、イタリア語、ドイツ語と、彼は牢屋に入れられるとそのつど一つの外国語を習得して出てくる。

あれに関しては、まさしく天賦の才と言う以外になかった。前年の暮れによこした手紙には、〈年三十に到るまでには必ず十カ国をもって吃ってみたい希望だ。それまでにはまだ一度や二度の勉強の機会があるだろう〉と書かれていたが、そのじつ外国語で話す際にはなぜかまったく吃ることがないのだから不思議なものだ。

今度は、ロシア語らしい。露和の辞書はいったい幾らくらい出せば買えるものなのだろうか。

こちらの窮状をよくよく知りながら、差し入れの本に関してはまったく躊躇なく要求してくる大杉に、保子はためらわず応えてやりたいと思った。投獄されている同志の家族などの世話も、良人が望むならどうにかして果たそうと思った。

努力でなんとかできることなら、なんとかすればいい。いちばんの敵は孤独と寂寥《せきりよう》だ。獄中への手紙につい、寂しい、寂しいと書くと、大杉は次の手紙で柔らかくたしなめてよこす。検閲の係の者に笑われるぞ、と言うのだ。

知ったことではなかった。獄《ひとや》に囚われた者の孤独がどれほどのものかは想像に余りあるが、人に囲まれて生活している身の寂寥も、それはそれで耐えがたい。

保子は、つい先頃まで姉妹のように睦まじかった友の顔を思い浮かべた。

こちらをひたと見つめてくる勝ち気なまなざし、ほとばしるような物言い。管野スガは、荒畑寒村の妻であった。夫の寒村が投獄されてからは、幸徳秋水に生活の面倒を見てもらっていた。

ところが、いつの間にやら妻ある幸徳と情を通じ合ったばかりか、大塚の「平民社」内で同棲をしているというではないか。平民社は、幸徳と堺利彦が力を合わせて始めたものだ。義兄の仕事までも汚された思いがして、保子は怒りを抑えられなかった。

互いに性質は正反対と言ってもいいほどなのに気が合って、良人たちが投獄されてからはなおさら頼り合っていたし、どんな悩みも打ち明けられる友と思っていた。それもこれも皆、こちらの独りよがりだったのか。こんなに世間に騒がれるまで事情を毛ほども知らされていなかったのが、保子には虚しく、受け容れがたかった。本人に直に会って諫めもしたが、どれほど衷心《ちゅうしん》から諭してもついに駄目だった。恋、それも肉欲を伴う恋に走ると、女はこれほどまでに愚かになってしまうのかと怖ろしくなるほどに、スガの目は自らを捧げた男以外の何ものも映していなかった。

以後、スガだけでなく幸徳とも往来がなくなった。人様のものに手を出すような真似をする人々と、平気な顔で付き合うことはできない。

大杉は獄中から、彼らには彼らにしかわからない事情があるのだろうから、理解とまではいかなくともあまり責めてやるなといったようなことを書いてきたが、もとより〈自由恋愛〉を標榜している大杉には普通のことであっても、保子にはとうてい許せなかった。たとえどのような事情があれ、人として、はしたない。


二年半の刑期はあまりに永く、その間には様々な事件が起こった。

明治四十二年十月、伊藤博文がハルビン駅で安重根に暗殺された。翌年五月には巨大な箒星《ほうきぼし》が地球に接近し、地上から空気がなくなるなどの噂が飛び交った。そしてまた同月以降、幸徳秋水ら社会主義者数百名が逮捕され、うち二十六名が、天皇暗殺を企てた容疑で起訴された。その中には女性としてただ一人、管野スガの名もあった。

不謹慎かもしれないが、保子はこの時初めて、大杉が獄中にいることに感謝した。実際、この大逆事件との関わりを取り調べるというので九月には千葉から東京監獄へ移されたのだが、むろん、いくら調べてもつながりなど出てくるわけがない。しかしもしも大杉が自由の身であった時なら、暗殺計画に加わっていようがいまいが問答無用で捕らえられ、今ごろは口にもできぬほどひどい目に遭わされていたに違いないのだ。かつての友として、スガの身が心配でならなかった。

一方、そうした大きな事件とは別に身辺のことを言うならば、四十二年の晩秋、大杉の父・東が病没した。曲がりなりにも長男の妻である保子は、まるでお百度参りのように足繁く監獄へ通って大杉の委任状を取り、種々の手続きを踏むなどした上で、弁護士と共に駿河三保《みほ》の家まで行き、ようやく義父亡き後の始末をつけた。

この任務におけるいちばんの障害は、後妻の萱《かや》という女だった。大杉を含む九人の子どもを産んだ豊が亡くなった後、数年経って東はこの女を後添えに迎えたのだが、これがじつに底意地の悪い女で、まだ幼かった子どもたちはずいぶん苛められたらしい。聞くところによれば、これまでに戸籍上の手続きを済ませた結婚が八度、内縁の妻となったのまで合わせれば十数度という。義父ははたして死ぬまで萱を信じていたのかどうか、今となっては訊くこともできない。

ちなみにその萱が伝えるには、東は遺言でこう言い残したそうだ。

〈子どもたちには靴一足分けてやらなくてもよろしい。俺の葬式は耶蘇教《やそきょう》でやり、遺骸だけは三保の鉄舟寺《てつしゅうじ》に埋めてくれ〉

信心は自由だけれども、天へ昇ったり地へ潜ったり、ずいぶん忙しいことだと保子はひそかに可笑しく思った。

萱が辣腕《らつわん》をふるったおかげか遺産などとうに残っていなかったが、かわりに遺された手のかかる弟妹は都合六人、小学校へやるべき幼いのも三人いた。そのすべての面倒を保子が見なくてはならなかった。四十三年の十一月末、大杉がようやく出てきた頃には、保子は極限まで疲れ果て、すっかり身体をこわしてしまっていた。

逗子、葉山、鎌倉といったあたりへは、思えばあの頃から行くようになったのだ。保子だけでなく、獄中生活の長かった大杉もひどく弱っていた。

東京から鎌倉へ、また東京へ。短い間に何度も転居をくり返したのは、当局の目をくらますためでもある。外出すれば尾行がつくのは日常のことで、大杉はいきなり路面電車に飛び乗ったり飛び降りたりして彼らをまくのが得意だったが、しかしそれも体力あってこそだ。しばらくは静養のために、できるだけ気候のいい土地で過ごすのがよさそうだった。

窓から海や山といった自然の風景を眺めながら原稿を書くのを、大杉はことのほか好んだ。東京に住居を構えている間でさえ、しばしば独りきり、原稿用紙と書物を抱えて逗子や葉山の旅館へ赴くほどだった。

元号が改まった大正元年十月に荒畑寒村と立ち上げた雑誌『近代思想』は、大正三年になって『平民新聞』に変わったが、やはり刷るたび発行禁止となってしまい、これもまた続かなかった。

良人には言えないが、保子はほっとしていた。

彼らの運動の意味は理解しているつもりだ。自分にできることは協力しようとも思う。しかし、結婚から九年ほどが経とうというのに、夫婦睦まじく穏やかに暮らせた例しがほとんどないというのはどうなのだ。炉辺《ろへん》の安息こそ、保子の最も欲しいものだった。

「そろそろまた、逗子へでも引っ越そうか」

大正四年の暮れに大杉がそう言いだした時、保子はすぐに賛成した。どうせ家財道具などほとんどない。なけなしの衣類でさえ、いつでも動けるようにまとめてある。

何しろ大杉は、一緒に歩いていて気に入った構えの家が目につくともういけない。自分が来月から煙草をやめるからその金で引っ越そうじゃないか、などと言いだす。性質が子どもだから一度言いだしたら聞かない、仕方なく承知して引っ越すとはたして煙草はやまない、これまでもそのくり返しだったのだ。

「逗子でもどこでもかまいませんけど、今度こそは煙草をやめて下さるんでしょうね」

と訊いてやると、

「ま、いいじゃないか。酒は飲まんのだから、た、煙草ぐらいは贅沢を許してくれ」

大杉はそう言って、イッヒヒ、と笑った。

「いつまたどんなことがあるやも知れんのだし、か、金など貯め込んでどうする。できるうちに好きなところに住んで、旨いものでも食べておくほうがよほどいいよ」

そうして出歩くたび、いくらか離れた背後から尾行巡査が黙ってついてくるのまで含めて、万事がいつもどおりだった。

いや——違う。自分が無意識に見まいとしているものに、保子は、あえて目をこらした。ここ最近の大杉は、時折ひどく不安定になる。そわそわと落ち着きがなく、妙に上機嫌でいるかと思えばちょっとしたことに腹を立て、他人とつまらない言い争いをしたり大きな声をあげたりする。

おそらくは、同志への不満、運動そのものへの苛立ち、雑誌が次々に発禁処分を受ける鬱憤《うっぷん》などが全部合わさってのことだろう。冬でも温暖な田舎へしばらく引っ込むのは、身体だけでなく精神にも良いことだ。

そう考えた保子は、むしろ自分から大杉の背中を押すようにして、逗子の高台に別荘を借りたのだった。


明けて大正五年の正月は、その別荘で過ごした。心づくしの雑煮を用意して夫婦水入らずを楽しみにしていたのに、とうていのんびりとはいかなかった。元日の朝、宮嶋資夫《すけお》などの協力を仰いで再興した『近代思想』がまたも発禁処分を受け、大杉は二日の朝に急いで上京しなくてはならなくなったのだ。

帰ってきたのは、四日の夜になってからだった。

迎えた自分の態度がいけなかったのか、と保子は思う。新年早々の留守番に、いささかふくれ面だったのは否めない。

しかし大杉のほうも大人げなかった。大杉に大人げを求めるのが間違いであるにせよ、いつもとはやはり違っていて、だんだん口論になり、お互いにひどく荒々しい言葉をぶつけ合ってしまった。そのいくつかは、心にもない、とは言いきれなかったかもしれない。

二日ばかり、ほとんど無言の行が続いた。いつもなら大杉が、何かおかしなことを言いだして保子を笑わせようとしていたはずだ。でなければ飼い猫のナツメを風呂敷に包んで天井からぶら下げ、憐れっぽい鳴き声に辛抱できなくなった保子が「頼むから放してやって下さい」と言うのを聞いて、大杉が得意げに下ろしてやるといったところまでが一幕だった。

が、この日は違っていた。猫がいなかったせいばかりではない。何を思ったか大杉は、誰だかが京都の土産にとよこした御大礼の春日灯籠をつかんで庭へ放り投げたり、そのへんの古い目覚まし時計を手に取って川に投げ込んだりし始めた。

「何を馬鹿なことを」保子は思わず咎めた。「気でもふれたんですか。いったいどうしてそんなに不機嫌なんです。帰ってきてからずっとじゃあないですか。私に不満があるならはっきり言ったらいいでしょう」

「き、きみに不満などないよ」

「だったら、どうして」

「僕が悪いのだ」

「え？」

「僕が悪いのだ、僕が」

大杉が、机の前に座ってうつむく。

その塩垂れた様子を見て、なぜだか、ぴんときた。

女だ。それも、玄人との遊びなどではない。このひとは、私を裏切っている——。

直感すると同時に、腹の底からどす黒い怒りが噴き上がってきた。脳裏をよぎったのは、かねてから大杉と交流のある岩野泡鳴の顔だ。妻がありながら芸者や愛人らと次々と関係しては愛欲に耽り、さらには妻まで取っかえ引っかえして、そのすべてを小説に書いてのける破廉恥きわまる男。

「あなた……」問いただす声が震えた。「あなた、岩野さんのようなことをしているんでしょう」

大杉の肩がこわばる。文机の上のペンを取ったのは、都合が悪い時のいつもの癖だ。書きかけの原稿用紙の空いたところに、何やら落書きをしている。

「そうなんでしょう」

重ねて訊くと、あきれたことに、うん、と頷いた。

拍子抜けするほどの素直さにかえってむかむかと腹が立ってくる。

「相手は誰です」

「それは訊かんでくれ」

保子は、晴れた庭へ目をやった。冬枯れの芝草の上に、先ほど大杉が投げた小さな春日灯籠が転がっている。あれは、誰の土産だったか……。思い出す必要のないことをはっきりと思い出し、保子は、低く呻いた。

長い髪を後ろで一つに結んだ、若い婦人記者。一度目と二度目は取材の名目で、のちには大杉が小石川の家で「仏蘭西文学研究会《フランス》」を開いた時に宮嶋資夫・麗子《うらこ》夫妻の紹介でやってきて、続けて出入りするようになった。細く弓なりにつり上がった眉と、狐のような目。初めて見た時から、何かいやな予感があったのだ。

「神近市子《かみちかいちこ》でしょう」

いや、あり得ない、頼むから否定してほしい。心から願いながら言ったのだが、大杉はまた、しょぼくれて頷いた。

「うん」

知らなければよかった。訊かんでくれ、と言うのだからそうすればよかった。良人も良人だ。少しは否定してみせたらいいものを、どうしてそうまで正直に答えるのだ。死にものぐるいで否定してくれたなら、嘘と知りつつ信じるふりもできたのに。

この結末をいったいどうするつもりなのかと保子が迫ると、大杉はよりいっそうしょぼくれた様子で言った。

「こ、こんなことになるとは、自分でも思っていなかったんだ。こ、こ、こういうのを魔が差したとでも言うのかな。しかし、こ、このことをあまり重く見ないでほしい。かっ、かか神近には、くっ屈辱的条件をつけてあるから安心してくれ」

緊張のためだろう。吃音が常になく甚だしかった。

大杉の言う屈辱的条件とは、以前から彼の提唱してきた〈自由恋愛〉の条件に違いない。すなわち、互いに経済的に自立して同居をしないとか、束縛しないとかいったあのたわごとだ。どれもこれも男にとって都合のいい条件ばかりではないか。

「そんなにおさまらないなら、堺さんにでも相談してみたらどうかな」

などと当の大杉が言うから、東京へ行って義兄や荒畑などにも相談をしてみたが、あきれた堺はこの際きれいさっぱり別れてしまえと言うし、荒畑はしばらく様子を見てはどうかと言うしで、一向に心が定まらない。

結局、大杉との談判の末、とにもかくにも同志の会合には神近を金輪際近づけず、神近が保子のことを一切干渉しない、また大杉のほうでも今後は彼女に近づかないというあたりを決め交わしたところで、重苦しい逗子の一月は過ぎていった。

赦《ゆる》せばいいのだ、と自分に言い聞かせる。こちらさえすべて赦して水に流せば、もとに戻れる。現実には、何も起こらなかった昔に戻れるはずなどないのだが、それでも無理にそう心に唱えていた矢先、大杉が思いきったように切りだした。

「じつを言うと僕は、まだまだ君にひどいことをしている」

「……え」

「うん。いずれ問題になって、三月か四月の新聞や雑誌に書かれるかもしれないな」

保子はもう、気持ちが動かなかった。良人の情事の相手があの狐顔の女記者だと知ってから後は、大杉のことがまるで理解できなくなり、すべてが分厚い膜の向こう側で起こっている出来事のように遠いのだった。

だいたい、いくら疑わしくとも自ら大杉を尾行してずっと見張っているわけにもいかない。仕事の話だと言って東京へ発つ良人を送り出し、ひとり逗子の家で待っている夜はなかなか眠れず、朝方ようやくうとうとすれば悪い夢にうなされ、汗だくになって飛び起きた。

そんなふうにして、日々はのろのろと過ぎた。

その日は朝から暖かく、よく晴れていたからだろうか。無言のうちにも夫婦の間に久しぶりの休戦協定のようなものが結ばれて、午後、二人は葉山の海岸まで散歩に出かけた。

昔から大杉は、歩くのが好きだった。そのくせ自分独りで歩くのは嫌いで、いつも保子が誘われるのだが、その際は必ず、

〈回り道、遠道、一切苦情なしというのでつきあってくれ〉

そう念を押された上で延々と歩かされた。

思い出すのはもう何年も前のことだ。原稿の少ない月で、蓄えなどなかったから、二人ともが夏物の全部を風呂敷に包んで質屋へ品の入れ替えに出かけた。知り合いに不幸があって挨拶に出向かねばならず、そのために預けた冬物を出してこなくてはならなかったのだ。

入れ替えた着物を抱え、腹ごしらえをした後で日比谷公園を散歩することになった。音楽堂のところまで歩いたものの、何しろ請け出した荷物は冬物だけに重い。しかも保子は病み上がりだったので疲れてしまい、もう電車に乗って帰ろうと言うのに、大杉はもう少し歩くのだと言って聞かない。乗る、乗らない、帰る、帰らないで言い合いになり、良人がこちらの身体を気遣ってもくれないことに腹を立てた保子は、もう何もかもどうでもよくなって、抱えていた風呂敷包みを公園の地べたに放り出し、そのままさっさと電車に乗って家へ帰ってやった。

翌朝目を覚ましてみると、包みはいかにも物分かりのよい佇まいで保子の枕元に置かれていた。それがまたむかむかとして、腹立ちまぎれに立ちあがったとたん、蹴つまずいた枕を勢いよく踏み破り、畳の上に五、六升ものそば殻をまき散らしてしまった。つくづく恥ずかしかったが、引っ込みがつかない。今さら自分で片付けるのも気まずいことこの上ない。すると大杉が、いやな顔ひとつせずに箒を持ってきて、そば殻をきれいに掃き集めて片付けてくれた。この人の前で、あまり我儘を言ったり癇癪《かんしやく》を起こしたりするのは慎もうと、あの時は心から思ったものだった。

そのような日々もあったのだ。二人とも、今よりずっと若かった。

葉山の海岸の砂は、冬日にぬくめられ、足袋を脱いで冷たい足先を埋めると、こわばった首筋や背中がゆるんでゆく心地がした。保子はふと思った。赦すというのは、こういうふうなことかもしれない。

後ろのほうを、尾行巡査がついてくる。馴染みといってはおかしいが人の好い男で、疚しいところのない保子も大杉も、時々は世間話をすることさえあった。

先に立って波打ち際を歩く大杉は、岩海苔を採るのに夢中になっている。足の濡れない砂浜からそれを見やりながら、巡査が話しかけてきた。

「おとといの晩は先生、東京でひどい雨に遭われなすったが、お身体は大事なかったですかね」

雨に降られた話などとくに聞いてはいなかったので、保子は「ええ」と曖昧に頷いた。

「いやあ、何しろ土砂降りで、そのうえ電車はないでしょう。ようやっと本郷のご親戚のお宅まで行きましたが、こちらは田舎者で道もわからずでね。いやはや、まいりました」

本郷……。そんなところにわざわざ会いに行くほどの親類がいただろうか。少なくとも神近の家の方角ではないことに安堵しながらも奇妙に思って、保子は大杉のほうを窺いながら訊いてみた。

「親戚の家のほかに、大杉がどこへ行ったかご存じです？　また、うまいことまかれたのだったら仕方ありませんけど」

わざと冗談めかして訊くと、巡査は苦笑して首を横に振った。

「今回は先生、おとなしく歩いて下さったんですよ。行かれたのは小石川の辻さんの家でした」

保子は、思わず立ち止まった。潮風がぴゅっと吹きつける。

「辻さん……って、辻潤さん？」

「そうです、そうです。ずいぶん長話をしてらっしゃるもんで、こちらは凍えっちまいましたワ」

巡査があっけらかんと笑うのを聞きながら、保子は言葉を失っていた。

竹ざるに岩海苔をたくさん採った大杉と二人、ゆっくり歩いて家に戻る。こうしてこのまま何も訊かずに黙っていればいいのだと思っていたのに、戸口を入るなり、気がつけば問い詰めていた。

「どうしておととい、辻さんの家を訪ねたんですか」

えっ、と大杉が息を吞む。

「いや、ど、どうしてって別に、つ、つ、辻くんと話したいと思ったから」

「そうじゃないでしょう。この間あなたは、まだまだひどいことをしていると言っていましたけど、それじゃあ今度は野枝ですね」

大杉は、否定をしなかった。

神近の時も驚いた。しかし、今度はその幾層倍もの驚きを感じた。驚きが過ぎて、ただ呆れ返ったと言ったほうが当たっているかもしれない。

「いいですか」

前と同じ、大杉の文机のある仕事部屋で、保子は良人に詰め寄った。

「彼女は夫のある女です。人の妻ですよ。籍まで入れて、辻野枝になったんです、その意味がわかりますか。あなたがしていることは姦通です。法律の上での罪は別としても、私はそれを許すことができません。おまけにあの夫婦には、二人目の子どもも生まれたそうじゃないですか。仲睦まじくやっているところへ割って入って、人の家庭を踏みにじって、あなたには自分の心に恥じるということはないのですか」

怒りが迸って、言葉が止まらない。頭ごなしにまくしたてる保子を、けれど大杉は冷静に見つめ返してきた。

「うむ」

何が、うむ、なのだ。保子はますます頭に血が上り、同時に、冷たく醒めた。

神近の時とは違う。あの時は涙まで流して「許してくれ」と頭を垂れた大杉が、今は少しも恥じた様子を見せない。それればかりか、すでに何か他のことを考えているようにさえ見える。

濃い口髭の下で、大杉の唇が上下に離れるのを、保子は茫然と見つめた。何を言うのだろう。言わないでほしい。聞きたくない。

ひらいた唇から、まず漏れてきたのは深いため息だった。そして大杉は言った。

「きゅ、急転直下、自分で自分の心がわからぬ」

たったそれだけ口にすると、彼はペンを取り、例によって原稿用紙の隅に落書きを始めた。

良人の肩越しに、保子はその手もとを茫然と見つめた。もう嫌というほど見慣れた筆跡が重ねられてゆく。

厚顔無恥
厚顔無恥
厚顔無恥

こんなに情けないことはないというのに、保子の目と頬は乾いたままだった。

＊

知らぬ者からはあれほど無闇に恐れられ、近しくなればあれほど無闇に慕われる男もそうはいまい。眼だ。眼の男だ、と野枝は思う。

大杉が笑うと、あの眼の中の白い部分と、黒い瞳の部分との境界がますます際立ち、流れる川面のようにきらきらと光を放ち始める。凄みを帯びた眼力は人を怖がらせてもおかしくないはずなのに、まず、子どもが懐く。動物が懐く。社会運動家の同志たちでさえ、大杉の思想や理論に共鳴するより先に人間的な魅力のほうに惹きつけられたのではないかと思われてくる。野枝自身もまた、大杉と親しく交わるようになって以来、もう一度新しく生まれ変わったかのように感じていた。

足尾鉱毒事件の谷中村水没に際して、自分も何かをしたい、何かできないかと焦れていた野枝に対して、良人の辻は動かぬばかりか軽侮の笑いを浮かべてよこしたが、大杉はまっすぐに肯定し、励まし、鼓舞してくれた。さらには雑誌『新公論』に、

〈私の今つきあっている女の人の中で、最も親しく感ぜられるのは、やはりあなたなのです〉

堂々とそう書いてくれた。惹かれずにいるほうが難しかった。

それだけに、昨年の暮れ、こちらが次男・流二《りゅうじ》の出産を終え今宿から帰京して間もなく、大杉が取った行動を知らされた時は、視界が真っ赤になった。頭ががんがんして、脳の血管でも破れたかと思った。

よりによって、なぜ神近市子なのか。今は『東京日日新聞』の記者をしている彼女だが、女子英学塾在学中から『青鞜』に参加していたから、お互い知らない仲ではない。けれども、親しくなりたい

とは露ほども思ったことがなかった。いわゆる才媛《さいえん》は気に入らぬのだ。

あんなギスギスした鶏がらのどこが良くて、大杉は彼女を口説いたのだろう。そしてまた堅物とばかり思っていた神近が、どんな顔をしてその求愛を受け容れたのだろう。きっと、例のごとく大杉のほうからぐいぐいと押しまくったに違いない。考えれば考えるほど、野枝の腹は煮えた。お腹の子に毒だと考える必要はもうないのだから、いくらでも好きなだけ煮やすことができる。

そんな具合であったから、年が明け、一月の半ばに大杉がわざわざ青山菊栄《きくえ》を連れて辻宅を訪ねてきた時も、野枝はすこぶる虫の居所が悪かった。『青鞜』の前年十二月号と今年の一月号で、野枝と菊栄との間に公娼廃止運動をめぐる激しい論争があったのを調停しようと考えたらしいが、少なくとも野枝はその気になれず、赤ん坊を背中にくくりつけ、燗《かん》をつけた徳利や料理の小皿などを運ぶのにことさら忙しく立ち働いた。

わかっている。大杉には、籍こそ入れていないが保子という妻がおり、自分にもまた、良人であり二人の子の父親である辻がいる。はなから恋愛感情を抱くこと自体が言語道断であるのに、そこへ持ってきて神近だ。一人の男を三人の女が平等に分け合うなど、大杉の頭がよほどどうかしているとしか思えない。

いや、どうかしているのはこちらも同じだ。それほどまでに頭のおかしい男と、とうとう、夜の日比谷公園で口づけを交わしてしまった。二月初めの公園は震えあがるほど寒かったが、知り合ってから三年越し、そのようにして二人きりになるのは初めてのことで、まるで不良少年と不良少女がふざけてじゃれ合うような流れで大杉のほうからキスを仕掛けてきたのだった。

たかが、口づけ。西欧では同性の間でも挨拶代わりに交わされるものだ。

いくらそう思ってみても、大杉の唇のしっかりとした弾力や、ちくちくと刺さる髭の感触、抱きしめてくる腕の力や胸板の頑丈さがありありと思い出されてならない。少しでも気をゆるめたとたん、あの夜のことを考えてしまい、そうしていると軀が火照って、赤ん坊に含ませる乳の味まで変わってしまいそうな気がした。

良人の辻には何も期待できない。上野高等女学校時代、颯爽と教壇に立っていた若い英語教師は、今となっては日がな一日ごろごろとして、ほぼ無収入の世捨て人と化している。そればかりか、流二を身ごもっているさなかには、家を手伝いに来ていた野枝の従妹のキミと関係し、女房にばれるとへそを曲げて布団をひっかぶる始末だ。

あの時も、いっそ別れようかと思った。それなのにどういう話し合いの末に思いとどまったのだったか——別れるどころか内縁関係を終わらせて正式に婚姻届を出すこととなった経緯が、いまだに自分でもうまく説明できない。雨降って地固まる、と言ってしまうのはどうにも悔しい。そんな単純なことではない。

浮気を野枝に絞りあげられてよほど反省したのか、今宿にいる間、辻は例によって赤ん坊のおしめをせっせと洗い、妻に一度も重い荷物を持たせなかった。けれども野枝は、今宿の浜に吹くのと同じような寒風が身体の中をからからと吹き抜けてゆく心地がしていた。かつて眼前に教養の扉とともに性の扉まで開いてくれたはずの良人は、もう、どこを探してもいないのだ。自分はここで何をしているのだろう。

思いあまった野枝はとうとう、かつての隣人、野上弥生子に初めて大杉のことを相談してみた。誰にも言えないことでも、心から敬愛する弥生子にだけは打ち明けられる。

背中に赤ん坊をくくりつけたまま、辻のこと、大杉とのこれまでのことをひと息に話し尽くした野枝に、弥生子は言った。

「事情はわかったけれど、そのまま大杉氏のところへ行くようなことだけは勧められない。よく考えなければいけないと思うわ。ことに、ほら、あの神近さんでしょう。そうでなくたって、間に挟まっている他の異性があるのなら、ものすごく面倒で苦しい関係になることが目に見えているもの。それよりも私はあなたに、この機会を利用して、一年二年、みっちりと勉強することをお勧めしたいわ。そうしているうちには、あなたの古い愛がまた目を覚まして、辻さんやお子さんたちのもとへ心ごと帰ることにならないとも限らない。それならなお結構じゃないの」

野枝は、赤ん坊が時折身じろぎするのをなだめながら、黙ってうつむき、弥生子の言葉を聞いていた。弥生子にも心に想う人がいることは、薄々聞かされて知っている。しかし賢明な彼女は、秘すれば花を地でゆくように家庭を守り、夫を立てて大切にしているのだった。

「ね、そうなさい」弥生子は温かく親密な声で言った。「あなたはね、野枝さん。愛する人の世界に、あまりにも自分の身をぴったりと嵌め込みすぎるところがあると思う。それはあなたの一番の美点でもあるけれど、まだ若いのだから、もう少しくらいの間、自分自身を高めてゆく勉強をしてもいいはずよ。もしも辻さんの家を出て勉強したいと思うなら、その間の生活費は私が面倒を見てもいい。とにかく、よくお考えなさい。何ごとも早まらないで。ね」

弥生子の言う通りだと思った。ほんとうに、心の底から思った。

自分自身のために勉強をする。こちらをその激しい生き方で惑わせる男と、無気力の極みで苛立たせる男、どちらからの干渉も一切遮断して、弥生子のような本物の教養を身につけるために学ぶのだ。そう考えると、久方ぶりに身体の奥のほうから勉学への熱情がよみがえってくる思いがした。

愛する人の世界に、あまりにも自分の身をぴったりと嵌め込みすぎる――。それもまた、じつに的を射た指摘だった。故郷を飛び出してきたのはそもそも、誰にも支配されてなるものか、自分の主人は自分自身だけだと、そう心に決めてのことだったはずなのに、いつのまにこうも弱くなってしまっていたのだろう。

野枝は、憑きものが落ちたような心持ちになった。そうして一晩眠って起きてみると、単純なもので、障子越しに射し込む早春の陽射しまでがどこか華やいで感じられるのだった。

茶碗に乳を搾り、赤ん坊と幼児の面倒を義母の美津らに任せて、『青鞜』二月号の集金に出かける。その気になれば自分のために遣う時間は少しずつでも作り出せるものかもしれないと思った。

浮き足立つような、またいっぽうで不敵に笑ってみせたいような、不安定な気持ちで電車を降りた時だ。

反対側の電車を待つ人々の中に、大杉の姿を見つけた。

見間違いかと思った。だが、あんなにも周囲から浮きあがるほど目立つ男が他にいるわけがない。黒っぽい着流しに羽織、首には洒落た海老茶の襟巻きを巻いた大杉が、こちらを認めるなり、ぎょっと慌てた顔になる。

それでようやく気づいた。

大杉の隣、まるでしなだれかかるように立っているのは、神近市子だった。

第十二章　女ふたり

冷静な時に思い返せば、鼻で嗤ってしまうほど穴だらけでお粗末な理屈なのだ。

それなのに、目の前にいる男が吃りながら持論を熱く語り始めると、市子はどういうわけか何も言い返せなくなってしまうのだった。

一、お互いに経済上独立すること。
一、同棲しないで別居の生活を送ること。
一、お互いの自由（性的のすらも）を尊重すること。

それらを大杉栄は、〈自由恋愛〉すなわちフリー・ラヴの三条件と称している。

「お互いが深い理解によって自らを律し、同時に相手の自由を尊重すれば、男を中心に妻と愛人とがそれぞれ満足して共存することは、か、可能なはずなんだよ。あり得ないと思うなら、僕が実験してみせようじゃないか」

けして好色な気持ちで言っているのじゃない、真の目的は習俗打破にある。権力者の支配を逃れて自由を手に入れようと思うなら、まず制度を否定し、世の中の固定観念を打ち崩さなくてはならない。

自由恋愛はその一環なのだ。――大杉は自信に満ちた口ぶりでそう言う。

好色が目的ではない？　本当だろうか。たとえそれが本当だとしても、男にばかり都合のいい勝手な理屈であることに変わりないではないか。

堀保子という妻がありながら、わかったようなわからないような理屈で自分との関係を欲張ろうとする男を、厭わしいと思うのに振り払えない。離れている時は今度こそ訣別しようと何度も思うのだが、逢ってしまえばなし崩しだ。

「か、神近くんだけだよ。僕の理想をわかってくれるのは」そう大杉は言う。「保子はその点、駄目だ。愛人の存在なんかとうてい受け容れられないと言っては、泣いたり騒いだりする。そんな通俗的な嫉妬なんか必要ないと言って聞かせるんだが、わからないらしい。しかしね、僕には保子も必要なんだ。あんなに情の深い、真心のある女はいない」

もう十年ほども連れ添っている糟糠《そうこう》の妻だ。獄に投じられることの多かった夫を支え、同志たちや係累《けいるい》の面倒まで見てきた姉さん女房を、大杉もまた大切にしている。病弱な彼女の代わりに布団の上げ下ろしや洗濯まで厭わずにやるとの噂だった。

「自由恋愛と言ったって、何も特別なことじゃない、要するに友人同士と同じ理屈だよ。僕にはいろんな友人がいる。た、たとえば甲と乙がいるとして、それぞれの人物に対する僕の評価は当然違っているし、尊敬や親愛の度合いも違う。けれども甲乙二人が僕にとって友人であるという一点に関しては違いがないわけだ。か、彼らにしても、おのおの自分に与えられた尊敬や親愛の度合いを自然に受け容れた上で僕と付き合っているんであって、まさか甲が『大杉には親しい乙がいるのだから自分まで友人になるのはごめんだ』などという馬鹿なことは言いださんだろうし、乙にしたって『自分以外の友人を決して作ってくれるな』とは言うまい。どうだね、僕は何か間違ったことを言っているかい？　こんな単純明快なことが、どうして男女の間になるとたちまちややこしくなってしまうのかねえ」

僕は友人と恋人との間にたいした区別を設けたくないんだよ、というのが大杉の基本的な態度だった。そういう男だということを初めから承知で男女の仲になったのだろうと言われれば、市子としても何も言い返せない。が、実際には、初めから〈承知させられて〉こうなった、というほうが近い。

「か、神近くんは頭脳明晰だから、ちゃんとわかってくれるね。僕はきみのその冷静さが大好きなんだ」

そう言われるたびに市子はありもしない余裕を演じ、艶然と微笑みながら頷いてしまう。同時に胸の裡では、どうしたって頷く以外にないような言葉を向けてくる男を、

（ずるい）

と思う。

狡猾《こうかつ》というのとは違い、もとより罪悪感のようなものさえ備えていないようなのだ。持論を無邪気なまでに信じ込み、周りから馬鹿にされ反駁《はんばく》されるほど躍起になって証明しようとしている。

そんな男に何を言ってもどうせ無駄だ。疚しさを持ち合わせぬ相手をいくら責めたところで、どうせ通じるわけがない。――そう思っては、ああ、こういうのがいけないのだ、と市子の眉間は曇る。昔からよく頭でっかちだと言われてきたがまったくその通りで、自然なはずの感情を無理やり、理屈で導き出した答えのほうへとねじ曲げようとしてしまう癖がある。

心の動きに忠実になるのは怖ろしい。どこへ連れて行かれるかわからない。きみは冷静と大杉は言うが、市子は時折、身体の奥底にどろどろとした熱くて赤黒い何ものかが滾るのを感じることがある。この先何があろうと、溶岩のようなそれを解き放つことだけはしたくないのだった。

大杉の妻・堀保子とは何度か会ったことがある。

あの頃、大杉は大久保に住んでいた。『東京日日新聞』の婦人記者として取材に訪れた市子は、夫人とともにこたつに入って書きものをしていた大杉との話を終えると、率直に感想を述べた。

「こんな立派な方々が、世間からまるで極悪分子のように誹謗《ひぼう》を受けているなんて、世の人たちの理解といったら何て幼いんでしょう。ほんとうに残念なことですわ」

大杉が口をひらいて何か言おうとした、それを保子が遮った。

「よけいなことを言ってないで、さっさとお帰りになって下さいな」

何が逆鱗《げきりん》に触れたのかいまだにわからない。彼ら社会運動家への好意のつもりで述べたことを厭味のように受け取られたのだとすれば悲しかったが、その場で夫人と言い争うわけにもいかない。困惑気味に謝罪して暇を告げる市子を、大杉はちらりと見ただけで何も言わなかった。

二度目も、取材だった。大杉はたくさんの書物に埋もれてやはり原稿を書いていた。夫人は留守らしく、姿が見えなかった。

安堵した市子は前回よりも格段に楽な気持ちで取材を進め、懸命にペンを走らせながら、大杉の時々脱線する話に声をあげて笑った。

「その節は、たいへん失礼いたしました」

一段落したところで市子は言った。

「うん？　何のこと」

「前にこちらへお邪魔した時のことです。私の不用意なひとことで、奥様をご不快にさせてしまったようで」

「ああ、あったなあ、そんなことも」

大杉は、イッヒヒ、と息を引くようにして笑った。

「何も気にする必要はないよ。あれも、た、たまたま虫の居所が悪かったんだろう」

「そんな……」

「き、きみにだってあるだろ。そういう時が、つ、つつ月にいっぺんくらいはさ」

黒々とした眼をぎょろりと回してみせる大杉を見て、市子は思わずぷっと噴きだしていた。

「まあ、ないと言えば嘘になりますけれど」

「そうだろう？」

共犯者のような顔で笑った大杉が、いきなり首を伸ばすと、隣の部屋に向かって大声を出した。

「おーい保子、喉が渇いた。お茶をくれないか」

膝が座布団から浮くほど驚いた。このまま外へまろび出て、走って逃げて帰りたかった。まもなく襖がすっと開き、表情のない保子が盆に載せた湯呑みを運んできたが、市子の前に黙って置かれた茶はかろうじて色がついただけの出がらしだった。

初対面からどういうわけか敵意を抱かれ、現時点でもまったく良く思われていないのは明らかだが、正直なところ市子のほうでは今も、大杉の妻に対してほとんど悪感情を持っていない。身体の弱い保子と大杉の間にもう長らく夫婦の交わりがないことは察せられ、おかげで肉の嫉妬というものを抱かずに済んでいるせいもあるし、大杉が、知や教養の部分で市子のほうを評価してくれるのも大きかった。

見下すというほどではないが、数えで二十九の自分や三十二の大杉よりもさらにだいぶ年上である保子をどこかで軽んじる気持ちは、市子の自尊心を楽にした。むしろ大杉と一緒になって守ってやらねばならない相手のように思われ、そういう自身の傲慢さを自ら戒めてさえいたほどだ。もっと別の知り合い方をしていたなら、互いに親しく交わることもできたのかもしれない。人と人との間には、どうしようもない成り行きというものがある。

成り行きといえば、市子が婦人記者となるきっかけをもたらしてくれたのは尾竹紅吉だった。紅吉とは『青鞜』の時に知り合い、その後『番紅花』をともに創刊して今に至る。同性の友人の少ない市子が、めずらしく心を許しているのが彼女だ。

四年ほど前の「五色の酒事件」を機にひどく不本意な形で『青鞜』を去ることとなった紅吉だが、今では陶芸家の富本憲吉《とみもとけんきち》と結婚し、奈良に住んでいる。そのことを後から知らされても、市子は驚きこそすれ腹は立たなかった。紅吉がもう二度と新聞や雑誌のゴシップの種にされたくないと思っているのをよく知っていたからだが、紅吉とかつて恋人同然の親密な付き合いがあった平塚らいてうまでもがずいぶん後になるまでこの結婚のことを知らされなかったのは、また少し別の理由によるものだろう。意地っ張りの紅吉らしいと思った。

当の紅吉によれば、富本憲吉との縁は、数年前に彼女のほうから訪ねていったのがきっかけらしい。

「奈良の片田舎にこもって茶碗を焼いてるイギリス帰りの変人がいる、ていうから、どんな人やろうと思て。いざ会《お》うてみたら、変人ていうよりは奇人やった」

その時のよしみで、富本が『番紅花』の表紙絵や挿画を描いてくれることとなったわけだが、まさか二人があっというまに結婚しようとは思いもよらなかった。傷心を抱えたままだった紅吉を、富本が大きく包んでくれたのならいい。

そうこうするうち、一昨年の夏の初め、市子のもとに紅吉から手紙が届いた。ちょうど旧知の竹久夢二の家にいた時だった。けげんに思いながらひろげると、見慣れた元気いっぱいの筆で、『東京日日新聞』で婦人記者を探しているそうだから立候補してみてはどうか、もしその気があるなら履歴書を持って小野賢一郎氏を訪ねてみるように、といったようなことが書かれていた。

いったい何を言いだすのだ。小野賢一郎のことなら知っている。紅吉の知り合いで、それこそ〈五色の酒〉の記事を書いた張本人だ。小野賢一郎のことならばかりか、らいてうらが後学のためにと出かけた吉原登楼についても、〈新しい女は女郎買いもする〉などと勝手に面白おかしく書き立てて、おかげで『青鞜』はどれほど世間から後ろ指を指される羽目になったか知れない。悪い人間ではないだろうが、小野が書いた記事によって最も大きな害を被ったはずの紅吉が、こんな縁を取り持とうとするとは……。

しかし――何と言っても〈婦人記者〉だ。市子は思わず、唾を飲み込んだ。こんなすごい話はめったにない、いや二度とないかもしれない。

ずっと、じれていた。通っていた英学塾の〈ミス津田〉こと津田梅子学長から、『青鞜』に加わったことを咎められ、危うく退学させられそうになり、卒業の条件として弘前の学校に赴任させられた。たった一学期でまたしても『青鞜』でのことが問題になり、県立高女がそういう人を教師として置いておくわけにはいかないのだと言われて東京に舞い戻った。その後、『番紅花』という小さな生きがいができ、続けようと努力してはいたが先のことがまるで見えず、習俗に従いたくはないのに何をすればいいかわからない、もっと学びたい、自分を高めたい、そう願うばかりで息が詰まりそうだった。

何はともあれと、市子は紅吉の指示のとおり履歴書を持って有楽町へ出かけた。通されたのは新聞社の二階応接室だった。

社会部長の面接を受け、問われたことにきっちり背筋を伸ばして返答し、生まれは長崎だと話していると、唐突に訊かれた。

「ちなみに、子どもの頃のあだ名は何だった?」

どういった狙いの問いかけだろう。市子は少し考え、結局、正直に答えた。

「〈おとこおなご〉です」

「ほう？　それはまたどうして」

「子どもの頃からしょっちゅう高い木に登っては怒られていましたし……教室で、女の子をいじめていた男子の鞭を奪い取って、その子を反対に泣かしてしまったりもしたからだと思います」

校長室に呼ばれて叱られたと話すと、社会部長は意外そうな顔をした。

「しかしきみはその時、友だちの女の子をかばったわけだろう？」

まさしくそうだったのだが、佐世保から三里も離れた海辺の田舎では、そのような理屈は通用しない。校長は、市子を前に言ったのだった。

〈神近、きみは男女同権をふりまわすそうじゃが、何か考えがあってのことか〉

男女同権？　そんな難しい言葉など、その時初めて聞いた。ぽかんとしている市子に、校長は続けた。

〈日本人である限りはな、日本の教えを守らねばならん。この国では、女は男に従順であることが美徳とされておる。じゃじゃ馬のアメリカ女なんぞをまねて、やれ同権じゃ、男は横暴じゃと騒ぐなど言語道断たい〉

市子は腹が立ち、思わず言い返した。

〈男女同権とは何ですか。私は、そがんふうにせろと言ったことなんかいっぺんもありまっせん。男の子が暴れていたから叱りました。それがいけんかったといわすとでしょうか〉

〈男の子のほうもようなか。ばってん、男の子が殴ったから殴り返さねばならんという考えは、男女同権たい〉

〈それがそうなら、私には男女同権が悪かこととは思えまっせん。ばってん、男の子を泣かしてはいけんばおっしゃるなら、これからはいたしまっせん〉

あらましを話して聞かせると、社会部長は何がおかしかったのか上を向いて笑いだし、ややあって言った。

「よし。採用」

見習い期間中の給料は四十円程度と聞かされ、では一人前になったらそれ以上もらえるのかと思うと、帰り道は雲を踏んでいるような心地がした。

めまぐるしい日々の始まりだった。七月二十八日にはオーストリアがセルビアに、続いて八月二十三日には日本がドイツに宣戦布告して、刻々と変わる戦局に、『東京日日新聞』は初めて青島《チンタオ》戦線に従軍カメラマンを派遣した。

初めは、記事の書き方もわからなかった。記者としての市子に最初に課せられた仕事は、日本基督《キリスト》教婦人矯風会《きようふうかい》の会頭である矢島楫子《かじこ》女史へのインタビューで、もともと英学塾時代からの知り合いだったので初仕事のわりには緊張せずに済み、たっぷり聞かせてもらった話をそのまま詳細に記して提出した。すると例の小野賢一郎が、原稿用紙が真っ赤になるまで朱筆を入れて突っ返してきた。

「連載小説でも書いたつもりか。こんな小さな字で長々と書かれても組むに組めんよ。もっと大きな字で簡潔に書き直してくれ」

言われて、初めて覚った。新聞記事というものは、原稿用紙の半分ほどの大きさの藁半紙に、大きな字でせいぜい四、五十字程度しか書かないものなのか。しかも、小野に直されたところを読むと、いちいち悔しいほどもっともな指摘ばかりなのだ。

市子はその一度きりで、記事の書き方のコツを呑みこんだ。

大杉栄と親しくなったのは、翌大正四年（一九一五年）の夏だ。宮嶋資夫・麗子夫妻に誘われて参加した、「仏蘭西文学研究会」でのことだった。

麗子は、結婚前は八木という姓で、『万朝報』の記者であり、また妹の佐和子とともに『番紅花』の同人でもあった。親しくしていた市子は小石川にあった新婚家庭にも出入りし、そこで辻潤や山川均、安成貞雄と二郎の兄弟などとも出会って話すうち、だんだんと社会主義について興味を持つようになっていた。

「ははぁん、き、きみだったのか」

研究会が終わると、大杉は髭を撫でながら言った。

「だいぶ前に、安成二郎くんが言ってたんだ。英学塾の生徒で、焼き芋をかじりながら『近代思想』を読む人がいると。それが、か、神近くんだったとはね、いやはやなるほど」

「そんなの安成さんの嘘ですよ。私、お芋なんかかじってません」

思わず顔を赤らめて反論すると、大杉はまた、イッヒヒ、と笑った。

「芋はともかく、その人が今や婦人記者とは恐れ入ったもんだ。噂は聞こえてくるよ。じつに優秀だって」

「お恥ずかしい限りですわ」

「それだけご活躍なら、足を引っぱろうとする奴もいるんじゃないか」

市子は苦笑した。

「そうですね。中には」

「きみに仕事を奪われた嫉妬から、か、陰で意地悪をする男とか」

何か言うと角が立ちそうで黙っていると、大杉はやれやれと嘆息した。

「まったく、およそ人の持つ感情の中で、嫉妬ほど始末に負えないものはないね。男のそれはなおさらだ。仕事の機会を奪われるとしたらそれは、か、神近くんが女性だからではなくて、そいつの能力が低いせいだろう。何も臆することはない。きみは思う存分、好きなようにやるといいよ」

思いがけなく向けられた親身な言葉に胸が詰まった。ありがとうございます、と頭を下げる。すると横から麗子が言った。

「ねえ大杉さん、この人、謙遜するけどほんとうに優秀なのよ。新聞社でもすっかり期待されていて、女だからって婦人面の記事なんかじゃなく、男性に交じってあっちこっちへ談話をとりに送り込まれるの。今どきの知名人にはおおかた会ってるんじゃないかしら」

「おおかた、というのはさすがに大げさですけど」

「だってあなた、あの首相とも会見をしたそうじゃないの」

「ええ、まあ一応」

大杉は、興味深げに市子を見た。

「人間はどうだったたね、大隈は」

わずかに迷ったものの、市子は感じたままを言った。

「とんでもない狸おやじでした」

「ほう」

「せっかく早稲田のお屋敷まで取材に行ったのに、こちらが婦人の解放や参政権について訊いても露骨にはぐらかすし、勝手に科学の進歩がどうとかどうでもいいことばかり喋っておきながら、時間が来たら『さあ次！』って。まったく政治家ときたら、ろくなもんじゃありませんわね。あんなものになろうっていう人の気が知れませんよ。この国を良くしようとか、貧しい人たちの暮らしを楽にしようなんて、ぜんぜん本気で考えてやしない。そういうことをちゃんと考えようとしているのは、あなたがた社会主義者のほうだってことがつくづくとよくわかる会見でしたわ」

麗子が、ほらね、とでも言いたげに大杉を見るのがわかった。

その日以来、市子はほとんど欠かさず研究会に出席するようになった。仏語や仏文学を研究すると言いながら何のことはない、テキストはジョルジュ・ソレルの『暴力論』であったりロマン・ロランの『民衆芸術論』であったりと、要するに中身はサンジカリズム運動の勉強会も同然で、どれもが市子にとっては大いに刺激的だった。

しかしその間にも、大杉や荒畑寒村らが復刊した第二次『近代思想』は、出すたびに当局から発行禁止処分を受ける。作ったものが売れないのでは困窮してゆくばかりだ。

同志の間からも、「こうなったら出せるものを出したらどうだろう」と遠回しな意見があったようだが、それを聞いて大杉は激昂した。

「ふざけるなと言いたいね。そんなことを言ってくる奴らは同志でもない、もはや友人でもない。こ、こっちだってそうそう無茶なものを編集しているわけじゃない、あれでもずいぶん我を折った、僕としては恥じ入るばかりの妥協に満ちた代物なんだよ。それなのにまた発禁とは、される僕が悪いのか、する政府が悪いのか……」

研究会の帰り道、彼は市子を送って停留場まで歩きながら悔しい胸の裡を吐き出した。

「ひとつ確かなのは、こういう時に編集した側の僕を責めて、その結果として政府の味方をしているような奴は最低だってことだ。そうやって迎合するような輩ばかりだから、け、権力者が遠慮なく力をふるうような世の中になっちまうんだ。自分で自分の首を絞めてるってことにどうして気づかんのかね。荒畑ともよく嘆くんだが、最近はもう暖簾《のれん》に腕押しというか、運動をしていてもまるで手応えがない。ほんものの同志がいなくなってしまった。あの大逆事件以来、なおさらだよ。迫害の恐怖に怯えて、実際的運動どころか皆まったくの惰性に陥ってしまっている」

市子は、できるだけ黙って聞くに徹し、感想は控えた。かつて、へたに同調したばかりに夫人の保子から〈よけいなことを〉と咎められたのが忘れられなかった。

大杉らはむろん警視庁に対して、いったいどの記事が禁止処分の対象なのか、それとも主義者だというだけで何もかも禁止するつもりかと厳重抗議したらしい。予想されたことだが、まともな返答は一度もなかった。

その年の師走の半ば、大杉と保子は逗子の桜山へと住所を移した。雑誌発行人としての保証金が東京よりも安くあがるためだ。週に一度、研究会の行われる土曜から日曜にかけて上京してくるのだという。

その一度目の週末、散会となった後で、市子は大杉や青山菊栄らを麻布の自分の家へ招いた。新聞社に就職した時点では、芝区にある大工の家の二階に下宿していたが、ちょうど研究会に顔を出し始めた頃に麻布へ転居したのだ。たまには客人も迎えてみたい。古い板塀に囲まれた六畳と四畳半の離れで、隣には小野賢一郎と夫人が住んでいた。

そのすぐ翌日、今度は大杉一人がぶらりと訪ねてきた。逗子への帰り際に寄ったのだと言う。

朝のうちに近くまで用事のあったおかげで、市子は仕事の時と同じ小綺麗な縞の御召《おめし》を着ており、そのことに胸を撫で下ろした。

「昨夜ね。あの後の会合で飲んでいたらね……」

庭に面した四畳半の縁先で、大杉は市子の出した茶を啜りながら含み笑いをした。

「ああ、いや、すまない。何でもないいんだ」

「何ですか。気になるじゃありませんか」

「た、たいしたことじゃないから」

「そうだとしても、言いかけたことはちゃんと言って下さらないと困ります」

はなから話したくてたまらぬから切りだしたに違いないのだ。市子がじっと横顔に目を当てていると、案の定、大杉は再び話しだした。

「だから、昨夜ね。飲んでいる席で、ある先輩が言ったんだよ。『大杉と神近はいったいどういう関係なんだ、怪しいんじゃないのか』って。酔っぱらいのたわごとなんだが、尻馬に乗っかる奴らもいて、ちょっとばかり弱った」

市子は内心ぎょっとなったが、その狼狽が自分の心のどのあたりから生じたものかわからなかった。余裕のあるところを見せようとして言った。

「それはそれは、災難でしたこと。皆さんに誤解をさせてしまったのが、もしも私のせいならごめんなさいね」

「いやいや、そういう意味で話したのじゃないよ。災難なんてことはない。むしろ僕としては、ご、誤解されて嬉しかったほどだ」

「嬉しい？　まさか」

びっくりしてへんな笑い声をたててしまった市子を、大杉が真顔で見る。慌ててごまかそうと、

「おかしなお世辞をおっしゃるものだわ。じゃあこの際、噂を実際にやりましょうかね」

言ったそばから、おそろしく後悔した。

「え？」

と訊き返す大杉に向かって、引き攣った作り笑いを重ねる。

「いやだ、嘘ですよ、冗談です」

「冗談なの？」

「当たり前でしょう。私のような者と噂が立ってはご迷惑でしょうし」

「どうして」

「どうしてって……だってこんな、頭でっかちの嫁《い》き遅れ。この通りノッポでちっとも美人じゃないし、そんな女をつかまえて怪しいだなんておかしくって」

軽口に紛らわすつもりが、言えば言うだけ、自分の耳にも深刻で悲痛な自虐を重ねているように聞こえる。身の置き所のない羞恥《しゅうち》に首筋まで染まるのをどうすることもできず、市子はますます狼狽《うろた》えた。消えてしまいたかった。

と、大杉が、身体ごとこちらを向いた。

「き、きみはまさか、自分のことを美しくないとでも思っているの？」

「よして下さいよ、そんな話」

「そっちが始めたんじゃないか。ねえ、なんだってそんなふうに思うの？」

市子は目を背け、うつむいて答えずにいた。

大杉もそれ以上の追及は断念したようだ。やがて、さりげなく他の話を始めた。

気がつけば数時間がたっていた。陽が傾いてからようやく腰を上げた大杉を、市子は新橋まで見送りに行った。停車場の人波をかきわけ、大杉が汽車に乗り込む。

車窓越し、互いに何か言いかけてはうつむき、またちらりちらりと目を見交わすうち、市子はふとおかしくなってきた。もう今さら、冗談に紛らせるのも白々しいように思える。

「なんだか、恋人同士の別れみたいね」

　大杉がはっと顔を上げると同時に、汽笛が長々と鳴り響いた。


　一日一日が今ほど長く感じられたことはなかった。週末というものが週に一度しかめぐってこないのが恨めしく思われるほどだった。

　ようやく巡ってきた翌週の日曜日は『近代思想』の校正の出る日で、研究会が済むと市子は大杉を手伝って仕事をし、日本橋の料理屋で一緒に食事をした。

　これまでにない親密さに胸がときめき、一瞬一瞬を大切に味わっていたというのに、おおよそ食べ終わろうとする頃になって大杉は言った。

「念のために言っておくが、こ、このあいだ話したことは、何もきみに恋愛をしているという意味で言ったんじゃないんだ」

　市子にはそれが具体的にどの発言を指しているのかわからなかった。黙っていると、大杉はなおも弁解がましく言った。

「手紙にそういうことをちゃんと書こうと思ってたんだが、いざ説明しようとするとそれ自体が恋文みたいに受け取られそうで止した」

　どういう言い草かと思った。

「私、そんなに自惚れ屋に見えまして？　あなたがご自分の心を恋愛じゃないとおっしゃるなら、それを信じます。本心を隠した恋文じゃないかしらなんて、自分に都合のいい邪推はしませんわ」

「自分に、都合のいい？」

「ええ、そうですとも。私は正直が取り柄ですから、今さら無駄な言葉を弄して真実を覆い隠したりいたしません。自分の気持ちがあなたに惹かれていることを、ごまかしたりもしません。ここまで来たら、生まれて初めてこの心に起こっていることの意味をしっかり見極めたいと思うだけです」

大杉は、唸っただけで何も言わなかった。

それが、数時間前のことだ。料理屋の前で、大杉とはぎこちなく別れて帰ってきた。

市子は、家を借りる時にひと目で気に入った四畳半に座り、総ガラスの戸をぐるりとめぐらせた縁側から寒々しい夜の庭をぼんやり眺めやりながら、くり返し大杉の声を、そして言葉を反芻した。

どれだけ思い起こしてみても、約束事など何も交わしていない。大杉の気持ちさえはっきりとは聞かされていない。おまけに彼には妻がいて、別れるつもりがないこともわかっている。大杉にとって自分という存在が唯一無二になる可能性はまず皆無と考えて間違いはない。

しかし結婚生活とは何だろう。それは男女の幸福を保証し、永続させてくれるものなのだろうか。

市子は、姉のところの夫婦生活を思い起こさずにいられなかった。

次姉の政子は、早くに亡くなった父や兄の代わりに、母親とともに働きに働いて一家を支えてくれた。学問をしたいという市子の望みを必死に叶えてくれたのもこの政子だ。最愛の姉と言っていい。

最初の夫には先立たれ、幸い二度目の縁に恵まれたが、今は眼科医院を開業しているこの夫は非常に封建的な人で、毎度の食事で箸を取るのは家長の自分が一番先でなくてはならず、看護婦たちは家族の食事が終わってから別の間でという徹底ぶりだった。

昨夏、小倉の政子宅でしばらく過ごす間にも、夫婦が不穏にぶつかるところを何度も見た。傍から見れば取るに足らないことが火種となって、姉と夫はまるで仇敵《きゆうてき》同士のように言い争う。その数や激しさが、年々増しているのは明らかだった。性格の違い、生活の不安、それとも何か生理的なものなのだろうか。政子の夫がいくら封建的といってもふだんは穏やかな人物であるだけに、市子には、二人がぶつかる理由は「夫婦であるから」としか思えなかった。他人ならば諦めて許せることが、夫婦には互いに見過ごせない悪となるのだ。

今現在の毎日を思う。独り身であればこその不安もあるかわり、自由もある。何をして、何を食べ、どこへ行こうが、誰にもとやかく言われずにすむ。姉のように、出かけようとするたび行く先を詰問されたり、そうまでして玄関を一歩出たと同時に帰る時間を気に病んだりする必要はない。そもそも、孤独を好む質の自分には、誰かと四六時中一緒にいるのは無理だ。どれほど愛した男であっても、朝から晩まで共に過ごすなど、考えただけで疲れる。縁側に面した文机に頬杖をつき、市子は深々と吐息した。

大杉の言う〈自由恋愛〉の理想が、言うほど素晴らしいものとはいまだに思えない。が、愛する相手とその時々で満ち足りた時間を分け合いつつ、しかし生活は別々に、というのは案外と自分の性質に合っている気がしなくもない。

大杉にとってはどんな女も、大勢のうちの一人。一時期はあの伊藤野枝との噂も耳に入ってきたし、たまたま彼女が出産で郷里へ帰ったためにそれ以上の進展はなかったようだが、これから先、第二第三の野枝が現れることもあるのだろう。

（わりあいに平気かもしれない）

ガラス戸に映る自分を眺めながら、市子は思った。野枝という女については初対面の時から生理的に好きになれないままだが、それはそれとして、こちらに見えないところでやってくれるなら、もとから無いものとしてふるまえる気がする。

市子にとって大杉は、初めての男というわけではなかった。誰にも話していないが、記者になって後、妻子ある男と関係を持ち、子までなした苦い過去がある。礼子と名付け、郷里の母のもとに預けた幼子は、市子にとって重い十字架だった。しかしあっという間に終わった関係であったから、男女の肉の交わりによってもたらされる快楽やその深まりというものを、思い描くことができないままなのだ。だから楽だとも言える。

いくら〈自由恋愛〉とはいえ、逢う時には二人きりだ。今そこにいない女のことなど気にしても仕方がない。人が、愛情から出た嫉妬に囚われるあまりに相手を束縛したくなるものなら、要するに愛し過ぎなければよいのだ。単純なことではないか。

ちりん、とかすかに鈴の鳴る音がした。庭木戸につけてある鈴だ。

こんな夜更けに誰だろう、隣の小野賢一郎の夫人が訪ねてくるにしても遅過ぎる、と目をあげると、もう、すぐそこに立っていた。

思わず声をあげた市子は、心臓の上を押さえながら立っていってガラス戸を開けた。

「――尾行はまいてきた」

走ってきたのか息を乱しながら、大杉は笑って言った。

「ど、どうなさったんです」

「なんだ、き、きみまで吃ってるぞ」

「だって、逗子に帰られたとばかり」

「腹がへった。何か食わせてくれ」

市子は慌てて彼を部屋に上げ、ありあわせのパンと果物を用意して、熱い紅茶も淹れてやった。

「こんなものしかなくてごめんなさい」

「何を言う。いきなり来た僕がいけないんだから」

「まだおなかすいてるんでしょう。買ってきましょうか」

「いや、いい。もう充分だよ」

きっと急な用事ができたか、同志の誰かの家へ向かう途中ででも立ち寄ったのだろう、食べ終わればまたすぐ出ていくものと思っていたのだが、大杉はなかなか腰を上げなかった。それどころか、紅茶茶碗を皿に置き、描かれた薔薇の花柄を見つめながらぽつりと言った。

「こ、今夜は、と、泊まっていってもいいんだ」

市子は黙って、同じ茶碗を見つめた。この世のどこにも存在しない青色の薔薇だった。


生来の頭でっかちが、人生をここまで左右するとは思いもよらなかった。何ひとつとしてわかってなどいなかったのに、全部わかっていると思い込んでいた。

愛情が過ぎれば執着となり、やがて嫉妬が生まれる。とすれば、そもそもの愛情をあらかじめ割り引いておくことで執着も嫉妬も軽減されるはずだ——と、まるで万能の数式を発見したかのように賢しらに決めつけていたけれども、とんだ計算違いだった。考え得る限り最悪の間違いは、愛情も執着も嫉妬も、頭や心の中だけで育つものではないということだった。

男のみっしりと堅くて重たい軀がのしかかってきて、あっという間に組み敷かれる。よほどの意思を持って拒絶しない限り、ちょっとやそっとの抵抗で逃れられるものではない。本心から嫌でないのならなおさらだ。

帯を解かれ、襦袢《じゅばん》や下穿きまで脱がされ、恥ずかしさとみっともなさに震えていると、生まれてこのかた誰からも言われたことのない言葉で賛美され、たとえ嘘だお世辞だとわかっていても言われれば嬉しく、涙しながらしがみついてゆくと男の息が興奮に乱れる。子を産んだとはいえずっと独りであったから、初めの数回こそ忍従を強いられたが、馴染んでゆくにつれて痛みはなくなった。少しずつ反応の柔らかくなってゆく市子を、男は嬉しそうに何度も抱き、物慣れないところがまたいいのだと言った。

愛してもかまわないが、必要以上に多くを求めてはいけない。二人でいる間は互いのことだけを考え、そのかわり離れている時には相手の自由意思を尊重する。正式な入籍が永続的なものとは限らないし、固く誓い合った愛情ですら醒めない保証はないのだ。今この時を一緒に過ごせて、互いを必要としていられるならそれだけで充分ではないか——。

市子は、逢えずにいる間じゅう自分にそう言い聞かせ、その考えを大杉にも語って聞かせた。大杉は男特有の単純さでそれを喜び、市子の〈思想的成長〉を褒めてくれた。

年が改まり、大正五年の正月、大杉はふらりと宮嶋資夫宅を訪れた。またも発禁をくらった『近代思想』のこれからについて、同人会の皆で協議しているうちに、雑誌や編集人個人に対する不満が出て収拾がつかなくなったらしい。不機嫌な面持ちの大杉が宮嶋宅に現れたのは真夜中だったが、もとより酒の飲めない彼は、完全に素面《しらふ》のまま、夫妻を相手に市子との仲を告白し始めたという。

後になって麗子からそのことを聞かされた市子は、いったい何という恥ずかしいことをしてくれるのだと大杉を泣いて責めたが、彼は悪びれる様子もなかった。隠し事をするという発想そのものがないようなのだった。

「それで、その晩、宮嶋さんは何ておっしゃったの」

「うん。保子のことをどうするつもりかと訊かれた」

「あなたは、何て」

「正直に答えたさ」

「ですから、何て」

すると大杉は、淡々と答えた。

「保子がこのことで騒ぎ出したなら、僕は保子と手を切る。か、家庭というものに長らく捕らわれていたが、ひとり自由になって自分の仕事をすることになるだろう。そう言ったよ」

「じゃあもし、保子さんがうるさくおっしゃらなかったら？」

「その場合は何も変わらない。き、きみだって僕と永遠にこうしていられるわけじゃないんだし、この関係がそんなに長く続くわけじゃない。そうしたら僕は、いつかまた保子のところへ帰ることになるんだろう。宮嶋くんにはそう返事をした」

鼻の頭を思いきり殴られたような衝撃に市子が茫然としていると、大杉は自嘲気味にふっと息を吐いた。

「ま、その後でいささか事情は変わったがね」

「……どういうことですか」

「四日に逗子へ帰ったら、き、きみとのことが保子にばれてしまった」

えっ、と息を呑むなり、頭の中が白くなった。

「それで……どうなりました」

「少しも騒がなかったと言えば嘘になるが、大丈夫、き、気にしなくていい。保子との間のことは、きみには何も関係がないことだから」

慰めの言葉が、これほど残酷に響くものとは初めて知った。

大杉が荒畑寒村とともに再興した『近代思想』が、同人会の決議によりいよいよ廃刊と決まったのは一月下旬のことだ。おもに大杉の杜撰な会計処理や高圧的な態度に不満を持つ同人たちが、荒畑に直訴したのが発端だった。

荒畑は彼らの意を汲んで大杉に意見したが口論となり、幾度かの行き違いと感情のもつれがあったようだ。未解決だったその確執を、上野の観月亭で開かれた臨時相談会の席上、十九名もが集まる場で議題としたことに、大杉の堪忍袋の緒が切れた。

「もう、何もかもいやになった」

市子の膝に頭をのせて、大杉は呻くように言った。

「同人からの不平不満も、ある部分はもっともさ。僕の態度にだって改めるべきところはあるし、保証金や借金の問題を非難されるのもまあ仕方がない。だが、どんなことにも一つひとつ事情があるじゃないか。なぜ荒畑は、その事情を僕に直接訊かないんだ。僕らは最も近しい友人じゃなかったのか。皆の前で吊るし上げるように不平をぶつける前に、どうして僕自身に訊いてくれない。それが、か、彼に対する僕のいちばん不満な点だよ」

同志であり親友である男の裏切りがよほど堪えたのだろう。大杉は、市子がこれまでに見たこともないほど虚《うつ》ろな目をしていた。

雑誌『近代思想』の廃刊とは別の問題ということで、二月一日、「平民講演会」は引き続き行われたのだが、そこで、十四名もの同志が上野署に一斉検束されるという事態になった。扱いはひどく乱暴で、翌日の午後になって釈放された大杉はその足で警視庁まで抗議に行った。

「サンジカリズム研究会」を発展させた平民講演会は『平民新聞』が連続して発禁・押収の弾圧を受けたために、労働者や学生に門戸を開いて、すでに三年も続いている至って穏健な集会である。今さら出席者を検束した理由がわからない。さほどの抵抗もなかったのになぜ一人には縄をかけて拘束したのか。冷えきった留置場で食事の自由も認められず、喘息や重い脚気を患《わずら》っている同志はもとより、妻の保子など肺病なのに寝具も与えられなかった。そういった扱いは人道的にどうなのか。さらに、拘束者の氏名に関しては発表しないと署長と約束したはずが、それすらも破られた。どういうことか一つひとつきっちり説明してもらいたい、そちらがそんな無茶をするならこちらも無茶をやるまでだ――。

尋常でなく激しく憤る大杉を前に、保安課長が禿げ頭を撫でながら、先生、先生と拝み倒すように宥めていたそうだ。

市子はそれらを、そばで見ていたという宮嶋から伝え聞いた。

そんな大変なことがあったのなら、本人の口から聞きたかった。臨時相談会で吊るし上げにあった後のあの時のように、愚痴を吐いて弱いところを見せてくれればこちらはそれだけで安心し、満足もできるのに。

何が起こっているのか、市子にはよくわからなかった。この時点で、もう十日ほども、大杉は市子の家を訪れていない。逗子から上京してきた時は必ず泊まりに来ていた彼が、仏蘭西文学研究会で顔を合わせてもそっと目をそらす始末だ。

きっと、独りになりたい時もあるのだろうと、市子は無理やりに考えた。こういう時にうるさくつきまとっては逆効果だ。追えば追うほど男は逃げるものと、何かの流行歌にもあったではないか。

じりじりしながら待った。さらに数日がたち、ようやく大杉が来てくれた時には、顔を見たとたんに涙が出そうになった。憔悴しているかと思ったのに上機嫌だし、ずいぶん優しくしてくれるのでなおさらだった。

自分が信じられない。いつのまにこれほど大杉ばかりを想うようになったのだろう。昼間、新聞社で電話を取ったり記事を書いたりしている間でさえ、ふと気づくと彼の声や匂いや愛撫を反芻してしまっている。逢いたさに焦がれればなおさら、抑えきれない疑念が黒々と湧いてきて胃が痛くなる。

一つ、彼に問いただしたいことがあった。

が、今はだめだ。久しぶりに逢う男に不満や疑念などぶつけても何もいいことはない。同志に足をすくわれ、友情を失い、今は妻にも責められてばかりの男を、自分のそばにいる間くらいは安らがせてやりたい。それができれば、彼はこれからも足繁く通ってきてくれるかもしれない。

急いで作った心づくしの料理を大杉の前に並べながら、市子はつとめて明るく言った。

「今日はなんだか、ずいぶん嬉しそうなんですのね」

男は目を上げた。

「ど、どうしてそう思う」

「そんなのは見ればわかりますとも」

「何を言うやら。いつもと変わらんよ」

苦笑いを浮かべた大杉が、てのひらで自分の顔を撫でさする。悪びれた様子もない。

自分の勘違いだろうか、と市子は思った。そんなはずはない。今夜も来ないだろうと諦めかけた頃になって現れた大杉は、部屋に入ってきた時からひどくご満悦で、市子が手早く用意した酢の物をつまみながらも時折にやにやと思い出し笑いを漏らしていた。そう、たった今もだ。

「ほんとうは、どこかでいいことがあったんでしょう」

「何もないよ」

「隠したって駄目よ。顔じゅうが喜びでぴかぴかしているわ」

文句をぶつけたいのではない。ただ悶々と疑っているよりいっそのことはっきりさせてしまいたい。せんだって宮嶋から、伊藤野枝が、郷里での第二子出産を無事に終えて東京に戻ってきていることを知らされた。自分が知ったくらいだから、大杉ももちろん聞かされているはずだ。

市子は、努めてさりげなく言った。

「さては――野枝さんとでも逢って？」

答えを聞くよりも先に、予感が正しかったことを覚った。大杉の表情は正直だった。

「……そう。やっぱりそうだったのね」

「うん。つ、ついさっきまで一緒だったんだ」

市子は、ゆっくりと大きく息を吸い込んだ。

「それで、どうだったの。今度こそ少しは進展したんでしょうね？」

まったく気に病んでいないふりで水を向けると、男はみるみる警戒を解いて相好を崩した。

「そうだな。三年越しの付き合いになるけど初めてだったね、旦那のつ、辻くんを抜きにして逢えたのは」

「そう。それで？」

「日比谷の公園を歩きながら、初めて手を握りあって、それから抱き締めて接吻もしたよ」

茶を淹れる手が止まった。

「……まあ、悪いひと」

「き、きみと違って野枝くんは背が小さいから、すっぽり腕の中におさまってしまってね。『いけない、こんなのはいけないわ』なんて言うくせに、懸命に伸びあがって僕をこう、抱き締め返して、そうしながらもひどく震えていたな」

思い起こしながら得意げに語る大杉の身ぶり手ぶりが生々しく、今ここに野枝が立っているようで厭わしさに叫び出したくなる。

市子は言った。

「そう。それはよかったわね。私も一緒になってお喜びしてあげるわ」

からかうように笑ってみせた時、心臓の一部が硬くなり、そこから壊死《えし》してゆく心地がした。


初めて伊藤野枝と会った時のことを覚えている。『青鞜』に加わってから少したった秋口、市子がまだ英学塾の学生だった頃だ。風のない、九月にしてはやや暑い日で、平塚家のらいてうの部屋には熱気がこもっていた。市子が手紙の整理などの手伝いをしていると、そこへ野枝が訪ねてきた。

玄関から円窓の部屋までやってくる、その間の物音ですでに小柄なのは察せられた。市子のように背丈のある者は、手足も長いので自然と所作がゆっくりになる。腰をかがめて脱いだ草履をそろえるだけで、膝頭も肩も指先も相当な距離を移動しなくてはならない。野枝の立てる物音は、一つひとつがこぢんまりとまとまっていて小気味よかった。体格による都合だけでなく、いささかせっかちでもあるようだった。

「らいてうさん、ごきげんよう。おかげさまでこのたびは……」

少し鼻にかかったような可愛らしい声で言いながら、色の褪せた単衣《ひとえ》に赤い細帯、洗い髪を下ろした姿で入ってきた野枝は、市子を見て「あら」と立ち止まると会釈してよこした。市子もおずおずと会釈を返した。

こんな垢抜けない少女のために、らいてうがずいぶん骨折ったというのが解せなかった。強制的な結婚を嫌って婚家を飛び出した経緯は、同人の保持研から聞かされていた。郷里かららいてうに手紙を書いて助けを求めた野枝は、送ってもらった五円でようやく再び東京へ戻ってくることが叶い、この日は挨拶のために顔を見せに来たのだった。

後から思えば、あの時すでに辻潤と深い仲になっていたのだ。野枝が辻の家で世話になっているのを知っていたらいてうでさえ、二人を面倒見のいい教師と元教え子だと信じて疑わなかったようだが、無理もない。市子の目にも、この頃の野枝はまるで子どもに見えた。そのぶんよけいに、妊娠したと聞いた時には嫌悪感を抱いたほどだ。

野枝を匿ったせいで、辻潤は上野高女をくびになった。宮嶋家で時々会うので、市子もよく知っている。物腰柔らかで、教養の深さは誰にも引けを取らない辻が、あんなねずみ花火みたいな子どもに入れ込んで職を棒に振ったのが勿体なく思えてならない。

いったい男たちは、野枝という女のどこに惹かれるのだろう。辻ほどのインテリを骨抜きにし、木村荘太とかいう二流の作家とは不倫寸前の付き合いをして世間を騒がせ、今また辻との二人目の子を産み落とした身で、大杉の心を引っかきまわしている。

野枝との口づけの余韻だろう、その晩の大杉はいつも以上に積極的に挑んできたが、市子のほうは硬く閉じたままだった。いつもの快楽が分厚い膜の向こう側にあって、隔靴掻痒《かっかそうよう》、どうしても届かない。それをごまかしてみせるだけの気力もなくぼんやり抱かれていると、大杉もしらけたのか途中であきらめて寝てしまった。途方もなく寂しい暗がりに、市子だけが取り残された。

野枝とは、今はまだ口づけと抱擁しか交わしていないにせよ、そこまで至ればあとは時間の問題だろう。おぼこで頭でっかちの自分が足もとを気にしながらおずおずと踏み分けた道のりを、野枝ならひと足でまたぎ越えてしまうに違いない。

一晩泊まった大杉は、翌朝、逗子の妻のもとへと帰っていった。市子は玄関までしか送らず、独りになると台所から料理用に置いてある酒を持ってきて飲み始めた。

大杉はまるきり飲まないから、たまに市子だけが燗をつける時などついつい遠慮してしまうのだが、独りならその必要がない。やはり自分にはこういう自由が必要なのだ、男がそばにいると息が詰まる、と苦笑いしながら湯呑みに注ぐ。

もう、別れよう。こんな関係は荷が重過ぎる。何が自由恋愛だ、何がフリー・ラヴだ。この世に只《フリー》で手に入る愛などないのに、あの男にはそれがまるでわかっていない。記者という天職があって良かった。これからはますます仕事に打ち込み、こんな痛手など早く忘れてしまうのだ……。

ほんの一杯だけと思ったが、一杯は二杯になり、一合になり二合になって、その先はわからなくなった。昏々《こんこん》と眠り、起きるとまた飲んで、誰かを相手に暴れる夢を見た。

気がつくと、肩をつかんで揺さぶられていた。だんだんと声が耳に入ってくる。

「おい、起きろ。何なのだ、あの手紙は」

目の前に大杉がいる。何か忘れ物でもしたのかと思いかけ、違う、あれからずいぶん経っている、と気づく。

「説明してみろ。いきなり、もう来てくれるなと言われても納得できるものか」

言われてみればなるほど、酔いにまかせて思いの丈を書き殴り、逗子の住所に送りつけた気もする。あなたになどもう用はない、二度と逢いたくない、永遠にさようなら……。

ずきずきと痛むこめかみを押さえながら、市子は言った。

「おしまいにしましょう」

喉はがらがらに荒れ、老婆のような声しか出てこない。

「お願いです。もう、苦しいんです」

「つ、つまらんことを言うな。野枝くんと逢ったことで気を悪くしたのか？　僕が多角的な恋愛の実験を試みているのはよくわかってるはずだろう。野枝くんはちゃんと理解しているぞ。保子のことはもちろん、き、きみの存在も知った上で承知してくれているんだ。き、きみがそこへ付いてこられないのは、思想的未熟さのゆえだ。大人になれ」

割れて砕けてしまいそうな額に手をあてて聞いているうちに、市子は身体の奥底から、いつか抑え込んだはずの溶岩がふつふつふつとせり上がってくるのを感じた。

「……帰れ」

しわがれ声を押し出す。

「え、何だって？」

「帰れ！　帰れ、帰れ、帰れえええ！」

大杉の腕を振りほどき、布団に膝立ちになって突き飛ばす。何を言われようと宥められようとおさまるものではない。手近なものをつかんでは投げつけ、自分でもどうかしていると思うほどの金切り声を張りあげて追い出しにかかると、さすがに手に負えないと観念したか、男は背を丸めて草履を履き、庭を横切って出ていった。ゆっくりと跳ね返ってきた木戸が、ちりん、と鈴の音をたてた。

市子は、くずおれるように畳にへたり込み、しばらく茫然と座っていた。猛烈に気分が悪い。飲み下しても飲み下してもいやな生唾が湧いてくる。ゆらりと立ち上がり、渡り廊下の先の厠《かわや》へ行くと、逆さになって吐いた。酒以外の何も口に入れていないせいで、濃い胃液が食道を爛《ただ》れさせ喉を灼いた。

大杉は、保子のもとへ逃げ帰っただろうか、それともせっかく上京したからと野枝の家でも訪ねているのだろうか。

またこみ上げてくる生唾をどうにか飲み下すと、市子は奥の間へ行き、敷いたままの布団に突っ伏すなり、意識を手放した。

再び目が覚めたのは翌日、陽が高く昇った後だ。久しぶりに口をゆすぎ、顔を洗い、乱れ髪を梳いて身なりを整える。宮嶋資夫の家を訪ね、詫びなくてはならなかった。一昨日の記憶が断片的に蘇る。酔って記憶をなくせる質ならよかった。宮嶋と麗子の前で乱れに乱れ、あいつは騙した、この私を騙した、と泣き叫んで暴れたのがすべて夢であったならよかったのに。

まだふらつく足取りで訪ねて行き、玄関の引き戸をそっと開ける。三和土《たたき》に視線を落とすなり、市子は襲いかかってくる眩暈に固く目をつぶった。つい昨日も目にしたばかりの草履が揃えてあったのだ。昨夜はここに泊まったらしい。

再び目を開け、大きな草履を凝視する。鼻緒の歪みが、男の足の形を想起させて生々しい。逃げて帰りたい。しかしここで逃げれば、自分は敗者となってしまう。こちらは何も間違ったことなど言っていない。頭がどうかしているのはあの男のほうだ。

もう何度となく訪れた家の中へ黙って上がってゆき、話し声のする居間の襖に手をかけて、さらり、すたん、と開け放った。正面の宮嶋と、その傍らの麗子が同時に目を瞠り、続いて手前に座っていた大杉が首と身体をねじるようにしてこちらを見上げてくる。

「私……」

ひび割れた声を精いっぱい張って、市子は宣言した。

「私、あなたを殺すことに決めましたから」

「神近くん、落ち着きたまえ」

と宮嶋が腰を浮かす。

「ね、とにかくほら、座って話をしましょうよ、ね」

麗子が身を揉む。

彼ら二人のほうを見ずに、市子はゆっくりと言った。

「今じゃありません。でも、確かに決心しましたから」

「そうかね」

大杉は一人、冷静だった。少なくとも、そう見えた。

「それもよかろう。それできみの気が済むんならね。だが、殺すんだったら、今までのお馴染み甲斐に、せめてひと息で死ぬように殺してくれよ」

あえて冗談半分に受け流してみせるあたり、やはり場数が、役者が違うと言わざるを得ない。

「いいわ。その時になって、卑怯な真似をしないようにね」

市子が悔しまぎれになおも言えば、

「えーえ、ひと思いにさえ殺して頂けるんならね」

と、また受けて立つ。

市子はふと、宮嶋の家の居間ではなく、大勢の観ている舞台の上で芝居を演じているような心地がしてきた。現実感が遠のき、それにつれてここ数日のあいだ渦巻いていた黒い霧がみるみる晴れてゆくのを感じる。巧くのせられたようで悔しい。悔しいが、他のどんな男が相手であれ、こんな刺激的な、言葉を交わすだけで体温の上がるようなやり取りは望めない。新聞社の誰でも、いや、これまで会ってきた著名人の誰でもだ。大物政治家にさえ、これほど度胸の据わった馬鹿はいない。

こらえきれない苦笑いが市子の唇に浮かんだことに、大杉は目ざとく気づいたようだ。にやりと笑い返してくる。

「じゃあ、僕はそろそろ帰ろうかな」

あぐらを解いて立ちあがり、ついでのように市子を促した。

「そこまで一緒に行こうじゃないか。また新橋まで送ってくれてもいいんだがね」

おとなしくそれに従う市子を見て、宮嶋と麗子があきれたように顔を見合わせるのがわかった。大杉の好きな散歩をしながら、時々、まるで石ころを蹴るようにぽつりぽつりと喋った。お互い、昨日までの話題は避けていたが、だからといって気まずくはなかった。

墨色の木綿の着物に対の羽織。洒落た海老茶の襟巻きは、この正月に市子が贈ったものだ。臙脂《えんじ》寄りの色味が、どこか南方の血を思わせる大杉のくっきりとした顔立ちによく似合っている。こちらが酔って書き送った縁切りの手紙を読み、激怒して逗子から上京してくるのに、昨日の大杉はわざわざそれらを選んで身につけてきたのだと思うと、あほらしいやら愛おしいやら、どうしていいかわからなくなる。

ぐるりと遠回りして歩き、昼飯を腹に入れてから停留場に着いた。たとえそれがただの電車でも、今この瞬間は二人して同じものを待っているのだと思うと、寄る辺なさに胸の底が蒼く澄むような心地がして、市子は隣に立つ大杉に半歩寄り添い、羽織の袂《たもと》をそっと握った。

反対側の電車が停まり、ちらほらと客が降りてくる。間に横たわる線路をぼんやり眺めていた市子は、握っている袂の先に大杉の緊張を感じ取り、目をあげて彼の視線をたどった。

貧乏くさいなりをした小柄な女が立ち尽くし、喧嘩をふっかける野良猫よろしく、肩をそびやかしてこちらを睨みつけていた。

*

自分からは決して口をひらくまい、頭も下げまい、と野枝は思った。

〈なんと間の悪いことだ。困ったことになったなあ〉

大杉の顔にははっきりとそう書いてあった。そのそばで、神近市子が同じく間の抜けた顔をしてつっ立っている。

日比谷の公園で大杉と口づけを交わしたのはほんの三日前だ。以来、あれほど思い悩み、良人にだけは勘づかれまいと神経をひりつかせ、野上弥生子の親身な言葉にようやく力づけられて足もとを確かめ直していた間に、大杉のほうはこちらのことなどすっかり忘れ、あの案山子《かかし》のような大女と組んずほぐれつしていたというわけか。何もかもが馬鹿ばかしく、すべてが茶番に思われてきた。

絵に描いたような三竦みの状況から解き放たれたい一心だったのだろう、大杉は、神近と野枝の双方を伴って宮嶋資夫の家に戻った。訪ったのではなく戻ったのだという事情も、野枝には、迎えた宮嶋夫妻の驚きようと大杉の受け答えを聞いてわかったことだ。麗子夫人は神近と親しい。視界の端、目顔で何ごとか交わし合う二人から、野枝は苦い気持ちで視線をそらした。

「はっきりさせておこうじゃないか」

煎茶で口を湿らせると、大杉は咳払いを一つした。

「か、神近くんも野枝くんもすでにわかっていることとは思うが、僕の言う〈自由恋愛〉というのは、ただの観念や理想ではないし、もちろん浮気目的のふざけた言い訳でもない。頭の凝り固まった馬鹿にはわからんかもしらんが、た、確かに実践する価値のあるものなんだ。ご存じのように僕には妻がいるが、あえて入籍はさせていない。制度によって相手を縛ろうなどとは端から思っていないからだ。か、考えてもみたまえ、制度が我々の何を守ってくれる？　それを決めたのは腐りきった体制側の人間だろう。そんな奴らを信じ、そんな奴らの決めた制度をありがたがっていたってどうにもならない。自分のことは自分でする、僕の主義は畢竟《ひつきよう》これに尽きる。僕ら労働者は昔からそうやって自分で決めて生きてきたんだ。き、きみたちだってそうだろう、物心つく頃には家の手伝いをして、するべきことはすべて自分でやってきたはずだ。親の財産など当てにもできないぶんだけ苦労は多いが、己の人生を人から勝手に決められるよりはましだろう。威張り散らされることもない、恩に着せられることもない、よけいなおせっかいもない。人間、自由がいちばんだ。いつも言っていることだが、世の中何であれ、か、変わらないものはない。旧いものは必ず倒れて、その後から新しいものが起こってくるんだ。き、きみたちの人生だって、どこからでも新しく始められる。人の一生というものは、できあがってしまった一冊の本じゃない。誰もがそれぞれ一文字一文字書いていくことでようやくできあがる白紙の本なんだ。じゃあ、そこへ何を書き付けるか。いたずらに頭の中だけで理屈をこね回していたって何の意味もない。自分の身の回りの物事を注意深く見回して、そのありのままを観察するのが大事だ。事実そのものに対してはどこまでも深く、その事実と関連する物事に関してはあくまでも広く、できるだけの集中と努力でもって観察を続けるのだ。そうして必要とあれば、自らの身を投じてみるのがいい。自らを自らの実験材料とするわけだ。そう、つまり〈自由恋愛〉もその一つだよ。か、観察と実験をそうしてくり返すことによって、僕らは初めて机上の空論ではない本物の思想というものを築き上げることができるのだ。わかるだろう？　こういった個人的思索というものをしない連中が、いわゆる衆愚というやつだ。体制には都合のいい永遠の奴隷だよ。彼らが歴史を創ることは絶対にない。唯々諾々《いいだくだく》と歴史に引きずられて墓場まで連れて行かれるだけだ。そんな情けない人生を送るより、僕は闘って死にたいね。それこそが真に生きるってことだろう。ち、違うかね」

大杉が口をつぐむと、居間は静まりかえった。宮嶋、麗子夫人、そして神近市子——全員が、どこか途方に暮れた様子で卓の上を見つめている。大変ご立派な演説ではあるが、大杉自身と神近と野枝との膠着した三角関係、あるいは保子や辻も含めた五角関係について、具体的な解決策は何一つ触れられていない。それはもうあきれるほどに。

「でも……」

嗄《か》れたような声に、野枝は顔を上げた。言葉を発したのは神近だった。

「大杉さんのおっしゃることはいちいちごもっともですけれども、私は自信がありません。人の感情というものはそんなふうに割り切れるものなのでしょうか。もっとこう、理屈ではどうにもならないものなのではないですか」

らいてうの自宅で顔を合わせて以来数年がたとうというのに、神近の声をちゃんと聞いたのは初めてのような気がした。

息をふっと吐くほどの短い間、野枝は、激しく神近に同調したい気持ちに駆られた。そうだそうだ、男には何もわかっちゃいない、頭でっかちはどっちだ、ばかやろう。一緒になって騒ぎ立て、大杉の高々と目立つ鼻っ柱をへし折ってやれたらどんなに胸がすくだろう。

それも一瞬のことだった。吐いた息を吸い込むと同時に、生来の反抗心が鎌首をもたげてくる。

「か、神近くんはああ言うが、どうだね。野枝くんも同じような意見なのかね」

大杉の問いかけにすら、小さく勝ち誇るような気分になる。神近の名前では必ず吃る彼が、自分の名前はすんなりと呼ぶのだ。

「いいえ」

野枝は、あえて神近の蒼白い顔に目を当てながら言った。

「私は、大杉さんの弁に何の異論もございませんわ。〈自由恋愛〉についても、そのような意図のもとに行われるものであること、よくわかりました。存分に実践なり実験なり、されたらよろしゅうございましょう」

「と言うと？」

「私個人には異論などございませんけれども、私の良人である辻には辻で、信ずる考えというものがございます。彼の感情を無視して、私だけが勝手を通すわけにはまいりません。とにもかくにもこのことは当面、私抜きで進めるということになさって下さいな」

微笑みさえ浮かべて言い終え、すっと立ちあがると、野枝は宮嶋と麗子夫人にだけ会釈をして居間を出た。

誰も追いかけてこない。履き古しの草履は玄関の三和土のいちばん遠く、ガラスのはまった引き戸寄りに脱いであった。手前の大杉や神近のそれらを踏みつけるのも業腹で、上がりがまちに腰をかがめて手をのばす。

その拍子に、じわりと肌襦袢に熱く滲み出すものがあった。生まれて間もない流二のため、出がけに一滴残らず絞ってきたはずなのにもうこれか。

外へ出るなり、二月半ばの寒風が耳を引きちぎる勢いで吹きつけてくる。身八つ口からもぴょうぴょうと吹き込み、湿った布地を凍らせる。

かばうように自分の胸をそっと抱き、野枝は舌打ちをもらした。せっかく出かけてきたが、このぶんでは用事を明日に延ばしたほうがよさそうだ。予想外の邪魔さえ入らなければ、今ごろはもう集金を済ませられていただろうに。

自分の身体が、自分の意思に逆らう。毎月のものもそうだが、妊娠や出産ははるかに暴力的で破壊的だ。日に日に出っ張ってゆく腹の中では見知らぬ生きものが育ち、出てくるとなったら抗うことはできない。鼻の穴から風船を出すほどの痛みとともにこの世に産み落とすと、身体はたちまち赤子が育つのを助けるためだけの装置と化してゆく。

子らは、愛しい。それは紛れもない事実であって、乳房を含ませれば理屈など超越した動物的・宇宙的満足感に陶然とする。しかし一方、二人の子を産んだことによって野枝は、柔らかだが決して千切れない足枷《あしかせ》を嵌められた思いがしていた。もう二度と、今宿の海を裸で泳いでいた自分には戻れないのだった。

あの案山子女にはまだわかるまい。いびつな優越感を杖に、停留場へと歩き出す。

ああ、痛い。乳が張る——。

第十三章　子棄て

かつての木村荘太との恋愛沙汰など、子どもだましの真似事でしかなかった。今のこれは全然違う。何をしていても、わずかでも気をゆるめると大杉との接吻が思い起こされる。それが厭わしくてならない。厭わしいのに焦がれる自分がわからない。

夜の日比谷公園を歩いているうちに、ふと隣から伸びてきた大杉の手。指先をきつく握られ、引きずるように木陰へ連れて行かれて抱きすくめられた。帯のお太鼓越しにも背中に食い込む、ごつごつとした木肌。自分の唇がどれほど冷えきっているかに気づいたのは、大杉の唇がおそろしく熱かったからだ。口臭のきつさに思わず眉を寄せた野枝が口で呼吸したと同時に、唇よりもさらに熱い彼の舌が滑り込んできた。獣の匂いが鼻腔《びこう》から脳へと抜け、膝が砕け、溺れかけた者のようにすがりつき、がっしりと分厚い背中に腕をまわしたあの瞬間、良人の辻の薄っぺらい身体を憐れんでいた。

気持ちはとうに辻から離れているけれど、夫婦の間のことを決するのに、まるでスプリングボードのように大杉を利用するのは嫌だった。辻と駄目になったのは大杉のせいではない。そもそものきっかけはと遡《さかのぼ》れば、あの足尾鉱毒事件をめぐる夫婦間の思想の対立であり、傍観者然とした辻の生き方への軽蔑であり、さらにはそんな矢先に起こった彼と従妹との不実な戯れでもあった。いずれも大杉とは何の関係もない。

一度はやり直せるかと思ったのだ。こちらが身重と知った上での辻の裏切りに傷つき、そこで初めて自分が傷つけてきた相手と同じ気持ちを味わって、贖罪《しょくざい》のような、はたまた復讐のような得も言われぬ心地で抱き合い、やがて流二を産んだ。あれから、まもなく一年。いっときの奇妙な熱は去り、後に残ったのは、一度喪われた信頼は再び返ってこないという寂しい確認だけだった。

別れる決心はまだつかずにいる。夫婦の間にどれほどのすれ違いがあろうとも、かつて二人は誰よりも互いを理解し、尊重していた。そういう日々が、出会いから数えて五年ほども積み上げられてきたのだ。どうして簡単に捨て去ることができるだろう。

それに加えて、お互いが相愛の生活を続けるために支払ってきた様々な対価が惜しまれてならない。野枝がそうであるように、もしかすると辻のほうも言い出せずにいるのかもしれない。どちらもが自分たちの関係の空疎さに絶望しながら、過去の良かった時間への未練や、現在進行形の生活にともなう様々な事情、あるいは馴染んだ互いの肉体への執着に縛られて、まあ今日でなくとも、と問題を先送りにしているのだ。

妥協や忍従をこの世の何より憎んでいたはずの自分が、今、唯々諾々とそれらに引きずられていることが野枝には信じがたかった。かといって、ここで辻を見放してしまえば彼の憂鬱は深まり、ますます隠遁《いんとん》的になってゆくに違いないし、彼との夫婦別れはすなわち二人の幼子から父親を奪うことでもある。何もしない父親でも、いないよりはましだろう。二親から引き離される苦痛は身をもって知って……。

いや――違う、そうじゃない。

自らの裡にあるごまかしに気づいた時、野枝は思わず唇を噛んだ。

愛のない相手と夫婦でいるなど愚の骨頂、本心ではそう思いながらぐずぐずしているのは、ほんとうに子どもや生活のためなのか？　それ以上に、虚栄心や保身のためではないのか。

正直、世間に何と言われるかを想像すると怖くなる。辻の浮気が発覚した際にあれほど責め、『青鞜』の誌上でまで事細かに書き立てて弾劾した自分が、今また別の男に軽々しく心を移したなどと知れれば社会的に無事でいられるわけがない。おまけに、相手の大杉には堀保子という妻があり、神近市子との愛人関係もあって、なおかつ〈自由恋愛〉を標榜している。そんな中、良人と子どもを棄てて大杉のもとに走ったりするのは、自ら地獄の釜へと飛び込むようなものだ。新聞雑誌はきっと〈新しい女〉の次なる恋の顚末を面白おかしく書き立て、そうなれば世論も黙ってはいないだろう。ありがちな三角関係ですら厳しく糾弾されるものを、それが四角関係、五角関係ともなれば、万人の理解を超越すること請け合いだ。

野枝は、野上弥生子の助言を思い起こし、めずらしく理詰めで考えようとした。

ほんとうに辻と別れるつもりならば、大杉とは距離を置かなくてはいけない。どちらの男からも完全に離れ、自立した女の生き方を世間に示した上でならば、いつか大杉との未来がひらけることもあろう。ひらけなくともそれはそれ。まずは完全に独りきりになって、学問や原稿執筆に集中する時間を持つのだ。

平塚らいてうから強引に『青鞜』の発行権を譲り受けた時点では、自分にならできる、らいてうより凄い雑誌が作れると思い上がっていた。が、現実には継ぎ接ぎのやっつけ仕事でどうにか体裁を整えたものを出すのが精いっぱいだったし、生活に追われて編集作業に時間を割くこともかなわず、とうとう二月号をもって休刊とせざるを得なかった。

おのれの小ささを思い知らされた。そもそも、公娼廃止運動をめぐる誌上論争で青山菊栄に惨敗を喫した時から、気づいてはいたのだ。自分の持ちものは若さによる勢いのみであって、他には何もない。基礎的な学問や知識、とくに論理を組み立てる能力が致命的なまでに欠けているということが。もう、二度と再びあのような恥をさらしてなるものか。弱点がわかった以上、速やかに補強しなくてはならない。口惜しさとともに、情熱が、今また野枝の身の裡によみがえりつつあった。何が何でも勉学を続けたいと望んだ少女時代と熱量は同じほどでありながら、自分があの頃よりも数段高い次元にいることもわかるのだった。

この上はただただ、自由になりたい。良人の束縛や嫉妬からも、また姑の美津に代表される旧い習俗からも解き放たれ、手の中にある未熟な若さをこそ武器に、自らの可能性に挑んでみたい。そのためにも、大杉との間柄は単なるフレンドシップであることを周囲にもはっきり主張しておかねば……。

野枝は、げんなりした。何と小狡い女だろう。フレンドシップが聞いて呆れる。破廉恥な女、無慈悲な母親と断じられたくないばかりにうまく立ち回ろうとすればするほど、自身のちっぽけさに愛想が尽き果てる。

ごまかす以上は、己に対しても徹底的にごまかし通さなくてはならない。あの夜の大杉の接吻などはあくまで冗談であり、友情からひょっこり生じた戯れに過ぎない。絶対にそうなのだ。誰が何と言おうとそうなのだ。そうして自分は、辻との別離を果たした後、〈自由恋愛〉などという愚かな実験からは距離を置き、たった一人初心に立ち返って学ぶのだ。

そうとなれば、自ら退路を断つためにも、大杉にはきちんと話しておく必要がある。あの男のことだ、このままほうっておいたら、野枝とキスしたなどと誰に話すかわからない。一度は毅然とした態度で、あなたとは友人にしかなれないと宣言しておかなくては――。

桜も散り終えた四月の半ば、野枝は、麴町三番町にある下宿屋「第一福四万館《ふくしまかん》」へ大杉を訪ねていった。彼は妻の保子から離別を言い渡され、とりあえず別居というかたちを呑んでもらった上で、保子は四谷に借家し、自分も逗子からこちらに移っていた。

下宿の主人から部屋は二階だと教えられ、着物の褄をとって一段一段上がってゆく。狭くて急な階段が軋む音を聞きながら、この先に彼が独りきりでいるのだと思うと、あれほどの決意が萎えそうになる。

これまで大杉とはほとんど、辻の同席するところで会ってきた。たまたまその慣習が破られた最初が、あの日比谷公園の夜だったのだ。そのあと彼と顔を合わせたのは一度きり、神近市子と停留場にいるところに鉢合わせをしたあの時だけだ。いま彼の顔を見たら、あの日浴びせかけてやりたかった怒りを我慢しきれずぶちまけてしまうかもしれない。

いけない。そんな話をしにきたのではない。

階段を上がりきり、奥の襖の前で立ち尽くす。中に人の気配がするが、いきなり開けては失礼だろう。野枝は思いきって声を掛けた。

「ごめんください」

中の物音が、はたと止む。ややあって、はい、と応《いら》えがあった。

「大杉さんのお部屋ですか」

「だ、誰だね」

慕わしい声が、例によって吃る。

「野枝です」

あれもこれもまぜこぜになった想いが溢れ、自分でも意外なことに泣きだしてしまいそうだ。こらえて、野枝は言った。

「いきなりお訪ねしてごめんなさい。お話ししたいことがあるんです。入ってもよろしいかしら」

再び、しばらくの間があいた。慌てたような物音と衣擦れが聞こえる。寛いでいるところを邪魔してしまったなら申し訳ない、散らかっていたってかまわないのにと思い、そう声を掛けようとした時、

「ど、どどうぞ」

促され、野枝は戸襖の引手に指先を掛けた。

「失礼致します」

意を決して引き開ける。卓袱台の向こう側に大杉が座っていた。

「やあ、野枝くん。よく来てくれたね」

「大杉さん、私……」

切羽詰まった想いで足を踏み入れた野枝は、目の端に映ったものにはっと息を呑み、立ち尽くした。六畳ほどの部屋の片隅、神近市子が気まずそうにうつむいて正座していたのだ。

どうして、と思う尻から、絶望に刺し貫かれる。

自分は——とくに自分は、この案山子女を咎められる立場にない。

決意と、緊張と、それらとは相反する期待でもってはちきれそうだった身体から空気が漏れ出し、みるみるうちに萎んでゆく。

「き、きみたちは、よくよく縁があるんだなあ」

宥めるように大杉が笑う。

「……縁？」

「そうさ。た、たまたま今日に限って、か、神近くんが、た、たた訪ねてきたと思ったら、き、き、きみまでやってこようとはね。か、かか神近くんもついさっき、ききき来たばかりなんだ」

麩《ふ》を求める金魚のような口つきで激しく吃る男を、野枝は見下ろした。

それから市子へと目を移した。縞の着物の衿元はかき合わされているが、ひっつめ髪の乱れは隠しようもない。

「お邪魔でしょうから、すぐにおいとま致しますわ」

自分の顔から表情が抜け落ちているのがわかる。

「いや、お気遣いには及ばんよ。僕らが、こ、この〈自由恋愛〉の実験を続けていこうとすれば、こ、こういう場面はいくらでもあり得るのだから」

「そうでしょうね。じつは私、そのことをお話ししたくて参りましたの」

「いよいよ決心してくれたかね」

「ええ。今度こそ、決めました」

大杉の顔がぱっと明るむ。野枝は言った。

「私は、やはりお断りします」

「なんだって？」

「今日ここへ伺って、いよいよはっきりとわかりましたわ。あなたの言う〈自由恋愛〉とやらが、愚にもつかない空論だということが」

大杉の眉根が寄る。その下の黒々とした眼を凝視しながら、野枝は言った。

「あなたはずいぶんと簡単に考えておいでのようですけど、多角的な恋愛関係を結ぶという選択は、ここにいる神近さんにとっても、私にとっても、そしてもちろん奥様の保子さんにとっても、大変に重大な問題なんです。きっとあなたには痛くも痒くもないんでしょう。ご自分で思いつかれた実験ですし、しょせん真剣ではない片手間の恋愛でしょうから、いくら世間から後ろ指をさされようと心の痛手にはならない。殿方同士の間でもせいぜい、からかわれたり羨ましがられたり、ご苦労なことだと冷笑されるだけで済むのかもしれません。だけれどね、大杉さん。私たち女は満身創痍《まんしんそうい》なんですよ。いやでも世間の目にさらされて、破廉恥だ、不道徳だ、無分別だ愚かだと散々に誹《そし》られる。ふつうに表を歩くことさえできなくなる。そういう辛さを、男と女の間に横たわる不公平を、ねえ大杉さん、あなたは一度でもまともに考えたことがありますか。私たち女が生きてゆく上での苦しみを、ほんとうに想像してみたことがありますか。無いでしょう？」

いつしか、部屋の隅から市子も顔を上げてこちらを見ていた。強い視線を頻に感じる。同じ女性、同じ立場として共闘すればいいものを、市子の粘つくような視線が煩《わずら》わしく感じられてならない。彼女はもう、目の前にいるこの男から愛撫を受けたのだ。自分がここへ来る寸前まで、視線に蜜をたたえて見つめ合い、唇を交わし合っていたに違いないのだ。

かっと胃が灼けた。あまりにも激烈な嫉妬に、ようやく自分の本心を覚る。

この男が欲しい。この、おそろしく目端が利くくせに或る部分では馬鹿で愚かで単細胞で、だからこそどうしても憎めない、野良犬のような男が。誰かと分け合うなど冗談ではない。今すぐにではなくとも、いざ自分が本気になりさえすれば、他の二人を斥《しりぞ》けて彼を独占することはできるのではないか。火の玉を呑んだように身体が熱い。

「今日は、お別れを言うために来たのです」

きっぱりと言ってのけた。大杉は答えない。

「あなたへの気持ちを否定しようとは思いません。けれども、あなたに保子さんと神近さんという存在があるうちは、私は一歩たりとも先へ進むつもりはありません」

大杉が、とってつけたような苦笑いを浮かべてみせる。

「そういうきみにも、つ、辻くんという夫がいるじゃないか」

「ええ。ですから別れます。それも決めました」

「ほう」

「自分の心を偽ることはできませんから。でも勘違いなさらないで下さいね。そのことと、あなたとのこととはまったく関係がありませんので」

「どうだか知らないが、とにかく僕は、別れるつもりはないよ。きみとも、か、神近くんとも、保子とも」

「そうですか。わかって頂けないのなら、これっきりということですわね。二度とお目にかかりませんん、さようなら」

言い捨てて、市子のほうへは目もくれずに踵を返す。何を言われようと、今は絶対にふり返ってはいけない。絶対に。奥歯を嚙みしめながら襖を開け、廊下に出ようとした時だ。

「待ちたまえ」

いつになく恐ろしい声で呼び止められ、踏み出しかけていた足が竦んだ。

「野枝くん。だ、だとするときみは、僕を愛してもいなければ愛そうという気もないのに、あんな情熱的な口づけをしたのかね」

何を言いだすのだ。

「私からしたんじゃありません」

「応じたろう?」

「ですからあれは、あくまでも友情の、」

「馬鹿を言え。あんなにも激しい友情のキスがどこにある」

「やめて下さい！」

市子が聞いていると思うと恥ずかしさで死んでしまいそうなのに、いっそのこともっと言って欲しくなる。もっともっと聞かせて、同じくらい激しく嫉妬させてやりたくなる。

「き、きみは僕を好きなんだろう？　本当は今日、それを言いに来たんだろう？」

ふり向かぬまま柱にすがり、野枝は必死にかぶりを振った。違う、違う、そうじゃない。馬鹿なのか、男は。そんな単純な話ではないというのに。

「もう一度、よく考えてみて欲しいんだ。僕らの心が結ばれた動機は何だったか」

――動機？

ようやく野枝が聞く耳を持ったのを感じ取ってか、大杉の声が少し和らぐ。

「僕らは、恋人であるよりも前に親友だった。同じ理想のために闘わんとする同志でもあった。今だってそうだ、何も変わってやしない。だったら、僕らが別れを選ぶ理由なんか何一つありはしないじゃないか。そうだろう」

親友。

同志。

そう呼ばれることで、胸にゆっくりと落ちてゆくものがある。張りつめ、強ばりきっていた背中から勝手に力が抜けていってしまう。

いや、駄目だ。どうしてこうも容易《たやす》く揺らぐのだ。彼のはどうせ詭弁に過ぎない、頭ではちゃんとわかっているのに。

野枝は、かすれ声で言った。

「しばらく……考えさせて下さい」

後ろ手に襖を閉め、廊下を戻って階段の下を見おろす。ゆうらり、眩暈がした。

辻に向かって離婚を切りだしたのは、その日のことだ。夫婦の寝起きする部屋だった。

当然、理由を訊かれた。もうずっと前から夫婦関係など形ばかりのものでしょうと言っても、それならなぜ今日になって言いだしたのだ、何があったのだと問い詰められる。

これまでの五年間、どんなことでも言葉を尽くして話し合うのが、辻との間の約束事になっていた。言い交わして取り決めたわけではないがどちらもがそれを守ってきたし、その信頼関係があったからこそ、木村荘太との恋愛沙汰が世間を騒がせた時も二人で乗り越えられた。

ただ、あの時とは事情が違う。木村との騒動では、辻から静かに別離を仄《ほの》めかされただけで野枝のほうが半狂乱になり、許して欲しいと膝に取りすがって謝罪した。その自分が、今度は自ら別れを切り出したのだ。

「言えよ。どうして急にそんなことを言いだすんだ」

野枝は、すりきれた畳に目を落とした。恩ある辻に、この期に及んで嘘などつきたくない。顔を上げて言った。

「好きに、なったからです」

「誰を」

「……大杉さんを」

辻が、みるみる蒼白になってゆく。その顔を見て野枝は、良人がもう長らく、妻と大杉との不貞を疑っていたことを覚った。

「本気なのか。本気であいつを好きなのか」

「ええ。でも、それはあなたと別れる直接の理由じゃありません」

「何を言ってる。たった今、お前が自分で言ったんだろう、大杉を好きになったから別れるって」

「いいえ、それについては『どうして今日』とあなたが訊くから答えたまでです。あなたと別れたからといって、代わりにあの人と一緒になるつもりはありませんから」

「だったら離婚の必要はないじゃないか」

「それとこれとは別々のことでしょう？　私たち、もう元には戻れない。こんな虚しい毎日、夫婦生活とも呼べない。いいかげん結論を出したほうがいいってことは、あなただってとっくにわかっていたはずです」

「大杉と、やったのか」

「潤さん、やめて」

「答えろ。あいつはもう、お前を抱いたのか」

「そんなことしてません」

「じゃあどこまでだ、どこまでやった。ええ？　キスはしたのか」

薄い座布団を蹴って、辻が飛びかかってくる。蒼白い顔の中で、目だけが真っ赤に血走っている。いい年をした男が口づけ一つに逆上している姿は滑稽だが、両肩をつかまれ、乱暴に揺さぶられているうちに怖くなってきた。

「正直に答えろ、あいつと接吻したのか！」

野枝は、揺さぶられながら頷いた。

とたん、左頬に衝撃を受けた。頭が部屋の隅まで吹っ飛ぶかと思った。殴られたのだとわかったのは、続いて逆側の頬も張られたからだ。

何か怒鳴っているようだが、鼓膜が破れたのか聞こえない。畳に倒れ伏した野枝の背中を、辻が裸足で踏みつけ、蹴り飛ばし、また踏みつける。ただごとではない悲鳴を聞きつけた姑の美津が部屋へ飛んできて止めてくれなければ、半殺しの目に遭わされていたかもしれない。それほどまでに辻の怒りは激烈だった。

翌日になって宮嶋資夫が訪ねてきた時、辻はすっかり酔いつぶれ、正体をなくしていた。野枝の左目の縁が紫色に腫れ上がっているのを見た宮嶋が、慌てて辻を揺り起こす。

ようやく起き上がった辻は、空っぽに近い酒瓶を引き寄せながら大声をあげた。

「もう駄目だね、俺んとこももうすっかり駄目になった」

野枝は黙っていた。鼓膜はどうやら無事のようだ。

「こいつはキスしただけだなんて言いやがるが、どうせ嘘ばっかりだ。その先がなかったかどうかなんてわかるもんか。俺はもういやだ、何もかもいやになった。今日でこの家も解散だ……」

困ったように宮嶋がこちらを見る。仕方なく、野枝は言った。

「どれだけ言っても信じてもらえないんです」

口を動かすと、切れた唇の端が痛んだ。鉄錆くさい血の味がする。

「確かに私にだって非はありますけれど、こう頑なじゃ、何を言ったってどうしようもありません。私、当分の間、独りで暮らしていくつもりです」

数日後、野枝は、家を出た。数えで四歳になる長男の一を辻のもとに残し、次男の流二だけを背中にくくりつけていた。

辻は、久しぶりに素面だった。あきらめた顔で静かに言った。

「幸せになってくれ」

頷き返すだけで精いっぱいだった。何もかも自分で決めたことだ。後悔はないはずなのに、こんなにも涙が噴き出すのはなぜなのだ。

「ありがとう、すみません。あなたもどうかお元気で」

野枝は泣きじゃくりながら流二を揺すり上げ、歩きだした。

角を曲がり、背中に注がれる視線の鎖が切れた瞬間、ああ、自由だ、と思った。


廊下との間を隔てるたった一枚の薄い襖に、古い木刀で心張り棒をかって、こらえきれずに漏れる声はかろうじて布団の中へ逃がす。軀の中心を、大杉の持ちものがおよそ遠慮なく穿《うが》っては掘り進む。揺さぶられながら野枝は、あの接吻の夜に初めて触れた男の背中を存分に愛撫した。みっしりと張りつめた、農耕馬のそれを思わせる筋肉。かつて抱かれた末松福太郎とも辻ともまったく違う、自分はいま生まれて初めて、牡と交合している。そう思うだけで、肉体の快楽を脳のそれが追い越し、自身もまたただの牝になってゆくのがわかった。

一、お互いに経済上独立すること。
一、同棲しないで別居の生活を送ること。
一、お互いの自由（性的のすらも）を尊重すること。

大杉の提唱する〈自由恋愛〉三条件のうち、さっそく二つまでを犯すと知りながら、行き場をなくした野枝は大杉の下宿に転がり込むほかなかった。

「いいじゃないか、しばらくここにいれば。なに、そういつまでものことじゃない。落ち着き先が見つかるまでの話だろう。誰にもとやかく言わせやしないさ」

もつれ合いながら男は優しいことを言うが、野枝にも意地がある。

「いいえ、そうもしていられないわ。独りになってきちんと勉強をしたり原稿を書いたりするんだと、辻にも野上弥生子さんにも約束をしたのです。このままぐずぐずとあなたの厄介になったのでは、私、口ばっかりの大嘘つきになってしまう」

たしかにこれでは格好がつかないと、大杉のほうも考えたのだろう。野枝が、ひとまず『青鞜』時代の同人・荒木郁の母親が経営する神田三崎町の旅館「玉名館《ぎょくめいかん》」に置いてもらい、そのあとは御宿へ行くつもりだと言い出すと、強く反対することはなかった。

四月二十九日の夕刻、玉名館での送別会を経て、野枝は大杉らに見送られ、両国駅から汽車に乗った。千葉県御宿の「上野屋旅館」はかつて、平塚らいてうが奥村博と逃れるように行き着いてしばらく暮らしていた宿だ。当面はそこに籠もって原稿を書くつもりだった。

何しろ、余分の金など一銭もない。辻のもとを出てくる時も、流二のほかにはわずかな衣類などを抱えてきただけで、御宿に逗留するための二十円も大杉がかき集めてくれたものだ。

〈大杉さんとの間については、もう私には何も言えないけれど、できれば、食べることまでは頼らないようにしなさいね〉

戒めるような野上弥生子の言葉が耳について離れない。『青鞜』を潰してしまった今、自力で収入を得ようとするなら、執筆にいそしむ以外に手だては残されていない。目算はただ一つだけ。前に連載をさせてくれた『大阪毎日新聞』に、このたびの顚末を材料にした小説を書いて持ち込むのだ。

世間を騒がせることになるのは覚悟の上だった。どれほど後ろ指をさされるかと思うと身が竦むが、一方で、事実とは異なる噂や勝手な憶測などを片端から斬って捨てたい気持ちが渦巻いていた。

真実を書いてのけたい。幼子を育ててゆくためにも、躊躇している場合ではない。日常を離れて独りきりになれば、家事や編集作業の諸々に追われていた時よりはるかに集中できるはずだ。一日も早く小説を仕上げ、堂々と自立してみせなくては。

御宿の駅に降り立った時にはすっかり夜だった。うら寂しい停車場に風雨が吹きすさび、戸を閉《た》てた商店のトタン屋根だけが騒がしくはためいていた。旅館は駅のすぐ近くと聞いていたのに少し距離があって、真っ暗な中でも建物の向こう側はもう海であることが感じられる。中二階のような四畳半に通され、ようやっと背中から子どもを下ろして腰を落ち着けると、数日来の疲れがどっと溶け出して動けなくなった。

外は雨でも東京よりはいくらか生暖かく、部屋の空気が濃い。湿気た畳の藺草の匂いに混じって、身じろぎするたび自分の髪の脂くささが鼻先をかすめる。

寂しい。流二がそばでいくらハイハイをしていても孤独は埋まらない。長く馴染んだ生活を離れてきたから寂しいのではない。唯一求める男がここにいないのが寂しいのだ。

腰が鈍く痛む。汽車の座席の硬さがこたえたようだ。ああ、この部屋は押し入れがないのだなと気づく。まばたきのたび、雨音が遠のいたり近づいたりする。

家を出てくる前の来し方が、何もかもひどく頼りなく思えた。結婚生活も、『青鞜』の日々も、輪郭がおぼろでよく思い出せない。上野高等女学校の五年生に上がった春、桜の下の坂道を並んで歩いたのは、あれは辻だったろうか。卒業式の翌日に上野の森へ絵を観に出かけ、郷里へ帰る自分を新橋の駅近くまで見送ってくれた男はほんとうに辻であったろうか。

確かに思い浮かべられるのは、この数日間ずっとそばにいた男の顔だけだった。第一福四万館と玉名館に滞在した間、ほぼすべての時間を費やして大杉との愛欲に溺れきった野枝の肉体は、もうまったく彼だけのものへと作り替えられてしまっていた。

夕まぐれに両国駅で別れた彼の面影が慕わしくてならない。良人に別れを切り出すに際してあれほど強く自身に刻みつけたはずの独立への決意も、噴き上げるような恋情の前には早くも崩れてしまいそうだ。

野枝は荷物を解き、大杉の著書『生の闘争』を膝の上に開いた。辻の家を出る際、一冊だけ持ち出した本だった。何度くり返し読んでもそのつど、初めて読んだかのような感動がある。

そうだ。彼との関係は、単なる男女のそれではない。世にも得がたい異性の親友であり、なおかつ共に闘う同志なのだ。その点こそが野枝の、保子とも市子とも違うところだと、大杉がくり返し言ってくれていたではないか。

文机に便箋を広げてペンを用意する。ようやく少し落ちついた。

翌朝、いかにも海辺の宿らしい朝食を食べ終わると、野枝は流二を宿のばあやに預けて部屋に戻り、さっそくペンを走らせた。


――ゆうべ、つくとすぐに手紙を書き出しましたけれど、腰が痛んで気持が悪いので止めました。

窓の外の空は白い。夜通し降り続けた雨はまだ止む様子がない。風が吹き荒れ、窓ガラスが鳴り、裏手では海も鳴っている。故郷今宿の松原が思い起こされ、野枝は寄る辺ない心持ちになった。

――こうやって手紙を書いていますと、本当に遠くに離れているのだという気がします。あなたは昨日別れるときに、ふり返りもしないで行っておしまいになったのですね。ひどいのね。私はひとりきりになってすっかり悄気《しょげ》ています。早くいらっしゃれませんか。それだと私はどうしたらいいのでしょう。こんなに遠くに離れている事が、そんなに長くできるでしょうか。お仕事の邪魔はしませんから、早くいらして下さいね。

こんな事を書いていますと、また頭が変になって来ますから、もう止します。四時間汽車でがまんをすれば来られるのですもの、本当に来て下さいね。五日も六日も私にこんな気持を続けさせる方は――本当にひどいわ。私はひとりぼっちですからね。この手紙だって今日のうちには着かないと思いますと、いやになってしまいます。

かつて、何も知らないおぼこの自分を教え導いてくれた辻に向けてさえ、こんなにも手放しで甘えきった手紙を書いたことはない。どれだけ委ねても、大杉なら嫌な顔などしない。むしろもっともっと、全身全霊で甘えてくるようにと言ってくれるだろう。野枝にはその確信があった。

一通目を書きあげて、なお溢れる想いは止まず、午後になって二通目を書き綴る。

――ひどい嵐です。ちょっとも外には出られません。本当にさびしい日です。けれど今日は、さっきあなたに手紙を書いた後、大変幸福に暮しました。なぜかあててごらんなさい。云いましょうか。それはね、なお一層深い愛の力を感じたからです。本当に。

こないだあなたに云いましたね、あなたの御本だけは持って出ましたって。今日は朝から夢中になって読みました。そして、これがちょうど三、四回目位です。それでいて、何だか始めて読んだらしい気がします。あなたには前から幾度も書物を頂く度に、何か書きますってお約束ばかりして書きませんでしたわね。私は書きたくってたまらない癖に、どうも不安で書けませんでしたの。それは本当に、あなたのお書きになったものを、普通に読むという輪廓だけしか読んではいなかったのだという事が、今日はじめて分りました。なんという馬鹿な間抜けた奴と笑わないで下さい。私が無意識の内にあなたに対する私の愛を不自然に押えていた事は、思いがけなく、こんな処にまで影響していたのだと思いましたら、私は急に息もつけないようなあなたの力の圧迫を感じました。けれども、それが私にはどんなに大きな幸福であり喜びであるか分って下さるでしょう。あんなに、あなたのお書きになったものは貪るように読んでいたくせに、本当はちっとも解っていなかったのだなんて思いますと、何だかあなたに合わせる顔もない気がします。

ペンを走らせながら野枝は、これを受け取って読む時の大杉の顔を想像していた。硬い口髭の下で、苦笑いの形にほころぶ唇。目尻に寄る皺。

——今夜もまたこれから読みます。一つ一つ頭の中にとけて浸み込んでゆくのが分るような気がします。もう二、三日位はこうやっていられそうです。一ぱいにその中に浸っていられそうです。でも、何だか一層会いたくもなって来ます。

本当に来て下さいな、後生ですから。

嵐はだんだんひどくなって来ます。あんな物凄いさびしい音を聞きながら、この広い二階にひとりっきりでいるのは可哀そうでしょう。でも、何も邪魔をされないであなたのお書きになったものを読むのは楽しみです。本当に静かに、おとなしくしていますよ。でも、ちょっとの間だってあなたの事を考えないではいられません。こうやっていますと、いろいろな場合のあなたの顔が一つ一つ浮んで来ます。

じりじりと一日が過ぎてゆく。原稿用紙をひろげてはみるものの、ただの一行どころか一文字も書けない。ペン先を見つめたまま、あるいは窓の外を眺めたまま、気がつけば何時間も過ぎている。思い出すのは大杉の姿、声、話し方、それに彼がこの軀に加えた数々の愛撫や仕打ちばかりだ。大杉のもとを離れたことによって、かえって大杉を離れては一日も生きていけないと思い知らされるとは皮肉なものだった。

返事を受け取ったのは翌々日、五月二日のことだった。胸に押し当てるように喜びを嚙みしめてから封を開ける。

はたして手紙には、大杉自身の日々の様子や共通の知人の消息のほかに、神近市子のことがやけに詳しく書かれてあった。あの女の様子など知りたくもない、わざわざこちらへ話して聞かせて何になるのだと思いかけてから、大杉とのこれがそういえば〈自由恋愛〉であることを今さらながらに思い出す。あまりにも濃い蜜月の日々を過ごした後だけに、すっかり頭から飛んでいた。

市子の影が濃いのも道理だ。こちらにとっては大杉ただ一人だが、彼のほうは日々の用事の合間に妻も含めて三人の女の相手をしなくてはならない。自分がそばからいなくなったことで、他の女に使える時間が増えたというわけだ。

〈お互いの自由（性的のすらも）を尊重すること〉

どうだ公平だろう、と大杉は言うだろう。よしんばきみたち女性の側が誰かと交渉を持ったところで、僕はそれを束縛しないよ、だから僕のことも縛り付けないでくれ、と。

男女の同権については異論がない。それどころか、野枝自らが『青鞜』誌上や他のところにくり返し書いてきた。そう、男と女は同じに扱われるべきだ。

けれど、男と女はけして同じでないのだ。複数の女性と同時に関わって、なおかつそれぞれを別々に愛することができると豪語する大杉とは異なり、彼をめぐる女たちは誰一人として恋愛の同時進行など望んでいない。一人を愛すれば、定員は埋まってしまう。絶対とは言わないが、ほとんどの女はそういうものではないのか。

神近市子がずいぶん瘦せて、大きな眼をギョロつかせているというくだりを読んで、さもありなんと思う。大杉をめぐるこの関係が、勤めている新聞社の知るところとなってしまったので、早晩辞める決心でいるらしい。

少し、同情してしまった。野枝はそれが、今は自分こそがいちばん多く男の愛を受けているがゆえの余裕であることも、はっきりと自覚していた。

大杉の語りかけは続く。

——あなたの手紙は、床の中で一度、起きてから一度、そして神近が帰ってから一度、都合三度読み返したのだが、少しも胸に響いてくる言葉にぶつからない。早く来い、早く来い、という言葉にも、少しもあなたの熱情が響いてこない。

本当にあなたは、この頃、まったく弱くなっているようだ。そしてその弱さは、単にいじらしいという感じをのみ、僕に与える。僕には、それが、堪《たま》らなく物足りないのだ。

なんとひどいことを言うのだろうと思った。少しも響いてこないとは何ごとか。一言一句をどれほどの想いで書き綴り、手紙以外に繋がる手立てがないのをどれだけ心細く思っているか、大杉にはわからないのだろうか。歯ぎしりとともに、野枝は悔し涙で曇る目を拭い、その先の文面を追った。

——三度目に手紙を読んで、しばらくして落ちついてから、第一のはがきを書いた。それから仕事に取りかかるつもりで、本のところへ手を延ばしてみたが、急にさびしさがこみあがって来て、その手はこめかみのところに来てしまった。

逢いたい。行きたい。僕の、この燃えるような熱情を、あなたに浴せかけたい。そしてまた、あなたの熱情の中にも溶けてみたい。僕はもう、本当に、あなたに占領されてしまったのだ。

肉体的な疼痛をともなうほどの歓びが身体の奥底からこみあげてきて、野枝は低く呻き、畳の上につっぷした。彼が求めているのがこういう言葉であるなら、こちらの書き送る手紙が少しも響いてこないと言われても仕方がない。

流二が幼子らしい奇声をあげ、ハイハイをして近寄ってくる。小さな指が髪を乱暴にまさぐるにまかせながら、野枝は目をつぶり、大杉の愛撫を思い出そうとした。

それから、急いで返事を書いた。


——会いたくない人に無理に会わなくてもよろしゅうございます。何卒ご随意になさいまし。一生会わなくったって、まさか死にもしないでしょうからねえ。そんな人に来て頂かなくても、私一人で結構です。なぜあなたはそんな意地悪なのでしょう。

不実な恋人を責める皮肉な物言いの裏に、甘えた上目遣いがどうしようもなく滲み出てしまう。何を言っても迫力のないことおびただしかった。

手紙を書いては返事を待つだけの一日は、長い。焦れて、焦れて暮らすからなおさらだ。宿に蓄音機を借りて何かかけても、得意の三味線を弾いて歌ってみても、面白くもおかしくもない。女中に買わせた酒を飲んで酔っぱらってみたが、とにかく何をしていてもつまらない。おまけに、ウイスキーやら日本酒やらをいちどきに飲んだせいか、すっかり体調を崩してしまった。ふさいで寝込んだかと思えば手紙ひとつではしゃいだりするので、宿の者たちも腫れ物に触るような扱いだ。

手紙を出しに行った郵便局に、東京と通話のできる電話があるのを見つけた時は嬉しかった。少しの間でも声が聞ける。明後日、五月四日の朝かけるからどうか下宿にいてほしいと書き送り、うきうきしながらその日を待った。

が、いざかけてみると大杉は不在だった。一昨日からずっと、声を聞くことだけを楽しみに耐えてきたというのに、どうして居てくれないのか。手紙が着かなかったのだろうか。いや、どうせ保子か市子のところへ泊まっていてまだ読んでいないのだ。そうに決まっている。

打ちひしがれた野枝が郵便局からとぼとぼと宿まで戻り、旅館の名前が書かれたガラス戸を引き開けたところへ、

「やあ」

出迎える声があった。

「朝早くから、ど、どこまで行っていたの？」

茫然と立ち尽くした野枝は、歓迎の言葉すら声にならずに、いきなり子どものように手放しで泣きだして大杉に笑われた。何の予告もよこさなかったのは、持ち前の茶目っ気を発揮してのことらしい。

それからの三日間、二人はただただ互いを求め合って飽くことがなかった。宿のばあやに預けた流二に乳を含ませに行っては、またすぐ部屋に籠もる。離れてしまえばあの辛さが襲ってくると思うと、

貪っても貪っても足りなかった。

　六日の午後、御宿駅まで大杉を見送って行った野枝は、停車場前の店でしばらく休み、ようやく気を取り直して宿の部屋へ戻った。手に入れてきた新聞や雑誌に片端から目を通す。

『中央公論』には中村孤月による「伊藤野枝女史を罵る」と、西村陽吉の「伊藤野枝に与う」の二つが掲載され、『万朝報』にはここ四日間にわたり「新婦人問題――伊藤野枝子と大杉栄氏――」と題した記事が連載されていた。

　いずれも思ったほどの内容ではなく、野枝はつまらなくなって新聞を畳んだ。思ったほどの、というのは、裏返せば、もっとひどい罵詈雑言を浴びせられるものと思い込み、それをどれだけ恐れていたかという表れでもある。

　自分の小心ぶりに苦笑しながら部屋の中を見渡すと、何もかもそのままだった。四畳半がやけに広い。座布団が二つと、つい先ほどまで大杉が着ていた浴衣。ぬけがらのようなそれを、野枝は手に取って引き寄せた。

　やがて届いた愛しい男からの手紙を、野枝は、素肌の上に彼の残した浴衣を着て、布団に潜り込んで読んだ。


　――発車するとすぐ横になって、眼をさましたのが大原の次の三門。そこで尾行が代った。たぶん大原から新しいのが乗り込んだのだろう。また、本千葉まで眠った。そこでも新しい奴が乗り込んで千葉で交代になった。最後にまた亀戸で代った。都合三度、四人の男が代った訳だ。ご苦労様の至りなり。

　電報と手紙と一通ずつ来ている。今その手紙を読んでみて、あんなに電話をかけるのをたのしみにしていたのを、本当にすまなかったという気が、今さらながらにしきりにする。どんなに怒られても、どんなに怨《うら》まれても、ただもう、ひた謝りに謝るつもりで出かけたのであったが、会ってみると、それも何だか改まり過ぎるようでできなかった。しかし本当に済まなかったね。

もう一つ済まなかったのは、ゆうべとけさ、病気のからだをね、あんなことをしていじめて。ああとでまた、からだに障らなければいいがと心配している。

けれども本当にうれしかった。本千葉で眼をさまして、おめざめにあの手紙を出して読んで、それからは、たのしかった三日間のいろいろな追想の中に、夢のように両国に着いた。今でもまだその快い夢のような気持が続いている。

『東京朝日』(けさ宿でかしてくれたあの新聞にも、この記事があったのじゃあるまいか。ツイうっかりしていたが)と『万朝』と『読売』との切抜を送る。きょうの『万朝』には何も出ていない。もう終ったのだろうか。

孤月は「幻影を失った」のだね。余計な幻影などをつくったから悪いのだ。あきれ返った馬鹿な奴だ。

便箋の間からこぼれた新聞の切り抜きには、例によって批判ばかりが書き立てられており、中でも『読売新聞』にはまたしても中村孤月が文章を寄せていた。題して「幻影を失った時」。大杉の手紙にあるのはそれのことだ。

何を書き立てられようと、野枝はもう痛くも痒くもなかった。大杉を含めた四人以外、いや、突きつめれば彼と自分の二人以外には、誰にも、何もわかりはしないのだ。

そんなことより仕事をしなくてはならない。このままでは宿代が滞るばかりか、東京へ帰る旅費すらもない。

階下で、流二のむずかる声がして、たちまち泣き声に変わった。日中はばあやか女中が相手をしてくれているのだが、やはり母親でなくてはどうにもならない時もある。

「……可哀想な子」

口の中で呟くと同時に、今さらのようにおそろしい自己嫌悪に襲われた。

いくら仕事が大切とはいえ、我が子を蔑《ないがし》ろにしてまですることだろうか。幼い頃から口減らしのため親戚の家をたらい回しにされた、あの寂しさと辛さを忘れたか。郷里の母ムメに向かって、どんなことがあろうと自分は子どもを手放したりしない、と言い放ったのはこの口ではなかったか……。

ため息をつくとともに、ほろほろと心から泣けてきた。連れられてきてこのように放擲《ほうてき》される流二も可哀想だが、辻のところに残してきた一もまた憐れに思われてならない。四つになる彼には、母親の記憶がしっかり残るだろう。これから先ずっと、この母を恨んで育つのではないか。愛されていなかったと誤解したまま、世をすねて生きてゆくかもしれない。

こんな身勝手な自分は、子など産むべきではなかった。この先、流二をどうやって育てていけばいいかもわからない。

泣きながら、野枝は大杉の使っていた枕に顔を埋め、目を閉じた。彼が帰ってしまった日を境に、また天気まで曇って風が出てきたようだ。潮の遠鳴りがいっそう耳につく。

書かねば生きていけない。気ばかり焦るのに、どうしても机の前に座ろうという心持ちになれない。

遅れているのは原稿だけではない。大杉以外の誰彼へ向けて書かねばならない手紙さえ、もう何日も滞っている。

*

「あなたが困ることは、私が困ることだから」

大杉の苦境を知るたび、市子はにっこりとそう言って、入り用な金を用立ててきた。

その気持ちが嘘だったことはない。金などは、たまたま稼げる者が出せばいい。大杉のような主義主張を持つ男がよけいな金を持たないのはむしろ清貧にも通じる気がして、婦人記者という物珍しさからちやほやされ、結構な高給を受け取っている自分が恥ずかしく思えるほどだった。

しかし市子の金は、大杉を養うだけではなかった。主宰していた雑誌『近代思想』が相次いで発禁処分を受け、収入の道を閉ざされてしまった彼は、やがて別居中の妻・保子の生活費についてまでも市子に頼るようになり、さらにはそこへ、辻と別れて家を出た野枝が加わるに至った。

本心では笑って許容もできなくなっていたが、ここで急に吝《しわ》いことを言いだせば大杉を失望させてしまう。

「野枝さんが困って、そのためにあなたが困れば、私もまたやはりそのために困るのです。だから、誰のため彼のためということはいっさい抜きにしてお送りしましょう。ね、いいでしょう?」

いつものようににっこりすれば、大杉は心から感激し、市子を女神のように扱うのだった。

どうしてこんなことになるのか理解できなかった。ふつうなら、愛人から養われるなど、正妻にとってももう一人の愛人にとっても、おそろしく屈辱的なことではないのか。

これは大杉には話していないことだが、一度、思いあまって保子の住む四谷の家を訪ねていったことがある。入口に「大杉栄」「堀保子」と二つの表札がかかっているのは以前と変わらなかったが、家にいたのは保子一人だった。

あえて口にしなくとも、夫に稼ぎがない以上は現在の生活費がどこから出ているか、保子ほどの人が気づいていないわけがないと市子は思った。そこに油断があったのかもしれない。大杉の愛情がすっかり野枝一人に向かっている今、余りものの女二人で慰め合い、なんとか問題解決の糸口を見つけられればという気持ちだったのだが、

「あなたたちが起こしたことでしょう」保子は冷たく言い放った。「だったら、あなたたちで解決して下さいな」

市子は蒼白になって帰るよりほかなかった。茶の一杯どころか、こんどは白湯すら出なかった。

大杉との関係に影が差し、だんだん終わりに近づきつつあるのはわかっている。意外なことにそれは、彼の側の変節というよりは市子自身の内部から立ち現れてきたものだった。

大杉栄という行動者の思想を尊敬し、その理想に憧れたところから始まった恋愛であるから、彼が自身の信ずる社会の実現のために運動を起こし、またそのための困窮であるなら、たとえ酌婦に身を堕としてでも働いて助けるつもりだったのだ。しかし彼は、何ごとにつけ甘さと愚かさを露呈した。野枝との恋愛に惑溺《わくでき》するようになってからは、その傾向がなおのこと顕著になった。

大杉を信じてついてゆくのは、もしかして間違いではないか。

ここへ来て市子はようやく、友人の宮嶋資夫と麗子夫妻の意見を思い返した。最近はアナキストたちの集会もあまり開かれなくなってきたという。お上の取り締まりもさることながら、大杉の不品行やだらしなさに呆れた同志たちが次々に離反していったというのが実情のようだった。

新聞はこの四つ巴の醜聞を毎日のように書き立てていたが、市子はすっかり醒めて、当事者の一人だというのに傍観者の心持ちでいた。

あんな〈自由恋愛〉の三条件など、どうやったって守られるはずがなかったのだ。病弱な保子に経済的な自立はどだい無理な相談だし、野枝はといえば辻潤をそれこそ〈弊履のように〉棄てて家を出たものの、御宿の旅館代の支払いにも困り、結局は大杉に頼まれた市子が用立ててやる始末だ。

ようよう東京に舞い戻ってきた野枝が、身一つでまた大杉の下宿に転がり込むのを見た時は、驚いて、子どもはどうしたのかと訊いた。

「養おうにも金がないんだ」

大杉はいつもと同じ台詞をくり返した。

「子どもは、御宿の漁師の家に欲しいと言われてね。悩みに悩んだ末にとうとう里子に出したそうだ。そのほうがきっと良かったに違いないんだが、か、可哀想に、あのひとは悲嘆に暮れているよ」

可哀想なのは、振り回されて棄てられた子どものほうだと思った。

しかも野枝は今なお一文無しだ。なんでも、『大阪毎日新聞』に連載させてもらうはずだった小説原稿が、文芸部主任にして小説家の菊池幽芳《ゆうほう》からたいそうな賞賛の手紙とともに送り返されてきたらしい。載せるには内容があまりに個人的である、というのがその理由だった。

「なるほどね。事情はわかりましたけど、だからってどうして野枝さんがいつまでもあなたの部屋にいるんですか」

「彼女だって本意じゃないんだ。か、金がなければ動くに動けないんだからしょうがないだろう」

「またそんなことを言って。最初に、お互い同棲はしないで独立するようにと条件を付けたのはあなただったじゃないですか。〈自由恋愛〉っていうのはそんなにいいかげんなものだったんですか」

すると大杉は、いらいらと肩を揺すって怒鳴った。

「うるさいな！　僕はあのひとが好きなんだ。つまらんことで、ぶつくさ言わんでくれ！」

——ぶつくさ。

心臓を冷たい手ですうっと撫でられた心地がした。

その時を境に、市子は大杉のことを、新聞記者として誰かを取材するような目で見るようになった。そうして醒めた目で見つめ直してみれば、これまでは男らしさの塊のように思っていた大杉が、急に卑小な、脇の甘い人物に見えてくるのだった。

きっぱり別れてしまえばいいものを、どうして自分がそうしないのかわからない。執着にしたって度が過ぎていると思うのだが、いざ顔を見て、強い言葉を浴びせられると、思考が止まってしまう。他の男が相手ではあり得ないことだ。悪い魔術でも使われているかのようだった。

大杉からの仕打ちで市子が何より辛いのは、

「あんたには物事の大局を見る目がない。それに比べて野枝くんはよく理解している」

時には当人の前でまでそう言って面罵《めんば》されることだった。市子から見れば、野枝の余裕は一時的な勝利者の自信に過ぎないのだが、口に出すのは自尊心が許さなかった。

せっかく勤めた新聞社を辞めてからも、翻訳や通訳の仕事を世話してもらえたおかげで、収入には困っていない。ただし、そのほとんどをそっくり大杉に渡していたために、市子自身は秋に入っても垢じみた袷に粗末な羽織を引っかけて寒さを凌《しの》ぐしかなかった。

そして大杉の困窮ぶりはひどくなるばかりだった。あちこちへ家移りをくり返す彼ら二人の部屋代を、いったい何度立て替えてやったかしれない。これまでも彼は、ダーウィンの『種の起源』を訳した金が十月初めには入るはずだとか、これこれの原稿が何に載るからもうちょっと待ってくれなどと言っては金をせびっていったが、返してもらった覚えはまったくない。そのくせ、野枝の着物までも質に入れてしまって着るものがないというのでまた金を渡せば、次に会ったときには市子より野枝のほうが上等な袷を着ていたりもした。

関係する四人全員の生活がひとりの肩にのしかかるばかりの日々は、市子を疲労困憊させ、荒ませ、ますます思考能力を奪っていった。

――もう、いっそ、死んでしまおうか。

ある日その考えが頭に浮かんだ時、市子は、急速に楽になってゆくのを感じた。神保町から駿河台に抜ける途中にある刀剣屋の店先だった。飾り窓の中に妖しく輝く小ぶりの短刀が目につき、立ち止まって見入っているうちに、それまで張りつめていたものがふうっとゆるんでようやく息がつけるようになった。

衝動的に買い求めたそれを、市子は折に触れ、鞘《さや》から抜いては眺め尽くした。

周囲の誰も、こんな自分を知らない。表面的にはまったく静かに生活しているぶんだけ、その内側でどれほどの怒りが荒れ狂っているかに気づかない。

そうだ。なぜこの期に及んで大杉と別れずにいるのか自分でわからないと思いこんでいたが、突きつめてゆけば、そこにあるのは熾烈なまでの怒りだ。こちらの真心を嘲笑いながら踏みにじってよこした男に、たとえ言葉の上だけでもいい、何らかの謝罪をさせない限り、決して自分からは身を退いてやるものか。

着物の袖に隠れた腕の内側を、刃先で薄く浅くなぞれば、小さな血の粒がふつふつと滲んで盛り上がる。その紅さの向こう側に仄見える昏《くら》い死の影は、市子に、ただひとつ残された救いを指し示してくれるかのようだった。

「こ、今月は、少し金が入ったよ」

大杉がそう言ったのは、十一月に入ってすぐ、三日の夜のことだ。夕刻から神田で同志たちと会合を持った彼は、そのあと尾行を振り切るべく車に飛び乗り、市子のもとを訪れていた。

「それは良かったわね。どのくらい入ったの？」

「百円ばかり。そうはいっても五十円は保子に渡してやらなければならなかったし、げ、下宿にも二十円支払ったろう。それに、野枝くんの着物もないので三十円出して、また一文無しになってしまったよ」

市子は、苦笑いで応えるしかなかった。

少し前の寒い日に、大杉が浴衣しか着るものがなく寝間から出られないでいることがあったので、見かねて従姉の子にまで金を借り、十円にして渡してやったことがあった。自分にも持ち合わせがないが、それくらいあれば質からセルの着物と袷の羽織とくらいは出せるだろうと思ったのだ。

それなのに、金が入るなり野枝の着物に三十円。自分の吝嗇《りんしょく》さにうんざりしながらも、市子の胸はざわめく。

「そんなわけで、当分の間、葉山へ行こうと思うんだ。知っての通り、雑誌を起こすなら向こうのほうが安く上がるからね」

「そう。お一人で？」

市子が訊くと、それだけでも嫉妬による勘繰りと思ったのか、大杉は顔を歪めた。

「もちろん僕一人だとも。みんなから逃げて、た、たった独りになって仕事をするんだ。野枝くんとも、これを機に別々に暮らす」

「まあ」

やっとですか、という言葉をかろうじて呑み込む。

「それは良いことだわ。たくさん仕事をなさるといいわ。ええ、とても良いことですよ、きっとあの人にとっても」

「うん」

久々に、男の顔が清々しいものに見える。おかげで晴れやかな気持ちになってきた市子は言った。

「いつ発つの？」

「そうだな。まあ、二、三日のうちには」

「それじゃ、たった一つだけお願いを聞いて下さらない？」

「……何だね」

大杉の顔が怪訝そうに曇る。それを寂しいと感じるには、すでに同じような扱いに慣れきっている。市子は明るい笑い声を立ててみせた。

「そんなに怖がらないで下さいな。本当に簡単なことよ。葉山へ行く時には必ず私を誘って、向こうでほんの一日だけ一緒に遊ぶこと。後はもう、決してお仕事のお邪魔はしませんから」

「……うん」

「いいでしょう？　ね、あなた、いいでしょう？」

「そうだね」

「ね、必ず約束して下さるわね？」

「わかったから、うん」

大杉の口もとに浮かんだ渋々ながらの笑みでさえ、市子にはようやく与えられた砂糖菓子のように思えた。

葉山で泊まるなら、彼が以前から行きつけだという「日蔭茶屋」だろう。気に入りの宿に部屋を取り、遮るもののない青空と海とに挟まれて、散歩をしたり、貝を拾ったり岩海苔を採ったりする一日のうちには、男の心の中に凝り固まってしまったものも溶け出し、以前のような気持ちのいい呵々大笑を響かせてくれるのではないか。想像するだけで切なくなってくる。

——まあ、二、三日のうちには。

そう言われたから、おとなしく待った。すっかり旅の準備を整え、質屋に入れてあった羽織を少し無理をして請け出してきた上で、まる二日間待った。

が、大杉からの連絡はない。本人も来なければ手紙も電報も来ない。

とうとう約束の三日目も過ぎた朝、市子は、大杉らの投宿している本郷の「菊富士ホテル」に電話をかけてみた。

「大杉さんは、しばらくお留守になさるそうですよ」

宿の主人は呑気な声で言った。

「留守、ですか」

「はい。お仕事で葉山のほうへ籠もられるとか」

市子は、湧いてくる嫌な唾を飲み下した。

「それでは、野枝さんは」

「あのひともお留守です。さあ、御一緒かどうかは……」

頭にカッと血がのぼるのがわかった。

執筆に集中したいからこちらに声をかけず一人きりで行ったのかもしれない、と思おうとしたが無理だった。野枝も一緒に違いない。だから秘密のうちに出かけたのだ。絶対にそうだ、そうにきまっている。

市子は、部屋の文机の前に座り、何時間もじっとしていた。

遅い秋の陽が縁側に面したガラス戸から射し込んでいる。庭木戸の鈴はむろん、鳴らない。この先、二度と鳴ることはないのかもしれない。

午後の陽も高くなってから、市子は顔を上げた。やはり、葉山へ行って確かめよう。そうしてそこに野枝の姿が見えなかったら、疑ったことを大杉に謝り、悄然とここへ帰ってこよう。けれど、もしあの女がいたなら――。

大層な旅仕度など、もう必要なかった。立ち上がり、いつのまにかすっかり手に馴染むようになった短刀を手提げの中に滑り込ませる。

降り立った逗子の停車場から、人に教えられながら歩き、海沿いを走る街道に面した日蔭茶屋まで辿り着くと、あたりはすでに薄暗かった。想像していたより厳めしい構えの大きな旅館で、母屋の南側には漆喰塗りの土蔵の白さが夕闇にぼんやりと浮かび上がっている。

玄関まで出てきた年増の女中は、物腰柔らかに膝を折って手をついた。

「ようこそお越し下さいました」

にこにこと迎える顔へ向けて、思いきって尋ねる。

「あの……大杉さんご夫妻はみえていますか」

いいえ、大杉さまが一人でおいでです、という返事を、どれほど強く祈ったことだろう。

「ええ、ええ、昨日からみえてますよ」

無邪気に答えた女中は先に立ち、お客様も東京からですか、それは遠いところをよくいらっしゃいました、どうぞどうぞなどと言いながらそのまま階段を上がって、市子を案内していった。

「今日はお二人とも、午前中は自動車でお出かけになって、景色のいいところをお散歩されましてね。

お昼過ぎからは、今度は私なんかを誘って下さって、すぐ前の海で舟遊びをされました。そりゃあもう、ぽかぽかと気持ちのいいお天気でしたからねえ、すっかり日灼けなさってまあ。さっきお風呂も使われて、いま夕飯をお待ちになっているところです。お客様のぶんもご用意致しましょうかね」

渦巻く怒りと緊張のあまりぼうっとしていた市子は慌てて訊き返し、もう一度同じことを尋ねられて、首を横に振った。

今すぐ引き返したほうがいい。大杉の嘘はこのとおり露呈したのだから、現場を押さえるなどという品の無いことはよしたがいい。くり返される理性の囁きが遠い。足が勝手に、のめるように前へ出る。

二階の長い長い廊下の奥、いちばん山側の部屋の唐紙がすっきりと開け放たれている。まるで、二人の関係が誰憚ることもないものであるのをことさらに誇示しているようで、市子は磨き抜かれた廊下に落ちる四角な明かりを睨めつけながら女中の後をついていった。

「大杉さん、女のお連れ様がおみえですよ」

女中が中へと報せた。

「えっ」

と彼の声がする。

それを聞いて初めて慌てたようにこちらをふり返った女中の脇をすり抜け、市子は足を踏み入れた。

十畳もの広さがある立派な造りの部屋だった。

がっしりとした欅の座卓の前で、宿の浴衣姿の大杉が煙草をふかしている。野枝のほうも明らかに湯上がりで、こちらは壁際の鏡台の前で諸肌脱ぎになって髪を梳かしていた。鏡の中で視線がぶつかると、露骨にいやな顔をして肩を入れたきり、こちらを無視して続ける。腹が立つより、市子はたまらなく惨めな気持ちになった。

「あの……二、三日中っておっしゃったものだから、私、毎日待っていたんだけれど」

思わず、弁解のような物言いになる。

「ちっとも何も言って下さらないものだから、今日ホテルに確かめてみたら、お留守で、もうこちらにいらしてると言うでしょう。それで私、来てみたの。まさか野枝さんが御一緒だとはちっとも思わなかったものですから」

「いや、寄ろうと思ったんだけど、ちっ、ちょっといろいろ、つ、つつ都合があったものでね」

大杉の目が、落ち着かなげに揺らいでいる。よほどばつが悪かったらしい。

「た、たまたま野枝くんが、ち、ちち茅ヶ崎にらいてう女史を訪ねたいと言うから、それなら一緒にということになって行ってきた」

最初から計画していたわけではないし、野枝も明日には帰る予定だという意味のことを、大杉のほうも弁解がましく言う。

「まあせっかくだから、き、きみも風呂に入ってくるといい」

「よしておきます。少し熱があるもので」

具合が悪いのは嘘ではない。長いこと食欲が湧かず、胃はきりきりと灼けて体調は最悪だ。けれどそれより、いま大杉と野枝をこの部屋に残せば、二人してこちらのことをどのように勘繰り、どんな陰口を叩くか——想像するだけで我慢がならない。

やがて用意された三人分の膳には、ほとんど誰も箸を付けなかった。大杉が何か適当に口に放り込み、市子も無理に一口だけ食べたが喉を通らず、野枝はといえば箸さえ取ろうとしない。無言の行が続いた後、いきなり野枝が座布団を蹴るようにして立ちあがる。

「私、帰る」

誰も止めなかった。大杉も、「うん、そうか」と言っただけだ。

さっさと着替えを終えた彼女が、迎えの自動車に乗って帰ってしまうと、大杉と二人きりになった。努力の末に共通の友人の噂話などをひねり出しても、やり取りは続かず、そのたびに重苦しい沈黙が降りてくる。

一膳軽くよそわれただけの飯を、無理やり詰め込むようにして飲み下す。膳を下げに来た女中に、大杉はすぐ床を敷くように言い、それ以上の会話を拒むかのようにさっさと布団に入って目をつぶってしまった。

疲れが出て、ほんの少しばかりうとうとしたかもしれない。一時間ほど経つと唐紙の外から、先ほどの女中の呼ぶ声がした。

「失礼致します。お電話がかかってますが、いかがしましょう」

誰からとも言わないことで、ぴんときた。

「ほう。だ、誰だろうな」

白々しく呟きながら起き上がり、慌てたように部屋を出ていった大杉は、ずいぶん経ってから戻ってくると、市子のほうを見ずに言った。

「野枝くんが、き、きき菊富士ホテルの鍵を、こ、ここに忘れたというんだ。途中まで帰ってから気づいて、今、逗子に戻ってきたから、停車場に届けてくれと言ってる」

市子は息を吸い込み、「そうですか」と短く答えた。来る時に歩いてわかったが、停車場までは十幾町もの距離がある。

どうせ口実だ、と市子は思った。わざと忘れていったに違いない。そもそもホテルには必ず合鍵が用意されているはずだ。手ぶらで帰ったって路頭に迷いはしない。

「いやはや、こ、困ったお嬢さんだよ。仕方がないな、ちょ、ちょっと行って届けてくるから、き、き、きみは先に休んでいなさい」

「ええ。そうさせて頂きますわ」

起きて送り出す気にはなれなかった。彼のほうもそんなことは望んでいないだろう。浴衣の上からどてらを着込んだ大杉は、そそくさと、見ようによればいそいそと再び部屋を出て、唐紙を後ろ手に閉めた。

行灯だけが灯された暗がりの中、まぶたを閉じる。眼球の奥が熱を持って煮えたぎるようだ。限界まで疲れきった身体と裏腹に、神経ばかりがひりひりと立っている。

――もう、いい。楽になってしまいたい。

長い廊下を遠ざかってゆく足音に耳を澄ませながら、市子はひとり、手提げ袋の中に忍ばせた冷たい刃物を思い浮かべていた。

第十四章　日蔭の茶屋にて

昼間よりも潮の匂いを強く感じる。分厚いどてらを着込んでいてなお、錐《きり》の先のように研ぎ澄まされた風が耳を刺す。女中が呼んでくれた自動車に乗りこみ、

「逗子の停車場まで行ってくれ」

大杉栄は、運転手に言いつけた。

暗がりの中、硬い座席に身体を預ける。思わず長い吐息が漏れるのは、神近市子の無言の圧からようやく逃れられたからだ。床を並べて寝ているだけで息が詰まりそうだった。

どうしてああもひつっこいのか。数日前に市子の家を訪れた際、しばらく葉山に籠もる、野枝とも別居をすると告げると、彼女はうきうきとはしゃいだ末に、一日だけ葉山で一緒に過ごしたいと言った。

〈いいでしょう？　ね、あなた、いいでしょう？　ね、必ず約束して下さるわね？　いいでしょう？〉

おねだりの中身は何でもないことだったが、最近の大杉には彼女のそういう執拗さ、事ごとに細部を追及したり要求したりする性格の傾向がどうしても受け容れがたくなっていた。いいでしょう、いいでしょう、の念押しがいい例だ。がんぜない子どもならばまだしも、いい年をした女に袂をつかまれて揺さぶられても鬱陶しいだけなのだが、拒めばもっと鬱陶しいことになるので、つい、いいかげ

んな返事をしてしまった。

こちらに落ち度がないとは言わない。市子はすっかり誘ってもらえるつもりだったろうし、その市子を誘わずして、成り行きとはいえ野枝を連れてきてしまったことについては責められても仕方がない。それは確かにそうなのだが、そもそもお互いを粘着質な感情で縛り付けること自体、〈自由恋愛〉の条件に反しているではないか。と言いながら、他ならぬ自分もまたとっくに約束事を破って野枝と同棲しているのだから、いくら腹立たしくても文句が言えない。それでよけいに腹が煮える。

夕刻、東京に居るはずの市子が突然部屋に現れ、鏡の前の野枝へと般若《はんにゃ》の一瞥を向けるのを目にしてからというもの、大杉はもう、市子の顔を見るのも嫌になっていた。せっかく愉しかった休日を台無しにされ、今となっては彼女の息遣いさえ厭わしかった。

向かう先の停車場では、野枝が待っている。あんなに勢いよく部屋を出ていったくせに、やっぱり市子と二人きりにはしておきたくなかったのかと思うと、面倒くささの奥底から、あぶくのようにきらきらとこみあげてくるものがある。

二人の女に対するこの感情の温度差ばかりは、どうすることもできなかった。彼女たちを説き伏せて〈実験〉に取り組み始めた当初はまだ、妻の保子を含めた三人の女たちを平等に愛し、それぞれと素晴らしい関係を育むことができるはずだと考えていたのに、ここ最近はどうも違うのだ。ことに、野枝が辻潤を棄てて独りになってからというもの、こちらの側でも何か大きなものが揺らいでしまったのを感じる。御宿まで追いかけて行き、ろくに食事さえ摂らずに思うさま彼女を抱き潰した三日間、あれが境目だった。離れていると身体の一部が削がれたかのようで、思いの丈を綴った手紙を連日、時には日に二度までも、送りつけずにおれなかった。

野枝が再び転がり込んでくるのを許したのもそうだ。金銭的問題もさることながら、今では大杉自身が、彼女と離れての日々など考えられないでいる。
七月中旬、金策のため大阪に住む叔父の代準介を訪ねた野枝が、周囲からの諫言《かんげん》にさっそく音を上げて、

――すこし甘えたくなったから、また手紙を書きたいの。野枝公もうすっかり悄気ているの。だって来ると早くからいじめられているんだもの、可哀そうじゃない？

そんなふうに書いてよこすと、もういけなかった。

――大阪なんか本当にいやになっちゃった。野枝公もう帰りたくなったの。もう帰ってもいい？まだ早い？

などとあるのを読むと、もうもういけなかった。
浴衣の上にお納戸鼠《なんどねず》の夏羽織を着けた彼女が、麻布の手提げ袋をさげて旅立つのを東京駅で見送ったばかりだというのに、居ても立ってもいられず、

――大ぶ弱っているようだね。うんといじめつけられるがいい。いい薬だ。あれほどの悪いことをしているのだから、それくらいは当り前のことだ。本当にうんといじめつけられているがいい。そして、ついでのことに、うんと喧嘩でもして早く帰ってくるがいい。そのご褒美には、どんなにでもして可愛がってあげる。そして二人して、力をあわせて、四方八方にできるだけの悪事を働く

のだ。……

帰っておいで。早く帰っておいで。一日でも早く帰っておいで。

ついつい、甘ったるい返事を書き送ってしまう為体だ。

野枝のあのさばさばとした気性、泣いたかと思えばもう笑っている栗鼠のような顔、ぷりぷりこりこりとした肉体……。こうして思い浮かべるだけで、得恋《とくれん》の歓びが熱と震えをともなって湧き上がってくる。愛人であると同時に、同志としての尊敬にも値する存在は、彼女が初めてだった。

大阪の叔父夫婦が反対するのも道理だ。彼らにしてみれば、野枝には苦労のかけられ通しだろう。どうしても勉強をしたいと言うから手もとに引き取って高等女学校へ通わせてやったというのに、卒業するなり入籍まで済ませていた夫のもとを出奔、一緒になったのは恩師である英語教師で、二人の子までなしながらその家を飛び出したかと思えば、今度の相手はこともあろうに〈自由恋愛〉を標榜するアナキストだという。世間からさんざん後ろ指をさされ、女の身で警察の尾行までつくようなことになってしまったのは、その自堕落な男に感化されたせいだ。金を貸してやるどころか、一刻も早く二人を引き離したいに違いなかった。

「着きましたぜ、旦那」

と声がかかる。

橙《だいだい》色《いろ》の明かりに照らされた停車場前に降り立ち、待合室にひとつだけ見える人影を目指して近づいてゆくと、つくねんと取り残されたように待っていた野枝は顔を上げ、大杉の姿を見るなり口を歪めて泣きそうな顔になった。

「ごめんなさい、こんな遅くに。いったん汽車に乗ったんですけれど、鍵のことを思いだして」

まぶたが厚ぼったく腫れている。大杉は、長椅子の隣に腰を下ろした。

「どこまで乗って行ったの」

「鎌倉まで。そこから降りて引き返してきたの。だけどこんな時間になっては、今夜はもう上りの汽車がないわ」

「そうだね」

「鍵は？　持ってきて下さって？」

ふところに入れて持ってきたことを大杉は身ぶりで示したが、取り出して手渡しはしなかった。鍵が目当てで引き返してきたのではないはずだ。

「ごめんなさい」

と、野枝は再び呻いた。

「いや。き、きみは何も悪くない」

「神近さんだって悪くないわ」

暗に、悪いのは誰かと問われている気がする。

「大丈夫よ。宿屋なら他にいくらもあるでしょう。一人でどこかに泊まって、明日帰るから」

「そういうわけにはいかない。一緒に日蔭へ帰ろう」

「いやよ。どこに泊まるの」

「同じ部屋だが、ど、どうせ寝るだけだ。すぐ朝になる」

「いやですよ。そんなことをしたら、私もあなたも殺されてしまうわ。最近の神近さん、酔うと必ずあなたを睨んで、殺す、殺すと言ってたそうじゃありませんか」

「じゃあきみは、僕ひとりがそんな目に遭ってもいいって言うのかい？」

「あなたひとりだったら、あの人だってめったなことはしませんよ。さっき部屋に入ってくるなり私を睨みつけたあの目つき、あなたも見たでしょう？　思い出しただけでもぞっとする。あの人は、ただただ私が邪魔なんですよ」

顔を背けてうつむく野枝の肩に、大杉は手を置いた。細い肩先が小刻みに震えている。寒さのせいばかりではないようだ。

「そう心配しなくていい。か、神近くんだって、話せばわかる女だよ。ここでいつまでも凍えているより、いっそのこと三者会談でもして、腹に溜まったものを全部吐き出してしまえばいいんだ。そうでもしないことには解決の道は見つからないだろう」

すると野枝は顔を上げ、まっすぐに大杉を見た。

「ばかをおっしゃいな。この関係に、解決の道なんかありゃしませんよ。事ここに至っても、あなたにはまだ何もわかっていらっしゃらないのね」

まるで憐れむような目だ。

「いいから、おいで」

野枝の手首をつかんで立ちあがる。と、彼女が腫れぼったい目を瞠った。

「熱が？」

「ああ、なに、たいしたことはない。昼間のうち汗をかいたり風に吹かれたりしたせいだ。き、気にせんでいい、いつものことだ」

もともと肺を患っているから、感冒とは古い付き合いだ。ちょっとでも風邪をひけば熱が出るので、そういう時はすぐ床に入って休むと決めている。今夜、市子と言葉を交わすのが難儀だったのは熱のせいもあった。野枝ならばこうしてすぐに気づいて労ってくれるのだが、そのへんは曲がりなりにも幾年か子どもを育てた女ならではだろうか。

手を引くと、野枝は抗わずに立ちあがった。

待たせてあったはずの車は、しびれを切らしたか、影も形もなくなっていた。仕方なしに宿までの長い道のりを歩く。昼間はひっきりなしに頭上で鳴き交わしていた海鳥の声も今は聞こえず、あたりに響くのは二人の息遣いと草履の音だけだ。

「寒いだろう」

「いいえ、大丈夫」

暗がりで野枝の手を握っていると、ふいに昔の、それも大昔のことが思い出されてきた。

たしか十歳の頃だったはずだ。例によって悪戯を母親にきつく咎められ、頬を打たれた。が、その時はなぜだか謝るのがいやだった。謝れと迫られれば迫られるだけ心臓のあたりが硬くなり、ますます謝ることができなくなった。

ふてくされて寝ていると、近所に住む軍人の娘、一級下の〈礼ちゃん〉が親に連れられて訪ねてきた。事情を聞かされたのだろう、そばへ来るなり布団の中にそっと手を差し入れてくる。小さな手はひんやり冷たくて柔らかく、払いのけたいようなのにできなかった。

〈ね、栄さん、わたしがお母さまに謝ってあげる。あんな悪戯、もう決してしないから勘弁して下さいって。わたしが一緒になって謝ってあげるから、ね、強情を張らないで、栄さんももう謝るわね〉

こちらが頭までかぶっていた布団をめくり、間近に顔を覗き込んで、ね、いいでしょう、ね、ね、と心配そうに念を押されると、胸の奥の硬い強ばりが溶けてゆき、いつしか素直に頷いてしまったのを覚えている。

後に、嫁入りが決まったと知らされた時の口惜しさといったらなかった。彼女の美しい顔を想い浮かべながら自涜《じとく》に耽ったことなら何度もあったが、はっきり恋だと気づいたのはその時が初めてだった。

〈ね、栄さん、いいでしょう？　あなたも一緒に謝るわね〉

あの時の「ね、いいでしょう？」と、最近の神近市子のそれとは、どこがどのように違うというのだろう。そして自分はいったいどうして、野枝の手を握って歩きながらこんなことを思い出しているのだろう。

軍人の家へ嫁に行き、千田から隅田という苗字になった〈礼ちゃん〉と久しぶりに会ったのは五カ月ほど前、そろそろ梅雨に入りかけた頃のことだ。その直後、彼女の夫が肺病で亡くなり、こちらは葬儀にふさわしいような着物も袴もないので通夜にだけ訪れ、翌朝の飯まで食わせてもらって帰ってきた。

通夜の晩、彼女はすっかりやつれた泣き顔で声を低め、夫がもういけないことはわかっていたので仕方がないけれども、亡くなってからというもの親戚に苛められ通しなのだと言った。

〈良人のお国のほうの人が来ると、わたしをつかまえて、おや、お前はまだ髪を切らずにいるんかい、と責めるんです。そうかと思えば今度は、壁にかけてあるヴァイオリンを見つけて、ああこれは早く人にあげておしまい、後家さんにはもう鳴り物なんかいっさい要らないんだからね、と言うでしょう。わたし、今どきまだこんなことを言う人があるのかと思ってびっくりして。髪もヴァイオリンもちっとも惜しくありませんけど、周りの言うように尼さんみたいになったところで、いつまで辛抱できるかと思うと、それが怖いんです。だって、今まで見てきた軍人の奥さんで、ことに日露戦争の間に旦那さんが戦死して未亡人になった人で、本当に立派な未亡人のまま通した方はまるでいないんですもの。みんな、二、三年か四、五年のうちには辛抱できなくなって、しかも最初のうち立派だった人ほ

どそれがひどいんですもの〉

言葉は濁しているが、どういうことを言わんとしているかは明らかだった。平凡ないい奥さんとだけ思っていた彼女が、そこまで先を見通しているとは意外だった。

〈でもわたし、辛抱してみるつもりです。どこまでできるか知りませんが、とにかくできるだけどこまでも辛抱していきます〉

悲壮な横顔に向かって、大杉は言った。

〈あなたがそうまで決心しているならそれでもいいでしょう。しかし、無理な辛抱はできるだけしないほうがいいです。するにしても、もうとてもできないと思う以上のことは決して辛抱しちゃいけません。ど、どうしても嫌なことを辛抱しなきゃならん理屈なんかちっともないんです。そんな時には、もういっさいをなげうって飛び出すんだ。すぐに逃げていらっしゃい。僕がいる以上、どんなことがあってもあなたを不幸にはしませんから〉

彼女は涙を溜めて、ありがとう、と言った。

〈わたし、どこまでも辛抱します。してみせます。ただね、ほんとうに栄さん、わたしあなたのことをたった一人の兄さんだと思っていますから、どうぞそれだけは忘れないで下さいね。ね、お願いね〉

あの時――目の前にいる彼女を抱き締めたいと、どれほど強く望んだことだろう。何度も衝動に駆られ、その都度、かろうじて抑えた。手をのばしそうになるたびに、市子や野枝の顔がちらついた。彼女たちや妻の保子に対しては迷いもなくぶつけてきたはずの〈自由恋愛〉の持論を、どうしてか、初恋の〈礼ちゃん〉の前では口に出せないのだった。

それに気づいた時、潮時かもしれないと思った。理論上は充分に成り立つはずでも、不確定要素が加われば加わるだけ無理が生じてくる。人間の感情を型に嵌めることはできない。そもそも大杉自身が野枝との関係において感情をコントロールできなくなってきた以上、この〈実験〉の答えはおのずと見えたと言わざるを得なかった。

実験そのものを無駄であったとは思わない。得られた解が予想の通りであってもなくても、過程を経ることで初めて見えてくるものはあるのだ。

「ねえ」

一歩後ろを歩いていた野枝が、夜に遠慮するかのように小さな声で言う。

「神近さんには、話したの？　あのお金のこと」

何について言っているかはすぐにわかった。最近入った金と言えば、あれ以外にない。

「半分は話したよ」

「半分？　半分って？」

思わず歩みがのろくなる。

「つ、つまり、百円入ったと言った」

「それじゃ、半分じゃなくて三分の一じゃありませんか」

金額で言うならその通りだ。実際に手にしたのは三百円で、そのうち雑誌の創刊資金に取っておかなくてはいけない二百円はよけておき、市子には百円だけ入ったと話したのだった。

「悪いとは思ったんだが、か、神近くんからはもう、た、たた沢山借りてしまっているからね。三百円入って少しも返さないのじゃ、さすがに言い訳が難しい」

「少しも返していないんですか」

「返したとも。一円ね」

「たったの？　もしやあなた、どうやって工面したお金かも話していないのですか」

うん、と大杉が頷くと、野枝はあきれ返った様子で立ち止まり、ため息のような声をもらした。

金は、じつのところ内務大臣・後藤新平から直にもぎ取ってきたものだった。

どうしてそんなことになったかといえば、なかなかややこしい。

まず、金策のため性懲りもなく大阪へ、続いて郷里の福岡へ出向いた野枝が、叔父の代準介の伝手《つて》で、遠縁でもある頭山満翁のもとへ無心に行った。翁は、出してやりたいが今は金がないと言い、杉山茂丸《しげまる》のところへ紹介状を書いて渡してくれた。かつては「玄洋社」の金庫番、今や政界の黒幕とまで言われている男だ。野枝は東京に帰ってくるなりすぐさま杉山を訪ねたが、彼は何を思ったか、きみではなく大杉栄と会ってみたいなどと言いだした。そこで大杉がいざ出かけていってみると、やつはこう宣った。

〈無政府主義というのは、きみ、どうにかならんのかね。せめて白柳《しらやなぎ》秀湖《しゆうこ》だの山口孤剣だののように、国家社会主義くらいのところになれば、金もいるだけ出してやるんだが〉

話はそれで終わりになった。大杉がすぐに踵を返して帰ったからだ。しかし収穫も無いではなかった。杉山は、話の中で肝腎なところになると、後藤が、後藤が、と内務大臣の名前を出したのだ。

大杉は内務大臣官邸に電話をし、後藤はいるかと訊いてみた。すると、いるけれども今夜は大事な晩餐会があるので、何か用事があるなら明日以降にしてくれとの返事だった。知ったことではない。すぐに霞ヶ関へ向かい、秘書官に名刺を渡して取り次いでもらうと、思いのほか簡単に、

〈どうぞこちらへ〉

と二階の部屋へ案内された。

茶を運んできた給仕が、いちいち窓を開けては鎧戸をおろしてから再び窓を閉め、鍵をかけて出て

ゆく。続いて入ってきた秘書官も、

〈大臣は今すぐおいでですから〉

そう言ったなり出入口のドアに鍵をおろして出てゆく。

なるほど、何か間違いのあった時に逃げられなくするための用心らしい。笑いだしたいのをこらえ、煙草をくゆらせながら待っていると、ほどなく内務大臣が入ってきた。

〈よくおいででした〉

新聞で見るとおりの偉丈夫だった。丸い鼻眼鏡の奥から、鋭い眼差しがこちらを見据えてくる。顔の部品が中心に集まっているためか猛禽類《もうきんるい》を連想させる。刈り込んだ髪に、口髭や顎鬚《あごひげ》までも白い。

〈お名前はよく存じていますよ。私のほうからも是非一度お目にかかりたいと思っていたのでした。どうしてあなたが今のような思想を持つようになったか、ざっくばらんにお訊きしてみたかった〉

さすがの大人物というべきか、それとも旨い酒を飲んで上機嫌なだけなのか。いずれにしても好都合だ。

〈で、今夜のご用件は〉

訊かれて、大杉は単刀直入に切りだした。

〈じ、じつは、かっ、金が少々欲しいんです〉

自分で思うより気が張っているらしい。どうしても吃る。

〈金……。ほう、それはどういう金ですか〉

〈ど、どういうもこういうも、僕、いま非常に生活に、こ、こここ困っていましてね〉

後藤の目尻に皺が寄る。笑ったほうが厳しく見える顔だった。突然の金の無心と、大杉の吃るのと、どちらを笑ったのかはわからない。

〈大杉さん。あなたはじつにいい頭と腕を持っているという噂ですが、どうしてそんなに困るんです？〉

〈それは、政府が僕らの仕事を邪魔するからですよ〉

〈なるほど。で、わざわざ私のところへ無心にきた理由は？〉

〈政府が僕らを、こ、困らせる以上、政府に無心に来るのは、と、とと当然でしょう。そういう理屈を、あなたなら、き、きっとわかって頂けるだろうと思いましてね〉

ふだんはいちいち気にせずにいるのだが、こういう時ばかりは言葉が途中で蹴躓《けつまず》くのが悔しく、もどかしい。

そうですか、と後藤は言った。迷いも見せず、わかりました、と続ける。

〈いくら欲しいんです〉

いっそのこと莫大な金額を吹っかけてみたいと思い、五万円、と頭に浮かんだものの、さすがに気が引けた。ゴ、を口に出せばきっとまた吃る。

〈さしあたり、三百円もあればいいんです〉

後藤はあっさり頷いた。

〈よろしい、差しあげましょう。が、このことはお互い、ごく内々にして頂きたいですな。むろん、同志の方々にも〉

否やのあろうはずはない。三百円をふところに帰った大杉は、野枝の他には誰にも金の出所を言わなかった。同志たちにも、別居中の保子にも、そして神近市子にもだ。

雑誌のための二百円を除けると、ここしばらく金を渡せていなかった保子のところへ五十円を届け、ぼろぼろの寝間着のような着物一枚をずっと着たきりでいた野枝には三十円を渡して、質に入れてあった御召と羽織を請け出させた。

残る二十円を市子に返そうという考えが、頭に浮かばなかったわけではない。しかし、自分や保子や野枝と違って新聞社を辞めてもまだ充分な収入の道がある市子には、もう少し先まで待ってもらっても大丈夫だろうと思われた。どうせ今すぐ返さないのなら聞かせるだけ罪であるから、全部黙っていることにした。

しかし今日、宿の部屋に乗り込んできた市子のなりを思い出し、大杉の良心は遅ればせながら痛んだ。薄汚れたメリンスの袷、それとも単衣だったろうか。その上から、これだけ寒いというのに木綿の羽織一枚。彼女もまた自分の着物を質に入れて金を作ってくれていたのだ。せめて冬物だけでも請け出させておいてやるのだったと気づいたが、もう遅い。頑なに凝り固まってしまった市子の態度が、今さらそんなことで軟化しようとも思えない。

潮の匂いがする。砂まじりの暗い道の行く手に、ようやっと明かりらしきものが見えてくる。日蔭茶屋の門灯だ。野枝も気づいたらしく、つないでいる手がきゅっと強ばった。

「き、気にすることはないさ」大杉は、無理に笑ってみせた。「朝までなんて、すぐだ」


野枝を連れ帰ると、それまで起きて行灯の明かりに新聞を広げていた市子は、ものも言わずにまた布団に入り、背中を向けた。部屋の空気はますます気まずく冷えきり、誰も口をきかなかった。

風邪を押して寒い中を歩いたせいで大杉の熱は上がり、とうてい目を開けていられなかった。うつらうつらとしながら、時折まぶたをこじ開けては二人のほうを盗み見る。市子はすぐ隣に、その向こうに野枝が寝ているが、二人ともがまんじりともせずにいるのは気配でわかった。一度など、市子が半身を起こし、向こう向きに寝ている野枝を恐ろしい形相で睨み据えていた。それとも熱が見せた悪夢であったろうか。わからない。

見張っていなければと思ったのに、熱に引きずり込まれるようにしていつしか深く眠りこんでいたようだ。目が覚めた時にはすでに陽が高かった。

女たちはまだ眠っていた。二人とも無事であることにどれだけ安堵したか知れない。自分のまいた種とはいえ、こんな思いはもう懲りごりだ。

相変わらずの無言の行で朝餉を済ますと、野枝はすぐに東京へ帰っていった。もともと市子が来なくてもその予定であったのだ。

しかし市子はまだ疑っているようだった。

「どこかこの近くの宿にでも隠れて、私が帰ってしまうのを待っているんじゃないの」

「馬鹿な」

「だって、私が来なかったなら、ずうっと一緒に楽しまれるはずだったのでしょう。新婚さんみたいに」

「そうじゃない。何度言ったらわかるんだろうな。か、彼女は、ち、ち、茅ヶ崎まで平塚さんを訪ねていく用事があって、だからついでに一緒に来ただけなんだ。き、きみがゆうべ来ても来なくても、いずれにせよすぐに帰るところだったんだ。信じないと言うならもう、いい。話にならん」

市子は不機嫌そうに、しかしまた申し訳なさそうにも見える表情で、黙って目を伏せた。

女中が片付けた布団を押し入れから引っ張りだし、だるい身体を横たえる。また熱が上がってきたようだ。ひとりにしてくれ、とよほど言おうかと思ったが、市子の神経をこれ以上逆撫でするのもよろしくない気がする。

彼女に隠していることは沢山あるが、少なくとも先ほど言ったことだけは事実だった。一昨日、野枝は、久々にらいてうを訪ねたのだ。

辻と別れて家を飛び出す時、野枝はすでに世間の非難を覚悟していた。しかし、見も知らぬ他人からのそれならばともかく、長年の友人による無理解はさぞ苦しかったろう。彼女が夫ばかりか子どもまで棄てて大杉との〈自由恋愛〉を選んだについては、悪罵《あくば》にも等しい批評が雑誌や新聞に続々と載った。その中には、野枝が年の離れた姉のように慕っていた野上弥生子や、野枝の自立を扶け導いてきた平塚らいてうの名もあった。

手放した二人の子どもたちのことを思えば何を言われても仕方ない、と口では言いながら、大切な友人たちにまでわかってもらえないのはたまらなく寂しいことだったに違いない。野枝はよく、かつての友情を懐かしみ、宝物のように語っていた。それだけに大杉としては、野枝の願いを容れて、らいてうのもとへ連れて行ってやりたくなったのだ。ひとりきりで訪ねてゆくだけの勇気はなくとも、二人でなら勢いで訪ねることができる。現実に一緒にいるところを見てもらえば、あるいは解ける誤解もあるかもしれないと思った。

甘かった。同棲している奥村も交え、昼飯まで用意してもらって二、三時間も話したのだが、野枝がもう少し深い話にまで踏みこもうとするたびにのらりくらりと躱《かわ》され、本当に話したいことは何一つ伝えられぬまま終わってしまった。

〈いいわ、もう。あのひとのことは諦める〉

家を辞して海辺の松原を歩きながら、野枝は、大杉の手を強く握って言った。

〈私、もう、友だちにだって理解してもらおうとは思わないわ。あなたさえいてくれたら充分よ〉

言葉とは裏腹に、唇が震えていた。そんな彼女を、どうしてそのまま東京へ帰すことができたろう。

引き留めて、日蔭茶屋に泊まらせたその晩、野枝はこれまでで最も激しく深く、大杉を求めてやまなかった。成熟した女であると同時に、まるで親の愛を全身全霊で欲する幼子のようでもあって、大杉は彼女の中に精を放ちながら禁忌と倒錯にくらくら眩暈がし、自身もまた全身全霊で溺れた。誰にも理解されない、誰の理解も要らない、天涯に自分たちただ二人きりだという寂しい興奮が互いを結び合わせていた。つながったところから溶け合って二人が一緒になってしまうほどの快楽は、野枝を抱くまでついぞ経験したことがなかった。これまではどんな女を抱こうと、最中から事後に至るまで相手は他人のままであったのに。

余韻が下腹によみがえりそうになるのを、大杉は口から息を吐いてやり過ごした。昨夜、市子さえ乗り込んで来なければ、またあの続きを味わえたのだ。野枝がへそを曲げて帰ろうとすることもなかったし、そうすれば延々と秋寒の夜道を歩く必要もなかった。熱だって上がらなかったかもしれない。

背後の壁際にぞろりと座った市子が、粘り着くような目で時折こちらを見ているのを感じる。蜘蛛の巣が絡まったように、うなじを手でごしごしこすって払いたくなる。

才気煥発《さいきかんぱつ》、誰より優秀な女であったはずだ。今もなお、自分のそばを離れれば有能きわまりないのだろう。何かと姉さん風を吹かしながらもお人好しで、すぐに他人を信じてしまうところがある一方、市子には、いったん疑いだすとどこまでも止まらなくなる難儀な癖があった。やきもちを愛しいと感じていた頃はそれが原因の喧嘩さえも夜のための燃料になったものだが、今の大杉にはもう、彼女のとめどない邪推を払いのけて闘うだけの気力がない。

やがてまた運ばれてきた昼食を終えると、大杉は机に向かって原稿用紙を広げた。それを見た市子が仕方なさそうに立ちあがり、携えてきた手提げ袋をしっかりと抱える。

「か、帰るのかね」

期待を押し隠して訊くと、鼻でふっと嗤われた。

「お散歩でもしてこようと思って。あなたも一緒に行かない？　気分が変わっていいわよ」

「いや、よしておく。言っただろう、か、風邪をひいているんだ。だるくてたまらん」

「そう。じゃあ私一人で行ってくるわ。ついでにお湯も頂いてこようかしら」

「好きにするといいさ」

「そうさせて頂くわ」

廊下に通じる唐紙を引き開け、ふり返りざまに付け足す。

「お仕事、進むといいわね」

呪いの言葉のように聞こえた。

唐紙を閉めて市子が遠ざかってゆくのがわかると、ようやく息を深く吸えるようになった。胸の上に載っていた重石を取りのけられた心地がする。

肩と首を回してほぐし、原稿の参考にと持ってきた本を広げた。雑誌『新小説』に、組閣されたばかりの寺内内閣が標榜する〈善政〉とやらについての批評を書かねばならない。

睨めば睨むほど、目が文字の上を滑る。風邪の熱で頭が重い上に、雑念ばかり生じて少しも集中できない。一時間ほども呻吟《しんぎん》していた末に、大杉はとうとうペンを投げ出し、両手で顔を覆った。

無理だ、これ以上はもう。

どうあっても神近市子との間柄をお終いにしなければならない。

この一年ほどの間、市子とは良い時も悪い時もあった。愛人としてはしょっちゅうヒステリーを起こされ、泥酔するたび死ぬの殺すのと騒がれて閉口したものだが、彼女に対しては今もって感謝しかないのだ。よく勉強し、成長してくれたし、時に尾行からかくまってもくれた。金銭面では常に支えてもらい、面倒をかけてきた。

けれどもいささか甘えすぎた。姉さんぶるのを好む彼女に対しては、かえって大いに甘えてみせたほうが関係性も落ちつくように思われたからそうしていたつもりだったが、途中からだんだんと遠慮がなくなり、自分ばかりか野枝や保子の生活までも一緒くたに彼女に負わせ、だらしなく寄りかかりすぎてしまった。その反省は大いにある。

あるのに、昨夜以来の市子の態度を思い返すにつけ、彼女を労ろう、その恩に報いる言葉をかけようという気持ちが失せてゆくのだ。この上は、いったん距離を置くべきだろう。頭にのぼった血を互いに冷やしてからでなければ、別れ話でさえもうまく進むはずがない。

さらに小半時ほどもたったろうか、市子が帰ってきた。唐紙を開けて部屋に入ってくると同時に石鹼の香りが漂い、湯浴みを済ませてきたのだとわかった。

机の上の原稿用紙にただ一行、「善政とは何ぞや」と題が書かれているだけなのを見おろし、市子は冷ややかに微笑んだ。糊のきいた宿の浴衣を身につけているせいで昨夜来よりはましに見えたが、大杉はできるだけ彼女のほうを見ないように心がけ、やがて夕飯を済ませるとまたすぐ女中に寝床をのべさせて横になった。

市子はしばらく黙りこくって座っていたが、やがて自分も隣の布団に横たわり、何やら落ちつかなげに身じろぎを繰り返した後、仰向けになって天井を凝視した。大杉が横目で見やると、行灯の明かりを受けて、蒼いほどの白目が光っているのが見て取れた。

またずいぶんたってから、息を吸い込む気配がした。

「ね、何か話をしない？」

切羽詰まった、泣きそうな声だ。

互いの間に争いがあった後には、彼女は必ず自分のほうから和解の糸口を見つけようと話しかけてくる。黙っているのが寂しくて辛くてやりきれなくなるらしい。

「してもいいが、ぐ、愚痴はごめんだな」

大杉は言った。熱が上がって、口をひらくのが億劫でならない。

「愚痴なんか言わないわ。だけど……」

「その『だけど』が嫌なんだ」

「そう。それじゃもう言わないから。だけど、」

「ほらまた」

「ごめんなさい」

話を折られて、市子は口をつぐんだ。

それからまた一時間以上もたった頃だろうか。

「ね、ね」

腕をつかんで揺り起こされ、大杉はぎょっとなって目を開けた。

「ね、本当に私たち、もう駄目なの？」

勘弁してほしい。どうか眠らせてほしい。忍耐をふりしぼって、大杉は答えた。

「ああ、駄目だね。もういいかげん、打ち切り時だよ。お互いにこんな嫌な思いばかり続けていたって仕方がないだろう。もう本当に、止しにしようよ」

「……そうね。だけど、」

「またそれか」

「ええ、でも、聞いて下さいな。あなたは、二人の女が一人の男を挟んで、昨日からのような気持ちで向かい合うのを、浅ましいことだとは思わない？」

「思うよ。じつに浅ましいと」

「そうでしょう。でも、その状況を作り出しているのはあなたなんですよ。浅ましいと本当に思うなら、浅ましくならないようにしようとすればできるんじゃありませんか。そうしようという意志さえあれば」

寝ているところを起こされてまで議論を吹っかけられるとは思わなかった。市子の声はかん高く、言い争う時いつもそうであるように今も語尾がきりきりと尖っている。あれからずっと起きて何を言うか考えていたのかと思うと、大杉はうんざりした。

「ね、以前のあなたは……少なくとも私が知り合った頃のあなたは、意志の人でしたよ。強い意志のもとに何でもやってのける人でしたよ。だけれどこの頃のあなたときたら、意志というものをさっぱりお持ちになっていないように私には思われる」

大杉が黙っていると、市子は息を継いだ。

「ね、聞いている？」

「ああ。そう大声でまくしたてられちゃあね」

「よかった。私が今、何を考えているか、あなたにわかる？」

「さっぱりわからんな」

「私ね、今ね、あなたにお金のない時のことと、ある時のことを考えていたの」

大杉はむっとなった。

「何が言いたい？」

「あのね、私がお金を用立てたからって、これから言うことを曲げて取らないで頂きたいの。あなたがこの際、野枝さんと二人きりで一緒になりたいと考えてらっしゃるなら反対もしません。私のほうはいつでもお別れする覚悟でいるの。だから、お願いですから何も言わずに聞いてやってちょうだい」

「前置きはいいから言ってごらん」

「これまで、私がどんな気持ちであなたにお金を渡し続けてきたか、あなただってまさかそれがわからないとは言わないでしょう？　私は、あなたを好きでした。〈自由恋愛〉なんていう無茶苦茶を言われても、あなたがそれを本当に望むのなら何とかして理解しようと努めてもきましたし、男性としてだけじゃなく人間としても好きだったから、本物の同志になりたかった。だけれど、あなたのほうは口ばっかりじゃないですか。野枝さんと一緒に暮らしているのは二人のどちらにもお金がないからで、お金さえできたらすぐにでも別居するって、これまで何度も言っておいでだった。葉山に来る前だって、私にそうおっしゃったでしょう？　仕事だから必ず一人で行くし、これを機会に野枝さんとは別に暮らすって。その結果がこのざまじゃありませんか。まとまったお金ができたにもかかわらず、お互いの自立だなんてことは過去に一度たりとも言ったためしがないかのような顔をしてとぼけておいでになる」

　聞いていてむかむかと腹が立つのは、市子の指摘の多くが図星だからだ。が、反論もある。葉山に野枝を伴って来たのは、何度も言うが成り行きに過ぎず、市子さえあんなふうに乗り込んでこなければ彼女は気持ちよく帰り、こちらが仕事に集中している間に東京で自立への準備を整えているはずだったのだ。

　市子の話はまだ続いている。

「私がそういうことを説明しようとすると、あなたはすぐムキになって、私の理解が遅れているだの、野枝さんのほうはよく付いてきているだのと言って辱めようとなさるでしょう。そんなふうだから私は何も言えなくなってしまうんです。貸したお金のことなんかどうでもいいの。貸した以上はどんなふうに遣ってもあなたの勝手だわ。私はただ、あなたに自分の考えをきちんと伝えたかっただけなんです。なのに、いつも曲げて取って、ちっとも聞いて下さらないから……」

「つ、つまり、何もかも僕のせいだと言いたいわけだな」

さすがに黙っていられなくなって遮った。

「きみは、金の話をしているのではないと言いながら、か、金のことばかりじゃないか」

「違いますよ」

「ああ、そういえばさっき、僕に金のない時のこととある時のことを考えていると言っていたが、あれは何なんだ」

市子が、初めて少し言いよどんだ。迷った末に言った。

「——野枝さん、綺麗な着物を着てらしたわね」

その瞬間、大杉の中で最後の糸が切れた。

「そうか、そういう意味か。わかった、もう結構だ」

「いいえ、違うのよ。私はただ、お金がない時のあなたは、金さえあればああするこうすると言うのに、いざお金ができても結局する意思なんかないでしょうと、そこのところを確かめて、ちょっと考えてもらいたかっただけなんです。決して、野枝さんにだけ着物をどうとか、そんな意味で言ったのじゃ……」

「いや、もういい、もう沢山だ。か、金の話まで出てしまったならお終いだ。きみとはもう話したくない。か、借りた金は明日ぜんぶ返す。それでいいんだろう」

市子はまだ何か言い訳めいた繰りごとを言っていたが、大杉は受け付けずに耳を遮断してしまった。

怒りや苛立ちよりも大きく心を占めているのは、大杉自身にも意外なことに、悲しみだった。これまでいつもさっぱりと快く、しかもたいていの場合は市子のほうから進んで出してくれていた金のことを、今さらのように恩着せがましく言われようとは思いもよらなかったのだ。それでは、彼女の望んだ本物の同志としての協力のすべてが、じつは男の情を自分に繋ぎとめるための手管だったように聞こえてしまうではないか。あるいはこちらに金が入ったから自分は用なしになった、と言っているかのようにも。姉さん風を吹かすのが似合う彼女の口から、そんなつまらない物言いは聞きたくなかった。

「ねえ」絞り出すような細い声で市子が呻いた。「ねえ、お願い、後生ですから」

「何も話すことはないね」あえて酷な物言いを選んで言った。「こ、こっちこそ、ご、後生だからもう寝かせてくれないか」

それきり、彼女は何も言わなくなった。声を殺してすすり泣いている気配がした。

後味の悪いことこの上ないが、関係を断つ段になってまで相手にいい顔を見せるのは偽善者のすることだ。寝返りを打ち、背中で市子のすすり泣きを聞きながら、大杉は目をつぶった。

これは恨まれて当然だ、と思ってみる。どこでどう間違ってこんなことになってしまったのか。殺す、殺す、と常から彼女は言っていたが、もし本当に実行するつもりなら今夜しかあるまい。

背を向けているのが急に不安になり、再びそろりと仰向けになる。一度気になりだすと、かすかな布団の擦れる音さえ禍々《まがまが》しく聞こえる。心臓を守るように両腕を胸の上に置き、市子が動いたならすぐに起き上がれるよう息を殺して身構えた。

風邪の熱はまだ下がらぬようだ。腰が腐り落ちるようにだるい。

一時間ばかりの間に、市子は二、三度わずかに身じろぎをした。洟《はな》をすする音はいつしか止み、そのぶんだけ沈黙がますます意味深長に思われてくる。

絶対に寝てはならない、寝たらお終いだ。しかし、三人で床を並べた昨夜の眠りも浅かったせいで、襲いくる眠気に抗うのは容易ではない。

どこかで柱時計が三時を打つのが聞こえる。胸の上で腕を交差し、拳を握りながら市子の息遣いに耳を澄ませているうちに、大杉はふと、喉のあたりに灼けるような塊を感じて目を開けた。

やられた、とわかった。

いつのまに眠ってしまったのか。慌てて喉へ手をやり、その手を行灯の明かりに透かし見る。真っ黒、いや真っ赤だ。思わず叫び声をあげていた。首の後ろまでぬるぬるとしたもので濡れているのがわかるのに、痛みを感じないことが恐ろしい。

頭をもたげようとするとまた血が溢れる感触があった。唐紙を開けて、寝間着姿の市子が廊下へ出ていこうとしている。

「待て！」

ふり返った。例の般若の形相を予想していた大杉は言葉を失った。憐れな泣き顔で彼女が言う。

「許して下さい」

「待、て」

もがいて起き上がろうとする大杉を見て悲鳴をもらし、手に握っていたものを投げつけてくる。目の前に落ちた短刀の柄の部分に念入りに巻き付けてあるのは、血に染まってはいるが刺繍の入った女物のハンカチだ。市子が自害するためではない、あらかじめこちらを刺すために用意していたものと察して、大杉の身体はぐらりと傾《かし》いだ。

身を翻して逃げる市子を追う。廊下は煌々《こうこう》と明るい。彼女の顔の異様な白さが際立つ。血の噴き出る傷口を手で押さえながら追いかける。

「許して下さい！」

何度かふり返りながら長い廊下をどんどん逃げ、階段をまろぶように駆け下りる市子の背中へ、後ろから段を蹴って飛び降りるが、一瞬だけ彼女のほうが早い。床にたたきつけられた足の裏が痛む。呼吸がどんどん苦しくなる。喉がひいひいと音を立てる。

どこをどう走ったのか、その騒ぎは宿の者にもとうに伝わっているはずだが、恐ろしがってか奥に隠れて出てこない。

別棟の二階へと逃れたりまた下りたりの果てに、廊下を左へ折れた拍子に市子が躓いて倒れた、その背中へ覆い被さり、折り重なって倒れる。

「いやっ、許して」

許さない、と言ったか、許す、と言ったのだったか。

気がつくと大杉は、ひとりきりで倒れていた。縁側の窓越しの月明かりで、板の間の血だまりが見て取れる。寝間着の胸から腹のあたりがぐっしょりと重たい。呼吸は、苦しいどころか弱くなりかけている。

力をふりしぼり、這いずるように隅へ行き、白い漆喰壁に血みどろの爪を立てて起きあがる。玄関のそばに女中部屋があるはずだ。

呼んでも、女中はおびえて返事をしなかった。助けてくれ、このままでは死んでしまう、と掠れ声で訴えると、しばらくして一人がおそるおそる近くへ寄って来た。

「あのね、急いで医者を、呼んで下さい」

ひと呼吸するのも苦しい息の下から切れぎれに絞り出す。

「それから、東京の伊藤野枝のところへ、すぐこっちへ来るように、電話をして。本郷の、菊富士ホテルです。それからもう一つ、神近を……神近市子を、急いで探して、下さい。どうかすると、自殺をするかも……。誰か男衆に頼んで、まずは……海岸のほうから……」

尋常でない痛みが、今になっていちどきに襲いかかってくる。これほど激烈な痛みを、どうして感じずにいられたものか。痛い。痛い、痛い。喉がぜろぜろと鳴る。溢れる血がいくらかおさまってきたのは、もう残り少ないからなのか。

板の間に横たわった大杉は、少しでも苦痛をごまかそうと、番頭に煙草をもらって吸い付けた。煙が傷口から漏れそうな気がする。寒い。誰かが毛布を掛けてくれたが追いつかない。末端の感覚はもうとうになくなっている。頭の上の柱時計が三時半を指しているのに気づき、ということは寝入ってすぐに刺されたのだと覚った。

玄関口の電話機に向かって誰かが早口に喋っている。その声を聞きながら、ふと、先ほどの自分がまったく吃らなかったことに気づく。電話の向こう側は野枝だろうか。そうだとしたらいったいどんな思いで報せを聞いているだろう。

どれほど急いでこちらへ向かったとしても、着くのは昼頃になるに違いない。生きている間にはもう会えないかもしれないな、と思ったのを最後に、吸いさしの煙草が指から離れていく。

暗がりに吸い込まれるような意識の中で、野枝の顔と、なぜか〈礼ちゃん〉の顔が、とろりと混じり合って溶けていった。

＊

呻き声が聞こえる。

（ああ、まただ）

眠りの淵から浮かび上がりながらも、野枝は、すぐには声をかけずにいた。頭上の寝台の主が、さらに二度ばかり呻いたかと思うと、がば、と頭をもたげ、情けない声をあげる。

野枝は床に敷いた布団から起き上がり、枕元に近づいた。大きな赤ん坊のようなその身体に腕を回し、抱きしめてやる。小刻みな震えが伝わってきた。

しばらく野枝に抱きついていた大杉が腕をほどき、おもむろに枕元の台に置かれた時計へ手をのばす。薄明かりの中、目を凝らせばきっかり三時だった。

「また出たの？」

「うん」

時計を戻し、再び枕に頭をつける大杉を、野枝はもう一度しっかりと抱きしめてやった。

「馬鹿ねえ」

「……うん」

「大丈夫。私がついているから。誰が来たって、あなたをどこへも連れて行かせたりしない」

「うん」

「ほんとにあなたは馬鹿ねえ」

「うん」

頭を抱えて撫でてやると、豊かな髪が寝汗でしっとり濡れていた。

命を落とすかと思われた怪我から生還し、もうしばらくすれば退院できると言われたあたりから、大杉はしばしば夜中にうなされるようになった。毎晩ではない。が、必ずと言っていいほど夜中の同じ時刻だ。気配にふと目を開けると、寝台の足もとの壁ぎわに寝間着姿のあの女が立ち、ちょっとふり返って見るふうで彼を凝視するのだという。やつれた頬に影が落ち、死人のように青ざめた顔色を際立たせる。見ひらいた目には恐怖が満ち、動かない口からか細い声が聞こえる。

〈許して下さい〉

喉を刺されて血まみれの大杉を残し、廊下へ逃れようとする寸前の神近市子の姿だった。

命を取り留めたのは奇跡と言ってよかった。市子の握りしめた短刀は、大杉の顎の右下に、ほとんど一寸もの深さで突き刺さった。あとほんのわずか深ければ、あるいはほんのわずかずれていれば頸動脈に達していただろう。多量の失血に耐えながらも大杉が案じた市子はといえば、一度は海に入ったもののなまじ泳げたばかりに死にきれず、近くの交番に自首をして葉山分署へ護送されたそうだ。

警察から未明に電話を受けた時、野枝は気を失いそうになった。怪我を負って危篤、と聞かされただけで詳しい事情まではわからなかったが、市子のあの恨めしさと憎悪に満ちた顔つきを思えば、起きたことの察しはつく。

待ちかねた始発の汽車に揺られている間じゅう、今この瞬間にも大杉が息を引き取るのではと思うと不安でじっとしていられず、奥歯を潰れるほど噛みしめながら車窓を睨みつけていた。どうしてあの二人だけを残して東京に帰ってしまったのか、どんなに気まずくてもあそこで頑張り抜いて市子のほうを先に追い返していればこんなことにはならなかったのに、と後悔ばかりがこみ上げた。自分にとって大杉栄という男がどれほどかけがえのない大事な存在であるか初めてわかった。もう二度と、あのひとを他の女なんかと分け合いたくない。たとえそれが妻であっても。大杉がもうとっくに死んでしまっていたとしてもだ。

入院先である逗子町の千葉病院に駆けつけると、幸い大杉は意識だけはしっかりとしており、野枝に向けて苦笑いを向ける余裕さえあった。

〈やあ。なかなか、た、大変だったよ〉

掠れ声で言われて、思わず泣きだしてしまった。

〈馬鹿ねえ。ほんとうにあなたは馬鹿ねえ〉

寝台の端に突っ伏して泣きじゃくる野枝の頭に、大杉の分厚いてのひらが載せられた。

〈……うん〉

医者は、血液が肺に入っての肺炎だけが心配されるが、それさえなければ命に別状はないだろうと言った。午後には別居中の妻・保子と宮嶋資夫が、続いて荒畑寒村と馬場孤蝶が見舞いに駆けつけた。

さらに翌日からは、新聞各紙に事件のことが続々と報道され始めた。

〈大杉栄情婦に刺さる　被害者は知名の社会主義者　兇行者は婦人記者神近市子　相州葉山日蔭の茶屋の惨劇〉

などと大見出しのもと全六段の写真入りで報道したのは『東京朝日新聞』だ。〈野枝と市子は犬と猿　理窟を云う新婦人も恋の前には平凡な女〉と揶揄するような解説記事や、〈今回の不幸もほぼ想像されるわけだ〉といった堺の談も掲載されていた。

また『万朝報』は〈伊藤野枝子の情夫　大杉栄斬らる〉、『東京日日新聞』は〈神近市子、情夫なる大杉栄を刺す　野枝と栄の情交を妬んで〉と派手派手しかった。

世論は、刺した市子に同情的だった。となると当然、野枝の側が悪者扱いされる。

とくに宮嶋資夫は、市子とは浅からぬ付き合いであったために、野枝への憎悪がよけいに強まったのだろう。同志たち数名と市子に面会しようと葉山分署へ行ったものの、すでに護送された後で会えなかった彼は、その足で千葉病院にとって返し、ちょうど近くの雑貨店で買い物をしていた野枝の姿を見つけた。

大杉の身の回りの品を買って病院の玄関を入ろうとした時、突然飛び出してきた人影に驚いて思わず大声を上げたのを覚えている。

〈おまえのせいだ、おまえのために親友一人を……！〉

声が宮嶋のものであることに気づいた時には、両の頬を打たれ、井戸端のぬかるみに突き転ばされていた。四、五人はいたろうか、そろって息の酒臭い男たちに、背中を踏みつけられ、腹を蹴り上げられ、息も絶えだえに悲鳴をあげていると、事件後から付き添っていた巡査が聞きつけて止めに入り、泥まみれの野枝を抱きかかえて病室へ連れて行った。

〈ど、どうしたんだ、いったい〉

驚く大杉に駆け寄り、胸に取りすがって泣き崩れたところへ、宮嶋らがまたなだれ込んできて野枝を引き剝がし、壁へ突き飛ばす。花瓶が倒れ、床に落ちて粉々に割れた。

〈この売女《ばいた》めが！　自分の子どもより男のほうが可愛いか！〉

突き刺さる言葉だった。しかし、別れた良人や当の子どもたちから言われるなら甘んじて受けても、宮嶋らから言われる筋合いはない。泥水の滴る髪を振り乱し、腫れあがった顔に怒りを露わに睨み上げると、男たちは野枝を再び引き起こして殴り、蹴りつけた。

宮嶋の目には、はじめに保子とともに駆けつけた時にも、野枝が大杉のそばを頑として離れず〈面倒を見るのは私一人で充分ですから〉と譲らなかったのも身の程知らずと映ったようだ。平手打ちとともに、それらしい言葉をさんざん浴びせられた。

寝台から動けない大杉が、無言のまま睨みつけているのに気づいた宮嶋は、最後に大杉めがけて唾を吐いた。

〈悔しいか、意気地なしめ。たかが女との恋に溺れて主義主張を葬り去るとは、なんと情けない男だ。自由恋愛の実験だと？　そんな下らない思いつきのために、神近くんも保子さんもどれだけ苦しんだか。いいか大杉、この女こそ厄病神だ。君がこんな不幸にさえ遭っていなかったら、俺は心置きなくこの女を殺せたところだったのにな。このざまが悔しいと思うなら、全快してからやって来い。いつでも、いくらでも決闘してやる〉

言い捨てて、男たちは立ち去った。

もともと酒に酔えば荒れる質だったにせよ、宮嶋の言葉は彼だけのものではなく、同志たちの根強い反発を代表するものでもあったろう。それだけは大杉も認めないわけにいかなかった。


そばについて看護をしたのは野枝だったが、同志の村木源次郎《げんじろう》が近くに宿泊し、毎日のように見舞いに通って話し相手になってくれた。もともと大杉に心酔していた村木だが、四面楚歌《しめんそか》の今だけに、気遣いがどれほどありがたかったかしれない。ひょろりとノッポで面倒見のいい彼とは、野枝もすぐに打ち解けて何でも話すようになった。

幸い予後の経過は悪くなく、事件から十日余りが過ぎた十一月二十一日、大杉の退院は叶った。

逗子か葉山にしばらく滞在して療養することも考えたが、貸間を探しても、名前を知れば端から断られてしまう。警察による干渉もあったろうが、世間に大杉栄の名がほとんど悪魔や蛇蝎《だかつ》と同義のものとして伝えられているのも事実だった。彼が力を注いで全訳し、ほんの数日前に書店に並んだルトウルノウ著『男女関係の進化』など、わざわざ翻訳者を〈社会学研究会〉などとして刊行されたほどだ。

菊富士ホテルへ帰るしかなさそうだった。野枝と村木が付き添い、この日の夕刻の汽車に乗り込む。体力まではまだ戻らぬのだろう、大杉は崩れるように腰を下ろし、背もたれに身体を預けると、窓の外へぼんやり視線を投げた。村木がその向かいに、野枝は隣にそっと座る。顎の下の傷は、縫われてふさがりこそしたが、いまだ貼り付けられたままのガーゼと包帯が痛々しい。

「なあ、村木」

車窓の風景へ目をやったまま、大杉は言った。

「何です？」

「僕が、幼年学校の頃に一度刺されたって話はしたっけね」

村木が苦笑した。

「聞きましたよ。友だちと決闘みたいな喧嘩をして、ぐさぐさやられたんでしたよね」

野枝もその話は知っていた。頭やら腕やら肩やら、その時もかなり危なかったらしい。

「こ、今回また新たに喉を刺されたわけだが、こ、幸か不幸かどちらの時も命は取り留めた。しかしね、こうなってみると思うんだ。僕はいつかきっと、誰かに悪意の刃を向けられて斃れる運命を持って生まれてきたんじゃないかね」

「ちょっと」野枝は思わず、大杉の袖を引いた。「やめてちょうだいよ、縁起でもない」

「いやあ、運命ってものはあると思うんだよ。次なる三度目の正直は、そうだな。け、憲兵か巡査にでもやられるか、そうでなければ絞首台の露と消えるか、ね。案外、もうとっくに決まっているんじゃないかって気がするよ」

人を食った顔で言うものだから、冗談か本気か、判別がつかない。

「お願い、やめて」

呻くように言う野枝の手を、苦笑いした大杉の熱い手が包み込む。久しぶりに動いたせいで熱が出てきたのかもしれない。

雲を染めて海の向こうへ沈んでゆく夕陽が、窓越しに彼の横顔を照らしつけている。

あの晩流れた血はこれよりも赤かったろうかと思いながら、野枝はその顔から目が離せなかった。

第十五章　自由あれ

産婦が腹を減らすのは、子に乳を吸われるせいだ。たとえそれがゆるい粥であっても、せめて野枝にだけは米の飯を食わせてやりたい。

その一念で、村木源次郎と大杉とは、もう何日もふかし芋ばかりかじっている。薩摩芋を五銭で手に入れ、まとめて蒸して塩をふる。飽きるが、腹にたまるだけで御の字だ。

同居の三人、誰も食い物のことで文句など言わない。痩せ蛙さながらの村木はもとより、みっしりと体格のいい大杉までが毎日、今日の芋は甘いなどと喜んで食っている。大杉が三十三、野枝が二十三、そして村木がちょうど真ん中の二十八。寄せ集めだが不思議と気の合う三人だった。

月日は過ぎゆく。あの「日蔭茶屋」での刃傷沙汰《にんじょうざた》ですら、すでに遠い。

世間を大いに騒がせた事件と相前後して身ごもった野枝は、つい先月、九月の終わりに、大杉との第一子となる女児を産み落とした。幸い母子ともに無事だが、いまだ産褥期《さんじょくき》にあって微熱が続いており、完全な床上げは少し先になりそうだ。

集会、運動、執筆とそれでなくとも忙しい大杉の両肩に、このうえ家事や赤ん坊の世話までのしかかるのを黙って見てはいられず、村木は自ら手伝いを買って出て、それまで居候していた山川均・菊栄夫妻の家から、大杉らの暮らす巣鴨の住まいに移った。長く親しんできたキリスト教の教えでは

〈姦淫〉は特に重い罪のひとつだが、悔いている者のために犠牲を払うのは正しいわざだろう。

早くも数日後には菊栄に愚痴をこぼしていた。

「覚悟はしていたけど、こうまで用事が多いとは思わなかったよ。野枝さんなんか赤ん坊に乳しかやりゃしない。前の旦那の子にもああだったのかね。おしめなんぞ、『あら、ちょっと濡れたくらいなら洗わなくていいのよ』なんて俺からひったくって、そのまま干しといてまた使うんだぜ。こっちはほかにも、台所の手伝いから、尾行や掛け取りの撃退まで引き受けなくちゃならない。乳母兼、執事兼、なんとやら……さきの関白太政大臣そこのけの肩書きだよ」

ひと息にそう話すと、菊栄に笑われてしまった。

「おまけにだ」

「まだあるの?」

「あるとも。曲がりなりにも俺は男だのに、野枝さんときたら遠慮も恥じらいもないときたもんだ。便所の紙が切れていたら中から大声で『源兄《に》ぃ、紙がないの、早く持ってきて』と、こうだよ」

「あら。野枝女史、源さんのことをそう呼ぶのね」

「いつのまにか勝手な話さ」

「文句ばっかり言いながら、なんだか嬉しそうよ」

「まあ、ちびすけだけは文句なしに可愛いからね」

決まった恋人を持った例しすらない自分にあらかじめ父性のようなものが備わっていたことが、村木には意外でならなかった。菊栄のところに生まれたばかりの長男・振作《しんさく》も可愛かったが、女の子となるとなおさら愛おしい。

名前を付けたのは大杉だ。

「世間があんまり僕らのことを、悪魔だ、悪魔だと罵って後ろ指をさすものだから、こ、こっちもついその気になっちまってね。悪魔の子なら〈魔子〉だろう、ということで、何というかこう、勢いで名付けてしまった」

一つ話のようにして誰かに話すたび、イッヒヒ、と大杉が笑うすぐそばで、野枝も仕方なさそうな苦笑いを浮かべている。

「『こうなったら開き直ってやろうじゃないか』なんて言い張るんですよ、このひと。私は、いくらなんでも女の子にそれはあんまりじゃないですか、って止めたんですけど、通りませんでした」

「いいじゃないか。こ、こんなに強くて可愛らしい名前はなかなかないぞ」

大杉にとっては初めての自分の子であり、野枝にとっては初めての女児だ。その赤ん坊を抱いて乳を含ませる野枝の姿を見ていると、村木はそこに、かつて自分だけが目にした彼女の泣き顔を重ねずにいられなかった。

例の事件が起こるよりわずかに前、昨年の十月のことだ。当時、やはり金のなかった大杉と野枝はそれまで逗留していた麹町三番町の「第一福四万館」にいよいよいられなくなり、友人の大石七分《しちぶん》の紹介で本郷の「菊富士ホテル」に転がり込んだところだった。

七分のことは村木も知っている。様子のいい青年だがいささか変わり者で、同棲しているカフェーの女給とは毎日のように喧嘩が絶えない。大逆事件の際に処刑された大石誠之助の甥にあたる彼は、長兄の西村伊作《いさく》がずいぶんと裕福であったおかげで、自身もゆとりのある生活をしていた。

「僕の投宿しているホテルへいらっしゃいよ」

大杉の困窮ぶりを見かねた七分は言った。

「数年前にできたばかりなんだが、主人の羽根田幸之助がなかなか不思議な男でしてね。東京大正博覧会の外人見物客をあてこんで本格的な洋館をこさえたんだが、そのわりに勘定は大雑把、宿代からしてうるさく言わない。店屋物をとるにせよ新聞や煙草にせよ、なんでも女中に頼めば代わりに買ってきて、しかも勘定は立て替えておいてくれます。まあ当分は一銭もなくたって暮らせるでしょう。ああ、ちなみに女主人と娘たちは美人ぞろいですよ」

一人ひと月三十円、二人で六十円。今のところ払える目算などなかったが、大杉と野枝は一も二もなく飛びつき、まだ新しい瀟《しょう》洒《しゃ》な洋館の二階、三十四番の六畳間に落ちついた。前身を「菊富士楼」というとおり、晴れた日にはひしめく屋根の遠くに富士山を望める明るい部屋だった。

村木がその部屋を初めて訪ねていった日、大杉はたまたま近所まで出かけていた。六畳間の真ん中にぽつんと正座した野枝は、まだ今ほど親しくもなかった村木の来訪に気づくなり、慌てて涙を隠そうとした。

何かあったのかと問うてみれば、別段何もない、と言う。ただ、前夫の辻のもとに残してきた長男と、千葉の御宿で里子に出してしまった次男を思うと、時々たまらない気持ちになるのです、そう言って彼女はうっすらと笑ってよこした。〈自由恋愛という実験〉の名のもと神近市子と張り合っていた野枝が、ついに夫ばかりか子まで棄てて大杉に走ったというので、彼女に対する世間の風当たりはそれまで以上に強くなっていた。

菊富士ホテルに大杉が投宿するやいなや、所轄の本富士署からは例によって尾行の刑事が二人差し向けられ、朝から晩まで一階のロビーに陣取って見張るようになった。外出するたび、後をついてまわる。

刑事らもまあ気の毒なことだと村木は思った。しばしば外出先で大杉の姿を見失い、真っ青になって探しまわった末にホテルに戻ってみると、先に帰っていた当人から「やあ失敬、ご苦労さんでしたな」などと労をねぎらわれる。彼らがぼんくらなのではない、大杉の尾行をまく技術が天才的なのだ。

そうかと思えば、当の大杉らが部屋に籠もっている間は、刑事たちとて他にすることもない。ロビーで暇をもてあましているものだから、幸之助一家の子どもたち、とくに幼い連中から懐かれる。大杉もまた無類の子ども好きであるからして、何の因果でか一緒にけん玉遊びに興じ、大人たちのほうが本気になったりしているうちに、すっかり互いに気安くなってしまった。「今日はどちらへ」と訊かれて詳しく教えてやる大杉も大杉で、尾行の二人に荷物ばかりか飲み食いの勘定まで持たせ、やりたい放題だった。

そんな矢先に、野枝と連れ立って出かけていった日蔭茶屋であの事件が起こったのだ。葉山の警察から菊富士ホテルに連絡があったのが十一月九日の未明、電話を受けたのは幸之助の三女で高等女学校に通う八重子だった。警察官のただならぬ様子に驚いて母親に替わり、野枝を呼びに走る。自身も葉山から戻ったばかり、疲れから深く寝入っていた野枝は、状況を知らされるなり半狂乱になったようだが、すぐに気を落ち着け、始発に飛び乗って逗子へと駆けつけた。

それらのいきさつを、村木は、病院のベッドに横たわる大杉の口から聞かされた。神近市子と親しい宮嶋資夫らが、怒りにまかせて野枝に殴る蹴るの暴力をふるった話はもとより、同じく駆けつけた妻の保子がどれだけきつい態度を取ろうと、野枝が頑として大杉のそばを動こうとしなかったことも聞いた。

「それで、どうしたんですか」

村木が訊くと、大杉は当たり前のように言った。

「正直に頼んださ。二人ともにそばにいてほしいって」

「そんな無茶な」

「どうして。か、看病だって二人で分担したほうが楽じゃないか」

こういう時は得てして、分別のあるほうが損をする。野枝は譲らず、とうとう保子のほうが帰ったそうだ。

「保子はもう、俺にあきれただろうな」

ぽつりともらした大杉を、枕元の村木は驚いて見おろした。こんなふうだから、女たちは結局この男をほうっておけないのだろうと思った。

新聞各紙には連日、大杉や野枝をよく知る、あるいはろくに知らない、友人知人他人の感想が躍った。その多くが二人を厳しく糾弾するものだった。

〈神近さんはごくあっさりとした方で、正直な上、優しい義俠的なところもあって、困っている友達が来ると、本を売って金をやったり、財布の底をはたいて御馳走したりするという風でした〉

事件から数日後、野枝を殴った宮嶋資夫の細君・麗子の弁が新聞に載った。

〈昨年暮れ頃から大杉さんとああいう関係になって以来、一生懸命に翻訳したり原稿を書いたりして、そのお金の大部分、少なくとも二百円以上は春から収入の全く絶えている大杉さんに貢いでいました〉

〈野枝さんも初めはただ野生を帯びた単純な性格の人と思っていたのですが、様子を見ると非常に感情的で、確《しっか》りとした根底のない上、廉恥心《れんちしん》の少しもない人のようです〉

〈野枝さんは今後どういう態度をとるかが問題で、私としては彼女に対しては好い感情を持てぬばかりか、人間とさえ思うことを疑っているのです〉

水に落ちた犬を叩くかのごとき物言いだった。

親しく行き来があった宮嶋家、それも同性の細君にまでこのように罵られても、野枝は何も言わなかった。平塚らいてう、野上弥生子、およそ野枝が深く親しく関わった人間のほとんどが、はっきりと殺意をもって男の喉を刺した神近市子ではなく野枝の側を否定する言葉を吐く。それでも当の野枝は、大杉の枕元で記事を読み終えると、黙って新聞を畳み、窓の外を見るだけだった。

四面楚歌の状況の中、やがて退院した大杉を、菊富士ホテルの人々が全員で出迎えてくれたことは二人にとってどれほどありがたかっただろう。杖にすがって路地を歩いてゆく大杉と、その腕を支える野枝の後ろから、村木は荷物をかかえてゆっくりとついていった。

大量の血を失った大杉の体調は優れず、快復までにはしばらく日にちがかかったが、少しずつ起きている時間のほうが長くなり、ひと月ほどがたつうちには野枝とともに渡良瀬川流域の旧谷中村まで出かけてゆく気力も出てきた。

それが師走の十日。

大杉の妹・秋の訃報が飛び込んできたのはその三日後だった。

秋は、身を寄せていた名古屋の親戚の家で、包丁を喉に突き立てて死んだ。年明けに嫁入りが決まっていたのに、大杉の事件をうけて突然破談とされ、将来を悲観しての自害だったようだ。親戚宅のあるじが、アメリカより帰国中の秋の姉・菊から祝いの丸帯などを預かって帰り、それらを見せようと寝間の障子を開けたところ、血の海につっぷしてすでに事切れていたという。

愛人に刺された自分は命汚く生き延びて、何の罪もない妹があえなく死んでしまう。黙して語らない大杉の心中を思うと、村木の胸の裡は引き攣れるように痛んだ。

「俺も行きます」

「こっ、こ、ここ来んでいい」

「断られても行きますよ」

大杉もそれ以上は拒まなかった。

夜行で名古屋へ駆けつけると、保子が先に来ていた。大杉の父・東が亡くなった後、秋を手もとに引き取って四年前まで面倒を見ていた彼女は、身を揉むようにして大杉を叱りつけた。

「わかっているのですか。これだけの犠牲をもってしてもあなたが改めるべきところを改めないならば、秋は、まったくの無駄死にです」

大杉は歯を食いしばり、十年連れ添った妻の前に深く頭を垂れた。切りつけるような保子の言葉は、同時に、秋の死にぎりぎりの意味を与えようとしてくれるものでもあったのかもしれない。

帰京した大杉は、弁護士と堺利彦の立ち会いのもと、ずるずると先延ばしにしていた保子との離婚をようやく正式に決めた。以後二年間、毎月二十円を保子に支払うというのが条件だった。

菊富士ホテルの三十四番に閉じこもりがちになった大杉と野枝を、村木はあえてそっとしておいた。訪ねるにしても時間や頻度に気を遣った。

こんな時に愛欲に耽るなど気が知れない、などというのは、ほんとうの苦しみも孤独も知らない人間のたわ言だ。自分の落ち度で愛しい妹を死に追いやった男と、その男と連れ添うために我が子まで棄ててきた女。抱き合う以外にどうやって生き延びる術があったろう。今から思えば、野枝が身ごもったのはあの時だったかもしれない。

風に当たっただけでもすぐに寝付くほど弱っていた大杉を、野枝はよく支えた。ホテルには一銭も宿代を納めていないというのに堂々と女中を呼びつけ、大杉のために牛乳や牛肉を買ってくるように言いつける。それをまた女主人の菊江が、「まあええわな、届けておやり」と許すのだ。

たまりかねたのは主人の幸之助のほうで、

「大杉さん、あなた社会主義者のくせに、私たちのような小商いを苦しめないで下さいよ」

そう泣きつくと、痛いところを衝かれた大杉はそのつど困った顔で謝り倒し、いついつまでにきっと支払うという誓約書を幸之助に渡すのだった。

村木の野枝を見る目は、次第に変わっていった。

初めのうちこそ、離れていった他の同志たちと変わらず、女にだらしのない大杉を惑わせる邪魔な小娘としか思っていなかったのだが、そばで見ているとどうやら考え違いであることに気づかされる。時には若さゆえの浅慮が目立つこともあると同時に、その若さならではの生命力と愛情が大杉を支えているのも事実で、何より細かいことにこだわらない一本気な性格が小気味よかった。あの淫婦めが、などと口汚く罵る同志たちに、それはちょっと違うのだ、どうとは言えないがとにかく違うのだと言ってまわりたいほどだった。

そうこうするうち、神近市子に懲役四年の判決が下った。桃の咲く時分のことだ。世間は依然として市子に同情的で、そのぶん大杉や野枝には逆風が吹き荒れた。

相変わらず収入はない。先の仕事もない。さしもの幸之助もこれ以上はということになって、とうとう桜の咲く前に菊富士ホテルを出ることになった。溜まりに溜まった宿代を黙って精算してくれたのは、二人をここへ誘った大石七分だった。


同じ菊坂町の安い下宿へ転がり込んだ大杉と野枝は、夏の初め、さらにまた友人の岩野泡鳴が住む巣鴨へと転居した。それが今いるこの家だ。

家賃は月十三円五十銭、それなのにホテルの部屋に比べればだいぶ広い。九月に入ると野枝と辻潤の協議離婚もようよう成立し、それからほどなく魔子が生まれてきた。

貧乏のどん底もどん底だが、不思議と二人に悲愴な様子はなかった。着たきり雀、米びつは常に空、それでも何やかやと笑っている。

人のことは言えない。同居することになった村木自身も洗いざらしの浴衣一枚しか着るものがなく、これから迎える秋冬のためにと、大杉の着ていたお古の筒袖を野枝が四角い袖に縫い直してくれた。筒袖は動きやすいが、たった一枚でよそ行きも兼ねるなら四角なほうが見栄えがいい。

荒れ庭に面した十畳間の日当たりに布団を敷き、生まれたばかりの赤ん坊を横に寝かせた野枝は、毛量の多い髪を背中に流したままにしていた。寝間着の肩から派手な錦紗《きんしゃ》の羽織を引っかけている。着古されて衿などてろてろに光っているような代物なのだが、祝い事だからと見栄を張ってみせる大杉の性分を思うと、村木まで何やら気恥ずかしいような嬉しさがこみ上げてくる。

障子を開け放った庭の先では、境界の破れ垣に沿って白や薄桃色の秋桜《コスモス》が乱れ咲き、ずいぶんと冷たくなってきた風に揺れていた。

「ねえ、源兄ぃ」

細い声がする。

縁側のひだまりに足を投げ出していた村木は、うん？　と生返事を返した。

「源兄ぃは、どうしてこんなに私たちに良くしてくれるの？」

驚いて、布団をふり返った。

疲れたのか、野枝はいつのまにか羽織を脱いで横になっている。その顔が急になまめかしく感じられ、目が離せなくなる。

今さらながらに岩野泡鳴の言葉が思い起こされた。ここから歩いてほんの一分のところに住んでいる岩野が、久しぶりに野枝と会ったときに言ったのだ。

〈ほう、ずいぶん感じが変わったもんだ。こうして改めて見ると、なかなかたいした別嬪《べつぴん》だなあ〉

岩野自身、正妻である清と離婚調停中ながら次なる愛人と同棲しているあたり、道徳的見地からいえば大杉と五十歩百歩の自由恋愛主義者だ。驚いて顔を赤くする野枝の横で、大杉はにやりと笑って切り返した。

〈あなたに褒められたとあっちゃあ、このひとも本望だろう。せいぜい大事にするか、ね〉

村木には、野枝の目鼻立ちを美しいと思って眺めた例しが一度もない。色は浅黒く、目はつぶらだが小さく、鼻は低い。それなのに今、面やつれした彼女を綺麗だと感じている。枕にのせた小さな顔が、この秋の風のように澄んで見えるのだ。

「ねえ、どうして？」

重ねて訊かれた。

「どうしてって言われてもさ」

「だってね、みんな離れていったでしょう？」

幼子の寝顔を見つめながら、野枝が続ける。

「同志の人たちも友だちもみぃんな、あの葉山のこと以来、ううん、もっと前から、私たちを責めるか遠ざけるかのどちらかだった。それなのに、源兄ぃだけはこうして見捨てないでいてくれる。どうして？」

「いや、だからそんなことを改まって訊かれても……」村木は口ごもった。「当然のことをしているだけだとしか言えないよ。スギさんの思想には昔から敬服しているし、そのことと女性の問題とはまったく別だからね。みんな、味噌も糞も一緒くたにし過ぎるんだよ。それに……。いや」

「なに？　言って」

「それに、こう言っちゃあ何だけど、あのひとはそばに誰かいなきゃ駄目なひとだろう？」

野枝が、ふふっと笑った。小さな黒い目が光る。

「そうね。それはまったくそう」

「いちばんいいのは野枝さんが元気で支えてあげることに違いないんだが、中には女性の手に余ることだってあるだろうから。そういう時に、俺が何か手伝えればと思っているだけだよ。何も特別な話じゃない」

納得したのかどうか、野枝は黙っている。

村木は、庭へ目を戻した。

咲き乱れる秋桜の上に、魔子のおしめが何枚も干されてひらひらと翻っている。洗濯したのは大杉だ。たらいに井戸の水を汲み、尻っ端折りをして、おかしな腰つきでしゃがみ込んでは洗うのだ。

もしも社会主義思想に出合わなければ、と思ってみる。あの男は、ただの子煩悩な父親として、凡々たる日常に幸せを見出す一生を送ったのだろうか。

無理だろう。あれだけのマグマを裡に抱え込みながら、しらばっくれて生きてゆけるはずがない。思想の育まれる土壌など、じつのところ最初のきっかけ一つでどうとでも変わる。初めに右と出合えば右、左と出合えば左、どちらへ向かったにせよ、あの男に中間はない。咆え猛り、抜刀して敵陣へ走り込んでゆくような生きざまは変わらなかっただろう。

と、表に訪う声がした。女の声のようだ。

まもなく、どす、どす、どす、と廊下を足音が近づき、大杉が顔を覗かせた。いまだに夏の浴衣、その上からかろうじて薄い綿入りのぼろぼろのどてらを着込んでいる。

「すまん、野枝」

「どうしたんです」

布団に手をついて起きあがった野枝のそばから、大杉は錦紗の羽織を拾いあげた。

「村木。悪いが、ちょっと行ってきてくれないか」

「え。まさか、それも入れちまうんですか」

「仕方がない。もうこれしかないんだ」

すると野枝が、理由も訊かずに笑った。

「源兄ぃ。かまわないから行ってきて」

「でも」

「いいのよ、どうせ着て行くところなんかありゃしないんだし。寒けりゃ、いつもみたいにみんなで布団にくるまっていればいいんだから」

村木が表へ回ると、軒先に佇んでいた白髪の女がおどおどと目を伏せ、頭を下げた。会釈を返し、すっかり顔なじみになった近所の質屋へ羽織を持ち込む。どうにか五円になった。

我知らず胸が弾む。あの老女に二、三円を用立ててやったとしても、残り二円ほどあれば久々に皆で米の飯が食える。

戻ってみると、大杉は玄関先で老女と何やら懐かしそうに話し込んでいた。村木が黙って差しだす札を受け取るなり、額を確かめもせずに全部を相手の手に押しつける。

「甚だ少ないが、今日はこれだけ」

村木は、口もきけなかった。

恐縮した老女が何度も頭を下げ、ふり返ってはまた頭を下げて帰ってゆく。見送りながら、大杉は低い声で言った。

「野沢重吉《じゆうきち》の未亡人だよ」

「ああ……。そうでしたか」

ようやく腹に落ちた。

上州の田舎から上京し、車夫をしながら「平民社」に加わっていた野沢重吉は、大杉が心から尊敬し私淑する運動家だったが一昨年鬼籍に入った。昨年三月に大杉が上梓した『労働運動の哲学』はあっという間に発禁になってしまったものの、その献辞は野沢に宛てたものだ。

〈僕をして此の諸論文を書かしむべく、最も大なる力を、生きたる事実によって与えてくれた、車夫故野沢重吉君に本書を献ずる〉

いやしかしそれにしたって、額も確かめずに全部渡してしまうことはないじゃないか。

思う端から、村木の胸には何か温かいものが潮のように満ちてくる。素寒貧《すかんぴん》でふかし芋をかじっていようが、女にだらしなかろうが、このひとはまぎれもなく漢だ。そう思えて震えてくる。

ススキの穂が揺れる曲がり角で最後にふり返って深々と頭を下げる未亡人に、こちらも黙礼を返しながら、大杉が言った。

「村木」

「はい」

「腹が減ったなあ！」

村木は噴きだした。

「まったくですね」

ようやく踵を返した大杉が、不敵に笑った。

「悪いが野枝に粥を炊いてやってくれないか。芋は俺たちだけの、ご、御馳走だ」

＊

晩秋から年の暮れに向けて日一日と厳しくなってゆく寒さを、野枝は赤子を抱きかかえ、隙間風から守るようにして耐えていた。

一枚きりの煎餅布団は野枝と魔子に与えられていたが、師走の声を聞けば男たちの痩せ我慢もさすがに底をつく。身にまとうものはといえば質屋からも断られる薄っぺらな襤褸だけだ。苦肉の策で、男二人が布団の裾のほうから足を差し入れて野枝と魔子を温め、ささやかな温もりを分かち合うことで急場を凌いでいた。

が、こんな時でも大杉は大杉だった。腹ばいになって本を読み、芋をかじりながら、頭の中では次なる雑誌『文明批評』の発行準備を着々と進めていたのだ。

そもそも日蔭茶屋であのようなことがなかったら、内務大臣の後藤新平からせしめた金を元手にしてとっくに発行されていたはずの雑誌ではある。けれど今、腹を満たす米どころか暖を取る炭すら買えない、しかも収入のあてなどどこにもないこの状況で、そうすることがまるきり当然であるかのように自分の信じる未来を見据えることができるというのは、やはり大杉なればこそだ。

そんな良人に対し、女の身で互角にものを言う野枝を見ると、人はずいぶん驚いた顔をする。何がいけないのだろう。無駄な差し出口を挟むつもりはないが、言うべきことは言わせてもらう。大杉はその程度で怒るほど小さな男ではない。だからこそいまだに恋人の素直さで甘えることもできるし、彼もまた大いに甘えてくるのだ。

他の誰がこのひとを真似られるものか、と野枝は思った。大杉栄を批判する連中は、自分が嫉妬を燻らせていることにも気づかない馬鹿ばっかりだ。

希望への道筋など何ひとつ見えずにいるというのに、野枝は幸せだった。誰よりわかり合えるお互いと、まだ寝返りもろくに打てない乳飲み子の傍らに、村木源次郎が飄々《ひょうひょう》と寄り添ってくれているのもありがたく心温もることだった。

知り合いという知り合いからはもれなく金を借りた。ある時は新聞社に勤める友人・安成二郎が来て金を置いて行き、ある時はこちらから山川宅へ出かけていって堂々と無心をする。粥を炊くにも困ると、大杉と親しい画家の林倭衛《しずえ》の名を勝手に借りて米を買い入れた。迷惑をかけて申し訳ない、とはべつだん思わなかった。食わねば乳も出ない。赤子を飢えて死なせるようなことになっては、彼らとて後味が悪かろう。

新しい雑誌には、山川夫妻も、そして荒畑寒村も寄稿してくれることになった。荒畑とは『近代思想』を廃刊した際の不和から運動の面では袂を分かっていたのだが、大杉が何度も自分から訪問し、これまでの不手際を詫びたことでようやく、再びの協力態勢が実現した。目的のために頭を下げることなど、大杉は何とも思わない。

野枝の錦紗の羽織は、質屋を出たり入ったりした。ある時は原稿用紙に化け、ある時は大杉の電車賃に化け、と八面六臂《はちめんろっぴ》の大活躍だった。

多少の広告も入り、四、五人の友人たちからそれぞれ十円前後の寄付金が集まり、中には百円という大金を寄付してくれた者もある。たまたま大石七分が株で失敗したため、彼の引き受けてくれる予定だった保証金は間に合わなかったが、そのぶんいくらか規模を縮小し、少なくとも創刊号だけは出せる目処がついた。

官憲の目は、しつこく光っている。『近代思想』の時のように、刷り上がったところを狙って没収されたのではまた資金繰りに窮することになる。大杉と野枝は、印刷所まで行く途中に必ず知人の下宿に立ち寄り、しばらくの雑談のあと裏口からそっと出ては尾行をまいた。

「こ、これが無事に出せたら次のことを考えないとな」

例によって布団の裾から足を入れた姿勢で、大杉が言う。

「次はぜひ、労働者の町に住んでみないか」

彼の望みは、野枝にもよく理解できた。同志の多くが離れていったこの一年の間につくづく考えたのは、具体的に誰がそうだとは言わないが、いくら弁が立派で声ばかり大きくとも行動の伴わない主義主張など何の意味もないということだった。貧しい者、弱き者、虐げられて暮らす者に、身も心も寄り添って生きる。言葉にすれば単純だが、実行はそれほど容易ではない。

「労働者の町って、たとえばどこ？」

「そうだな、か、亀戸あたりがいいんじゃないかと思っている。あのへんに住んでいる友人から話も聞けるし」

「でも、ここを出るとなると、滞っているお家賃を払わないと」

「そこなんだよ。いざとなったら夜逃げでもするしかないかな」

冗談とも本気とも言えない口ぶりで大杉は笑ったが、転居のきっかけは思いがけず向こうからやってきた。大家自ら、どうか早々に引っ越してくれ、前に預かった二カ月分の敷金はそのまま返すからと頼み込んできたのだ。

監視と尾行に手を焼いていた所轄の板橋署が、家主に圧力をかけたのだった。大杉と野枝が印刷所へ通った三日間、連続して行方を見失ったのに相当困ったものらしい。

二カ月分の敷金なら二十数円になる。渡りに舟とはこのことだ。暮れも暮れ、押しつまるだけ押しつまった二十九日、さっそく野枝が見つけてきた亀戸の貸家に、夫婦は魔子を抱いて引っ越した。村木とは一旦別れて暮らすこととなったが、しょっちゅう会うので実質何も変わらない。

そして迎えた大晦日、野枝は大杉と示し合わせ、大森の春日神社裏にある山川夫妻の家をいきなり訪れた。

「家にいるとあれやこれや取り立てがうるさいから、ここで一緒にお正月をさせてもらおうと思って」

厚かましく上がり込んでも、山川や菊栄はもう慣れたもので、いやな顔ひとつしないでくれた。あの事件の後ではさすがの野枝も、そんなふうなさりげない労りが身にしみるようになった。以前だったら彼らの心配りにさえ気がつかなかったかもしれない。

最近やっと首が据わり、指を差し出せば握るようになった魔子が、同じく今年生まれた山川家の長男の隣で眠ってしまうまで見届けると、野枝は立ちあがった。縞の御召に例の錦紗の羽織を重ねたまま、両の袂を帯の脇にぎゅっと挟み込む。

「お正月の仕度、まだなんでしょう。台所は私が引き受けるから、菊栄さんは少し寝てらっしゃいよ」

「そんな……せっかくのお召し物が汚れてしまうわ。せめてほら、これを」

慌てて自分のたすきや前掛けを渡そうとする菊栄を、横合いから大杉が遮る。

「そんなの気にしなくていいんですよ。こ、このひとはね、いつだってこのまんまなんだ。台所をするにせよ銭湯へ行くにせよ、他に着るものなんか何もないものでね」

大杉と野枝が一緒になって笑うのを、山川と菊栄はあきれた顔で見ていた。

『近代思想』の廃刊から、間に日蔭茶屋の事件をはさんで二年。新雑誌『文明批評』はようやく発行された。

〈この頓挫には僕自身の責任のあることも勿論だ〉

創刊号に大杉が寄せた文章だ。

〈あの事件で最も喜んだのは敵だった〉

〈肉体的に殺されなかった僕をこんどは精神的に殺して了《しま》おうとした。愚鈍な奴等だ。卑怯な奴等だ。

しかし、よく聞け、憎まれ児は世にはびこる、何処までもはびこって見せる。死んでもはびこって見せる〉

通常なら〈世にはばかる〉というところだが、〈はばかる〉にはしかし〈遠慮する〉という意味もある。それを嫌って、あえて〈はびこる〉と書いてのけるところが大杉らしい。もう何度目かで目を通すその文章に我知らず笑みを浮かべながら、野枝は奥付の頁をめくった。

編集兼発行人　大杉栄
印刷人　伊藤野枝

二つ並んだ名前を、そっと指でなぞる。これがようやくの船出だと思うと、鼻の奥が湿っぽく痺れてくる。

荒畑の散文詩、山川による経済書の解説、それに林倭衛の短い詩を載せたほかは、六十二頁からなる冊子のほとんどが大杉と野枝の文章だ。大杉は長短七編、野枝は「転機」と題した小説のほか二編を寄せた。「転機」は、足尾鉱毒事件からおよそ二十五年、今まさに水の底に沈まんとする旧谷中村を二人で訪れた際の所感をもとに綴った作品だ。

かつて、十九、二十歳だった大杉が幸徳秋水や堺利彦のもとで日本における社会主義の夜明けに遭遇した頃、平民社に出入りする人間はほとんど全員が日露戦争開戦に反対していた。熱いデモがあった。激しい暴動があった。もちろん、足尾鉱毒事件もすでに起こっていた。天皇に直訴した田中正造翁の懐にあった書状は、幸徳が起草したものだった。

幸徳に強く刺激されて、目的のためなら不法占拠や破壊もいとわない〈直接行動論〉へと傾いていった大杉が、堺の唱える悠長な〈待機主義〉などに満足できるわけがない。それは、野枝の目からも明らかだった。彼らと道が分かたれたのはどうしようもないことだったのだろう。そして同時にあの足尾の事件は、大杉と自分を強く結び合わせるきっかけともなったのだ。

菊富士ホテルの、ぽっかりと明るい部屋が思い出される。手放してしまった二人の息子の声や匂いを思い出しては、独り泣いた部屋だ。

あの部屋を、大杉を慕って詩人の佐藤春夫が訪ねてきたことが何度かある。そのうちのいつだったか、今どきの新進作家の話題になって、大杉が褒めたのは武者小路実篤《むしやのこうじさねあつ》だった。

「うーん、そうかなあ」佐藤のほうはいささか懐疑的だった。「武者小路の人道主義は、要するに単なるセンチメンタリズムじゃないかねえ」

すると大杉は頷いて言った。

「そうとも、まさしくセンチメンタリズムだよ。だ、だけど、すべての正義、すべての人道というものは皆センチメンタリズムだよ。その上に学理を建てても、主張を置いても、科学を据えてもなお絶対に覆らない種類のセンチメンタリズムこそが大事なんだよ」

片膝だけ立てて柱にもたれた大杉は、佐藤が黙ってしまうほど熱く語った。

なぜそんなことを思い出すかといえば、かつて彼は野枝にも同じような意味合いの言葉をくれたからだ。それこそ旧谷中村を最後にひと目見ようと出かけていった、あの旅路でのことだった。「あの時、き、きみの義憤を幼稚で無意味なセンチメンタリズムだと嗤った辻君のことを、ほんとうは僕だって笑えないんだ。その資格がない」

まもなくダムの底に沈むとは思えないほど長閑《のどか》で美しい村の、しかし足もとだけは汚泥にまみれた道を歩きながら、大杉は言った。

「村民に同情するだけなら、こ、子どもにだってできる。僕だってもちろんそれくらいはしていたよ。しかし現実に行動を起こすことはしてこなかった。大きな声では言えないが、いっそ、ここに残された村民がみんな揃って溺れ死んでしまえば面白いのにと思っていた。た、助けられたりしたんではつまらないと思った。ひどい話だろう？　自分でも知らないうちに僕は、すっかり冷笑的、いや冷血漢そのものになってしまっていたんだよ。そこへ、き、きみがあの長くて熱い手紙を送ってよこした。衝撃的だった。心臓をじかにつかんで揺さぶられる思いがしたよ。僕はね、僕の幼稚なセンチメンタリズムを取り戻したいんだ。憤るべきものにはあくまでも憤りたい。憐れむべきものをあくまで憐れみたい。虐げられるものの中へ、ためらわずに進んでいきたい。そのためにこそ、こ、これからもきみの力を借りたいんだ。幼稚で何が悪いか。きみのその、何もかもすべてを焼き尽くして溶かしてしまうようなセンチメンタリズムを、こ、この硬直しきった僕の心の中に流し込んでもらえないだろうか。僕がきみからの手紙を読んで、あんなにもかっ、感激したのはね、きみが示してくれた血の滴るような生々しいセンチメンタリズムこそが、じつはほんものの、か、革命家の資質だとわかったからなんだ。今さらだけど、野枝。き、きみはほんものだよ。ほんものの同志だ」

つっかえながら前のめりに話す大杉の横顔を、並んで歩く野枝は、晴れがましさと慕わしさに叫びだしたいような思いをこらえて見つめていた。

千部が印刷された『文明批評』創刊号は、全国各地の同志やかつての『近代思想』の読者にも送られ、そこからまた広がっていった。

生命とは、要するに、復讐である。生きて行く事を妨げる邪魔者に対する不断の復讐である。復讐は一切の生物にとっての生理的必要である。

「正義を求める心」と題する評論において、こんな物騒な表現で直接行動の必要性を仄めかしてみせた大杉は、翌月に出た第二号に、今度は深い示唆に満ちた文章を寄せた。

僕は精神が好きだ。しかしその精神が理論化されると大がいは厭になる。理論化という行程の間に、多くは社会的現実との調和、事大的妥協があるからだ。まやかしがあるからだ。

精神そのままの思想はまれだ。精神そのままの行為はなおさらまれだ。生れたままの精神そのものすらまれだ。

この意味から僕は文壇諸君のぼんやりした民本主義や人道主義が好きだ。少なくとも可愛い。しかし法律学者や政治学者の民本呼ばわりや人道呼ばわりは大嫌いだ。聞いただけでも虫ずが走る。

社会主義も大嫌いだ。無政府主義もどうかすると少々厭になる。

僕の一番好きなのは人間の盲目的行為だ。精神そのままの爆発だ。しかしこの精神すら持たないものがある。

思想に自由あれ。しかしまた行為にも自由あれ。そして更にはまた動機にも自由あれ。

野枝は一言一句、胸に刻みつけるようにしてくり返し読んだ。

ちょうど、辻のもとを出奔した時、ただ一冊きり持ち出した大杉の『生の闘争』を読んだ時がこんなふうだった。すべての言葉が、大杉の肉声を伴って、身体の細胞の一つひとつにまで染み入ってくるようだ。

結局のところ大杉にとって最も大切なのは、主義や運動や革命云々以前にただ「自由」であり、「精神」そのものなのだ。既存の価値観や常識から解き放たれ、何もかもを最初の一歩から、いや、ゼロから始めて自身が規定したいのだ。

すぐそばにいて始終抱き合いもする相手の考えを、そのひとが書く文章を通して深く知ることができるのは嬉しいことだった。日常の中でも言葉を惜しまない二人だが、雑談や討論は、思索の末に書かれる文章とは違う。大杉もまた野枝の書く文章を読み逃さず追いかけているようで、それも野枝にとって大きな喜びになった。

小説や随筆ばかりでなく、最近では評論にも挑戦している。かつて、まだ青山姓だった菊栄との誌上論争に惨敗を喫した時には、自分の知識の浅薄さが恥ずかしく歯噛みをしたものだが、大杉のそばで多くの人に会い、それぞれの価値観に触れながら思索を深めてきた今、ようやく自分なりの問題意識を持って再び社会と向かい合いたいという心持ちが訪れていた。

特に野枝がくり返し考えるのは、世間が蔑《さげす》み見下す娼婦たちや、教育などほとんど受ける機会のない女工たちのことだった。今宿の貧しい家に生まれた自分も、あのままふつうに育っていたなら彼女らの一人になっていたかもしれないのだ。

二十三年生きてきて、ここまで落ちついた気持ちで学びを深められるのは初めてだった。いつも、姿の見えない何かに急きたてられていた。理由もわからず焦ってばかりいた。それが今は、警察さえもそんなに怖くない。明鏡止水とまで言っては大げさだが、今いる場所からこの先向かう場所までを、冷静に見晴るかすことができるようになっている。

ただ——ひとつだけ心を波立たせるものがあるとすれば、それは他でもない、暮らしている亀戸の住環境だった。

底辺で虐げられる労働者たちの現実に寄り添って暮らすのだと、望んで移った家であったはずだ。それなのに、まさかその現実がこちらへ向かって牙を剝いてこようとは予想もしていなかった。

家のそばの井戸へ水を汲みに行くだけで、集まっている職工や事務員の女房たちから一斉に白い目で見られ、陰口をたたかれ、所作のことごとに文句をつけられる。気にせずどんどん中へ入っていって一緒に洗濯をしない限り、彼女たちに受け容れてもらうことはできない、そう頭ではわかっているのに、らしくもなく身体が動かない。無知で粗野な彼女たちに対し、腹が立つなら例によって堂々と強く出てもいいはずなのに、できない。どういうわけか小さく萎縮し、そのへんの店で買い物をしただけでまた何か馬鹿にされているのじゃないかと周囲が気になってしまう。

銭湯へ行ってもそうだ。初めての晩、勝手がわからず戸惑っていた時、番頭が女たちに言って場所を空けさせてくれたのがいけなかった。

「何だい、人を馬鹿にしていやがる。たった一銭よけいに払ったからって威張り散らしてさ」

聞こえよがしに誰かが言えば、別の誰かが返す。

「まったくだね。一銭や二銭が惜しいわけじゃないけど、あんな番頭の頭下げさしたってさあ。誰だいありゃ、ええ?」

「女優じゃないの」

「女優なもんかね。ごらん、子持ちじゃないか」

「あら、女優にだって子持ちはありますよ、何とかっていう」

「どうだっていいやね。ああ、そうともさ、女優でなくたって、ああやってすまし返ってる奴がいちばん気に障るんだよ。ちょっとくすぐってやりたいもんだね」

高い天井から冷たい雫とともに落ちてくる下卑《げび》た笑い声に耳を塞ぎ、自分と魔子の身体を急いで洗う。しかしシャボンを泡立てて使えば、隣にいた女工が大げさに飛びのき、あたりに響き渡る大声で怒鳴りつけるのだ。

「ちょっとちょっと、しどい泡だよ、汚らしい！　どうだい、豪儀だねえ。一銭出すだけでお客さま、お客さまだ。どんなことだってできるよ」

すみません、と──下手に出て謝ればいいのだろうが、その女工の顔つきがあまりにも憎らしすぎたので野枝は黙っていた。魔子のシャボンを洗い流してやると、自分の髪もろくに拭わず、凍るような空の下を逃げ帰ってきた。

そして、そのあたりの顚末の一部始終を、『文明批評』の第二号に「階級的反感」と題して書いた。

この敵愾心《てきがいしん》の強いこの辺の女達の前に、私は本当に謙遜でありたいと思っている。けれど、私は折々、何だか堪らない屈辱と、情けなさと腹立たしさを感ずる。本当に憎らしくもなり軽蔑もしたくなる。

軽蔑、という二文字を書きつけることにためらいはあったが、それが嘘偽りのない実感だったのだ。そう書かずにおれない自分自身に、野枝は幻滅を覚えた。

これまで怒りを向けていた対象、たとえば自分たちが更生させようとする相手の女たちを〈賤業《せんぎよう》婦《ふ》〉と見下す「婦人矯風会」の偽善などと同質のものが、何たることか自分の中にも隠されているという事実を認めないわけにはいかない。社会の底辺で虐げられていながらその理不尽にすら気づかない人々を救いたいという思いは、掛け値なしに本心から湧き出るものだが、最初から相手を弱者と決めつけ、啓蒙《けいもう》して解放してあげようなどという考えがどれほど傲慢で鼻持ちならないことだったか、野枝は今さらながらに思い知らされていた。

しかし同時に、反省のすぐ後から反感もまたこみ上げてくるのだ。こちらから喧嘩を売ったわけでもないのに、どうしてこんな扱いを受けなくてはならないのか。

丸一日ひたすら立ちっぱなしで身体がぼろぼろになるまで働く女たちと、胸襟を開いて打ち解け合う時などおそらく来ないだろうと野枝は思った。この生理的感慨と諦観は、男の大杉にはまず味わえないものに違いない。

要は、〈心からは愛し敬えないもののためにも理想を抱いて闘えるか〉ということだ。自分にそれができるかどうかを、野枝は魔子に乳を含ませながら黙って考え続けていた。

いっぽう、ちょうど『文明批評』の二号目の編集作業を進めていた頃だ。ある日、二人の男が亀戸の家を訪ねてきたかと思うと、そのまま同居することになった。

一人は和田久太郎《きゆうたろう》。額の広いひょうきんな顔に丸眼鏡、年は野枝の二つ上とまだ若い。大逆事件の後、堺利彦が逼塞した社会主義者たちの生活を守り、運動を持続するために興した「売文社」で編集をしていたが、文学ばかりに夢中になっていてはいかんというので退社し、もう一人の久板卯之助《ひさいたうのすけ》とともに労働者向けの読みやすい新聞を作ろうとしているところだった。

久板のほうは逆に大杉よりも七つ年上で、〈キリスト〉などとあだ名されるとおりの風貌だ。自身でやはり労働者向けの小雑誌を発行していたが、昨年までで金が底をついてしまったとのことで、二人のどちらとも知らない仲でなかった大杉は当然のように共同を持ちかけ、すっかり意気投合したというわけだった。

言っては何だが、ごろつきと大差のない二人だった。亀戸の家の二階に入った彼らの荷物を見て、野枝は目を剝いた。引っ越し荷物とは名ばかりの大きな風呂敷包みが二人合わせて一つきりで、他には何もない。家移りに次ぐ家移りをくり返してきた自分たちでさえ、もう少しくらいは所帯道具を持っている。

不審に思って、大杉に耳打ちをした。

「あのう、布団のようなものがちっともないようですけど」

「ええ？　ないはずはないだろう」

二階へ上がった大杉が見ても、風呂敷包みの数は増えない。

「布団は？　ないのかい」

すると和田の横から久板が、

「いや、あります、あります」

得意そうに言いながら風呂敷を広げてみせた。情けないほど薄いのが一枚きり入っている。

確かに布団には違いないが、一月の寒いさなかだというのにこれ一枚でどうするつもりなのか、と重ねて訊けば、

「いや、この布団は和田君のです。和田君はこれで海苔巻きのようになって寝るんです」

「じゃあ、あんたの布団はないということですか」

「いや、あるんです」

いや、というのが久板の口癖らしい。彼は続いて、布団ではなくこれまた薄い座布団を三枚出してみせた。

「昔、あんたが京都から出てきた時に、僕らがみんなで布団を作ってやったでしょう。あれはいったいどうしたんです」

「いや、あれはもう誰かにやってしまって、今はこれが僕の敷き布団なんです。上から、今着ているのやそれや、僕の着物の全部を掛けるんです。これが僕の新発見なんです」

それでなくとも目尻の垂れた久板の、眉尻までが揃って下がるのを見やりながら、大杉も野枝もあきれて口がきけなかった。貧乏にも上には上があるものだと感心した。

和田と久板が居候になると、そこに村木源次郎も前以上に足繁く出入りし、亀戸の家はますます賑やかになった。

野枝が原稿を書く間は、誰かしらが魔子の面倒や、掃除や洗濯を引き受ける。料理だけは野枝が作ることが多い。平塚らいてうからは何を作っても眉をひそめられ、後からあちこちで悪し様に言われたものだが、同じものを目を輝かせて貪り食う男たちとのこの違いは何なのだろう。味にはけっこううるさいはずの大杉をはじめ、村木も和田も久板も全員がうまいうまいと喜んで食べてくれるのを見ると、執筆の手を止めることさえそう苦にはならなかった。

ほんのわずかずつではあるが、風が、大杉と野枝の背後から吹き始めていた。

ずっと途絶えていた同志の定例会が復活することになったのは二月の半ばのことだ。「日蔭茶屋事件」からの自分に対する反感がまだ残っているのであればと、まずは大杉が出席を遠慮しての会合が持たれたが、改めて一致団結の意思が確認され、以後は月に二度の例会となった。

三月一日に行われた「労働運動研究会」の第一回定例会には、大杉の知らない若い労働者たちも加わり、予想を超える二十一人が出席した。活発な座談の後、散会したのは十一時頃だった——と、これは後になって聞かされたことだ。

いつまでたっても帰らない大杉を一睡もできずに待っていた野枝は、翌日の夕方になってようやく詳細を報された。

帰ってこないはずだ。例会の帰り道、大杉は警察に連行されたというのだ。和田と久板、売文社の大須賀健治も一緒らしい。

とりあえず無事でいるとわかると、野枝は腹が立ってきた。『文明批評』と合わせて新しく作ろうとしている『労働新聞』の、まさに編集作業の真っ最中だというのに、いったいどんなつまらないことをしでかしたのか。

「それが、大杉は何もしていないんだ。とばっちりもいいところだよ」

報せに来てくれた同志の橋浦時雄は言った。亀戸に越そうかと考えていた時、大杉が頼りにしていた友人が彼だ。

「ゆうべ、会合が終わって飯を食っていたら終電車がなくなって、しょうがないから何人かで歩いていたんだそうだ。和田の古巣だという泪橋《なみだばし》の木賃宿《きちんやど》に泊まるつもりだったらしい」

午前一時頃だった。ぞろぞろ歩いて吉原の大門前あたりを通りかかった時、騒ぎに気づいた。酔っ払いが暴れて酒場の窓ガラスを割ってしまい、土地の地回りや巡査らに寄ってたかって弁償をしろだの拘引するだのと迫られていたのだ。

見かねて仲裁に入った大杉が、自分がかわりに弁償するから文句はないだろうと言い、店の者も地回りも納得して収まるかに見えたその時、巡査がいきなり「貴様、主義者だな」とつっかかってきた。

当然、ここで怖じ気づく大杉ではない。それがどうした、じゃあ来てもらおう、面白い、といったような具合で、他の三人ともども近くの日本《にほんづつみ》堤警察署へ向かい、そのまま全員が留置場入りとなってしまった。

もとより何の微罪も犯していない。それなのになぜ一夜過ぎても釈放されないままなのか。

なんでも、警察側はどうぞ黙って帰ってくれとばかりに朝食までふるまったが、四人が帰りかけたところへいきなり署長が出てきて待ったをかけ、ありもしない公務執行妨害の罪で再び勾留されてしまったのだという。

「どうしてそんな！　いったい何の権利があるんです」

憤慨する野枝に、橋浦は言った。

「いま同志たちが抗議に行っているし、僕もそこから大体の話を聞いたわけだが、これから状況がどうなるかはまるでわからない。何かこう、上のほうの力が働いたんじゃないかと見ているんだが、だとしたら厄介なことになったよ」

野枝は茫然とした。一緒に暮らすようになって以来、大杉が拘束されるのは初めてだ。前妻の保子などは何年にも渡る彼の収監さえ経験して、こんな程度なら屁でもないのかもしれないが、自分は無理だ。胸が騒いで仕方がない。

とにもかくにも日本堤署へ駆けつけ、親子丼を差し入れた。幸い大杉に会うことはできたが、詳しい事情を訊いても笑って取り合ってくれない。

「何でもないことだ。すぐに放免になる」

そんなことが誰にわかるだろう。すぐとはいつなのだ。

翌日、こんどは移送された警視庁へ毛布を四人分揃えて差し入れた。帳面を手にした警官から大杉

との関係を訊かれ、

「一緒にいる者です」

と答えると、

「内妻ですな」

ふんふんとわかったふうな顔で頷かれた。妙な気分だった。

さらに翌日は東京監獄へ、次の日は区裁判所へ。そのたび半日も待たされる。魔子を橋浦に預けた野枝は、大杉のかわりに自分に張りついた尾行刑事を呼びつけ、橋浦宅に届けるおしめを持たせたり、俥《くるま》を探しに走らせたりとさんざんこき使ってやった。警察のためにこれだけの迷惑を被っているのだから当然の権利だろう。

心配した村木源次郎も泊まりに来て、五日目。大杉と一緒に勾留されていた三人が、これまた理由も知らされずに放免となった。夕方、野枝が家に帰り着いてみると、すぐ後から和田と久板が帰ってきたのだ。

ようやっと事の次第を詳しく聞くことができたが、状況は変わらなかった。どう考えても、たまたま拘引した相手があの大杉だと知った警視庁が、無理やりにでも起訴に持ち込もうとしているとしか思えない。

村木が警視庁の特高課長から呼び出されたのは、明けて七日のことだ。今回の一件に関与していない彼が引っぱられることまではさすがになかったが、お前たち主義者は何を企んでいるのか、雑誌や新聞はまだ出すつもりか、金の出所はどうなっているのか、大杉の留守中はどうやりくりするのかなど、

「お節介なことばっかり訊きやがって、ふざけるなよ」

帰ってきた村木はめずらしく荒れ、脱いだ履き物を土間に叩きつけた。

部屋の隅の文机で大杉への手紙を書こうとしていた野枝は、膝の上で拳を握りしめた。

〈留守中はどうやりくりするのか〉

そう訊かれたというのが気にかかる。

いったいどれだけの間、大杉を〈留守〉にさせるつもりなのだ。警察にかかれば罪などいくらでもでっちあげられる。現に、この一件が起こった後の『東京朝日新聞』には、事実とはまるで違うことが書かれていたのだ。大杉が酔っ払いの男を警官の手から奪い取り、さらに四人で巡査に食ってかかり、その間に酔漢はどこかへ逃亡した、というのだった。

今さらのように、背筋を悪寒が這い上がる。大杉宛ての手紙など呑気に書いている場合ではない。書かなければならない相手は他にいる。警視庁の連中に指示を出しているのは誰だ、内務省か。その上の大元締めといえば結局のところ——。

文机に広げた巻紙を見て、眉をひそめる。これではとうてい足りない。

「源兄ぃ」

聞こえなかったのだろうか。

大声を張りあげると、ようやく村木の疲れた足音が近づいてきた。

「源兄ぃー!」

「どうした?」

野枝は目をあげ、村木を見据えた。

「紙がないの。早く持ってきて」

硯《すずり》いっぱいに水を満たし、墨を、濃く、もっと濃く大量にすり、筆に含ませる。

書き出しはもう決めていた。封を切ったばかりの新しい巻紙の右端を少し空け、思いきって筆を滑らせる。

前おきは省きます。
私は一無政府主義者です。

自らそう名乗ることに、何の躊躇いも感じなかった。

第十六章　果たし状

霞ヶ関の闇は深い。外の暗がりばかりでなく、あらゆる壁や柱の陰に魑魅魍魎《ちみもうりょう》が蠢いている。三月に入ったとはいえ、陽が落ちれば気温はかなり下がる。夜七時を過ぎて外出から戻った内務大臣のために、官邸の執務室にはすでにストーブが焚かれていた。

「すぐに温かい飲みものを運ばせます。紅茶でよろしいですか」

秘書官の菊地が、帽子とコートを受け取る。

「うむ、ありがとう」

後藤新平は机の向こう側へ回り、天鵞絨《ビロード》の椅子に腰を沈めた。思わず漏れるため息に、重たい疲れが滲む。連日、会議、会議、また会議だ。寺内内閣のもとで、内務大臣と三度目の鉄道院総裁を兼任することになったのが一昨年。そこから休みなしの忙しさが続いている。

ただし、気力は充実していた。今度こそ、懸案だった鉄道の広軌化《こうきか》を実現する好機だ。

日本におけるレールの幅は諸外国に比べて狭い。改軌問題についてはもう十年越し、それこそ日露戦争が終わってすぐの頃から提言し続けているというのに、いまだに実現できていない。事ごとに先頭を切って反対するのは、政友会の大馬鹿野郎どもだ。

後藤は口を結んで舌打ちをこらえた。反対する理由がわからない。レール幅がおよそ三尺五寸しかない狭軌《きょうき》のままでいくよりも、その一・五倍近い広軌へと思いきって変えてゆくほうが、輸送量の面でも、また大陸の鉄道との互換性という面でも、将来的には絶対良いにきまっている。そんな簡単なこともわからず、変化を嫌うばかりの馬鹿どもがどうしてこうも多いのだ。

飲みものはまだ来ない。「すぐに」と菊地は言ったのに、こうまで冷えると湯が沸くにも時間がかかるとみえる。眼鏡をはずし、目頭を揉む。愛用の丸い鼻眼鏡が、今はひどく煩わしく感じられた。

政敵たちからしばしば、また大風呂敷が始まった、などと呆れられているのは知っている。風呂敷だろうが法螺《ほら》だろうがどうせなら大きいほうが良かろう、そう思いながらもつい腹は立つ。妻は癇癪をたしなめるが、そんなものは癇癪を起こさせるほうが悪い。

こういう性質が誰に似たかといえば、遠戚である蘭学者・高野長英《ちょうえい》にそっくりなのだそうだ。身内に言わせると、どうやら面差しまで似ているらしい。ありがたくもない話だ。幕府の鎖国政策を批判して捕らえられ、獄から逃げて自刃《じじん》した男に瓜二つ――というので、後藤は子どもの頃、謀反人の血を引くとして蔑まれて育つ羽目になった。

「お待たせ致しました」

ようやく紅茶が来た。背の高い菊地が押さえているドアから馴染みの給仕が入ってくると、無駄のない所作で後藤の前に仕度を調え、一礼して下がる。それを見送ってから、菊地は、小ぶりの黒塗りの盆に封書の束を載せて机に置いた。外出中に届いていた後藤宛ての書簡だ。

すぐに手を伸ばす気にもなれず、熱い紅茶を啜りながら、見るともなく眺めた。湯気が口髭を湿らせる。ぴしりと揃えて置かれた三、四通のいちばん上に、やたら分厚いのが一通載っている。封筒からはみ出さんばかりの男らしい筆跡は、初めて目にするものだ。

〈麹町区丸の内　内務大臣官邸　後藤新平殿〉

住所の下へわざわざ朱文字で〈必親展〉と付け加えてある。

「それでは」と、腰から四十五度のお辞儀をした菊地が言う。「わたくしは続きの間に控えておりますので、いつでもお声がけ下さい」

「まあ、待て」

「はい」

「座れ」

そこへだ、と後藤が指さす一人掛けのソファに、菊地は、もう一度促されてようやく腰を下ろした。座っても、背筋はまっすぐに伸びている。

「きみは、いくつになった」

「三十六であります」

「もう、そんなになるか」

六年余りの付き合いだ。もとは鉄道会社の経理の仕事に携わっていたのを、後藤自ら声をかけて秘書官に抜擢したのだった。以来、文句のつけようのない仕事をしてくれている。

自分の目に狂いはなかった。大事なのはやはり〈人〉なのだ、〈人〉こそが財産だ、と改めて思う。日清戦争の後、譲渡された台湾で民政長官の任についたあの頃もそうだった。死に体の台湾をよみがえらせることができるなど周囲の誰も信じていなかったが、後藤は〈人〉を動かすことでそれをやり遂げた。今の台湾は余命幾ばくもない病人も同じ——それは、もともと医師であった後藤なればこその感慨だったかもしれない。まずはこれを健康体にしなくては何も変えられない。民心が安定しないことには、異国人による統治などうまくいくわけがない。

当時、日本による台湾経営は破綻に瀕していた。抗日ゲリラの過激な活動は地元の有力者に支えられ、軍隊がいくら治安のために動こうとほとんど役に立たず、阿片吸引の習慣も大きな問題だった。協力を要請しようにも日本の政界にろくな味方はいない。薩長を中心とした藩閥政治がまかり通る中、後藤のような東北の小藩出身者など、いわば〈朝敵〉ですらあったのだ。

誰に協力を要請しても通らぬと知った後藤は、結局、使えると目をつけた人材を引き抜いては味方につけ、政策も何もかも一から考えては実行に移していった。何よりもまず台湾の風土や風俗を理解すべく努め、住民たちの意向をできるだけ汲んだ上で、阿片をいきなり禁止はせず、高率の税をかけたり吸引を免許制にするなどしてゆるやかに常習者を減らしていった。

あのとき成果を出すことができたのは、一にも二にも〈人〉に恵まれたおかげだ。そしてもちろん、自分に人を見抜く目が備わっていたからだ。

「菊地」

「はい」

「細君や息子はどうしている」

「おかげさまで息災にしております」

「なかなか家へ帰らないので心配しておるだろう」

「いえ、むしろ二日続けて早く帰ると心配されるほどです」

「なぜ」

「具合でも悪いのかと」

後藤が笑うのを見て、菊地も口もとをゆるめた。

「じつはな」

「はい」

「和子が、あまり良くない」

菊地の笑みが消える。

「ここしばらくはどうも、寝たり起きたりでな。小さい身体がますます小さく萎んでしまったよ」

「……なんと申し上げていいか」

「何も言わんでいい。伝わっているよ」

九つ下の和子は、後藤の恩師である安場《やすば》保和《やすかず》の次女だ。岩倉使節団の一員として欧米を視察、後に明治維新における功によって男爵となった安場こそは、まだ少年であった後藤を見出し、身をもって草の根の人材育成の必要性を知らしめてくれた恩人だった。あの家で生まれ育った和子であればこその聡明さに、どれだけ扶けられてきたことだろう。もし自分に良いところがあるとすればそれは和子の影響であろうし、彼女に悪いところがあるならば自分の影響に違いない。

苦労をさせた。それこそ癇癪持ちで直情径行の夫を支え続け、九十四になる気難しい姑にもよく仕えてくれている。嫁いできた時は十八だった彼女が、今や五十三になる。なるけれども、若い。まだだ、まだ逝くには早すぎる……。

「閣下」

後藤は目を上げた。菊地が気遣わしげにこちらを見ている。

「今夜は、もうお帰りになられては。奥方様もお待ちになっていることでしょう」

「――そうだな」

口には決して出さぬものの、心細い思いをしているに違いない。後藤はうなずき、盆の上の書簡に顎をしゃくった。

「これに目を通したら帰ろう」

「では、車を準備しておきます」

立ちあがった菊地がきっちりと礼をして出てゆく。

彼を引き留めてまで、自分は何を言いたかったのだろうと後藤は思った。何を、というのではなかった。ただ聞いてもらいたかったのだ。年若い彼にはまだ、老いてのちに連れ合いを見送る痛みなど想像もできぬだろうが。

丸眼鏡を再び鼻にのせ、いちばん上の封書を手に取る。面倒ごとの匂いがぷんぷんするので後に回したかったのだが、圧倒的な引力に抗えなかった。分厚い封書の裏を返す。三月九日、とあるだけで、差出人の名前はない。

灰色の質の悪い紙は、封を破ろうとすると縦に大きく裂けた。中から現れた手紙はまるで巻物のようだ。たいした達筆ではある。漢字の書体の雄々しさ、そして挟まれている仮名文字の流麗さ。後藤は勢いをつけて広げ、その端が絨毯《じゅうたん》を敷き詰めた床へ長々とほどけてゆくのも気に留めず、読み始めた。

――前おきは省きます。

私は一無政府主義者です。

私はあなたをその最高の責任者として今回大杉栄を拘禁された不法について、その理由を糺《ただ》したいと思いました。

大杉栄――。一昨年の秋の宵に突然ここへ訪ねてきた、髭面の、吃音のアナキストを思い出す。雑誌を発行しようとすれば差し止められ、生活にも窮して無心にきたのだった。政府が僕らを困らせるのだから政府へ無心に来るのは当然、と嘯《うそぶ》く男を面白く思い、内々で三百円を都合してやった。

それからまもなくだ。情婦に喉を刺されたと新聞で知った。女房のほかに愛人が二人、しかも片方には夫と子どももあったというので世間は大騒ぎだった。その後どうしているかと思っていたが、この手紙によると今ちょうど拘禁されているらしい。元気そうで何よりだ。

それにしても、と苦笑いが浮かぶ。一国の大臣に向かって〈あなた〉ときたか。

――それについての詳細な報告が、あなたの許に届いてはいることと思いますが、よし届いているとしても、もしもあなたがそれをそのまま受け容れてお出《いで》になるなら、それは大間違いです。そしてもしもそんなものを信じてお出になるなら、私はあなたを最も不聡明な為政者とし覚えておきます。

そして、そんな為政者の前には、私どもはどこまでも私どもの持つ優越をお目に懸《か》けずんばおきません。

しかし、とにかくあなたに糺すべき事だけはぜひ糺したいとおもいます。

偉そうに、どこのどいつだ。どうせ主義者の同志の一人だろうが、この後藤に向かって喧嘩を売るとは勇ましい。唇を歪めながら先へと読み進む。

――それにはぜひお目に懸《かか》ってでなければなりません。

あなたは以前婦人には一切会わないと仰《おつしや》ったことがあります。しかしそれは絶対に会わないというのではありませんでしたね。

つまらない口実をつけずに此度《こんど》はぜひお会い下さることを望みます。

目を剝いた。落ちそうになる鼻眼鏡を慌てて押さえる。

婦人？　まさか、これが女の文字であり文面だというのか。

急いで床に伸びている巻紙をたぐりよせる。長い。十尺、いや十二尺、いやもっと……おおよそ四メートルはあるだろうか、延々と墨文字の躍るその最後の最後に書き付けられた署名を見るなり、後藤は、思わず声を漏らした。

伊藤野枝。大杉の情婦の一人ではないか。心底驚きながら、再び手紙を逆にたぐって元の箇所に戻る。

お目に懸っての話の内容は……と、野枝はますます勇ましく先を続けていた。大杉拘禁の理由や、所轄の日本堤署の横暴や矛盾した態度について、そして何より、大杉と同時に拘禁した他の三名だけを何の理由もなく放免したことについて、理由を説明せよと迫っている。


――まだ細々したことは沢山あります。おひまはとりませぬ。

ただし秘書官の代理は絶対に御免を蒙《こうむ》りたい。それほど、あなたにとっても軽々しい問題では決してない筈です。

しかし断っておきますが私は大杉の放免を請求するものではありませぬ。また望んでもおりませぬ。

彼自身もおそらくそうに相異ありません。彼は出そうと云っても、あなた方の方側で、何故《なにゆえ》に拘禁し、何故に放免するかを明らかにしないうちには素直に出ますまい。

また出ない方がよろしいのです。こんな場合にはできるだけ警察だの裁判所を手こずらせるのが私たちの希《ねが》う処なのです。彼はできるだけ強硬に事件に対するでしょう。……彼をいい加減な拘禁状態におく事がどんなに所謂《いわゆる》危険かを知らない政府者の馬鹿を私たちは笑っています、よろこんでいます。

つまらない事から、本当にいい結果が来ました。

挑発は続く。躍動する文字が、言葉が、後藤の目を先へ先へとぐいぐい引っぱってゆく。なんという文章だ。なんという女だ。大元締めである内務大臣を本気で怒らせればどういうことになるか、もちろんわかった上での行動だろう。しかしそれも、計算尽くかもしれない。この女がかつての大杉の無心とその結果を知っているとすれば、こちらをいくらかは話の通じる相手と踏んでのことではないか。

——何卒大杉の拘禁の理由ができるだけ誤魔化されんことを。浅薄ならんことを。そしてすべての事実が私どもによって、曝露《ばくろ》されんことを。

此度のことは私どもには本当に結構な事でした。また、その不法がどのくらいまで私どもには結構な事で、あなた方には困ったことかを聞かせて上げましょう。

あなたにとっては大事な警視庁の人たちがどんなに卑怯なまねをしているか教えてあげましょう。灯台下《もと》くらしの多くの事実を、あなた自身の足元のことを沢山知らせてお上げします。

二、三日のうちに、あなたの面会時間を見てゆきます。私の名をご記憶下さい。

そしてあなたの秘書官やボーイの余計なおせっかいが私を怒らせないように気をつけて下さい。

しかし、会いたくなければ、そしてまたそんな困る話は聞きたくないとならば会うのはお止しになる方がよろしい。その時はまた他の方法をとります。

私に会うことが、あなたの威厳を損ずる事でない以上、あなたがお会いにならない事は、その弱味を曝露します。

私には、それだけでも痛快です。どっちにしても私の方が強いのですもの。

私の尾行巡査はあなたの門の前に震える。そしてあなたは私に会うのを恐れる。一寸《ちよつと》皮肉ですね。

長いながい手紙の末尾がようやく視界の左端に入るようになったあたりで、ふいに文章の色合いが変わった。

――ねえ、私は今年二十四になったんですから、あなたの娘さんくらいの年でしょう？でもあなたよりは私の方がずっと強味をもっています。そうして少なくともその強味はある場合にはあなたの体中の血を逆行さすくらいのことはできますよ、もっと手強いことだって――

あなたは一国の為政者でも私よりは弱い。

最後にひときわ大きく墨も黒々と書き付けられた、伊藤野枝の署名――その墨跡を、後藤は、ある種の感動とともに見つめた。これだけ煽られて腹が立たぬのも不思議だ。

大杉が勾留されたについては、とくに報告を受けていない。新聞に載っていたのかもしれぬが読み逃していた。

かつて対面した際の大杉は、自分から無心にきたくせに「借りてやる」とでも言いたげな態度だったが、印象はけして悪くなかった。通された官邸の一室に鍵をかけられても怖じず、ひどい吃音ながら言いたいことを言い、目当てのものを手にすると悠々と帰っていった。立場さえ今と違っていたならそばに置いてみたいような男だった。

あの大杉が、もとの夫から奪い取ってまで同棲しているのがこの女か。「日蔭茶屋」における刃傷沙汰の後の新聞に、淫乱女、不道徳者と非難囂々《ごうごう》の記事とともに載っていた不鮮明な写真が思い出される。眉のりりしい、野育ちの少年のような女だった。

ここに書かれているように警視庁の連中が横暴を働いているかどうかは確認せねばならないが、いずれにせよ、惚れた男が勾留され、無事に出てこられるかどうかもわからない中で、自身の主義主張を一切曲げるどころか正面切って面会を申し入れてくるとは、女にしておくのが勿体ないほどの豪胆さだ。後藤の中では今、大杉に対する評価が、この女を惹きつけているという一点において急上昇していた。

ベルを鳴らすと、すぐに菊地がやってきた。

「お車でしたらいつでも」

言いながら、床の上にこぼれた手紙の長さに目を丸くする。

「いや、それより至急確かめてくれ」

指示をすると、一旦出ていった菊地は十分もたたないうちに戻ってきた。

「大杉栄は、すでに証拠不十分にて釈放されております」

「なんと。いつの話だ」

「本日午後だそうです」

後藤は唸った。とすると、この手紙とはちょうど入れ違いになったというわけか。

〈私の名をご記憶下さい〉

〈あなたは一国の為政者でも私よりは弱い〉

残念だ。この女が訪ねてくるなら、会ってじっくり話してみたかった。

「わかった、ご苦労。ならば、この一件のそもそもの発端と、大杉の逮捕から釈放に至るまでの経緯をよく調べて報告してくれ。とくに警察の側に不当な態度はなかったかどうか。くれぐれも、事に当たった連中の言葉を鵜呑みにせんようにな」

「承知致しました」

菊地が下がると、後藤は手紙を巻き取ってたたみながら、これを書き付けている女の姿を思い浮かべた。勾留された男への心配や思慕を胸に、取り憑かれたような目をして文机に覆い被さり、一心不乱に筆を走らせる姿が浮かぶ。

ずいぶん昔だが、後藤自身も獄にいたことがあった。三十七歳、内務省の衛生局長の職に就いていた頃だ。旧中村藩士・錦織剛清《にしごりたけきよ》が、主君・相馬誠胤《ともたね》が乱心したとしてこれを監禁する親族の陰謀を疑い、事実を明らかにするための金銭援助を求めて訪ねてきた。曲がったことの嫌いな後藤は承知したが、後に錦織が起こした一連の行動が反対に相馬家から誣告罪《ぶこくざい》で訴えられ、後藤までが巻き込まれて入獄することとなったのだ。

裁判の結果、無罪となって六カ月あまりで出られたものの、その間に衛生局長の職は失われた。そもそも誣告罪とは、故意に人を貶め、陥れようとする行為に科せられる不名誉きわまりない罪のことをいう。疚しいところなど何もないだけに屈辱的だった。

思えばあの時、妻の和子はどれほど心痛めたことだろう。獄中の夫を何度も見舞い励ましてくれたが、一貫して明るい見通しだけを口にしながらも顔色はすぐれなかった。

たたみ終えた分厚い手紙を裂けてしまった封筒に収め、盆に載った残りの書簡と共に懐に入れて立ちあがった。コートと帽子を取り、ドアを開けると、菊地が待ち構えていた。

「車を回してくれ」

「表に待たせてございます」

頷いて玄関へ向かいかけた後藤は、立ち止まり、ふり返って言った。

「きみも、たまには早く帰ってやりたまえ」

*

手紙にはあれほど勇ましいことを書き、面会の際も気丈な態度を保っていたというのに、三月九日の夕刻、村木源次郎とともにぽくぽくと家へ帰ってきた大杉の顔を見た時は思わず膝が萎えた。

玄関先にくずおれた野枝を、大杉が笑って抱きかかえる。すぐに奥から久板卯之助や和田久太郎が飛び出してきて、皆で無事を喜び合った。

「心配する必要はないと言ったろう」

「そりゃ信じてましたけどね」和田などは泣き声だ。「僕らが釈放されたのに、スギさんだけ残されるってのが解せなくて。最悪の場合の想像までしちまいましたよ」

「こら、縁起でもない」

と久板が横から袖を引く。

「こ、こっちこそ悪かった。そもそも俺があんな面倒ごとに頭を突っ込んだせいで、きみたちにまで迷惑をかけた」

「いや、あれは当然の行いですよ」久板が憤慨する。「せっかくスギさんが弁償金を肩代わりするってことでまとまりかけてたのに、あれは警察がいけない」

「はは、むしろありがたかったくらいですよ」

「なんでです？」

「えらそうにああは言ったものの、か、代わりに払える金などなかったもんでね」

薄っぺらな座布団にあぐらをかいた男たちが、安堵もあってか腹を抱え涙を流して大笑いしている。その声を聞きながら、野枝は背中に魔子をくくりつけ、絵柄も大きさもばらばらの徳利をいくつか満たして燗をつけた。口をしっかり結んで微笑を浮かべていないと、自分をちゃんと保てない。

残りものの芋の煮っころがしや目刺しなどとともに運んで行き、

「さあさ、お疲れさまでしたね」

ほとんど下戸の大杉に、今夜くらいはと少しだけ注いでやる。

「なあに、こんなのは少し前なら日常茶飯事だったんだ。たいしたことじゃない」

何言ってるんですか、たいしたことですよ、と言いかけた野枝は、幼い娘を抱き取ってあやす男の目の下にどす黒い隈《くま》を見て、言葉を飲み下した。

事あるごとにデモの先頭に立ち、あちこちの監獄を出たり入ったりしていた頃の話は聞いているが、当時の大杉は二十代前半。それからすでに十年、今や本人が思っているほどには若くもなく、ましてや身体も本調子ではない。

「そういえば、き、聞いたぞ」魔子を揺らしながら、大杉は機嫌良さそうに言った。「内務大臣に直訴状を出したって？」

「誰がそんなことを」

「そりゃあ村木さ」

「また源兄ぃは、よけいなことばっかり」

「おや、言っちゃまずかったかな」

野枝はぷいと横を向いた。

「あれは、直訴状なんかじゃないわ」

「え、違ったか。じゃあ何だい」

「果たし状です」

そりゃいいや、と、野枝とは今ひとつ反りの合わない和田がいがぐり頭を撫でながら笑ったが、大杉は笑わなかった。

「だいたい、何の意味もなかったじゃないの。入れ違いにこうやって本人が戻ってきたんだから」

「意味がないなんてことがあるもんか」村木は言った。「きっと後藤のやつ、今ごろ地団駄踏んで悔しがってるさ。あんなに胸のすく文面もそうはないね。スギさんにも読ませたかった」

「そうだな」と、ようやく大杉が口をひらく。「ぜひ読んでみたかったな。写しくらい取っておいてくれたらよかったのに」

冗談とも本気ともつかない言葉を聞いたとたん、だしぬけに涙が溢れた。

そんな余裕がどこにあっただろう。大杉の釈放など望んでいない、と書きながらも、今このとき彼が獄中で酷い目に遭っているのではと思うと気が急いてならなかった。

何しろ大杉は目立つ。官憲上層部から、とくに警視庁の正力《しょうりき》松太郎らから、無政府主義者こそは天皇制に反対する悪魔のようなテロリスト集団であり社会秩序を乱す諸悪の根源であるなどとして目の敵にされている昨今、一旦捕まればいつ何が起こってもおかしくない。身に覚えのない罪をでっち上げられ、問答無用で粛清されても不思議はないのだ。前例ならいくらもある。

野枝は、短く洟をすすった。今さらこの男たちの前で泣こうが鼻水を垂らそうがどうということもないが、この良人にだけは恥ずかしい。情けない涙など見せたくない。

着たきりの御召の袂でぐいと顔を拭い、板の間を蹴って立ちあがる。

「よし。何かお腹にたまるもの作ってこよう」

男たちが沸いた。


「とんだ木賃宿事件」——一夜の宿を目指して歩いていたらなぜか留置場に泊まることになったこの顚末を大杉はそう名付け、同志たちとの集会の場で報告した。

「そも、いちいち巡査を呼ぶからいけない。た、たいがいのことは、そこに居合わした人間だけで片が付くんだ。それを馬鹿な連中が先のことなど考えずにすぐ巡査を呼んできて、やつらのなすがままにさせるものだから、連中がいい気になってつけ上がる。こ、今回のことは、そういうからくりを世間に知らしめるきっかけになったと考えようじゃないか。きょ、強権だろうと法律だろうと、おかしなことには断固立ち向かって無視してやればいいということを、こ、これから先も実行運動によって見せつけてやるのだ」

三月十一日、大杉釈放の翌々日に開かれた「労働運動研究会」には、あの晩一緒に拘禁された「売文社」の若手、大須賀健治も出席していた。

会場の隅にいる野枝の顔を見ると、彼はそばへ来て頭を下げた。

「あのとき差し入れて下さった毛布、ありがとうございました。おかげで暖かく眠ることができましたよ」

健治の出自を、野枝は大杉から聞かされたことがある。故郷は愛知県藤川村、裕福な木綿問屋の息子だという。彼の伯母である大須賀里子は、山川均の死別した前妻であり、むろん社会主義者だった。健治はその伯母の影響で社会主義に目覚めたわけだ。

「どういたしまして」

会釈を返しながら野枝は、東京監獄でばったり出会った堺利彦の分別くさい顔を思い出していた。勾留の翌々日、同じく面会に来ていた堺は、こちらの顔を見るなり非難がましく言ったのだ。

〈大須賀のやつはな、この一月に上京してきたばかりなんだぞ。いったいどうしてくれるんだ。方向の違う大杉たちが後先考えずに引っぱっていったせいで、早速こんなことになってしまったじゃないか〉

がみがみ言われたところで困惑しかなかった。よしんば立場が逆になっても、こういうとき大杉だったら絶対に恨みごとなど口にしないと思った。

しかし、この研究会の数日後、大須賀健治は郷里へ帰ってしまった。拘禁の報せに仰天して上京してきた祖父にかき口説かれてのこととはいえ、二日間の収監は、当人にとっても心折れる出来事だったのかもしれない。坊ちゃん育ちの弱さが出たとも言えるだろう。

実際問題として、警察の取り締まりは目に見えて厳しくなっている。講演会や集会のたび、これまで以上に多くの警官が会場を取り巻く。まず高等視察、次に警部、最後に署長がやって来て、集会参加者よりも多くの私服刑事があたりを固め、始まる前から解散を命じられることもある。大杉らも慣れたもので、じゃあ講演会はやめて皆で茶でも飲みながら話すからと言い、一階に刑事らのいる真上で自由に雑談や討論をした。鬱陶しくはあるが痛くも痒くもない、と大杉は笑った。

その間に、雑誌『文明批評』四月号の準備は秘かに進められていた。発行予定は四月九日、大杉が例の一件の詳細「とんだ木賃宿」を書き、野枝は「獄中へ」を書き、他に和田久太郎や荒畑寒村らも寄稿している。勾留事件の間も何とかして三月号を出そうと努力して果たせなかっただけに、今度こそ失敗は許されない。圧力になど決して屈しないところを見せつけねばならない。

そんな矢先の四月七日、大杉が発起し、尾崎士郎や北原龍雄《たつお》なども世話人に名を連ねた会合、「ロシア革命記念会」が開かれた。赤坂の新日本評論社に、堺、荒畑、馬場孤蝶、近藤憲二などの顔ぶれに加え、最近としては珍しく四十名近い同志たちが集まった。

喜ぶべきことだが、大勢が一堂に会せば当然ながら意見の対立が起こる。一口に社会主義といっても、取る立場は様々だ。この日は、ロシア革命における戦術問題をめぐって、アナキズム論者の大杉と、革命謳歌論をとる高畠素之《たかばたけもとゆき》が対立し、互いに譲らぬ大激論となった。

マルクス研究で一家をなす高畠は、いわゆる国家社会主義の立場を取っており、

「マルクスの唱える資本主義の崩壊は必然だが、たとえ階級対立が消滅したとしても人間は生来が悪なのであるから、支配や統制を完全になくしてしまえば集団の規律が守られるわけがない。支配・統制は国家の役割として行われるべきだ」

と主張する。

対して、あくまでも無政府主義を貫く大杉は説く。

「だ、だめなんだそれじゃ。人間は、だ、誰であろうと自由でなければならない。自発的な隷属を断固拒否し、染み着いた奴隷根性から脱し、人としての尊厳をかけてあらゆる支配や権力と、た、闘い抜くべきなんだ」

要するに根本的に相容れない。加えて、ロシア革命を賛美し気炎を上げる高畠は、年のほぼ変わらぬ大杉が何か言おうとしては吃るのを見下してか、ことさら傍若無人な態度を取った。とぼけたよう

な顔立ちに丸眼鏡のせいで、よけいに人を食ったふうに映る。

とうとう腹に据えかねた村木が立ちあがり、めずらしく荒々しい口調で言った。

「高畠さん、あんたは、頭でっかちで口ばっかりだ。反逆というものの根本的な信条をわかっていない。どんな大義名分を振りかざそうが、権力を持つ者が民衆を支配する限り、そこに一切の自由はないんですよ。国家であれ天皇であれ同じことだ、ロシア革命におけるボルシェビキもしかり、結局は支配者が出現して民衆の自由は失われることになる。今がいい例でしょう。国のありようにわずかでも異を唱えれば危険分子扱いされ、社会から排除される。そんな勝手が許されていいはずがないじゃないか」

声が激しく震えだす。怒りのせいか、興奮のせいか、それとも誰より尊敬していた師を亡くした痛みがいまだに癒えていないせいだろうか。

隅のほうにいた野枝は、自分まで身体が震えてくるのをこらえながら村木を見守った。

「だからこそ我々は、断固として、権威主義に対する反逆を続けなくてはならないんだ。あんたは……あんたは、幸徳秋水先生の死を無駄にする気ですか」

しかし高畠は、憐れむように村木を見て言った。

「いやいや、お言葉だがねえ。言わせてもらえば幸徳さんの死は、はなから無駄以外の何ものでもなかったじゃないか。何しろ一人の証人すら調べることなく刑が決まったくらいなんだ。だから言っているだろう、人間の持って生まれた性はそもそも悪なんだよ。愚民にことごとく自由など与えてみたまえ、力の強い馬鹿が暴走してお山の大将を気取るだけだ。そんな世の中に住みたいかね、え？　そういう暴走を抑え込み統制する機関として、国家はやはり必要だと言っているんだ。わからん奴だな」

「それはッ……」村木の肩が激しく揺れる。「しかしそれは、幸徳先生の望んでおられた自由ではないッ」

声を詰まらせ、とうとう片手で顔をおおって落涙する。

野枝は、胸を衝かれた。どんな時も飄々としている村木源次郎が泣くのを見るのは初めてだった。

「知らんよ、そんなことは。だいたい村木くん、あんたがそうして肩を持つ大杉さんなんぞは、あの事件の時にはたしか、ろくでもない微罪で牢屋にいたおかげで命拾いしたんじゃないか。あんたに至っては、さあ、どこにいたやらいなかったやら。今頃になってえらそうなことを言えた立場かねえ」

「き、さま……」

瘦せた鷹のように手指を突き出して飛びかかろうとした村木を、周りの者が慌てて引き戻し、押さえ込む。

「放せ、ちきしょう、放せ！」

もとより大きく出せない村木の声が悲鳴のように裏返るのを聞いて、高畠が大声で笑いだした。たちまち周囲がざわついたせいで野枝にはそれ以上は聞き取れなかったが、どうやら幸徳らを侮る言葉をさらに発したようだ。

その翌日だった。村木は、売文社の三階に高畠を訪ね、いきなり鼻先へピストルを突きつけた。

野枝と大杉はそれを、後になって和田久太郎から聞いた。

「絶対、実弾がこめられてたはずですよ」興奮して和田は言った。「高畠の奴がションベンちびりそうになって立ちあがったら、村木の兄さん、『なに、冗談ですよ』——そう言って立ち去ったそうです。はは、ざまあ見やがれ」

「こら」

と、また久板にたしなめられ、和田は首をすくめながらも続けた。

「そりゃ久板さんはキリストさんを信じてるから、右の頰を打たれたら黙って左の頰を差し出すんでしょうけどね。俺は御免ですよ。目には目を、歯には歯を、だ」

高畠を恐怖させたピストルは警察に知られて没収されたそうだが、この一件を機に、野枝は村木源次郎に対する印象を改めることとなった。

夜、魔子を中にして布団に入った後、野枝は小声でささやいた。

「私だって高畠さんの物言いにはほんとに腹が立ったけど、まさかあの源兄ぃがあんなことまでするなんて……」

するると大杉は、ふっと鼻から息を吐いた。

「そんなに意外だったかい」

「あなたはそうじゃないの?」

しばらくの沈黙の後、大杉は言った。

「ど、同志たちの中で、だ、誰がいちばんテロルに近いかといったら、村木だよ」

「冗談でしょう?」野枝は思わず半身を起こした。「ねえ」

暗がりの中、大杉はもう答えなかった。

翌九日——『文明批評』四月号は発禁処分を受け、製本所にてすべて押収された。完全に狙われていたかたちだった。綱渡りのごときやりくりをして印刷までこぎつけたというのに、刷ってから押さえられたのでは費用が一切回収できない。たったの三号をもって、廃刊する以外になかった。

「ノーエ節」という民謡がある。幕末、横浜の野毛山が発祥だそうだが、文句を替えて静岡の三島で歌われたものが明治に入って流行し、全国で広く歌われるようになったらしい。

野枝の生まれ育った糸島郡一帯も例外ではなかった。大人は作業の最中に、子どもらは遊びの中でよく歌ったものだ。

富士の白雪ゃノーエ　富士の白雪ゃノーエ
富士のサイサイ　白雪ゃ朝陽でとける
とけて流れてノーエ　とけて流れてノーエ
とけてサイサイ　流れて三島に注ぐ

耳に馴染んだその節まわしが、よく似た別の言葉で歌われるのを初めて聴いた時、野枝は、カッとうなじが火照るのを覚えた。替え歌は村の子どもらの声で、実家の裏手、浜のほうから聞こえてくる。

腹がふくれてノーエ　月が満つればノーエ
いやでもサイサイ　いやでも赤子ができる

火照るどころか、火傷のようにひりひりする。思わず立ちあがろうとすると、

「ほっとかんね」母親のムメが、膝の上で魔子をあやしながら言った。「なーんも気にすることはなか」

慣れた様子だった。

「こんなこと、よくあるの？」

ムメはうっすら笑うだけだ。野枝は奥歯を噛みしめ、浴衣の膝を握りしめた。

一族の中には、次に野枝が帰ってきたら髪を刈り上げて尼にしてやる、曲がった性根をたたき直してやるのだと息巻き、ムメの前で鋏《はさみ》をちらつかせる者までいるらしい。

「そげんことであん子の性根が変わると思うとなら、してみりゃよかたい――そう言うてやったわ」

動じる母親ではなかった。

帰郷そのものはそう久しぶりではないが、大杉を家族に会わせるのは初めてだ。六月末、ひと足先に野枝と魔子だけがこちらに着き、東京でまだ予定のあった大杉は半月ほど遅れてやって来た。

叔父の代準介とキチの夫婦も、長い大阪暮らしを引き払い、六月に博多へ戻って来ている。まとめて紹介するには好都合だった。大杉との関係に眉をひそめる家族らも、いざ孫の顔を見せてしまえばその父親に対してなし崩しに態度をゆるめるに違いないと野枝は踏んでいたし、はたしてその通りになった。

しかも、代叔父などは驚いたことに、いたく大杉を気に入ったようだ。前の良人の辻潤にはついにいい顔をしなかったが、大杉に対しては違った。初めこそ双方ぎこちなかったものの、大杉の飾らない磊落さが良かったのかすぐに打ち解け、主義主張の上ではまったく逆である頭山満翁の話題まで飛び出すほど議論を愉しんでいる。

「それで、あんたの考えは、いつ実現できるとね？」

「ど、どうでしょう。永久に実現できないかもしれません。それでも僕は、こ、この道を行きますよ」

一度、野枝と二人きりになったとき、代は言った。

「あんお前が、あいつとおったらそれなりにおとなしゅう見えるな。腹に重石が入ったんか、浮いた感じがのうなったごたる」

　褒められた気がせずに、むっとなって見上げると、叔父の目はわずかだが笑んでいるようだった。

　ようやくつかまり立ちをして伝い歩きのできるようになった魔子を抱いてあやしながら、ムメが低い声で歌う。

「ひとつヒヨドリ、ふたつフクロウ、みっつミミズク、よっつヨナキドリ……」

　野枝自身の耳にもかすかに残る子守歌だ。耳が凍るほど寒い浜辺で、母親の背中のぬくみを腹に感じながら聞いた覚えがある。

「トンビがカラスに銭かって、もどそうてちゃぴーひょろ、もどそうてちゃ……」

　あの浜を裸足で駆け回り、服を脱ぎ捨てて海の果てまで泳ぎ、あるいはまた押し入れに蠟燭を灯して、壁に貼られた新聞の文字を貪るように追った日々があったのだ。もっともっと勉強を続けたい一心で三日にあげず叔父に手紙をしたため、とうとう東京の高等女学校へやってもらった。郷里へ戻るなどもってのほか、入籍までした婚家を出奔して辻のもとへ転がり込んだ時も、叔父夫婦はさんざん説得に来たがついにあきらめ、先方の負担していた野枝の学費その他を返済してくれた。実の父以上に世話になった。

「準介さんが気に入るのも無理はなか」問わず語りにムメがつぶやく。「大杉さんは、よかお人たい」

　その大杉は今、裏の井戸で魔子のおしめを洗っている。先ほどの替え歌は、彼の耳にも届いていたに違いない。

「ばってん……」

　見ると、ムメは魔子を自分のほうへ向けて抱き、その顔をじっと見つめていた。

「ばってん、恐ろしか主義者ンしょばにおったら、あんたたちまで危なか目に遭うんじゃなかか。そいだけの心配で、よう寝られんとよ」

細い声だった。

顔にも首にも手にも、めっきり皺が増えている。それほどの年ではないのに、たとえば辻の母親の美津などとは比べることもできない。貧しさも底をつくほどの暮らしに耐え、幾人もの子を産み、働かない夫に代わって厳しい労働に耐え続けてきた歳月が、ムメをこのように老け込ませてしまったのだ。海からの風と強すぎる陽射しがそれに拍車をかけたかもしれない。

「頼むけん、危なかこつだけはせんでちょうだいね」

言いながら孫を揺らし、ねーえ、と顔を覗き込む。魔子が声をたてて笑う。

「かかしゃん」

「ん？　なんね」

海からの風が開け放した戸を揺らし、細かい砂が土間に舞い込む。空の高いところでトンビの声がする。

野枝は言った。

「かかしゃん、うちは……うちらはね。どうせ、畳の上では死なれんとよ」

第十七章　革命の歌

「俺は、犬根性が、き、嫌いでね」

例によって口をぱくぱくさせて吃りながら、大杉は、野枝が蚊帳の中に敷いた布団にごろりと仰向けになった。大正八年（一九一九年）七月一日、「北風会《ほくふうかい》」例会を終え、帰ってきてすぐのことだ。

「犬根性を奴隷根性と言い換えてもいい。やつらは、盆踊りよろしく音頭に合わせてみんなが同じように踊ってさえいれば安心で満足なんだ。く、組合の中でちょっと偉くなって、何々委員とか何々局長とかいう名前をもらって腕章でも巻きつけてさ。それで今度は、今まで自分がされていたのとまったく同じに、ふんぞり返って下の者に命令するんだ。やつらの言う正義とは何なんだ。自由とは何なんだ。そんなことじゃ今までと少しも変わらない、音頭取りとその犬という図式はそのままに、た、ただ人間を入れ替えただけのことじゃないか。そうだろう」

ほとんど飲めない大杉であるから、もとより色黒な顔がいま赤黒く見えるのも、酒のせいではない。

「ええ、その通りね」

野枝は短く答えて、ぺらぺらの夏掛け布団を腹にかけてやった。梅雨はいまだ明けず、今夜もひどく蒸し暑い。

北風会は、今年の初めに本格的に始動したばかりの研究会だ。かつて野枝に大杉を引き合わせてくれたあの渡辺政太郎が亡くなり、彼の開いていた研究会を同志の近藤憲二と村木源次郎が引き継ぎ、渡辺の雅号にちなんで「北風会」と称していたのだが、参加者のほとんどが大杉らの「労働運動研究会」とかぶっていたので、合わせて一本化したのだった。

ひと頃に比べれば同志会もずいぶん勢いを盛り返したと言える。大杉、近藤、久板、和田、村木のほかに、岩佐作太郎や延島英一、水沼辰夫などが顔を揃える北風会例会には、このところ三十名から四十名ほどの同志が集まる。多くは大杉に賛同する理論家や労働運動家だが、時には別の立場をとる人間が出席し、議論を吹っかけてくることもある。大杉の興奮が収まらないのは、おそらく今夜もそのようにして意見を闘わせてきたせいに違いなかった。

労働組合運動ひとつとっても、大杉のように「政党による指導介入は断じて排除すべき」とする無政府主義すなわちアナルコ・サンジカリズム派（アナ派）に対して、レーニン主義を唱えプロレタリア独裁を理想とするボルシェビズム派（ボル派）は真っ向から反発する。労働者による組合とはいえ指導者なくしては烏合《うごう》の衆と化すにきまっているのだから、やはり組織は中央集権的でなくては立ちゆかぬという主張だ。例の高畠などはその先鋒と言っていい。

「それじゃ駄目なんだ。だ、誰か特定の連中が号令をかけて、他の者たちがヘイコラそれに従う、そういう形式自体がおかしいんだ。そう思わないか？」

明かりを消しても、大杉の熱い演説は続いた。

「御主人様に対してどれだけ従順になれたかで、その人間が役に立つとか立たないとかが決まってくるなんて、そんな馬鹿ばかしいことがあるもんか。周りの評価を気にしてはびくびくして、いつも上目遣いに御主人様の機嫌をうかがう犬になんか、だ、誰がなりたいか。いやしかし、なりたいやつがいるらしいんだな。自ら進んで鎖につないでもらいたがる。そうして足並み揃えてさえいれば誰に攻撃されることもなく、と、とりあえず我が身だけは安泰だと思いこんでる。まったくもって俺には信じられんよ。ゆっくりゆっくり、く、縊《くび》り殺されることに気づきもしないとはね」

野枝は黙っていた。幸徳秋水らが粛清された後、大杉が詠んだという句を思い出さずにいられなかった。

〈春三月　縊り残され花に舞う〉

数えで三つになる魔子を自分の左側にそっと寝かせ、大杉の隣に身を横たえる。

まだ、天井の高さに慣れない。ここに住んでいた久板から誘われ、千葉の葛飾村から本郷区駒込のこの家へと引っ越してきたのが半月ほど前だ。

思えば、あの「日蔭茶屋」での事件からの二年半というもの、家移りに次ぐ家移りで落ちつく暇もなかった。事件の翌春、「菊富士ホテル」を追い出され、何の家財道具もなく移住した菊坂町の家から、夏には巣鴨へ移った。秋に魔子が生まれ、村木源次郎が同居することとなり、その暮れに女工たちの多く住む南葛飾郡亀戸の家へ移り、年明けには久板と和田がやって来て居候となり、三月の「とんだ木賃宿事件」をはさんで、七月に滝野川町田端に転居した。

魔子を連れてひと足先に今宿へ里帰りをしていた野枝が、初めて大杉を両親や叔父夫婦に引き合わせたのはそのすぐ後だ。

折しも、世間は米騒動の真っ最中だった。それでなくとも離農者が増えて米の生産量は減っているというのに、シベリア出兵宣言をきっかけにして、政府による米の買い占めや少しでも高く売りつけたい商人の売り渋りに拍車がかかり、米の値段が半年ほどで倍にも高騰していた。

最初に行動を起こしたのは、富山の主婦たちだったらしい。役所へ押しかけて生活難を訴え、米の安売りを求め、それが新聞に載ったことで全国へ波及し、やがて各地で暴動や打ち壊しが頻発するようになった。鎮圧にやってきた軍に対しては、火を放ちダイナマイトで応戦する強者も現れ、そうかと思えば海軍兵たちが庶民の側に加担したり、同情した警察が傍観にまわったりといった現象も報道されていた。

ちょうど大阪でもその機運が高まっていたところで、そうとなればぜひともこの目で見ておかねばならない。今宿の帰りに下関で同志の新聞記者から二十円を借り、門司港から汽船で神戸へ、阪神電車で梅田へ向かった。尾行は常にべったりと張りついており、管轄ごとに入れ替わるのがまたご苦労なことだった。

しかし野枝は、大杉だけを大阪に残して帰らねばならなかった。いくら騒動を見届けたくとも、幼い魔子をおぶって危険な場所へは行けない。致し方ないことと思いつつも、女の身が悔しい。

大杉のほうは、滞在中、関西の同志たちにずいぶん世話になったようだ。大阪毎日新聞社の和気律《わけりつ》次郎《じろう》をはじめ、京都では長らく喧嘩別れのようになっていた山鹿泰治《やまがたいじ》に会い、夜は先斗町《ぽんとちょう》の待合で芸者をあげて歓待してもらい、またパン店「進々堂」を営む続木斉《つづききひとし》にも支援を頼んだ。大杉と続木は外国語学校の同窓で、おもにキリスト教的な立場から運動を後押ししてくれていたのだ。

野枝に数日遅れて八月半ばに帰ってきた大杉は、その目で見てきたことを東京の同志たちに詳しく語った。暴動には子どもの手を引く若い母親や、腰の曲がった老婆までもが参加していると聞かされれば、皆のまなざしにもがぜん熱がこもる。

「ど、どうやら社会状態は、我々が想定していたほうに近づきつつある。今の勢いを保って進めば、幾年もたたないうちに意外な好結果となるかもしれない。こ、今度ばかりは政府も少しは目が覚めたろう。労働者の団結の力、民衆の声……ああ、なんて愉快なんだ。かっ、かっ、革命だ。そうだ、かっ、革命だよこれは」

誰より革命を起こしたがっている大杉が、それを口にするたび必ず吃った。

最終的に数百万人規模にまでふくれあがった米騒動は、九月に入ってからようやく一応の終息を見せた。責任を問われた寺内内閣は総辞職、かわりに〈平民宰相〉原敬《はらたかし》が首相となった。旧態依然の藩閥政府に対する、初めての本格的な政党内閣の発進だった。

世界的に流行していたスペイン風邪が日本でも猛威をふるう中、同じく世界を巻き込んだ第一次大戦が終結した。

十月の初め、『労働新聞』の発行が新聞紙法違反にあたるとして、発行人である久板と和田がそれぞれ五カ月と十カ月の禁固刑を食らい、東京監獄へ送られた。同じく、荒畑と山川も入獄。思想への弾圧がいよいよ厳しくなりつつあるのを、皆が肌で感じていた。

暮れには、大杉の末の弟である進が休暇で遊びに来て、そうかと思えばこれも末の妹で料理人の夫とともにアメリカへ渡っていたあやめが病を得て帰国、息子の宗一ともどもしばらく一緒に暮らすことになった。屈託のない宗一は魔子と同い年で、大杉や野枝にもすぐ懐いた。

大杉は、どこからともなく山羊を引っぱってきて、これを飼おうと言いだした。餅さえ買えないわりに、いつになく賑やかな正月だった。かるた遊びや花札などに興じ、野枝も久しぶりに三味線を取り出して皆に聞かせたりなどしながらゆっくり過ごした。

その一月末のことだ。

田端の自宅が全焼した。隣接した工場からのもらい火に、十軒ばかりがぼうぼうとよく燃えた。家族に怪我人はなかったが、なけなしの家財道具や二人分の貴重な蔵書など一切合切が丸焼けになった。どちらにとっても、書物の失われたのがいちばんこたえた。

沈んでばかりはいられない。焼けた家からほど近い西ヶ原前谷戸へ移る。家こそ前より広くなったものの赤貧洗うがごとしの暮らしは相変わらずで、そのへんに生えている草を食んでは乳を出してくれる山羊は皆の救世主だった。

大杉はまた、子どもらとよく遊んだ。魔子や宗一をかわるがわる抱き上げては、山羊の背中や、亀戸から連れてきた〈茶ア公〉というポインター種の犬の背中に乗せ、やれ走ったの落っこちたのと一緒になって大声で笑う。

そんな長兄の様子を眺めながら、あやめは野枝にこっそりと打ち明けた。

「驚いたわ。今さらこんなふうに言うのも何だけれど、前の保子さんと一緒だった時は、栄兄さん、あんなふうには笑わなかった気がする。進兄さんだってそうよ、なんだか隅っこのほうに縮こまってばかりいたの。それが今じゃ、栄兄さんはああして自分が子どもに返ったみたいだし、進兄さんにしたって太平楽な顔して昼間から座敷の真ん中に寝転んだりしてるんだもの。ええ、見ればわかるわ。野枝さんのおかげね」

嬉しい言葉だった。

しかし、その西ヶ原の家も、たったのふた月あまりで出ることになる。例によって家賃滞納で追い立てを食らったばかりではない。野枝が体調を崩しがちになり、それならいっそ空気の良いところへと、皆で千葉の葛飾村・下総中山《しもうさなかやま》の家へ移ったのだ。

そこで、ひと悶着起こった。

悪いのは完全に警察のほうだと、今でも野枝は思っている。これまでも転居する先々で所轄の巡査が見張りにつくのはいつものことで、たいていは子どもぐるみで仲良くなってしまうのだが、船橋署の尾行巡査は違った。こちらをまるで犯罪者のように扱い、険のある目つきでうるさくつきまとうばかりか、大杉や野枝がちょっと言葉を交わしただけの他人の家にまで踏みこみ、いま何を話していたかなど執拗に問いただすのだ。

いくら言ってもやめずに口論となり、大杉が腹立ちまぎれに一発殴った。相手は左唇の内側を切って少し出血したが、大杉の怒りはおさまらない。自らこの男を引っぱって船橋署へ行き、事情を話して抗議した結果、警察署の側が詫び、この傷害事件は不問とされたのだった。

「何て抗議したの」

野枝が訊くと、大杉は苦い顔で答えた。

「あんたらの立場はわかるが、か、監視にだって作法ってものがあるだろう、と言ってやった。犬だよ、犬。ああいった輩の犬根性が、俺はほんとうに大嫌いだ。犬で可愛いのは茶ア公だけだね」

そんなこんなで、結局それからひと月もたたないうちに、今暮らしているこの曙町の家へと移ってきたわけだ。

尾行巡査を殴ったことで居づらくなったせいもあるが、野枝の体調がどうにも思うように回復せず、三日おきに東京の医者へ通わなければならなくなってしまったのも大きい。この時には獄を出ていた久板卯之助からの同居の誘いは、だから渡りに舟といったところだった。

それなのに――。

野枝は、天井を見上げながら小さくため息をついた。ここもまた、長くはいられないかもしれない。

この家は初め、同志の茂木久平《きゆうへい》が借りて住んでおり、彼が家賃滞納で六月十日に出ていった後を居候の久板が預かっていた。久板一人ではもちろん支払えず、それで大杉に連絡をよこしたわけだ。

しかし大杉が後を借りたいと申し入れたにもかかわらず、家主は六月末までには立ち退いてもらうと言いだし、あまりにも急で勝手な言いぶんに戸惑っていると、いきなり明け渡し訴訟を起こすと言ってきた。

ふたを開けてみれば、家主の室田景辰というのは前警視庁消防本部長だった。何らかの力が働いているとみるのが自然だろう。

そんな真似をすればよけいに、あまのじゃくな大杉が動くわけがないのだが、だからこそ野枝は心配だった。最近、大杉らは今まで以上に目を付けられている。〈演説会もらい〉と称し、よその労働問題演説会にまぎれこんでは途中から演壇を乗っ取る行動をくり返しているせいだ。いつ、何を理由に引っぱられるかわからない。仲間内で囁かれていた大杉自身の入獄が、うっかりするとすぐにでも現実になってしまいそうな空気が立ちこめているのだった。


枕からそっと頭をもたげて見やると、大杉はまだ目をかっと見開いて何か考えている。

野枝は、肩と腰でにじり寄り、伸びあがるようにして男の額に口づけた。

「ど、どうした」

「ううん、どうもしない。ただ、心配なだけ」

「何が」

「何がって……言わなきゃわかりませんかね」

皮肉っぽく言ってやると、大杉は、ようやく野枝をまっすぐに見た。ぎょろりとした眼が、暗がりの中でも光って見える。今夜の月はよほど明るいものらしい。

ふと、胸によみがえってくるものがあった。こことは別の部屋、別の男の匂い。前夫・辻潤と寝起きしていた三畳間、障子越しに月の光や陽の光が射すと、狭い部屋は白々と発光して繭の中にくるまれているかのようだった。男と女の基本的なことは、あの部屋で彼から教えこまれたのだ。あれから七年も経ったなど信じられない。

　黙り込んでいる野枝に、大杉は言った。

「なあに、心配はいらんさ。万一、く、食らったところで三カ月だろう」

「そうかしら」

「長くて五、六カ月ってところかな」

　そんなことがわかるものか。昨春の「とんだ木賃宿事件」を見てもわかるとおり、警察はいくらだって罪をでっち上げる。そう、〈犬〉だ。自分の頭では何も考えず、上からの命令を疑いもせず、言われたとおり動くだけの犬。

「覚悟しておいたほうがいいわよ」

「そんなものはとっくにできてる」

「違うったら」野枝はそろりと半身を起こした。「半年も家に帰ってこなかったら、魔子はきっとパパの顔を見忘れるわよって言ってるの」

「そっちの覚悟か」大杉が苦笑する。「うーん、それは辛いな。弱ったもんだ」

　二人して見やれば、幼子は健やかな寝息を立てている。父親に似て彫りの深い面差しに、きっぱりとしたおかっぱ頭が愛くるしい。

「暮れにはまた、次が生まれてくるんだものなあ」感慨深げに大杉が呟く。「男かな、女かな」

「どっちがいいの？」

「どっちだってかまわないさ。か、必ず可愛いにきまってるからね。……ん？　こ、こらこら、なんだなんだ、何をしてる」

　野枝は答えず、自分の寝間着の裾をたくし上げて大杉の腹に馬乗りになった。

「どうしたんだ急に」

しーっ、と彼の唇に指をあてる。

「だ、だって、お腹の子は」

「もう大丈夫」

「しかし、久板さんもあやめもたぶんまだ起きてるぞ」

「だから、しーっ」

良人の腰紐を解いて寝間着をはだければ、口よりも正直なそれは少しばかり優しく育てるだけで充実してゆく。しばらく軀を重ねていなかったせいで、どちらも長くは待てない。野枝は自ら下半身を浮かせ、唇からゆっくりと息を吐きながら軀を沈めていった。大杉の唇からも同じく、深い吐息が半ば掠れ声になってもれる。

「……気持ちいい？」

囁くと、大杉が感極まったように呻いた。

「ああ。すごいよ。き、きみは？」

「私も」

「こ、こんなに気持ちいいんじゃ、とうていやめられないな。何度だってつながりたいよ」

「私もよ」

「つ、次に、またできたらどうする」

「赤ん坊がってこと？」

「ああ」

「どうしてほしいの？」

「そりゃ産んでほしいさ」

即答だった。野枝を貫き、野枝に包まれたまま、大杉は真顔で言った。

「何人だろうが、できたらできただけ産んでくれ。き、きみが忙しけりゃ俺が育てるから」

胸の裡から喉もとへと、熱い塊のようなものが迫りあがってくる。

答えるかわりに膝立ちになり、野枝は動き始めた。大杉の上で、暴れるだけ暴れてやる。時折、抑えきれずに声がもれる。魔子さえ起きなければ誰に聞かれたところでかまうものか、夫婦が夫婦のことをして何が悪い。

同じ夫婦でも、辻に対しては一度もこんな真似をしたことがなかった。彼との関係はどこまでいっても教師と教え子だった。

恋愛経験のほとんどなかった辻は、さながら光の君が紫の上を育てるように、ピグマリオンがガラテアの像を彫りあげるように、野枝を導き、啓蒙し慈しんだが、口でこそ「俺の背中を踏み台にしてかまわない」と言いながら実際は、自分の両腕が作った囲いから妻が少しでもはみ出ることを喜ばなかった。『青鞜』に加わった野枝があっというまに有名になってゆくにしたがって、辻はもともと持っていた憂鬱の気質をますます強めていった。その深い厭世観《えんせいかん》といかにも都会人らしい個人主義とが、彼という人間の両輪だった。

恋に落ちた当初まるで見えなかった辻の気質は、野枝が年齢ばかりでなく精神の面でも成長するにつれてどんどん目についてきた。ここまで導き育ててくれたのも、教養ある人々との多くの出会いをもたらしてくれたのも辻であるとわかっているからこそ、野枝は、何の努力もしようとしない彼が歯痒くてたまらなくなっていった。

幼稚で中途半端な自分などの名前が、恐ろしいほどの速さで世間に知られてゆくというのに、もっと認められていいはずの辻潤の仕事がどうして評価されないのか。周囲は、働かない男に軽侮のまなざしを向けては陰口をたたく。それが本人の耳に入らないわけがない。辻の気持ちは拗《こじ》れるだけ拗れ、やがて野枝が大杉に出会う頃には、夫婦関係はとっくに破綻して修復不可能となっていた。

あの頃、大杉は言ったものだ。

〈仕方のないことだよ。あなたのほうが、か、彼を追い抜いて大きく成長してしまったんだから。つ、辻くんは、自分の今いる場所から動くことはない。ありゃ徹底したエゴイストだからね。確かに彼の翻訳は素晴らしいものだが、こ、これだけははっきり言っておくよ。あなたがそうやって、夫のほうがずっと認められるべき人間なんだと言ってかばおうとする時、あなたは自分でも気づかずに、か、彼のことをずっと下に見ているんだ〉

違う、断じてそんなことはない。打ち消そうとして——声にならなかった。

大杉に話したことはないが、辻は、夜ごとの営みにおいてもあくまで支配と被支配の関係性にこだわった。今夜のように、野枝のほうから望んでまたがるなどあり得ない。教え子だった妻を組み伏せ、態度や言葉で苛めて言うとおりにさせては、いちいち自らの影響力を確かめる。そういった図式でしか、彼は牡である自分の優位性を確認できなかったのかもしれない。

比べるのも品のない話だが、その点、大杉のなんと自由だったことだろう。初めて軀を重ねた時、野枝はそのことに驚かされた。

男の沽券などという屁の突っ張りにもならないものは、端から二人だけの時間には持ち込まない。常識に囚われないかわり、欲望の前には素直に自分を明け渡す。野枝が促されておずおずと試す事々を大げさなほど喜び、快感を覚えれば女と同様に声をあげ、時には野枝を支配もするが、野枝に自分を支配させもする。大杉と寝ていると野枝は、年の離れた百戦錬磨の愛人に抱かれているようにも、若くて可愛い燕を抱いているようにも思えてくるのだった。

できたらできただけ産んでほしいという自身の言葉を証明するかのように、大杉は夜毎挑んできた。疲れきって夜更けに眠り、ある朝目覚めると、すでに大杉は縁側で煙草をくゆらせながら、魔子を膝に載せてあやしていた。黒っぽい唐桟縞の夏着が広い背中によく似合っている。早朝の澄んだ空気に思わず深呼吸をしたくなる。

「おはよう」

声をかけると、首だけふり向いた大杉がニッと思わせぶりに笑ってよこした。いっぺんに夜の間のあれこれが思い出され、黙って睨み返し、布団を鼻まで引きあげる。

「野枝」

「何ですよ」

「き、今日は、ど、どうかすると危ないよ。そのつもりでおいで」

ぎょっとなって起きあがった。

そうだ。何を馬鹿みたいに寝ぼけているのだろう。今日、七月十五日は、「日本労働連合会大会」の行われる大事な日ではないか。

東京市内の木工、塗工、電気工、機械工などからなる労働組合の発会式を兼ねた大会は、午後六時から神田の青年会館で行われることになっている。神田青年会館といえば、かつて「青鞜社」主催の講演会で野枝が生まれて初めて演壇に上がった堂々たる洋館だが、悠長に懐かしがってはいられない。

大杉は今夜の演説会に、また同志たち大勢と一緒になって乗り込む気でいるのだ。

込み上げる不安を抑えこみ、野枝は、あえて不敵に笑ってみせた。

「いよいよなのね」

「ああ。た、たいがい大丈夫とは思うが、どうかするとわからないからな。しかし、前にも言ったとおり、引っぱられたところで一晩か、ひどくやられたとしたって二、三カ月くらいなものさ」

「それくらいだったら、願ってもない幸いといったところでしょ」

「まったくだ。ゆっくり本が読めてありがたいくらいだよ」

お互いがふっと黙り込むと、庭先でじんわりと蟬が鳴き始めた。つられたように沢山の蟬が唱和する。

もとより大杉は、行動・実行にこそ重きを置いている。思想を広めるだけで呑気に満足している連中を横目に見ながら、「本気で社会を変えようとするならば、いずれは革命の実行しかない」などとはっきり口にするものだから、最も排除すべき危険分子として警察に睨まれ、検束回数の多さときたら仲間内でも群を抜いている。本人も途中から数えるのをやめたほどだ。

（――次は、出てこられないかもしれない）

どれだけ追い払おうとしても襲ってくる胸騒ぎに、昨春、内務大臣に宛てて長い手紙を書き急いだ夜が思い出される。無事に帰ってきた大杉を見た時の、背骨を抜き取られたかのようなあの安堵……。

野枝は、目を上げて言った。

「私も一緒に行きます」

「冗談じゃない」

大杉が跳ねるようにふり向く。

「止しなさい、危ないから」

「もちろん、さすがに中へまでは入らないけど、せめて近くで待っていたいの。魔子と一緒に服部さんのお宅で待たせてもらうから、会が終わったら帰りに寄ってちょうだい」

同志・服部浜次が、有楽町で仕立屋を営んでいる。有楽町から神田もそれなりの距離はあるが、ここで待つよりはよほど近い。

「……やれやれ、しょうがないな」

好きにするといいさ、と苦笑いを浮かべた大杉が、煙草をもみ消して立ちあがり、抱きかかえていた魔子をこちらへ渡してよこす。

「ほーら、ママだぞ。ああ、おしめはさっき替えたばっかりだから」

縞の長着の裾から突き出た毛脛《けずね》、その骨張った足のくるぶしが、ぐりぐりと目に沁みて眩しかった。


この夜──大杉ほか同志数名は、錦町警察署に引致《いんち》され検束された。

あらましはこうだ。北風会の例会を開くかわりに二十数名で青年会館へ押しかけた彼らは、千人もの労働者からなる会衆に紛れ込み、ここぞという時に備えた。案の定、労働組合の発会式だというのに主義綱領の説明は一方的に下され、市長らの挨拶に続いて申し訳程度の演説があったかと思うと、すぐに決議文と、通りいっぺんの宣言の採決に入ろうとする。

「異議あり！」

「討論せよ！」

中ほどに陣取った北風会会員らが口々に叫び、司会者の制止をふり切って大杉を演壇に押し上げると、会場は飛び交う野次と怒号で大混乱に陥った。

慌てて解散を命じる錦町警察署長、何が何でも演説をやめずに拘引される大杉、それを奪還せんとする同志たち、そうさせまいとする二十名の警官らが激しく衝突し、発会式はたちまち閉会となり、決議案も結局はうやむやとなったらしい。青年会館から出た会衆が大杉らの釈放を求めて錦町署の門前へ押し寄せるといった騒ぎの末に、夜十時半、検束は解除となり、彼らは家へ帰された。

引っぱられたところで一晩、という大杉の予想よりも軽く済んだわけだが、そんなものは結果論であって、待っている野枝は気が気でなかった。あまりにも帰りが遅いので、背中におぶった魔子がぐずるのをだましだまし服部の家から電車道まで出てみたところへ、近藤憲二とさらに若い同志とが血相を変えて走ってくるのに出くわしたのだ。

近藤は野枝に気づくと、細く凜々しい眉を吊り上げて叫んだ。

「スギさんが、やられた！」

常套句なのに、瞬間、最悪の想像をした。

差し入れを用意して署まで行くのとほぼ入れかわりに大杉は釈放されたが、脳裏をよぎった一瞬の想像はいつまでも消えなかった。

（いやだ。殺されるなら一緒がいい）

いつだったか二人で、同志・黒瀬春吉が営む浅草十二階下の「グリル茶目」へ行った時、促されて部屋の壁紙にいたずら書きをしたことがある。同志や作家たちの雑多な落書きの隙間に、

〈お前とならばどこまでも　栄〉

大杉がふざけて書きつけた一行の隣へ、野枝も一筆さらりと書いた。

〈市ケ谷断頭台の上までも　野枝〉

いっそ、あれが本当になればいいのに。知らないところであのひとの身に何か起こるくらいなら、そのほうがまだましだ。

思う端から、今宿にいる母親の皺寄った顔が浮かんでくる。

〈かかしゃん、うちは……うちらはね。どうせ、畳の上では死なれんとよ〉

そう告げた時の、ムメのあの顔。これまでずっと親不孝しか重ねてこなかったというのに、それでも親は、子の幸福を祈るものなのか。

野枝は、魔子の寝顔を見おろしながら我知らず腹に手をあてていた。子らのためなら何でもできると思う一方で、いっそ何もかもふり捨てて身軽になってしまいたい時がある。何ものにも束縛されない自由な身体が欲しくてたまらない。


中一日をはさんで七月十七日の夜、こんどは築地近くの川崎屋という貸席で演説会が開かれた。大杉ら北風会が企画し、荒畑寒村や山川均など各派に呼びかけて合同で開催したものだ。幸徳秋水ら二十四名を喪うこととなった大逆事件以来、九年ぶりの公開演説会とあって、感慨もひとしおだった。公開であるから誰が聴きに来てもよい。開会予定の午後五時には参会者が八百名余りにふくれあがった。

警察としては面白いわけがなく、築地署から飛んできた署員数十名がその入場を妨害し、二時間にわたる押し問答の末にようやく開場となったのが七時、しかしこの幾日も前から「聴衆が三人入れば解散させる」などと明言していた警視庁側は、数名が足を踏み入れたところでたちまち「そら解散！」と命じたものだから大騒ぎだ。怒った大杉が荒畑や近藤らとともに場外へ飛び出し、道行く人も立ち止まる大声で抗議の演説を始めると、付近にあらかじめ配置されていた三百名もの警官隊が出動し、とうとう聴衆まで巻き込んでの揉み合いになった。

この日、野枝は朝からひどく疲れていた。身重で、しかも三日おきに医者へ通う状態でありながら、一昨日は背中に幼子をくくりつけ、錦町署との間を往復したのだ。

「こ、今夜はもう、うちに引っ込んでたほうがいいよ」

出がけに大杉にもそう言われたので、夕方までは家にいた。が、やはりじっとしていられない。用事のついでに足を延ばし、一昨日と同じく服部浜次の家で待つことにした。川崎屋の演説会が解散させられたなら皆で服部の家へ引きあげる、と聞いていたからだ。

日が暮れる前に着いてみると、家には服部の妻と子がいるだけでひっそりしていた。洋裁職人の服部が使う道具やら布地の束が所在なげに放置されているばかりで、帰ってきた様子はまだない。

「どうなったのかしら」

女同士ただ気を揉んでいても仕方がないので、野枝は外に出て、

「ちょいと」

電信柱の陰にいた尾行巡査を手招きした。「はい」と慌てて鳥打ち帽を脱ぎ、当たり前のようにそばへ寄ってくる四十がらみの巡査に言いつける。

「築地の様子を見に行ってきてちょうだいよ。大丈夫、私はここで待ってるから」

「はい」

素直に出かけてゆく尾行を、服部の妻はぽかんと見送った。

主の服部浜次が堺利彦と連れ立って帰ってきたのはすっかり暗くなってからだった。

「どうでした？」

勢い込んで訊くと、服部は顔をしかめた。

「大杉君、またやられちゃったよ。荒畑も近藤も岩佐も。どうもこうも、えらい騒ぎだったからなあ」

言いながら玄関先でズボンについた泥を払う。

「じゃあ、みんなよっぽど暴れたんですね」

「いや、暴れるも暴れないもありゃしねえ。大杉君と荒畑が表の縁台に乗っかって喋り始めただけで、寄ってたかって押さえ込んで引っぱって行きやがった。何しろすごい人出で、電車が止まっちゃったくらいだからさあ」

聴衆の一群に野次馬が加わり、銀座から丸の内の警視庁へ押し寄せて鬨の声を上げるといった騒ぎまであったという。さっき様子を見にやらせた尾行巡査は、それもあって戻ってこられないのだろうか。

「他にもだいぶ沢山引っぱられたんじゃないかな。長いこと収まらずにごたついていたようだから」

堺にももっと詳しく聞こうとしたのだが、そこへ新聞記者らが次々に訪ねてきて、肝腎なことがろくに話せない。堺自身もこちらを煙たく思っている様子を隠さない。野枝は、ひそかに舌打ちをした。

そうこうするうちに、築地の方角から同志たちが疲れた顔でぽつりぽつり引きあげてきた。彼らの話から、検束された面子もだいたいわかってくる。少なくとも十五、六人といったあたりだろうか。

おぶい紐を手に取ると、野枝は魔子をしっかりと背中にくくりつけた。

「どこへ行く」

見とがめて堺が訊く。

「どこって、とにもかくにも差し入れに行くんですよ。こんな時間だもの、みんな腹ぺこでしょうに」

ああ、と気づいた服部浜次が、十五になる次男の麦生《むぎお》に手伝いを命じる。もう一人、寺田鼎《かなえ》という若い同志を付けてもらって、野枝は外へ出た。

有楽町から築地署へ小走りに急ぐ途中、十数人にのぼる同志たちに何とか行き渡るよう、握り飯やふかし芋などすぐに食べられるものと、あとは水菓子屋の店先で目についた桃をあるだけ買い込む。資金は服部から託されていた。

夏の宵、荷物を担ぐ若い二人の額にみるみる玉の汗が浮かぶ。

「桃のせいだよ、重いのは」

まだひょろりとした体つきの麦生が言えば、

「そうですよ、腹もたいしてふくれないのに」

寺田までが泣きごとを言う。

「いいから黙って運んでちょうだい。こういう時には、きっと何だって嬉しいものなんだから」

桃を買ったのは、ほんとうは大杉が喜ぶ顔を想像してのことだ。果物に目がない彼の、中でもいちばん好きなのは梨だが、時季には少し早くて買えなかったのが惜しまれる。

ようやく築地署に着いたものの、面会を求めても肝腎の署長がなかなか出てこない。

「今ちょっと話し中ですが、それが済んだら参りますから」

それきり、すっかりほうっておかれた。

取り次いだ巡査もその他の署員たちも、幼子をおぶった野枝を無遠慮にじろじろと眺めてよこす。おおかた、〈あれが新聞にも載った例の淫婦〉とでも思っているのか、そうでなくとも髪ふり乱した女が子分を二人も引き連れて乗り込んできたのが物珍しいのだろう。垢じみた着物も、明るい室内ではことさらみすぼらしく見える。口惜しさに、野枝は連中と目を合わせないようにした。

警察署の中はひどく蒸し暑く、時間ばかりが無為に過ぎてゆく。背中の魔子が手足をばたつかせて泣きだすのを、紐を解いて抱きかかえ、あやす。立ったり座ったりしてあやす。それでも泣き止まず、隅へ寄って乳をやろうとするのだが、むずかるばかりで口を開けようともしない。なだめすかして乳をふくませ、ようやく飲んで眠ってくれた魔子を、寺田の手を借りて再び背負う頃には、ほとほと疲れ切って口もきけないくらいだった。

壁の時計を見やると、とうに九時をまわっている。署長の話とやらはいつ終わるのだ。一つ終わればまた次が控えているかもしれない。本当に来るかどうかもわからない相手を、みんなの食べものを抱えたままここでぼんやり待っていろというのか。

長椅子から立ちあがり、野枝はとうとう巡査たちに向かって怒鳴った。

「いいかげんにして下さい。待たせるにもほどがあるでしょう！」

皆、にやにやしながら黙っている。なおも言ってやろうと息を吸い込んだところへ、ずんぐりと背の低い、気の弱そうなのが寄ってきた。

「ここで騒がないで下さい」

「私だって騒ぎたくありませんよ」

「申し上げたでしょう。署長は今お話し中ですからちょっとお待ち下さいと」

「さっきからそんなことばっかり言って、誰か一人でも署長室へ行ってくれました？　ずっと見てましたけど、ちっとも伝えてやしないじゃないですか」

「無茶を言わんで下さいよ」

「何が無茶なの。とにかくまずはみんなに食べものを差し入れたいと、当たり前のことをお願いしてるだけじゃないの」

その時だ。左手の奥にある留置場のほうから、誰かが調子っぱずれに声を張りあげて歌うのが聞こえてきた。

嗚呼《ああ》　積年のこの恨み
いかで報いで止むべきや

あれは、革命の歌だ。節は一高の寮歌「嗚呼玉杯に花うけて」と同じ、例会の後など飲んで騒いでメートルが上がってくると必ず合唱する歌だけに、今もすぐさま大勢の声が唱和する。

我らは寒く飢えたれど
なお団結の力あり
嗚呼　起《た》て君よ革命は
我らの前に近づきぬ

野枝は思わず笑ってしまった。長い歌の中でもそこから歌いだすとは、やはり皆よほど腹が減っているのだろうか。耳を澄ませば、ひときわ大きな良人の声が聞こえてくる。どういうわけか彼は、外国語を話す時と歌う時だけは吃らない。

農夫は鋤鍬とって起て
樵夫《しょうふ》は斧をとって起て
鉱夫はつるはしとって起て
工女は梭《おさ》をとって起て
森も林も武装せよ
石よ何故飛ばざるか

玄関付近にたむろしている新聞各社の記者たちが顔を見合わせ、ある者は手帳に鉛筆を走らせている。明日の新聞にはこの様子も詳しく載るのだろうか。並みいる巡査たちの間抜け面の描写と合わせて。

檻の中にいようが腹が減ろうが、同志たちが少しもへこたれていないとわかると、こちらの背筋も伸びる。すっかり眠り込んでいる魔子を揺すり上げ、野枝は役立たずの署員たちをぐるりと見回して睨み据えてやった。垢じみた服を着ているからと、気後れした自分をこそ恥じる。どんなにみすぼらしくとも、これは搾取する側の服ではない。汗水垂らして労働する者の衣服だ。

ずいぶんたってから、奥にある署長室の扉が開いた。伸びあがって見ると、ごま塩頭の署長はこちらへちらりと視線を投げただけで、もう一人の警部らしい男とすぐ隣の応接室へ入ってゆく。いよいよ呼びつけられるものと思ってなおも待っていれば、扉を開け放したその部屋へ小間使いがお茶を運んでゆくのが見えた。どうやら二人は食事をするつもりらしく、にこやかに談笑しながら折詰のようなものをひろげ始める。

「え……、ちょっと野枝さん？」

寺田が慌てた声をあげた。

「あっ、待ちなさい、こら！」

巡査の制止をふり切り、野枝は正面奥の応接室へと通路を突き進んだ。幼子を背負っているぶん、彼らも乱暴に止めることはできまい。案内も待たずに他人の領域に踏みこむのがどれだけ無作法かは知っているが、無作法なのは相手も同じだ、案内なら嫌というほど待った、もう待てない、一分一秒たりともだ。

応接室の戸口に仁王立ちになると、野枝は、きっちり一礼して言った。

「こんなところからお声がけするのは甚だ失礼ですが、あなたが署長さんでいらっしゃいますね」

ごま塩頭が、いかにも迷惑そうに頷く。

「私は先ほどからお目にかかりたいと申し上げてずっとお待ちしているんですが、いえ、お目にかかること自体は後でもかまいませんが、ここに検束されている人たちがまだ夕食を済ませていませんので、食べものを差し入れたいと思って持ってまいりました。なにとぞお許しを頂きとう存じます」

ごま塩頭は顔をしかめたまま野枝の訴えを聞き終わると、ことさらにあきれた笑いを浮かべて警部に目配せを送り、同時に箸を手に取った。

さっきの巡査が、点数稼ぎのつもりか滑るようにそばへやって来る。

「ほら、戻りなさい。見ればわかるでしょう。署長はお食事中なんだからあっちで待ってなさいよ」

「私はあなたがたに言ってるんじゃない！」

野枝は、巡査を押しのけた。背中で目をさました魔子がもぞもぞと動いてむずかり始める。ごま塩頭が真っ赤な顔でこちらを睨んでいる。

「どうなんですか、署長さん。差し入れをしていいんですか悪いんですか、決めて下さい。私はもうずっと待ってるんです。あなたが今そうやって食事をなさるのだって、お腹がすいたからでしょう。中にいる者たちだって同じように腹をすかしているんです。さあ、どうしてくれるんですか、もう十時なんですよ」

魔子は、とうとうまた泣き始めた。おとといの朝の蟬とそっくりの、じんわりとした泣きだし方だった。

相手は頑固に黙りこくっている。しきりに横から割って入ろうとする巡査の手を再び払いのけ、野枝はなおも言った。

「ねえったら、差し入れをしてはいけないんですか？　いけなければはっきり言って下さいよ。あなた、みんなを干乾《ひぼ》しにしようってんですね。返事をして下さいな、返事がなければわかりませんからね、返事もできないんですか、え？」

気がつけば、まっすぐ後ろの玄関付近は人でいっぱいになっていた。新聞記者と野次馬と、それに別件で警察に呼ばれていた人々まで伸びあがってこちらを窺っている。

形勢が怪しくなってきたと思ったか、別の特高らしき男が横から口を出した。

「奥さん、何をそんなに騒ぐんだね。あんたがそんなにきんきん言わんでも、腹が減ったと言うならこちらで良きに計らいますんでね」

「警察の世話なんかにはならない」

野枝はきっぱりと言った。

「ようございます、よくわかりましたよ署長さん。そんなに意地悪がしたいんだったら、まあお好きなだけ、たんとするがいい。干乾しにでも何でもするがいい。今にその大きな顔の持って行きどころをなくさないようにねえ」

今やそっくりかえって泣きわめいている魔子を揺すり上げ、くるりと踵を返し、もといた玄関脇までずんずん戻る。人だかりがまるでモーゼを迎える海のように二つに分かれ、野枝を通した。

と、正面から見知った男が入ってくるのが見えた。服部浜次だ。きちんと和服に着替えている。同志たちと、それに野枝に付き添わせた息子のことも心配で来たのだろうか、たちまち巡査の一人に案内されて奥へと通される。

なぜなのだ。男が相手であれば、言いぶんを容れても格好がつくということか。

脱力すると同時に激しい眩暈に襲われ、野枝は、ふらつきながら玄関口にしゃがみこみ、壁に肩をもたせかけて顔を覆った。背中では魔子がまだ泣きじゃくっている。麦生と寺田がそばに寄ってきて大丈夫かと訊くが、答える気力もない。

どれほどそうしていただろう。

「もし。大杉さんに差し入れるというのは、どれのことですか？」

背後からの声に目を上げると、ひどく痩せた、骸骨《がいこつ》に薄紙を貼り付けたような風貌の巡査が立っていた。

野枝は麦生に言いつけ、抱えてきた風呂敷包みから中身を全部出させた。握り飯、ふかし芋、饅頭から桃まで全部だ。

「え、こんなに沢山？」

「だって、みんなで何人います？　十何人いるんでしょう？」

「いや、待って下さい。みんなに差し入れるんですか？」

言われた意味がわからない。

「みんなでなくて、誰に入れるんです？」

と訊き返す。

「大杉さん一人だけという話でしたが」

「はあ？　冗談言っちゃいけませんよ」鼻から勢いよく息が漏れた。「大勢が一緒にいるんですよね？　いったい何だって一人だけに入れるんですか。一人に入れるくらいなら止します」

「しかし、大杉さん宛てということで聞いてますが」

「大杉一人には入れられて、他の人には駄目だって言うんですか？　どういう理屈です？　一人だけになんて、私は言った覚えはありませんよ。ええ、ひと言だってね！」

「……ちょっと待ってて下さい。もう一度訊いてきます」

骸骨が引っ込むと、野枝は二人に、食べものを元通りしまうように言った。眩暈はいくらかましになったが、そのかわり頭がずきずきと痛む。

と、

「大杉に差し入れをしたいというのはあんたかね」

さっきの骸骨とは違う声が降ってきた。痛みに片目を眇《すが》めながら見上げ、覚えのあるあばた面に出くわして、ぎくりとなった。その蛇のようなしつこさから、同志たちの間でまさに蛇蝎のごとく憎まれている特高課の刑事だ。視界の端で、寺田の喉仏がごくりと上下する。

「まあ、よろしい。それを持って入るかわり、少しは静かにするよう連中に言い含めてくれたまえ。暴れるわ騒ぐわで手に負えんのだ」

野枝は、寺田の手を借りて立ちあがった。麦生を玄関口の長椅子に座らせて待たせ、父親が出てきたら一緒に帰るように言って、案内されるまま留置場へ入ってゆく。

なるほど、たしかに大騒ぎだった。閉じ込めておくとよけいに暴れるからなのか、四つばかり並んだ檻房《かんぼう》の扉はどれも開け放たれ、全員が三和土の通路に出てきて一緒になって騒いでいる。先ほどの革命歌をくり返し歌う者、誰に聞かせるつもりか大声で演説をする者、意味もなく両腕を振りまわす者。見回りに来た刑事などさんざん責め立てられてたじたじだ。

荷物を抱えて寺田とともに入っていくと、中ほどに大杉の後頭部が見えた。常ならばきっちり撫でつけている髪もさすがにぐしゃぐしゃだが、どうやらひどい怪我はしていないようだ。

野枝たちに最初に気づいたのは隣にいた荒畑で、彼は大杉の袖を引くと、いつもは真横に結ばれている口を大きく開けて叫んだ。

「おい、見ろ！　革命の女神のおでましだぞ」

野枝は、思わずふきだした。よりによって荒畑からそんな言葉が飛び出すとは可笑しくてならず、笑うと目尻に涙が滲んだ。


前年の米騒動鎮圧の功によって従六位に叙《じょ》せられた警視庁警務部刑事課長・正力松太郎にとって、数多いる無政府主義者の中で最も目立つ大杉の排除はほとんど悲願であるらしい。なりふり構わぬ手口には、その執拗さと焦りが滲み出ていた。

野枝が築地署へ差し入れに行った翌日、午後二時頃に一度帰されたはずの大杉は、さらに翌朝になると別件で再び出頭を命じられた。あらかじめ葉書の報せが届いていたのだが、起きるとすぐ尾行巡査が入ってきて言った。

「今、警視庁から連絡がありまして、これから自動車を回すからそれで御出頭を願いたいと言ってきました」

嘘だろうそんな大げさなと笑っていると、まもなくほんとうに刑事が数名、自動車で迎えにやってきた。

容疑はなんと、今住んでいる曙町の家への「家宅侵入罪」、及び過去の家賃の未払いなどを合わせた「詐欺罪」だという。

「いったいどういうことなんですか。よりによって詐欺って……」

引っぱられた大杉の後から、野枝が急いで丸の内の警視庁へ駆けつけると、彼は言った。

「ずいぶん細かく調べたようだよ。正力のやつ、新聞記者を集めて発表までしやがった」

「何て」

「大正五年以来、大杉は、こ、米や味噌を取り寄せても代金を払わず、おまけに今住んでいる家は家主が再三立ち退きを迫っているのに応じない、とさ。だから詐欺と恐喝の疑いで取り調べるんだと。ああちきしょう、腹が立つ」

「そんな前のこと、問題になるはずがないじゃありませんか。そのつど話だってついてます。夜逃げして踏み倒したわけじゃない」

「しかし、向こうでモノにするつもりなら何かの罪にはなるんだろう」

「馬鹿ばかしい。ずいぶんつまらないことをするものね」

「つ、つまらないことでやられるってのも面白いよ、ちょっと」

「そんな呑気な」

「どうせあちらさんは、やる以上は普通じゃあ面白くないから、いっそ破廉恥罪ということにして、世間における大杉栄の人格的信用も何もかも落としてからぶち込もうっていうんだろ」

「ひどい……なんて卑怯なやり方」

魔子を背負ったまま声を震わせる野枝を見て、大杉は、疲れた顔で笑った。

「うんと卑怯な真似をするがいいよ。それだけ慌ててるってことだよ。ま、せいぜい馬鹿なところを露呈するんだね」

すでに、この件についての取り調べは終わっていた。あとの判断は検事局へ回される。

野枝は入口をふり返り、ここまで付いてきていた尾行を手招きした。

「ちょっと」

はい、とまた帽子を取り、素直に寄ってくる。

「このひとと一緒に検事局へ行くんでしょう」

「ええ、参ります」

「じゃあ、今日中にはあちらで起訴か不起訴かが決まるだろうから、わかったら私のところまで報せてくれない？　私はまた有楽町の服部さんのところで待ってるから」

「よござんすとも、すぐお報せします。なに、大丈夫にきまってますよ。いくら何でもこんなつまらないことで」

「わかりゃしないわよ。こじつけるのはお手の物だもの」

「ふつうならできるはずがありませんや」

「まあいいから、とにかく報せてちょうだい。それから、検事局は区？」

「いえ、地方だそうです」

野枝は、あきれた。こんなにちっぽけな事件を、区裁ではなくわざわざ地裁へ送ろうというのか。どれだけ必死なのだ。大杉をこれ以上世間の人々と関わらせるのは危険と見て、一刻も早く取り除こうと躍起になっている様子が見える。

その日、さすがに不起訴と決まって大杉が帰されたのは、尾行巡査すらも結果を待てずに帰った夜中の十二時を過ぎてからのことだった。やきもきしながら服部宅で待ち続けていた野枝は、報せをもたらしてくれた近藤憲二らとともに、終電間際の巣鴨行きの市電にぎりぎり飛び乗った。精も根も尽き果てていた。


それで終わるかと思ったが、終わらなかった。

さらに一日置いて二十一日、敵はとうとう「傷害罪」を持ち出してきた。二カ月も前、千葉県葛飾村に住んでいた時、近隣の家にまで迷惑をかける尾行巡査を大杉が一発殴り、相手の唇の内側がわずかに切れた、あの一件を今ごろになって蒸し返してきたのだ。何としてでも起訴にまで持ち込もうという正力松太郎の執念だった。

大杉が引っぱられた翌日、野枝は村木源次郎とともに警視庁へ行き、面会を申し入れた。日比谷のお濠端、大きな建物の日陰になった中庭からは夏とは思えないほどひんやりとした風が吹き込み、待たされているあいだ野枝は例によって魔子を背中にくくりつけたまま、そのいちばん風が通るところに立っていた。

やがて大杉は、刑事とともに部屋に入ってきた。目の下に死人のようなどす黒い隈ができているのを見て、野枝は胸が苦しくなった。縞の着物の前合わせが情けないほどだらしないのは、締めていたはずの角帯ではなく、引けばちぎれそうな紐一本で腰回りをようよう結わえているせいだ。

「帯はどうしたんです」

思わず言った。

大杉は机の向こう側にゆっくり腰を下ろすと、

「帯はね。こっ、ここでは取り上げられるんだよ。俺が、く、首をくくるんじゃないかと心配なんだとさ」

そう言って部屋の入口に立っている村木と目を合わせ、イッヒヒ、と乾いた笑いを漏らした。

「眠れてないのね」

「ああ、か、蚊がひどくてね、一睡もできやしない。あれは何とかしてもらいたいもんだな。何も蚊帳を吊れとまでは言わないが、せめて、つ、築地署でそうしてくれたみたいに線香でも焚いてくれりゃましなんだが」

大杉は全身をぼりぼり掻きながら、野枝が持っていった両切り煙草を旨そうに吸った。

二日間留め置かれた二十三日夕刻、いよいよ起訴が決まり、大杉は東京監獄に収監された。弁護士である同志・山崎今朝弥《けさや》は、野枝から詳しい話を聞くと憤激した。誰もが忘れ去っていた殴打事件をほじくり返すためだけに、もともとの所轄の船橋署から千葉地裁、さらに東京地裁へと超特急で書類が回されたわけだ。ともに弁護を務める布施辰治も一緒になって、大いに憤った。

「なんたるふざけた話だ。そもそも処罰されるべき犯罪であれば、誰がどう考えたってその時に処罰しているはずだろう。そこで確かに不問となったものを、なんで今ごろ蒸し返せるんだ。警察なら何をしたっていいってのか。恥を知れ、恥を」

どれだけ憤慨しても、起訴という事実は変わらない。

このうえ野枝にできることといえばせいぜい、夜ごとの蚊の他にも南京虫に悩まされる良人のために、新しいシーツを差し入れることくらいだった。

二、三カ月か半年か、などと言っていたわりに、結局のところ二回の公判を経て罰金五十円の判決が下され、大杉は、収監から二十日もたたない八月十一日、保釈を受けてとりあえず帰ってきた。

検察側としては甚だ不服であったろうが、そして実際に控訴もしたが、裁判官はこれ以上の身柄拘束は必要なしとして保釈を許可した。保釈金の二十円を出してくれたのは、菊富士ホテルでも世話になったあの大石七分だった。

獄を出れば出たで、会談に、出獄歓迎会に、講演会にと忙しい大杉を、野枝は懸命に支えた。もともとは丈夫な男だろうに、肺を患ってからは冷たい風に当たるだけで寝付く。そうならないためにも精のつくものをと、あちこちに頭を下げて少しずつ金を借り、肉の旨いところを選んで買い、道端で韮《にら》や野蒜《のびる》などを摘んできては一緒に炒めて食べさせた。

心配ごとは絶えずとも、そうして甲斐甲斐しく男の世話を焼いていると、身体の奥底は満ち足りて落ちつく。そういう自分にある日はたと気づいた時、野枝はなんとも言えない焦燥を覚えた。

いったい何をやっているのだろう。自分の今していることは、世の女性たちに向かって早くその軛《くびき》から自由になるべきとくり返してきた〈妻の役割〉そのものではないか。

しかしその役割の、なんと甘やかなことか。女を決して下に見たり押さえつけたりすることのない男に添い、彼との間に生まれた子どもたちのために愛情や時間や労力のすべてを傾け、一日の終わりに心地よく疲れて眠る時、爪の先までを満たす豊かな感覚といったらどうだ。いわゆる炉辺の幸福が、これほどまでに恐るべき威力を持つものだとは、以前なら誰に言われても信じられなかった。置かれた立場の不公平さに気づきもしない愚かな女と断じ、躍起になって目をひらかせようとしていたに違いない。

（――いけない。このままでは駄目になる）

たったの二十日足らず大杉が入獄していた間に感じたたまらない寂しさを、野枝は思い起こした。あれは、これまで経験した誰の不在とも異なる寂しさだった。自分の心は、家のどこかに大杉がいるというだけで安定するのだとわかった。

もう長い間、友だちというものを持っていない。昔は、あの大きな赤ん坊のような尾竹紅吉らとじゃれ合っているのが楽しかった。もしかするとあれだけが純粋な友情と呼べるものであって、その他はこちらが勝手に思いこんでいただけかもしれない。

東京へ呼んでくれた平塚らいてうには、何とかして認められたいと願った。隣家に住んでいた野上弥生子とは、からたちの生け垣越しにたくさんの打ち明け話をした。今でもたまらなく懐かしい。けれどその懐かしさは激しい痛みと表裏一体のものだ。あれほど打ち解け合ったはずの温かな交わりでさえ、こちらが本当に辛い時には何の支えにもなってくれず、むしろ敵に回った。説明も弁解も聞こうとしないまま一方的に断罪してよこした。そのことを思い出すと、もう何もかも嫌になって、そもそも人に期待することそのものが間違っているという気持ちが強くなるのだ。

あやふやなものに期待して惑わされるよりは、胸の裡にひっそりと孤独を飼っているほうがまし。——そんなふうに乾いた気分になる時、いつも浮かんでくるのが大杉の顔なのだった。

彼といる間は、友だちについて考えた例しがほとんどない。身の回りに起こることと頭の中に浮かぶことのすべてを、大杉には余すことなく話すし、大杉のほうでもまた同じようにしてくれるおかげで、彼以外の友だちを必要と感じたことがなかったのだ。

何たることか、と野枝は自分にあきれた。入獄というどうしようもない事情で長く引き離されるまで、良人である彼がどれほど得難い友でもあるかに気づかなかったとは。

炉辺の幸福はあっていい。妻の役割とやらもたまには結構だし、良人が仕事に夢中でこちらの話に上の空だったり、せっかく手をかけて料理を作った日に限って遅くまで帰らないのを怒ったってかまわない。

しかし、大杉との間には、ふつうの夫婦とは違うことがひとつある。男と女、良人と妻である前に、この世の誰より刺激を与え合える同志であるというその事実こそが、互いを互いにとっての特別にしているのだ。

そのことだけは、決して忘れてはいけない。こちらが幸福に慣れて溺れてしまった時、大杉はきっと、失望する。

殺人未遂の罪により八王子女囚監に収監されていた神近市子が、懲役四年の刑期を半分に減刑されて出獄したのは十月のことだった。

記者たちは大杉のところへ感想を求めにやってきた。

「とくだんの感想はないね」大杉は言った。「入ったものは、死にでもしなけりゃ出てくるに決まってるんだから。せっかくの獄中生活で、今までとはまったく程遠い、そうだな、か、科学か何かの本でも読んできたならいいんだが、何でもワイルドの『獄中記』を訳したとかいうじゃないか。他に読んだものもおそらく思想系の本ばかりだろう。それじゃあ、前とたいして変わった女になって出てくるとも思えんね。会ってみたいかって？　そうは思わないが、ばったり会うようなことでもあったら、さあね。どんな顔をするかねえ」

大杉以上に神近のほうこそ、会いたくはないだろうと野枝は思った。女とはそういう生きものだ。思い返せば自分の時も同じで、木村荘太とは手紙のやり取りだけで燃えあがるだけ燃えあがったつもりが、過ぎてみればあっけなく、自分でもびっくりするほどどうでもよくなった。さんざん出汁を取った後の昆布のほうが佃煮にできるだけましなほどだった。女の中の火種は、激しく燃えるのに時間がかかるが、消える時は一瞬だ。燃えかすに火がつくことはまず二度とない。

記者たちから質問を向けられ、野枝は適当なことを答えた。

「今後あのひとがどうしようと、私は別に思うことなどありませんね。まあ、小説などお書きになるのがいいんじゃないでしょうか。あの事件のこともずいぶん材料になるかもしれませんし。いっそ私たちの家へ遊びにでも来て下さったら、ちょっと面白いお付き合いができるかもしれませんけれどね」

いちいち新聞に載った中で最も辛辣な感想は、意外なことに、大杉の元妻・堀保子によるものだった。神近は、獄を出た翌月の終わりに保子の家へ詫びに行ったらしい。

〈オイオイ泣くので困りました〉

『読売新聞』に載った保子の言葉だ。

〈穴があれば入りたいと言いましたが、私も掘れるものなら穴を掘ってあげたいと思いました。大杉を刺した時の模様を話してくれと、からかい半分に気を引いてみたら、喋り出したので驚きました〉

同じ十月、大杉は新しく月刊『労働運動』を発行した。と同時に、近藤や村木、服部などとともに演説会もらいも続けていた。警察はそのたび介入して解散を命じたが、こちらも幾たびとなく「異議あり！」と声をあげ、演壇を乗っ取った。

保釈となっていた尾行巡査殴打事件について、東京地裁にて控訴審判決が下りたのは十月十一日のことだ。区裁での罰金五十円のみの判決が棄却され、一転して懲役三カ月——欠席裁判だった。

山崎今朝弥が「大馬鹿判決」とする申立書を提出して上告したが、当然のごとくこれも棄却。年も押しつまった十二月二十三日、東京監獄に収監された大杉は、翌二十四日には豊多摩監獄に移された。

野枝は、まさにその二十四日に、次女となる赤ん坊を産み落とした。大杉は看守からの伝言で知ったようだ。

——母子ともに無事だという話だったが、その後はいかが。実は大ぶ心配しいしいはいったのだが、僕がはいった翌日とは驚いたね。早く無事な顔を見たいから、そとでができるようになったら、すぐ面会に来てくれ。子供の名は、どうもいいのが浮んでこない。これは一任しよう。

読み終えた時にはもう決めていた。

この子は〈エマ〉だ。アメリカの勇ましきアナキストにして、自分にとっての思想の母である女性、エマ・ゴールドマンの名をもらおう。

エマの論文「婦人解放の悲劇」を、辻の手を借りながら一生懸命に訳していた頃を思い出す。十九歳だった。大杉は野枝の仕事を――というより、エマの思想と向き合う野枝の姿勢そのものを、自身の雑誌上でずいぶん褒めてくれたのだ。

まだ、じかに会ったことさえなかった。

第十八章　婦人の反抗

もっと奔放で多情な女なのかと思っていた。いくらか親しくなって、ようやくわかった。彼女はただ、愛した男に自分の全部を与えてしまうことに躊躇がないだけなのだ。

〈――スギさんが、やられた〉

そう伝えたとたん野枝の顔に浮かんだ混乱と恐怖の表情を、近藤憲二は今も忘れることができない。昨年七月半ばの「日本労働連合会大会」の時だ。一瞬で彼女の顔色が真っ白になった。そのまま陶器の人形のように粉々に砕け散るかと思った。並みの男など敵わぬほど肚が据わっている彼女の、意外な一面を見る思いがした。

幸いあの時はすぐ家に帰された大杉だったが、犬どもはしつこい。どうということもない過去の巡査殴打事件をほじくり返して余罪をでっち上げ、裁判所はとうとう五十円の罰金刑から一転して、懲役三カ月の判決を下した。

裁判の時、検事の論告に際して、大杉はいくら命じられても起立しようとしなかった。

「検事は国家の代表機関である。被告が起立して敬意を表するのが多年の慣例である。裁判所は改めて起立を命ずる」

裁判長が怒気も露わに言ったが、

「悪い慣例は破られるべきですな」

というのが大杉の答えだった。

当然だ、と近藤も思う。裁判長や判事に対してならばまだしも、犬の一品種でしかない検事にまで同等の敬意を表せと言われても従う道理はない。慣例が何だ。そもそもそれこそが忌まわしい官尊思想の産物ではないか。

しかしどうやらこの時の大杉の態度が先方の心証を決定的に害したらしい。女房が臨月だと言っているのに少しも待ってもらえず、師走の末、ついに豊多摩監獄に収監となった。

そんなどさくさの中でも、新年一月に出す『労働運動』第三号のために、巻頭の「知識階級に与う」のほか五頁分もの原稿を置いていったのはさすがと言うしかない。中には、しれっと書かれた「入獄の辞」まで混ざっていた。

〈又当分例の別荘へ行ってきます〉

子どもたちの面倒を見たのは、だからほとんど村木源次郎だ。とくに、エマと名付けられた赤ん坊にとっては幸運だったかもしれない。万事におおざっぱな野枝と収監中の大杉にかわり、村木は寒空の下、おしめを洗っては日向に干し、泣けば抱きあげてあやしてやった。その間に若い母親は机に向かって原稿をどしどし書くわけだが、いくら村木でも乳までは出ないから、外出時には赤ん坊を背中にくくりつけた野枝が、

「じゃあ源兄ぃ、頼むわね」

数えで四つになる魔子のほうを彼に託す。物怖じしない魔子は、いつも瞠っているような黒目がちの目もとが父親にそっくりで、出入りする同志の皆から可愛がられていた。

大正九年（一九二〇年）の正月には、獄中で大杉が一つ年を取って三十六になり、野枝と近藤はと

もに二十六歳になった。早大政経科に通う学生の頃、大杉の論文集『生の闘争』に深く感激して家を訪ねて以来、付き合いはこれでちょうど五年になったわけだ。

あの頃、大杉の家は大久保百人町にあり、入口には「英仏独露伊西エスペラント語教授」の看板が掛かっていた。茶を出してくれたのは保子夫人だった。

いま思うと大杉は三十そこそこだったわけだが、もっと上に見えた記憶がある。どてらを着て古ぼけた文机の前に座り、洋書のぎっしりと詰まった本棚の前でマドロスパイプをしきりに吹かしていた。吃りがひどく、何か言おうとするたび酸素の足りない魚のように口をぱくぱくさせながら大きな目玉をぎょろつかせ、それからたたきつけるように喋る。近藤が何か質問を向けると、「きっ、きみはどう思うかね」といちいち訊き返され、夢中で話し込むうちにすっかり日が暮れていた。

その後、大杉から葉書が届いて、「平民講演会」の集まりに誘われた。新聞を出しても出しても発禁を食らい押収される中、かわりにそうした例会を充実させて新入会者を増やそうとしているところだった。

今は亡き渡辺政太郎と出会ったのはその頃だ。後に大杉と野枝を引き合わせたのも彼だったそうだが、職業は子ども相手の一銭床屋だというのに髪も髭も伸び放題に伸ばし、木綿のよれよれの着物と袴、こよりの羽織紐をつけたその親爺を見た時はてっきり、たったいま監獄から出てきたばかりに違いないと思った。集まりが終わると渡辺は、風呂敷包みから『微光』と題した小さな農民啓蒙新聞を出して皆に配り、新顔の近藤に前歯の抜けた笑顔を向けて、自分のところでも研究会をやっているからぜひおいでと誘ってくれた。

古書店の二階に間借りしている渡辺の部屋で、研究会はほそぼそとひらかれていた。行くと、渡辺の妻の八代が心安く迎えてくれた。その後、転居した先はとんでもなく狭い三角形の部屋で、皆からそのまま〈三角二階〉と呼ばれていた。それらの日々を通して知り合ったのが久板卯之助であり、和田久太郎であり、望月桂《かつら》、水沼辰夫、中村還一といった今でも行動を共にしている面々だ。

「渡辺さんはな、面白いお人やぞ」

近藤が同じ兵庫出身と知ると、和田久太郎は集まりの後、郷里の言葉で親しげに話しかけてきた。久さんとか和田久と呼ばれているようだが、いちばん強烈なあだ名は〈ズボ久〉。生来のズボラからつけられたものらしい。

「〈鳥目《とりめ》の尾行〉いう有名な話があってな。聞きたいやろ」

「あんたが言いたいんやろ」

なんでも、渡辺政太郎がある晩、郊外の友人宅を訪ねた帰りに真っ暗な畑を横切ろうとすると、後ろで尾行巡査が情けなく騒ぐ声がする。引き返して訊けば、じつは鳥目で歩けないと白状するので、仕方なく明るいところまで手を引いて戻ってやり、どうか上には告げ口しないでくれという願いも聞いてやった。それがありがたかったのか、尾行はのちに渡辺の妻の病気見舞いにわざわざ林檎を持ってきたらしい。最初のうち丁重に断っていた渡辺だが、尾行があまりにもしつこく言うのでとうとう怒りだし、〈君たちから物をもらういわれはない。考えてみろ！〉と、林檎の袋をつかんで投げつけたという。

「手ぇ引いたったんも渡辺さんらしいし、投げつけたんも渡辺さんらしいわ」

そういうお人や、と、和田は丸眼鏡の奥で目尻に皺を寄せた。

それからしばらく後、集まりのあと遅くなったので近藤だけ泊めてもらったことがある。貧乏所帯に客用の布団などあるわけがない。まだ春も浅く寒い頃で、どうしたものかと弱っていると、渡辺が言った。

「僕と一緒に寝よう。さしちがえて寝れば温かいよ」

そうして布団をかぶると、大丈夫か、寒くないか、と何度も訊きながら、風呂敷でくるんだ近藤の足を抱いて寝てくれた。

あの時のことは忘れない。忘れられない。思想の面で強く導いてくれたのは大杉栄や荒畑寒村だったけれども、社会主義運動というものには命を賭して余りあるほどの価値があると、本当の意味で信じさせてくれたのは渡辺政太郎の持つ情愛だった。自分にとって大杉栄が思想的な父であるとすれば、育んだ母は間違いなく〈渡辺の小父《おじ》さん〉その人だった。

誰彼に紹介されるまま、様々な集まりに顔を出した。知り合った仲間らとそのつど飲みに行ったり、花見に出かけたり、しつこい尾行をまくために成りゆきで一緒に逃げ回ったりなどしているうちに、いつのまにやら近藤自身も皆から〈同志〉と呼ばれるようになっていった。

そんな矢先に起こったのが、あの「日蔭茶屋」でのばかばかしい刃傷沙汰だったのだ。〈自由恋愛〉を標榜する大杉の、はっきり言って自業自得としか思えない事件だったが、これで彼もおとなしく保子夫人のもとへ戻るだろうというおおかたの予想を裏切り、四角関係の勝者となったのは伊藤野枝で、近藤が初めて彼女と会ったのも大杉の見舞いに逗子の病院へ行った時のことだった。

のちに「菊富士ホテル」で再会した際、野枝はひどく恐縮して言った。

「あの時は、ほんとうにすみませんでした。雑誌の肩書きのある名刺を頂いたもので、てっきりまた取材に押しかけてきた人かと思ってしまって……」

せっかく見舞った近藤を、ろくに話も聞かず、けんもほろろに追い返したことを言っているのだった。

あれからもう三年以上経つが、今でも何かの話の流れでそんな話題になると、あの時はほんとうだった。

に……と謝られる。人を人とも思わぬように見えて、意外と気にしやすいところが野枝にはあるよう

居候三杯目にはそっと出し、などという。

それでいくと、居候が何杯目でも堂々と空の茶碗を突き出せるのがこの家で、大杉不在の間も、近藤のほかに〈ご隠居〉こと村木源次郎、〈キリスト〉久板卯之助、〈ズボ久〉の和田久太郎、そして中村還一と延島英一が、一つ屋根の下で寝食を共にしながらそれぞれに活動していた。

〈き、君のは、満腹どころか満喉だね〉

大杉はよく、大食らいの近藤をからかって言ったものだ。

以前に比べれば大杉と野枝の原稿は徐々に売れ始めていたが、抱える人数が多いだけに経済は変わらず火の車で、そういつも米が買えるわけではない。それでも野枝は、雑穀やら芋やら野菜やらを上手に使い、飯時を狙って立ち寄る同志の誰にでも食わせてやるのだった。

「何せ、女中が居候を置けるくらいだからなあ」

苦笑まじりに言ったのは村木だ。前に一時期いた若い女中が、自分の部屋に友達を連れてきて幾日か面倒を見ていたのだった。

「俺たち居候としては、万事細やかに気のつくような奥方じゃあ、かえって尻の座りが悪いってもんだ。なあ近藤、きみだって、野枝さんがあんなふうじゃなかったら毎日腹いっぱい食って寝ることはできまいよ」

村木などは居候というよりすでに家族のようなものだろうが、言わんとする意味はわかる。野枝のああした気性は、男たちにとって何より気が楽なのだ。

細かいことに頓着《とんじやく》しないのは大杉も同じと言える。金は茶箪笥の引き出しに入れてあり、必要な者がそのつど自由に出して遣うといった按配《あんばい》だったが、私欲に流されたり無駄遣いをしたりといった者は一人もいなかった。人間の多くは、信頼されれば応えようとするものだ。たまにそこから外れる者のことは知らぬ。

そんなわけで、多くの同志たちが日々、それぞれに付けられた尾行を気にしながらも出入りしていた。しかし主のいない家の中はやはり火が消えたようで、晩飯の後、囲炉裏を囲む顔は明るいとは言いがたかった。

「このごろ、よく思い出すんだけれどね」

ある晩、腕の中のエマをそっと揺すりながら、野枝は言った。

「私の生まれた村では、古くから組合があったの」

「組合？　何のための」

と、和田が訊く。

「そうね……生活の、とでも言えばいいかしら。町の端っこからだいたい十軒か十五軒くらいずつ区切られて一つの組合が構成されていて、でも必要のない時はまったく解体してるの。規約もなければ役員もいない、あるのはただ、遠いご先祖さまの時代から続く『困った時は助け合う』っていう精神だけ。あなたたちの生まれた村にはそういうのはなかった？」

和田は記憶を探るように煤けた天井を見上げた。

「どうだろう、俺はまだガキの頃に村を出てしまったからなあ」

覚えていなくとも無理はない。生家のあまりの貧しさに、十一、二の頃には大阪北浜の株屋へ丁稚《でっち》奉公に出たと聞いている。

「僕のところには似たようなものがあったな。寄り合いみたいな形で」

近藤が言うと、野枝は頷いた。

「組合は、その結びつきが強固になったものだと思ってくれればいいわ。どの家かに問題が持ちあがれば、みんなすぐに駆けつけて相談する。誰も遠慮なんかしない。自分の考えを言うのに、他人の思惑をはかって臆病になるようなおかしな空気はまったくないの。村長だろうが日雇いの人夫だろうが、べつだん威張りもしないし卑下もしない。そりゃ家柄のいい人や年長者は敬われるけど、それが相談の邪魔になることはないのよ」

「いや、しかし、結論はどのようにして導き出されるのですか」

と、これは久板だ。京都木屋町《きやまち》生まれの彼には、僻地《へきち》の村の習慣は想像しにくいものらしい。

「結論も、もちろんみんなで話し合って決めるんですよ」野枝は言った。「持ちあがる問題もたいていは目に見えるものだから、みんなの知恵や意見が出されれば結論はひとりでにまとまっていくし、どうかして意見がまちまちになったとしたら、みんな幾日でも幾晩でも熱心に集まってとことん話し合うんです。ある家に病人が出たら、みんなで手分けしてお医者を呼びに走ったり、必要な使い走りをしたり、かわるがわる看病したり、何日でも熱心に務めるし、いざ亡くなったなら十里も離れた親戚へ報せに出かけたり、お葬式に必要な一切合切は組合で処理するし……。子どもが生まれるとか、夫婦が深刻な仲違いをしたとか、どんな場面でも必ず組合が助けてくれるんです」

「だけど、中には嫌われている家だってあるんじゃないか？」

「ええ、あるわ」野枝が村木を見やる。「そういう家の手伝いをする時は、みんな陰口もきくし不平を言ったりもする。でも、だからって手伝うべき仕事を粗末にするようなことは絶対にないの。その家の者に対して持つ感情と、組合としてしなくちゃいけない仕事とは、ちゃんと別物として分けて考える」

「金銭面の勘定は？」

「会計事務の人なんていないけど、みんなで扱ったお金は出入りをきっちり確認して、きれいに始末をつけるわね。たとえば年に何回かは懇親会のようなものがあるんだけれど、思いのほか酒代がかさんで、予定のお金で足りなくなったとしても、誰が沢山お酒を飲んだとか飲まないとか、そんなことは不公平の種にはならない。飲む人は御馳走をそんなに食べないし、飲まない人はどんどん食べるでしょ。だったら同じだろうっていうことで、それも組合のみんなで等分に出し合うの」

「いや、しかし、組合の意思とは外れたことをしでかせば、村八分のようなことが起きたりしませんか」

「ええ、確かによほどのことがあればそうなりますね。でも、いきなり仲間はずれってことはあり得ません。みんなでその人をたしなめて、したことがひどい時にはさんざん油を絞ってやって、今度またこういうことがあったら組合から外すぞ、と言い含めるんです。言われたほうにとってみたら、それが現実になった時は生まれ故郷を離れるしかないほどの大ごとですから、さすがに身を慎みます。そんなふうに、たいていのことは組合の中で収めてしまうから、はっきり言って駐在所も巡査も要らないんです。むしろ、みんな警察には秘密にしますね」

「え、なぜです？」

「面倒ごとはまっぴらですもの。村の全員が知っていることであっても、巡査の耳には絶対に入らないように気をつけます。たとえ巡査が人間的にとてもいい人で、ふだんどんなに親しくしていたとしても、村人の上に罪が来るような事柄は決して喋りません。軽々しく喋ったりする者は、それこそたちまち村じゅうから警戒されるでしょうね」

和田が、う－んと唸った。

「つまり、お互いがお互いの監視役ってことになるわけか」

「そういうふうにも言えるかもしれないけど、どれも全部、押しつけられて不承不承にしているわけじゃないのよ。自分がするべきことを怠ったら、他の人たちに申し訳ないっていう良心に従って動くだけ。だから、上からの命令も監督も必要ないの。駐在所どころか、村役場だって必要ないかもしれない。行政と、組合による自治とはまるで別物になっていて、役場なんかせいぜい税金とか戸籍とか学校のこととか……あくまでも事務的な業務を司《つかさど》るところ、という印象をみんなが持っていたわね」

「なるほどな。理想的な共同体のように聞こえるけど」

近藤が言うと、野枝はちょっと複雑な笑いを浮かべた。

「昔は私、それが嫌でたまらなかったのよ。それこそ監視されているみたいで、窮屈で、息苦しくて。村を一旦出ていった人までがなんだってわざわざ自由を手放して戻ってくるのか、ぜんぜん理解できなかった。あそこにいる限り成功の機会なんて永遠にめぐってこないのに、それが不思議でたまらなかった」

「過去形なんだな。今は違うの？」

「そうね……こうして自分が長く外へ出て暮らしてみて、ようやくわかった気がするの。組合のある村の生活に馴染んだ者には、都会の利己的な生活が冷たく思えて耐えられないのよ。たとえ貧乏でも活気がなくても、お互いに助け合って、生きるための心配をせずに暮らしていける村のほうが、はるかに温かくて住み心地がいいって思うからなのね」

「戻りたいと思う？」

重ねて訊くと、彼女はきっぱりと首を横に振った。

「私は――自分が戻るよりも、あの組合を再現したいのかもしれないわ。この国の、いたるところで」

男たちが、しん、となった。こういう時たいてい何かひとこと言いたがる和田でさえ、軽々しく言葉を返せないようだった。

誰かの演説や書物に感化されて目覚めた自分たちとは根本的に違っているのだと近藤は思った。野枝のそれは、いわば天然の思想だ。頭で描いた主義主張とは縁のないところで、ただ必要のために生じてきたひとつの真理。小さな村の共同体の中で育った彼女こそはある意味、社会主義の理想的なありようを、同志の誰より正確に、身体で知っているのかもしれなかった。

世の多くの人々は、大杉栄を無鉄砲だと思っている。

近藤の見る大杉はそうではない。何をするにも計画は細心にして緻密、ただし、いざ心を決めたら算盤《そろばん》を捨てて立ちあがる。計画と実行の間が人より短いだけだ。

ああ見えて貴族趣味のところがあり、煙草は葉巻、パイプ、煙管、何でも嗜むが、酒はほとんど飲めない。奈良漬け一切れでぼうっとなるところは近藤自身とも似ている。料理は手の込んだものを好むけれども、女房の作る、何とも名付けようのない炒め物や汁物なども文句を言わずに食べる。実際、野枝の料理は、見栄えこそ最悪だがたいそう旨いのだ。

薩摩絣の筒袖に冬はオーバーを着込み、きっちりなでつけた頭に中山帽《ちゆうやまぼう》やトルコ帽などかぶり、逆に夏は洗いざらした木綿の着物を尻っ端折りして毛脛を剝き出し、下駄履きでのし歩く。それがまた様になっているのが憎い。

そうした伊達男ぶりからすると女房のほうは肌の色も浅黒く決して美人ではないのだが、大杉は、買い物であれ散歩であれ浅草オペラの楽屋であれ、自分の行くところどこへでも野枝を連れ回し、彼女の行くところどこへでも平気でついてゆく。前妻の保子にも同じようにしていたらしいから、要するにそれが大杉流の女との付き合い方なのかもしれない。

さんざん吃り、つっかえて、ようやく口から迸り出てくる言葉に嘘のないところが、近藤は好きだった。本人は率直の極みであるのに、ひとのことでは入り組んだ事情にも真摯《しんし》に耳を傾ける懐の深さがある。ぶっきらぼうで強情なくせに神経は細やか、傲慢そうに見えてその陰にははにかみがあり、暴れん坊でありながら寂しがり屋の一面を持ち、ひょうきんで子ども好きのいっぽう書物だけに囲まれた静かな生活を愛する。そういった正反対のものをたくさん身の裡に抱えているのが大杉という男だった。

そんな彼のためなら命さえ懸けるほどの味方も多くいるが、敵もまた多い。もちろん譲ることのできない思想による敵もあろうけれども、

（――自分はどう頑張っても大杉栄にはなれぬ）

そう思い知った男たちの憧れがふとしたきっかけで裏返る瞬間もあるのではないか。それほどに、大杉のカリスマは一種不吉なほど際立っていた。

懸念を裏付けるかのように、大杉不在の間にある事件が起こった。多くの同志たちにとって親のような存在だった渡辺政太郎が病にたおれて亡くなった後、「北風会」と名付けられた集まりは有吉三吉の家で行われていた大杉らの「労働運動研究会」と合同し、その後「東京労働運動同盟会（労運同盟会）」と改称して続けられていたのだが、その有吉にスパイの嫌疑がかけられたのだ。

疑いそのものはかねてから一部の同志の中にあったものの、はっきりさせてみせたのは和田久太郎だった。

ある日、魔子を乳母車に乗せた和田は有吉の家へ行き、大阪の同志たちに読ませてやりたいからと、官憲の目から隠して預けておいた大杉の発禁書『労働運動の哲学』を受け取った。訊かれるままに今夜八時の汽車で行くと告げ、本の束を乳母車に積んで帰ってきたのだが、はたしてその晩八時、大きな風呂敷包みをしょって東京駅へ行くと、たちまち拘引されて日比谷警察署へ連れて行かれた。押し問答の末に無理やり開けられた包みの中には、煎餅布団と汚い褌《ふんどし》が詰めこんであるだけで、和田はそれ見たことかと笑って帰宅したというわけだ。

真実を追及せんとする者たちとの間で話はこじれ、新年早々開かれた労運同盟会の席上、逆上した有吉は同志の中村還一を刃物で刺すという凶行に及んだ。

幸い中村の傷は浅かったものの、労運同盟会は和田をはじめとする会員ら八名連名の文書をもって各地の同志に通知し、有吉との関係を断った。

有吉三吉、
右の者は諸種の事実に依り、
明かに或る筋の間諜なりと認む。

後からふり返れば、思い当たる事実が山ほどあるのだった。ことごとく時機を狙っていたかのような印刷物の押収。例会や演説会のたびに先回りしている警察。

「信じたくなかったけど、こうぱったりと止むんじゃ、ね……」

野枝が嘆くとおり、あれもこれもみな有吉の内通あってのことだったのを証明するように、しばらくは官憲の介入が大幅に減った。

かつては確かに仲間であったはずの有吉が、いったい何を思って寝返ったのか、誰もほんとうのところは聞いていない。本人は黙したままだ。

「裏切り者の言い訳なんぞ聞きたくもないね。耳が腐る」

和田は言い捨てた。


大正九年三月二十三日、大杉は、三カ月の刑期を満了して出獄した。朝も早い豊多摩監獄の門前に、子どもを連れた野枝はもちろん、村木、近藤ら同志二十数名が顔を揃え、革命歌で出迎えた。

ぼうぼうに伸びた顎鬚は、赤ん坊のエマばかりか魔子にまで嫌われたようだ。泣かれて往生していたものの、本人はとにもかくにも元気そうで、市電に乗って曙町の自宅へ戻り、そこからしばらくはまた出獄祝いの小宴や、世話になった人々への表敬訪問などが続いた。

「こ、今度の監獄生活は、なかなか具合が良かったんです。肺の患いも出なかったし、食欲もあったし、おかげでいくらか太ったようですよ」

そんな報告を聞くと、同志の馬場孤蝶などはおかしそうに笑いだした。

「ほほう。官憲が君に健康を与えるとは、そいつはまったくけしからん話だね」

「そうは言っても、さすがに俺も年を取ったもんだと思いました。豊多摩の寒さが、何しろ身にこたえましてね。独房でも、か、身体を温めるのに体操ばかりしていなけりゃならなかったのには弱りましたよ」

大杉が自ら年齢のことを口にするのを聞くのはそれが初めてで、近藤は思わず彼の顔を見た。この人でも気弱になるのかと思った。大杉の隣には野枝が立っている。おそらく同じことを考えていたのだろう、それまで如才なく微笑んでいた彼女は、近藤と目が合うなり気遣わしげな真顔になった。

大杉の静養と、二人に増えた子育て、何より落ちついて執筆に専念できる環境を求めて、一家はほどなく鎌倉の広い家に引っ越した。居候たちはとりあえずばらばらになって居所を探したが、村木源次郎だけは家族と一緒に移った。そもそも村木が出かけて行って、秘密裡に借りる手筈を付けてきた家だったのだ。

どこにでも陰口をききたがる奴はいる。

「村木のやつ、金魚のフンかよ」

彼らと長年行動を共にしてきた者であれば考えつきもしないようなことを、最近になって例会に加わり始めた連中ほど偉そうに言いたがる。

「デモにも、演説会もらいにもろくに参加しない。文章すら書きゃしない。身体が弱いからって、あれじゃほとんど大杉家の家政婦じゃないか」

同じ男としてどうなのだという苛立ちのほかに、いつも大杉の影のように添っている村木に対して屈折した嫉妬があるらしい。このぶんでは自分だって、居ないところで何を言われているかわからないと近藤は思った。

引っ越したとはいえ、大杉は事あるごとに鎌倉から出てくる。そのたびに、尾行巡査二人がそれこそ金魚のフンよろしくついてくる。

五月二日、その日は初めて労働者たちがこぞって参加するメーデーだった。前日のうちに意気揚々と上京してきた大杉は、服部浜次の家に泊まってまで備えたというのに、翌朝になって上野の会場へ向かおうとしたところをいきなり検束されてしまった。発起人である水沼辰夫までも同じく検束されて参加できなかった。

何とも残念な話だが、成果がなかったわけではない。幸徳秋水の遺志により保管されていた印税、その一部が使われるかたちで実現した上野公園での会合には、労働者約二千人が集結し、失業防止策や最低賃金法制定の要求などを決議した。解散後の隊列がはからずもデモ行進となり、あちこちで警官隊と衝突したがために多くの検束者を出したものの、これまでばらばらだった各組合が連合し、東京の労働組合の大部分を含む「労働組合同盟会」が組織されるきっかけとなったのだ。

そうした波に乗ってか、五月末に大杉と野枝の共著として出版された『乞食の名誉』は最初から好調な売れ行きで、そうなるとたちまち、機を見るに敏な別の出版社からも「ぜひ原稿を」と声がかかるようになった。

もしかしたら、と近藤は思った。

今まさにこの国で、これまでにないほど大きな社会運動のうねりが起きようとしているのではないか。自分たちの思想と運動が広がっている実感がある。これが全国へ波及して労働者一人ひとりが真に目覚めていったなら、ほんとうに日本でもロシアのような革命が起こるかもしれない。夢ではない、きっとそう遠いことではない、初めて確かな手応えを感じる。

同じうねりを、官憲もむろん感じ取っているのだろう、締め付けがいよいよきつくなってきた。それも道理、奴らからしてみればまさしく国家の危機だ。常々、大杉をアナキストの先鋒として目の敵にし、排除すべく躍起になっている警視庁の正力松太郎をはじめ、犬どももがそろいもそろって顔を真っ赤にしている様が目に浮かぶ。

しかし大杉はいつもと変わらず呑気だった。

「こ、この間、エマを松枝のところへ養女に出したんだ」

松枝というのは大杉と八歳離れた三番目の妹で、子ができないのでぜひにと請われたという。

「野枝さんは承知したんですか」

「そりゃ思うところはあったろうが、自分はまた産めるからと言ってくれてね。ありがたかったよ」

聞けば野枝の腹の中には、この暑い夏の盛りに、なんとすでに次の子が育っていると言う。

「それがね、き、聞いてくれるか。向こうへやったとたんに、エマという名前がどうもいかんということになって、〈幸子《さちこ》〉に改名されてしまったんだよ。信じられるかね、エマがよりによって〈幸子〉だぜ。こ、これには野枝も、かっ、かっ、かんかんだったな。次がもし女だったらもう一度エマにするんだって息巻いてる」

反対するでもなく、大杉はそう言ってイッヒヒ、と笑った。

誰が見ても夫婦仲はいい。あきれるほどつまらないことで喧嘩もするが、いつのまにやら仲直りをしてまた笑い合っている。それにしたって、女房がしょっちゅう腹ボテか、そうでなければ乳飲み子を抱えているかのどちらかなのには恐れ入る。よほどあちらの相性がいいのだろうか。

大杉がなぜ三人の女たちの中から野枝を選んだかについて、近藤は心の裡で長らく疑問に思っていた。何しろいくら間近に野枝を見ていても、女として魅力を感じた例しがないのだ。大杉はいったい、この小柄で色黒でお世辞にも身ぎれいとは言えない女のどこに惹かれたのか。賢い年上の妻には愛想を尽かされ、エキセントリックに過ぎる一方の愛人には刺され、残ったもう一方がたまたま、たいして何も考えぬままそばにいる彼女だったというだけではないか。そんな穿った見方をしていたこともあった。

しかし、〈同志〉としてそれなりに長く接した今ではようやくわかってきた気がする。

堀保子ではないのだ。神近市子でも駄目だ。ここにいるべきはどうしても野枝でなければならなかった。大杉は、三人の女から選んだのではなく、すべての女性の中から共に闘える異性の同志、文字通りの〈伴侶〉として、伊藤野枝を選び取ったのではなかったか。

傍からは呑気に見えるが、見えるだけかもしれない、と近藤は思った。

男には、二種類いる。身の危険を感じる時にはまったく女を抱く気になれない者と、追いつめられれば追いつめられるほど自らの命の痕跡を残そうとするかのように欲求が高まる者と。

近藤の見る限り、大杉はまぎれもなく後者だった。


ロシア革命が起きたのが一九一七年――それから三年がたち、日本でもようやく社会主義同盟の創立準備が始まって間もない、大正九年八月のことだ。

朝鮮の同志が、ひそかに連絡に来た。この秋に上海で極東社会主義者の集まりを開くので、日本からも参加するようにという誘いである。最初は堺利彦や山川均のもとに持ち込まれたのだが、彼らはすでに共産主義に傾きかけていたこともあって、大杉のところへ話が回ってきたのだった。

こうなったら行かぬわけがない。約束の十月、近藤が外の尾行らの注意を引いている隙に鎌倉の家を抜け出した大杉は、まんまと上海に渡った。まさしく〈一犯一語〉、投獄されるたび独学ながら外国語を身につけてきた甲斐あって、言葉の苦労はしないで済む。しかし、ふたを開けてみれば会議そのものはロシア主導で、極東に赤化《せっか》の拠点を作るという意図のもとに開かれたものだった。大杉はその申し出をきっぱり断ったが、これをきっかけに他国との間に情報交換の糸口を作ることができたのは収穫と言えた。

いっぽう日本では、そうして大杉が足かけふた月ほども行方知れずになっている間に様々なデマが飛び交っていた。原稿を書くため信州の温泉に籠もっているのだとか、いや信州ではなくて上州だとか、いや日本にはおらずシベリアへ渡ったのだとか、あげくの果てにはいったい何を根拠にか、ロシアから時価十五万円のプラチナの延べ棒を持って帰って十二万円で売りさばこうとしているなどという噂までが流れた。

「延べ棒？　延べ棒って何だ？　しかも、どうしてわざわざ安く売る？　何がどうなってそんな話になったものやら、さっぱりわけがわからん」

新聞の見出しを見て近藤が茫然と呟くと、村木が皮肉っぽく笑った。

「要するに、今や噂が噂を呼ぶほど目立つ存在になったってことだろうよ。良くも、悪くもな」

たしかに、大杉の本はかつてなく評判を呼んでいる。野枝との共著『乞食の名誉』の売れ行きは相変わらず順調で、留守中に出版された『クロポトキン研究』も版を重ね、雑誌『新小説』や『改造』に連載中のファーブルの『昆虫記』からの翻訳などもよく読まれている。もはや売れっ子と呼んで差し支えないだろう。

世の中、そう短期間に変わるものではない。それでもやはり確実に風は吹いてきている、と近藤は武者震いした。わずか数年前までは、労働者たちの中に団結などという概念はなかったし、社会主義の何たるかも知られていなかったのに、今ではどうだ。東京だけでもメーデーにああして二千人規模の民衆が集まり、政府や支配階級に対する不満をはっきり言葉にするようになったではないか。

翌大正十年五月一日のメーデーは、朝からよく晴れた。『労働運動』刊行の拠点である「労働運動社」は例によって警官に包囲されたが、昨年の一件から教訓を得た近藤らは前日のうちにそっと姿をくらまし、当日、会場となる芝浦埋立地へ向かった。

しかし現地に行ってみると警察が知った顔を片端から問答無用で検束しており、とても物騒で入れない。ちょうど行き合った同志の一人と、港付近で海苔舟を雇い、運河沿いに裏から埋立地へ乗り込んだ。

参加者の人数は昨年よりなおふくれあがっている。懐に携えてきた黒布の社旗を棒の先につけて掲げ、芝浦から上野公園までの行進に参加して、ともに革命歌を歌いながら歩く。

途中の日比谷付近では、これも黒地に真紅で「RW」と縫いつけた畳半分より大きな旗を掲げる婦女子たちが、思い詰めた顔で行進の列に飛び込んできた。二十人ばかりいるだろうか、婦人のみで結成されて間もない「赤瀾会《せきらんかい》」の会員たちだ。

九津見《くつみ》房子、仲宗根貞代、それに堺利彦の娘・堺真柄の紅潮した顔も見える。赤瀾すなわちレッド・ウェイブの名は、社会主義の流れにせめて小さなさざ波を起こしたいとの意味合いでつけられたものだ。山川菊栄などとともに顧問に名を連ねている野枝は、今日は顔を出していなかった。ふた月前に三女のエマを出産したばかりの身では、さすがに無茶もできまい。

女性軍を加えてますます気勢の上がったデモ隊が、思い思いに旗や上着を振り回しながらどよめき叫ぶ。革命歌がなおさら高らかに歌われる。

と、とつぜん隊列のあちこちに警官隊が割り込み、騎馬巡査が気の立った馬を乗り入れてきてサーベルを振り上げた。たちまち列が乱れ、阿鼻叫喚の騒ぎになる。

揉み合いながら近藤は、

「密集しろ、密集！」声を限りに怒鳴った。「離れるな、旗を守れ、突撃しろ！」

「そいつの旗を奪い取れー！」騎馬警官が頭上で叫ぶ。「戦闘分子を引っこ抜け！　女子軍を捕らえろォ！」

人の波が渦を巻き、警官隊と激突する。頭に血が上って「抜剣！」と叫ぶ巡査を、慌てた監察官が制止して押さえ込む。闘いは敵味方入り乱れてますます白熱化し、上野山下あたりではついに婦人たちが検束された。「RW」の黒赤の旗が地面に落ちて踏みしだかれた。抵抗する婦女子の髪をつかみ着物の袖もちぎれる勢いで引きずっていこうとする警官に対し、群衆は怒りの声をあげた。

それらの顚末は写真付きで新聞に載ったが、近藤自身が記事を目にしたのは何日も経ってからのことだ。自分もまた検束され、錦町署へ連行されていた。槍の付いた旗竿をふるって巡査の目を突いた、とまったくでたらめな言いがかりをつけられたためだった。

「ふざけるな！　それが本当だと言うなら、その巡査と槍を証拠にここへ持って来い！」

いくら言っても司法主任は、無駄な抵抗をするな、観念して白状しろと粘る。護送車で市ヶ谷へ送られ、さらなる取り調べを受けた末に、なんとか傷害罪こそ免れたはよかったが、これまたまったく身に覚えのないビラ撒きの罪をでっち上げられてしまった。

重たい梅雨空の垂れ込める六月、近藤はとうとう有罪の判決を受け、秋までの三カ月を東京監獄で過ごすこととなった。生まれて初めての禁固刑だった。

入ってみると、中には知り合いの同志がちらほらいた。入浴中やあるいは檻越しに言葉を交わすだけでも看守に見とがめられ、こんな奴らを互いの近くに置いてはおけぬと次々に独房を移されて、最終的に落ちついたのは二階にある四監の第二十三房だった。

「ここは曰く付きの部屋でな」

太った汗かきの看守が余計なことを教えてよこす。

「あの幸徳秋水がぶち込まれてたのさ。ああそうとも、大逆事件で死刑になる直前までな。貴様らにとっちゃあ大親分みたいなもんだろう。どうだ、嬉しいか」

看守の笑い声に、近藤はうなじの産毛が逆立つのを感じた。それまではどうせ三カ月のことと呑気に構えていたのが、ふいに四方から灰色の壁が迫ってきて押しつぶされるような心地がした。自分のごとき小物は滅多なこともなかろうが、大杉クラスの主義者が一旦捕まれば、命の保証はないかもしれない。まさかとは思うが、ここは誰の目も届かない無法地帯にもなり得る。

のちにわかったことだが、四監はことごとく未決囚の独房で、近藤のような既決囚は例外中の例外だった。禁固刑のため作業がなかったので、日がな一日おとなしく本を読んで暮らした。大杉が〈一犯一語〉と豪語するのもむべなるかな、時間だけはたっぷりとあるのだった。

鉄格子の外は、やがて夏になった。二階だけに蚊の害はいくらかましだが、南京虫には悩まされる。全身の痒みに気が散って本を読むこともできずにいたある日、監房の扉がガチャガチャとうるさい音をたてて開いた。

「典獄《てんごく》面会だ」

典獄とは、この監獄全体の所長をいう。通常の面会は立ったままの短いものだが、典獄面会は小綺麗な部屋に通され、座って話すこともできる。

しかし誰が会いに来たというのだろう。弁護士の山崎今朝弥だろうか。今さら会って刑期が縮まるとも思えない。

不審に思いながらも典獄室へ行くと、そこにいたのは藍色の浴衣姿も涼しげな野枝だった。めずらしく、比較的きれいに髪を結い上げている。

「お前に重要な話があるそうだ。ここで伺ったらいいだろう」

痩せた典獄は言った。

「重要な、とは？」

もしや郷里丹波の両親に何かあったのではと思ったが、それにしては野枝がにこにこしている。

「元気そうでよかったわ」彼女は言った。「じつは、あのう……ちょっと困ったことが持ちあがったんですよ。近藤さん宛てに、簡閲点呼《かんえつてんこ》の通知が来たんです」

ははあ、とすぐに読めた。予備役、後備役の下士官兵や、軍隊経験のない補充兵が集められて指導を受ける簡閲点呼は義務となっており、やむを得ず欠席するなら相応の届けを提出しなくてはならない。おそらく野枝は、少しでも長く面会できるようにと、それにかこつけて慰問に来てくれたに違いない。

「それは弱ったなあ」近藤はすかさず調子を合わせた。「どうしたもんかな。一週間ばかりここから出してもらって、故郷《くに》へ帰ってきますか」

半分はわざと聞かせるように言うと、机に向かって何か書き付けていた典獄は、うつむいたまま苦笑いをもらした。いくらかは冗談の通じる男であるらしい。

「さすがに出してやるわけにはいかんが、なに、造作もないことだ。すぐに在監証明書を用意させよう」

「まあ、ありがとうございます。助かりますわ」

野枝が頭を下げる。

これではあっという間に話が終わってしまう、と思ったところへ、彼女は抱えていた風呂敷包みを解き、取り出した箱を典獄の机に載せた。見れば、旨そうな紅白の餅菓子がみっちり詰められている。

近藤は生唾を飲み下した。初めて、自分が甘味に飢えていたことに気づかされる。

「勝手を言ってすみませんけど、もう少しの間だけ、かまいませんでしょう？」片手でぱたぱたと顔を扇ぎながら野枝が言う。「暑い中、せっかくこんなに重たいのを持ってきたんですもの。一緒に食べながらお話ししましょうよ。所長さんは、お国はどちらですの？」

日に灼けた子どものような邪気のない笑顔に、典獄もつい釣り込まれたらしい。ふむ、と唸ると、近藤に向かって言った。

「せっかくだ。食べていくといい。そうだな、私もありがたく頂こうか」

二人に椅子を勧め、小使いを呼びつけて冷たい麦茶まで運んで来させた。たいした好待遇だ。こんな具合に人をうまいこと乗せるだけの技術を、いったいどのようにして身につけたのだろう。大杉や同志たちが監獄にぶち込まれるたびに面会を重ねるうち、場慣れしたのだろうか。今も、典獄に向かって家族のことなど訊きながら、相槌を打っては笑い声をたてている。おかげでこちらはゆっくりと餅菓子の甘さを味わうことができる。

浴衣は新しく縫ったのか、まだ見たことのないものだった。白地に藍色のよろけ縞に添って、桔《き》梗《きょう》や萩などの秋草が儚《はかな》く流れる柄ゆきは、小柄で胸や尻の張った野枝を細身に見せている。時によってはむさ苦しく見える彼女が、今日はくっきりとあたりから浮き出すように輝いていて、ちょっと奥まった小さな目はくるくると動く。

近藤は、初めて野枝を美しいと思った。笑うたび目尻に寄る皺を優しいと思った。

ようやく満期放免となって出て来られたのは、まだ暑さの残る九月二十五日のことだ。その足で、鎌倉の大杉宅に身を寄せた。

和田も村木も同居していたが、行動派の和田のほうは東京へ行くことが多く、対して村木はほとんど家にいて、〈ご隠居〉のあだ名にふさわしく買い物や掃除を請け負ったり、縁側で日向ぼっこをしながら煙草を吸ったりしていた。肺が悪いのに煙草なんか吸っていいんですかと言ってやっても、黙って微笑するばかりでちっともやめようとしない。

十月に入ると、ぐっと秋らしくなった。なまった脚を鍛え直すために、近藤は努めて毎日歩きまわった。

あちこちの庭先に柿の木があり、青空に赤い実が照り映えている。しばらく灰色や黒ばかり見てきた目に、自然の鮮やかな色彩は痛いほど眩しく、背中にあたる陽の光がぬくぬくと温かかった。

不思議なほど穏やかな日々が続いていた。家の中には子どもの笑い声が響き、同志たちの声も明るい。縁側で新聞を読んでいると、自分こそがご隠居さんになった気がする。飯のまずい独房に比べれば鎌倉の家は天国のようで、幸徳秋水の気配を肌に感じるあの独房で自分が何を考えていたかなど、うらうらとした陽の光の下ではひどく遠いものに思われ、時間ばかりが過ぎてゆく。

そうこうするうち、風の中に冬の冷たさが混じり始めた。

ある日、近藤が縁側で足の爪を切りながらふと目をあげると、部屋の中の文机に向かっていた村木が、五つ六つと散らばっている尖った石ころのようなものを紙にくるむのが見えた。

ぎょっとなって、どうするんですかそんなもの——と、なぜか訊けなかった。村木は、近藤が見ていることに気づいたはずだが何も言わず、その紙包みを無造作に懐に突っ込んだ。

気にかかる。目の奥に焼きついた残像が消えない。村木を侮る同志たちには想像もつかないだろうが、あの男の肚の据わりようときたら並みではないのだ。

米騒動の前後、大杉と久板と和田が『労働新聞』を出していた頃だが、当時本郷の延島英一宅に住んでいた村木のところに本富士署の特高が押しかけていったことがあった。

〈刷り上がったものをこちらで預かって隠しているだろうというので、探してこいという警視庁からの命令なんですがね〉

身体の具合を悪くして寝ていた村木はゆっくりと起き上がり、

〈ああそう、それはご苦労さま。あいにく預かってないんだが、お役目だろうから一応見ていきますか。さ、どうぞお上がんなさい〉

優しく応対し、自ら押し入れをさらりと開け放ったかと思うと、愛人でもあった延島の母親共々、積んである行李やあれやこれやを引っ張りだした。ふらつく病身を押して布団まで下ろそうとした。

〈村木さん、もう、もうよろしい。いやなに、ここに無いことは初めからわかっていたんだが、命令だったものですから〉

特高は恐縮し、どうぞお大事にと言って帰っていった。見送って、村木は元通り、行李やら何やらを積んだ。そのすぐ奥、風呂敷がふわりと掛けてある下には、二千部もの『労働新聞』が隠されていたのだ。

それがもし大杉だったなら、と近藤は想像した。彼なら、特高を頭から怒鳴りつけ、泥棒呼ばわりして追い返しただろう。あるいは和田であれば、勝手にしやがれと言い捨ててケツをまくり、全部没収されているところだ。

その点、村木のあの飄々たる冷静さ……。いったいどこが〈金魚のフン〉か。彼こそは、もしや大杉より過激なのではないか。

数日後の明け方、近藤はついに我慢できず、床を並べて寝ている村木を揺り起こした。

「ねえ。……ねえって、起きて下さいよ」

ぱっと目を開けた村木は、まったく寝ぼけた様子もなく言った。

「どうした。まだ早いだろう」

「市ヶ谷の三カ月で、早起きの癖が付いちまったんです」

村木は苦笑をもらし、寝返りを打つようにして煙草盆を引き寄せた。くわえ煙草の先に火をつけ、燐寸を振って消す。暗がりに煙草の先が、蛍のように赤く点《とも》る。

「で、どうしたんだ」

「いや……まあ、どうしたってわけでもないんですが」

言いよどむ近藤をちらりと見てよこすと、村木は腹ばいの姿勢のまま肩まで布団をかぶった。

「そういえばな、近藤」

自分のほうから話し出す。顔はよく見えないが、愉しげな声だ。

「じつは、きみの留守中にひとつ仕事を思いついた」

「仕事？」

「うん」

「どんな」

「知っての通り、僕はこんな身体だろ。とうていきみたちと一緒に走り回ったりはできないし、荒っぽいことに加わるのも難しい。だけどね、この僕にだって、できることがないわけじゃない」

近藤は、改めて、つい何日か前に見たものを思った。

鈍色に光る尖った鉛玉。

「――相手は誰です」

切り込むと、村木は動じもせずに答えた。

「原敬」

答えを、知っていた気がした。

「一度、すぐそばまで迫ったことはあったんだ」

「いつ」

「だから、きみが留守の間にさ。新聞に、原が何時何分に東京駅に着くっていう記事が載ってたもんで、行ってみたら本当にすぐそばを奴が通ったんだ。だけど、周りを大勢の制服や私服に囲まれていたし、その日の僕は懐に短刀しか持ってなかった。抜いたはいいが、仕損じたらどうなる。おのれの腕力だって信用ならない。何もできずに捕まるのではばかばかしい、やるなら絶対に仕留めなくては、そう思って、その日はこらえて見送ったんだが……いやはや、うまくいかないものだね。それからはいくらピストルを忍ばせて付け回っても、さっぱり近くまで行けやしない。東京駅も歩いたし、屋敷の周りも、役所の中にも入ってみたんだが、どうもね」

夜が明けてきたようだ。うっすらと明るむ部屋に、村木の役者めいた横顔の輪郭が浮かびあがる。研ぎ澄まされたその表情を、前にも見たことがある気がした。いつだったろうと考え、やがて思い当たった。渡辺政太郎の葬儀の時だ。

粛々と式が進み、いざ納棺となったところで、皆は茫然となった。納めるべき棺は小さい座棺なのに、一昼夜も布団に寝かしてあった仏はまっすぐに硬直し、どうやっても手脚を折り曲げることができなかったのだ。

そこへ、黙って歩み出たのが村木だった。彼は渡辺の足もとへ回ると、痩せ細った脚を片方つかんで自分の膝をあてがい、まるで炉にくべる薪でもへし折るように、ぱきん、ぽきん、と音をたてて折った。続いてもう一方の脚。誰もが思わず顔を背けたものだ。

かつて和田久太郎が、渡辺政太郎の人となりを説明するのに〈鳥目の尾行〉の話をしてくれて、暗がりで尾行の手を引いてやったのも、見舞いの林檎を投げつけて返したのもどちらも渡辺さんらしい、と評したことがある。同じように近藤はこの時、村木の中に激しい二面性を見る思いがした。同志たちの中で最も故人と親交の深かった彼が、ひたすら無言で頬を濡らしながら、これだけの手荒なことをしてのける――それが村木源次郎という男なのだ。

彼がやると言ったら、必ずやるに違いない。止めても無駄だ。

「気をつけて下さいよ」声を殺して言った。「頼むから無茶だけはしないように」

村木は答えなかった。

何日かして、近藤は郷里の丹波へ向かった。どこへ行くにも尾行はついてくるが、三カ月の入獄中さんざん心配をかけた両親に、とにもかくにも無事な顔を見せてやりたかった。

丹波へは京都で一旦乗り換えなくてはならない。駅の売店で新聞を買ったところ、折り込みの号外にでかでかと躍る大見出しを見て、思わず声が出た。

〈原首相、暗殺さる〉

加害者の名前はないが、場所は東京駅とある。村木だ。絶対に村木だ。

人波をかき分けてホームを駆け抜け、公衆電話に飛びつく。わななく指で電話帳をめくり、知り合いの記者がいる新聞社の支局を探し出し、電話口まで呼びつけた。犯人はと訊き、十九歳の若者だと言われたとたん、ふらふらと腰が抜けてしゃがみこんでいた。

やがて鎌倉へ帰った近藤は、村木の姿を見るなり言った。

「どれだけ心配したと思ってるんですか！」

村木はどこか寂しそうに笑った。

「あんな子どもに先を越されちゃったよ」

＊

大杉との間に生まれた三女に、野枝は、もう一度〈エマ〉と名付けた。自分にとって思想の原点であるエマ・ゴールドマンの名前を、どうしても娘に名乗らせたかった。

目が回るほど慌ただしい日々が続いていた。とくに昨秋、大杉が上海へ渡った後からはずっと、息つく暇もない忙しさだ。

彼が久々に帰国した翌日には鎌倉署の警官らが家宅捜索に来たし、年が明けてやっと少しひと息ついたかと思えば、大杉が体調を崩して聖路加《せいるか》病院に入院した。一時は肺結核の急性増悪で死線をさまよい、そばについていた野枝の目にもいよいよもう駄目かと思われたほどだ。エマは、彼の容態がどうやら回復に向かうとともに生まれてきたのだった。

いっぽうでは、「赤瀾会」が結成されていた。この国で初めての、女性による社会主義団体だ。その顧問にと請われて、否やのあろうはずもない。

野枝はしかし、自分の中の変化を意識しないわけにいかなかった。

これがあと三年、いやせめて二年早かったなら、自分はきっと列の先頭に立って、黒地に赤く「RW」の縫い取りのある旗を誇らしげに振り回していただろう。第二回メーデーの行進の際に、上野精養軒の裏手で警官に髪をつかまれ引きずられていたのは自分だったに違いない。

けれど、ちょこまかと走り回る魔子の手を引き、首もまだ据わらないエマを背負って危険な場所へ行くことはできなかった。大阪の米騒動や、神田青年会館での労働連合会大会の時と同じだ。子が柔らかな軛となって、ただ〈前線〉へ出てゆく男たちを見送るしかない。

しかも、そうして守りの態勢でいることが何度か続いてみると、以前は持ち合わせがなかったはずの不安や恐怖心といったものが身体の中に育ってゆくのだった。手の中の幸福が失われることを恐れるなど、昔の自分からは考えられない。いつからこうも臆病になってしまったのか。

自ら行動しない後ろめたさを抱えながら、第二回メーデーの直後、野枝は雑誌『労働運動』に「婦人の反抗」と題する文章を寄せた。官憲のひどい仕打ちに対する抗議であり、女を下に見て押さえつけようとする者たちへの宣戦布告だった。

巡査どもにいわせれば「女のくせによけいなところに出しゃばるからウンとこらしめておかねばくせになる」というにちがいない。……

しかし、若い婦人が群集の面前で、髪を乱し、衣紋《えもん》をくずして巡査に引きずられるという事が、どれほど痛ましい恥辱を与えるであろう？……

婦人はいったいに気がせまい上に、社会運動にでもたずさわろうとする人々は非常に物に感じやすい性格の人が多く、かつ、かなり一本調子な強い熱情の持主であり、そして、自分自身ではどれ程ひどい事をでも忍ぶ事が出来ても、他人の上に加えられる無法を傍観している事の出来ないという弱点を持っている。……

為政者等は、婦人に対する侮辱のついでに、この婦人の欠点をもよくその考慮の中に入れておく必要のあることを警告しておく。

「弱点」と言い「欠点」と書きながら逆説的に、お前ら不用意に近寄ると痛い目を見るぞ、と牙をむいてみせたのだ。お上がどれほど女たちを侮り、暴行や侮辱を加えようとも、人間の心の奥底に萌え出した思想の芽をそう簡単につみとってしまえるものではない。

現に、あの日の行進に参加した赤瀾会メンバーの多くは検束されたが、誰一人として怯んだ者などいなかった。毅然と顔を上げながら警官に引っぱられてゆく様子が、状況を伝える記事とともに新聞に載った。

そのようにして、事実という事実が闇に葬られることなく、明るい日の下にさらされることが重要なのだ。それぞれの事情でデモにまでは参加できなくとも、日々虐げられ、心の底にやりきれない鬱屈を抱え続けている世の婦人たちにとって、赤瀾会をはじめとする若い世代の行動はきっと力になるに違いない。さざ波はいつか大きな波にもなり得る。

鬱屈はむろん、女性だけのものではない。東京市では過去に例を見ないほど自殺者の数が膨れあがっているといい、その最も多い原因は生活苦だった。不況がますます深刻化し、失業者が増えているのだ。

子どものような暗殺者に斃された原敬のかわりに、〈ダルマ〉とあだ名される高橋是清《これきよ》が首相となったが、大黒柱を失った政府を立て直すのはよほど難しいようで、大杉や同志らはその様子を冷ややかに見ていた。


やがて秋の終わり、一家は鎌倉から逗子へ引っ越した。新しい住まいの前には例によって瞬く間に番小屋ができ、管轄の警察署から尾行巡査が詰めた。

おそろしく厳しい冬となったが、それでも海の近くだけあってまだましだったのだろう。東京はひどいもので、正月から凄まじい寒波が続き、凍死者が百人近くも出たという。

二月の初め、大杉は、ある記念演説会に参加するため、和田久太郎や岩佐作太郎、近藤憲二らとともに福岡の八幡市へ向かった。

八幡製鉄所では二年前、一万数千人の労働者による大規模なストライキが行われ、溶鉱炉の火が落とされて、三百八十本の煙突の煙が消えた。七十万坪の工場の敷地に労働者たちの怒濤の喊声《かんせい》が響いたと伝えられている。ストライキを主導した「日本労友会」そのものは浅原健三ら幹部の投獄によって解散せざるを得なくなったものの、資本家たちに新たな闘いを挑む意気はなお盛んであり、今回、二周年を記念しての演説会が開かれる運びとなり、そこに大杉が呼ばれたというわけだ。

「近藤さん」

出発の日、野枝は、同い年の同志をひそかに呼び止めて頼んだ。

「大杉のこと、どうかよろしくお願いします」

近藤は頷いた。「もちろん」

「本当に、お願いね」

近藤が真顔になる。

野枝は、見つめ返した。本当は自分こそが一緒に行って大杉を守りたいのに、それが叶わない。今頼めるのはこの男しかいない。

「わかった、気をつけるよ」彼は言った。「しかし、どうして俺に?」

「大杉のいちばん近くにいるのは、いつもきっとあなただろうと思うから」

近藤の耳が、ぎゅっと後ろへ引き絞られる。

「任せてくれ」

後になって聞けば、演説会場にはやはり警察が詰めていたそうだが、幸い誰も拘引されずに済んだようだ。八幡の翌日、せっかくここまで来たのだからと今宿の野枝の実家に立ち寄った大杉は、久しぶりにゆっくり海を眺めて一泊し、さらに大阪をまわって逗子の自宅に帰ってきた。大阪での会合では、集まった同志たち全員が懲りない警察の検束にあったが、翌日にはそろって釈放されたという。

「福岡は遠かったが、演説会はやはり参加してよかったよ。あれにはさすがに感動したね」

ムメから託された土産物などを野枝に渡し、大杉はコートや羽織を脱ぎながら興奮気味に話した。

演説会の会場となった市内の映画館は、身動きもできないほどの超満員だったらしい。もと労友会副会長の挨拶を皮切りに、和田や近藤を含む何人もが演壇に立ってはいちいち警察からの中止命令で降壇させられるというくり返しだったが、やがて、あえて客席からの飛び入りのかたちを取ってコートに白いマフラー姿の大杉が壇に上がると、聴衆の歓呼が地鳴りのように湧き起こり、踏みならす靴底が建物を揺らした。警官らは狼狽し阻止しようともしたが、会場の殺気立った空気に阻まれて、うかつに止めに入ることもかなわない。結局、中止命令を受けながら二十分ほども喋ることができたという。

「どんなことを話したの？」

「うん。何年か前の思い出をね」

「思い出？」

「そう。その当時、き、汽車で八幡を通過した時に、俺は窓から見える何百もの煙突を見て思ったんだ。こ、これだけの煙突の煙を一日でも止めることができたら死んでもいいってね。それが、とうとう実現した。ちょうど、おととし俺が豊多摩の監獄で寒さに震えてた間の出来事だよ。いやはや、隔世の感がある。もしも今、煙突の煙が一日止まったくらいで死んでもいいなんて言う奴がいたら、労働者諸君は笑うだろう。それほどまでに運動は進んだということだ。……とまあ、そんなふうなことを話した。こ、公開の席で二十分も喋ったのは近年にない記録じゃないかな」

野枝の淹れた熱い茶をうまそうに啜った大杉は、膝の上の魔子をあやし、濃い髭の陰で微笑した。

――この際、アナ派もボル派もない。理論闘争が勢力争いになり、互いにいがみ合う時、喜ぶのは誰だ？　権力者ではないのか。被害を受けるのは誰だ？　労働者たちだろう。革命というものは、革命家が百人千人といなくては起こせないものじゃない。革命運動は、議論でなく、イデオロギーでなく、行動だ。皆が力を出し合った共同の行動なのだ。

大阪での集まりで、大杉は皆に演説したそうだ。

その様子を野枝に話して聞かせてくれたのは近藤だった。熱くなればなるだけ激しく吃ったであろう大杉の弁舌を、三十人ほどの在阪の活動家が固唾を呑んで聴いている光景が目に浮かぶようだった。

しかし、望みも虚しく、いっとき共同戦線を張ろうとしていたアナ派とボル派はここにきて再び対立を深めだしていた。橋渡しに努め、これからの展開に期待もしていただけに、大杉の思いは複雑だった。

「スギさんには悪いけど、この結果は、僕としては大いに歓迎だな。おかげであなたと決定的に袂を分かたずに済んだ」

村木源次郎は、傷心の大杉の前でもまったく歯に衣着せなかった。

「知ってるでしょう？　アナ・ボル共闘には、僕は端から反対だったんだ。スギさんの選ぶことにはたいがい賛成してきたつもりだけど、唯一これだけは共鳴できなかったし、はっきり言って最悪だと思っていた。いくら清濁併せ呑むと言っても、さすがにヘドロは飲めませんよ。同じ目的を遂げるためだからって、水と油が混じり合えるはずがないんだ」

言うだけのことを言った後は二度とそれについて語らないところも含め、村木はやはり村木だった。

大杉の体調は相変わらず今ひとつで、野枝は原稿を書くだけでなくほうぼうから頼まれるままに講演をし、自らも積極的に家計を支えた。

そんな中、六月には四女が生まれた。今度は大杉の発案で、〈ルイズ〉。フランスの女性革命家からもらった名前だ。本家本元のルイズ・ミッシェルは、パリ・コミューンの際には自ら銃を取って闘ったほど勇敢だったが、同時に道端の捨て犬や捨て猫をそのまま見過ごしにできないほど深い情愛の持ち主でもあったという。

「うちのルイズは、さて、どうなることかねえ」

それはだぁれもわからない、と悪戯っぽく節をつけて言うと、大杉はギョロ眼を瞠るようにして生まれたての幼子の顔を覗き込み、イッヒヒ、と笑った。

頰が削げている。以前ならしばらく療養すれば快復したのに、昨年肺病で死にかけたのがまだ尾を引いているのか、ちょっと体調を崩すとすぐに熱を出すのだった。

十月初め、一家は逗子の家を引き払い、東京・本郷駒込の労働運動社の二階へと転居した。ちょうど大杉の熱心に訳したファーブルの『昆虫記』が出版されるタイミングでもあったが、また風邪をこじらせて二十日も寝込んだ大杉の、しばらくじっくり執筆だけに向かいたいという希望を叶えるためというのが大きい。

いっぽうで野枝自身も、自分の仕事に集中したかった。ルイズを郷里の親たちに会わせてもやりたい。

一度今宿へ帰ってこようと思う、という野枝に、大杉は笑って賛成してくれた。

「忙しい時は、一緒にいないほうがうまくいくのかもしれないよ」

離れて暮らすことに不安はない。お互いがお互いの唯一であることはどちらもが知っている。ただ、自分の知らないところで彼の身に何かあることだけが嫌だ。

「お願いだから身辺に気をつけて下さいね。警察の検束をあんまり甘く見ないように」

「そうだな。まあ、か、覚悟だけはいつでもしておかないとね、お互いに」

本郷駒込への引っ越しを終えるなり、野枝は魔子を大杉に託し、エマとルイズを連れて今宿へ向かった。子どもたちの世話を手伝うために上京していた叔母のモトが一緒だったので道中の苦労はなかった。

一緒にいないほうがうまくいく、などと良人に言われたら、普通はもっと傷つくものなのだろうか。

懐かしい車窓の風景を眺めながら、野枝はひとり微笑した。

なんだったら半年くらい離れて暮らしたっていい。その間に、これまでできなかった勉強をして、小説も評論もどんどん書こう。大杉もきっと、いい仕事をすることだろう。

郷里の家には十月十五日に着いた。

エマとルイズの面倒を母親たちにすっかり任せ、大杉とは数日ごとに手紙をやり取りしながら、ひと月あまりが経ったある日のことだ。野枝は、玄関先にぬっと立っている村木源次郎を見て、思わず悲鳴をあげた。

「いや、大丈夫。スギさんはどうもしないよ」

安心させるように村木は言った。

「ただ、しばらく会えないことになると思って——その前に迎えに来ただけだ」

第十九章　行方不明

もう三度、死に損なっている。

最初は、名古屋陸軍地方幼年学校にいた時だ。同級生との喧嘩で頭や肩などを刺され、放校になった。二度目は、あの「日蔭茶屋」での事件。そして三度目が、昨年の入院だ。

当初は腸チフスかとも思われたが、肺結核の急性増悪ということで、一時は意識が混濁し、野枝は医者から「お報せになるところにはお報せになりましたか」とまで言われたらしい。

〈大杉栄氏は爾後《じご》の容態面白からず入院以来三十九度乃至《ないし》四十度一分の発熱と尿便失禁等があって重態に陥り……〉

後になって目を通した『読売新聞』にはそんな余計なことまで報じられ、『東京日日新聞』など早々に死人扱いで、早出し版には堺利彦や前の女房である堀保子のお悔やみ話が載っていた。

野枝は、大きく迫り出した臨月の腹を抱え、周囲から心配されながらも付き添い続けてくれた。三女のエマが生まれたのは、容態がようやく快方へ向かったほんの数日後だった。

熱に浮かされて朦朧《もうろう》としていた大杉には、その間の記憶がほとんどない。ただ、いくらか正気に戻った時、枕元の野枝と交わした会話だけは不思議とくっきり覚えている。

こんな重い病はこりごりだ、ふだん大威張りでいたものが今の自分には何も残っていない、これでもし助かったとしても頭が馬鹿にでもなったなら生きている甲斐がない……まるで譫言《うわごと》のようにこぼす大杉に、野枝は枕元から間近に顔を覗き込んで言ったのだった。

〈大丈夫よ。もしかあなたがそんなことにでもなったら、生き恥をさらさなくていいように、私がちゃんと殺してあげますよ〉

やさしい口のきき方をする女だ、と、まるで初めて知るかのように思った。見上げると、顔は笑っているのに、見ひらいた目から溢れて落ちてくるものがある。高熱を発している額に雨粒のように降りかかるそれが心地よく、大杉は自分もまた精いっぱいの笑顔を作って答えた。

〈そうだな。是非そうしてくれ〉

ここ数年、体力の衰えは感じている。年が明けてもまだ三十九だというのに、どうにも無理が利かない。やりたいこと、やらねばならぬことは山積みであるのに、精神の昂揚に肉体がついていかぬ時がある。それが歯痒い。

まだ死にたくはなかった。ふり返れば、愛人に喉を刺された後も、肺結核で重篤となった後も、医者が「今夜が峠」と言った危篤状態を切り抜けてから生を取り戻すまでの実感はそっくり同じだった。このまま死ぬのかと思う時は存外つまらぬものだが、生きられるかもしれないと思い始めてからが面白い。身体全体が、まるで出汁のきいた旨い料理でも掻き込むかのように、満ちてくる生の味を貪り舐める。皮膚の内側に力が少しずつ溜まり、髪の先、爪の先までをじわじわと潤してゆく。毎日何かしらの能力が戻ってくる。痛みが遠のき、動かせなかった部分が動き、立ち上がり、歩き、昨日できなかったことが今日はできるようになってゆく。

あの感覚を思えば思うほど、大杉は、死の淵から引き返すことなくあっけなく逝ってしまった同志の命が惜しまれてならなかった。

今年の初め、久板卯之助が死んだ。同志のうちでも指折りの健脚で、清貧の志も相まってめったに電車にも乗らないことから、尾行たちの内輪では久板の担当は〈決死隊〉と呼ばれるほどだったが、本人にとってはその健脚への自信がかえって災いしたということだろうか。油絵に熱中していた久板は、天城山《あまぎさん》へスケッチ旅行へ行ったなり、絵の具箱を抱えて山中で凍死しているところを村人に発見されたのだ。茶店の老婆が、もう日も暮れることだし雪も積もっているからと止めると、「いや、僕は雪は大好きです」と言って出たそうだ。

キリスト然とした独特の風体と、懐に〈大杉栄〉の名刺が三枚入っていたことが新聞に載り、村木源次郎らが気づいて遺体を迎えに行った。ずいぶん老けて見える男だったが、じつはまだ四十五歳という若さだった。

村木と同じく彼もまたアナ・ボルの共同に反対していたせいか、互いの間にはだんだんと距離が生まれつつあったが、大杉は久板のことが人間として好きだった。転がり込んできた時、布団もないのかと尋ねたら、「いや、あるんです、これが僕の新発見なんです」などと言いながら、得意そうに風呂敷包みから薄い座布団三枚とどてらを取り出したのを覚えている。

――人は、死ぬ。

最初にこの道へと導いてくれた幸徳秋水は処刑され、親しく交わった渡辺政太郎は病に斃れ、長く同じ釜の飯を食った久板卯之助は山中に凍死した。

同志ばかりではない、弟妹もだ。日蔭茶屋での事件直後、十三下の妹・秋は目前に迫っていた結婚を破談にされ、自ら喉を突いた。さらについ先月、野枝がエマとルイズを連れて郷里へ発ったすぐ後に、大杉の五つ下の弟・伸《のぶる》が病死した。中国・漢口の三菱の支店に勤務していたが、奇しくも兄と同じ肺結核の治療のために帰国する途中、上海の病院で死亡したのだ。看取った一番上の妹の春が、手紙で報せてきた。

人生何があるかわからない、などと人は軽く言ってくれるが、これがほんとうにわからない。自分だっていつひょっこり命を落とすやら知れたものではない。

——そうだ、人は死ぬ。

だから享楽的に生きるか。だから憂えて隠遁するか。それとも、だからこそ今この時を燃やし尽くすか。答えなど、とうに決まっている。あたりをはばかって自分の意見さえ口にできないような、口にすればたちまち弾圧を受けるような、そんな世の中であっていいはずがない。社会革命はどうでも果たさねばならぬ。国を覆してでも実現させねばならぬ。

ただし、革命への道に、自分自身や同志たちを従属させるのでは本末転倒だ。そうではなくて、革命への道と自分の生きる道とをできるだけ無理なく重ね合わせてゆくべきである、というのが大杉の考えだ。人の心の振れ幅は大きい。また、それでいい。感情だけでなく、思想も行動も、振れ幅をどんどん大きく広げてゆけばいい。いま目の前に立ちはだかる現実と闘いながらも、先への理想や希望は見失うことなく、いつか、支配からの自由を獲得してみせるのだ。

どのみち死ぬのなら、それまでにやれるだけのことはやってやる。無駄にする時間はない。


その横文字の封書は、十一月二十日の夕刻に届けられた。大杉が寝床に入って本を読んでいると、階下から村木が持って上がってきた手紙の束に一通、はらりと混じっていた。

差出人は、フランスの同志コロメル。名前や書いたものくらいは知っているが面識はなく、いったい突然何を言ってきたのだろうと訝しく思いながら、寝転んだまま封筒を明かりに透かしてみた。薄紙を四つ折りにした程度の手触りしかわからない。

勝手に中を検《あらた》められた様子はなかった。付箋が三、四枚貼ってあるのは、もともとの宛先が「Kamakura, Japon」という大雑把さで、それが逗子に回り、また東京へ回り、ようやく「労働運動社」へ届いたしるしだ。それだけあちこち迷いながら開封されずに済んだのは奇跡と言っていい。

開けてみると、タイプの文字でほんの十行ばかりが打ってある。ぶつぶつと読み進んだ大杉は、途中で思わず起き上がった。なんと、これは……来たる一九二三年の一月末から二月初めにかけて、ベルリンで国際アナキスト大会をやるので出てこないか、という誘いではないか。

国際大会、だと？　いつの間に。はっと思い当たって、昼に届いたばかりのイギリスのアナキスト新聞『Freedom』を広げると、そこにちょうど大会の開催に関する記事が載っていた。

階下に下り、勤め先の出版社から帰ってきたばかりの近藤憲二に話す。

「もちろん行くんでしょうね」

彼は興奮して身を乗り出した。

「そのつもりだ。しかし問題は、か、金だな」

「どのくらい要りますか」

「さあ、どうだろう。まあ千円もあればフランスまでは辿り着いて、滞在費も二、三カ月分くらいは残るんじゃないかと思うんだが」

「どこかで工面しないといけないな。その後はまた後のことだ」

じっと座っていられない様子の近藤が机の間を歩き回るのを、村木が例によって達観した苦笑いで眺めている。

「で、旅券はどうするんです？」

「要らんよ、そんなものは。ご、ごまかす工夫は研究してある」

すると近藤は不敵に笑った。

「じゃあ決まりだ。となれば、まずは福岡に連絡しなくちゃ」

野枝はエマとルイズを連れて帰郷している。手紙をやり取りしている暇はない。村木が迎えに行ってくれることになった。


じつのところ、アナキストの国際同盟が組織されるのはこれが初めてではなかった。十五、六年前のアムステルダム大会でいったん創設が決まり、日本の同志たちも幸徳秋水を代表として名だけは加盟したことがある。

が、どの国においても、無政府主義者というのは個人主義者でもあり、小さな団体くらいは作ったとしても国全体あるいは国際的な組織に加わることは避けて通る傾向があって、せっかく創設されたその同盟もわずか一、二年の間には立ち消えになってしまっていた。それだけに、この九月、スイスで開かれた大会でコロメルらが発議したという新しい同盟の発足は、世界がロシア革命を目撃した今、いわば満を持しての決定であったのだ。

ベルリン行きの件がどこかから漏れて官憲の耳にでも入れば、日本脱出さえ叶わないだろう。大杉は翌日から尾行をまいて歩きまわり、事情は伏せたまま、あちこちの出版社に前借りができないか頼んでみた。が、総じてうまくいかない。当然だ。貸してくれるところからはすでに借りられる限りの、いやそれ以上の借金をしており、しかも約束の原稿はまだどこへも渡していないのだから。

記憶の底を洗い出すようにして、少しでもまとまった金を持っていそうな友人を思い浮かべる。大石七分、続木斉、しかし彼らからもすでにめいっぱい借りている。前に三百円をぽんと出してくれた後藤新平の顔も浮かぶには浮かんだが、今は東京市長となっているあの男がはたして二度までも俠気を発揮してくれるものかどうか、もし裏目に出たなら目も当てられない。

時間ばかりが無為に過ぎてゆく。招待状が着いてから幾日もたち、野枝がとりあえず乳飲み子のルイズだけを連れて帰ってきた後も、依然としてどこからも金策ができぬままほとほと疲れ果てた頃
――大杉はふと、旧友の画家・有島生馬《いくま》のことを思い出した。正確には、その兄のことをだ。

生馬の兄は作家の有島武郎《たけお》だ。だいぶ前だが何かの集まりでたまたま顔を合わせ、その後は昨年の夏に鎌倉からの汽車でばったり一緒になったことがある程度だが、知り合いと言えば知り合いだし、何しろ金を持っている。駄目でもともとばかりにさっそく電話をかけて事情を話すと、なんと有島は快諾してくれた。

年は大杉より七つばかり上のはずだ。色白の端整な顔立ちに口髭、物言いは穏やかだが声はよく響く。西洋風の豪奢な居間に大杉と村木を迎え入れた有島は言った。

「立場こそ違いますが、あなたがたの主義や運動には深く感銘を受けているんです。今後も、少しずつでも援助させてもらいたい」

ありがたい申し出だった。

この夏、有島は親から受け継いだ北海道の農場を小作人たちに解放し、話題になったばかりだった。聞けば、ロシアの無政府主義者クロポトキンへの傾倒は、大杉がその著作を翻訳するより前からのことだという。なるほど、実践的〈相互扶助論〉というわけか。

「きみのような人はね、大杉くん。積極的に日本の外へ出て、世界の情勢を見てくるべきです。こんなせせっこましい国でいたずらに内輪げんかをしているのではもったいない」

まずはフランスまで、神戸から船で渡ったとして四十日はかかる。滞在費などと合わせていくらあれば足りるかと訊かれ、

「千円あれば結構」

強気で答えると、有島は微笑した。

「旅先で手持ちが少なくなるほど心細いことはないでしょう」

手渡されたのは千五百円という大金だった。感激しつつ、あるところにはあるものだと思った。

そうとなれば、次は旅券の算段だ。かねてから考えていたのは、中国の旅券を手に入れ、自ら中国人になりすまして渡欧するという博打のような方法だった。

博打といえども、勝ち目のない賭けでは意味がない。大杉は、芝の印刷所に勤めている同志・山鹿泰治のもとへ押しかけて相談した。彼はかつて満鉄の大連発電所にもいたし、上海では当地の無政府主義者による雑誌『民声』の発行に協力していた男だ。中国で秘密裡に動くなら、山鹿以上の適任はいない。

「わかりました」

ひととおり話を聞くと、山鹿は頷いた。

「これといって当てはありませんが、とにかく北京のエロさんを頼りに当たってみますよ」

エスペラント語を操る盲目のロシア詩人・エロシェンコとは、彼が日本にいた時から浅からぬ交流がある。昨年五月の第二回メーデーの前後に素晴らしい演説をぶちあげ、内務省を激怒させて国外追放となったエロシェンコは、今は北京大学で講師をしているはずで、同じく教授の周作人《しゅうさくじん》の家に厄介になっていると聞く。周作人は、かの魯迅《ろじん》の弟だ。伝手を辿って頼み込めば、偽の旅券取得にも何かしら道が開けるかもしれない。

山鹿は、他の誰にも告げずにすぐその晩の列車に飛び乗り、下関から釜山経由で奉天《ほうてん》へ向かった。考えるより先に行動、そのあたりは自分と似たり寄ったりだ、と大杉は可笑しく思った。

そうこうするうちに十二月に入る。労働運動社の運営資金は要るし、年の瀬とあって溜まっていた借金もさすがに返さなくてはならず、有島武郎が提供してくれた資金は出発を待たずして半分ほどに減ってしまった。

「うーん。ど、どうしたもんかね」

「どうしたもんかね、じゃないですよ、スギさん。あんたときたらいつもそうだ」

近藤が頭から湯気を立てる。

「そんなこと言ったってしょうがないじゃないの、どれも必要なお金だったんだから」横から野枝がかばうように言う。「ねえ近藤さん、いっそ今からでも、高村さんのところへブロンズ像をもらいに行くのは駄目かしら」

「そんなの無理にきまってるだろう。こっちから断ったんだぞ」

同い年の二人が揉めているのは、前年の寒い季節に労働運動社を訪ねてきたある人物のことだ。応対したのは近藤で、留守にしていた大杉は後から話を聞いた。

袴をはいて古いインバネスをまとった男は、近藤が誰何《すいか》してもすぐには答えず、牛のようにぬうっと黙って立っていたかと思うと、やがて無表情のままぼそぼそと答えた。

〈ぼく、高村光太郎〉

そうして持ってきた風呂敷包みをほどき、机の上に手首から先をかたどったブロンズ像を置いた。小指を曲げて親指を少しそらした左手は、どこか仏像のそれを思わせた。

〈これをあなたたちにあげます。金に換えて使ってもいいですよ〉

近藤とてむろん、高村光太郎が何者であるかは知っていた。差し出されたそれが、おそらく値打ちのあるものだろうということも想像がつく。しかしいくら金になるからとはいえ、魂をこめて作られたものを、本当の値打ちがわかりもしない自分らがああそうですかと貰って売り払うわけにはいかない気がする。丁寧にそう説明して言った。

〈せっかくのご厚意ではありますが、お断りするのがいちばんいいと思います〉

高村は、遠慮するなとも言わず、かといって怒りもせずに、やはり無表情のまま黙ってブロンズ像を風呂敷に包み直し、のっそり帰っていったという。

「私がいる時だったら絶対ありがたく受け取っていたのに」野枝はまだ悔しそうだ。「先方だって最初っからその気でわざわざ持ってきて下さったんじゃないの。それもきっと、私たちの運動を後押ししようと思ってのことでしょう。断るなんて失礼だわ、人の好意はもっと素直に受け取るものよ」

二年近くも前の話を今朝のことのように蒸し返され、近藤がむっつりと黙り込む。

やがて思いきったように言った。

「金の件ですが……じつは一つだけ、どうかと思ってるところがあるんですがね」

「えっ」

と夫婦二人して声が揃う。

「ど、どこだね」

「話に乗ってくれるかどうか、とにかくスギさん、あなたも来なければ駄目だ」

向かった先は、神田駿河台の武藤三治の家だった。〈鬼武藤〉と異名を取る高利貸しだが、息子の重太郎はかつて親に隠れて日本社会主義同盟に加入しており、近藤は以前、そこで書記をしていた時に知り合ったのだという。

「こんなことは僕も嫌いですけど、背に腹はかえられませんからね」

いざ押しかけてみると、若主人はべつだん嫌な顔もしなかった。用途や事情について何も説明しなくとも、あっさり請け合った。

「よござんすよ。しかし、あんたがたに貸したなんてことになると、あたしも親父の手前どうにも具合が悪い。どうでしょう、証文も保証人も、出鱈目な名前にしといちゃくれませんかね」

こちらに否やのあろうはずがない。千円借りられれば、どうやら旅費の穴埋めはできそうだ。

「言いだしちゃみたものの、まさか本当に出してくれるとは思いませんでしたよ」

駒込まで大事に抱えて帰った千円を腕組みして睨みながら、近藤は言った。

「スギさん、あんたって人はつくづく不思議な人だ。もうどうにもならんだろうってところまで追いつめられても、結局は誰かが手を貸す」

大杉は笑った。さすがにほっとしていた。

「まあ確かに、運は強いようだね。おかげで何度も命拾いしてる」

すると、

「いや、ナメてちゃいけませんよ」

釘を刺したのは村木だった。隅の机からこちらを見据え、笑わずに言った。

「あんたも、落語の『死神』を知ってるでしょう。命の蠟燭の長さは決まってるんだ」


旅立つと決まれば特段の準備など要らない。せいぜい小ぶりのスーツケース一つで事足りる。ただし出立の前に、正月号の雑誌に約束していた原稿と、同じく正月に出すはずの単行本とを書きあげてしまわなくてはならない。加えていちばんの頭痛の種は、尾行の監視をどう躱すかという問題だった。

同じ尾行をまくにも、いなくなったことがすぐにばれてかまわない時と、数日は知られたくない場合とがある。今回はむろん後者だ。しかし大杉一家が今その二階を間借りしている労働運動社は何ぶん狭い家で、尾行たちは外の空き地に建つお稲荷さんの小屋から監視しているのだが、中などすぐに見通せる。話し声に耳を澄ませているだけでも、誰がいるかいないか大体わかってしまうだろう。

「上海の時みたいに、熱を出して伏せってるってことにするしかないんじゃないかな」

近藤が言い、大杉は頷いた。単純なようだが、人は単純な嘘にこそコロリと騙される。

「しかしあの時より、ずっと長く持ちこたえなきゃならんぞ」

「本当らしく見せないといけませんね。濡れた氷嚢《ひょうのう》を二階の手すりに毎日干して、氷もまめに買いに行きましょう。いや、せっかくだ、尾行に買いにやらせるのがいい」

愉しそうな口ぶりの村木に、そりゃあいいや、と近藤が笑って、ふと言った。

「しかしスギさん、尾行を騙すのには反対だったんじゃないですか」

「何の話だ？」

「やだなあ、忘れたんですか？　僕が前に、尾行の刑事に煙草を買いに行かせておいて、その間に走って逃げた時ですよ。スギさん怒ったじゃないですか。『そいつは武士道に反する』って」

「はて、そうだったか」

「やれやれ、これだよ。ほら、久さんが、『そんならまず尾行をまいて、こっちの用を済ませた後で、戻ってから煙草を買いに行かせるってのとどう違うんですか』って訊いたら、『ばか言え、全然違う、これは精神の問題だ！』って」

「出た、精神」

と村木。

「うーん。まあ、こ、今回はしょうがない。大事の前の小事と言うじゃないか」

「またそんないいかげんな」

まるで危機感の乏しい男たちのやりとりに、

「ねえ、あの子には何て話すんです？」

細く澄んだ声が割って入った。

大杉がふり返ると、野枝は、ルイズに乳を含ませながら、階段の下で遊んでいる長女の魔子をちらりと目で示した。

「あの時はまだ四つでしたから、あれくらいのことで済みましたけどね。今回はそうもいかないでしょう」

一昨年の上海行きの際は、尾行たちもすぐに大杉の不在を疑ったようだ。外で遊ぶ魔子をつかまえて何度も問いただした。が、「パパさんいる？」と訊けば「うん」、「パパさんいないの？」と訊いても「うん」、業を煮やして「いないの？　いるの？」と訊けば「うん、うん」と二つ頷いて逃げてしまう。いやはや魔子ちゃんにはとてもかないませんよ、と嘆いていたという。

「あの子は利口な子です。大好きなパパがいなくなるのに、隠して騙したりするのはかわいそうじゃないかしら」

「それこそ、武士道に反するってかい？」

近藤が軽口を叩くが、野枝の一瞥にあい、首をすくめて黙る。

「パパがしばらく留守にすることはちゃんと話して、尾行の口車に乗らないようによーく言い聞かせてやればいいのじゃない？」

大杉も、魔子のほうを見やった。

たしかに彼女はパパっ子だ。野枝がエマやルイズを連れて今宿へ帰省する時も、自分だけは残ると言い張って、泣きもせずに母親を見送った。しかし、

「いや、それはどうかな」大杉は言った。「ど、どんなに利口でも、いや利口だからこそ安心はできないよ。利口というのはつまり、自分の頭で考えて動くってことだからね」

ひとあし先に上海入りした山鹿泰治からは、未だ色よい報せが来ない。エロシェンコに会い、北京大学の知り合いから伝手を辿って現地の国会議員を紹介してもらい、大杉の旅券を中国人〈王松寿〉名義で申請してもらうところまではこぎつけたのだが、何しろ政情が混沌としている真っ最中とあってなかなか埒があかないらしい。このまま日本で待っているだけでは、大会そのものに間に合わなくなる。見切り発車だが、とにかくこちらも行って山鹿と落ち合うことにした。

横浜から船に乗ることも考えたが、鎌倉や逗子に暮らしていたせいであのあたりの尾行刑事たちに面が割れていることを思えば、それは避けたほうがいいだろう。近藤とともに散歩を装って出かけ、途中で自動車をつかまえて尾行をまく。必要な荷物はあらかじめ和田久太郎に託しておき、変装した彼に東京駅まで届けてもらう。汽車で向かう先は神戸の港だ。幸い、大杉栄といえば髭面で通っている。汽車の中で口髭と顎鬚の両方とも剃り落としてしまえば、一見しただけでは誰にもわからないのではないか。

いよいよ師走の十一日、朝――大杉は、娘を手招きして膝に載せると言った。

「なあ、魔子。こ、このあいだは、お友だちのおうちに二つ泊まっただろう?」

「うん」

「つ、次の朝パパが迎えに行ったら、ご機嫌斜めだったろう?」

「うふふ、うん」

「こ、こんどは魔子の好きなだけ、いくつ泊まってきてもいいんだがね。さて、いくつ泊まろうか。二つ? 三つ?」

膝を揺らし、おかっぱ頭を撫でながら訊くと、魔子はにこにこと首をかしげた。

「おや、足りないかい。じゃあ、四つ？　五つ？」

やはりにこにこしながらかぶりを振り、

「もっと」

「もっと？　やれやれ、うちのお姫さまはずいぶん欲ばりだなあ」

大杉が驚いたふりをして言うと、魔子はくくっと笑み崩れた。

「じゃあ、お望みを言ってごらんよ、いくつならいいの？」

彼女は、小さな掌にもう片方の指を三本きっちりと置いて言い切った。

「八つ」

「ほう。そんなに長い間？」

大杉は、魔子を抱き上げて自分のほうへ向かせると、頬ずりをし、耳もとにキスをした。衝きあげてくる愛おしさがきりきりと痛い。日蔭茶屋でのあの夜、喉に受けたナイフの切っ先よりも鋭いほどだ。

「よし。か、かまわないから、いくつでも泊まっておいで。でも、もし途中でいやになったら、いつでもいいから帰っておいで」

抱きしめた腕をほどいてやると、魔子は踊るように飛び跳ねながら村木と手をつなぎ、残った手をこちらへと振って出かけていった。二つばかり年下の女の子がいる同志の家に、しばらく預かってもらうことにしたのだった。

小さく華奢な背中を見送る。すぐそばで、ルイズを胸に抱いた野枝が、泣き笑いのような表情でこちらを見つめている。

欧州は遠い。一旦旅立ってしまえば、少なくとも数カ月は帰れない。無事に戻ってこられるかどうか、二度と会えない可能性だってありうる。

「スギさん、そろそろ」

近藤に促され、大杉はあぐらを解いた。

「じゃあ」

「ええ」

「行ってくるよ」

「気をつけて」

野枝が、目に力をこめて見上げてくる。大杉は頷き返し、ルイズの産毛におおわれた柔らかい頬を撫でた。

「お土産を楽しみにしておいで。山のように、か、買って帰るから」

手ぶらで外へ出る。近藤が影のように並んだ。

*

またしても妊娠していることに野枝が気づいたのは、年が明けてしばらくたった頃だった。

大杉との間にこれまで生まれた子は四人全員が女だが、なんとなく、本当にただなんとなくとしか言えないのだが、今度の子は男ではないかという気がした。前夫・辻潤との息子たちを身ごもった時の感覚とどこか似ているように思えたのだ。

今、長女の魔子を溺愛している大杉は、もし男の子が生まれてきたならどんなふうに接するだろう。

どんなふうに可愛がるだろう。そしてその子は、どのくらい父親に似てゆくだろう。胸の裡から幸福と不安が一緒くたに湧き上がってきて息が苦しくなる。
〈どうせ、畳の上では死なれんとよ〉
今さらのように、自分の口にした言葉が思い起こされる。この子らが成長するまで、果たして無事で生き延びられるのだろうか。無事でいてやりたいと願ってしまうことは、革命の精神に反するのではないか――。

十二月の中旬からしばらく風邪で寝ていた大杉が、いつの間にか抜け出した。押し詰ってから警視庁では大騒ぎをはじめた。

大正十二年（一九二三年）二月号の『労働運動』に、野枝は「行方不明」と題する原稿を寄せた。

巷の噂では、上海でつかまって勾留されているだの、ロシアの申し出で北京にいるだの、はたまた警視庁から旅券と金をもらってドイツに渡り、マルク暴落をいいことに大名旅行だのと好き放題に言われているらしい。そうかと思えば新聞には、悠々自適、雪に埋もれた越後赤倉の温泉で著述に耽っているなどと書かれる。これがみんな本当だったら福徳の三年目だけれど……と面白おかしく綴った上で、最後をこう結んだ。

さてこの噂の御本尊はいったいどこにおさまっているか。何かしているか。ここに種をあかしたいのは山々だが、実はまだ本人から一回の通信もない。そこで、やがてはくるその通信を待って、来月号には、その行動を明らかにする事が出来ようと思う。

昨年の暮れから数えてこの五カ月ばかりの間に、大杉から送られてくる便りは多くなかった。野枝宛ての最初の一通など、出発からひと月以上たつまで届かなかったほどだ。うっかり出した手紙から足がついて官憲に居場所を覚られるわけにはいかない、そう理解していても、どれだけ心配だったか知れない。

日本を無事脱出した後は、上海に上陸。北京での旅券取得がどうしてもうまくいかなかった山鹿泰治と落ち合い、別の筋からようやく旅券を手に入れた大杉は、広東《カントン》生まれで訛りのきつい〈唐継〉なる中国人になりすまし、一月五日にフランスの汽船アンドレ・ルボン号でマルセイユへと出発した。山鹿はそれを見送ってから日本へ帰ってきたので、そこまでの経緯は彼から聞いた話だ。

マルセイユからは陸路でパリへ向かったわけだが、ドイツのベルリンで行われるはずだった例の国際アナキスト大会がずるずると日延べされてゆくのをよいことに、ちょうど在仏であった旧知の画家・林倭衛と合流し、郊外まで足を延ばしたりなどして遊びまわっている……というあたりが今のところいちばん新しい情報だった。

気に病む野枝に、近藤は自分宛てに送られてきた二通の絵はがきを見せてくれた。一通目には、

〈No news is good news.〉

とだけ書かれており、もう一通には小さな字で、

——いろんな奴に会ってみたが、理論家としては偉い奴は一人もいないね。その方がかえっていいのかも知れないが。が、戦争中すっかり駄目になった運動が、今ようやく復活しかけているところで、その点はなかなか面白い。そして若いしっかりした闘士が労働者の中からどしどし出て来る

ようだ。この具合で進めば、共産党くらいは何のこともあるまい。共産党は分裂また分裂だ。イタリアはファシストの黒シャツのために無政府党も共産党もすっかり姿をかくしてしまった。ドイツはよほど、というよりはむしろ、今ヨーロッパで一番面白そうだ。そこでは無政府党と一番勢力のある労働組合とが、ほとんど一体のようになっている。そしてロシアから追い出された無政府主義の連中が大ぶ大勢かたまっている。

それだけのことがびっしりと書かれていた。

「はがき一枚に、西ヨーロッパの情勢を全部とはねえ」

目を眇めて読みながら、村木があきれる。

おまけに、近藤は慌てて隠そうとしたのだが、絵はがきの表側にはフランス女の姿が描かれており、そこにも大杉の字でこうあった。

――どうだい、これなら君の好きそうな女だろう。一晩十五円なら大喜びで応じてくれるよ。やって来ないか。

「……なるほどね」絵はがきを返しながら野枝は言った。「これも西ヨーロッパ情勢の一部ってことなのね」

そうこうするうちに、腹はだんだん目立ってくる。そのせいもあってか、大杉の〈行方不明〉について周囲から訊かれる機会は増えた。

「御主人からろくに便りもないのによく心配せずにいられますね」

そう言われるたび、野枝はひそかに反発を覚えた。

心配しないわけがあるだろうか。ただ、大杉は、どんな小さな計画を実行に移すときでも周到過ぎるほどの準備をする男だ。二十八年間という自分の半生をふり返っても、野枝は彼ほどの現実家を他に知らない。長らく音沙汰がなくても無事を信じていられるのはそのためだ。大杉がどのような計画を立て、失敗した場合どのような対処をするつもりか、それだけのことを知らされてさえいれば、もう充分だった。それでもなお予想外の不幸がふりかかるのなら、諦める以外にない。

ある新聞記者などは、わざわざ訪ねてきて言った。

「僕には、あなたがた夫婦が何やら気の毒に思えてならんのです」

「気の毒?」

驚いた野枝が理由を訊くと、記者は滔々と前のめりに続けた。

「人生、政治的な主義主張のみがすべてではないでしょう。大杉氏はあなたを愛し、お子さんたちを愛し、あなたもまた御主人を大切に想い、子どもたちも父親を慕っている。そうでしょう? だからこそ、今また次のお子さんが生まれてこようとしているわけだ。違いますか」

「まあ、それはそうですわね。ええ」

「社会主義者だからといって、そういうあなたがたの生活が、我々の生活と別のものだとは思えません。しかし家庭がこうも不安定では、お子さんたちはもちろん、あなたがた夫婦も不幸なのではないですか」

「不幸」

「世のご婦人たちのように、安心して落ちつきたくはありませんか。僕には、大杉氏がかなりの無理をしているように見えるのです。女房子どもが可愛くては思いきったことなどできぬとばかりに、無理やり自分に無茶を強いて、家庭から離れようとしているようにしか見えんのですよ」

答える気がしなかった。こうした男は取材ではなく、ただ自説を述べに来ているだけだ。こちらが何を話そうとまともに伝わるとは思えないし、前後の文脈を無視して取り出した一言を勝手に曲げて書かれたのではたまらない。

反論のかわりに野枝は、『婦人公論』や『女性改造』といった婦人雑誌に載せる原稿を、真摯に、がむしゃらに書いた。かつて無学な女工たちを啓蒙しようなどと考えていた頃とはまるで違う。すべての女性たちに向けて、〈同志〉として伝えたい思いをひたむきに書き綴った。

たとえ善き夫・慈悲深き父親として平和な日常を送っていたとしても、ある日突然に想像もしなかった災いが降りかかってくることはいくらでもあり得る。あるいはまた、どんなに安定した家庭の中にじっとしていようと思っても、その安定が国の支配や統制によってもたらされるものでしかないのなら、結果として不安定きわまりない。権力者の気分次第でいつ取り上げられるかわからない幸福にしがみつくことに何の意味があるだろう。

大杉は、もともと女に優しい子煩悩な男だ。世間並み以上に家庭生活を愛し、それを心から愉しんでいる。女房の行く場所へはどこへでも面白がってついて来るし、自分が出歩く時には子どもを連れていって何から何まで世話を焼く。夕餉の仕度ともなれば喜んで薪を運び、飯が炊けるまでしゃがんで火の番をし、芋や大根の皮むきくらい率先して引き受ける。その間じゅう、夫婦二人して何やかやと喋り続けている。いくら話しても飽きることがない。これまで一緒に暮らしてきた歳月の中で野枝は、大杉に対して決定的な不満を持ったことが一度もないのだ。時々の喧嘩はほとんどすべて、自分の側のわがままが招く行き違いでしかないと言っていい。

それほどに満たされた夫婦生活、家庭生活を惜しむ気持ちは当然ある。野枝の側だけでなく、大杉にだってあるだろう。

しかしそれらはあくまで、お互いにとって充分な値打ちがあるというに過ぎず、社会にとっての充分ではない。一部の同志たちから、あまりにも家庭生活を享楽しすぎるといって非難されているのを知りながら、大杉が意にも介さず好きなように行動しているのは、いざという時には欠片ほども未練を見せず、真の目的のために家庭の幸福を切り離すだけの覚悟があるからだ。その点、あの新聞記者は大きな考え違いをしている。

野枝は、はっきりと書いてのけた。


彼は本当に私共を愛して居ります。どれほど思い切った態度で家庭を無視しているように見えても、決してそうではありません。彼は私共を愛するために、臆病にも卑怯にもなりはしません。しかし、慎重になり周到にはなります。……私の、彼の妻として、子供らの母としての、彼に対する信頼も、感謝も、あきらめも、ただその彼の態度にあります。他所目《よそめ》にはどれほど不安定な家庭らしく見えようとも、事実私共には決して不安定でもなく、私も大杉も子供達も、決して不幸ではないと私は信じています。……

同時にまた、彼はいつでも私を一人の同志として扱う事を忘れません。……私は、彼の妻としてよりも友人としても、より深い信頼を示された一同志として、彼の運動に際して、後顧《こうこ》の憂いをなからしめる事につとめなければならないのです。


無意識に腹に手をあてるなどしながら、文机に覆い被さるようにして書き進む時、浮かんでくるのはかつての友人たちの顔だった。辻潤のもとを出奔し、子どもを棄ててまで大杉に走ったあの頃、彼女たちが新聞や雑誌に発表した非難と忠告の数々。こちらの説明不足のせいでもあったろうが、当時最も親しく交わっていた野上弥生子ですら、大杉との恋愛を刹那の戯れに惑わされただけと決めつけ、走る火花のようなそんなつまらないものを一生の大事業に数えるつもりかと諭した。当時はその言葉を夢にも忘れることができず、思い浮かべるたび悔し涙がこみ上げたものだ。

しかし、年月は流れた。

今では、私にはこの言葉も何の感情をも煽りません。ただ私がこの年月の間に学んだ事は、「恋は、走る火花、とはいえないが、持続性を持っていない事はたしかだ」という事です。が、その恋に友情の実がむすべば、恋は常に生き返ります。実を結ばない空花《からばな》の恋は別です。実が結ばれれば恋は不朽です。不断の生命を持っております。その不朽の恋を得ることならば、私は一生の大事業の一つに数えてもいいと思います。……

私共の恋はずいぶん呪われました。が、空花ではありませんでした。大きな実を結びました。……「ねえ、あなたの友達は馬鹿でなかった事が分って下すったでしょうね」私はいつかそういって友人の信用をもう一度とりかえせるようになったのです。そして、それはこのまる七年間一日もかわる事のなかった私のもう一人の、たった一人の友人であり、同志であった愛人の思慮深いたすけによるのだという事を、誇らして頂きます。

そうして書き綴っていると、すぐそばに大杉がいて、おいおい、いいかげんにしておけよ、と笑っているような気がした。体温や匂いさえ感じられるほどだった。

寂しいものだから、いつにも増してほうぼうへ手紙を書く。郷里の父親や、今はアメリカに住む大杉の末妹のあやめに宛てた手紙には、大杉は洋行中で今年じゅうどころか来年の春頃にならないと帰ってこないと思う、と書いた。

一年ほど先というのもただの目安だが、大杉のことだからせっかく苦労して遠くまで行った以上はゆっくり羽を伸ばし、フランスやドイツばかりでなくヨーロッパをあちこち回ってくるに違いない。なぜそれがわかるかといえば、もしこれが自分なら同じようにするだろうからだ。

——私どもも、噂ほど金持では決してありません。相変らずの貧乏ですけれど、それでも、とにかくまあたべるのに困るというような事はありませんからご安心下さい。私どもはどれだけ金がはいっても足りないのですし、主義として貯蓄するなどという事はできませんから月に千円はいろうと千五百円はいろうと、はいるだけは出す途《みち》をこしらえて行くのですから財産などというものはできっこはありません。しかし、今のところでは、とにかくあなたを心配おさせするほど貧乏ではありませんから何卒ご安心下さい。

大杉が帰国するまでの間は、この筆一本で経済を支えなくてはならないのだ。運動を進めながら家庭を守り、この夏に生まれてくる赤子もきっと無事に育てあげなくては。

日に日に重たくなる腹の底から、不安とともに、武者震いのような昂揚が湧き上がってくるのを感じた。

柔らかだった新緑もすっかり色を濃くした五月四日。

突然、新聞に大杉の消息を伝える記事が載った。

う。

〈行方不明を伝えられた大杉栄　パリで逮捕さる〉

五月一日に行われたメーデー集会で登壇し、アジ演説で聴衆を煽ったかどで拘引されたのだとい

誤報か人違いであればいいのにと、同志の皆でどんなに願ったか知れない。フランスの法律がどのようなもので、未決監での待遇がどの程度なのか、こちらからはまったくわからない。日本国内ならどこであろうとすぐにでも駆けつけるが、今この瞬間、無事かどうかの手がかりさえ得られない。じっと座っていられないほど気が揉める。それなのに――。

野枝は、文机の上に置いた電報をため息まじりに手に取った。何回読んでも、同じ感想しか浮かんでこない。

魔子よ、魔子
パパは今
世界に名高い
パリの牢屋ラ・サンテに。

だが、魔子よ、心配するな
西洋料理の御馳走たべて
チョコレトなめて
葉巻スパスパソファの上に。

そしてこの
牢屋のおかげで
喜べ、魔子よ
パパはすぐ帰る。

おみやげどっさり、うんとこしょ
お菓子におべべにキスにキス
踊って待てよ
待てよ、魔子、魔子。

「いったいどうしたんだ、スギさん」

これを見せた時、近藤は困惑顔でつぶやいたものだ。

「無事なのはいいが、頭でもイカレたかね」

まったく同じ感想だった。あまりにも能天気、こちらは真剣に心配しているだけに腹も立つ。が、同時に、それでこそ大杉栄だとも思えるのだ。かすれたタイプライターの文字を指でなぞりながら、野枝は、これももう何度目かになる苦笑を漏らした。

彼がわざわざ魔子に宛てて送ってよこしたのは、このあいだ野枝がこちらの様子を報せたせいだろう。魔子は、村木が獄中の同志への差し入れに本を包んでいるのを見て、そばへ寄って遠慮がちに訊いたのだ。

「パパにはなんにも差し入れを送らないの？」

自分がよその家に泊まっている間にいなくなってしまった父親は、てっきりまた豊多摩あたりにいるのだと思っているらしい。

〈尾行たちから何を訊かれても黙っているか、他のことを言ってごまかしておいて、夜になると私とだけそっとパパの噂をしています〉

そんなふうに書き送ったのが、大杉にはたまらなかったに違いない。愛娘へのこの文言を考えながら涙ぐんでさえいたかもしれない。

〈喜べ、魔子よ／パパはすぐ帰る〉

いったい、喜ぶのは魔子だけだとでも思っているのだろうか。文字をつまみ上げて思いきりつねってやりたくなる。気を取り直すと、野枝は、パリの林倭衛に宛てて手紙を書いた。

——リベルテールの方からもなんとか云って来てくれる事と思って、実は待っているのですが、何の沙汰もなし、新聞にもその後なんの通信もはいらないという事です。もちろん放還される事と思いますが、でも、何かの理由でしばらくでも牢にでも入れられる事も、ないとは云えません。事情がいくらか分るようでしたら、知らして下さいませんか。

それと、五月七日に正金銀行から二百円だけ電報為替でリベルテール社内エイ・オスギとして送りました。その金、本人の手に入っているかどうかを知らして頂きたいのです。……送ってよこす通信がまるで来ないので、金もなかなか送れません。捕まった時には多分無一文だったのではあるまいかと思っています。

リベルテールというのはパリでアナキスト同盟の機関誌を出版している会社で、その編集部のコロメルこそが大杉に招待状をよこした人物だった。

状況から判断するに、大杉の素性はすっかり当局にばれていると見て間違いなかろう。そもそも中国人〈唐継〉で押し通すことができていたなら逮捕の報せが日本にもたらされるわけがないのだし、当然、新聞に大杉栄と載るはずもない。

「旅券そのものが偽物とばれた以上は、フランスへの入国手続きそのものが無効にされるだろうな」

と村木は言った。

「つまり、どういうこと?」

「強制的に日本へ還されるってことだ」

来年の春頃どころか、大杉の言うように〈すぐ帰る〉ことになるのだろうか。

じきに暑くなる。パリの気候はどうだろう。せめて良人が牢獄で南京虫や蚊に悩まされることのないように、と野枝は祈った。新しいシーツを差し入れてやりたくても、今回ばかりは叶わない。

第二十章　愛国

夜が来ようとしている。西の空の一隅だけに夕映えの名残がわずかにあって、重たい雲がまるではみ出た腸のような色を保っている。

梅雨明けはまだだろうか。ひどく蒸し暑く、詰め襟の内側が汗に濡れる。

東京憲兵隊大尉・甘粕《あまかす》正彦は、上官の小泉六一少将から直々に呼ばれ、屋敷へ向かって歩いていた。呼ばれているのが自分だけなのか、それとも誰か他に同席するのかはわからないが、〈内密の相談〉の中身についてはだいたい察しが付いている。このところ小泉は、警視庁の不手際や手ぬるさに対して苛立ちを隠さない。それも道理だ。最近の主義者どもの行動は目に余る。

甘粕は昨日の新聞を思い浮かべた。メーデーのあと三週間ばかりパリの牢獄にぶち込まれていた大杉栄が、マルセイユの港から強制送還となり、その船がいよいよ上海に入港したとの記事だった。上海まで来れば、日本へはせいぜい三日。今夜呼ばれたきっかけも、おそらくはその件だろう。

物思いに耽りながら路地の角を折れる。

とたんに、白髪の老婦人とぶつかりそうになった。

「失敬」

「いえ」

老婦人は甘粕を見るなり慌てたように会釈し、顔を伏せて通り過ぎた。

鬢付け油の甘い香りに、ふと、上京して同居している母親が思われる。旧仙台藩士の娘であった母親は、昔は事ごとに厳しかったが今ではすっかり丸くなって、長男の耳に心地よいことしか言わない。

〈まずまず、正彦は分隊長さんさなったのが。偉ぐなったねえ。あ？　なしてそったらごど言うの、憲兵さんの何がいげねぁのよ。天皇陛下ばお守りする大事なお役目だもの、身体さ気をつげで、しっかりやんなさい〉

だが、憲兵は世間の鼻つまみ者だ。たいていの人間は、思想に疚しいことがあろうがなかろうが、この黒い襟を見ただけで話をやめ、そそくさと立ち去る。

ただし、大杉栄は別だ。日頃から憲兵や警察官を〈官憲の犬〉と愚弄して憚らない奴ならば、出くわしてもこちらを睨みつけるか、さもなくば見下したような嘲笑を浮かべるか。げんにこれまでも警察の尾行がさんざんな侮辱を受けている。

昨日の新聞記事に添えられた奴の顔は、相変わらず額の広さと眼の強さが異様に目立っていた。これまでも写真で見るたび糞忌々しく思ってきたが、幸か不幸か正面から対峙したことはまだない。このうえは是非とも、軍が鎮圧に出張るほどの暴動のさなかに出くわしたいものだ。そんな非常時であれば、ちょっとした間違いが起こったとしても不思議はなかろう。

端から気に食わなかった。単なる社会主義ならばまだ思想のひとつとして理解の余地もあろうが、無政府主義とはいったい何ごとか。人々の不安や不満につけ込み、手前勝手な理想のために国家の転覆を謀り、あまつさえ天皇陛下に牙を剝こうとするアナキストこそは、何をおいても真っ先に粛清すべき国賊どもではないのか。

その連中の親玉ともいうべき大杉が、今この時も我が物顔で外をのし歩いている——甘粕にはそれが許せなかった。どうしても許せなかった。

じつのところ、大杉とはいささかの縁がある。あちらは明治十八年（一八八五年）香川の生まれで、宮城出身の甘粕よりも六歳上だが、同じ名古屋の陸軍地方幼年学校に通っていた同窓の先輩にあたるのだ。ただし大杉はおそろしく喧嘩っ早く、三年生の時には同級生と決闘し、短刀で刺されるなどの騒ぎを起こして退学処分となっている。父親は日清・日露戦争にも従軍した軍人だと聞くが、息子はとんだ面汚しというわけだった。

いっぽう、後から入った甘粕は順調に卒業して陸軍士官学校へ進み、数え二十二歳で歩兵第五十一連隊附の初年兵教官となった。将官を目指す軍人にとって歩兵科はいわば出世街道であり、この道をまっしぐらに突き進むものと信じて疑わずにいた。それが――。

川沿いのゆるやかな坂道を上りながら、甘粕はわずかに顔をしかめた。雨が近いのかもしれない。膝の古傷がじくじくと痛む。

陸軍戸山学校にいた二十五歳の時、馬事訓練で、膝を大怪我する事故に遭った。ぶちっ、と響いたのは後から思えば靭帯がちぎれる音で、ほとんど同時に、ぐじゃ、と少し湿った音がしたのを覚えている。その一瞬を境にして将校への道は閉ざされた。

憲兵科への転科については、陸士時代の教官であった東條英機にも相談し、最終的に納得してのことではある。が、憲兵などしょせんは陸軍警察官に過ぎない。前途洋々たる従兄や弟と違って、戦地で功を上げることも叶わなければたいした出世も見込めない。周囲の手前、平静を保ってはいたが、憤死するかと思うほどの屈辱だった。

――寧為鶏口、無為牛後。〈鯛の尾より鰯の頭〉という。

いいだろう、と甘粕は誓った。憲兵の請け負う主な仕事に危険思想の監視が含まれるというなら、自らに一切の妥協を許さず、どこまでも厳しく取り締まり、不穏分子をあぶり出してやる。

日露戦争が終わって五年後の明治四十三年のことだ。天皇陛下の暗殺を企て、爆裂弾を製造した宮下太吉が逮捕された。

社会主義者の幸徳秋水ら十二名は、自分らはまるで無関係だ、身に覚えのない冤罪だなどと空とぼけたことを抜かしたが、問答無用できれいさっぱりと処刑された。

甘粕は、ここぞとばかり、愚かな主義者どもの取り締まりに全身全霊を傾けた。三十一歳で大尉に昇進し、千葉県市川の憲兵分隊長となり、今は東京の渋谷憲兵分隊の長を務めている。

母親に褒められるまでもなく、憲兵としては異例の立身出世と言っていい。身分や階級はもちろんのこと、何であれ人に見下されるのが甘粕は我慢ならなかった。

ついぞ伸びなかった身長は五尺、ともすれば女学生にも見おろされる。が、女と付き合ったことがないのは断じてそのせいではない。時間と精神の無駄だからだ。

大杉栄が女房以外にも二人の女と浮名を流し、はては刺されて生死の境をさまよっていると知った時は、死ねばいい、どうぞ死んでくれと心から願った。英語やフランス語ばかりかエスペラント語にイタリア語、ドイツ語やロシア語までも流暢《りゅうちょう》に操り、インテリを気取って口ばかりの理想をまくしたて、女と見れば誰彼かまわずくどき、知り合いの女房までも平気で寝取る。同じ男とも認めたくない。虫唾が走るほど大杉が大嫌いだった。

どうやらその点は、あの正力松太郎も同様であるらしい。次なる警視総監とも目されている正力が、これまでどれだけ大杉に苦汁を飲まされてきたかは聞いている。例の巡査殴打事件に始まり、微罪を無理やりでっちあげてようやく起訴にまで持ち込んだものの、三カ月の収監が精いっぱいだったということもだ。

そして、例によっていともたやすく警察の尾行をまいた大杉は、まんまと日本を脱出し、上海からフランスへ渡った。

〈正力のとんまめ、いい面の皮だな〉

これから会う小泉が、あの時ばかりはそう皮肉って笑ったものだ。ふだんは口角を上げたこともない男の、やけに嬉しそうな高笑いが思い出される。

気持ちはわからぬでもないが、笑っている場合ではない。警察と張り合っている場合でもない。

船が着けば新聞記者どもはまた面白がって押しかけ、でかでかと記事にするだろう。ふだんは一般市民からも敬遠されている主義者だが、今回ばかりは別だ。警察の裏をかいた大杉は英雄のように祭り上げられるかもしれない。大正の国定忠治《くにさだちゅうじ》だ。

――どうしてくれようか。

覚えず、軍刀の束をきつく握りしめる。

法の下に奴を檻に入れておくことは、おそらく現時点では難しい。かといってこのうえ野放しにしておけば、洋行帰りの奴はますますいい気になって集会だ講演だと好き勝手を重ね、各地で人々を煽ろうとするに違いない。

一人ひとりに力はなくとも、集まれば馬鹿にできないことを甘粕は知っていた。米騒動がいい例だ。北陸のほんのひとにぎりの主婦らが発端となったあの騒動はまたたく間に全国に波及し、しまいには寺内内閣を退陣に追い込む事態となったのだ。

おまけに最近は朝鮮人の無政府主義者もじりじりと増えている。大杉の一味が奴らと結託したなら、この首府にどんな暴動が起こるかわからない。それこそ天皇陛下を弑《しい》しようとする不逞の輩が続出するやもしれない。

気がつくと、小泉邸の前を行き過ぎようとしていた。

慌てて引き返し、分厚い木の門の前で背筋を伸ばす。もうすっかり暗い。軍靴の下に、敷石と砂利のこすれる感触がある。

この期に及んでなお、正力率いる警視庁がどうにもできぬのならば、いよいよ軍が――いや、いざとなれば自分が……。

胃の腑が引き攣れるような緊張と昂揚を抑え、呼び鈴を押す。

ほどなく、門が内側へと開いた。

＊

マルセイユを六月三日、上海を七月八日に出港した日本郵船・箱根丸は、七月十一日の午前十一時、ようやく神戸に入港するとのことだった。

臨月間近の腹を抱え、しばらく福岡の代準介宅に居候していた野枝は、前々日のうちに魔子を連れて神戸に入り、須磨の旅館に泊まっていた。

すると昨日になって、近くに住む同志の安谷寛一が大杉からの電報を届けに来た。

〈イトウニフネへ一〇〇エンモッテクルヨウイッテクレ〉

なんとまあ、簡単に言ってくれる。慌てて相談し、安谷と一緒に京都のパン店「進々堂」へ行って、続木斉夫人から金を借りてきた。

盆地の京都は蒸し暑い。身体は重くだるく、体調のせいかひどく気が塞ぐ。帰りの列車に揺られながら、野枝はぽつりと安谷にこぼした。

「ねえ、あなた平塚さんを知ってましたっけ」

「平塚？　というと、らいてうさんのことですか」

一つ年下の安谷は、以前から野枝を〈姉さん〉などと呼んで慕ってくれている。

「だいぶ前に遠くから見かけたことぐらいはありますけど」

「じゃあ、わからないかしらね」

「何がです？」

「さっき会ってきた続木さんの奥さんと、それはそっくりなのよ」

「ああ、なるほど。言われてみればちょっと似てますかね」

「ちょっとじゃないの、そっくりなの。上方弁のところは違うけど、喋り方とか仕草まで、ほんとうによく似ていらしたわ」

「へえ、そうなんですか」

安谷は話の行方がわからぬようで、不思議そうにこちらを見ている。

野枝は、車窓からぼんやりと外の景色を見やった。近づいたり離れたりする斜面に、鬱蒼と茂る緑が日にさらされて萎れている。座席の硬さが尻にこたえ、胸もとにはとめどなく汗が流れる。

「たくさんお友だちもあったのに……いつの間にか離れてしまったわね」

「え」

列車の音と蟬の声とで聞こえなかったらしい。そのほうがいい。野枝は、黙ってかぶりを振り、目をつぶった。

きっと、あんな原稿を書いたせいだ。

〈――ねえ、あなたの友達は馬鹿でなかった事が分って下すったでしょうね……〉

今回ばかりではない。友人がいなくとも少しも寂しく思わないと、以前もどこかに書いたことがある。あれはほんとうのことだ。

それでも時折、こうして感傷的になってしまう。あの頃の友人たちに今そばにいて欲しいというのではなく、ただ、きらめく時間が懐かしく思えるだけなのだが、わかっていても胸は絞られる。どうして時は、こうまで早く過ぎてゆくのだろう――。

翌日の昼、炎天に日傘を差して見守る中、船はゆっくりゆっくり接岸した。やがて甲板に姿を見せた大杉は、白い夏服の上下に、へんてこなヘルメットを自慢げにかぶり、案じていたよりはよほど元気そうな笑顔で報道陣の前に立った。

野枝が魔子を連れ、義弟の進と並んでせっかく出迎えたというのに、言葉を交わす間もなく大杉一人が林田署へ引致され、三時間以上も取り調べられる。すっかり待ちくたびれたものの、また罪をでっち上げられて勾留されるかと心配していたわりには何ごともなく済んで、夕方、安谷とともに宿へやってきた。ヘルメットはパリのメーデーの時にかぶったものだという。

「お帰りなさい」

やっと言える。

「おう、た、ただいま。久しぶりだね」

正しくは七カ月ぶりだ。こんなに長く離れていたことはない。

さっそくパパ、パパが帰ってきた、と飛びつく魔子を抱きあげる。

「こ、こんなに可愛いお姫様と、よくもまあ離れていられたもんだ。どうしてパリへ魔子も一緒に連れてこなかったのかと何度も思ったよ」

大杉は高らかに笑い、その顔を見ているうちに野枝もようやく雲の晴れてゆく思いがした。

翌日はさっそく朝八時の汽車に乗り、十二時間近くかけて東京駅に着いてみると、見物人まで含めれば七、八百人もの出迎えがひしめいているのに驚かされた。押し合いへし合いの歓呼に、大杉は手をふって応え、村木や近藤ら同志たちに出迎えの礼を言った。

「タクシーを待たせてありますよ」と近藤が言う。「ちなみに、ここに久さんの姿がないのにはちょっとしたわけがあるんです」

「会えば私と喧嘩になるからだわ」

野枝が言うと、近藤は笑った。

「それもあるけど、なんとあの人、湯治に行った那須温泉で初めて恋人ができたんですよ。まあ、詳しい話は後で」

皆でぎゅうぎゅうとタクシーに乗り込み、駒込の「労働運動社」まで帰りつくと、子どもたちを交えてサイダーで乾杯をした。

大杉のふかす香りの高い煙草に遠い異国を感じる。船の上で日に灼けたせいか前より健康そうに見える良人に、野枝は糊のきいた白地の浴衣を出してやり、自分も縞の浴衣に着替えた。

「おお、これこれ。く、寛ぐにはこれだよ。それに飯が旨いなあ、何を食っても旨い。やっぱり日本がいちばんだな」

「そこは、女房の飯がいちばんって言うところでしょう」

と笑って睨んでやる。

そろって二階の部屋で夕餉を囲んでいるうちに、押しかけた新聞記者たちが勝手に階段を上がってきては写真を撮り始めた。可愛らしい浴衣姿で父親にくっついている魔子も、身重の野枝が抱きかかえているルイズも、それぞれ目を丸くして写真機を凝視する。

記者らに訊かれるまま、大杉はフランスでのことをあれこれ話してやった。

「思想的にはそんなに進んでいるようには思わんが、スパイ政治は進んでいておっかないね。あと、向こうから送った原稿には、女につきまとわれて逃げ回っていたように書いているが、ありゃ嘘だ。ほんとうは、こ、こっちが追い回してばかりいた」

ラ・サンテにいる間に白葡萄酒を飲めるようになった、などと威張っているくせに、少しの麦酒《ビール》でもう顔が赤いのだった。

ようやっと解放された夜、子どもらを寝かしつけ、畳にのべた布団に気持ちよさそうに手脚を伸ばした大杉は、やはり日本がいい、というようなことをまた繰り返した。

「あら。『こんな国はいやだ！』ってしょっちゅう言うくせに」

「それとこれとは違うんだな」

「どう違うの？」

「俺は、こ、これでも日本を愛しているんだよ。こんなに季節や風土の美しい国を他に知らない。飯は旨いし人も情け深い。例外はあるが、おおむね素晴らしい国だよ。だからこそ、我慢のならない国家を変えていきたいんだ。民を縛り付けるだけの支配者なんか要らない。き、きみも感じるだろう？ここへきてやっと、皆が目覚め始めているって」

「わかるわ。いよいよだっていう気がする」

「そうさ、チャンスだよ。全国の労働者が、同志が、一致団結して本気で変えようとするなら、こ、この国は必ず変わる」

「本当にそう信じている？」

「もちろん。それを信じられないくらいなら、と、とっくに別の国へ行って暮らしてるさ」

「たしかにね」

野枝は、微笑みながら隣に横たわった。夏の夜気に包まれ、大杉の匂いを近くに感じる。懐かしく、懐かしく、慕わしい。

「でも……世界には、きっといろんな国があるんでしょうね。私も一度くらい、この目で見てみたいわ」

「見ればいいさ。いつか連れていってあげるよ」

「ほんとに？　えらそうなこと言って、持ってったお金は全部遣ってきたくせに」

「なぁに、必要になったらまたどこからでもかき集めればいいんだ」

笑った大杉が、ふいに黙り込んだ。

長々と嘆息して言った。

「そういえば、有島さんのことは上海からの船の上で知ったよ」

「……そうだったのね」野枝は呟いた。「いつ話すべきか迷っていたの。きっとびっくりするだろうと思って」

「ああ、そりゃ驚いたさ。弔電も打っておいたが、まったくえらいことをやったもんだ。そんな衝動的な人には、ち、ちっとも見えなかったがな」

今回の渡航費用を二つ返事で用立ててくれた有島武郎は、わずか五日前、軽井沢の別荘で、『婦人公論』の記者であり人妻である波多野秋子と心中しているところを発見された。遺書などによれば、実際にはひと月も前に二人揃って縊死《いし》したらしい。真夏のことだけに床や壁どころか屋外にまで蛆虫《うじむし》が――と、そんな酷い話まで漏れ伝わっていた。

「よく、死ぬよなあ」

大杉が、しみじみと独りごちる。

よく人が死ぬ、という意味にも、よくもまあ自殺などするものだというふうにも、どちらとも受け取れた。

何しろ先月末には同志・高尾平兵衛《へいべえ》が、反動の赤化防止団団長・米村嘉一郎を襲撃して逆に撃ち殺され、これまたほんの四日前にその葬儀が行われたばかりだ。去年の立会演説会で岩佐作太郎に日本刀で切りつけたのも、つい先頃の後藤新平宅襲撃も、同じく赤化防止団による犯行だった。

警察はいったい何をしているのだ、と野枝は思う。社会主義や無政府主義を唱える者を目の敵にしてくれるが、排外的な愛国主義者のほうがよほど過激ではないか。どうして平等に取り締まろうとしないのだ。お国にさえ楯突かなければいいのか。真剣に国家を憂う人間を問答無用で殺しにかかる奴らが愛国者か。

「有島さんもねえ……」野枝は言った。「せっかく農民たちに良いことをなさってたのに、こんな死に方はもったいないわね。それも、あんな女と」

「あんな女、とは?」

「波多野秋子ですよ。有島さんほどの小説を書かれる方が、どうしてよりによってあんなつまらない女に引っかかったのか」

「どうしてわかるんだね、つ、つまらないって」

「そんなの、遺される旦那さんに宛てた手紙を読んだらすぐにわかりますよ。自分に酔っぱらってるだけの大甘な文章。読むだけで虫歯になりそうだったわ。どうして男ってああいう女に弱いんだろう」

腹立ちは本当だったのだが、大杉は苦笑した。

「まあまあ、亡くなった人の悪口をお言いでないよ。俺たちだって、いつ蛆にたかられることになるかわからんのだから」

野枝は、暗がりで思わず眉根を寄せた。

「あなたが先は、いや」

「またそれかい。わかるもんか、そんなこと」

「そりゃそうでしょうけど……」

こちらへ寝返りを打った大杉が、野枝の身体に腕を回してくる。体重をかけないようにそっと抱きかかえ、ふくらんだ腹を撫でながら、彼は言った。

「間に合ってよかった」

「生まれる前に？」

「ああ」

「逮捕されなかったら、ずっと向こうにいるつもりだったくせに」

「それを言うなよ」

と大杉が笑う。

「どうだろう、こ、今度はほんとに男の子かね」

「わからないけど、そんな気がするわ」

「もしそうだったら、名前はネストルだよ」

「わかってます」

ウクライナの革命家、〈無政府主義将軍〉と呼ばれたネストル・マフノ。大杉がいま最も傾倒しているのが、農民たちを率いて神出鬼没の転戦を続けていた彼だということは知っている。この旅でも、マフノに関する資料をしっかり買い込んできたようだ。

「ち、ちなみに、どうだい」大杉の黒々とした眼が覗き込んでくる。「もうこれ以上産むのはこりごりかい?」

「どうして?」

「俺は、したいからさ。き、きみと、もっともっとたくさん」

野枝は、ふきだした。

良人の胸に額を押しつけ、七カ月ぶりの甘え声を自分に許す。

「——私もよ」


久しぶりの帰国とあって、しばらくは来客が引きも切らなかった。

まずは横浜から弟の勇が、兄の無事な顔を確かめに来た。子どもらがはしゃぐのを見て勇は目尻を下げ、妹あやめの息子の宗一を、今は自分たち夫婦が預かっているのだと言った。結核を患ったあやめがアメリカ・ポートランドからまた一時帰国しており、姉の菊がいる静岡で入院療養しているためだ。

「魔子ちゃんは宗一と仲良しだったよね。一緒に住んでた頃、よく遊んだもんねえ」

勇に言われると、魔子は曖昧に首をかしげた。まだ小さかったせいではっきりとは覚えていないようだ。

「今度、横浜へも遊びにおいで。会ったらきっと思い出すよ」

魔子がこっくり頷く。

「やはり、いとこだからな。こうして見ると面差しがどこか似ている」

勇は目を細めた。

幾人もの同志が、入れ替わり立ち替わり現れた。中浜鉄や、岩佐作太郎も訪ねてきた。

岩佐が労働運動社の二階へ上がってきた時、野枝は膝に大杉の頭を載せ、めっきり増えた白髪を抜いてやっているところだった。起き上がろうとする大杉を見た岩佐は、

「おいこら、大杉！　お前、幸福な奴だなあ！」

感に堪えないといった調子の大声で言い、嬉しそうに笑った。

来訪を待っているばかりではなく、こちらからも方々に挨拶に出かける。さらにまた七月末には銀座で帰国歓迎会が開かれ、五十名余りが集まった。

「ど、ドイツで開かれるはずだった、こ、こ、国際無政府主義大会が、つ、ついに実現しないままだったのは、非常に残念だった」

挨拶を求められた大杉は、盛大に吃りながら言った。

「パリ生活、と言っても、ご、ご存じの通り三週間は、ご、獄屋で送ったし、残りのおおかたは、ち、地下鉄にばかり乗って闇から闇へと逃げ隠れしていたものでね。か、か、格別の土産話もない。惚気《のろけ》の種くらいは二、三持ち合わせているが、こっ今夜は、か、可愛い女房を同伴していることだし、遠慮しておきます」

野枝が隣でぶつ真似をすると、会場は沸いた。

「行ってみて良かったことは何かあるかね」

と、服部浜次が訊く。

「そうさなあ。西洋人が少しも、こっ、怖くなくなったことかね」

「えっ、きみでも怖かったのか」

横から有島生馬が冷やかし、大杉がイッヒヒと笑い、また座が沸く。

あとで大杉は、野枝とともにその生馬に近づくと、

「兄さんのことを話したり、き、聞いたりするのはいちばん嫌だろうね」

彼らしい言い方でお悔やみを述べ、強く手を握った。

連日の会合、挨拶回りや講演などのうちにも、腹はいよいよ大きくなってゆく。この子が生まれてきて、魔子と、ルイズと、さらに今は今宿に預けているエマも引き取らねばならず、となれば誰か手伝いも置かなくてはならない。どう考えても今の労働運動社の二階では手狭だ。

何とかならないだろうかと友人の新聞記者・安成二郎に相談すると、さっそく貸家探しに付き合ってくれた。

おかげで、ほどなく淀橋町柏木の高台に手頃な家を見つけることができた。下が三間、上が二間の二階家で家賃は月八十五円、少し高いが鉄道の新宿駅に近いのは捨てがたい。同番地には作家の内田魯庵宅があり、大久保百人町の安成の家とも歩いてほんの二、三分の距離だ。

念のために近藤の名前で申し込んだのだが、あとで家主に電話をしてみると、

「住むのは大杉さんでしょう。大杉さんならお貸ししますよ」

との返事だった。言われた当人は、

「ははあ、何しろ僕は人望があるようだよ」

などと素直に嬉しがっていた。

二階からの眺めの良い家だった。裏手に青桐の木が茂り、表には庭石と何本かの植え込みがあり、それを見おろすように、すっかり茶色く枯れた大きな松の木がそのままに立っていた。

「これだけはどうにも頂けないなあ」

しきりに気にする安成に、野枝は笑って言った。

「枯れてもなお倒れずに残ってるなんて、いいじゃありませんか。そうありたいものだわ」

仕事も荷物もばたばたと片付け、八月に入ってすぐに引っ越した。

自宅へ挨拶に出向くと、太った身体を揺らしながら奥から現れた魯庵は、魔子の手を引いて玄関先に立つ大杉の姿を見たとたん丸眼鏡の奥で小さな目を瞠り、いささか間の抜けた調子で言った。

「なんと。いいお父さんになったものだねえ」

終章　終わらない夏

いま、赤ん坊の泣き声が聞こえた気がした。

耳を澄ませる。窓の外、びょおう、と風が吹く。

あの地震の日も、朝から強い風が吹いていた。遠くに居座るあらしのせいだった。うだるように暑く、せめてさっぱりとした酢の物でも食べさせようときゅうりを刻んでいたら、突然ぐらりと来たのだ。

野枝は、痛む乳房を白いワンピースの上からそっと押さえた。

「張るのか」

向かいの椅子に掛けた大杉が訊く。

「少し」

柏木の家に残してきたネストルは今ごろどうしているだろう。郷里から手伝いに来ている雪子やモトなど女手はあるにせよ、生まれてやっとひと月の幼子のことだ。やはり気がかりでならない。

壁際に、木製の書類棚が寄せてある。事務机と椅子、他には今座っている簡素な応接用の椅子とテーブルが置かれているだけの、いかにも素っ気ない部屋だ。しかし窓のガラスはよく磨かれ、板床には塵一つなく、ここが規律の厳しい憲兵隊本部の建物であることを物語っている。

「あついよ」

と、宗一が訴える。

鶴見の勇のところから連れて帰る途中の甥っ子は、大杉の隣で退屈そうに脚をぶらぶらさせている。数えでまだやっと七つだというのに母親に似てか病弱で、今も少し顔色が悪い。

落ちついたらゆっくり医者に診てもらわなくては、と野枝は思った。焼け出された勇のところには他に着せるものがなく、間に合わせで女の子の浴衣を着せられていたのだが、違和感がない。こうして見ると、やはり魔子とよく似ている。

「あついよう」

「ほんと、だいぶ蒸すわね。ごめんね、宗坊。もうちょっとだと思うから我慢してちょうだい」

「……うん」

かわいそうに、巻き添えを食わせてしまった。預かる話になった時、大地震で焼け野原になった東京を見たいと言ったのは彼だけれども、連れてくるほうだってまさか今日の今日こんな面倒なことになろうとは思ってもいなかったのだ。

折しも巷では悪意ある噂が飛び交っている。地震と火事のどさくさに、朝鮮人たちが井戸に毒を投げ入れたとか、それと結託して主義者らが暴動を起こそうとしているとか、天皇陛下を弑するため爆弾を用意しているとか。どう考えてもただの流言蜚語だというのに、無辜《むこ》の人々が自警団などに狩られ殺されて、軍まで出張る騒ぎとなっている。身辺には気をつけるようにと、内田魯庵からもさんざん忠告されていた。

「労働運動社」の仲間たちなど、すでに片端から予防検束の名目で駒込署に連行され、近藤も和田も望月も中村も今なお留置されたままで、かろうじて釈放されたのは病身の村木源次郎ひとりだ。その他にも東京のあちこちで、六十名を超える主義者が検束されているという。

平時ならばまだしも、人々がこれだけ殺気立っている中で、警察や軍部が冷静だとはとても思えない。それこそ皆、端からズドンズドンとピストルで撃たれたとしても不思議はない。むしろ、事ここに至ってなぜ大杉ばかりが検束されずにいるのか、そのほうが不思議だった。最近はいくらかおとなしくしていたからか、いやもしかすると何か尻尾をつかもうとして泳がされているのかも……。

良人には言わなかったが秘かに気を揉んでいただけに、先ほどいきなり憲兵が現れた時には血の気が引いた。鶴見から帰ってきて、もうすぐそこは家というところで果物を買っていたら、急に目の前に立ち塞がり、同行を求められたのだ。

一人が乱暴に野枝の肘をつかんだが、それを制したのは丸眼鏡をかけたずいぶんと背の低い男だった。憲兵分隊長の甘粕大尉と名乗った。

「け、憲兵隊が、いったい何の用だ」

凄んだ大杉に、甘粕は言った。

「ちょっと来てくれればいいんだ。訊きたいことがあるのでね」

「行ってもいいが、いっぺん家へ、か、帰ってからにしてもらいたい。今戻ってきたところで、つ、疲れてるんだ」

「いや、いかん。今すぐだ」

「だ、だったら、せめて僕だけでいいだろう。女房や、こっ、子どもに用はないはずだ」

「駄目だ。みな一緒に来てもらう」

大杉が、ちらりと野枝を見た。どうする、と問うような目だ。

野枝は、頷いてみせた。どうでも連れて行くと言うのなら、無様に抗うのも癪だ。

「よし、わかった」大杉は言った。「そんなら行こう」

甘粕が、満足げに唇をすぼめた。

「鴨志田《かもしだ》！」と部下に命じる。「女と子どもを乗せてこい。大杉、あんたは別のに乗ってもらう」

部下が乗ってきた黒い車に、宗一が促されて物珍しそうに乗り、野枝はその後から帽子のつばを押さえて乗り込んだ。大杉のほうは少し離れた淀橋署に停めてあった車に乗せられ、二台連なって麴町の東京憲兵隊本部へ向かう。途中の道は、建物がことごとく崩れたり焼けたりですっかり様相が変わっていた。

かつて幸徳秋水らがどうなったかを、頭の中から追い出すのは難しかった。野枝は、宗一を不安にさせまいと平静を装いながらも、身体を硬くして身構えていた。

が、この部屋へ通されてすぐ、親子丼が三つ出てきた。試しに果物ナイフを所望するとそれも聞き入れられ、おかげで先ほど買った梨を剝いて食べることもできた。大杉の好きな、甘くみずみずしい梨だった。

もう四年前になるのか、警察に検束された大杉や同志たちのもとへ、食料とともに桃を買って差し入れたのを思い出す。食事さえなかなか許されなかったあの時に比べれば、状況はまだましということだろうか。

「あのおじさんたち、どこへ行ったの」

再び宗一が口をひらく。甘粕と名乗った小男の大尉は、ここ一時間あまりの間にすっかり子どもを手懐けていた。

「さあなあ。ずいぶん待たせるもんだ」

「これからここで、なにするの？」

「まったくだ。何をするんだろうな」

「はやくかえりたい」

苦笑いを漏らした大杉が、

「俺もだよ」

懐から煙草の箱を取り出して一本くわえる。吐いた煙が電球の笠の下に溜まり、うっすらと渦をまく。

吸い終わる頃、足音が近づいてきてドアが開いた。甘粕から、森、と呼ばれていた男が告げる。

「大杉。来てもらおうか」

「あんたらに呼び捨てにされる覚えはないんだがな」

言いながらも、大杉は組んでいた脚を解いて立ち上がった。宗一の頭をよしよしと撫で、こちらを見て頷いてよこす。澄みきった目だ。野枝は、懸命に微笑んでみせた。

ドアが閉まり、廊下を足音が遠ざかってゆく。

不安を押し隠し、宗一としりとり遊びなどしながら、どれくらい待っただろうか。

やっとのことで再びドアが開き、しかし入ってきたのは甘粕一人だった。先ほどまでと、何やら様子が違っている。頬が紅潮し、額には汗が浮かび、興奮を無理やり抑え込んでいるかのように鼻息が荒い。

「さあ、坊や」わかりやすい猫撫で声で、甘粕は言った。「あっちの部屋でお菓子でも食べながら遊んでてくれるかい。おじさんは、この人とお話があるんだ」

宗一が野枝を見る。

「いいわよ。行ってらっしゃい」

「うん」

甘粕に連れられ、宗一が出てゆく。隣の部屋に入ったようだ。

すぐに戻ってきた小男を、野枝は、座ったまま見上げた。

「向こうのお話は、まだ済まないんですか」

「まあ、そう簡単にはいかん」

それが癖なのか、口髭に隠れた唇をすぼめる。

頓狂《とんきょう》な顔だ、と思った。丸い顔の中心に部品が集まっている。似顔絵が描きやすそうだ。

「いったい何を調べているんです？　私たちが何をしたって言うんですか」

「とぼけても無駄だ」

「なんですって？」

甘粕は、腕を後ろ手に組んで野枝の前に立った。

「貴様らは、この時を待っていたんだろう？」

「は？」

「大杉が帰国して以来、連日のようにあちこちの集会に顔を出していたのは調べが付いているんだ。そのたび尾行をまいて、可哀想に、責任を問われた巡査はくびになったと言うぞ」

「知ってますとも。大杉は大いに同情して、就職を世話するつもりだと言ってますわ」

「なんだと？　ほう、仲のいいことだな。最初からグルだったのか？」

野枝は眉をひそめた。

「どうしてそうなるんですか。向こうも仕事で見張っているのだし、こちらが迷惑をかけてしまったから償いをと言っているだけでしょ」

「はっ、律儀なことだな。そうまでして尾行をまいて、何をこそこそと集まって計画していた？　何にせよ、折良く起こった地震のおかげで東京は大混乱だ。こんな好機はないものな」

「だから、いったい何の話です」

「愚民どもが混乱すればするだけ、貴様ら主義者にとっては好都合というわけだ。おい、女。お前だってどうせ、この国が早く滅びてしまえばいいと思っているんだろう、ええ？　この淫売の国賊め」

　思わず失笑が漏れた。

「失礼ですけど、それは見解の相違でしょうね」

「生意気な口をきくんじゃない。お前が爆弾を用意しているという報告も上がってきているんだぞ」

「私がですか？　爆弾を？　まあ怖い」

「やかましい！　俺を、いや、国家を愚弄する気か！」

　野枝は、ため息をついた。

「愚弄しているのはあなたがたのほうでしょう」

「なんだと？」

「愚かしいといったらないわ。私たちをどこまでも厳しく取り締まって、涙どころか血の小便も出ないくらい絞り上げて、捕まえればろくに取り調べもせずに粛清する。そうすることで民衆に、逆らえばこうなるんだっていう恐怖を植え付けて何も言えなくさせているんだわ。ねえ、あなたがた、批判されるのがそんなに怖いの？　きっとそうなんでしょうね。見たところ、周りに置くのは絶対に楯突くことのない人間か、いざという時に二つ返事で動いてくれる脳みそのない兵隊ばかりのようだし」

「貴様……よくもべらべらと」

「ええ、この際ですから言わせてもらいますとも。私は黙らないわ、あなたの部下じゃないんですから、従う義理なんかありませんからね。とにかくはっきりしてることは、あなたたちは民衆の幸福なんか少しも考えてないってことよ。考えるのは、どうしたら自分たちの地位が脅かされずに済むか、どうしたら今より出世して弱い者から搾取できるか、ってことばかり。そうでしょう？」

甘粕が、冬眠しはぐれた熊のように低く唸る。間近に見ると、眼球の白目の部分が真っ赤に染まっている。

「口のきき方に気をつけろよ。女だからといって、特別扱いはせんぞ」

「望むところですとも」

一歩も引くまいと甘粕を睨み上げる。丸っこい鼻孔がひくひくと動き、こめかみに憎々しげな青筋が立つのを見て、ザマアミロと思った。

「いいから大杉を返して下さい」

甘粕は答えない。

「家で子どもたちが待ってるんです。生まれてすぐの赤ん坊もね。あなたがたの知りたいことなんか私たちは何も知らないし、今は何ひとつ企ててもいません。とにかく、早く家に帰らせて」

「貴様らのような頭のいかれた連中を『はいそうですか』と野に放つほど、この俺がお人好しに見えるのか」

野枝は、再び長いため息をついた。お話にならない。

「あなたなんかと議論したくないわ」

「議論？」甘粕が嘲り笑う。「女のくせに、俺と議論だと？　これだから主義者は、」

「関係ないでしょう」

「無政府主義は、建国のおおもとを揺るがす国家反逆思想である！」

甘粕は声を張りあげた。大杉がいつも言うところの〈お題目〉だ。思わず笑ってしまいそうになる。

「貴様らが今、この非常時につけこんで国家の転覆を謀ろうとしてるのはわかっておるんだ。そうはさせるか」

「ですからそれは、何かの誤解か悪意あるでっちあげです。だいたい、あなたの言うことは矛盾してますよ。ほんとうに私たちがこんな国なんかどうなろうと構わないと思っていたら、自分の命を危険にさらしてまで運動を続けようとするはずがないじゃありませんか。そうでしょ？　まったく、馬鹿も休み休み言って下さいな」

「なにをッ？」

「考えてますとも。天下国家じゃなく、民草《たみくさ》一人ひとりのことを。私たちはちゃんと自分の頭を使って考えているんです。ええ、あなたがた〈犬〉と違ってね」

顔の左側が爆ぜた。

椅子から転がり落ち、うつぶせに床に倒れこんで初めて、頰を張られたのだと気づく。

「な……」

何をするのだと言うより先に、髪をわしづかみにされた。

「犬、と言ったか？」

ぐいと引き起こされ、悲鳴を上げたとたん、床に思いきり顔面を打ちつけられる。激烈な痛みだ。

「もういっぺん言ってみろ。誰が犬だと？　貴様か？」

引き起こされ、再び打ちつけられる。

「そうだろうな。這いつくばって床を舐めるのが好きなようだし」

三たびの衝撃。鼻骨の砕ける感触を耳が聞く。

どこかで子どもの泣き叫ぶ声がする。いや、また風だろうか。自分の呻き声が邪魔で、耳を澄ますこともできない。

後頭部をつかんでいる手が、ようやくゆるんで離れていった。立ちあがる気配がする。

脈打つ痛みに意識が遠のく。必死にこらえて、まぶたをこじ開ける。細くかすんだ視界、顔のすぐ近くに甘粕の革靴がある。その靴の踵にべっとりと、自分のものではない血液が付着しているのを見て、野枝は、覚った。

全身から力が抜け落ちる。

最後に見た、あの澄んだ目——彼の、眼。

革靴の向こう側、板床の彼方でドアが開き、部下が一人入ってくるのがぼんやりと見える。振動が耳に響く。這ってでも逃げたいのに身体が動かない。いつのまにか子どもの泣き声もやんでいる。

（ああ、宗坊）

それだけは信じたくない、いくら憲兵でもあんな小さな子どもまで殺すはずが……。

近づいてきた靴が、すぐそばで止まった。蹴り転がすようにして仰向けにされると、天井からぶら下がる明かりが目に突き刺さる。太陽のような丸い明かりの中に、黒い頭が二つ。涙と血と逆光で、顔は見えない。

「会いたいかね、旦那に」

甘粕の声が降ってきた。

「会わせてやろう」

脇腹に靴先が食い込み、野枝は身をよじった。別の靴が顔を蹴る。胸を、腹を踏みつける。何度も、くり返し。肋《あばら》が折れ、内臓のどれかに刺さる。

ああ、死ぬのだ。

張りつめた乳房を踏みにじられたとたん、熱いものがほとばしり、服を内側から濡らした。腕をつかんで引き起こされ、背後からは太い腕が首に巻きつく。もがきながら鼻からわずかに吸い込む息に、血と乳の匂いが入り混じる。

締まってゆく。頭がぱんぱんに膨れあがる。だめだ。破裂する。

暗転の前の一瞬——子らの顔が浮かんだ。

＊

「マコよ」　ゲンニイ

マコよ、独りで泣くのはおよし、
僕も一緒に泣かしておくれ、
パパに、よく似た大きなお目に、
露を宿して歔欷《すすりな》く時は、
僕も一緒に泣かしておくれ、

パパと、ママと、が帰らぬ事を、
僕が寝床で話したおりも、
マコよ、お前は頷くばかり、
涙見せない可憐《いじら》しさまに、
僕は腸絶つ思い、

パパの、よく言った戯言に、
　俺が死んでも
ゲンニイ、居れば

マコは、安心、
　大きくなる、と、
マコよ、今日から好いおじ様が、
パパの、代りにお前と遊ぶ、

マコよ、独りで泣くのはおよし、
小さいお胸に大きな悩み、
秘めて憂いの子にならぬよう、
僕も一緒に泣かしておくれ。

　あれすらも、すでに昨年のことになるのか。雑誌『改造』十一月号に大杉栄追悼の特集が組まれた折、村木源次郎は、短い回想の文を寄せた。たった一枚しかない野枝の羽織を質に入れて作った金を、車夫の未亡人にあるだけ渡してしまった大杉の思い出だ。

　書きあげた後、ふと思い立って添えたのが、魔子に宛てた詩だった。手慰みのおまけのようでありながら、まるで自ら生爪をはぎ、その血で書きつけたような代物になってしまった。贈られた魔子自身は読んでいないだろう。読まなくていい。あんなものはただの自己満足に過ぎない。

　村木の他にも、多くの同志や友人らが、あちこちの新聞・雑誌に追悼の文章を書いた。親しかった者、そんなに親しくはなかった者、褒める者、貶す者。中にはむろん、その人だけが知る故人の思い出をしみじみと綴った良い文章もあったが、官憲や世間の目が怖いのか、掌を返し、賢しらぶって批評する者たちもいた。

信じていた相手から今さら何を言われても、死んでしまっていては反論できない。大杉ならばただ黙って相手を見放すだけかもしれないが、野枝はきっと今ごろ地団駄を踏んで悔しがっているだろうと村木は思った。袂を分かってからも野枝が心の中で大切にしていた友人たちが、今になって彼女の本質を軽んずるような言葉を吐いていたからだ。

純粋で小娘のように可愛く、それでいて傲慢で利己的で無責任で……と生前の野枝を評した平塚らいてうは、一方で、彼女はついぞ思想というものを持たない人間だったというようなことを書いていた。野上弥生子に至っては、野枝のはただの社会主義かぶれでしかなく、百姓の妻が夫にくっついて畑に出るのと同じ程度のものに過ぎなかった、と綴った。もしも大杉が貴族か金持ちであったなら喜んで貴族や金持ちの生活をしたはずで、それほどに彼女は愛する人の世界に身を打ちはめていける人だった、ただそれだけの可愛くて単純な彼女にいったい何の罪があったというのだ、かわいそうでならない――。弁護する調子でありながら、村木はやはりそこに故人への軽侮を読み取らずにいられなかった。

女たちの目にはそのように映るのか。たしかに野枝は、誰をも惹きつけるかわり、味方を敵に回すことも多い女だった。

しかし今になって鮮やかに思いだされるのは、野枝がかつて語った故郷の〈組合〉の話だ。

大杉が豊多摩監獄にいて不在の晩、同志の皆と囲炉裏を囲みながら、彼女は話してくれた。規約もなければ役員もいない、あるのは困った時は助け合うという精神のみ。集まりの際の金勘定も、葬式も、道から外れた者を諭すのも、どれもこれも皆でする。組合からつまはじきにされることへの恐怖心が抑止力となり、それ以前に基本的には各々が他へ迷惑をかけまいという良心に従って動くから、上からの命令や監督は必要ない。役場も警察もほとんど要らない。

かつてはそうした村のあり方が監視のように思われて嫌だったという野枝は、あの時たしか近藤からだったか、今は違うのか、故郷へ帰りたいかと訊かれて、こう答えたのだ。

〈私は——自分が戻るよりも、あの組合を再現したいのかもしれないわ。この国の、いたるところで〉

社会主義かぶれ、どころではない。野枝こそは、自分たち同志の誰よりも——もしかすると大杉よりも正確に、社会主義というものの本質を肌に染みこませていたのではないか。それがあまりにも自然に身体の中に在って、主義者たちが遣うような仰々しい語彙で彼女が語ろうとするとかえって浮いてしまうものだから、周囲はそれを〈かぶれているだけ〉と誤解したのではないか。

少なくとも村木の長年見てきた野枝は、愛する男の世界にただ付き従うだけの女ではなかった。もしもそうであったなら、そもそも社会的事件に関する意見の対立をきっかけに最初の夫から離れることもなかったはずだ。

息を、深く吸い込む。磯の匂いが漂っている。横浜の貿易商の家に生まれた村木にとってはなつかしい匂いだ。真夏の昼下がり、素足を洗うさざなみが快い。

笛のような鳴き声が、頭上から長々と尾を引いて降ってくる。手をつないで波打ち際を歩いていた魔子が立ち止まった。

「みて、ゲンニイ。おおきなとんび」

眩しそうに片手をかざしながら言う。襟にきれいなレースのついたブラウスが、おかっぱ頭によく似合っている。こんな服装をしているのは、村では大杉の娘たちだけだろう。

村木も、空を見上げた。

「ほんとうだ。ずいぶん低いところを飛ぶんだな」

ぎろりと下を睨む鳥と目が合う。

「あのね。ここらの人が、あかんぼうをおぶってあるくでしょう」

「ああ」

「あかんぼうが、おまんじゅうか何か、にぎっているとするでしょう」

「うん」

「そうすると、とんびがね、きゅうにお空からすべるみたいにおりてきて、おまんじゅうをつかんでさらってゆくの」

「そりゃおっかないな」

「しかたがないわ。とんびだってどこかに子どもがいて、おなかをすかせてまっているのよ」

「ほう、なるほど。たぶん、一番大きい姉さんがいっとう食いしん坊なんだろうな」

からかってやると魔子が頬をふくらませ、

「そんなことないもの」

手をつないだままふり回す。少し元気な顔を見ることができて、村木はほっとした。

つい数日前の盆のさなか、魔子の末の弟のネストルは、初めての誕生日を迎えるやいなや死んだ。肺炎だった。

大杉と野枝が遺した子どもたち四人のうち、それぞれ三歳と二歳だった二代目エマとルイズはここ今宿の家に引き取られ、まだ首も据わらない唯一の男児ネストルは代準介の娘・千代子が育てていた。ちょうど同じ頃に男児を産み、乳もよく出るので、双子を授かったつもりで育てるようにと代が言ったそうだ。葬儀の日、あまりに小さな棺を前に千代子はずっと泣き通しだった。

村木にしても、まさかこんな事情でまた今宿を訪れるとは思ってもみなかった。一昨年、フランスへ向かう大杉に頼まれて野枝を迎えにきた時は十一月も終わる頃で、海風が冷たかったが、目路《めじ》の限り続く松林の美しさに見とれた。入江の向こうに浮かぶずんぐりとした島を眺めていると、隣に立つ野枝が教えてくれた。

〈能古島っていうのよ〉

「のこのしま、っていうのよ」

魔子が言った。

「ママはね、あの島まで、スイスイおよいでわたれたんですって」

「まさか、嘘だろう?」

大げさに驚いてみせる。

「ほんとよ、おばあちゃんにきいたもの。村の男の子のだぁれもかなわなかったって言ってたわ」

〈おばあちゃん〉とは、どちらのことだろう。野枝の母親のムメだけでなく、父・亀吉の妹で大叔母にあたるキチのことも、魔子は〈おばあちゃん〉と呼ぶ。むろん、その夫の代準介は〈おじいちゃん〉だ。

四人きょうだいのうち長女の魔子だけは、代とキチ夫婦に引き取られた。これまで野枝が事あるごとに博多の代家に子どもらを預けてきた中で、とくに魔子は、今宿の祖父母よりも代夫婦のほうに懐いていたからだ。

事件から一年近くたとうとしているが、記憶はいまだ生々しい。ことに労働運動社に関わってきた面々の胸には、とうてい呑み込むことのできない昏い思いが渦巻いている。

大杉たち三人の死は、ともすれば闇から闇へ葬られるところだった。行方不明と知れたのでさえ、九月十八日にたまたま鶴見から勇夫妻が大杉家を訪問したおかげなのだ。留守宅では、大杉たちが帰ってこないのは勇のところに泊まっているからだと思いこんでいた。

不吉な予感から、急いで淀橋署に捜索願を出した。その日の新聞夕刊に第一報が載った。

〈大杉夫妻並に其の長女の三名を検束、自動車にて本部に連れ来り、麴町分隊に留置せり〉

其の長女、という誤解には、宗一が女の子の浴衣を着せられていたことも影響していたかもしれない。

しかし新聞記事を読んだ勇が毛布を持って麴町の憲兵隊へ面会に行き、子どもだけでも返してほしいと頼んでも、「そんな者は来ていない」と門前払いを食わされる。連れ去られたところばかりか憲兵隊本部に入るところを見た者さえいるのに、なぜしらを切らねばならないのか。いよいよおかしいということになった。

事件はやがて、淀橋署の刑事が、憲兵隊による大杉拉致の事実を警察署長に報告したところから発覚していった。淀橋警察署長は警視総監・湯浅倉平に報せ、湯浅は内務省警保局に報せ、事態は新内閣で再び内務大臣に就任した後藤新平の知るところとなった。後藤は驚き、戒厳司令官の福田雅太郎に報告をとりまとめるよう求めた。が、このとき福田から問い合わせを受けた憲兵司令官の小泉六一少将は、憲兵隊による連行を否定している。後藤はこの件を重大な人道問題であるとして山本権兵衛首相をはじめ閣議に報告し、真相を追及するよう厳しく求めたのだ。

事ここに至って初めて、小泉憲兵司令官は、甘粕正彦大尉による犯行を白状した。部下の所業を賞賛するような口ぶりに、田中義一陸軍大臣は激昂し、小泉に謹慎を命じたという。

ようやく調査が始まったのが十九日。甘粕大尉らによる大杉栄ら三名全員の殺害が発覚し、軍部が遺体の下げ渡しに応じる姿勢を見せたのは、事件から一週間以上が過ぎた九月二十四日のことだった。

それすらも、勇ら実弟たちと村木が協力し、弁護士ともども奔走し、そして何より政府や軍の要人ともつながりのある代準介が動かなければもっと遅くなっていただろう。
三つの遺体はそれぞれ裸に剝かれ、畳表にくるんで縛られ、憲兵隊本部構内の古井戸に投げ込まれて、その上を瓦礫や藁や木片で埋められていた。厳しい残暑の中、瓦礫を取りのけて水から引き上げられる頃にはすでに腐乱が相当進んでおり、軍医による死因鑑定を経て下げ渡された寝棺の中にはぎっしりと防腐用の石灰が詰められてすさまじい臭気を放っていた。村木はデスマスクを取るつもりでいたが、ほんとうに本人であるかどうかすら判別のつかぬ状態では断念するしかない。そのまま軍用車で火葬場に運び、荼毘《だび》に付した上で遺骨を引き取った。
野枝の郷里今宿での葬儀は、月命日の十月十六日、全国の右翼団体などから脅迫状の舞い込む中、警察による警備のもと行われた。代準介によって、野枝が十四、五歳の頃に詠んだという歌も紹介された。

死なばみな一切のことのがれ得て
　いかによからんなどとふと云う

代もまた、弔句した。

枝折れて根はなおのびん杉木立

遺児たちのうち幼い二人がわけもわからず焼香の真似事をし、きゃっきゃっと声をたてて笑うそばで、魔子だけが奥歯を嚙みしめている様子は、参列者たちの涙を誘った。

一方、東京での社会葬は、十二月十六日に上野の斎場で執り行われた。

そのまさに当日の朝、もうひとつの事件が起こった。弔問客を装った右翼の男たち三人が、隙を見て遺骨を奪い、ピストルを乱射しながら逃走を図ったのだ。和田と近藤が命がけで追いかけて一名を取り押さえ、他の連中もやがて逮捕されて数日後に遺骨は警視庁に無事戻されたものの、当日は三人の写真しか偲ぶよすがのない寂しすぎる葬儀となってしまった。

それでもなお、充分に盛大だったと言っていいだろう。労働団体や運動家たちを中心に約七百名が参列し、三十数名がかわるがわる弔辞を述べて死者を悼み、閉会してもしばらくの間は、激しい拍手や足踏みなどに合わせて歌われる革命歌が会場を揺るがせていた。

近しい仲間たちのたっての願いで、魔子だけは東京の葬儀にも参列していた。代準介がわざわざ警察の許可を取りつけ、手を引いて上京してくれたのだ。大勢の前に出ても怖じず、口を真一文字に結んで涙をこらえている魔子の姿に、同志らは男泣きに泣いたものだった。

子どもたちは、代の努力で、生まれて初めて戸籍を持った。目立たぬように、エマは「笑子」、ルイズは「留意子」、ネストルは父の名前をもらって「栄《えい》」と改名し、魔子は表記を変えて「眞子」となった。

しかし、近しかった同志たちは今も手紙などの中に、頑なまでに「魔子」と書く。むろん、村木も同じ思いだ。大杉と野枝の初めての子であり、大杉自らが命名してあれほどまでに慈しんだ〈魔子〉は、断じて〈眞子〉ではない。百歩譲っても〈マコ〉でなければならない。

同時に、代の親心もわかるのだ。遺骨の埋葬を寺から拒否されるほどの〈国賊〉の遺児に対し、世間の風当たりはいよいよ冷たい。

震災とともに流布した流言蜚語により、社会主義者はこれまで以上に嫌われており、そのせいか主要な新聞までもが、いまだに誰の命令で動いたかさえ白状しない甘粕の肩を持つ。曰く、極めて謹厳な精神家で、酒も飲まず道楽も持たず、ふだんは無口で読書を好み、部下には慈愛に満ちた父親のごとく接し、また部下からも敬愛されていた——。もしやどこか上のほうから強い圧力でもかかっているのではと勘ぐりたくなるほどだ。

たとえそれが忌まわしきアナキストであろうとも、丸腰で無抵抗の夫婦を拉致して虐殺し、一緒にいただけのがんぜない子どもまで殺《あや》め、あまつさえ井戸に投げ込んで事の隠蔽を図ろうとしたのだ。本来は国家権力の暴走を見張るべき新聞が、軍人どもの極悪非道な行為を庇い立てできるという、その神経がまったくわからない。

国家や、軍や、新聞ばかりではない。民衆こそたいがい愚かだ。冷静に考えれば明らかに理屈の通らないことを鵜呑みにし、無責任に言いふらし、自分の頭はろくに使わず、声の大きな者や力の強い者の陰に隠れようとする。

彼らに物事を深く考えさせるなど端から無理なのかもしれない——底のない絶望とともに、村木は思った。可能であるとしても、そう悠長に待ってはいられない。待つだけの時間が、おそらくこの身体には残されていない。結局、テロルしかないのだ。力で黙らせようとしてくる奴らに思い知らせるには、力で対抗する以外に手立てはない。

かつて、原敬を狙おうとして失敗した。匕首《あいくち》やピストルまで懐に隠して付け狙いながら果たせなかった。どれだけ隙を窺おうとしても、固く警護されている人間を仕留めるのは至難の業だ。まず訪れることのない機会をひたすら待ち続けた末に、その実行が成功しようが失敗しようが結果は共通している。いずれにしても、たった一回きりで現世でのすべては終わるのだ。

国家の転覆とまでは言わないが、せめて復讐だけは果たさねばならない。そう決めて、和田久太郎や、ことテロルに関しては一日の長がある「ギロチン社」の古田大次郎とともに選んだ標的は、陸軍大将福田雅太郎、震災時の戒厳司令官だ。あのとき戒厳令さえ発令されていなければ、憲兵隊があのような浅ましい暴挙に走ることはなかったろうし、大杉も野枝もおそらくまだ生きて——

「ゲンニイ」

手を引かれ、我に返る。くらりと眩暈がする。踏みしめる砂の熱さとともに、磯の匂いが戻ってくる。

目を落とすと、魔子がこちらを見上げていた。

「……どうした」

「ゲンニイこそ、どうしたの？」

「何が」

「こわいおかお、してる」

村木は慌てて顔をごしごしこすってみせた。

「すまん、すまん。ちょっと考えごとしてみせた。

「ときどきそういうおかおをするのね、ゲンニイは」

「そうかい？」

「ねえ」

「うん？」

「こんど、こわいおかおをしたくなったらね」

「うん」

「マコのこと、かんがえて。そうしたら、いつもみたいにやさしいおかおになるでしょう？」

胸を衝かれた。父親そっくりの瞠ったような目が、いかにも心配そうに村木を見上げてくる。

「それか、もうわすれちゃう？」

「え、何を」

「だから、マコのこと。もう、いっしょのおうちにいないから、わすれちゃう？」

笑おうとして、うまくいかなかった。

「……ばかだなあ」

しゃがみこみ、村木は同じ高さから魔子の目を覗き込んだ。

「何をばかなこと言ってるんだ。そんなわけ、あるか」

熱い砂に片膝をつく。まるで貴婦人の前で誓いを立てる騎士のようだと思いかけ、あながち間違いでないことに気づく。この姫君は、少しもわかっていないのだ。いったい自分が、どれほど大勢の同志たちにとって魂のよりどころとなっているか。まさに彼女のこの黒々としたまなざしを思い浮かべればこそ、命とひきかえのテロルを実行に移せる男がどれだけいるか。

波音が浜辺を洗う。トンビの笛が細く長く響く。

村木は、少女の柔らかな頰を両手ではさむようにして言い聞かせた。

「いいかい、これだけは覚えておいで。このゲンニイが魔子のことを忘れるなんて、世界がひっくり返ったって、空からお星様が全部落っこちてきたって、絶対にあるわけないんだ。そうだろう」

おかっぱ頭が、ためらいがちに頷く。細い腕が、小さな白い蛇のように首に巻きついてくる。襟元から、汗と石鹼の混じった清潔な匂いがした。

「ゲンニイ」

「うん？」

「また、あいにきてくれる？」

「ああ」

「きっとよ」

「もちろん」

この世の何より愛しい宝を抱きしめ、村木は、頬と頬を重ねて目を閉じた。

これが、最後だ。もう二度とここへは来られない。実行は来月、大杉らが殺された九月だ。それまで、用心に用心を重ねながら準備を整えなくてはならない。

ふいに、背後の松林を抜けて風が吹きつけてきた。村木は目を開けた。色のない水面にみるみるさざなみが立ち、打ち寄せる波音がわずかながら大きくなる。

今はこれほど穏やかな波も、あらしの日には激しく逆巻くのだそうだ。

遠い水平線を見やる。

まばたきをする一瞬、抜き手を切って荒波を泳ぎ越えてゆく少女の幻を見た気がした。

空が。

青い。

これほど青い空を、見たことがない。

その青が、なぜか、小さくて丸い。望遠鏡の筒を逆さから覗いたかのようだ。

自分ひとりが一条のスポットライトを浴びているようで、周囲は真っ暗だ。深いふかい穴の底にいるらしい。

腕も、脚も、胴体までも頼りなくて、ぐにゃぐにゃする。痛みは感じない。痛みどころか、何も感じない。——なにも。

誰か。わたしはここにいる。

呼ぼうとして、気づいた。

彼が——

彼がすぐそばに、いる。

裸の全身に、歓喜がさざなみのように広がってゆく。

これでもう、失わなくていいのだ。与《あず》り知《か》らぬところでこのひとの命が奪われ、自分ひとり遺されて生きながらえる恐怖に、二度と怯えなくていい。追い求めるべき理想と、炉辺の幸福の間で板挟みになる必要もない。

あらしの時は去っていった。ここには風すら吹かない。この穴よりもなお深い、安堵。

ごく近くにもうひとつ、小さな存在がある。両腕を広げ、ふたりともを抱き寄せる。

涙の膜のせいだろうか、空が濡れたようにゆらゆらと揺れる。

ああ、そうだ。見たことなら、ある。

故郷の空だ。

波間に浮かんで見上げた、あの日の、遥かな空だ。

主要参考文献

『伊藤野枝全集　上・下』學藝書林
『伊藤野枝の手紙』大杉豊編・解説　土曜社
『新装版　自由それは私自身　評伝・伊藤野枝』井手文子　パンドラ
『ルイズ　父に貰いし名は』松下竜一　講談社文芸文庫
『伊藤野枝と代準介』矢野寛治　弦書房
『村に火をつけ、白痴になれ　伊藤野枝伝』栗原康　岩波書店
『飾らず、偽らず、欺かず　管野須賀子と伊藤野枝』田中伸尚　岩波書店
『美は乱調にあり』瀬戸内晴美　文藝春秋
『諧調は偽りなり　上・下』瀬戸内晴美　文藝春秋
『絶望の書・ですぺら　辻潤エッセイ選』講談社文芸文庫
『評伝　辻潤』玉川信明　三一書房
『風狂のひと　辻潤　尺八と宇宙の音とダダの海』高野澄　人文書館
『元始、女性は太陽であった　平塚らいてう自伝　上・下・続・完』大月書店
『『青鞜』の女たち』井手文子　海燕書房
『『青鞜』人物事典　110人の群像』らいてう研究会編著　大修館書店
『青鞜の女・尾竹紅吉伝』渡邊澄子　不二出版
『「青鞜」の火の娘　荒木郁子と九州ゆかりの女たち』中尾富枝　熊本日日新聞社
『自叙伝・日本脱出記』大杉栄　飛鳥井雅道校訂　岩波文庫
『獄中記』大杉栄　大杉豊解説　土曜社
『大杉栄評論集』飛鳥井雅道編　岩波文庫
『大杉栄全集　第12巻』秋山清他編　現代思潮社

『新編　大杉栄書簡集』大杉豊編　土曜社
『日録・大杉栄伝』大杉豊編著　社会評論社
『新編　大杉栄追想』大杉豊解説　土曜社
『断影　大杉栄』竹中労　ちくま文庫
『大杉栄伝　永遠のアナキズム』栗原康　夜光社
『大杉栄　日本で最も自由だった男』河出書房新社
「大杉と別れるまで」堀保子（「中央公論」１９１７年３月号）
『神近市子　神近市子自伝　人間の記録８』日本図書センター
『引かれものの唄　叢書『青鞜』の女たち　第８巻』神近市子　不二出版
『プロメテウス　神近市子とその周辺』杉山秀子　新樹社
『本郷菊富士ホテル』近藤富枝　中公文庫
『日影茶屋物語　しづ女覚書』三角しづ語り　福山棟一聞き書き　かまくら春秋社
『日本の近代をデザインした先駆者　生誕１５０周年記念　後藤新平展図録』
東京市政調査会編　東京市政調査会
『後藤新平　大震災と帝都復興』越澤明　ちくま新書
『一無政府主義者の回想』近藤憲二　平凡社
『ニヒルとテロル　秋山清著作集　第３巻』ぱる出版
『甘粕正彦　乱心の曠野』佐野眞一　新潮社
『アナーキズム』浅羽通明　ちくま新書
『明治・大正・昭和　東京写真大集成』石黒敬章編・解説　新潮社
『写真集　大正の記憶　学習院大学所蔵写真』学習院大学史料館編　吉川弘文館

引用に際しては、原則として原文の旧字体を新字体に、
歴史的仮名遣いを現代仮名遣いに改め、送り仮名や句読点を一部補いました。

初出「小説すばる」2018年7月号～2020年2月号
単行本化にあたり、加筆・修正をおこないました。
本作品は史実をもとにしたフィクションです。

村《むら》山《やま》由《ゆ》佳《か》

1964年東京都生まれ。立教大学文学部卒。
会社勤務などを経て作家デビュー。
1993年『天使の卵——エンジェルス・エッグ』
で小説すばる新人賞、
2003年『星々の舟』で直木賞、
2009年『ダブル・ファンタジー』で
中央公論文芸賞、柴田錬三郎賞、
島清恋愛文学賞を受賞。
エッセイ『猫がいなけりゃ息もできない』、
小説『はつ恋』『まつらひ』
『ありふれた祈り おいしいコーヒーのいれ方
Second Season IX』など著書多数。

風《かぜ》よ あらしよ

2020年9月30日 第1刷発行
2022年2月14日 第3刷発行

著者 村《むら》山《やま》由《ゆ》佳《か》

発行者 徳永 真

発行所 株式会社集英社
〒101-8050 東京都千代田区一ツ橋2-5-10
電話 ［編集部］03-3230-6100
［読者係］03-3230-6080
［販売部］03-3230-6393（書店専用）

印刷所 凸版印刷株式会社

製本所 加藤製本株式会社

ISBN978-4-08-771722-8 C0093

村　山　由　佳　の　本

放蕩記

愛したいのに愛せない――38歳、小説家の夏帆は、
母親への畏怖と反発から逃れられずに生きてきた。
大人になり母との関係を見つめ直すうち、衝撃の真実が……。
共感と感動の自伝的小説。（解説／島本理生）

天使の柩

自分を愛せずにいる少女・茉莉。かつて最愛の人を亡くし、
心に癒えない傷を抱え続けてきた歩太。
彼との出会いに、初めて心安らぐ居場所を手にした茉莉だったが……。
ベストセラー「天使」シリーズ最終章！（解説／榎本正樹）

La Vie en Rose ラヴィアンローズ

フラワーアレンジメント教室を開くカリスマ主婦の咲季子は、
夫が厳格なルールで束縛するのは愛ゆえと信じていた。
ある日、年下のデザイナー堂本と出逢うまでは……。
自由を求めて、新たな一歩を踏み出す女性の
光と闇を描く長編サスペンス。（解説／桜木紫乃）

ありふれた祈り

おいしいコーヒーのいれ方 Second Season IX

日本に一時帰国した勝利のもとに、かれんが現れる。
たがいに想いながら、ぎくしゃくしたやり取りしかできない二人。
――私たち、もうダメなの？　試練と波乱の恋の結末は……。
累計545万部突破の大人気シリーズ、堂々の完結！